LE PÈRE GORIOT

Paru dans Le Livre de Poche :

LA RABOUILLEUSE.
LES CHOUANS.
ILLUSIONS PERDUES.
LA COUSINE BETTE.
LE COUSIN PONS.
LE COLONEL CHABERT.
EUGÉNIE GRANDET.
LE LYS DANS LA VALLÉE.
CÉSAR BIROTTEAU.
LA PEAU DE CHAGRIN.
LA FEMME DE TRENTE ANS.
LA DUCHESSE DE LANGEAIS.
LA VIEILLE FILLE.
SPLENDEURS ET MISÈRES DES COURTISANES.
ADIEU.
LE CHEF-D'ŒUVRE INCONNU.

Le texte de ce volume a été établi
d'après l'édition fac-similé
des *Œuvres complètes illustrées* de Balzac
publiée par les Bibliophiles de l'Originale.

Collection dirigée par Michel Simonin

BALZAC

Le Père Goriot

INTRODUCTION, NOTES ET DOSSIER
DE STÉPHANE VACHON

LE LIVRE DE POCHE
classique

TABLE DES ABRÉVIATIONS

AB [et] *millésime* : *L'Année balzacienne*. Revue annuelle du Groupe d'Études balzaciennes. Depuis 1960, Garnier ; nouvelle série ouverte en 1980, Presses Universitaires de France depuis 1983.

B.F. : *Bibliographie de la France*, journal officiel de la librairie qui annonce et « enregistre » la publication des ouvrages nouveaux.

C.H.H. : *Œuvres complètes* de H. de Balzac publiées sous la direction de Maurice Bardèche, Club de l'Honnête Homme, 1956-1963, 28 vol. (tomes XXV-XXVIII : *Œuvres diverses*).

Corr. : *Correspondance* de Balzac, textes réunis, classés et annotés par Roger Pierrot, Garnier, 1960-1969, 5 vol.

L.H.B. : *Lettres à Madame Hanska*, édition établie par Roger Pierrot, Laffont, « Bouquins », 1990, 2 vol.

Lov. : Fonds Lovenjoul — collection des manuscrits de Balzac — déposé à la Bibliothèque de l'Institut de France.

O.D. : *Œuvres complètes* de H. de Balzac, texte révisé et annoté par Marcel Bouteron et Henri Longnon, Conard, 1912-1940, 40 vol. (tomes I, I*, II et III — 38-40 de l'ensemble : *Œuvres diverses*).

Pl. : *La Comédie humaine*, nouvelle édition publiée sous la direction de Pierre-Georges Castex, Gallimard, « Bibliothèque de la Pléiade », 1976-1981, 12 vol. Un tome XIII (*Œuvres diverses*, tome I) contient *Les Cent Contes drolatiques* et les *Premiers Essais. 1818-1823*.

Les références abrégées par ces sigles sont employées avec le numéro du tome en chiffres romains, puis le numéro de la page en chiffres arabes. Pour les manuscrits appartenant au fonds Lovenjoul, nous donnons la cote du dossier, puis le numéro du folio.

Après un long séjour à l'Université de Paris VIII, Stéphane Vachon est aujourd'hui professeur à l'Université de Montréal. Il a publié en 1992 *Les Travaux et les jours d'Honoré de Balzac* (P. du C.N.R.S., P.U.V., P.U.M.). Préfacé par Roger Pierrot, conservateur en chef honoraire à la Bibliothèque Nationale, cet ouvrage de référence a été chaleureusement accueilli et salué par la critique balzacienne. En 1994, Stéphane Vachon a donné au Livre de poche « classique » une copieuse édition critique du *Colonel Chabert* d'Honoré de Balzac.

INTRODUCTION

« Êtes-vous *balzacien ?* » Lancé par Théophile Gautier en 1833, un an avant la parution du *Père Goriot*, ce mot, aujourd'hui encore, authentifie une expérience. La gloire ou la renommée d'un auteur n'est pas de vivre dans notre mémoire — vivre dans la mémoire des hommes, c'est être en passe d'oubli —, mais que son œuvre nous occupe comme si nous espérions qu'elle puisse nous éclairer sur nous-mêmes, qu'elle nous livre le mot de notre propre énigme, qu'elle lève en nous la part de l'obscur et de l'incertain, qu'elle atteigne la nappe souterraine où baigne notre mystère.

Dire « *Le Père Goriot* », c'est céder à une illusion (l'éveil de figures familières et d'une action connue depuis toujours), et succomber à un trompe-l'œil (l'animation d'un monde dont on posséderait la clé) ; c'est aussi nommer un « livre-signature » auquel l'auteur est réduit et son œuvre entière assimilée. Dire « l'auteur du *Père Goriot* », c'est opérer une identification quasi mythique entre un auteur et un livre, c'est accréditer une histoire et quelques légendes : « Tout Balzac est là », « il faut commencer par là », entend-on parfois. Le succès d'un chef-d'œuvre ne prouve rien (son insuccès non plus), hormis qu'il s'est rencontré, en des temps donnés, des affinités et des concordances entre cette œuvre et des lecteurs plus ou moins nombreux. De son vivant, l'écrivain peut entrer dans le cyclone de la célébrité. Après sa mort, sa parole s'éternise, sa présence acquiert dans l'immortalité son rayonnement, sa puissance, sa vérité. Le grand écrivain ne devient ni « mémora-

ble » ni « immortel », comme on le dit d'un ancêtre vénérable ou d'un homme résumant son époque, d'un grand
conducteur du passé ou d'un général dont le rôle, achevé,
est entièrement derrière nous. Balzac « dure », il n'est pas
mort à la durée, ni dans le passé, ni dans son immortalité.
Le Père Goriot non plus.

Une pension d'hommes

Thème de la vieillesse, thème de la solitude, thème de
l'amour, thème de l'argent, de l'individu, de la jeunesse, des
passions, de la division sociale. Dans un seul roman, ceci
n'est que la vie, avec ses vertus et ses tumultes, ses charmes
et ses vices, ses splendeurs et ses scrupules, ses laideurs et
ses misères. Dans ce roman, une intrigue fragmentée, un
drame à plusieurs personnages dont les destinées se croisent sans s'opposer, des scènes nombreuses où ils se rejoignent pour échanger, des zones dramatiques indépendan-
tes d'où ils jaillissent, chacun escorté de son histoire
singulière, doué de son caractère et de son ambition propres, mû par sa logique et ses intérêts particuliers, face à
sa passion, s'obstinant dans son être ou son désastre. Ce
roman, qui débute et s'achève par un nom de femme
(madame Vauquer ; madame de Nucingen), est d'abord un
roman d'hommes.

Rue Neuve-Sainte-Geneviève, « pension bourgeoise des
deux sexes et autres » (p. 50), trois hommes tranchent sur
le groupe médiocre des pensionnaires de madame Vauquer, un vieillard, un homme mûr, un adolescent. Un
homme qui vient du passé : un bourgeois retiré des affaires, un marchand de vermicelle enrichi sous la Révolution
par des spéculations sur la farine (et sur la famine), débris
d'une civilisation révolue, survivance d'une époque antérieure. Un « homme de quarante ans » (p. 63) qui entend
soumettre le présent : un forçat évadé qui fait face à la
société pour la dominer, un homme d'expérience et d'autorité, qui s'est trouvé — il ne peut donc que se découvrir
(devant Eugène de Rastignac) ou être découvert (par
Mlle Michonneau). Un jeune homme, enfin, dont ni l'éducation sociale ni l'éducation sentimentale ne sont achevées
— mais l'avenir lui appartient. Lequel est le héros ?

Le premier donne son nom à l'œuvre, sans doute parce

qu'il est le seul dont le destin est accompli à la fin du roman : la fosse commune de justesse évitée, un convoi de troisième classe, une place au cimetière. Les deux autres ont encore quelques incarnations à assumer, et quelques vies à vivre.

Le second est une espèce de philosophe échappé du bagne, un forban qui connaît « les vaisseaux, la mer, la France, l'étranger, les affaires, les hommes, les événements, les lois, les hôtels et les prisons » (p. 64), le grand monde et les bas-fonds, un spécialiste des serrures, le maître d'une société secrète, un colosse de la révolte, qu'il trouve aussi légitime que lui paraît absurde la révolution, un cabotin railleur et sarcastique, d'une gaieté sans retenue, le favori de la patronne (privilège unique, il dispose d'un passe-partout), un opérateur de foire chantant des airs de mélodrames, un « sphinx » (p. 57, 181, 221) citant Malherbe, invoquant Rousseau. Il propose un pacte diabolique à celui qu'il choisit comme son élève, dispense son enseignement, puis quitte le roman : son rôle devient inutile. Par un mot qu'il prononce, on comprend toutefois qu'il reviendra. Et quel retour ! Dans *Illusions perdues*, puis dans *Splendeurs et misères des courtisanes*, sous les vêtements sacrés et l'identité empruntée de l'abbé Carlos Herrera, chanoine honoraire de la cathédrale de Tolède, envoyé de Sa Majesté Ferdinand VII roi d'Espagne, l'athlète du diable, Trompe-la-Mort, réapparaîtra en suppôt de la Justice suprême.

Le troisième, issu d'une famille de petite noblesse provinciale démunie, venu étudier le droit à Paris depuis les environs d'Angoulême (comme le Lucien de Rubempré d'*Illusions perdues*), fait la connaissance des deux premiers dans la pension de madame Vauquer. Il y croise en outre Victorine Taillefer, une jeune fille abandonnée par son père, et se lie d'amitié avec Horace Bianchon, futur médecin. Par sa cousine, la vicomtesse de Beauséant, il s'introduit dans la haute société du faubourg Saint-Germain, commet ses premiers faux pas, rencontre la comtesse de Restaud et la baronne de Nucingen, dont il devient l'amant. Ce troisième homme peut être le personnage principal autour duquel le romancier tisse sa toile de forces, d'intérêts, de désirs et de tentations. Eugène de Rastignac veut percer le secret du père Goriot, « un libertin qui avait des goûts étranges » (p. 76), que les pensionnaires croient

perclus de vices alors qu'il s'est ruiné pour établir ses filles
sur un grand train. Il est le témoin, mû par le « désir de
pénétrer les mystères d'une situation épouvantable »
(p. 57), par qui le lecteur découvre l'histoire et assiste au
drame, la conscience par laquelle il découvre le monde et
ses lois. Investi, par délégation, des pouvoirs du romancier,
ce témoin observe les secrets inconnus de la pension
(« Voilà bien des mystères dans une pension bourgeoise »,
p. 88). Sans lui, sans sa curiosité, sans ses démarches, sans
ses observations, « il eût été sans doute impossible de
connaître le dénouement de cette histoire » (p. 195). Loca-
taire de Mme Vauquer, protecteur de Goriot, protégé de
Vautrin, ami de Bianchon, confident de Mme de Beauséant, soupirant d'Anastasie de Restaud, prétendant de
Victorine Taillefer, amant de Delphine de Nucingen, il établit le contact entre les personnages et leurs intrigues,
entre les lieux et les scènes multiples qui apparaissent dans
le roman sans lien direct.

Trois hommes, donc, par leur stature dominant des
silhouettes fortement dessinées, des individualités énergi-
quement tracées, des caractères bien trempés : Henri de
Marsay, Maxime de Trailles, le baron de Nucingen, le
comte de Restaud, le marquis d'Ajuda-Pinto. Ces trois
hommes du premier rang sont liés, nous le verrons, par
une politique de l'influence, de la transmission et de l'héritage, installés dans une tradition de relais et de relève,
dans le passage des modèles anciens au jeune, au nouveau.

Face à ces trois hommes, face à ces trois âges de la vie
de l'homme, quelques femmes. Pas une est heureuse. Lorsqu'elles sont mariées, toutes, sans exception, trompent leur
époux, et s'affichent avec leur amant. Dès 1829, dans sa
Physiologie du mariage, Balzac avait montré la fragilité des
unions de convenance obéissant à des motifs économiques
ou nobiliaires, résultant de politiques matrimoniales dic-
tées par le calcul et l'intérêt. De 1830 à 1832, dans une
série de *Scènes de la vie privée*, il avait illustré les petites
et les grandes misères de la vie conjugale, les dangers de
l'inconduite, les malentendus et les malheurs des sépara-
tions et des liaisons hors mariage. Ici, des faits bruts :
Anastasie trompe le comte de Restaud avec Maxime de
Trailles ; Delphine, le baron de Nucingen avec Henri de
Marsay puis avec Eugène ; la vicomtesse, le vicomte de
Beauséant avec le marquis d'Ajuda-Pinto. « En guerre avec

leurs maris à propos de tout » dira d'elles Vautrin (p. 166).
C'est qu'elles sont les premières victimes des lois et de la
société, les premières dupes de mariages sans amour
considérés comme des marchés — Victorine n'intéresse
Eugène que parce qu'elle aura bientôt une dot ; Delphine
est contrainte d'abandonner la sienne à son mari ; Anastasie sera forcée de vendre ses biens pour assurer l'héritage
du seul fils légitime qu'elle a donné à son mari. Le regard
effaré, halluciné par ce qu'il apprend dans le monde parisien, Eugène découvrira « ce mélange de bons sentiments,
qui rendent les femmes si grandes, et des fautes que la
constitution actuelle de la société les force à commettre »
(p. 209-210).

Les maris ? Adultère (Nucingen, Beauséant), désintérêt
(le duc de Langeais), impuissance (le comte de Restaud),
mœurs dépravées (le baron de Nucingen entretient une
danseuse), et complaisance généralisée : mondaine (le
vicomte dépose sa femme à l'Opéra auprès de son amant
avant de rejoindre sa maîtresse au théâtre des Variétés),
financière (Nucingen monnaie la présence de l'amant de
sa femme contre la remise de sa dot), ou cordiale (Restaud
reçoit chez lui Maxime de Trailles avec une « expression
fraternelle », p. 113).

Les amants ? Calcul (Ajuda-Pinto quitte la vicomtesse
pour épouser une fortune), cynisme (de Marsay lâche Delphine pour la princesse Galathionne), cause de désespoir
et de ruine (Maxime de Trailles sait mentir et jouer la
comédie du suicide).

Le festin de Télémaque

Au drame, il faut un décor. Les murs de la salle à manger
de madame Vauquer sont recouverts d'un grand papier
peint panoramique. Dans sa grotte, inconsolable du départ
d'Ulysse (le père), la déesse Calypso éprouve une violente
passion pour Télémaque (le fils) jeté par une tempête sur
son île. Secondée par Vénus, elle essaie en vain de le retenir en lui promettant l'immortalité, et lui offre un divin
banquet, envers fastueux des misérables repas servis aux
pensionnaires de la maison Vauquer.

Roman poétique écrit en 1699 par Fénelon pour l'éducation du duc de Bourgogne, le petit-fils de Louis XIV et le

père de Louis XV, prototype du roman didactique, *Les Aventures de Télémaque*, qui reprend et adapte la légende épique développée par Homère au chant IV de *L'Odyssée*, conte les pérégrinations du fils de Pénélope à la recherche de son père, affrontant une succession de dangers et de tentations — celles du luxe et celle des femmes —, obligé de choisir entre le vice et la vertu, apprenant le courage et la patience, traversant le monde, descendant aux Enfers. Suivant les traces de son père — *littéralement* : il est le successeur de son père dans le cœur de Calypso —, accompagné dans sa quête par Minerve déguisée en Mentor, son guide et son censeur, son précepteur et son conseiller, Télémaque, symbole de l'attente du père et du regret de son absence, retrouvera Ulysse. Gardons-nous bien toutefois de voir dans le roman de Fénelon un présage.

La mise en abîme, de la « caverne » (p. 260) de madame Vauquer à la grotte de Calypso, inscrit la référence au roman d'éducation à même le décor romanesque. Ce thème donne sa tournure au *Père Goriot*, dont l'histoire centrale, dans l'éclairage ainsi jeté sur la lecture par le romancier, devient celle du jeune homme qui apprend à se connaître en allant dans le monde, qui cherche dans les aventures et les difficultés le moyen de s'éprouver, de trouver son essence et son intériorité, de réaliser son adéquation, positive ou malheureuse, harmonieuse ou conflictuelle, avec l'univers social. Ce qui intéresse le romancier, ce sont les conditions psychologiques de la préparation à la vie sociale et de l'intégration à la société, c'est, d'un point de vue moral, dans le développement du caractère du héros, jeune dauphin, le mécanisme d'une crise intense, concentrée dans le temps, c'est le passage irréversible des espoirs du jeune homme aux dures expériences de l'homme. Il suffit d'une société dans laquelle se dessinent des parcours, d'un jeune homme et de quelques pères — professeur, protecteur ou mentor, initiateur ou corrupteur — qui trouvent un écho dans sa conscience, qui lui dévoilent ce qu'il est, qui devinent ses tentations secrètes, qui lui proposent de prendre en charge son destin ou de réaliser ses désirs. Eugène de Rastignac peut-il apprendre la vie de Goriot qui s'en est retiré, et qui a, en quelque sorte, renoncé à la lutte ? A côté de ce père, qui enseigne par sa souffrance et sa douleur, Vautrin raisonne, explique, décrit, discourt. L'un et l'autre sont en concurrence : ils offrent tous deux à Eugène ce que tout bon père doit offrir à son fils : une femme (Delphine ou Victorine) et de l'argent (une garçonnière, une dot d'un million).

L'envers d'Œdipe

Figure explicite et pathétique, type hors nature, Goriot incarne l'absolu de la paternité. Il est le père sublime qui tord la nuit de ses propres mains son argenterie pour que sa fille, au petit matin, puisse payer les dettes de son amant. « Leur père, le père, un père, [...] un bon père » (p. 131), Goriot est tout cela, sûrement. Est-il pour autant « Christ de la paternité », ainsi que le dit le roman (p. 282) ? Assurément non, à moins de considérer le sacrifice du fils de Dieu comme le modèle de toute passion. Est-il un « saint », comme Balzac l'écrit à madame Hanska (*L.H.*B. I, 195) ? Où est le miracle qu'il accomplit ? Où est son action bénéfique ? Il est bien plutôt un « martyr » *(ibid.)* qui éprouve de la volupté à se dépouiller, qui jouit par procuration des succès de ses filles dans le monde, qui demande qu'on le cajole et qu'on lui sourie, comblé par cet amour de substitution : « Ma vie, à moi, est dans mes deux filles. Si elles s'amusent, si elles sont heureuses, bravement mises, si elles marchent sur des tapis, qu'importe de quel drap je sois vêtu, et comment est l'endroit où je me couche ? » (p. 193). Goriot vit de sa dépossession — il vivra tant qu'il pourra donner — et travaille au bonheur de ses filles en ne l'envisageant que sous deux formes : l'argent et les amants. Il soutient Anastasie qui se laisse dévaliser par Maxime de Trailles, il appuie Delphine, qui se « jetterai[t] par la fenêtre » (p. 208) si elle devait coucher avec son mari ; il achètera donc des meubles à son amant. Les secours de son amour, exemplaire dans son principe, encouragent la corruption d'Anastasie et de Delphine, qui sont bien les dignes filles de leur père. Prêtes à tout sacrifier à leur passion, prêtes à se ruiner pour la personne aimée, elles ont hérité de la fibre paternelle, qui vibre en elles pincée par l'orgueil et l'ambition.

On pourrait croire que Goriot a failli à sa mission de père, qu'il a raté l'éducation de ses filles, que sa mort, en leur absence — elles n'iront pas se recueillir sur sa tombe —, en est la preuve. N'a-t-il pas fait d'elles, pourtant, et quand bien même involontairement, de merveilleuses machines, des bêtes de luxe parfaitement préparées aux lois du monde moderne ? S'il nous fallait une morale, elle pourrait être la suivante : un père ne doit pas se dépouiller de son vivant au profit de ses enfants. Goriot fut coupable d'imprudence en achetant des époux à ses filles, en les leur laissant choisir contrairement aux usages et à la tradition — « elles ont fait à leur fantaisie », (p. 194) —, en les mariant au dessus de leur condition, l'une dans la banque, l'autre dans l'aristocratie. Ce transfert amoureux de l'argent gagné à la sueur de ses mains et de son front, beaucoup aimé et dont il n'a plus la passion, vers ses filles qu'il vénère, son travail devenu dépense, entraîne dans la société capitaliste le mouvement ascendant de l'argent, qui remonte du vermicelle et des pâtes vers la propriété foncière et la banque, les deux grandes puissances du temps.

Devenu veuf très tôt, père et mère par nécessité, son « sentiment [...] implique la maternité » (p. 401). Son amour paternel est tendresse excessive et incurable, emportement sénile et sans noblesse, culte idolâtre et sans grandeur, amour de voyeur, passion fétichiste (il veut le gilet d'Eugène sur lequel Delphine a posé la tête : « Oh ! je vous en achèterai un autre, ne le portez plus, laissez-le moi », p. 213), désir incestueux, folie masochiste, équivoque dans ses manifestations. Il accepte les démarches les plus humiliantes, guette des heures le passage de ses filles aux Champs-Élysées, utilise les portes de service pour les voir chez elles, interroge les femmes de chambre pour savoir ce qu'elles font comme « un amant encore assez jeune pour être heureux d'un stratagème qui le met en communication avec sa maîtresse sans qu'elle puisse s'en douter » (p. 177). Sans doute, n'aurait-il pas eu besoin de recourir à de telles ruses s'il avait vécu avec ses filles, mais il a été chassé de chez elles par ses gendres, ses parents pauvres. C'est son drame, il veut les voir et les toucher : « Est-ce bon de se frotter à sa robe, de se mettre à son pas, de partager sa chaleur ! » (p. 240). Il baise les pieds de Delphine, il hume l'odeur d'Anastasie, il fait « des folies comme en aurait fait l'amant le plus jeune et le plus tendre » (p. 284). Sa projection dans l'objet aimé, l'agrandissement de son être, l'expansion de son moi aux dimensions de l'univers, lui procurent le sentiment de la divinité :

« Quand j'ai été père, j'ai compris Dieu. Il est tout entier partout, puisque la création est sortie de lui. Monsieur, je suis ainsi avec mes filles » (p. 193). En aimant ses filles, il se multiplie : « Je vis trois fois » (p. 193).

La seconde préface du roman, après coup, préviendra le lecteur : Goriot est, comme Vautrin, « en révolte contre les lois sociales » (p. 401). Il médite l'enlèvement de son petit-fils Restaud pour ramener le comte à la raison, il veut étrangler ses gendres — Nucingen : « Je le guillotinerais moi-même s'il n'y avait pas de bourreau » (p. 298), et Restaud : « Je le brûlerai à petit feu » (p. 302), et le comte et le baron ensemble : « A mort le Restaud, à mort l'Alsacien ! » (p. 340). Si Goriot aime Eugène, s'il le nomme « mon fils » (p. 308) ou « mon cher enfant » (p. 331, 339), ce n'est pas parce que Eugène l'aime ou est ému par sa triste condition, ni parce qu'il le défend contre la méchanceté des pensionnaires (« Qui vexera le père Goriot s'attaquera désormais à moi », p. 139), ni parce qu'il a « soin de lui comme d'un père » (p. 263), mais parce que Delphine a choisi de l'aimer (« Que je vous aimerais, mon cher monsieur, si vous lui plaisiez », p. 194-195), parce que par lui se réalise son fantasme incestueux. Ayant installé à ses frais la garçonnière de la rue d'Artois, ayant donné à son amant selon son goût à sa fille, il jubile, et dit à son enfant : « C'est moi qui suis l'auteur de ta joie » (p. 279). Dans cette relation ambiguë, dans ce triangle des passions obscures — paternelle (pervertie), amoureuse (détournée), d'ambition (calculée) — le père, père-mère, père-amant et père-entremetteur, voit dans l'amant le moyen de retrouver sa fille qu'il avait perdue, alors que l'amant perçoit le père, qui a des gestes et des attitudes qui le rendent jaloux, comme un rival. La fille, insatisfaite par son mari, abandonnée par son premier amant, la petite fille qui saute encore sur les genoux de son père, se prête à ses caresses et « le couvr[e] de baisers » (p. 282), raffermit, par son nouvel amant, son lien à son père, s'en rapproche au lieu de vivre sa vie par éloignements progressifs. Anastasie, elle, au contraire de Delphine, a psychologiquement, et salutairement, rompu avec son père — elle a un amant qui la comble.

Entretenant l'attachement de ses filles en achetant leurs caresses, Goriot se comporte-t-il différemment d'un mari ou d'un amant ? Comme tous les hommes, il achète son plaisir : « L'argent donne tout, même des filles »

(p. 334). Au pire des souffrances de son agonie, dans son délire exalté par la douleur, les hurlements de son cœur blessé cracheront son aveu : « Mes filles, c'était mon vice à moi ; elles étaient mes maîtresses » (p. 336), et ne dissimuleront plus cette essence perverse de son amour : « J'ai vécu pour être humilié, insulté. Je les aime tant, que j'avalais tous les affronts par lesquels elles me vendaient une pauvre petite jouissance honteuse. [...] Tout est de ma faute, je les ai habituées à me fouler aux pieds. J'aimais cela, moi » (p. 337). Est-on jamais victime des autres sans l'être un peu de soi-même ? Victime de ses filles, Goriot l'est aussi de lui-même, et de son amour dégénéré en idée fixe. Son existence entière est mobilisée par la passion unique, vitale et fatale, qui l'a fait vivre et qui le tue. Ni contenu ni contrebalancé par rien, ce sentiment grandit et l'attaque dans son intériorité. C'est pourquoi il passe aux yeux des autres pour un égoïste, ou pour un abruti : « Hors de sa passion, vous le voyez, c'est une bête brute », juge Vautrin (p. 100), tandis que madame Vauquer évalue en lui la « bête solidement batie » (p. 69). « Sorti de sa spécialité, [...] il redevenait l'ouvrier stupide et grossier » (p. 144) qu'il avait été, « son état méditatif » passe pour de l'« engourdissement sénile » (p. 79). Sa distraction continuelles, à la pension, lors des repas, est celle de l'homme absorbé dans sa pensée. Au contraire de l'usurier Gobseck ou de l'antiquaire de *La Peau de chagrin*, mais comme Balthazar Claës *(La Recherche de l'Absolu)* ou le peintre Frenhofer *(Le Chef-d'œuvre inconnu)*, n'ayant plus aucune volonté capitalisante, Goriot se ruine, économiquement et moralement, par une dépense excessive : c'est que pour rester riche, il faut absolument maîtriser ses passions. Goriot appartient à la classe des personnages qui concentrent leur énergie sur un seul objet, et son destin illustre la loi balzacienne des passions trop fortes, des caractères et des natures trop ardentes, des vies d'exception, des chercheurs et des rêveurs d'absolu. *Le Père Goriot* anime la grande crainte qui traverse *La Comédie humaine* entière, et qui assure la circulation entre son assise sociale et son assise philosophique en lui donnant sa profonde unité, dont *La Peau de chagrin* avait fondé le mythe : le fatalisme des passions, nécessaires et légitimes mais néfastes et mortelles, les ravages de la pensée, la vie rongée par le désir, usée par l'idée fixe. La monomanie consume et détruit l'individu.

Abattu par le chagrin et le désespoir, victime de l'ingratitude de la chair de sa chair, figure christique, martyr crucifié, transfiguré par la ruine et la maladie, par sa souffrance qui vaut rédemption et non par le chemin de croix qu'il a librement choisi, Goriot meurt étranglé par le combat que se livrent en lui l'angoisse épousée par l'espérance, son désir (« Mes filles, mes filles, Anastasie, Delphine ! je veux les voir. [...] Oh ! les voir, les entendre », p. 336) contredit par sa clairvoyance (« Je vois ma vie entière. Je suis dupe ! elles ne m'aiment pas, elles ne m'ont jamais aimé », p. 338), qui cherche encore sa satisfaction dans le leurre et le mensonge (« Quand même elles viendraient par avarice, j'aime mieux être trompé », p. 338). Dans la congestion du désir indissolublement noué à une réalité contraire, dans l'« apoplexie séreuse » (p. 311) d'un désir ineffectué qu'aucun dieu, qu'aucun monde, qu'aucune réalité ne pourra réaliser, il ne reste qu'à mourir, jeté sur un grabat par la passion.

Aux derniers moments de sa vie, Goriot atteint au sublime, sa grandeur se conjugue à son abaissement et à son indignité. Inconditionnel, aveugle, absolu, son dévouement est un dévouement de vieux chien fidèle. Parlant de ses filles, ne dit-il pas : « Je voudrais être le petit chien qu'elles ont sur leurs genoux » (p. 178) ? A un moment où il s'apprête à quitter sa pension, madame Vauquer lui « souhaite de mourir comme un chien » (p. 260). Balzac, dans sa seconde préface, insistera sur cette dimension du personnage : « Le Père Goriot est comme le chien du meurtrier qui lèche la main de son maître quand elle est teinte de sang ; il ne discute pas, il ne juge pas, il aime » (p. 401) ; mais le roman l'avait déjà dit : Goriot s'« élèv[e] jusqu'au sublime de la nature canine » (p. 178).

L'« Hercule-farceur » (p. 244)

« Vautrin est le grand déshérité de l'amour, le grand maudit du dévouement. Vautrin est ce qu'il y a de plus tendre, dans ce qu'il y a de plus implacable, un cœur de père sous une casaque de galérien. Il a été rejeté par la loi, il s'en venge en remplaçant la nature. Il est rayé du nombre

des hommes, il s'en console en ajoutant au nombre des
pères. Vautrin c'est le paria fait père ; c'est presque Dieu
fait homme. » Qui parle ainsi ? « La Critique. » Laquelle ?
Celle qui s'entretenait, à Jersey, en 1853, avec Victor Hugo
— qui se souviendra de Jacques Collin lorsqu'il créera Jean
Valjean dans *Les Misérables* (1862) —, par l'intermédiaire
des tables que la famille du poète faisait tourner[1].

De fait, Vautrin n'hésite pas à jouer l'épisode du Ressuscité exhibant sa poitrine « en mettant le doigt de Rastignac
sur un trou qu'il avait au sein » (p. 161). De fait, il ne cesse
de se nommer lui-même « papa Vautrin », et rêve de mener
une « vie patriarcale » (p. 168) avec des esclaves aux États-
Unis (« des enfants tout venus dont on fait ce qu'on veut »,
p. 168 — l'esclavage lui offrira sans doute la pleine et
entière disposition des corps pour le travail et pour le plaisir). Vautrin a regardé le crime en face, le connaissant et
connaissant sa nature, il l'a choisi, et y trouve son bonheur.
Il taille sa morale à sa mesure. « Artiste » (p. 160) et « prophète » (p. 258), poète du mal et poète de l'énergie —
« chaudière » et « volcan » (p. 266, 267) —, homme supérieur placé par le hasard dans une situation défavorable,
grand homme ayant mal tourné, homme de l'ombre qui
met en lumière les mécanismes d'une machine sociale tru-
quée qu'il récuse, homme des coulisses qui veut propulser
à l'avant-scène son protégé — Eugène aujourd'hui, Lucien
de Rubempré demain —, homme d'action (« Je suis un
grand poète. Mes poésies, je ne les écris pas : elles consistent en actions », p. 168), homme de vapeur et d'argent, il
concentre la volonté conquérante et la puissance d'exécution, proclame la force du moi indomptable (« Qui suis-je ?
Vautrin. Que fais-je ? Ce qui me plaît », p. 160), professe
la lucidité non entravée par aucune moralité intempestive,
enseigne la loi de l'égoïsme, unit le savoir, le vouloir et le
pouvoir, met le succès au-dessus des lois et le plaisir au-
dessus de la morale, fait appel à l'intérêt érigé comme
valeur en soi et comme vérité ultime, hors des illusions
produites par l'amour ou la reconnaissance.

Doué d'un solide sens des réalités — il sait ce qu'il a et
ce qu'il n'a pas, ce qu'il est et ce qu'il n'est pas —, Vautrin

---

1. Gustave Simon : *Les Tables tounantes de Jersey*, Paris, Conard,
1923, p. 58 (cité par Marcel Reboussin : « Vautrin, Vidocq, Valjean », *The French Review*, vol. XLII, nᵒ 4, mars 1969, p. 524).

offre au romancier une autre manière d'inscrire le destin
d'un homme dans la société, et d'illustrer le conflit qui
oppose au monde un individu rompu à toutes les exigences, qui veut y faire son chemin en se donnant les moyens
de son ambition au risque d'un corps à corps avec les pires
réalités. Dans son offensive solitaire contre la société, il ne
se laisse pas forcer la main par le destin, il analyse les données du monde, dénonce le truquage des valeurs, les apparences de la morale, le théâtre des sentiments, l'envers des
choses. Chantre de la corruption philosophique et sociale,
et de la corruption du cœur par l'argent, Vautrin dévoile la
violence, la brutalité, la lutte de tous contre tous, le mal
du monde, le côté de l'homme que nulle raison — nulle
pensée — ne peut absorber ni légitimer. Son immoralisme
n'est pas de nature, mais de nécessité (ou bien il aura le
dessus, ou bien il aura le dessous) ; la liberté n'est jamais
plus grande qu'en frôlant la menace de son contraire (la
prison, le bagne, la mort). Être satanique dont le rayonnement dérange l'équilibre de l'univers, figure diabolique et
luciférienne, tentateur expérimenté, Vautrin veut impri-
mer le cachet de sa pensée sur les événements et sur
l'ambitieux auquel il propose un pacte infernal et faustien,
exaltant en lui pour se loger dans son âme, au contraire
du Mentor de Télémaque, les calculs, les passions coupables, la spéculation, la trahison, la prostitution. Son sentiment à l'endroit d'Eugène est celui du père pour son enfant
(« Si je n'ai pas d'enfants [...] je vous léguerai ma fortune »,
p. 225), celui d'un démiurge pour sa créature (« je vous
connais comme si je vous avais fait », p. 160), celui d'un
homosexuel d'âge mûr pour un jeune homme (qui entre-
mêle les confidences amoureuses : « Je vous aime », « mon
petit cœur », « mon ange », p. 160, 225, 162, 172 ; et les
allusions érotiques non voilées : « Poussons chacun nos
pointes ! La mienne est en fer et ne mollit jamais », p. 226).
« Apprenez un secret, il n'aime pas les femmes ». Lui si
peu homme à femmes, lui qui confiera, ailleurs : « Pour
moi, la femme n'est belle que quand elle ressemble à un
homme », apprendra à Eugène que les femmes et l'amour
sont des instruments au service de la fortune.

Le choix de Pâris et de Bassanio

Au XIXᵉ siècle, en effet, c'est par les femmes que l'on réussit : « Vous ne serez rien ici si vous n'avez pas une femme qui s'intéresse à vous » (p. 135) ; que l'on se nomme Julien Sorel (Stendhal, *Le Rouge et le Noir*), Octave Mouret (Zola, *Pot-Bouille*), Georges Du Roy (Maupassant, *Bel Ami*), Lucien de Rubempré ou Eugène de Rastignac, qui a « remarqu[é] combien les femmes ont d'influence sur la vie sociale » (p. 82), qui « arrive et cherche une institutrice » (p. 129), et la trouve. Il est rare qu'un homme, comme le médecin de campagne Benassis qui fut lui-même un « jeune homme de province [...] jeté dans la capitale », regrette de n'avoir pu « rencontrer une femme qui se fût dévouée à m'expliquer les écueils de chaque route, à me donner d'excellentes manières, à me conseiller sans révolter mon orgueil, et à m'introduire partout où j'eusse trouvé des relations utiles à mon avenir » (*Le Médecin de campagne*, Pl. IX, 543 et 546). L'homme qui cherche une initiatrice cherche rarement en vain. Comme Félix de Vandenesse, il trouve Henriette de Mortsauf (*Le Lys dans la vallée*) — ou comme Balzac, il trouve madame de Berny. Comme Eugène, il trouve une protectrice, sa cousine, une Ariane qui le guide dans le labyrinthe parisien (p. 136), puis une maîtresse riche (mieux qu'une épouse), séduisante, influente, « une enseigne » (p. 136) qui lui permet de suivre la ligne montante de la vie.

Chez Shakespeare, dans *Le Marchand de Venise*, le prétendant de la belle et intelligente Portia doit choisir parmi les trois coffrets qui lui sont proposés — le premier d'or, le second d'argent, le troisième de plomb — celui qui lui permettra d'obtenir la main de cette femme qu'il aime. Berger sur le mont Ida, près de Troie, Pâris doit déterminer la plus belle des trois déesses qui se présentent à lui. Bassanio, qui est aimé de Portia, choisit modestement le plomb, et gagne. Pâris choisit Aphrodite et gagne Hélène. Qu'un homme choisisse entre trois coffrets pour obtenir une femme, ou qu'il choisisse entre trois femmes, il n'y a que la distance accomplie par le symbole. Entre l'aînée et la cadette, entre la « brune, à cheveux noirs », « grande et bien faite » (p. 77), et la « jolie blonde, mince de taille » (p. 77), attirantes, sourdement irritantes dans leurs beautés complémentaires, entre la comtesse et la baronne, et

Victorine, l'orpheline subitement devenue riche héritière, Eugène, qui a « faim d'une femme » (p. 86) vêtue de satin, parée de perles, aura, comme Pâris et comme Bassanio, à faire son choix. Par Goriot et par la vicomtesse, en cette affaire parfaitement désintéressée, il est poussé vers Delphine. Anastasie, de fait, est prise, déjà désirée et trop éprise. Il s'en détournera. Delphine hésite ? Ultime ressource, position de repli — point trop mauvaise —, ce sera Victorine. Delphine cède ? Fille d'un « vieux Quatre-vingt-treize » (p. 133), épouse d'« un riche banquier qui fait le royaliste » (p. 133), n'a-t-elle pas besoin du cousin de la vicomtesse de Beauséant pour être admise dans les salons et les coteries exclusives qui consacreront sa beauté et son élégance ? N'est-elle pas prête, pour cela, à « lape[r] toute la boue qu'il y a entre la rue Saint-Lazare et la rue de Grenelle » (p. 135) ? C'est que nous sommes sous la Restauration, en 1819 au début d'un mélange progressif des classes de la noblesse et de l'argent. Par son mariage, Anastasie est reçue où Delphine ne l'est pas encore, mais, liée au passé, elle s'apprête à tomber, tandis que Delphine, qui « monte », a l'avenir pour elle. Sa domination, qui accompagnera celle, économique et politique, de son mari, ne tardera pas. Ce sera donc Delphine, puisque l'intérêt est souverain. L'amour qu'Eugène lui porte n'est pas un vertige érotique qui sème en lui le désir des grandes choses, ni une adhésion profonde de la chair, mais un appétit, l'impulsion brutale de son moi conquérant.

Étudiant modeste, rangé, studieux, charmant garçon, mignon, scrupuleux, Eugène renonce à ses études, à ses examens, à ses succès scolaires, à ses diplômes, il refuse de gravir patiemment, c'est-à-dire péniblement, les petits degrés d'une honnête carrière. Une situation, quoique solide, quoique sûre, d'avocat ou de notaire en province ne mène pas à la vie brillante qu'il a entrevue en pénétrant dans le faubourg Saint-Germain grâce aux contacts qu'y a conservés sa famille. Il veut brûler toutes les étapes, sortir de la foule, quitter l'anonymat, vivre et faire sensation dans la haute société, loger entre cour et jardin, marcher de pair avec les lions, s'habiller comme eux, se rendre avec les mêmes cabriolets aux mêmes soirées, les éblouir par son luxe et ses chevaux. Il veut être de ces corsaires qui écument « l'océan de Paris » (p. 142) en gants jaunes, il veut s'installer au sommet de la société qui lui ouvre des perspectives pleines de délices. L'appétit de gloire ne peut plus être satisfait par le nombre des aïeux, ni par l'éclat du nom, ni par les conquêtes militaires — l'Empire est mort, on ne peut plus être colonel à vingt-cinq ans, ni général à trente. Il n'y a plus d'autre champ de bataille que celui des salons.

Pourquoi ces flibustiers naviguent-ils aussi dangereusement entre le jeu, les affaires, les dettes et les femmes ? Pourquoi cette convoitise et cette rage ? Pourquoi cet arrivisme forcené, fiévreux, tourmenté ? A quoi parviennent ces parvenus ? Que veulent-ils ? « L'or et le plaisir » répondait *La Fille aux yeux d'or* (Pl. V, 1040). « Or et amour à flots » répond *Le Père Goriot* (p. 179). Pour arriver à l'argent, et pour arriver aux femmes, puisque l'on arrive à l'un par l'autre, à elles par lui, et à lui par elles. Ce qu'il faut bien comprendre, c'est que l'argent n'est pas une fin — Eugène choisirait Victorine et tout serait dit —, il n'est qu'un moyen, pour Eugène comme pour Vautrin (celui de remuer le monde, de le vaincre, de régner sur lui), comme pour Goriot (celui de conserver les caresses de ses filles). Mais l'argent peut être un obstacle minuscule, bête et mesquin : 1 200 francs qu'Eugène demande à sa mère et à ses sœurs pour figurer chez madame de Beauséant. Transposant les valeurs chevaleresques de l'amour courtois en termes modernes, Delphine se chargera de lui expliquer, en levant ses scrupules, que l'argent n'est rien que « les armes de l'époque, des outils nécessaires » (p. 280-281) ; rien de moins que « le suprême argument du monde » avait-il antérieurement constaté (p. 137). De l'argent, donc, pour un premier train. Un habit, des gants, des bottes, une voiture (pour garder les bottes propres) constituent l'équipement du chasseur de millions. Le gibier ? Une maîtresse, ou une dot. Un moyen qui permet de marcher à la jouissance et au prestige, à la puissance et à la gloire, de trouver son assouvissement, de durer au sommet du monde conquis.

L'homme affranchi

En janvier 1833, Balzac écrivait à madame Hanska : « Il y a dans le parc de Versailles un *Achille entre le Vice et la Vertu*, qui me paraît un bien grand chef-d'œuvre et j'ai toujours pensé en le voyant à ce moment critique de la vie humaine. Oui, un jeune homme a besoin d'une voix courageuse qui l'entraîne à la vie d'homme, tout en lui laissant ramasser les fleurs de passion sur le bord de la route » (*L.H.*B. I, 24). Tel est, dans *Le Père Goriot*, Eugène, nature vierge, résolu à « ouvrir deux tranchées parallèles pour arriver à la fortune » (p. 138), telle est sa situation, que Vautrin lui résume impérativement : « Voilà le carrefour de la vie, jeune homme, choisissez » (p. 165). Pour choisir, il faut toutefois avoir été éclairé.

Eugène est un homme affranchi, d'abord par une femme du monde, puis par un homme du bagne. Madame de Beauséant, sa conseillère et sa bonne mère, sa protectrice et son introductrice, lui récite le bréviaire du cynisme : « Plus froidement vous calculerez, plus avant vous irez » (p. 135), qui procède de la lucidité. Veut-on la phrase suivante ? « Frappez sans pitié, vous serez craint. » Et la suivante encore ? « N'acceptez les hommes et les femmes que comme des chevaux de poste que vous laisserez crever à chaque relais, vous arriverez ainsi au faîte de vos désirs. » D'une manière aussi brutale, Vautrin, lui enseigne le bréviaire de la sédition, qui procède de l'analyse : « Il n'y [a] que deux partis à prendre : ou une stupide obéissance ou la révolte » (p. 161). Il lui révèle les itinéraires du succès et du pouvoir : « Savez-vous comment on fait son chemin ici ? par l'éclat du génie ou par l'adresse de la corruption. Il faut entrer dans cette masse d'hommes comme un boulet de canon, ou s'y glisser comme une peste » (p. 166). Discours didactique, de séduction et de tentation, pédagogie en images, contre-éducation bien comprise : « Il [Vautrin] m'a dit crûment ce que madame de Beauséant me disait en y mettant des formes » (p. 175). L'un et l'autre « savent tout », et le disent à Eugène (p. 135 et p. 162). Leurs leçons ne se redoublent pas ; elles se complètent. Les échos multiples de leurs paroles dans *Le Père Goriot*, qui montre ce qu'elles décrivent, en font le programme de tous les arrivistes de *La Comédie humaine*. Abstenons-nous toutefois d'y voir le jugement que Balzac lui-même porterait sur la société — c'est un aventurier qui parle, c'est une vicomtesse qui philosophe —, même si l'on peut y sentir la déception née de ses rêves de grandeur et de réussite non réalisés, le poids des difficultés rencontrées dans la recherche d'une position, intellectuelle et mondaine, dominante dans le monde réel. Accordons simplement au romancier le plaisir de rêver et le droit de se protéger du désespoir en inventant : sous la monarchie de Juillet, les dandies ne réussissaient pas aussi facilement que les personnages de Balzac, les carrières ne se faisaient pas de manière aussi fulgurante. Le pouvoir de la fiction accomplit le fantasme.

Faible, velléitaire, volage, perméable, homme des circonstances et de premier mouvement, Eugène se laisse porter par la vie, quitte à reculer provisoirement. Ses déplacements parisiens entre les êtres et les lieux sont l'écho des intermittences de son cœur, de son drame intérieur, de son irrésolution et de sa conscience aux prises avec ses déchirements. Il est impossible de le condamner tout à fait sans se faire, au moins brièvement, son avocat. Ce qui pourrait sembler de la passivité est encore, chez lui, l'espoir d'échapper à l'avilissement du monde, à l'égoïsme, au mensonge, à l'hypocrisie, à l'intérêt, au « chacun pour soi ». Naïf et immature, il pleure et il rougit quand il faut, et se laisse conduire par ses sentiments. Un élan du cœur spontané, une indignation d'enfant, c'est ce qui le sauve, lors de sa première visite chez sa cousine qui lui accorde en retour son « affection superstitieuse » (p. 143). Comme Rodrigue, il a du cœur. Il pressure sa famille, mais il l'aime et a honte d'emprunter à ses sœurs (il les rembousera). Il se révolte vertueusement contre le pacte de Vautrin, mais il est un des premiers à dénoncer la traîtrise qui a permis son arrestation. Il profite de l'argent de Goriot, mais il le materne et, pour réparer l'affection de ce cœur brisé, lui ment à propos de ses filles. Il est humilié de prendre l'argent de Delphine, mais il refuse de dîner avec elle lorsque apparaissent chez Goriot les premiers symptômes de la mort, puis, au moment d'aller au bal de madame de Beauséant, il fait preuve de courage en rappelant à la fille l'état du père. Il tient à l'estime et à l'amitié de Bianchon. Contrôle et surveillance après coup, le calcul, chez lui, vient corriger l'instinct. Eugène a pénétré et jugé la société ; il la dénigre et la maudit, mais l'accepte et ne la condamne pas. Il mesure la profondeur des abus et discerne la corruption ; indulgent, il lui suffit d'en profiter à son tour. Dans une « société gangrenée » (p. 268), sans cœur et sans pitié, vaniteuse, égoïste, hostile aux hommes de bonne volonté, implacable, insensible aux douleurs et aux infortunes, Eugène, câbles lâchés, amarres rompues, est un homme orienté par son désir et sa volonté, qui sont au point initial de son être. Être, pour lui, c'est désirer, c'est vouloir être ce qu'il n'est pas encore.

Eugène est un homme affranchi en ce sens encore qu'il est de condition libre. Nous le voyons acquérir la volonté de se posséder lui-même et conquérir sa liberté, devenir sujet de sa conscience et de ses motivations, maître de sa responsabilité, dégagé de toute vassalité. Ce que le pacte et les discours de Vautrin n'avaient su détruire en lui, sa jeunesse, sa pureté, sa confiance en une société qui châtierait les meurtriers, qui poursuivrait les fraudeurs, qui punirait les voleurs et condamnerait les faussaires, sa foi en l'existence du bien et du mal, du licite et de l'illicite, du vrai et du faux, la mort de Goriot l'anéantit instantanément, radicalement, définitivement. Quelques pelletées de terre jetées à la hâte sur un cercueil lui apprennent, au bord d'une fosse, qu'il faut savoir soupeser les consciences, peser le poids des morts, et les enjamber. Sur la dernière demeure de Goriot, Eugène verse « sa dernière larme de jeune homme » (p. 354). Enterrant un père, il enterre son enfance. Quittant cette herbe, il quitte le jardin de ses illusions candides pour une terre des hommes où nulle fraternité ne résiste au coude à coude convulsif qu'impose, dans une société d'obstacles et d'embuscades, la lutte pour les honneurs, la marche au pouvoir, la guerre pour la domination. La liberté d'Eugène se mesure à la peine qu'il a endurée, à la souffrance qu'il a traversée, aux résistances qu'il a vaincues, aux illusions qu'il a perdues, aux épreuves et aux privations qu'il a dominées, à ce qu'il lui en a coûté pour acquérir la plénitude de son être. Tout vainqueur l'est toujours aux dépens d'une partie de lui-même. Une vie, une trajectoire, un combat, s'évaluent autant par ce qu'ils permettent d'atteindre que par ce qu'ils coûtent, autant par ce qu'on obtient à leur issue que par ce qu'on est obligé d'abandonner pour les soutenir. Soutenir la lutte contre les autres hommes, c'est se mettre au-dessus d'eux. C'est refuser le pacte de Vautrin, c'est se détourner de la voie du travail et de la science choisie par Bianchon, c'est enterrer Goriot, c'est aller dîner « chez Mme de Nucingen » (p. 354), c'est ne passer de contrat qu'avec soi-même, c'est, à l'intérieur de soi, maintenir la distance qui isole des hommes. Eugène saura feindre l'ennui en leur compagnie, afficher un mépris cynique ou provocant, pratiquer une

conversation spirituelle et persifleuse, tranchante et déta-
chée. Il saura faire des dettes et ne pas les payer, se faire
des amis et les utiliser. Il saura tout rapporter à sa personne et s'imposer aux autres quoi qu'il leur en coûte, les
sacrifier, au besoin, en étouffant toute sensibilité, en se
dépouillant de ses remords, en avalant ses scrupules, en
anesthésiant sa bonté, en amenuisant ses peines, en tuant
ses sentiments.

Affranchi, libre, non parce qu'il aurait appris à vivre en
marge des lois, mais parce qu'il s'est psychologiquement
délivré des préjugés de son jeune âge, de la morale et des
vertus de sa famille, en allant dîner « chez madame de
Nucingen » — ce qui est bien un signe d'appétit, social,
sexuel, monétaire, et peut-être gastronomique —, avec
l'accord du mari, dans un ménage à trois, chez sa maîtresse resocialisée, rendue à la société par son titre de civi-
lité, adultère et fautive, il quitte la sphère privée pour le
combat public. Il se servira de Delphine comme il a vu
Delphine se servir de son père. Le geste est consciemment
posé, dans une atmosphère crépusculaire, entre la lumière
et l'obscurité, sur la tombe d'un innocent, pour montrer la
rupture qu'entraîne ce début dans la vie avec sa morale
d'avant, la sortie des zones protégées de l'enfance.

Cette histoire « sera-t-elle comprise au-delà de Paris ? » (p. 48)

D'entrée de jeu, dès la première page du *Père Goriot*, le
romancier définit de manière implicite la compétence du
lecteur auquel il s'adresse en le situant géographiquement
« entre les buttes de Montmartre et les hauteurs de Montrouge » (p. 48). Le lecteur du *Père Goriot* est un lecteur
urbain, qui doit posséder quelque connaissance de la ville,
un certain savoir de Paris où se déroule l'action « de cette
scène pleine d'observations et de couleurs locales » (p. 48).
La montée du provincial à Paris constitue en effet l'une
des plus grandes lignes de force de l'univers balzacien (et
de tout le roman au xixe siècle), qui expose une identique
volonté d'ascension sociale, le désir comme moteur de la
civilisation, et sa frénésie destructrice.

La France partagée sous l'Ancien régime entre les pro-
vinces du royaume, la Cour et Paris — et La Bruyère se

moquait : « Paris, pour l'ordinaire le singe de la Cour, ne sait pas la contrefaire[1] » —, remodelée par la création administrative des départements sous la Révolution et par la centralisation napoléonienne, se déploie selon une nouvelle hiérarchie, dans l'écart entre Paris et la province. En 1843, Balzac résumera ce fait : « Autrefois, Paris était la première ville de province, la Cour primait la Ville ; maintenant Paris est toute la Cour, la Province est toute la Ville » (*La Muse du département*, Pl. IV, 652). Dans *Les Misérables*, Victor Hugo conclura : « Le Paris de 1862 est une ville qui a la France pour banlieue[2]. » En 1897, Maurice Barrès évoquera « la France dissociée et décérébrée[3] ». Paris, au XIXᵉ siècle, centralise les honneurs et les pouvoirs, les prestiges et les distractions, concentre tous les symboles historiques, sociaux et esthétiques, devient la capitale du progrès et de la modernité, confine la province dans son éloignement, dans son retard, dans son temps propre, et son contre-temps. Cette ville se grossit, dès l'Empire et la Restauration, par la concentration physique des « classes laborieuses » et des « classes dangereuses », craque sous l'exode des « campagnes hallucinées » vers les « villes tentaculaires »[4], se creuse et s'élargit en son cœur par les travaux d'urbanisation, reporte sa périphérie, annexe les territoires archaïques des villages voisins, s'étend par le développement des faubourgs, de la zone et des banlieues.

L'opposition, morale au XVIIIᵉ siècle, entre la campagne, où s'épanouissent la vie naturelle, le bonheur et la vertu, et la « ville de bruit, de fumée et de boue[5] », la cité babylonienne et corruptrice, territoire de tous les dangers[6] et de la perte de soi, devient, chez Balzac, une opposition éner-

---

1. La Bruyère : « De la ville », *Les Caractères* [1688], Gallimard, « Folio », 1975, p. 152. — 2. Victor Hugo : *Les Misérables* (Iʳᵉ partie, Livre III, 3), dans *Œuvres complètes* publiées sous la direction de Jean Massin, Le club français du livre, tome XI, 1969, p. 137. — 3. Titre du neuvième chapitre de son roman *Les Déracinés*. — 4. Nous empruntons à l'historien Louis Chevalier le titre de son ouvrage *Classes laborieuses et classes dangereuses à Paris pendant la première moitié du dix-neuvième siècle*, 1958 (rééd. « Pluriel », Hachette, 1984) ; et au poète Émile Verhaeren ceux des recueils qu'il publia en 1893 et 1895. — 5. Jean-Jacques Rousseau : *Émile* [1762], « G.-F. », Flammarion, 1966, p. 464. — 6. En 1785, Rétif de la Bretonne sous-titre ses romans *Le Paysan perverti* (1774) et *La Paysanne pervertie* (1784) « *ou les Dangers de la ville* ».

gétique entre Paris et la province : « La France au XIXe siècle est partagée en deux grandes zones : Paris et la province ; la province jalouse de Paris, Paris ne pensant à la province que pour lui demander de l'argent » (Pl. IV, 652) — ainsi Eugène écrivant à Angoulême. Cette idée n'est pas absolument neuve : dès 1782, Louis-Sébastien Mercier écrivait en tête de son *Tableau de Paris* que Paris « pompe, [...] aspire l'argent et les hommes ; il absorbe et dévore les autres villes[1] ». Lieu de la thésaurisation et de l'étouffement, de l'enfouissement des fortunes et de l'enfermement de la jeunesse, la province balzacienne constitue le formidable réservoir des énergies drainées vers Paris qui « est comme la forteresse enchantée à l'assaut de laquelle toutes les jeunesses de la province se préparent » (*Illusions perdues*, Pl. V, 119). Cette capitale — cette tête — qui donne sens à tout, est donc le lieu de la dissipation et de la dilapidation des énergies. Ce cratère où se déploient toutes les pensées, où se consomment tous les désirs, où se consument toutes les forces, brûle les capitaux et les hommes : « Ce n'est pas seulement par plaisanterie que Paris a été nommé un enfer. Tenez ce mot pour vrai. Là, tout fume, tout brûle, tout brille, tout bouillonne, tout flambe, s'évapore, s'éteint, se rallume, étincelle, pétille et se consume » (*La Fille aux yeux d'or*, Pl. V, 1039-1040).

Eugène de Rastignac, le paysan d'Angoulême, s'en trouve-t-il perverti ? Dans *Le Père Goriot*, il unit la province, dont il vient, à la capitale, qu'il veut conquérir. A Paris, il lie les espaces sociaux : celui de la toute-petite-bourgeoisie, le faubourg Saint-Marceau ; celui, rive gauche (la noblesse, sous l'Ancien régime, logeait au Marais), de l'aristocratie restaurée dans ses droits et ses habitudes, dans son prestige et ses privilèges, dans son pouvoir et son patrimoine, le tout neuf faubourg Saint-Germain ; celui, rive droite, de la bourgeoisie d'affaires, enfin, qui souffre avec impatience la vieille noblesse, qui travaille à provoquer la révolution de 1830 pour s'installer aux commandes de l'État, le quartier de la Chaussée-d'Antin. D'où la valeur initiatique et révélatrice des trajets pédestres d'Eugène dans Paris, circulant des ruelles anonymes qui entourent

---

1. Louis-Sébastien Mercier : *Tableau de Paris*, 1782-1788 (cité d'après la réédition procurée par Michel Delon, Laffont, « Bouquins », 1990, p. 25).

sa pension aux larges avenues des nouveaux quartiers, franchissant les ponts de la Seine, passant de sa mansarde aux plus hauts salons aristocratiques. Les distances spatiales sont des distances sociales, dans Paris comme dans chacun de ses quartiers : à la pension, Goriot s'appauvrissant grimpe d'étage en étage, quitte un appartement cossu pour une chambre misérable, et s'éloigne du centre, du rez-de-chaussée, de la pièce et de la table communes. Chaque quartier de Paris s'organise d'ailleurs sous l'autorité d'une femme et dans un appartement spécifique qui oblige chacun à négocier sa vie publique avec sa vie privée : dans le faubourg Saint-Marceau, la salle à manger de madame Vauquer ; dans le faubourg Saint-Germain, le salon de la vicomtesse de Beauséant ; à la Chaussée-d'Antin, le boudoir de Delphine de Nucingen. Eugène évalue les contrastes d'une société qu'il découvre, et mesure les écarts intolérables entre les feux luxueux des hôtels du faubourg Saint-Germain ou de la Chaussée-d'Antin et l'obscurité, la crasse, l'ennui, la fétidité de la pension où « règne la misère sans la poésie » (p. 54). Il en apprécie aussi les similitudes et les reflets : la bêtise est chez les riches comme chez les pauvres (il en a toujours été ainsi), le calcul est en haut comme en bas (le marquis d'Ajuda-Pinto épouse Mlle de Rochefide pour sa dot comme Mme Vauquer voudrait épouser, pour ses rentes, Goriot dont le « mollet charnu » lui donne « des idées », p. 69), la cruauté est au faubourg Saint-Germain comme au faubourg Saint-Marceau (on se précipite au bal de la vicomtesse de Beauséant pour assister à sa douleur comme les pensionnaires accablent et insultent Goriot à table, souffre-douleur convaincu de crétinisme par quelques jeunes étudiants en médecine). La médiocrité, celle du siècle dira Flaubert, est partout.

Au faubourg Saint-Marceau, l'un des plus pauvres et l'un des plus sordides, où le colonel Chabert, autre héros balzacien, échoue en mars 1819[1], huit mois avant que débute l'action du *Père Goriot*, entre le Panthéon, le Val-de-Grâce et le Jardin des Plantes, dans un carré de misère, quatre sommets, l'hôpital des Vénériens (p. 50), celui des Incurables (p. 54), l'hospice de la Vieillesse (p. 58), la Maternité (p. 58), délimitent la détresse et la maladie de l'espace

---

1. Voir notre édition du *Colonel Chabert*, Le Livre de Poche « classique », n° 3107, 1994.

romanesque initial. En leur centre, la pension — un taudis que madame Vauquer essaie de faire passer pour un palace — est un « hospice libre » (p. 65), au mobilier « manchot, borgne, invalide, expirant » (p. 54), dégageant les « exhalaisons d'un hôpital » (p. 55), qui pue « l'hospice » (p. 53), et qui se transformera en morgue lorsque Goriot y aura agonisé. Cette « épouvantable caverne » (p. 260), ce « terrier de plâtre » (p. 168), cet « antre » (p. 61), ce « marécage » (p. 226) abrite des « êtres rassemblés par le hasard » (p. 58), une humanité en attente (Victorine, Eugène, Bianchon), ou déchue (Goriot, Poiret, Mlle Michonneau), une ménagerie de déclassés sans origine, de déracinés à la dérive, une cohue d'étudiants, de petits employés, de retraités. Derrière et sous ses vieilles pierres, grouillent les « colimaçon[s] » et les « mollusque[s] » (Goriot vu par un pensionnaire, p. 80), les « punaises » (Poiret vu par Vautrin, p. 225) et les cloportes. C'est qu'il y a des espèces humbles, le plus souvent sédentaires, qui vivent « comme des huîtres sur un rocher » (p. 80), les « pigeons » et les « marsouins » (Taillefer fils et père, p. 237 et 95), les « ânes d[u] grand moulin social » (p. 61), les agneaux, les brebis qui se font manger ; et il y a des espèces fortes, ceux qui éprouvent, comme Eugène, « une faim de loup » (p. 163), ceux qui mangent, les bêtes de proie, les « renard[s] » (Gondureau, p. 255), les « faucons » (le colonel Franchessini, p. 237), les lions (Maxime de Trailles, Henri de Marsay, Ronquerolles), les sauvages (Vautrin, la « poitrine velue comme le dos d'un ours, [...] garnie d'un crin fauve », p. 161 ; « des griffes d'acier », p. 175 ; les « yeux [...] comme ceux d'un chat sauvage », des « geste[s] de lion », p. 266). Entre elles, des espèces et des proies intermédiaires : les femmes, « femme de race », « cheval de pur sang », des licornes avec « du feu dans les mouvements » (p. 85).

Paris est donc une jungle, une « savane » (p. 140), une « forêt du Nouveau-Monde » (p. 170) où la « vie [...] est un combat perpétuel » (p. 141) : « Il faut vous manger les uns les autres comme des araignées dans un pot » (p. 166). Dans cette dévoration générale, s'agite une faune féroce, égoïste, sans âme, animée par la vanité et par l'arrivisme, commandée par l'argent, affamée de plaisirs jamais assouvis, des monstres. « Monstruosité curieuse » que la pension Vauquer (p. 61), « monstre » le père de Victorine (p. 95) et « monstre » son frère (p. 253), « véritable monstre » Henri de Marsay (p. 220) et « monstre » le comte de Restaud qui « ne sa[it] pas ce que c'est que de rendre une femme heureuse » (p. 302-303), « monstre » Anastasie aux yeux de Delphine (p. 305) : « Paris est toujours cette monstrueuse merveille, étonnant assemblage de mouvements, de machines et de pensées, la ville aux cent mille romans, la tête du monde » (*Ferragus*, Pl. V, 795). Cette humanité balzacienne dénaturée, animalisée, sera, par l'« Avant-propos » de *La Comédie humaine*, placée sous observation scientifique. Dans ce texte doctrinal qui précède son œuvre complète, Balzac, tour à tour nomenclateur, anatomiste, philosophe, physiologiste et médecin, empruntera son système aux sciences naturelles, expliquera sa zoologie humaine et sa classification de l'humanité en « Espèces Sociales comme il y a des Espèces Zoologiques » (Pl. I, 8), analysera la nature sociale et le fonctionnement de ses lois organiques en remontant des effets aux causes, en en décrivant les dangers et les tares.

L'ascension de l'affranchi

Aux confins de la jungle parisienne, la boue. L'exploration de la capitale est, dans les premières pages du roman, comparée à une plongée dans les Catacombes (p. 49). Cette descente aux Enfers, que Pierre-Georges Castex avait soulignée dans sa remarquable édition du *Père Goriot*[1], n'est pas qu'une image (Eugène, au sortir du grand bal donné par sa cousine, remarque : « Je suis en enfer », p. 328), elle fait traverser les cercles de la damnation du monde : celui de l'aristocratie, de la belle et de la grande société ; celui de la banque et des affaires de la bourse ; celui de la justice et de la police ; celui des hors-la-loi et des bagnards. Après avoir constaté : « Paris est donc un bourbier » (p. 101), après avoir entendu Vautrin répondre « un drôle de bourbier » (p. 101), et la duchesse de Langeais ajouter : « Le monde est un bourbier, tâchons de rester sur les hauteurs » (p. 134), après avoir compris l'alternative, « faire mon chemin ou [...] rester dans la boue » (p. 141), ayant fait son « lit dans la fange » (p. 218), s'étant jusqu'au cou

---

1. *Le Père Goriot*, introduction, notes et appendice critique par Pierre-Georges Castex, Classiques Garnier, 1960, 481 p.

immergé dans cet « océan de boue » (p. 320), Eugène
achève son parcours par l'ascension du cimetière du Père-
Lachaise, par une montée au royaume des morts, par un
retour — depuis les Catacombes — de la mort à la mort,
d'où Paris, enfin comprise, se donne à lire et à prendre. Au
haut du Père-Lachaise, dominant physiquement la capitale
avant de la dominer socialement, embrassant d'un coup
d'œil le « champ de bataille de la civilisation parisienne »
(p. 131) étalée à ses pieds, (re)naissant à lui-même, Eugène
est prêt pour l'avenir, capable désormais de passer à
l'action, de tendre son énergie, de se lancer dans le futur,
de peser ce qu'il vaut, d'être ce qu'il veut. Le temps des
révoltes, comme celui des capitulations, est passé.
L'homme affranchi est aussi un guerrier.

Désormais doté d'un sens pratique qui lui permet de
comprendre le monde, les ruses de l'existence et les ironies
du sort, qui lui fera anticiper le jeu social — dans *La Maison Nucingen* qui commente longuement son ascension,
Bixiou dira de lui qu'il est un « gentleman qui sait le jeu »
(Pl. VI, 334) —, ayant acquis un système de références et
de préférences, une claire vision de la division des hommes, une perception efficace des situations et des réponses, Eugène entrera dans « le jeu » mû par une volonté
conquérante, agissant d'une activité soutenue, en acceptant tacitement les contraintes et les possibles qui se présentent à lui comme des « choses à faire », parmi lesquelles
sa prétention à exister tranchera. Dans les interstices de
La Comédie humaine, on apprend qu'il sera bientôt un
homme à la mode, vivant de relations et d'expédients,
appuyé par quelques grandes dames, employant tous les
moyens pratiques de parvenir. Dans *La Peau de chagrin*,
dont l'action se situe au cours de l'hiver 1830-1831, professeur de vie, briseur d'illusions, il est à peu près arrivé. En
1833, il est sous-secrétaire d'État dans le cabinet parle-
mentaire présidé par Henri de Marsay[1], son prédécesseur
auprès de Delphine. Dans *La Maison Nucingen*, on le
retrouvera « en passe de devenir ministre, pair de France
et tout ce qu'il voudra être » (Pl. VI, 332). Après avoir
assuré sa fortune en entrant dans les combinaisons finan-
cières du baron de Nucingen, il délaissera Delphine. D'un
mot terrible, Maxime de Trailles, devenu son ami, résu-

---

1. *Une fille d'Eve*, Pl. II, 311-312.

mera plaisamment cette longue liaison avec la femme du banquier : « Vingt ans de travaux forcés » (Pl. VIII, 809). Il faut savoir quitter une maîtresse trop âgée pour être utile, aussi avantageuse fût-elle, pour une autre d'un meilleur intérêt, d'un plus grand rapport. Eugène songera brièvement à la marquise d'Espard, la plus grande dame de Paris : « Une femme du monde mène à tout, elle est le diamant avec lequel un homme coupe toutes les vitres[1]. » Il se ravisera, se consolera avec la princesse de Cadignan[2], choisira de faire un bon mariage. Il épousera Augusta, la fille de Delphine et du baron[3]. Après avoir « fini convenablement[4] » avec la mère, il faut savoir épouser la fille. En 1845, Eugène sera comte, pair de France, ministre de la Justice, avec 300 000 livres de rente[5]. Dans la fumée de l'or et la vanité de la puissance, il est au sommet de la société, dans le plaisir que les autres lui imaginent, sans illusions (car une chose, à ses yeux, est claire : le travail use et le plaisir tue, et tout se paie par la mort). Devant lui, tout le monde s'incline. N'est-ce pas exister que cela ?

Fermant *Le Père Goriot* après l'avoir tenu « d'une main blanche » (p. 48), nous ne laissons pas Eugène à la croisée des chemins, entre le bien et le mal, entre l'abnégation illustrée par Goriot et la révolte proposée par Vautrin. Gendre du supplicié, héritier du diable, cousin de la femme abandonnée, amant de la parricide, Eugène n'est pas Achille ni Hercule hésitant entre le vice et la vertu. Il n'est pas davantage Télémaque. Il a eu trop de pères pour avouer une seule paternité. Nous le quittons affranchi, *par-delà* le bien et le mal, la flamme au fond de l'œil et le sourire — le rictus — au coin des lèvres, appartenant à cette catégorie d'hommes qu'il faut craindre et dont il faut se méfier, libre et seul, non pas simplement parce que Goriot est mort, Vautrin en prison et madame de Beauséant retirée en Normandie, mais libre et seul comme un homme qui a su s'isoler, et qui sait le jeu.

Stéphane VACHON

---

1. *L'Interdiction*, Pl. III, 425. — 2. *Les Secrets de la princesse de Cadignan*, Pl. VI, 952. — 3. *Le Député d'Arcis* (Pl. VIII, 804). Cette situation n'est pas unique dans *La Comédie humaine* : Diane d'Uxelles, princesse de Cadignan, épousera le duc de Maufrigneuse, l'amant de sa mère (*ibid.*, VI, 983). — 4. *La Maison Nucingen*, Pl. VI, 332. — 5. *Les Comédiens sans le savoir*, Pl. VII, 1199.

VIE DE BALZAC

1799 : Naissance, à Tours, le 20 mai (1er prairial an VII),
d'Honoré. Le père, Bernard-François, né en 1746, fonc-
tionnaire et notable de l'Empire, a trente-deux ans de
plus que la mère, Anne-Charlotte-Laure Sallambier, née
en 1778. Le 22 juin 1798, un premier fils, Louis-Daniel,
né le 20 mai 1798, nourri par sa mère, mourait. Honoré
est placé en nourrice. Suivront Laure, le 29 septembre
1800, Laurence, le 18 avril 1802, et Henri, le
21 décembre 1807, fils adultérin de Jean de Margonne,
châtelain de Saché, ami de la famille Balzac.

1807 : Entrée comme pensionnaire au collège de Vendôme. Six années d'internat. Honoré en sera retiré le
22 avril 1813 ; un abus de lecture ayant entraîné une
espèce d'encéphalite. Il passe une année dans sa famille.

1814 : Installation à Paris (novembre).

1815 : En pension à l'Institution Lepître (janvier), puis à
l'Institut Ganser (novembre).

1816 : Entrée comme petit clerc chez l'avoué Jean-Baptiste
Guillonnet-Merville (septembre). Première inscription à
la Faculté de Droit (novembre). Cours à la Sorbonne et
au Muséum.

1818 : Entrée chez Me Édouard-Victor Passez, notaire
(avril).

1819 : Admis au baccalauréat de droit en janvier, Honoré
s'installe dans une mansarde, rue Lesdiguières dans le
quartier de l'Arsenal, pour faire de la littérature (août).

1818-1823 : Lectures (Descartes, Malebranche, Spinoza,
d'Holbach) et premiers essais philosophiques, essais

poétiques, romanesques dramatiques : *Cromwell*. Échec.

1822-1825 : « Premières opérations de littérature marchande ». Balzac publie, d'abord en collaboration, puis seul, huit romans (31 vol. in-12) sous les pseudonymes de Lord R'Hoone puis de Horace de Saint-Aubin.

1822 : Début de la liaison avec madame de Berny, qui durera jusqu'à la mort de celle-ci en 1836.

1824 : Balzac s'installe 2, rue de Tournon (octobre). Première expérience journalistique au *Feuilleton littéraire*.

1824-1825 : Travaux anonymes de librairie : *Du droit d'aînesse* (février 1824), *Histoire impartiale des jésuites* (avril 1824), *Code des gens honnêtes* (mars 1825).

1825 : Liaison avec la duchesse d'Abrantès. Entre eux subsista une amitié littéraire.

1825-1828 : Abandon, partiel et provisoire, de la littérature. Balzac imprimeur, libraire, fondeur de caractères (au 17, rue des Marais-Saint-Germain ; aujourd'hui rue Visconti). Faillite et 60 000 francs de dettes.

1828 : Installation rue Cassini, au n° 1. Retour à la littérature. Rédaction de l'« Avertissement » du *Gars*. Projet de l'*Histoire de France pittoresque*.

1829 : Publication des *Chouans* (mars) et de la *Physiologie du mariage* (anonyme, décembre).

1830 : Importante activité journalistique, au *Feuilleton des journaux politiques*, à *La Caricature*, au *Temps*, à *La Silhouette*, à *La Mode*, au *Voleur*.

Publication en librairie des six premières *Scènes de la vie privée* (*La Vendetta*, *Gobseck*, *Le Bal de Sceaux*, *La Maison du chat-qui-pelote*, *Une double famille*, *La Paix du ménage*. Collaboration aux *Mémoires de Sanson* (contenant *Un épisode sous la Terreur*).

1831 : Ambitions politiques et électorales, publication de l'*Enquête sur la politique des deux ministères* (avril).

En librairie : *La Peau de chagrin*, *Romans et contes philosophiques* (comprenant *La Peau de Chagrin* et douze « contes » : *Sarrasine*, *La Comédie du diable*, *El Verdugo*, *L'Enfant maudit*, *L'Élixir de longue vie*, *Les Proscrits*, *Le Chef-d'œuvre inconnu*, *Le Réquisitionnaire*, *Étude de femme*, *Les Deux Rêves*, *Jésus-Christ en Flandre*, *L'Église*).

1832 : Conversion au légitimisme (mars) et collaboration au *Rénovateur*. Échec amoureux auprès de la duchesse de Castries. Projets de mariage qui échouent (avec Éléo-

nore de Trumilly, avec Caroline Deurbreucq). Début de
la correspondance avec madame Hanska.

En librairie : 2ᵉ édition des *Scènes de la vie privée* (augmentée de neuf scènes : *Le Conseil* [réunion provisoire de
Le Message et de *La Grande Bretèche*], *La Bourse*, *Adieu*,
Le Curé de Tours, *Le Rendez-vous*, *La Femme de trente
ans*, *Le Doigt de Dieu*, *Les Deux Rencontres*, *L'Expiation*
[ces cinq derniers titres réunis formeront *Même histoire*
en 1834, puis *La Femme de trente ans* dans *La Comédie
humaine*]) ; *Nouveaux Contes philosophiques* (*Maître
Cornélius*, *Madame Firmiani*, *L'Auberge rouge*, *Louis
Lambert*) ; *Contes bruns* (en collaboration) ; *Premier
Dixain* des *Cent Contes drolatiques*.

1833-1837 : *Études de mœurs au XIXᵉ siècle* (12 vol. comprenant 27 titres répartis entre les *Scènes de la vie privée*,
Scènes de la vie de province, *Scènes de la vie parisienne*).

1833 : Liaison avec Marie Daminois, dont Balzac aura une
fille, Marie-Caroline Du Fresnay, née le 4 juin 1834, qui
mourra sans descendance en 1930. Première rencontre
avec madame Hanska à Neufchâtel (septembre) ;
deuxième rencontre à Genève (décembre-janvier 1834).

En librairie : *Second Dixain* des *Cent Contes drolatiques*,
Le Médecin de campagne, *Eugénie Grandet*, *Le Message*,
La Femme abandonnée, *La Grenadière*, *L'Illustre Gaudis-
sart*.

1834-1840 : *Études philosophiques* (20 vol, 25 titres).

1834 : Balzac fait la connaissance de la comtesse
Guidoboni-Visconti. Jules Sandeau est son secrétaire.

En librairie : *Les Marana*, *Ferragus*, *La Duchesse de Langeais*, *La Fille aux yeux d'or* (début), *La Recherche de
l'Absolu*, *Même Histoire* [*La Femme de trente ans*], *Un
drame au bord de la mer*.

1835 : Balzac transporte son domicile au 13, rue des
Batailles à Chaillot. A Vienne, il retrouve madame
Hanska ; visite de Wagram, rencontre de Metternich
(mai-juin). Découragé par Sandeau, Balzac s'adjoint
deux nouveaux secrétaires, Auguste de Belloy et Ferdinand de Grammont (*L.H.B.* I, 281). Liaison avec la
comtesse Guidoboni-Visconti, qui demeurera une amie
fidèle.

En librairie : *Le Père Goriot*, *La Fille aux yeux d'or* (fin),
Melmoth réconcilié, *Le Contrat de mariage*, *Séraphîta*.

1836-1840 : Publication des *Œuvres complètes de Horace de Saint-Aubin* (16 vol. comprenant 6 romans de jeunesse).

1836 : Direction de la *Chronique de Paris*. Faillite en juin : 46 000 francs de pertes. Voyage à Turin en compagnie de Caroline Marbouty (juillet-août). Mort de madame de Berny.

En librairie : *Le Lys dans la vallée*, *L'Interdiction*.

1837 : Projet, qui ne verra pas le jour, des *Études sociales*. Voyage en Italie (février-mai).

En librairie : *La Grande Bretèche*, *Illusions perdues* (Ire partie), *La Vieille Fille*, *La Messe de l'athée*, *Facino Cane*, *Les Martyrs ignorés* (inachevé), *La Confidence des Ruggieri*, *L'Enfant maudit* (augmenté de *La Perle brisée*), *Histoire de la grandeur et de la décadence de César Birotteau* ; *Troisiesme Dixain* des *Cent Contes drolatiques*.

1838 : Séjour à Nohant chez George Sand (fin février-début mars). Voyage en Sardaigne (mars-avril), et rêve avorté d'y exploiter des mines argentifères. Séjour en Italie (Turin, Milan ; mai). Installation aux Jardies, à Sèvres (juillet).

En librairie : *Balzac illustré. La Peau de chagrin*, *La Femme supérieure* [*Les Employés*], *La Maison Nucingen*, *La Torpille* (début de *Splendeurs et misères des courtisanes*).

1839 : Président de la Société des gens de lettres (août). Défense de Peytel. Première candidature à l'Académie française (décembre ; trois autres suivront, en juillet et décembre 1842, en décembre 1848 — toutes échoueront). Le théâtre de la Renaissance refuse *L'École des ménages* (ni jouée ni publiée du vivant de l'auteur).

En librairie : *Le Cabinet des Antiques*, *Gambara*, *Traité des excitants modernes*, *Illusions perdues* (IIe partie), *Une fille d'Eve*, *Massimilla Doni*, *Béatrix* (Ire et IIe parties), *Pierre Grassou* ; trois articles pour le recueil *Les Français peints par eux-mêmes*.

1840 : Échec de *Vautrin* (théâtre, mars), échec de la *Revue parisienne* après 3 numéros (juillet, août et septembre), saisie des Jardies (septembre). Balzac s'installe rue Basse, à Passy (actuelle rue Raynouard et Maison de Balzac).

En librairie : *Les Secrets de la princesse de Cadignan*, *Pierrette*, *Vautrin* (théâtre) ; *Monographie du rentier* (article des *Français peints par eux-mêmes*).

1841 : Voyage en Bretagne en compagnie d'Hélène de

Valette (avril-mai). Signature des contrats pour la publication de *La Comédie humaine* (avril et octobre). Démission de la Société des gens de lettres (septembre). Mort du comte Hanski (novembre).

En librairie : *Le Curé de village, Z. Marcas, Histoire de l'Empereur racontée dans une grange par un vieux soldat* (extrait du *Médecin de campagne*) ; *Physiologie de l'employé* ; dernier article des *Français peints par eux-mêmes* ; quatre articles pour le recueil *Scènes de la vie privée et publique des animaux*..

1842-1846 : Publication de *La Comédie humaine* (16 vol. in-8) ; un vol. complémentaire en 1848.

1842 : Crise. Balzac est congédié par madame Hanska. Réconciliation en juin.

En librairie : *Mémoires de deux jeunes mariées, Ursule Mirouët, La Fausse Maîtresse, Albert Savarus, Autre Étude de femme, La Rabouilleuse*, « Avant-propos » de *La Comédie humaine* ; *Les Ressources de Quinola* (théâtre) ; dernier article des *Scènes de la vie privée et publique des animaux*.

1843 : Voyage à Saint-Pétersbourg au cours de l'été, pour y retrouver madame Hanska qu'il n'a pas vue depuis 1835.

En librairie : *Une ténébreuse affaire, La Muse du département, Illusions perdues* (IIIᵉ partie), *Monographie de la presse parisienne* ; *Paméla Giraud* (théâtre).

1844 : Année sédentaire, de dur travail et de forte production.

En librairie : *Un début dans la vie, Splendeurs et misères des courtisanes* (Iʳᵉ et IIᵉ parties), *Sur Catherine de Médicis, Honorine, Modeste Mignon* ; quatre articles pour le recueil *Le Diable à Paris*.

1845 : Peu de travail, voyages en compagnie de madame Hanska (en France, en Hollande, en Belgique, en Allemagne, à Naples). Chevalier de la Légion d'honneur (avril). Premier séjour à Paris de madame Hanska accompagnée de sa fille (juillet).

En librairie : *Béatrix* (dernière partie), *Petites Misères de la vie conjugale* (début), *La Grande Bretèche* (intégré à *Autre Étude de femme*) ; deux derniers articles au *Diable à Paris*.

1846 : Séjour en Italie et en Suisse avec madame Hanska (mars-mai). Achèvement de la publication de *La Comédie humaine*.

En librairie : *Les Comédiens sans le savoir, Petites Misères de la vie conjugale* (fin), *Splendeurs et misères des courtisanes* (IIIe partie), *Un homme d'affaires, L'Envers de l'histoire contemporaine* (Ier épisode : *Madame de La Chanterie*).

1847 : Séjour *incognito* de madame Hanska à Paris (février-mai). Balzac rédige son testament le 28 juin. Départ pour Wierzchownia, résidence ukrainienne de madame Hanska (septembre).

En librairie : *La Cousine Bette, Le Cousin Pons, Le Député d'Arcis* (inachevé), *Splendeurs et misères des courtisanes* (IIIe partie), *Splendeurs et misères des courtisanes* (IVe partie), *Une rue de Paris et son habitant.*

1848 : Retour à Paris en février. Comme en 1847, départ pour Wierzchownia en septembre (deuxième séjour). Lecture du *Faiseur* [*Mercadet*] au comité du théâtre Français (août, puis décembre ; première représentation le 23 août 1851 au Gymnase dramatique).

En librairie : *La Comédie humaine*, 17e volume (*La Cousine Bette, Le Cousin Pons*) ; *La Marâtre* (théâtre).

1849 : Balzac passe l'année en Ukraine.

1850 : Mariage (14 mars). Retour à Paris (20 ou 21 mai). Mort de Balzac (18 août). Enterrement au cimetière du Père-Lachaise dans un convoi de troisième classe. Discours de Louis Desnoyers, président de la Société des gens de lettres, précédé d'une oraison de Victor Hugo.

BIBLIOGRAPHIE

1. Œuvres de Balzac

1. *La Comédie humaine*, nouvelle édition publiée sous la direction de Pierre-Georges Castex, Gallimard, « Bibliothèque de la Pléiade », 1976-1981, 12 vol.
2. *Correspondance*, textes réunis, classés et annotés par Roger Pierrot, Garnier, 1960-1969, 5 vol.
3. *Lettres à Madame Hanska*, édition établie par Roger Pierrot, Laffont, « Bouquins », 1990, 2 vol.

   La première édition, 1967-1971, en 4 volumes, aux éditions du Delta, ou chez les Bibliophiles de l'Originale, est épuisée. (Voir notre analyse : « Les *Lettres à Madame Hanska* d'Honoré de Balzac », *Romantisme*, n° 77, 1992-3, p. 113-119).
4. *Œuvres diverses*, sous la direction de Pierre-Georges Castex, avec la collaboration de Roland Chollet, René Guise et Nicole Mozet, Gallimard, « Bibliothèque de la Pléiade », tome I, 1990, 1857 p.

   Ce premier volume contient *Les Cent Contes drolatiques* et les *Premiers Essais. 1818-1823* (voir notre analyse : « Y a-t-il un "jeune" Balzac ? », *Romantisme*, n° 80, 1993-2, p. 107-114). Deux volumes sont à paraître, qui réuniront les textes de 1824 à 1835, puis ceux de 1836 à 1848. Il faut donc encore consulter l'une ou l'autre des éditions suivantes :

   — ou les *Œuvres complètes illustrées* de Balzac, publiées sous la direction de Jean-A. Ducourneau, les Bibliophiles de l'Originale, 1965-1976, 26 vol.

   Le *Théâtre* de Balzac occupe les tomes XXI-XXIII. Les tomes XXIV-XXVI contiennent un certain nombre d'essais de jeunesse et d'œuvres diverses. Édition inachevée, les tomes XXVII-XXVIII qui devaient terminer la publication des œuvres diverses n'ont pas paru.

   — ou l'édition des *Œuvres complètes* publiée sous la direction de Maurice Bardèche, Club de l'Honnête Homme, 1956-1963, 28 vol. [Nouvelle édition en 24 vol., 1968-1971.]

Le *Théâtre* est aux tomes XXIII-XXIV ; les *Œuvres diverses* sont aux tomes XXV-XXVIII.

— ou les *Œuvres complètes* de H. de Balzac, texte révisé et annoté par Marcel Bouteron et Henri Longnon, Conard, 1912-1940, 40 vol. Les trois derniers volumes sont consacrés aux *Œuvres diverses*.

5. *Romans de jeunesse*, édition préfacée et annotée par Roland Chollet, faisant suite aux *Œuvres* de Balzac publiées par le Cercle du bibliophile, Genève, 9 vol. (tomes XXIX-XXXVII), 1962-1968.

Les tomes XXIX-XXX donnent le texte des deux premiers romans parus en 1822. Les tomes XXXI-XXXVII suivent l'édition des *Œuvres complètes de Horace de Saint-Aubin* (Souverain, 1836-1840). On peut aussi recourir aux *Romans de jeunesse*, les Bibliophiles de l'Originale, 1961-1963, 15 vol. Fac-similé des huit romans signés par Balzac sous les pseudonymes de Lord R'Hoone puis de Horace de Saint-Aubin entre 1822 et 1825.

2. *Principales éditions du* Père Goriot

Le Père Goriot, introduction (p. I-LI), notes et appendice critique (p. 329-479) par Pierre-Georges Castex, éd. illustrée, Classiques Garnier, 1960, 481 p.

Le Père Goriot, publié par Gérard Gengembre, Magnard, « Textes et contextes », 1989, 549 p.

Le Père Goriot, dans les *Œuvres complètes illustrées*, publiées sous la direction de Jean-A. Ducourneau, les Bibliophiles de l'Originale, 1965-1976, 26 volumes.

Les 17 premiers volumes reproduisent en fac-similé l'édition « Furne » de *La Comédie humaine* (1842-1848). Les tomes I-XVI portent les corrections de Balzac (« Furne corrigé »). *Le Père Goriot* est au tome IX.

Le Père Goriot, dans *La Comédie humaine*, Gallimard, « Bibliothèque de la Pléiade », tome III, 1976.

Introduction de Rose Fortassier, histoire du texte, notes et variantes.

3. *Ouvrages généraux, grandes perspectives*

Barbéris, Pierre : *Balzac et le mal du siècle*, Gallimard, 1970, 2 vol., 1990 p.

Barbéris, Pierre : *Le Monde de Balzac*, Arthaud, 1973, 603 p.

Bardèche, Maurice : *Balzac romancier*, Plon, 1940, 640 p.

Bardèche, Maurice : *Balzac*, Julliard, « Les vivants », 1980, 697 p.

Chollet, Roland : *Balzac journaliste. Le tournant de 1830*, Klincksieck, 1983, 654 p.

Citron, Pierre : *Dans Balzac*, Seuil, 1986, 301 p.

Donnard, Jean-Hervé : *Les Réalités économiques et sociales dans "La Comédie humaine"*, A. Colin, 1961, 488 p.

Fortassier, Rose : *Les Mondains de "La Comédie humaine"*, Klincksieck, 1974, 585 p.

Groupe International de Recherches Balzaciennes : *Balzac, Œuvres complètes. Le "Moment" de La Comédie humaine*, textes réunis et édités par Claude Duchet et Isabelle Tournier, P.U. de Vincennes, 1993, 331 p.

Guichardet, Jeannine : *Balzac "archéologue" de Paris*, S.E.D.E.S., 1986, 497 p.

Guyon, Bernard : *La Pensée politique et sociale de Balzac*, A. Colin, 1947, 829 p. [Nouv. édition en 1967 avec une postface inédite.]

Michel, Arlette : *Le Mariage chez Honoré de Balzac. Amour et féminisme*, « Les Belles Lettres », 1978, 323 p.

Mozet, Nicole : *La Ville de province dans l'œuvre de Balzac*, S.E.D.E.S., 1982, 334 p.

Mozet, Nicole : *Balzac au pluriel*, Presses Universitaires de France, « Écrivains », 1990, 318 p.

Nesci, Catherine : *La Femme mode d'emploi. Balzac de la "Physiologie du mariage" à "La Comédie humaine"*, French Forum Publishers (Nashville, États-Unis), 1992, 247 p.

Nykrog, Per : *La Pensée de Balzac*, Copenhague, Munksgaard, 1965, 414 p.

Pierrot, Roger : *Honoré de Balzac*, Fayard, 1994, 582 p.

Rosa, Annette et Isabelle Tournier : *Balzac*, Armand Colin, « Thèmes et œuvres », 1992, 211 p.

Takayama, Tetsuo : *Les Œuvres romanesques avortées de Balzac (1829-1842)*, Tokyo, The Keio Institute of cultural and linguistic studies / Paris, José Corti, 1966, 143 p.

Vachon, Stéphane : *Les Travaux et les jours d'Honoré de Balzac*, préface de Roger Pierrot, Paris, coéd. Presses du C.N.R.S., P.U. de Vincennes, Presses de l'Université de Montréal, 1992, 336 p.

4. *Études sur* Le Père Goriot *(choix)*

Livres :

Barbéris, Pierre : *Le Père Goriot de Balzac. Écriture, structures, significations*, Larousse, 1972, 295 p.

Bellos, David : *Balzac Old Goriot*, Cambridge University Press, « Landmarks of world literature », 1987, 103 p.

Bertaut, Jules : *Le Père Goriot de Balzac*, Sfelt, « Les grands événements littéraires », 1947, 189 p.

Guichardet, Jeannine : *Le Père Goriot d'Honoré de Balzac*, Gallimard, « Foliothèque », 1993, 250 p.

Riegert, Guy : *Le Père Goriot de Balzac*, Hatier, « Profil d'une œuvre », 1973, 79 p.

Articles (histoire, sources, documents, réception) :

Boulard-Bezat, Sylvie : « Les adaptations du *Père Goriot* », *L'Année balzacienne 1987*, p. 167-178.

Bouteron, Marcel : « En marge du *Père Goriot*. Balzac, Vidocq et Sanson », *Revue des Deux Mondes*, 1er janvier 1948, p. 109-124 [reproduit, sous le titre « Un dîner avec Vidocq et Sanson », dans *Études balzaciennes*, Jouve, 1954, p. 119-136].

Castex, Pierre-Georges : « "Le jour inoubliable" », *L'Année balzacienne 1960*, p. 189-190.

Conner, Wayne : « Vautrin et ses noms », *Revue des sciences humaines*, nouvelle série, fascicule 95, juillet-septembre 1959, p. 265-273.

Fargeaud, Madeleine : « Les Balzac et les Vauquer », *L'Année balzacienne 1960*, p. 125-133.

Lichtlé, Michel : « La vie posthume du *Père Goriot* en France », *L'Année balzacienne 1987*, p. 131-165.

Pommier, Jean : « Naissance d'un héros : Rastignac », *Revue d'histoire littéraire de la France*, vol. L, no 2, avril-juin 1950, p. 192-209.

Uffenbeck, Lorin A. : « Balzac a-t-il connu Goriot ? », *L'Année balzacienne 1970*, p. 175-181.

Vernière, Paul : « Balzac et la genèse de "Vautrin" », *Revue d'histoire littéraire de la France*, vol. XLVIII, no 1, janvier-mars 1948, p. 53-68.

Wagstaff, P. J. : « Vautrin et Gaudet d'Arras : nouvelle évaluation de l'influence de Restif sur Balzac », *L'Année balzacienne 1976*, p. 87-98.

Articles (analyses) :

Baron, Anne-Marie : « La double lignée du *Père Goriot* ou les composantes balzaciennes de l'image paternelle », *L'Année balzacienne 1985*, p. 299-311 [revu et republié dans *Le Fils prodige. L'inconscient de "La Comédie humaine"*, Nathan, « Le texte à l'œuvre », 1993, p. 109-117].

Conner, Wayne : « On Balzac's *Goriot* », *Symposium*, vol. VIII, n⁰ 1, été 1954, p. 68-75.

Crouzet, Michel : « *Le Père Goriot* et *Lucien Leuwen*, romans parallèles », *L'Année balzacienne 1986*, p. 191-222.

Fortassier, Rose : « Balzac et le démon du double dans *Le Père Goriot* », *L'Année balzacienne 1986*, p. 155-167.

Gaudon, Jean : « Sur la chronologie du *Père Goriot* », *L'Année balzacienne 1967*, p. 147-156.

Guichardet, Jeannine : « Un jeu de l'oie maléfique : l'espace parisien du *Père Goriot* », *L'Année balzacienne 1986*, p. 169-189.

Hamm, Jean-Jacques : « Stendhal, Balzac et Fénelon », *L'Année balzacienne 1977*, p. 267-273.

Hoffmann, Léon-François : « Les métaphores animales dans *Le Père Goriot* », *L'Année balzacienne 1963*, p. 91-105.

Milner, Max : « La poésie du mal chez Balzac », *L'Année balzacienne 1963*, p. 321-335.

Mozet, Nicole : « La description de la Maison-Vauquer », *L'Année balzacienne 1972*, p. 97-130.

Pasco, Allan H. : « Image structure in *Le Père Goriot* », *French Forum*, vol. VII, n⁰ 3, septembre 1982, p. 224-234.

Rudich, Linda : « Pour une lecture nouvelle du *Père Goriot* », *La Pensée*, n⁰ 168, mars-avril 1973, p. 73-95.

Schuerewegen, Franc : « La main blanche : lectures possibles et impossibles », dans *Balzac contre Balzac*, Paris / Toronto, S.E.D.E.S. / Paratexte, 1990, p. 15-32.

Smirnoff., Renée de : « Du *Père Goriot* à *L'Initié* : analogies et prolongements », *L'Année balzacienne 1989*, p. 245-260.

Van Rossum-Guyon, Françoise : « Vautrin ou l'anti-mentor. Discours didactique et discours séducteur dans *Le Père Goriot* », *Équinoxe* (Kyoto, Japon), n⁰ 11, printemps 1994, p. 77-83.

5. *Orientations thématiques*

Sur le procédé des personnages reparaissants

Canfield, Arthur Graves : « Les personnages reparaissants dans *La Comédie humaine* », *Revue d'histoire littéraire de la France*, vol. XLI, nº 1, janvier-mars 1934, p. 15-31 ; nº 2, avril-mai 1934, p. 198-214 [rééd. par E. B. Ham : Chapel Hill, University of North Carolina Press, 1961 ; Westport, Greenwood Press Publishers, 1977, 61 p.].

Lotte, Fernand : « Le "retour des personnages" dans *La Comédie humaine* », *L'Année balzacienne 1961*, p. 227-281.

Preston, Ethel : *Recherches sur la technique de Balzac : le retour systématique des personnages dans "La Comédie humaine"*, Presses françaises, Abbeville, 1926, 286 p.

Pugh, Anthony R. : « Personnages reparaissants avant *Le Père Goriot* », *L'Année balzacienne 1964*, p. 215-237.

Pugh, Anthony R. : « Recurring characters in *Le Père Goriot* », *The Modern Language Review*, vol. LVII, nº 4, octobre 1962, p. 518-522.

Pugh, Anthony R. : *Balzac's Recurring Characters*, Toronto (Canada), University of Toronto Press, 1974, 510 p.

Sur Balzac et la paternité

Chancerel, André et Roger Pierrot : « La véritable Eugénie Grandet », *Revue des sciences humaines*, nouvelle série, fascicule 80, octobre-décembre 1955, p. 437-458.

Ducourneau, Jean : « Balzac et la paternité », *Europe*, 43e année, nº 429-430, janvier-février 1965, p. 190-202.

Denommé, Robert T. : « Création et paternité : le personnage de Vautrin dans *La Comédie humaine* », *Stanford French Review*, vol. V, nº 3, hiver 1981, p. 313-326.

Sussman, Hava : « L'or des pères et la destinée des fils dans *La Comédie humaine* », *Romance Notes*, vol. XIX, nº 3, été 1979, p. 335-340.

Vinciguerra, Geneviève : « Trois drames de la paternité frustrée : Goriot, Vautrin, Balzac », *Littératures*, nouvelle série, tome VI, fascicule 2, 1970, p. 3-14.

LE PÈRE GORIOT

AU GRAND ET ILLUSTRE GEOFFROY SAINT-HILAIRE[1],

Comme un témoignage d'admiration de ses travaux et de son génie.
DE BALZAC.

---

1. En 1842, Balzac situera *La Comédie humaine* comme analyse scientifique de la société née « d'une comparaison entre l'Humanité et l'Animalité », et catégorisation des « Espèces sociales comme il y a des Espèces animales », sous l'invocation d'Étienne Geoffroy Saint-Hilaire (1772-1844), célèbre naturaliste, professeur de zoologie au Muséum : « Il n'y a qu'un animal. Le créateur ne s'est servi que d'un seul et même patron pour tous les êtres organisés. [...] La proclamation et le soutien de ce système [...] sera l'éternel honneur de Geoffroy Saint-Hilaire » (« Avant-propos » de *La Comédie humaine* ; Pl. I, 7-8). Voir aussi la « Fortune de l'œuvre ».

MADAME VAUQUER, née de Conflans[1], est une vieille femme qui, depuis quarante ans, tient à Paris une pension bourgeoise établie rue Neuve-Sainte-Geneviève[2], entre le quartier latin et le faubourg Saint-Marceau[3]. Cette pension, connue sous le nom de la Maison Vauquer, admet également des hommes et des femmes, des jeunes gens et des vieillards, sans que jamais la médisance ait attaqué les mœurs de ce respectable établissement. Mais aussi depuis trente ans ne s'y était-il jamais vu de jeune personne, et pour qu'un jeune homme y demeure, sa famille doit-elle lui faire une bien maigre pension. Néanmoins, en 1819, époque à laquelle ce drame commence[4], il s'y trouvait une pauvre jeune fille. En quelque discrédit que soit tombé le mot drame par la manière abusive et tortionnaire dont il a été prodigué dans ces temps de douloureuse littérature[5], il est nécessaire de l'employer ici : non que

1. Il faut entendre l'effet piquant de l'association d'un nom aristocratique à un nom bourgeois. — 2. Aujourd'hui rue Tournefort, dans le Ve arrondissement. Le modèle de cette maison se trouvait rue de la Clef (voir les « Commentaires. II. 2. La vie des autres »). — 3. L'actuel quartier des Gobelins-Saint-Médard. — 4. Balzac avait d'abord situé l'action en 1824 ; le recul en 1819 entraîne plusieurs anachronismes que nous signalerons. — 5. Allusion polémique au mélodrame et à la littérature romantique contemporaine, cultivant l'horrible et le fantastique, qui n'avait pas, à la date de l'intrigue (1819), triomphé comme à la date de rédaction (1834-1835). En 1831, Balzac avait dénoncé les excès du roman noir et du conte à faire peur : « De tous côtés s'élèvent des doléances sur la couleur sanguinolente des écrits modernes. Les cruautés, les supplices, les gens jetés à la mer, les pendus, les gibets, les condamnés, les atrocités chaudes et froides, les bourreaux, tout est devenu bouffon ! » (« Préface » à *La Peau de chagrin*, Pl. X, 54.)

cette histoire soit dramatique dans le sens vrai du mot ; mais, l'œuvre accomplie, peut-être aura-t-on versé quelques larmes *intra muros et extra*[1]. Sera-t-elle comprise au-delà de Paris ? le doute est permis. Les particularités de cette scène pleine d'observations et de couleurs locales ne peuvent être appréciées qu'entre les buttes de Montmartre et les hauteurs de Montrouge, dans cette illustre vallée de plâtras incessamment près de tomber et de ruisseaux noirs de boue ; vallée remplie de souffrances réelles, de joies souvent fausses, et si terriblement agitée qu'il faut je ne sais quoi d'exorbitant pour y produire une sensation de quelque durée. Cependant il s'y rencontre çà et là des douleurs que l'agglomération des vices et des vertus rend grandes et solennelles : à leur aspect, les égoïsmes, les intérêts, s'arrêtent et s'apitoient ; mais l'impression qu'ils en reçoivent est comme un fruit savoureux promptement dévoré. Le char de la civilisation, semblable à celui de l'idole de Jaggernat[2], à peine retardé par un cœur moins facile à broyer que les autres et qui enraye sa roue, l'a brisé bientôt et continue sa marche glorieuse. Ainsi ferez-vous, vous qui tenez ce livre d'une main blanche, vous qui vous enfoncez dans un moelleux fauteuil en vous disant : Peut-être ceci va-t-il m'amuser. Après avoir lu les secrètes infortunes du père Goriot, vous dînerez avec appétit en mettant votre insensibilité sur le compte de l'auteur, en le taxant d'exagération, en l'accusant de poésie. Ah ! sachez-le : ce drame n'est ni une fiction, ni un roman. *All is true*[3], il est si véritable, que chacun

---

1. « Dans les murs et au dehors. » Paris était entouré d'un mur d'octroi (l'enceinte des Fermiers Généraux, 1784-1791), percé de 55 barrières facilitant le paiement des droits dont étaient chargées les marchandises entrant dans la capitale. Le mécontentement que provoqua son érection fut immortalisé par un vers demeuré célèbre : « Le mur murant Paris rend Paris murmurant. » — 2. Plutôt Jaggernaut, graphie que l'on trouve dans le manuscrit, ou Jagannâth, une des incarnations du dieu hindou Vichnou (Visnu). A Puri, en Inde, au cours de processions annuelles, les fidèles se jetaient par piété sous les roues de chars sculptés portant la divinité. — 3. « Tout est vrai » ; cette phrase constituait l'épigraphe du roman (voir l'« Histoire du texte. VI. Les publications »).

peut en reconnaître les éléments chez soi, dans son cœur peut-être.

La maison où s'exploite la pension bourgeoise appartient à madame Vauquer. Elle est située dans le bas de la rue Neuve-Sainte-Geneviève, à l'endroit où le terrain s'abaisse vers la rue de l'Arbalète par une pente si brusque et si rude que les chevaux la montent ou la descendent rarement. Cette circonstance est favorable au silence qui règne dans ces rues serrées entre le dôme du Val-de-Grâce et le dôme du Panthéon, deux monuments qui changent les conditions de l'atmosphère en y jetant des tons jaunes, en y assombrissant tout par les teintes sévères que projettent leurs coupoles. Là, les pavés sont secs, les ruisseaux n'ont ni boue ni eau, l'herbe croît le long des murs. L'homme le plus insouciant s'y attriste comme tous les passants, le bruit d'une voiture y devient un événement, les maisons y sont mornes, les murailles y sentent la prison. Un Parisien égaré ne verrait là que des pensions bourgeoises ou des Institutions[1], de la misère ou de l'ennui, de la vieillesse qui meurt, de la joyeuse jeunesse contrainte à travailler. Nul quartier de Paris n'est plus horrible, ni, disons-le, plus inconnu. La rue Neuve-Sainte-Geneviève surtout est comme un cadre de bronze, le seul qui convienne à ce récit, auquel on ne saurait trop préparer l'intelligence par des couleurs brunes, par des idées graves ; ainsi que, de marche en marche, le jour diminue et le chant du conducteur se creuse, alors que le voyageur descend aux Catacombes. Comparaison vraie ! Qui décidera de ce qui est plus horrible à voir, ou des cœurs desséchés, ou des crânes vides ?

La façade de la pension donne sur un jardinet, en sorte que la maison tombe à angle droit sur la rue Neuve-Sainte-Geneviève, où vous la voyez coupée dans sa profondeur. Le long de cette façade, entre la maison et le jardinet, règne un cailloutis[2] en cuvette,

---

1. Des écoles. — 2. « Cailloux qui couvrent un chemin » (Littré).

large d'une toise[1], devant lequel est une allée sablée,
bordée de géraniums, de lauriers-roses et de grena-
diers plantés dans de grands vases en faïence bleue
et blanche. On entre dans cette allée par une porte
bâtarde[2], surmontée d'un écriteau sur lequel est
écrit : MAISON VAUQUER, et dessous : *Pension bourgeoise des deux sexes et autres*[3]. Pendant le jour, une
porte à claire-voie, armée d'une sonnette criarde,
laisse apercevoir au bout du petit pavé, sur le mur
opposé à la rue, une arcade peinte en marbre vert
par un artiste du quartier. Sous le renfoncement que
simule cette peinture, s'élève une statue représentant
l'Amour. A voir le vernis écaillé qui la couvre, les
amateurs de symboles y découvriraient peut-être un
mythe de l'amour parisien qu'on guérit à quelques
pas de là[4]. Sous le socle, cette inscription à demi
effacée rappelle le temps auquel remonte cet ornement par l'enthousiasme dont il témoigne pour Voltaire, rentré dans Paris en 1777 :

> Qui que tu sois, voici ton maître :
> Il l'est, le fut, ou le doit être[5].

A la nuit tombante, la porte à claire-voie est remplacée par une porte pleine. Le jardinet, aussi large que la
façade est longue, se trouve encaissé par le mur de la
rue et par le mur mitoyen de la maison voisine, le long
de laquelle pend un manteau de lierre qui la cache
entièrement, et attire les yeux des passants par un
effet pittoresque dans Paris. Chacun de ces murs est

---

1. Ancienne mesure de longueur valant six pieds, soit un peu
moins de deux mètres. — 2. Porte intermédiaire entre la porte
cochère et la petite porte ; « ne peut servir au passage des voitures » (P. Larousse, *Grand Dictionnaire universel du XIXe siècle*). —
3. Formidable expression, une « chose vue », ou lue, et non pas
inventée. Les mots « et autres », qui annoncent le penchant de
Vautrin, ont été ajoutés sur épreuves. — 4. A l'hôpital des Capucins, ou des Vénériens, faubourg Saint-Jacques ; nommé p. 198.
— 5. Inscription effectivement composée par Voltaire pour le jardin du président de Maisons, mais Balzac se trompe sur la date :
de Ferney, Voltaire est triomphalement rentré à Paris le
10 février 1778.

tapissé d'espaliers et de vignes dont les fructifications
grêles et poudreuses sont l'objet des craintes annuelles de madame Vauquer et de ses conversations avec
les pensionnaires. Le long de chaque muraille, règne
une étroite allée qui mène à un couvert de tilleuls, mot
que madame Vauquer, quoique née de Conflans, prononce obstinément *tieuilles*[1], malgré les observations
grammaticales de ses hôtes. Entre les deux allées laté-
rales est un carré d'artichauts flanqué d'arbres frui-
tiers en quenouille, et bordé d'oseille, de laitue ou de
persil. Sous le couvert de tilleuls est plantée une table
ronde peinte en vert, et entourée de sièges. Là, durant
les jours caniculaires, les convives assez riches pour se
permettre de prendre du café, viennent le savourer
par une chaleur capable de faire éclore des œufs. La
façade, élevée de trois étages et surmontée de mansardes, est bâtie en moellons et badigeonnée avec cette
couleur jaune qui donne un caractère ignoble à presque toutes les maisons de Paris. Les cinq croisées percées à chaque étage ont de petits carreaux et sont gar-
nies de jalousies dont aucune n'est relevée de la même
manière, en sorte que toutes leurs lignes jurent entre
elles. La profondeur de cette maison comporte deux
croisées qui, au rez-de-chaussée, ont pour ornement
des barreaux en fer, grillagés. Derrière le bâtiment est
une cour large d'environ vingt pieds, où vivent en
bonne intelligence des cochons, des poules, des
lapins, et au fond de laquelle s'élève un hangar à serrer
le bois. Entre ce hangar et la fenêtre de la cuisine se
suspend le garde-manger, au-dessous duquel tombent
les eaux grasses de l'évier. Cette cour a sur la rue
Neuve-Sainte-Geneviève une porte étroite par où la

---

1. Premier « clin d'œil » à madame Hanska. Balzac transcrit
phonétiquement la prononciation de ce mot déformée par l'accent
slave de sa correspondante. Le 18 octobre 1834, il lui écrivait avoir
« commencé une grande œuvre [...]. J'y ai placé *tyeuillieues* en
riant comme un fou ; mais, non pas dans la bouche d'une jeune
femme ; non, d'une horrible vieille. Je ne vous ai pas voulu de
rivale » (*L.H.*B. I, 193-194). Il ajoutera, le 15 décembre, au lendemain de la parution du premier article dans la *Revue de Paris* :
« *Tieuilles* a fait rire. Je vous renvoie ce succès » (*ibid.*, 213).

cuisinière chasse les ordures de la maison en net-
toyant cette sentine à grand renfort d'eau, sous peine
de pestilence.

Naturellement destiné à l'exploitation de la pension bourgeoise, le rez-de-chaussée se compose
d'une première pièce éclairée par les deux croisées
de la rue, et où l'on entre par une porte-fenêtre. Ce
salon communique à une salle à manger qui est séparée de la cuisine par la cage d'un escalier dont les
marches sont en bois et en carreaux mis en couleur
et frottés. Rien n'est plus triste à voir que ce salon
meublé de fauteuils et de chaises en étoffe de crin à
raies alternativement mates et luisantes. Au milieu
se trouve une table ronde à dessus de marbre Sainte-
Anne[1] décorée de ce cabaret[2] en porcelaine blanche
ornée de filets d'or effacés à demi, que l'on rencontre
partout aujourd'hui. Cette pièce, assez mal plan-
chéiée, est lambrissée à hauteur d'appui. Le surplus
des parois est tendu d'un papier verni représentant
les principales scènes de *Télémaque*[3], et dont les classiques personnages sont coloriés[4]. Le panneau d'entre
les croisées grillagées offre aux pensionnaires le
tableau du festin donné au fils d'Ulysse par Calypso[5].

---

1. Marbre gris ou « à fond noir plus ou moins vif, avec des
taches blanches plutôt que des veines » (Larousse), extrait de carrières flamandes, ou belges, ou des départements du Nord. —
2. Service à thé, à café ou à liqueurs. — **3.** *Les Aventures de Télémaque*, écrit en 1699 par Fénelon (1651-1715) pour l'éducation du
duc de Bourgogne (1682-1712), publié sans l'aveu de l'auteur.
(Voir l'« Introduction. ») — **4.** Dessinés par Deltil pour la maison
Dufour et Leroy, ces papiers peints ont été fabriqués entre 1823
et 1825. Ils ne peuvent donc « excite[r] les plaisanteries des jeunes
pensionnaires » depuis quarante ans comme cela est dit (page 53,
ligne 1). — **5.** Fénelon décrit ce banquet ainsi : « Les nymphes,
avec leurs cheveux tressés et des habits blancs servirent d'abord
un repas simple, mais exquis pour le goût et pour la propreté. On
n'y voyoit aucune autre viande que celle des oiseaux qu'elles
avoient pris dans des filets ou des bêtes qu'elles avoient percées
de leurs flèches à la chasse. Un vin plus doux que le nectar couloit
des grands vases d'argent dans des tasses d'or couronnées de
fleurs. On apporta dans des corbeilles tous les fruits que le printemps promet et que l'automne répand sur la terre. En même
temps, quatre jeunes nymphes se mirent à chanter » (Livre I).

Depuis quarante ans cette peinture excite les plaisanteries des jeunes pensionnaires, qui se croient supérieurs à leur position en se moquant du dîner auquel
la misère les condamne. La cheminée en pierre, dont
le foyer toujours propre atteste qu'il ne s'y fait de feu
que dans les grandes occasions, est ornée de deux
vases pleins de fleurs artificielles, vieillies et enca-
gées, qui accompagnent une pendule en marbre
bleuâtre du plus mauvais goût. Cette première pièce
exhale une odeur sans nom dans la langue[1], et qu'il
faudrait appeler l'*odeur de pension*. Elle sent le ren-
fermé, le moisi, le rance ; elle donne froid, elle est
humide au nez, elle pénètre les vêtements ; elle a le
goût d'une salle où l'on a dîné ; elle pue le service,
l'office, l'hospice. Peut-être pourrait-elle se décrire si
l'on inventait un procédé pour évaluer les quantités
élémentaires et nauséabondes qu'y jettent les atmo-
sphères catarrhales[2] et *sui generis*[3] de chaque pensionnaire, jeune ou vieux. Eh ! bien, malgré ces pla-
tes horreurs, si vous la compariez à la salle à manger,
qui lui est contiguë, vous trouveriez ce salon élégant
et parfumé comme doit l'être un boudoir. Cette salle,
entièrement boisée, fut jadis peinte en une couleur
indistincte aujourd'hui, qui forme un fond sur lequel
la crasse a imprimé ses couches de manière à y dessiner des figures bizarres. Elle est plaquée de buffets
gluants sur lesquels sont des carafes échancrées, ter-
nies, des ronds de moiré métallique, des piles
d'assiettes en porcelaine épaisse, à bords bleus, fabri-
quées à Tournai. Dans un angle est placée une boîte
à cases numérotées qui sert à garder les serviettes,
ou tachées ou vineuses, de chaque pensionnaire.
Il s'y rencontre de ces meubles indestructibles,
proscrits partout, mais placés là comme le sont les

---

1. Écho de la célèbre expression, « un je ne sais quoi qui n'a de
nom dans aucune langue », que Bossuet emploie à deux reprises
(*Oraison funèbre d'Henriette d'Angleterre* et *Sermon sur la Mort*) à
la suite de Tertullien. Balzac s'en était déjà souvenu, en 1832, dans
Le Colonel Chabert (Pl. III, 321-322 ; ou notre édition, Livre de
poche « classique », n° 3107, p. 74). — 2. Liées à un gros rhume.
— 3. « De son espèce ». Ici, odeurs corporelles.

débris de la civilisation aux Incurables[1]. Vous y verriez un baromètre à capucin qui sort quand il pleut, des gravures exécrables qui ôtent l'appétit, toutes encadrées en bois noir verni à filets dorés ; un cartel[2] en écaille incrustée de cuivre ; un poêle vert, des quinquets d'Argand[3] où la poussière se combine avec l'huile, une longue table couverte en toile cirée assez grasse pour qu'un facétieux externe[4] y écrive son nom en se servant de son doigt comme de style, des chaises estropiées, de petits paillassons piteux en sparterie[5] qui se déroule toujours sans se perdre jamais, puis des chaufferettes misérables à trous cassés, à charnières défaites, dont le bois se carbonise. Pour expliquer combien ce mobilier est vieux, crevassé, pourri, tremblant, rongé, manchot, borgne, invalide, expirant, il faudrait en faire une description qui retarderait trop l'intérêt de cette histoire, et que les gens pressés ne pardonneraient pas. Le carreau rouge est plein de vallées produites par le frottement ou par les mises en couleur. Enfin, là règne la misère sans poésie ; une misère économe, concentrée, râpée. Si elle n'a pas de fange encore, elle a des taches ; si elle n'a ni trous ni haillons, elle va tomber en pourriture.

Cette pièce est dans tout son lustre au moment où, vers sept heures du matin, le chat de madame Vau-

---

1. L'hospice des Incurables pour les hommes, ouvert en 1653, situé au n° 66 de la rue Popincourt. Un même établissement pour femmes, ouvert en 1634, se trouvait au n° 42 de la rue de Sèvres, à l'endroit où s'élève aujourd'hui l'hôpital Laënnec. Fondés l'un et l'autre par saint Vincent de Paul, ils recevaient « les indigents âgés de 70 ans et ceux qui, moins âgés, ne peuvent travailler » (Adolphe Joanne, *Le Guide parisien*, Hachette, 1863). — 2. « Encadrement de certaines pendules portatives faites pour être appliquées à une muraille » (Littré). — 3. Physicien et chimiste genevois, mort en 1803, Aimé Argand inventa la lampe à huile en 1782. Le pharmacien Antoine Quinquet lui laissa son nom après l'avoir perfectionnée. « Le fond de l'invention consiste dans la mèche creuse et livrant passage à l'air pour alimenter la flamme ; l'huile est contenue dans un réservoir supérieur au bec et à la mèche, et n'en sort que petit à petit » (Littré). — 4. Un pensionnaire non logé, qui ne prend que ses repas à la pension. — 5. En tissu de sparte (en fibres végétales).

quer précède sa maîtresse ; saute sur les buffets, y
flaire le lait que contiennent plusieurs jattes couver-
tes d'assiettes, et fait entendre son *roaroa* matinal.
Bientôt la veuve se montre, attifée de son bonnet de
tulle sous lequel pend un tour de faux cheveux mal
mis, elle marche en traînassant ses pantoufles grima-
cées[1]. Sa face vieillotte, grassouillette, du milieu de
laquelle sort un nez à bec de perroquet, ses petites
mains potelées, sa personne dodue comme un rat
d'église, son corsage trop plein et qui flotte, sont en
harmonie avec cette salle où suinte le malheur, où
s'est blottie la spéculation, et dont madame Vauquer
respire l'air chaudement fétide sans en être écœurée.
Sa figure fraîche comme une première gelée
d'automne, ses yeux ridés, dont l'expression passe du
sourire prescrit aux danseuses à l'amer renfrogne-
ment de l'escompteur, enfin toute sa personne explique la pension, comme la pension implique sa personne. Le bagne ne va pas sans l'argousin[2], vous
n'imagineriez pas l'un sans l'autre. L'embonpoint
blafard de cette petite femme est le produit de cette
vie, comme le typhus est la conséquence des exhalaisons d'un hôpital. Son jupon de laine tricotée, qui
dépasse sa première jupe faite avec une vieille robe,
et dont la ouate s'échappe par les fentes de l'étoffe
lézardée, résume le salon, la salle à manger, le jardinet, annonce la cuisine et fait pressentir les pensionnaires. Quand elle est là, ce spectacle est complet.
Âgée d'environ cinquante ans[3], madame Vauquer
ressemble à toutes les *femmes qui ont eu des
malheurs*. Elle a l'œil vitreux, l'air innocent d'une
entremetteuse qui va se gendarmer pour se faire
payer plus cher, mais d'ailleurs prête à tout pour

---

1. « Se dit des vêtements qui font de mauvais plis » (Littré) ; ici,
d'usure et de fatigue. — 2. « Bas officier des bagnes, chargé de la
garde des forçats » (Littré). — 3. Il sera précisé que Mme Vauquer
avait « quarante-huit ans effectifs » en 1813 lorsque Goriot entra
chez elle (p. 68) ; en 1819, date du récit, elle a donc cinquante-
quatre ans.

adoucir son sort, à livrer Georges ou Pichegru[1], si Georges ou Pichegru étaient encore à livrer. Néanmoins, elle est *bonne femme au fond*, disent les pensionnaires, qui la croient sans fortune en l'entendant geindre et tousser comme eux. Qu'avait été monsieur Vauquer ? Elle ne s'expliquait jamais sur le défunt. Comment avait-il perdu sa fortune ? Dans les malheurs, répondait-elle. Il s'était mal conduit envers elle, ne lui avait laissé que les yeux pour pleurer, cette maison pour vivre, et le droit de ne compatir à aucune infortune, parce que, disait-elle, elle avait souffert tout ce qu'il est possible de souffrir. En entendant trottiner sa maîtresse, la grosse Sylvie, la cuisinière, s'empressait de servir le déjeuner des pensionnaires internes.

Généralement les pensionnaires externes ne s'abonnaient qu'au dîner, qui coûtait trente francs par mois. A l'époque où cette histoire commence, les internes étaient au nombre de sept. Le premier étage contenait les deux meilleurs appartements de la maison. Madame Vauquer habitait le moins considérable, et l'autre appartenait à madame Couture, veuve d'un Commissaire-Ordonnateur de la République française[2]. Elle avait avec elle une très jeune personne, nommée Victorine Taillefer, à qui elle servait de mère. La pension de ces deux dames montait à dix-huit cents francs. Les deux appartements du second étaient occupés, l'un par un vieillard nommé Poiret ; l'autre, par un homme âgé d'environ quarante ans, qui portait une perruque noire, se teignait les favoris, se disait ancien négociant, et s'appelait monsieur Vautrin. Le troisième étage se composait de quatre chambres, dont deux étaient louées, l'une par une vieille fille nommée mademoiselle Michon-

---

1. Georges Cadoudal (1771-1804), chef vendéen, et Charles Pichegru (1761-1804), ancien général de la Révolution, royalistes l'un et l'autre, conspirèrent contre Napoléon en 1803. Ils ne furent arrêtés, l'année suivante, qu'après de longues recherches policières. Pichegru, livré par l'ami qui le cachait, fut retrouvé étranglé dans sa prison ; Cadoudal fut guillotiné. — 2. Intendant dans l'Administration des armées (précision apportée p. 62).

neau ; l'autre, par un ancien fabricant de vermicelles, de pâtes d'Italie et d'amidon, qui se laissait nommer le Père Goriot. Les deux autres chambres étaient destinées aux oiseaux de passage, à ces infortunés étudiants qui, comme le père Goriot et mademoiselle Michonneau, ne pouvaient mettre que quarante-cinq francs par mois à leur nourriture et à leur logement ; mais madame Vauquer souhaitait peu leur présence et ne les prenait que quand elle ne trouvait pas mieux : ils mangeaient trop de pain. En ce moment, l'une de ces deux chambres appartenait à un jeune homme venu des environs d'Angoulême à Paris pour y faire son droit, et dont la nombreuse famille se soumettait aux plus dures privations afin de lui envoyer douze cents francs par an. Eugène de Rastignac, ainsi se nommait-il, était un de ces jeunes gens façonnés au travail par le malheur, qui comprennent dès le jeune âge les espérances que leurs parents placent en eux, et qui se préparent une belle destinée en calculant déjà la portée de leurs études, et les adaptant par avance au mouvement futur de la société, pour être les premiers à la pressurer. Sans ses observations curieuses et l'adresse avec laquelle il sut se produire dans les salons de Paris, ce récit n'eût pas été coloré des tons vrais qu'il devra sans doute à son esprit sagace et à son désir de pénétrer les mystères d'une situation épouvantable aussi soigneusement cachée par ceux qui l'avaient créée que par celui qui la subissait.

Au-dessus de ce troisième étage étaient un grenier à étendre le linge et deux mansardes où couchaient un garçon de peine, nommé Christophe, et la grosse Sylvie, la cuisinière. Outre les sept pensionnaires internes, madame Vauquer avait, bon an, mal an, huit étudiants en droit ou en médecine, et deux ou trois habitués qui demeuraient dans le quartier, abonnés tous pour le dîner seulement. La salle contenait à dîner dix-huit personnes et pouvait en admettre une vingtaine ; mais le matin, il ne s'y trouvait que sept locataires dont la réunion offrait pendant le déjeuner l'aspect d'un repas de famille. Chacun des-

cendait en pantoufles, se permettait des observations
confidentielles sur la mise ou sur l'air des externes,
et sur les événements de la soirée précédente, en
s'exprimant avec la confiance de l'intimité. Ces sept
pensionnaires étaient les enfants gâtés de madame
Vauquer, qui leur mesurait avec une précision
d'astronome les soins et les égards, d'après le chiffre
de leurs pensions. Une même considération affectait
ces êtres rassemblés par le hasard. Les deux locataires du second ne payaient que soixante-douze francs
par mois. Ce bon marché, qui ne se rencontre que
dans le faubourg Saint-Marcel, entre la Bourbe et la
Salpêtrière[1], et auquel madame Couture faisait seule
exception, annonce que ces pensionnaires devaient
être sous le poids de malheurs plus ou moins apparents. Aussi le spectacle désolant que présentait
l'intérieur de cette maison se répétait-il dans le costume de ses habitués, également délabrés. Les hommes portaient des redingotes dont la couleur était
devenue problématique, des chaussures comme il
s'en jette au coin des bornes dans les quartiers élégants, du linge élimé, des vêtements qui n'avaient
plus que l'âme. Les femmes avaient des robes pas-
sées, reteintes, déteintes, de vieilles dentelles rac-
commodées, des gants glacés par l'usage, des colle-
rettes toujours rousses et des fichus éraillés. Si tels
étaient les habits, presque tous montraient des corps
solidement charpentés, des constitutions qui avaient

---

1. Actuel quartier s'étendant de l'Observatoire au quai d'Aus-
terlitz. La Bourbe, située sur la rue du même nom (aujourd'hui
confondue avec le boulevard de Port-Royal), désigne l'ancienne
abbaye de Port-Royal transformée en maternité (aujourd'hui la
Maternité de Port-Royal). Fondée en 1656, la Salpêtrière était,
boulevard de l'Hôpital, l'Hospice de la Vieillesse réservé aux femmes (Bicêtre pour les hommes : le colonel Chabert y finit ses
jours). Il recevait « 1. les femmes de service des hôpitaux et des
hospices, admises à la retraite ; 2. les indigentes valides, âgées de
70 ans au moins ; 3. les indigentes moins âgées, atteintes d'infirmités incurables ; 4. les aliénées, les épileptiques, les aveugles, les
cancéreuses curables ou incurables, et les enfants appartenant à
l'une de ces quatre catégories d'infirmes » (Adolphe Joanne, *Le
Guide parisien*, 1863).

résisté aux tempêtes de la vie, des faces froides, dures, effacées comme celles des écus démonétisés. Les bouches flétries étaient armées de dents avides. Ces pensionnaires faisaient pressentir des drames accomplis ou en action ; non pas de ces drames joués à la lueur des rampes, entre des toiles peintes, mais des drames vivants et muets, des drames glacés qui remuaient chaudement le cœur, des drames continus.

La vieille demoiselle Michonneau gardait sur ses yeux fatigués un crasseux abat-jour[1] en taffetas vert, cerclé par du fil d'archal[2] qui aurait effarouché l'ange de la Pitié. Son châle à franges maigres et pleurardes semblait couvrir un squelette, tant les formes qu'il cachait étaient anguleuses. Quel acide avait dépouillé cette créature de ses formes féminines ? elle devait avoir été jolie et bien faite : était-ce le vice, le chagrin, la cupidité ? avait-elle trop aimé, avait-elle été marchande à la toilette[3], ou seulement courtisane ? Expiait-elle les triomphes d'une jeunesse insolente au-devant de laquelle s'étaient rués les plaisirs par une vieillesse que fuyaient les passants ? Son regard blanc donnait froid, sa figure rabougrie menaçait. Elle avait la voix clairette d'une cigale criant dans son buisson aux approches de l'hiver. Elle disait avoir pris soin d'un vieux monsieur affecté d'un catarrhe à la vessie, et abandonné par ses enfants, qui l'avaient cru sans ressources. Ce vieillard lui avait légué mille francs de rente viagère, périodiquement disputés par les héritiers, aux calomnies desquels elle était en butte. Quoique le jeu des passions eût ravagé sa figure, il s'y trouvait encore certains vestiges d'une blancheur et d'une finesse dans

---

1. Une visière. — **2.** Fil de laiton. — **3.** Femme qui achète et revend d'occasion des objets de toilette et des vêtements. Balzac fixera ce type en 1844 par un article intitulé « Une marchande à la toilette ou madame la Ressource en 1844 » (*Le Diable à Paris*, Hetzel, tome I, 34e-35e livr.) dont quelques éléments alimenteront, dans *Splendeurs et misères des courtisanes*, le portrait de Jacqueline Collin, dite Asie, tante de Vautrin, qu'elle seconde dans toutes ses manœuvres.

le tissu qui permettaient de supposer que le corps conservait quelques restes de beauté[1].

Monsieur Poiret était une espèce de mécanique. En l'apercevant s'étendre comme une ombre grise le long d'une allée au Jardin des Plantes, la tête converte d'une vieille casquette flasque, tenant à peine sa canne à pomme d'ivoire jauni dans sa main, laissant flotter les pans flétris de sa redingote qui cachait mal une culotte presque vide, et des jambes en bas bleus qui flageolaient comme celles d'un homme ivre, montrant son gilet blanc sale et son jabot de grosse mousseline recroquevillée qui s'unissait imparfaitement à sa cravate cordée autour de son cou de dindon, bien des gens se demandaient si cette ombre chinoise appartenait à la race audacieuse des fils de Japhet[2] qui papillonnent sur le boulevard italien[3]. Quel travail avait pu le ratatiner ainsi ? quelle passion avait bistré sa face bulbeuse, qui, dessinée en caricature, aurait paru hors du vrai ? Ce qu'il avait été ? mais peut-être avait-il été employé au Ministère de la Justice, dans le bureau où les exécuteurs des hautes œuvres envoient leurs mémoires de frais, le compte des fournitures de voiles noirs pour les parricides, de son pour les paniers, de ficelle pour les couteaux[4]. Peut-être avait-il été receveur à la

---

1. Dans le manuscrit, Balzac a d'abord trop clairement nommé ce personnage Mlle Vérolleau (voir p. 155 note 3) : la description laisse planer le doute sur son passé et sur la maladie qui la ronge. — **2.** Traduction parodique d'Horace « Audax Iapeti genus » (*Ode* I, III, « Au vaisseau de Virgile », vers 27). J. Baudry a montré que Balzac confondait, et certains commentateurs à sa suite, le Japhet de la Bible, dont descend la race blanche, avec Japet, père de Prométhée : « Dans l'ode d'Horace, "Iapeti genus" désigne non seulement Prométhée, mais tous les hommes, considérés comme fils de Prométhée » (*AB 1969*, p. 306-307). — **3.** Le lieu le plus animé de Paris, rendez-vous de la jeunesse élégante et de la bohème. — **4.** Détails macabres et précis, dont Balzac se souvient pour avoir participé à la rédaction des *Mémoires pour servir à l'histoire de la Révolution française, par Sanson, exécuteur des arrêts criminels pendant la Révolution* (1829-1830) ; souvenirs ravivés, le 26 avril 1834, par un dîner avec A. Dumas, Vidocq et les bourreaux Sanson père et fils, chez Benjamin Appert (voir les « Commentaires. II. 2. La vie des autres »).

porte d'un abattoir, ou sous-inspecteur de salubrité.
Enfin, cet homme semblait avoir été l'un des ânes de
notre grand moulin social, l'un de ces Ratons parisiens qui ne connaissent même pas leurs Bertrands[1],
quelque pivot sur lequel avaient tourné les infortunes
ou les saletés publiques, enfin l'un de ces hommes
dont nous disons, en les voyant : *Il en faut pourtant
comme ça.* Le beau Paris ignore ces figures blêmes
de souffrances morales ou physiques. Mais Paris est
un véritable océan[2]. Jetez-y la sonde, vous n'en
connaîtrez jamais la profondeur. Parcourez-le, décri-
vez-le ? quelque soin que vous mettiez à le parcourir,
à le décrire ; quelque nombreux et intéressés que
soient les explorateurs de cette mer, il s'y rencontrera
toujours un lieu vierge, un antre inconnu, des fleurs,
des perles, des monstres, quelque chose d'inouï,
oublié par les plongeurs littéraires. La Maison Vauquer est une de ces monstruosités curieuses.

Deux figures y formaient un contraste frappant
avec la masse des pensionnaires et des habitués.
Quoique mademoiselle Victorine Taillefer eût une
blancheur maladive semblable à celle des jeunes filles attaquées de chlorose[3], et qu'elle se rattachât à la
souffrance générale qui faisait le fond de ce tableau,
par une tristesse habituelle, par une contenance
gênée, par un air pauvre et grêle, néanmoins son

---

1. Dans la fable de La Fontaine, « Le singe et le chat » (IX, 17),
Raton (le chat) tire les marrons du feu au profit de Bertrand (le
singe). Ce thème du roué et de sa victime inspira deux comédies
en cinq actes, en prose ; l'une, de Picard, *Bertrand et Raton ou
l'Intrigant et sa dupe* (théâtre de l'Impératrice [de l'Odéon], 1804) ;
l'autre, de Scribe, *Bertrand et Raton ou l'Art de conspirer*, créée à
la Comédie-Française le 14 novembre 1833, dix mois avant le
début de la rédaction du *Père Goriot*. — 2. Flaubert reprendra
cette image en 1857 : « Paris, plus vaste que l'Océan, miroitait
[...] » (*Madame Bovary*, dans *Œuvres*, Gallimard, « Bibliothèque de
la Pléiade », tome I, 1951, p. 344). — 3. Sorte d'anémie fréquente,
qui se caractérise par une pâleur excessive. L'héroïne d'un roman
de jeunesse se nomme Wann-Chlore (ou Jane la Pâle) à cause de
la blancheur de son teint qui laisse soupçonner cette maladie,
dont Balzac décrira les symptômes chez madame de Mortsauf
dans *Le Lys dans la vallée*.

visage n'était pas vieux, ses mouvements et sa voix étaient agiles. Ce jeune malheur ressemblait à un arbuste aux feuilles jaunies, fraîchement planté dans un terrain contraire. Sa physionomie roussâtre, ses cheveux d'un blond fauve, sa taille trop mince, exprimaient cette grâce que les poètes modernes trouvaient aux statuettes du Moyen Age. Ses yeux gris mélangés de noir exprimaient une douceur, une résignation chrétiennes. Ses vêtements simples, peu coûteux, trahissaient des formes jeunes. Elle était jolie par juxtaposition. Heureuse, elle eût été ravissante : le bonheur est la poésie des femmes, comme la toilette en est le fard. Si la joie d'un bal eût reflété ses teintes rosées sur ce visage pâle ; si les douceurs d'une vie élégante eussent rempli, eussent vermillonné ces joues déjà légèrement creusées ; si l'amour eût ranimé ces yeux tristes, Victorine aurait pu lutter avec les plus belles jeunes filles. Il lui manquait ce qui crée une seconde fois la femme, les chiffons et les billets doux. Son histoire eût fourni le sujet d'un livre. Son père croyait avoir des raisons pour ne pas la reconnaître[1], refusait de la garder près de lui, ne lui accordait que six cents francs par an, et avait dénaturé sa fortune, afin de pouvoir la transmettre en entier à son fils. Parente éloignée de la mère de Victorine, qui jadis était venue mourir de désespoir chez elle, madame Couture prenait soin de l'orpheline comme de son enfant. Malheureusement la veuve du Commissaire-Ordonnateur des armées de la République ne possédait rien au monde que son douaire[2] et sa pension ; elle pouvait laisser un jour cette pauvre fille, sans expérience et sans ressources, à la merci du monde. La bonne femme menait Victorine à la messe tous les dimanches, à confesse tous les quinze jours, afin d'en faire à tout hasard une fille

---

1. P.-G. Castex (*op. cit.*, p. 21 note 1) observe qu'elle porte pourtant son nom. — 2. « Portion de biens qui est donnée à une femme par son mari à l'occasion du mariage, dont elle jouit pour son entretien après la mort de son mari, et qui descend après elle à ses enfants » (Littré).

pieuse. Elle avait raison. Les sentiments religieux offraient un avenir à cet enfant désavoué, qui aimait son père, qui tous les ans s'acheminait chez lui pour y apporter le pardon de sa mère ; mais qui, tous les ans, se cognait contre la porte de la maison paternelle, inexorablement fermée. Son frère, son unique médiateur, n'était pas venu la voir une seule fois en quatre ans, et ne lui envoyait aucun secours. Elle suppliait Dieu de dessiller les yeux de son père, d'attendrir le cœur de son frère, et priait pour eux sans les accuser. Madame Couture et madame Vauquer ne trouvaient pas assez de mots dans le dictionnaire des injures pour qualifier cette conduite barbare. Quand elles maudissaient ce millionnaire infâme, Victorine faisait entendre de douces paroles, semblables au chant du ramier blessé, dont le cri de douleur exprime encore l'amour.

Eugène de Rastignac avait un visage tout méridional[1], le teint blanc, des cheveux noirs, des yeux bleus. Sa tournure, ses manières, sa pose habituelle dénotaient le fils d'une famille noble, où l'éducation première n'avait comporté que des traditions de bon goût. S'il était ménager de ses habits, si les jours ordinaires il achevait d'user les vêtements de l'an passé, néanmoins il pouvait sortir quelquefois mis comme l'est un jeune homme élégant. Ordinairement il portait une vieille redingote, un mauvais gilet, la méchante cravate noire, flétrie, mal nouée de l'Étudiant, un pantalon à l'avenant et des bottes ressemelées.

Entre ces deux personnages et les autres, Vautrin, l'homme de quarante ans, à favoris peints, servait de transition. Il était un de ces gens dont le peuple dit : Voilà un fameux gaillard ! Il avait les épaules larges, le buste bien développé, les muscles apparents, des mains épaisses, carrées et fortement marquées aux phalanges par des bouquets de poils touffus et d'un roux ardent. Sa figure, rayée par des rides prématu-

---

1. Adjectif surprenant appliqué à un Charentais, mais Balzac désigne ainsi tout « homme d'outre-Loire » (voir p. 156).

rées, offrait des signes de dureté que démentaient ses
manières souples et liantes. Sa voix de basse-taille[1],
en harmonie avec sa grosse gaieté, ne déplaisait
point. Il était obligeant et rieur. Si quelque serrure
allait mal, il l'avait bientôt démontée, rafistolée, hui-
lée, limée, remontée, en disant : Ça me connaît. Il
connaissait tout d'ailleurs, les vaisseaux, la mer, la
France, l'étranger, les affaires, les hommes, les événements, les lois, les hôtels et les prisons. Si quelqu'un se plaignait par trop, il lui offrait aussitôt ses
services. Il avait prêté plusieurs fois de l'argent à
madame Vauquer et à quelques pensionnaires ; mais
ses obligés seraient morts plutôt que de ne pas le lui
rendre, tant, malgré son air bonhomme, il imprimait
de crainte par un certain regard profond et plein de
résolution. A la manière dont il lançait un jet de
salive, il annonçait un sang-froid imperturbable qui
ne devait pas le faire reculer devant un crime pour
sortir d'une position équivoque. Comme un juge
sévère, son œil semblait aller au fond de toutes les
questions, de toutes les consciences, de tous les sentiments. Ses mœurs consistaient à sortir après le
déjeuner, à revenir pour dîner, à décamper pour
toute la soirée, et à rentrer vers minuit, à l'aide d'un
passe-partout que lui avait confié madame Vauquer.
Lui seul jouissait de cette faveur. Mais aussi était-il
au mieux avec la veuve, qu'il appelait maman en la
saisissant par la taille, flatterie peu comprise ! La
bonne femme croyait la chose encore facile, tandis
que Vautrin seul avait les bras assez longs pour pres-
ser cette pesante circonférence. Un trait de son
caractère était de payer généreusement quinze
francs par mois pour le *gloria*[2] qu'il prenait au dessert. Des gens moins superficiels que ne l'étaient ces
jeunes gens emportés par les tourbillons de la vie
parisienne, ou ces vieillards indifférents à ce qui ne
les touchait pas directement, ne se seraient pas arrêtés à l'impression douteuse que leur causait Vautrin.

---

1. Entre le baryton et la basse. — 2. Café mêlé d'eau-de-vie ou
de rhum.

Il savait ou devinait les affaires de ceux qui l'entouraient, tandis que nul ne pouvait pénétrer ni ses pensées ni ses occupations. Quoiqu'il eût jeté son apparente bonhomie, sa constante complaisance et sa gaieté comme une barrière entre les autres et lui, souvent il laissait percer l'épouvantable profondeur de son caractère. Souvent une boutade digne de Juvénal[1], et par laquelle il semblait se complaire à bafouer les lois, à fouetter la haute société, à la convaincre d'inconséquence avec elle-même, devait faire supposer qu'il gardait rancune à l'état social, et qu'il y avait au fond de sa vie un mystère soigneusement enfoui.

Attirée, peut-être à son insu, par la force de l'un ou par la beauté de l'autre, mademoiselle Taillefer partageait ses regards furtifs, ses pensées secrètes, entre ce quadragénaire et le jeune étudiant ; mais aucun d'eux ne paraissait songer à elle, quoique d'un jour à l'autre le hasard pût changer sa position et la rendre un riche parti. D'ailleurs aucune de ces personnes ne se donnait la peine de vérifier si les malheurs allégués par l'une d'elles étaient faux ou véritables. Toutes avaient les unes pour les autres une indifférence mêlée de défiance qui résultait de leurs situations respectives. Elles se savaient impuissantes à soulager leurs peines, et toutes avaient en se les contant épuisé la coupe des condoléances. Semblables à de vieux époux, elles n'avaient plus rien à se dire. Il ne restait donc entre elles que les rapports d'une vie mécanique, le jeu de rouages sans huile. Toutes devaient passer droit dans la rue devant un aveugle, écouter sans émotion le récit d'une infortune, et voir dans une mort la solution d'un problème de misère qui les rendait froides à la plus terrible agonie. La plus heureuse de ces âmes désolées était madame Vauquer, qui trônait dans cet hospice libre. Pour elle seule ce petit jardin, que le silence et le froid, le sec et l'humide faisaient vaste comme un

---

1. Poète latin qui dénonça violemment les vices de Rome dans ses *Satires* (vers 55-vers 140).

steppe[1], était un riant bocage. Pour elle seule cette
maison jaune et morne, qui sentait le vert-de-gris du
comptoir, avait des délices. Ces cabanons lui appartenaient. Elle nourrissait ces forçats acquis à des peines perpétuelles, en exerçant sur eux une autorité
respectée. Où ces pauvres êtres auraient-ils trouvé
dans Paris, au prix où elle les donnait, des aliments
sains, suffisants, et un appartement qu'ils étaient
maîtres de rendre, sinon élégant ou commode, du
moins propre et salubre ? Se fût-elle permis une
injustice criante, la victime l'aurait supportée sans
se plaindre.

Une réunion semblable devait offrir et offrait en
petit les éléments d'une société complète. Parmi les
dix-huit convives il se rencontrait, comme dans les
collèges, comme dans le monde, une pauvre créature
rebutée, un souffre-douleur sur qui pleuvaient les
plaisanteries. Au commencement de la seconde
année, cette figure devint pour Eugène de Rastignac
la plus saillante de toutes celles au milieu desquelles
il était condamné à vivre encore pendant deux ans.
Ce *Patiras*[2] était l'ancien vermicellier, le père Goriot,
sur la tête duquel un peintre aurait, comme l'historien, fait tomber toute la lumière du tableau. Par
quel hasard ce mépris à demi haineux, cette persécution mélangée de pitié, ce non-respect du malheur
avaient-ils frappé le plus ancien pensionnaire ? Y
avait-il donné lieu par quelques-uns de ces ridicules
ou de ces bizarreries que l'on pardonne moins qu'on
ne pardonne des vices ? Ces questions tiennent de
près à bien des injustices sociales. Peut-être est-il
dans la nature humaine de tout faire supporter à qui
souffre tout par humilité vraie, par faiblesse ou par
indifférence. N'aimons-nous pas tous à prouver
notre force aux dépens de quelqu'un ou de quelque
chose ? L'être le plus débile, le gamin sonne à toutes

---

1. Larousse et Littré signalent ce mot au masculin. —
2. « Souffre-douleurs » (Littré). Balzac emploie ce terme pour
désigner le saute-ruisseau Simonin dans *Le Colonel Chabert*
(Pl. III, 315 ; ou notre édition, p. 66). La graphie exacte est Pâtiras.

les portes quand il gèle, ou se hisse pour écrire son nom sur un monument vierge.

Le père Goriot, vieillard de soixante-neuf ans environ, s'était retiré chez madame Vauquer, en 1813, après avoir quitté les affaires. Il y avait d'abord pris l'appartement occupé par madame Couture, et donnait alors douze cents francs de pension, en homme pour qui cinq louis de plus ou de moins étaient une bagatelle. Madame Vauquer avait rafraîchi les trois chambres de cet appartement moyennant une indemnité préalable qui paya, dit-on, la valeur d'un méchant ameublement composé de rideaux en calicot jaune, de fauteuils en bois verni couverts en velours d'Utrecht, de quelques peintures à la colle, et de papiers que refusaient les cabarets de la banlieue. Peut-être l'insouciante générosité que mit à se laisser attraper le père Goriot, qui vers cette époque était respectueusement nommé monsieur Goriot, le fit-elle considérer comme un imbécile qui ne connaissait rien aux affaires. Goriot vint muni d'une garde-robe bien fournie, le trousseau magnifique du négociant qui ne se refuse rien en se retirant du commerce. Madame Vauquer avait admiré dix-huit chemises de demi-hollande[1], dont la finesse était d'autant plus remarquable que le vermicellier portait sur son jabot dormant deux épingles unies par une chaînette, et dont chacune était montée d'un gros diamant. Habituellement vêtu d'un habit bleu-barbeau[2], il prenait chaque jour un gilet de piqué blanc, sous lequel fluctuait son ventre piriforme[3] et proéminent, qui faisait rebondir une lourde chaîne d'or garnie de breloques. Sa tabatière, également en or, contenait un médaillon plein de cheveux qui le rendaient en apparence coupable de quelques bonnes fortunes. Lorsque son hôtesse l'accusa d'être un

---

1. « Toiles de lin, blanches et assez fines » (Larousse), ainsi nommées pour leur ressemblance avec les toiles de Hollande, réputées pour leur haute qualité. — 2. Bleu clair (le barbeau est un des noms du bleuet). — 3. En forme de poire.

galantin[1], il laissa errer sur ses lèvres le gai sourire du bourgeois dont on a flatté le dada. Ses *ormoires*[2] (il prononçait ce mot à la manière du menu peuple) furent remplies par la nombreuse argenterie de son ménage. Les yeux de la veuve s'allumèrent quand elle l'aida complaisamment à déballer et ranger les louches, les cuillers à ragoût, les couverts, les huiliers, les saucières, plusieurs plats, des déjeuners en vermeil, enfin des pièces plus ou moins belles, pesant un certain nombre de marcs[3], et dont il ne voulait pas se défaire. Ces cadeaux lui rappelaient les solennités de sa vie domestique. « Ceci, dit-il à madame Vauquer en serrant un plat et une petite écuelle dont le couvercle représentait deux tourterelles qui se becquetaient, est le premier présent que m'a fait ma femme, le jour de notre anniversaire. Pauvre bonne ! elle y avait consacré ses économies de demoiselle. Voyez-vous, madame ? j'aimerais mieux gratter la terre avec mes ongles que de me séparer de cela. Dieu merci ! je pourrai prendre dans cette écuelle mon café tous les matins durant le reste de mes jours. Je ne suis pas à plaindre, j'ai sur la planche du pain de cuit pour longtemps. » Enfin, madame Vauquer avait bien vu, de son œil de pie, quelques inscriptions sur le Grand-Livre[4] qui, vaguement additionnées, pouvaient faire à cet excellent Goriot un revenu d'environ huit à dix mille francs. Dès ce jour, madame Vauquer, née de Conflans, qui avait alors quarante-huit ans effectifs et n'en acceptait que trente-neuf, eut des idées. Quoique le larmier des

---

1. « Homme ridiculement galant auprès des femmes » (*Dictionnaire de l'Académie*, 6ᵉ édition, 1835). Ici, non péjoratif. — **2.** Déformation de armoire. — **3.** Ancienne mesure de poids (une demi-livre), servant à peser les objets d'or ou d'argent. — **4.** « Liste générale des créanciers de l'État » (Littré). Le « Grand-Livre de la Dette publique » fut créé par la Convention le 24 septembre 1793. Par la loi du 9 Vendémiaire an VI (30 septembre 1797), le Directoire remboursa aux rentiers les deux tiers de leurs créances en bons sans valeurs ; le troisième tiers fut acquitté en titres nominatifs (« tiers consolidé ») inscrits sur le Grand-Livre, que l'État (qui venait donc de réduire sa dette des deux tiers) s'engageait à rembourser en numéraire.

yeux de Goriot fût retourné, gonflé, pendant, ce qui l'obligeait à les essuyer assez fréquemment[1], elle lui trouva l'air agréable et comme il faut. D'ailleurs son mollet charnu[2], saillant, pronostiquait, autant que son long nez carré, des qualités morales auxquelles paraissait tenir la veuve, et que confirmait la face lunaire et naïvement niaise du bonhomme[3]. Ce devait être une bête solidement bâtie, capable de dépenser tout son esprit en sentiment. Ses cheveux en ailes de pigeon, que le coiffeur de l'école Polytechnique vint lui poudrer tous les matins, dessinaient cinq pointes sur son front bas, et décoraient bien sa figure. Quoique un peu rustaud, il était si bien tiré à quatre épingles, il prenait si richement son tabac, il le humait en homme si sûr de toujours avoir sa tabatière pleine de macouba[4], que le jour où monsieur Goriot s'installa chez elle, madame Vauquer se coucha le soir en rôtissant, comme une perdrix dans sa barde[5], au feu du désir qui la saisit de quitter le suaire du Vauquer pour renaître en Goriot. Se marier, vendre sa pension, donner le bras à cette fine fleur de bourgeoisie, devenir une dame notable dans le quartier, y quêter pour les indigents, faire de peti-

---

1. Goriot souffre probablement d'un compère-loriot (d'un orgelet), qui métaphorise l'aveuglement de son sentiment paternel ; et, peut-être, par une équivoque qui n'a pas échappé au romancier (en témoigne le f° 46 du manuscrit), son nom. — 2. Le père Grandet « était un homme de cinq pieds, trapu, carré, ayant des mollets de douze pouces [30 cm] de circonférence » (*Eugénie Grandet*, Pl. III, 1035). A l'inverse, M. de la Baudraye, faible, chétif et menacé d'impuissance, « mettait par décence de faux mollets », et les « retournait souvent [...] sur le tibia » en marchant (*La Muse du département*, Pl. IV, 643). — 3. Hanté par le problème de l'unité de la personne humaine, Balzac fut influencé par le philosophe suisse Johann Kaspar Lavater (1741-1801), inventeur de la physiognomonie, auteur de *Fragments physiognomoniques* et d'un *Art de connaître les hommes par la physionomie* (dont le romancier possédait un exemplaire en dix volumes) : l'âme et le caractère se refléteraient dans l'aspect extérieur de l'individu, notamment dans les traits de son visage. — 4. Excellent tabac, cultivé dans les plantations de Macouba, en Martinique. — 5. « Tranche de lard fort mince dont on entoure les chapons, les bécasses, les perdrix, etc. qu'on fait rôtir » (Littré).

tes parties le dimanche à Choisy, Soissy, Gentilly ;
aller au spectacle à sa guise, en loge, sans attendre
les billets d'auteur que lui donnaient quelques-uns de
ses pensionnaires, au mois de juillet ; elle rêva tout
l'Eldorado des petits ménages parisiens. Elle n'avait
avoué à personne qu'elle possédait quarante mille
francs amassés sou à sou. Certes elle se croyait, sous
le rapport de la fortune, un parti sortable. « Quant
au reste, je vaux bien le bonhomme ! » se dit-elle en
se retournant dans son lit, comme pour s'attester à
elle-même des charmes que la grosse Sylvie trouvait
chaque matin moulés en creux. Dès ce jour, pendant
environ trois mois, la veuve Vauquer profita du coiffeur de monsieur Goriot, et fit quelques frais de toilette, excusés par la nécessité de donner à sa maison
un certain décorum en harmonie avec les personnes
honorables qui la fréquentaient. Elle s'intrigua[1]
beaucoup pour changer le personnel de ses pensionnaires, en affichant la prétention de n'accepter désormais que les gens les plus distingués sous tous les
rapports. Un étranger se présentait-il, elle lui vantait
la préférence que monsieur Goriot, un des négociants les plus notables et les plus respectables de
Paris, lui avait accordée. Elle distribua des prospectus en tête desquels se lisait : MAISON VAUQUER.
« C'était, disait-elle, une des plus anciennes et des
plus estimées pensions bourgeoises du pays latin. Il
y existait une vue des plus agréables sur la vallée des
Gobelins[2] (on l'apercevait du troisième étage), et un
joli jardin, au bout duquel s'étendait une ALLÉE de
tilleuls. » Elle y parlait du bon air et de la solitude.
Ce prospectus lui amena madame la comtesse de
l'Ambermesnil, femme de trente-six ans, qui attendait la fin de la liquidation et le règlement d'une
pension qui lui était due, en qualité de veuve d'un
général mort sur *les* champs de bataille. Madame

---

1. Se donna beaucoup de mal. — **2.** La rivière de la Bièvre coulait à ciel ouvert dans Paris. Loin d'être idyllique, elle servait
d'égout collectif et recueillait les déchets industriels des tanneries,
des teintureries et des hôpitaux du quartier des Gobelins.

Vauquer soigna sa table, fit du feu dans les salons pendant près de six mois, et tint si bien les promesses de son prospectus, qu'*elle y mit du sien*. Aussi la comtesse disait-elle à madame Vauquer, en l'appelant *chère amie*, qu'elle lui procurerait la baronne de Vaumerland et la veuve du colonel comte Picquoiseau, deux de ses amies, qui achevaient au Marais leur terme dans une pension plus coûteuse que ne l'était la Maison Vauquer. Ces dames seraient d'ailleurs fort à leur aise quand les Bureaux de la Guerre auraient fini leur travail. « Mais, disait-elle, les Bureaux ne terminent rien. » Les deux veuves montaient ensemble après le dîner dans la chambre de madame Vauquer, et y faisaient de petites causettes en buvant du cassis et mangeant des friandises réservées pour la bouche de la maîtresse. Madame de l'Ambermesnil approuva beaucoup les vues de son hôtesse sur le Goriot, vues excellentes, qu'elle avait d'ailleurs devinées dès le premier jour ; elle le trouvait un homme parfait.

— Ah ! ma chère dame, un homme sain comme mon œil, lui disait la veuve, un homme parfaitement conservé, et qui peut donner encore bien de l'agrément à une femme.

La comtesse fit généreusement des observations à madame Vauquer sur sa mise, qui n'était pas en harmonie avec ses prétentions. — Il faut vous mettre sur le pied de guerre, lui dit-elle. Après bien des calculs, les deux veuves allèrent ensemble au Palais-Royal, où elles achetèrent, aux Galeries de Bois[1], un chapeau à plumes et un bonnet. La comtesse entraîna son amie au magasin de *La Petite Jeannette*[2], où elles choisirent une robe et une écharpe. Quand ces munitions furent employées, et que la veuve fut sous les armes, elle ressembla parfaitement à l'enseigne du

---

1. Boutiques en bois construites dans les jardins du Palais-Royal ; remplacées en 1828 par la galerie d'Orléans. — 2. Réputé magasin de nouveautés, à l'angle du boulevard des Italiens et de la rue de Richelieu.

Bœuf à la mode[1]. Néanmoins elle se trouva si chan-
gée à son avantage, qu'elle se crut l'obligée de la
comtesse, et, quoique peu *donnante*, elle la pria
d'accepter un chapeau de vingt francs. Elle comptait,
à la vérité, lui demander le service de sonder Goriot
et de la faire valoir auprès de lui. Madame de
l'Ambermesnil se prêta fort amicalement à ce
manège, et cerna le vieux vermicellier avec lequel elle
réussit à avoir une conférence ; mais après l'avoir
trouvé pudibond, pour ne pas dire réfractaire aux
tentatives que lui suggéra son désir particulier de le
séduire pour son propre compte, elle sortit révoltée
de sa grossièreté.

— Mon ange, dit-elle à sa chère amie, vous ne tire-
rez rien de cet homme-là ! il est ridiculement
défiant ; c'est un grippe-sou, une bête, un sot, qui ne
vous causera que du désagrément.

Il y eut entre monsieur Goriot et madame de
l'Ambermesnil des choses telles que la comtesse ne
voulut même plus se trouver avec lui. Le lendemain,
elle partit en oubliant de payer six mois de pension,
et en laissant une défroque prisée cinq francs. Quelque âpreté que madame Vauquer mît à ses recherches, elle ne put obtenir aucun renseignement dans
Paris sur la comtesse de l'Ambermesnil. Elle parlait
souvent de cette déplorable affaire, en se plaignant
de son trop de confiance, quoiqu'elle fût plus
méfiante que ne l'est une chatte ; mais elle ressemblait à beaucoup de personnes qui se défient de leurs
proches, et se livrent au premier venu. Fait moral,
bizarre, mais vrai, dont la racine est facile à trouver
dans le cœur humain. Peut-être certaines gens n'ont-

---

1. Dans le *Petit Dictionnaire critique et anecdotique des enseignes
de Paris, par un batteur de pavé*, on en trouve la description :
« *Bœuf à la mode (Au)*. Restaurateur, rue du Lycée [aujourd'hui
rue de Valois], près le Palais-Royal. — Des schalls [châles], un
chapeau ornent un bœuf que le restaurateur calembouriste a cru
pouvoir appeler à la mode ; d'aucuns, trompés par le jeu de mots,
ont voulu en tâter de la cuisine, mais ils ont trouvé qu'il était un
peu trop salé. » Balzac connaissait ce petit ouvrage anonyme, qui
lui fut faussement attribué, pour l'avoir imprimé en 1826.

ils plus rien à gagner auprès des personnes avec lesquelles ils vivent ; après leur avoir montré le vide de leur âme, ils se sentent secrètement jugés par elles avec une sévérité méritée ; mais, éprouvant un invincible besoin de flatteries qui leur manquent, ou dévorés par l'envie de paraître posséder les qualités qu'ils n'ont pas, ils espèrent surprendre l'estime ou le cœur de ceux qui leur sont étrangers, au risque d'en déchoir un jour. Enfin il est des individus nés mercenaires qui ne font aucun bien à leurs amis ou à leurs proches, parce qu'ils le doivent ; tandis qu'en rendant service à des inconnus, ils en recueillent un gain d'amour-propre : plus le cercle de leurs affections est près d'eux, moins ils aiment ; plus il s'étend, plus serviables ils sont. Madame Vauquer tenait sans doute de ces deux natures, essentiellement mesquines, fausses, exécrables.

— Si j'avais été ici, lui disait alors Vautrin, ce malheur ne vous serait pas arrivé ! je vous aurais joliment dévisagé cette farceuse-là. Je connais leurs *frimousses*[1].

Comme tous les esprits rétrécis, madame Vauquer avait l'habitude de ne pas sortir du cercle des événements, et de ne pas juger leurs causes. Elle aimait à s'en prendre à autrui de ses propres fautes. Quand cette perte eut lieu, elle considéra l'honnête vermicellier comme le principe de son infortune, et commença dès lors, disait-elle, à se dégriser sur son compte. Lorsqu'elle eut reconnu l'inutilité de ses agaceries et de ses frais de représentation, elle ne tarda pas à en deviner la raison. Elle s'aperçut alors que son pensionnaire avait déjà, selon son expression, ses allures[2]. Enfin il lui fut prouvé que son espoir si mignonnement caressé reposait sur une base chimérique, et qu'elle ne tirerait jamais rien de cet homme-là, suivant le mot énergique de la comtesse, qui

---

1. D'origine obscure, ce mot populaire, peut-être dérivé de frime, est encore tout récent, d'où l'emploi de l'italique par Balzac. — 2. « Avoir ses allures », note Littré, c'est avoir « quelque commerce secret de galanterie. Cette locution a vieilli ».

paraissait être une connaisseuse. Elle alla nécessairement plus loin en aversion qu'elle n'était allée dans
son amitié. Sa haine ne fut pas en raison de son
amour, mais de ses espérances trompées. Si le cœur
humain trouve des repos en montant les hauteurs de
l'affection, il s'arrête rarement sur la pente rapide
des sentiments haineux. Mais monsieur Goriot était
son pensionnaire, la veuve fut donc obligée de réprimer les explosions de son amour-propre blessé,
d'enterrer les soupirs que lui causa cette déception,
et de dévorer ses désirs de vengeance, comme un
moine vexé par son prieur. Les petits esprits satisfont
leurs sentiments, bons ou mauvais, par des petitesses
incessantes. La veuve employa sa malice de femme
à inventer de sourdes persécutions contre sa victime.
Elle commença par retrancher les superfluités intro-
duites dans sa pension. « Plus de cornichons, plus
d'anchois : c'est des duperies ! » dit-elle à Sylvie, le
matin où elle rentra dans son ancien programme.
Monsieur Goriot était un homme frugal, chez qui la
parcimonie nécessaire aux gens qui font eux-mêmes
leur fortune était dégénérée en habitude. La soupe,
le bouilli, un plat de légumes, avaient été, devaient
toujours être son dîner de prédilection. Il fut donc
bien difficile à madame Vauquer de tourmenter son
pensionnaire, de qui elle ne pouvait en rien froisser
les goûts. Désespérée de rencontrer un homme inat-
taquable, elle se mit à le déconsidérer, et fit ainsi partager son aversion pour Goriot par ses pensionnaires, qui, par amusement, servirent ses vengeances.
Vers la fin de la première année, la veuve en était
venue à un tel degré de méfiance, qu'elle se demandait pourquoi ce négociant, riche de sept à huit mille
livres de rente, qui possédait une argenterie superbe
et des bijoux aussi beaux que ceux d'une fille entretenue, demeurait chez elle, en lui payant une pension
si modique relativement à sa fortune. Pendant la
plus grande partie de cette première année, Goriot
avait souvent dîné dehors une ou deux fois par
semaine ; puis, insensiblement, il en était arrivé à ne
plus dîner en ville que deux fois par mois. Les petites

parties fines du sieur Goriot convenaient trop bien
aux intérêts de madame Vauquer pour qu'elle ne fût
pas mécontente de l'exactitude progressive avec
laquelle son pensionnaire prenait ses repas chez elle.
Ces changements furent attribués autant à une lente
diminution de fortune qu'au désir de contrarier son
hôtesse. Une des plus détestables habitudes de ces
esprits lilliputiens[1] est de supposer leurs petitesses
chez les autres. Malheureusement, à la fin de la
deuxième année, monsieur Goriot justifia les bavar-
dages dont il était l'objet, en demandant à madame
Vauquer de passer au second étage, et de réduire sa
pension à neuf cents francs. Il eut besoin d'une si
stricte économie qu'il ne fit plus de feu chez lui pendant l'hiver. La veuve Vauquer voulut être payée
d'avance ; à quoi consentit monsieur Goriot, que dès
lors elle nomma le père Goriot. Ce fut à qui devinerait les causes de cette décadence. Exploration difficile ! Comme l'avait dit la fausse comtesse, le père
Goriot était un sournois, un taciturne. Suivant la
logique des gens à tête vide, tous indiscrets parce
qu'ils n'ont que des riens à dire, ceux qui ne parlent
pas de leurs affaires en doivent faire de mauvaises.
Ce négociant si distingué devint donc un fripon, ce
galantin[2] fut un vieux drôle. Tantôt, selon Vautrin,
qui vint vers cette époque habiter la Maison Vauquer,
le père Goriot était un homme qui allait à la Bourse
et qui, suivant une expression assez énergique de la
langue financière, *carottait*[3] sur les rentes après s'y
être ruiné. Tantôt c'était un de ces petits joueurs qui
vont hasarder et gagner tous les soirs dix francs au
jeu. Tantôt on en faisait un espion attaché à la haute
police ; mais Vautrin prétendait qu'il n'était pas assez
rusé pour *en être*. Le père Goriot était encore un

---

1. Formé sur Lilliput, pays peuplé de nains où aborda Gulliver
(*Voyages de Gulliver*, par Jonathan Swift, 1726) ; néologisme peut-
être créé par Balzac, qui l'emploie encore, en 1837, dans *Les
Employés* (Pl. VII, 908). Littré note le sens figuré (« extrêmement
petit »). — **2.** Voir p. 68 note 1. — **3.** Jouer de petites sommes ;
spéculer à la Bourse, au jour le jour, sur la différence des cours
entre l'ouverture et la fermeture du marché.

avare qui prêtait à la petite semaine, un homme qui
nourrissait des numéros à la loterie[1]. On en faisait
tout ce que le vice, la honte, l'impuissance engen-
drent de plus mystérieux. Seulement, quelque igno-
bles que fussent sa conduite ou ses vices, l'aversion
qu'il inspirait n'allait pas jusqu'à le faire bannir : il
payait sa pension. Puis il était utile, chacun essuyait
sur lui sa bonne ou mauvaise humeur par des plaisanteries ou par des bourrades. L'opinion qui paraissait plus probable, et qui fut généralement adoptée,
était celle de madame Vauquer. A l'entendre, cet
homme si bien conservé, sain comme son œil et avec
lequel on pouvait avoir encore beaucoup d'agrément,
était un libertin qui avait des goûts étranges. Voici
sur quels faits la veuve Vauquer appuyait ses calomnies. Quelques mois après le départ de cette désas-
treuse comtesse qui avait su vivre pendant six mois
à ses dépens, un matin, avant de se lever, elle entendit dans son escalier le froufrou d'une robe de soie
et le pas mignon d'une femme jeune et légère qui
filait chez Goriot, dont la porte s'était intelligemment
ouverte. Aussitôt la grosse Sylvie vint dire à sa maîtresse qu'une fille trop jolie pour être honnête, *mise
comme une divinité*, chaussée en brodequins de prunelle[2] qui n'étaient pas crottés, avait glissé comme
une anguille de la rue jusqu'à sa cuisine, et lui avait
demandé l'appartement de monsieur Goriot. Madame Vauquer et sa cuisinière se mirent aux écoutes,
et surprirent plusieurs mots tendrement prononcés
pendant la visite, qui dura quelque temps. Quand
monsieur Goriot reconduisit *sa dame*, la grosse Sylvie prit aussitôt son panier, et feignit d'aller au marché, pour suivre le couple amoureux.

---

1. « Mettre sur le même numéro à chaque tirage, en augmentant
toujours la mise » (Littré). Constituée par un arrêt du conseil le
31 août 1762, la loterie royale avait été provisoirement supprimée
par la Révolution. — 2. « Étoffe de laine, unie et croisée, qui se
fait en diverses couleurs, le plus souvent en noir, et sert à la
confection d'une foule d'objets de toilette qui demandent une
grande solidité » (Larousse). La prunelle entrait dans la fabrication de souliers de qualité.

— Madame, dit-elle à sa maîtresse en revenant, il faut que monsieur Goriot soit diantrement riche tout de même, pour les mettre sur ce pied-là. Figurez-vous qu'il y avait au coin de l'Estrapade[1] un superbe équipage dans lequel *elle* est montée.

Pendant le dîner, madame Vauquer alla tirer un rideau, pour empêcher que Goriot ne fût incommodé par le soleil dont un rayon lui tombait sur les yeux.

— Vous êtes aimé des belles, monsieur Goriot, le soleil vous cherche, dit-elle en faisant allusion à la visite qu'il avait reçue. Peste ! vous avez bon goût, elle était bien jolie.

— C'était ma fille, dit-il avec une sorte d'orgueil dans lequel les pensionnaires voulurent voir la fatuité d'un vieillard qui garde les apparences.

Un mois après cette visite, monsieur Goriot en reçut une autre. Sa fille qui, la première fois, était venue en toilette du matin, vint après le dîner et habillée comme pour aller dans le monde. Les pensionnaires, occupés à causer dans le salon, purent voir en elle une jolie blonde, mince de taille, gracieuse, et beaucoup trop distinguée pour être la fille d'un père Goriot.

— Et de deux ! dit la grosse Sylvie, qui ne la reconnut pas.

Quelques jours après, une autre fille, grande et bien faite, brune, à cheveux noirs et à l'œil vif, demanda monsieur Goriot.

— Et de trois ! dit Sylvie.

Cette seconde fille, qui la première fois était aussi venue voir son père la matin, vint quelques jours après, le soir, en toilette de bal et en voiture.

— Et de quatre ! dirent madame Vauquer et la grosse Sylvie, qui ne reconnurent dans cette grande dame aucun vestige de la fille simplement mise le matin où elle fit sa première visite.

Goriot payait encore douze cents francs de pension. Madame Vauquer trouva tout naturel qu'un

---

1. De la rue de l'Estrapade. On a vu que les équipages n'empruntaient que « rarement » la rue Neuve-Sainte-Geneviève (p. 49).

homme riche eût quatre ou cinq maîtresses, et le trouva même fort adroit de les faire passer pour ses filles. Elle ne se formalisa point de ce qu'il les mandait dans la Maison Vauquer. Seulement, comme ces visites lui expliquaient l'indifférence de son pensionnaire à son égard, elle se permit, au commencement de la deuxième année, de l'appeler *vieux matou*. Enfin, quand son pensionnaire tomba dans les neuf cents francs, elle lui demanda fort insolemment ce qu'il comptait faire de sa maison, en voyant descendre une de ces dames. Le père Goriot lui répondit que cette dame était sa fille aînée.

— Vous en avez donc trente-six, des filles ? dit aigrement madame Vauquer.

— Je n'en ai que deux, répliqua le pensionnaire avec la douceur d'un homme ruiné qui arrive à toutes les docilités de la misère.

Vers la fin de la troisième année, le père Goriot réduisit encore ses dépenses, en montant au troisième étage et en se mettant à quarante-cinq francs de pension par mois. Il se passa de tabac, congédia son perruquier et ne mit plus de poudre. Quand le père Goriot parut pour la première fois sans être poudré, son hôtesse laissa échapper une exclamation de surprise en apercevant la couleur de ses cheveux, ils étaient d'un gris sale et verdâtre. Sa physionomie, que des chagrins secrets avaient insensiblement rendue plus triste de jour en jour, semblait la plus désolée de toutes celles qui garnissaient la table. Il n'y eut alors plus aucun doute. Le père Goriot était un vieux libertin dont les yeux n'avaient été préservés de la maligne influence des remèdes nécessités par ses maladies que par l'habileté d'un médecin. La couleur dégoûtante de ses cheveux provenait de ses excès et des drogues qu'il avait prises pour les continuer[1]. L'état physique et moral du bonhomme donnait raison à ces radotages. Quand son trousseau fut usé, il

---

1. Puissance de la calomnie : entendons des aphrodisiaques (les remèdes de la phrase précédente soigneraient une maladie vénérienne).

acheta du calicot à quatorze sous l'aune pour remplacer son beau linge. Ses diamants, sa tabatière
d'or, sa chaîne, ses bijoux, disparurent un à un. Il
avait quitté l'habit bleu-barbeau, tout son costume
cossu, pour porter, été comme hiver, une redingote
de drap marron grossier, un gilet en poil de chèvre,
et un pantalon gris en cuir de laine. Il devint progressivement maigre ; ses mollets tombèrent ; sa figure,
bouffie par le contentement d'un bonheur bourgeois,
se rida démesurément ; son front se plissa, sa
mâchoire se dessina. Durant la quatrième année de
son établissement rue Neuve-Sainte-Geneviève, il ne
se ressemblait plus. Le bon vermicellier de soixante-
deux ans qui ne paraissait pas en avoir quarante, le
bourgeois gros et gras, frais de bêtise, dont la tenue
égrillarde[1] réjouissait les passants, qui avait quelque
chose de jeune dans le sourire, semblait être un sep-
tuagénaire hébété, vacillant, blafard. Ses yeux bleus
si vivaces prirent des teintes ternes et gris-de-fer, ils
avaient pâli, ne larmoyaient plus, et leur bordure
rouge semblait pleurer du sang. Aux uns, il faisait
horreur ; aux autres, il faisait pitié. De jeunes étudiants en médecine, ayant remarqué l'abaissement
de sa lèvre inférieure et mesuré le sommet de son
angle facial, le déclarèrent atteint de crétinisme,
après l'avoir longtemps houspillé sans en rien tirer.
Un soir, après le dîner, madame Vauquer lui ayant
dit en manière de raillerie : « Eh ! bien, elles ne viennent donc plus vous voir, vos filles ? » en mettant en
doute sa paternité, le père Goriot tressaillit comme
si son hôtesse l'eût piqué avec un fer.

— Elles viennent quelquefois, répondit-il d'une
voix émue.

— Ah ! ah ! vous les voyez encore quelquefois !
s'écrièrent les étudiants. Bravo, père Goriot !

Mais le vieillard n'entendit pas les plaisanteries que
sa réponse lui attirait, il était retombé dans un état
méditatif que ceux qui l'observaient superficiellement
prenaient pour un engourdissement sénile dû à son

---

1. Gaillarde.

défaut d'intelligence. S'ils l'avaient bien connu, peut-
être auraient-ils été vivement intéressés par le problème que présentait sa situation physique et morale ;
mais rien n'était plus difficile. Quoiqu'il fût aisé de
savoir si Goriot avait réellement été vermicellier, et
quel était le chiffre de sa fortune, les vieilles gens dont
la curiosité s'éveilla sur son compte ne sortaient pas
du quartier et vivaient dans la pension comme des
huîtres sur un rocher[1]. Quant aux autres personnes,
l'entraînement particulier de la vie parisienne leur faisait oublier, en sortant de la rue Neuve-Sainte-Geneviève, le pauvre vieillard dont ils se moquaient. Pour
ces esprits étroits, comme pour ces jeunes gens insou-
ciants, la sèche misère du père Goriot et sa stupide
attitude étaient incompatibles avec une fortune et une
capacité quelconques. Quant aux femmes qu'il nommait ses filles, chacun partageait l'opinion de madame Vauquer, qui disait, avec la logique sévère que
l'habitude de tout supposer donne aux vieilles femmes
occupées à bavarder pendant leurs soirées : « Si le
père Goriot avait des filles aussi riches que paraissaient l'être toutes les dames qui sont venues le voir, il
ne serait pas dans ma maison, au troisième, à quarante-cinq francs par mois, et n'irait pas vêtu comme
un pauvre. » Rien ne pouvait démentir ces inductions.
Aussi, vers la fin du mois de novembre 1819, époque à
laquelle éclata ce drame, chacun dans la pension
avait-il des idées bien arrêtées sur le pauvre vieillard.
Il n'avait jamais eu ni fille ni femme ; l'abus des plaisirs en faisait un colimaçon, un mollusque anthropo-
morphe à classer dans les *Casquettifères*[2], disait un
employé au Muséum, un des habitués à cachet[3]. Poiret était un aigle, un gentleman auprès de Goriot. Poiret parlait, raisonnait, répondait ; il ne disait rien, à la

---

1. Décrivant le régime de vie de Gobseck, qui « économisait le
mouvement vital », Derville emploie la même image : « Vous eussiez dit de l'huître et son rocher » (*Gobseck*, Pl. II, 965 et 966).
— 2. Néologisme parodiant le vocabulaire de l'histoire naturelle :
Goriot a abandonné le chapeau bourgeois pour porter la casquette
(comme Poiret, auquel il est comparé dans la phrase suivante).
— 3. Un des pensionnaires externes.

vérité, en parlant, raisonnant ou répondant, car il avait l'habitude de répéter en d'autres termes ce que les autres disaient ; mais il contribuait à la conversation, il était vivant, il paraissait sensible ; tandis que le père Goriot, disait encore l'employé au Muséum, était constamment à zéro de Réaumur[1].

Eugène de Rastignac était revenu dans une disposition d'esprit que doivent avoir connue les jeunes gens supérieurs, ou ceux auxquels une position difficile communique momentanément les qualités des hommes d'élite. Pendant sa première année de séjour à Paris, le peu de travail que veulent les premiers grades à prendre dans la Faculté l'avait laissé libre de goûter les délices visibles du Paris matériel. Un étudiant n'a pas trop de temps s'il veut connaître le répertoire de chaque théâtre, étudier les issues du labyrinthe parisien, savoir les usages, apprendre la langue et s'habituer aux plaisirs particuliers de la capitale ; fouiller les bons et les mauvais endroits, suivre les cours qui amusent, inventorier les richesses des musées. Un étudiant se passionne alors pour des niaiseries qui lui paraissent grandioses. Il a son grand homme, un professeur du Collège de France, payé pour se tenir à la hauteur de son auditoire. Il rehausse sa cravate et se pose pour la femme des premières galeries de l'Opéra-Comique. Dans ces initiations successives, il se dépouille de son aubier[2], agrandit l'horizon de sa vie, et finit par concevoir la superposition des couches humaines qui composent la société. S'il a commencé par admirer les voitures

---

1. Le savant Réaumur (1683-1757) réalisa vers 1730 un thermomètre à alcool portant une échelle de température divisée de 0 à 80 (en 1742, le suédois Anders Celsius créa l'échelle thermométrique centésimale qui s'imposa). — 2. Si Balzac ne confond pas l'écorce et l'aubier (première couche du bois de l'arbre, sa partie jeune, tendre et blanche, qui se forme chaque année sous l'écorce), le verbe qu'il emploie est impropre. Dans une lettre à la marquise de Castries du 18 octobre 1834 (qui permet de dater approximativement la rédaction de ce passage), il utilise le mot : « Le caractère rieur et enfant, *surtout léger*, que vous me connaissez est un aubier qui m'a bien préservé souvent » (*Corr.* II, 559).

au défilé des Champs-Élysées par un beau soleil, il arrive bientôt à les envier. Eugène avait subi cet apprentissage à son insu, quand il partit en vacances, après avoir été reçu bachelier ès Lettres et bachelier en Droit. Ses illusions d'enfance, ses idées de province avaient disparu. Son intelligence modifiée, son ambition exaltée lui firent voir juste au milieu du manoir paternel, au sein de la famille. Son père, sa mère, ses deux frères, ses deux sœurs, et une tante dont la fortune consistait en pensions, vivaient sur la petite terre de Rastignac. Ce domaine d'un revenu d'environ trois mille francs était soumis à l'incertitude qui régit le produit de tout industriel de la vigne, et néanmoins il fallait en extraire chaque année douze cents francs pour lui. L'aspect de cette constante détresse qui lui était généreusement cachée, la comparaison qu'il fut forcé d'établir entre ses sœurs, qui lui semblaient si belles dans son enfance, et les femmes de Paris, qui lui avaient réalisé le type d'une beauté rêvée, l'avenir incertain de cette nombreuse famille qui reposait sur lui, la parcimonieuse attention avec laquelle il vit serrer les plus minces productions, la boisson faite pour sa famille avec les marcs du pressoir[1], enfin une foule de circonstances inutiles à consigner ici décuplèrent son désir de parvenir et lui donnèrent soif des distinctions. Comme il arrive aux âmes grandes, il voulut ne rien devoir qu'à son mérite. Mais son esprit était éminemment méridional ; à l'exécution, ses déterminations devaient donc être frappées de ces hésitations qui saisissent les jeunes gens quand ils se trouvent en pleine mer, sans savoir ni de quel côté diriger leurs forces, ni sous quel angle enfler leurs voiles. Si d'abord il voulut se jeter à corps perdu dans le travail, séduit bientôt par la nécessité de se créer des relations, il remarqua combien les femmes ont d'influence sur la vie sociale, et avisa soudain à se lancer dans le monde, afin d'y conquérir des protectrices : devaient-elles manquer à un jeune homme

---

1. Avec les résidus de fruits pressés.

ardent et spirituel dont l'esprit et l'ardeur étaient rehaussés par une tournure élégante et par une sorte de beauté nerveuse à laquelle les femmes se laissent prendre volontiers ? Ces idées l'assaillirent au milieu des champs, pendant les promenades que jadis il faisait gaiement avec ses sœurs, qui le trouvèrent bien changé. Sa tante, madame de Marcillac, autrefois présentée à la cour, y avait connu les sommités aristocratiques. Tout à coup le jeune ambitieux reconnut, dans les souvenirs dont sa tante l'avait si souvent bercé, les éléments de plusieurs conquêtes sociales, au moins aussi importantes que celles qu'il entreprenait à l'École de Droit ; il la questionna sur les liens de parenté qui pouvaient encore se renouer. Après avoir secoué les branches de l'arbre généalogique, la vieille dame estima que, de toutes les personnes qui pouvaient servir son neveu parmi la gent égoïste des parents riches, madame la vicomtesse de Beauséant serait la moins récalcitrante. Elle écrivit à cette jeune femme une lettre dans l'ancien style, et la remit à Eugène, en lui disant que s'il réussissait auprès de la vicomtesse, elle lui ferait retrouver ses autres parents. Quelques jours après son arrivée, Rastignac envoya la lettre de sa tante à madame de Beauséant. La vicomtesse répondit par une invitation de bal pour le lendemain.

Telle était la situation générale de la pension bourgeoise à la fin du mois de novembre 1819. Quelques jours plus tard[1], Eugène, après être allé au bal de madame de Beauséant, rentra vers deux heures dans la nuit. Afin de regagner le temps perdu, le courageux étudiant s'était promis, en dansant, de travailler jusqu'au matin. Il allait passer la nuit pour la première fois au milieu de ce silencieux quartier, car il s'était mis sous le charme d'une fausse énergie en voyant les splendeurs du monde. Il n'avait pas dîné chez madame Vauquer. Les pensionnaires purent donc croire qu'il ne reviendrait du bal que le lende-

---

1. En fait, deux jours, puisque le bal a été fixé au lendemain (trois lignes ci-dessus).

main matin au petit jour, comme il était quelquefois
rentré des fêtes du Prado[1] ou des bals de l'Odéon[2], en
crottant ses bas de soie et gauchissant ses escarpins.
Avant de mettre les verrous à la porte, Christophe
l'avait ouverte pour regarder dans la rue. Rastignac
se présenta dans ce moment, et put monter à sa
chambre sans faire de bruit, suivi de Christophe qui
en faisait beaucoup. Eugène se déshabilla, se mit en
pantoufles, prit une méchante redingote, alluma son
feu de mottes[3], et se prépara lestement au travail, en
sorte que Christophe couvrit encore par le tapage de
ses gros souliers les apprêts peu bruyants du jeune
homme. Eugène resta pensif pendant quelques
moments avant de se plonger dans ses livres de droit.
Il venait de reconnaître en madame la vicomtesse de
Beauséant l'une des reines de la mode à Paris, et
dont la maison passait pour être la plus agréable du
faubourg Saint-Germain. Elle était d'ailleurs, et par
son nom et par sa fortune, l'une des sommités du
monde aristocratique. Grâce à sa tante de Marcillac,
le pauvre étudiant avait été bien reçu dans cette maison, sans connaître l'étendue de cette faveur. Être
admis dans ces salons dorés équivalait à un brevet
de haute noblesse. En se montrant dans cette société,
la plus exclusive de toutes, il avait conquis le droit
d'aller partout. Ébloui par cette brillante assemblée,
ayant à peine échangé quelques paroles avec la
vicomtesse, Eugène s'était contenté de distinguer,
parmi la foule des déités parisiennes qui se pressaient dans ce raout[4], une de ces femmes que doit
adorer tout d'abord un jeune homme. La comtesse
Anastasie de Restaud, grande et bien faite, passait

---

1. Bâti en 1791 en face du Palais de Justice, le théâtre de la
Cité fut supprimé par le décret du 29 juillet 1807 rétablissant le
monopole théâtral. Il devint alors une salle de bal public d'hiver
portant ce nom. Surtout fréquenté par les étudiants. — 2. Détruit
par un incendie le 20 mars 1818, le théâtre de l'Odéon avait rou-
vert ses portes le 30 septembre 1819. Il se transformait parfois en
salle de bal. — 3. De mottes de tourbe (chauffage médiocre). —
4. De l'anglais *rout*, réunion, « assemblée nombreuse de personnes
du grand monde » (Littré).

pour avoir l'une des plus jolies tailles de Paris. Figurez-vous de grands yeux noirs, une main magnifique, un pied bien découpé, du feu dans les mouvements, une femme que le marquis de Ronquerolles nommait un cheval de pur sang. Cette finesse de nerfs ne lui ôtait aucun avantage ; elle avait les formes pleines et rondes, sans qu'elle pût être accusée de trop d'embonpoint. *Cheval de pur sang, femme de race*, ces locutions commençaient à remplacer les anges du ciel, les figures ossianiques[1], toute l'ancienne mythologie amoureuse repoussée par le dandysme[2]. Mais pour Rastignac, madame Anastasie de Restaud fut la femme désirable. Il s'était ménagé deux tours dans la liste des cavaliers écrite sur l'éventail, et avait pu lui parler pendant la première contredanse. — Où vous rencontrer désormais, madame ? lui avait-il dit brusquement avec cette force de passion qui plaît tant aux femmes. — Mais, dit-elle, au Bois, aux Bouffons[3], chez moi, partout. Et l'aventureux Méridional s'était empressé de se lier avec cette délicieuse comtesse, autant qu'un jeune homme peut se lier avec une femme pendant une contredanse et une valse. En se disant cousin de madame de Beauséant, il fut invité par cette femme, qu'il prit pour une grande dame, et eut ses entrées chez elle. Au dernier sourire qu'elle lui jeta, Rastignac crut sa visite nécessaire. Il avait eu le bonheur de rencontrer un homme qui ne s'était pas moqué de son ignorance, défaut mortel au milieu des illustres impertinents de l'époque, les Maulincourt, les Ronquerolles, les Maxime

---

1. L'Écossais James McPherson avait, en 1760, publié des chants épiques de guerre et d'amour, qu'il prétendait traduits de Ossian, barde légendaire du IIIe siècle (la « supercherie » eut longue vie). Les *Poèmes d'Ossian* appartiennent au panthéon des écrivains romantiques. — **2.** La vogue des métaphores hippiques est peut-être liée, sous la Monarchie de Juillet, à la création à Paris, sur le modèle anglais, du Jockey-Club en 1833 ; voir aussi le poème en prose de Baudelaire : « Un cheval de race » (*Œuvres complètes*, Gallimard, « Bibliothèque de la Pléiade », tome I, 1975, p. 343). — **3.** Autre nom du théâtre Italien (actuel Opéra-Comique).

de Trailles, les de Marsay, les Ajuda-Pinto, les Vandenesse, qui étaient là dans la gloire de leurs fatuités
et mêlés aux femmes les plus élégantes, lady Brandon, la duchesse de Langeais, la comtesse de Kergarouët, madame de Sérizy, la duchesse de Carigliano,
la comtesse Ferraud, madame de Lanty, la marquise
d'Aiglemont, madame Firmiani, la marquise de Listomère et la marquise d'Espard, la duchesse de Maufrigneuse et les Grandlieu[1]. Heureusement donc, le
naïf étudiant tomba sur le marquis de Montriveau,
l'amant de la duchesse de Langeais, un général simple comme un enfant, qui lui apprit que la comtesse
de Restaud demeurait rue du Helder. Être jeune,
avoir soif du monde, avoir faim d'une femme, et voir
s'ouvrir pour soi deux maisons ! mettre le pied au
faubourg Saint-Germain chez la vicomtesse de Beauséant, le genou dans la Chaussée-d'Antin chez la
comtesse de Restaud ! plonger d'un regard dans les
salons de Paris en enfilade, et se croire assez joli garçon pour y trouver aide et protection dans un cœur
de femme ! se sentir assez ambitieux pour donner un
superbe coup de pied à la corde roide sur laquelle
il faut marcher avec l'assurance du sauteur qui ne
tombera pas, et avoir trouvé dans une charmante
femme le meilleur des balanciers ! Avec ces pensées
et devant cette femme qui se dressait sublime auprès
d'un feu de mottes, entre le Code et la misère, qui
n'aurait comme Eugène sondé l'avenir par une méditation, qui ne l'aurait meublé de succès ? Sa pensée
vagabonde escomptait si drûment[2] ses joies futures
qu'il se croyait auprès de madame de Restaud, quand

---

1. Revues, allongées, complétées au fil des rééditions, ces énu-
mérations de personnages tissent des liens et des renvois avec plusieurs romans de *La Comédie humaine*. La jeune Émilie de Fontaine, héroïne du *Bal de Sceaux*, n'épouse son oncle, le vieil amiral
comte de Kergarouët, veuf depuis 1794, qu'en 1827 (Pl. I, 162 ; et
Ursule Mirouët, Pl. III, 861) ; elle ne peut donc assister en 1819 à
ce bal sous le nom de comtesse de Kergarouët. Ici, la vigilance du
romancier est prise en défaut. — 2. Avec tant d'intensité (peut-être
un néologisme).

un soupir semblable à un *han* de saint Joseph[1] troubla le silence de la nuit, retentit au cœur du jeune
homme de manière à le lui faire prendre pour le râle
d'un moribond. Il ouvrit doucement sa porte, et
quand il fut dans le corridor, il aperçut une ligne de
lumière tracée au bas de la porte du père Goriot.
Eugène craignit que son voisin ne se trouvât indis-
posé, il approcha son œil de la serrure, regarda dans
la chambre, et vit le vieillard occupé de travaux qui
lui parurent trop criminels pour qu'il ne crût pas rendre service à la société en examinant bien ce que
machinait nuitamment le soi-disant vermicellier. Le
père Goriot, qui sans doute avait attaché sur la barre
d'une table renversée un plat et une espèce de sou-
pière en vermeil, tournait une espèce de câble autour
de ces objets richement sculptés, en les serrant avec
une si grande force qu'il les tordait vraisemblablement pour les convertir en lingots. — Peste ! quel
homme ! se dit Rastignac en voyant le bras nerveux
du vieillard qui, à l'aide de cette corde, pétrissait sans
bruit l'argent doré, comme une pâte. Mais serait-ce
donc un voleur ou un recéleur qui, pour se livrer plus
sûrement à son commerce, affecterait la bêtise,
l'impuissance, et vivrait en mendiant ? se dit Eugène
en se relevant un moment. L'étudiant appliqua de
nouveau son œil à la serrure. Le père Goriot, qui
avait déroulé son câble, prit la masse d'argent, la mit
sur la table après y avoir étendu sa couverture, et
l'y roula pour l'arrondir en barre, opération dont il
s'acquitta avec une facilité merveilleuse. — Il serait
donc aussi fort que l'était Auguste, roi de Pologne[2] ?

---

1. De charpentier (métier de Joseph). — **2.** Seconde référence à
Voltaire (voir p. 50). Frédéric-Auguste Ier (ou Auguste II, 1670-
1733) roi de Pologne, grand-père de Marie-Josèphe de Saxe, la
mère de Louis XVI, était doué d'une force herculéenne. Voltaire
rapporte ce trait dans son *Histoire de Charles XII*, roi de Suède
et adversaire de Frédéric-Auguste. P.-G. Castex rappelle que cet
ouvrage (1731-1732) de Voltaire est « l'un des premiers livres que
Balzac ait possédés : il l'avait reçu en récompense au collège de
Vendôme, le 30 avril 1809, pour un premier accessit de version
latine » (*op. cit.*, p. 46 note 2).

se dit Eugène quand la barre ronde fut à peu près façonnée. Le père Goriot regarda son ouvrage d'un air triste[1], des larmes sortirent de ses yeux, il souffla le rat-de-cave[2] à la lueur duquel il avait tordu ce vermeil, et Eugène l'entendit se coucher en poussant un soupir. — Il est fou, pensa l'étudiant.

— Pauvre enfant ! dit à haute voix le père Goriot.

A cette parole, Rastignac jugea prudent de garder le silence sur cet événement et de ne pas inconsidérément condamner son voisin. Il allait rentrer quand il distingua soudain un bruit assez difficile à exprimer, et qui devait être produit par des hommes en chaussons de lisière[3] montant l'escalier. Eugène prêta l'oreille, et reconnut en effet le son alternatif de la respiration de deux hommes. Sans avoir entendu ni le cri de la porte ni les pas des hommes, il vit tout à coup une faible lueur au second étage, chez monsieur Vautrin. — Voilà bien des mystères dans une pension bourgeoise ! se dit-il. Il descendit quelques marches, se mit à écouter, et le son de l'or frappa son oreille. Bientôt la lumière fut éteinte, les deux respirations se firent entendre derechef sans que la porte eût crié. Puis, à mesure que les deux hommes descendirent, le bruit alla s'affaiblissant.

— Qui va là ? cria madame Vauquer en ouvrant la fenêtre de sa chambre.

— C'est moi qui rentre, maman Vauquer, dit Vautrin de sa grosse voix.

— C'est singulier ! Christophe avait mis les verrous, se dit Eugène en rentrant dans sa chambre. Il faut veiller pour bien savoir ce qui se passe autour de soi, dans Paris. Détourné par ces petits événements de sa méditation ambitieusement amoureuse, il se mit au travail. Distrait par les soupçons qui lui venaient sur le compte du père Goriot, plus distrait

---

1. Nous retournons à la leçon du manuscrit, pour éviter la tautologie involontaire que n'a pas corrigée Balzac : « Le père Goriot regarda tristement son ouvrage d'un air triste. » — 2. « Espèce de bougie mince, longue et roulée sur elle-même, et dont on se sert pour descendre à la cave » (Littré). — 3. En rude étoffe tressée.

encore par la figure de madame de Restaud, qui de moments en moments se posait devant lui comme la messagère d'une brillante destinée, il finit par se coucher et par dormir à poings fermés. Sur dix nuits promises au travail par les jeunes gens, ils en donnent sept au sommeil. Il faut avoir plus de vingt ans pour veiller.

Le lendemain matin régnait à Paris un de ces épais brouillards qui l'enveloppent et l'embrument si bien que les gens les plus exacts sont trompés sur le temps. Les rendez-vous d'affaires se manquent. Chacun se croit à huit heures quand midi sonne. Il était neuf heures et demie, madame Vauquer n'avait pas encore bougé de son lit. Christophe et la grosse Sylvie, attardés aussi, prenaient tranquillement leur café, préparé avec les couches supérieures du lait destiné aux pensionnaires, et que Sylvie faisait longtemps bouillir, afin que madame Vauquer ne s'aperçût pas de cette dîme illégalement levée.

— Sylvie, dit Christophe en mouillant sa première rôtie, monsieur Vautrin, qu'est un bon homme tout de même, a encore vu deux personnes cette nuit. Si madame s'en inquiétait, ne faudrait rien lui dire.

— Vous a-t-il donné quelque chose ?

— Il m'a donné cent sous pour son mois, une manière de me dire : Tais-toi.

— Sauf lui et madame Couture, qui ne sont pas regardants, les autres voudraient nous retirer de la main gauche ce qu'ils nous donnent de la main droite au jour de l'an, dit Sylvie.

— Encore qu'est-ce qu'ils donnent ! fit Christophe, une méchante pièce, *et* de cent sous. Voilà depuis deux ans le père Goriot qui fait ses souliers lui-même. Ce *grigou* de Poiret se passe de cirage, et le boirait plutôt que de le mettre à ses savates. Quant au gringalet d'étudiant, il me donne quarante sous. Quarante sous ne payent pas mes brosses, et il vend ses vieux habits, par-dessus le marché. Qué baraque !

— Bah ! fit Sylvie en buvant de petites gorgées de café, nos places sont encore les meilleures du quartier : on y vit bien. Mais, à propos du gros papa Vautrin, Christophe, vous a-t-on dit quelque chose ?

— Oui. J'ai rencontré il y a quelques jours un monsieur dans la rue, qui m'a dit : — N'est-ce pas chez vous que demeure un gros monsieur qui a des favoris qu'il teint ? Moi j'ai dit : — Non, monsieur, il ne les teint pas. Un homme gai comme lui, il n'en a pas le temps. J'ai donc dit ça à monsieur Vautrin, qui m'a répondu : — Tu as bien fait, mon garçon ! Réponds toujours comme ça. Rien n'est plus désagréable que de laisser connaître nos infirmités. Ça peut faire manquer des mariages.

— Eh ! bien, à moi, au marché, on a voulu m'englauder[1] aussi pour me faire dire si je lui voyais passer sa chemise. C'te farce ! Tiens, dit-elle en s'interrompant, voilà dix heures quart moins qui sonnent au Val-de-Grâce, et personne ne bouge.

— Ah bah ! ils sont tous sortis. Madame Couture et sa jeune personne sont allées manger le bon Dieu à Saint-Étienne[2] dès huit heures. Le père Goriot est sorti avec un paquet. L'étudiant ne reviendra qu'après son cours, à dix heures. Je les ai vus partir en faisant mes escaliers ; que le père Goriot m'a donné un coup avec ce qu'il portait, qu'était dur comme du fer. Qué qui fait donc, ce bonhomme-là ? Les autres le font aller comme une toupie, mais c'est un brave homme tout de même, et qui vaut mieux qu'eux tous. Il ne donne pas grand'chose ; mais les dames chez lesquelles il m'envoie quelquefois allongent de fameux pourboires, et sont joliment ficelées[3].

— Celles qu'il appelle ses filles, hein ? Elles sont une douzaine.

---

1. Prononciation déformée de enclauder (qui signifie duper, tromper), formé sur claude : « Niais, [...] idiot, homme simple et crédule à l'excès » (D'Hautel, *Dictionnaire du bas-langage, ou des manières de parler usitées parmi le peuple*, 1808). — **2.** Communier à l'église Saint-Étienne-du-Mont, près du Panthéon. — **3.** Élégamment habillées (terme populaire). En 1833, dans *Ferragus*, Balzac avait employé cette « expression pittoresque créée par le soldat français » (Pl. V, 852).

— Je ne suis jamais allé que chez deux, les mêmes qui sont venues ici.

— Voilà madame qui se remue ; elle va faire son sabbat ; faut que j'y aille. Vous veillerez au lait, Christophe, rapport au chat.

Sylvie monta chez sa maîtresse.

— Comment, Sylvie, voilà dix heures quart moins, vous m'avez laissée dormir comme une marmotte ! Jamais pareille chose n'est arrivée.

— C'est le brouillard, qu'est à couper au couteau.

— Mais le déjeuner ?

— Bah ! vos pensionnaires avaient bien le diable au corps ; ils ont tous décanillé dès le patron-jacquette.

— Parle donc bien, Sylvie, reprit madame Vauquer : on dit le patron-minette[1].

— Ah ! madame, je dirai comme vous voudrez. Tant y a que vous pouvez déjeuner à dix heures[2]. La Michonnette et le Poireau n'ont pas bougé. Il n'y a qu'eux qui soient dans la maison, et ils dorment comme des souches qui sont.

— Mais, Sylvie, tu les mets tous les deux ensemble, comme si...

— Comme si, quoi ? reprit Sylvie en laissant échapper un gros rire bête. Les deux font la paire.

— C'est singulier, Sylvie : comment monsieur Vautrin est-il donc rentré cette nuit après que Christophe a eu mis les verrous ?

— Bien au contraire, madame. Il a entendu monsieur Vautrin, et est descendu pour lui ouvrir la porte. Et voilà ce que vous avez cru...

— Donne-moi ma camisole, et va vite voir au déjeuner. Arrange le reste du mouton avec des pommes de terre, et donne des poires cuites, de celles qui coûtent deux liards la pièce.

---

1. Prétention malheureuse : la prononciation correcte est patron-minet, et patron-jacquet. Locution familière attestée dès 1640 (poitron-jacquet, puis potron-jacquet), la forme potron-minet a dominé (le chat se substituant progressivement au jacquet, à l'écureuil). « Patron » est une altération. — 2. On déjeunait en général vers onze heures.

Quelques instants après, madame Vauquer descendit au moment où son chat venait de renverser d'un coup de patte l'assiette qui couvrait un bol de lait, et le lapait en toute hâte.

— Mistigris ! s'écria-t-elle. Le chat se sauva, puis revint se frotter à ses jambes. Oui, oui, fais ton capon[1], vieux lâche ! lui dit-elle. Sylvie ! Sylvie !

— Eh ! bien, quoi, madame ?

— Voyez donc ce qu'a bu le chat.

— C'est la faute de cet animal de Christophe, à qui j'avais dit de mettre le couvert. Où est-il passé ? Ne vous inquiétez pas, madame ; ce sera le café du père Goriot. Je mettrai de l'eau dedans, il ne s'en apercevra pas. Il ne fait attention à rien, pas même à ce qu'il mange.

— Où donc est-il allé, ce chinois-là[2] ? dit madame Vauquer en plaçant les assiettes.

— Est-ce qu'on sait ? Il fait des trafics des cinq cents diables.

— J'ai trop dormi, dit madame Vauquer.

— Mais aussi madame est-elle fraîche comme une rose...

En ce moment la sonnette se fit entendre, et Vautrin entra dans le salon en chantant de sa grosse voix :

> J'ai longtemps parcouru le monde,
> Et l'on m'a vu de toute part...

— Oh ! oh ! bonjour, maman Vauquer, dit-il en apercevant l'hôtesse, qu'il prit galamment dans ses bras.

— Allons, finissez donc.

— Dites impertinent ! reprit-il. Allons, dites-le.

---

1. Attesté dès 1628, « qui cajole pour tromper » (Littré) ; « câlin, flatteur, hypocrite » (D'Hautel). — **2.** Balzac emploie souvent ce mot, noté par D'Hautel : « Nom injurieux que l'on donne à un bambin, à un homme petit, laid, difforme et ridicule, comme on nous représente les Chinois » ; « se dit, en moquerie, de quelqu'un qui par sa tournure de corps ou d'esprit a quelque chose de burlesque et de désagréable » (Littré).

Voulez-vous bien le dire ? Tenez, je vais mettre le couvert avec vous. Ah ! je suis gentil, n'est-ce pas ?

> Courtiser la brune et la blonde,
> Aimer, soupirer...

— Je viens de voir quelque chose de singulier.

> . . . . au hasard[1].

— Quoi ? dit la veuve.

— Le père Goriot était à huit heures et demie rue Dauphine, chez l'orfèvre qui achète de vieux couverts et des galons. Il lui a vendu pour une bonne somme un ustensile de ménage en vermeil, assez joliment tortillé pour un homme qui n'est pas de la manique[2].

— Bah ! vraiment ?

— Oui. Je revenais ici après avoir conduit un de mes amis qui s'expatrie par les Messageries royales[3], j'ai attendu le père Goriot pour voir : histoire de rire. Il a remonté dans ce quartier-ci, rue des Grès[4], où il est entré dans la maison d'un usurier connu, nommé Gobseck[5], un fier drôle, capable de faire des dominos avec les os de son père ; un juif, un arabe, un grec, un bohémien, un homme qu'on serait bien embarrassé de dévaliser, il met ses écus à la Banque.

---

1. Rondo tiré de l'opéra-comique en trois actes *Joconde ou les coureurs d'aventures* créé au théâtre de l'Opéra-Comique le 28 février 1814 ; musique de Nicolo [Nicolas Isouard, 1775-1818], paroles de l'académicien Charles-Guillaume Étienne (1777-1845), par ailleurs auteur de la comédie *Les Deux Gendres* (voir les « Commentaires. II. 4. Shakespeare »). — 2. La manique est une « espèce de gants dont se servent certains ouvriers pour protéger leurs doigts. Morceau de cuir dont les cordonniers se couvrent une partie de la main pour leur travail. [...] On dit, en parlant d'un savetier : il est de la manique ; c'est un homme de la manique » (Littré). Par extension populaire : être (ou ne pas être) de la partie. — 3. Compagnie de transport créée en 1809, les Messageries Impériales, puis Royales, détenèrent le monopole de ce service jusqu'en 1826. — 4. Aujourd'hui rue Cujas. — 5. Le plus « connu », et le plus implacable des usuriers de *La Comédie humaine*, dont l'histoire est racontée dans *Gobseck* : on y apprend les terribles démêlés de la comtesse de Restaud avec lui pour combler les dettes de son amant Maxime de Trailles.

— Qu'est-ce que fait donc ce père Goriot ?

— Il ne fait rien, dit Vautrin, il défait. C'est un imbécile assez bête pour se ruiner à aimer les filles qui...

— Le voilà ! dit Sylvie.

— Christophe, cria le père Goriot, monte avec moi.

Christophe suivit le père Goriot, et redescendit bientôt.

— Où vas-tu ? dit madame Vauquer à son domestique.

— Faire une commission pour monsieur Goriot.

— Qu'est-ce que c'est que ça ? dit Vautrin en arrachant des mains de Christophe une lettre sur laquelle il lut : *A madame la comtesse Anastasie de Restaud.* Et tu vas ? reprit-il en rendant la lettre à Christophe.

— Rue du Helder. J'ai ordre de ne remettre ceci qu'à madame la comtesse.

— Qu'est-ce qu'il y a là-dedans ? dit Vautrin en mettant la lettre au jour ; un billet de banque ? non. Il entr'ouvrit l'enveloppe. — Un billet acquitté[1], s'écria-t-il. Fourche ! il est galant, le roquentin[2]. Va, vieux lascar, dit-il en coiffant de sa large main Christophe, qu'il fit tourner sur lui-même comme un dé, tu auras un bon pourboire.

Le couvert était mis, Sylvie faisait bouillir le lait. Madame Vauquer allumait le poêle, aidée par Vautrin, qui fredonnait toujours :

> J'ai longtemps parcouru le monde,
> Et l'on m'a vu de toute part...

Quand tout fut prêt, madame Couture et mademoiselle Taillefer rentrèrent.

— D'où venez-vous donc si matin, ma belle dame ? dit madame Vauquer à madame Couture.

— Nous venons de faire nos dévotions à Saint-

---

1. Le billet est une promesse écrite de paiement ; acquitté, il est payable à celui au profit duquel il est souscrit. — 2. Attesté dès 1630, « terme familier. Vieillard ridicule et qui veut faire le jeune homme » (Littré).

Étienne-du-Mont, ne devons-nous pas aller aujour-
d'hui chez monsieur Taillefer ? Pauvre petite, elle
tremble comme la feuille, reprit madame Couture en
s'asseyant devant le poêle à la bouche duquel elle
présenta ses souliers qui fumèrent.

— Chauffez-vous donc, Victorine, dit madame
Vauquer.

— C'est bien, mademoiselle, de prier le bon Dieu
d'attendrir le cœur de votre père, dit Vautrin en avan-
çant une chaise à l'orpheline. Mais ça ne suffit pas.
Il vous faudrait un ami qui se chargeât de dire son
fait à ce marsouin-là[1], un sauvage qui a, dit-on, trois
millions, et qui ne vous donne pas de dot. Une belle
fille a besoin de dot dans ce temps-ci.

— Pauvre enfant, dit madame Vauquer. Allez, mon
chou, votre monstre de père attire le malheur à plaisir sur lui.

A ces mots, les yeux de Victorine se mouillèrent de
larmes, et la veuve s'arrêta sur un signe que lui fit
madame Couture.

— Si nous pouvions seulement le voir, si je pouvais lui parler, lui remettre la dernière lettre de sa
femme, reprit la veuve du Commissaire-Ordonnateur. Je n'ai jamais osé la risquer par la poste ; il
connaît mon écriture...

— *Ô femmes innocentes, malheureuses et persécu-
tées*[2], s'écria Vautrin en interrompant, voilà donc où

---

1. « Populairement et par injure [...] homme laid, mal bâti,
malpropre » (Littré). Sens attesté dès 1464, aujourd'hui disparu.
— 2. Citation d'une pantomime dialoguée en quatre actes et en
prose de Balisson de Rougemont (1781-1840), *La Femme innocente, malheureuse et persécutée ou l'Époux crédule et barbare*,
parodie de mélodrame créée avec succès le 21 février 1811 au
théâtre de l'Impératrice [de l'Odéon] ; ensuite rejouée, dans divers
théâtres parisiens, en janvier et février 1830, puis en février et
mars 1832. C'est à l'occasion de l'une de ces reprises, sans doute,
que Balzac rédigea un article intitulé « Le champion du notaire
innocent, malheureux et persécuté. Introduction d'un roman inédit », qu'il ne publiera que le 12 octobre 1839 dans le *Journal de
Paris*, au moment du procès du notaire Peytel, accusé, puis
condamné, pour le meurtre de sa femme.

vous en êtes ! D'ici à quelques jours je me mêlerai de
vos affaires, et tout ira bien.

— Oh ! monsieur, dit Victorine en jetant un regard
à la fois humide et brûlant à Vautrin, qui ne s'en
émut pas, si vous saviez un moyen d'arriver à mon
père, dites-lui bien que son affection et l'honneur de
ma mère me sont plus précieux que toutes les richesses du monde. Si vous obteniez quelque adoucissement à sa rigueur, je prierais Dieu pour vous. Soyez
sûr d'une reconnaissance...

— *J'ai longtemps parcouru le monde*, chanta Vautrin d'une voix ironique.

En ce moment, Goriot, mademoiselle Michonneau, Poiret descendirent, attirés peut-être par
l'odeur du roux[1] que faisait Sylvie pour accommoder
les restes du mouton. A l'instant où les sept convives
s'attablèrent en se souhaitant le bonjour, dix heures
sonnèrent, l'on entendit dans la rue le pas de l'étudiant.

— Ah ! bien, monsieur Eugène, dit Sylvie, aujour-
d'hui vous allez déjeuner avec tout le monde.

L'étudiant salua les pensionnaires, et s'assit auprès
du père Goriot.

— Il vient de m'arriver une singulière aventure,
dit-il en se servant abondamment du mouton et se
coupant un morceau de pain que madame Vauquer
mesurait toujours de l'œil.

— Une aventure ! dit Poiret.

— Eh ! bien, pourquoi vous en étonneriez-vous,
vieux chapeau ? dit Vautrin à Poiret. Monsieur est
bien fait pour en avoir.

Mademoiselle Taillefer coula timidement un
regard sur le jeune étudiant.

— Dites-nous votre aventure, demanda madame
Vauquer.

— Hier j'étais au bal chez madame la vicomtesse
de Beauséant, une cousine à moi, qui possède une
maison magnifique, des appartements habillés de

---

1. De la préparation qui sert à lier les sauces.

soie, enfin qui nous a donné une fête superbe, où je
me suis amusé comme un roi...

— Telet, dit Vautrin en interrompant net.

— Monsieur, reprit vivement Eugène, que voulez-
vous dire ?

— Je dis *telet*, parce que les roitelets s'amusent
beaucoup plus que les rois.

— C'est vrai : j'aimerais mieux être ce petit oiseau
sans souci que roi, parce que... fit Poiret l'*idémiste*[1].

— Enfin, reprit l'étudiant en lui coupant la parole,
je danse avec une des plus belles femmes du bal, une
comtesse ravissante, la plus délicieuse créature que
j'aie jamais vue. Elle était coiffée avec des fleurs de
pêcher, elle avait au côté le plus beau bouquet de
fleurs, des fleurs naturelles qui embaumaient ; mais,
bah ! il faudrait que vous l'eussiez vue, il est impossible de peindre une femme animée par la danse. Eh !
bien, ce matin j'ai rencontré cette divine comtesse,
sur les neuf heures, à pied, rue des Grès. Oh ! le cœur
m'a battu, je me figurais...

— Qu'elle venait ici, dit Vautrin en jetant un
regard profond à l'étudiant. Elle allait sans doute
chez le papa Gobseck, un usurier[2]. Si jamais vous
fouillez des cœurs de femmes à Paris, vous y trouverez l'usurier avant l'amant. Votre comtesse se nomme
Anastasie de Restaud, et demeure rue du Helder.

A ce nom, l'étudiant regarda fixement Vautrin. Le
père Goriot leva brusquement la tête, il jeta sur les
deux interlocuteurs un regard lumineux et plein
d'inquiétude qui surprit les pensionnaires.

— Christophe arrivera trop tard, elle y sera donc
allée, s'écria douloureusement Goriot.

— J'ai deviné, dit Vautrin en se penchant à l'oreille
de madame Vauquer.

Goriot mangeait machinalement et sans savoir ce
qu'il mangeait. Jamais il n'avait semblé plus stupide
et plus absorbé qu'il l'était en ce moment.

---

1. Plaisant néologisme, fabriqué sur *idem* : celui qui répète et
pense ce que disent les autres (« idem »). — **2.** Dans *Gobseck*, on
assiste à cette visite (voir p. 93 note 5).

— Qui diable, monsieur Vautrin, a pu vous dire son nom ? demanda Eugène.

— Ah ! ah ! voilà, répondit Vautrin. Le père Goriot le savait bien, lui ! pourquoi ne le saurais-je pas ?

— Monsieur Goriot, s'écria l'étudiant.

— Quoi ! dit le pauvre vieillard. Elle était donc bien belle hier ?

— Qui ?

— Madame de Restaud.

— Voyez-vous le vieux grigou, dit madame Vauquer à Vautrin, comme ses yeux s'allument.

— Il l'entretiendrait donc ? dit à voix basse mademoiselle Michonneau à l'étudiant.

— Oh ! oui, elle était furieusement belle, reprit Eugène, que le père Goriot regardait avidement. Si madame de Beauséant n'avait pas été là, ma divine comtesse eût été la reine du bal ; les jeunes gens n'avaient d'yeux que pour elle, j'étais le douzième inscrit sur la liste, elle dansait toutes les contredanses. Les autres femmes enrageaient. Si une créature a été heureuse hier, c'était bien elle. On a bien raison de dire qu'il n'y a rien de plus beau que frégate à la voile, cheval au galop et femme qui danse.

— Hier en haut de la roue, chez une duchesse, dit Vautrin ; ce matin en bas de l'échelle, chez un escompteur : voilà les Parisiennes. Si leurs maris ne peuvent entretenir leur luxe effréné, elles se vendent. Si elles ne savent pas se vendre, elles éventreraient leurs mères pour y chercher de quoi briller. Enfin elles font les cent mille coups. Connu, connu !

Le visage du père Goriot, qui s'était allumé comme le soleil d'un beau jour en entendant l'étudiant, devint sombre à cette cruelle observation de Vautrin.

— Eh ! bien, dit madame Vauquer, où donc est votre aventure ? Lui avez-vous parlé ? lui avez-vous demandé si elle venait apprendre le Droit ?

— Elle ne m'a pas vu, dit Eugène. Mais rencontrer une des plus jolies femmes de Paris rue des Grès, à neuf heures, une femme qui a dû rentrer du bal à deux heures du matin, n'est-ce pas singulier ? Il n'y a que Paris pour ces aventures-là.

— Bah ! il y en a de bien plus drôles, s'écria Vautrin.

Mademoiselle Taillefer avait à peine écouté, tant elle était préoccupée par la tentative qu'elle allait faire. Madame Couture lui fit signe de se lever pour aller s'habiller. Quand les deux dames sortirent, le père Goriot les imita.

— Eh ! bien, l'avez-vous vu ? dit madame Vauquer à Vautrin et à ses autres pensionnaires. Il est clair qu'il s'est ruiné pour ces femmes-là.

— Jamais on ne me fera croire, s'écria l'étudiant, que la belle comtesse de Restaud appartienne au père Goriot.

— Mais, lui dit Vautrin en l'interrompant, nous ne tenons pas à vous le faire croire. Vous êtes encore trop jeune pour bien connaître Paris, vous saurez plus tard qu'il s'y rencontre ce que nous nommons des *hommes à passions*[1]... (A ces mots, mademoiselle Michonneau regarda Vautrin d'un air intelligent. Vous eussiez dit un cheval de régiment entendant le son de la trompette.) — Ah ! ah ! fit Vautrin en s'interrompant pour lui jeter un regard profond, *que* nous *n'avons néu* nos petites passions, nous ? (La vieille fille baissa les yeux comme un religieuse qui voit des statues.) — Eh bien ! reprit-il, ces gens-là chaussent une idée et n'en démordent pas. Ils n'ont soif que d'une certaine eau prise à une certaine fontaine, et souvent croupie ; pour en boire, ils vendraient leurs femmes, leurs enfants ; ils vendraient leur âme au diable. Pour les uns, cette fontaine est le jeu, la Bourse, une collection de tableaux ou d'insectes, la musique ; pour d'autres, c'est une femme qui sait leur cuisiner des friandises. A ceux-là, vous leur offririez toutes les femmes de la terre, ils s'en moquent, ils ne veulent que celle qui satisfait leur passion. Souvent cette femme ne les aime pas du tout, vous les rudoie, leur vend fort cher des bri-

---

1. L'expression pourrait appartenir au vocabulaire des prostituées, ce qui expliquerait que Mlle Michonneau dresse la tête et l'oreille.

bes de satisfactions ; eh ! bien ! mes farceurs ne se
lassent pas, et mettraient leur dernière couverture au
Mont-de-Piété[1] pour lui apporter leur dernier écu. Le
père Goriot est un de ces gens-là. La comtesse
l'exploite parce qu'il est discret, et voilà le beau
monde ! Le pauvre bonhomme ne pense qu'à elle.
Hors de sa passion, vous le voyez, c'est une bête
brute. Mettez-le sur ce chapitre-là, son visage étincelle comme un diamant. Il n'est pas difficile de deviner ce secret-là. Il a porté ce matin du vermeil à la
fonte, et je l'ai vu entrant chez le papa Gobseck, rue
des Grès. Suivez bien ! En revenant, il a envoyé chez
la comtesse de Restaud ce niais de Christophe qui
nous a montré l'adresse de la lettre dans laquelle
était un billet acquitté. Il est clair que si la comtesse
allait aussi chez le vieil escompteur, il y avait
urgence. Le père Goriot a galamment financé pour
elle. Il ne faut pas coudre deux idées pour voir clair
là-dedans. Cela vous prouve, mon jeune étudiant,
que, pendant que votre comtesse riait, dansait, faisait ses singeries, balançait ses fleurs de pêcher, et
pinçait sa robe, elle était dans ses petits souliers,
comme on dit, en pensant à ses lettres de change
protestées[2], ou à celles de son amant.

— Vous me donnez une furieuse envie de savoir la

---

1. « Cette institution, fondée à Paris en 1777, et régie sous
l'autorité du ministre de l'Intérieur [...] exploite le monopole du
prêt sur gages au profit de l'administration de l'Assistance publique » (Adolphe Joanne, *Le Guide parisien*, 1863). Le Mont-de-piété
s'appellera par la suite le Crédit municipal. — 2. « La lettre de
change est un acte par lequel une personne s'oblige à faire payer
à une autre personne ou à celle qui exerce ses droits, dans un lieu
déterminé, une certaine somme dont elle a reçu la valeur. Celui
qui fournit la lettre de change s'appelle le tireur ; celui sur qui elle
est fournie, le tiré [...]. Celui au profit de qui est créée la lettre
s'appelle preneur ; il devient endosseur quand il la transmet à un
tiers ; [...] le possesseur actuel de la lettre de change s'appelle porteur ou tiers porteur » (Larousse). Quand une lettre de change
n'est pas acceptée à la date d'échéance, le porteur fait dresser pro-
têt par un notaire ou un huissier qui constate le refus de payer, ce
qui lui donne le droit d'actionner les signataires de la lettre en
faisant courir les intérêts.

vérité. J'irai demain chez madame de Restaud, s'écria Eugène.

— Oui, dit Poiret, il faut aller demain chez madame de Restaud.

— Vous y trouverez peut-être le bonhomme Goriot qui viendra toucher le montant de ses galanteries.

— Mais, dit Eugène avec un air de dégoût, votre Paris est donc un bourbier.

— Et un drôle de bourbier, reprit Vautrin. Ceux qui s'y crottent en voiture sont d'honnêtes gens, ceux qui s'y crottent à pied sont des fripons. Ayez le malheur d'y décrocher[1] n'importe quoi, vous êtes montré sur la place du Palais-de-Justice comme une curiosité[2]. Volez un million, vous êtes marqué dans les salons comme une vertu. Vous payez trente millions à la Gendarmerie et à la Justice pour maintenir cette morale-là. Joli !

— Comment, s'écria madame Vauquer, le père Goriot aurait fondu son déjeuner de vermeil ?

— N'y avait-il pas deux tourterelles sur le couvercle ? dit Eugène.

— C'est bien cela.

— Il y tenait donc beaucoup, il a pleuré quand il a eu pétri l'écuelle et le plat. Je l'ai vu par hasard, dit Eugène.

— Il y tenait comme à sa vie, répondit la veuve.

— Voyez-vous le bonhomme, combien il est passionné, s'écria Vautrin. Cette femme-là sait lui chatouiller l'âme.

L'étudiant remonta chez lui. Vautrin sortit. Quelques instants après, madame Couture et Victorine montèrent dans un fiacre que Sylvie alla leur chercher. Poiret offrit son bras à mademoiselle Michonneau, et tous deux allèrent se promener au Jardin des Plantes, pendant les deux belles heures de la journée.

— Eh bien ! les voilà donc quasiment mariés, dit

---

1. Voler. — **2.** Condamné à la peine du carcan, abolie par la loi du 28 avril 1832, remplacée par la peine d'exposition publique (elle-même supprimée en 1848 par le Gouvernement provisoire).

la grosse Sylvie. Ils sortent ensemble aujourd'hui
pour la première fois. Ils sont tous deux si secs que,
s'ils se cognent, ils feront feu comme un briquet.

— Gare au châle de mademoiselle Michonneau,
dit en riant madame Vauquer, il prendra comme de
l'amadou.

A quatre heures du soir, quand Goriot rentra, il vit,
à la lueur de deux lampes fumeuses, Victorine dont
les yeux étaient rouges. Madame Vauquer écoutait le
récit de la visite infructueuse faite à monsieur Taillefer pendant la matinée. Ennuyé de recevoir sa fille et
cette vieille femme, Taillefer les avait laissé parvenir
jusqu'à lui pour s'expliquer avec elles.

— Ma chère dame, disait madame Couture à
madame Vauquer, figurez-vous qu'il n'a pas même
fait asseoir Victorine, qu'est restée constamment
debout. A moi, il m'a dit, sans se mettre en colère,
tout froidement, de nous épargner la peine de venir
chez lui ; que mademoiselle, sans dire sa fille, se nuisait dans son esprit en l'importunant (une fois par
an, le monstre !) ; que la mère de Victorine ayant été
épousée sans fortune, elle n'avait rien à prétendre ;
enfin les choses les plus dures, qui ont fait fondre en
larmes cette pauvre petite. La petite s'est jetée alors
aux pieds de son père, et lui a dit avec courage qu'elle
n'insistait autant que pour sa mère, qu'elle obéirait à
ses volontés sans murmure ; mais qu'elle le suppliait
de lire le testament de la pauvre défunte ; elle a pris
la lettre et la lui a présentée en disant les plus belles
choses du monde et les mieux senties, je ne sais pas
où elle les a prises, Dieu les lui dictait, car la pauvre
enfant était si bien inspirée qu'en l'entendant, moi,
je pleurais comme une bête. Savez-vous ce que faisait cette horreur d'homme, il se coupait les ongles,
il a pris cette lettre que la pauvre madame Taillefer
avait trempée de larmes, et l'a jetée sur la cheminée
en disant : C'est bon ! Il a voulu relever sa fille qui
lui prenait les mains pour les lui baiser, mais il les a
retirées. Est-ce pas une scélératesse ? Son grand
dadais de fils est entré sans saluer sa sœur.

— C'est donc des monstres ? dit le père Goriot.

— Et puis, dit madame Couture sans faire attention à l'exclamation du bonhomme, le père et le fils s'en sont allés en me saluant et me priant de les excuser, ils avaient des affaires pressantes. Voilà notre visite. Au moins il a vu sa fille. Je ne sais pas comment il peut la renier, elle lui ressemble comme deux gouttes d'eau.

Les pensionnaires, internes et externes, arrivèrent les uns après les autres, en se souhaitant mutuellement le bonjour, et se disant de ces riens qui constituent, chez certaines classes parisiennes, un esprit drolatique dans lequel la bêtise entre comme élément principal, et dont le mérite consiste particulièrement dans le geste ou la prononciation. Cette espèce d'argot varie continuellement. La plaisanterie qui en est le principe n'a jamais un mois d'existence. Un événement politique, un procès en cour d'assises, une chanson des rues, les farces d'un acteur, tout sert à entretenir ce jeu d'esprit qui consiste surtout à prendre les idées et les mots comme des volants, et à se les renvoyer sur des raquettes. La récente invention du Diorama[1], qui portait l'illusion de l'optique à un plus haut degré que dans les Panoramas, avait amené dans quelques ateliers de peinture la plaisanterie de parler en *rama*, espèce de charge qu'un jeune peintre, habitué de la pension Vauquer, y avait inoculée.

---

1. Inventés par l'Américain Fulton, les panoramas, dans le passage du même nom, exposaient d'immenses toiles peintes, circulaires et transparentes, représentant des paysages, des scènes historiques ou légendaires, des sites et des monuments célèbres, etc. Le diorama, installé par Daguerre et Bouton rue Samson, derrière le Château d'Eau, anima ces grands tableaux, devant lesquels la salle tournait, par des jeux d'éclairages. Il faisait courir tout Paris. Balzac commet un anachronisme et le sait : il avait très tôt visité le diorama (inauguré le 11 juillet 1822) : « C'est la merveille du siècle, une *conquête de l'homme*, à laquelle je ne m'attendais nullement » (*Corr.* I, 205 ; 20 août 1822). Il avait été impressionné par *La Messe de Minuit à Saint-Étienne-du-Mont*, que l'on pouvait voir encore en mars 1835 (lorsque *Le Père Goriot* paraît en librairie) : à cette date *La France littéraire* consacre à ce tableau un articulet enthousiaste (tome XVIII, n° 1, p. 203). Brûlé en 1839, le diorama fut réinstallé boulevard Bonne-Nouvelle.

— Eh bien ! *monsieurre* Poiret, dit l'employé au Muséum, comment va cette petite *santérama* ? Puis, sans attendre sa réponse : Mesdames, vous avez du chagrin, dit-il à madame Couture et à Victorine.

— Allons-nous *dinaire* ? s'écria Horace Bianchon, un étudiant en médecine, ami de Rastignac, ma petite estomac est descendue *usque ad talones*[1].

— Il fait un fameux *froitorama* ! dit Vautrin. Dérangez-vous donc, père Goriot ! Que diable ! votre pied prend toute la gueule du poêle.

— Illustre monsieur Vautrin, dit Bianchon, pourquoi dites-vous *froitorama* ? il y a une faute, c'est *froidorama*.

— Non, dit l'employé du Muséum, c'est *froitorama*, par la règle : j'ai froid aux pieds.

— Ah ! ah !

— Voici son excellence le marquis de Rastignac, docteur en droit-travers[2], s'écria Bianchon en saisissant Eugène par le cou et le serrant de manière à l'étouffer. Ohé, les autres, ohé !

Mademoiselle Michonneau entra doucement, salua les convives sans rien dire, et s'alla placer près des trois femmes.

— Elle me fait toujours grelotter, cette vieille chauve-souris, dit à voix basse Bianchon à Vautrin en montrant mademoiselle Michonneau. Moi qui étudie le système de Gall, je lui trouve les bosses de Judas[3].

— Monsieur l'a connu ? dit Vautrin.

— Qui ne l'a pas rencontré[4] ! répondit Bianchon.

---

1. « Jusque dans les talons » (latin de fantaisie). — 2. Pur jeu de mots pastichant les subdivisions du droit (commercial, civil, etc.). — 3. Franz Joseph Gall (1758-1828), médecin et naturaliste allemand fixé à Paris en 1807, créateur de la phrénologie, étudiait, avec une ambition scientifique, les facultés intellectuelles des individus d'après les protubérances de leur boîte crânienne. Balzac accorda le plus haut intérêt à ses travaux (comme à ceux de Lavater, p. 69 note 3), y voyant l'articulation entre le physique et le psychologique, l'intérieur et l'extérieur, le visible et le caché. — 4. Par une erreur que n'a pas corrigée Balzac, l'édition « Furne » accordait connu et rencontré au féminin. Nous retournons au texte des éditions antérieures, qui portent le masculin : le pronom « l' » renvoie à Judas, et non à Mlle Michonneau.

Ma parole d'honneur, cette vieille fille blanche me fait l'effet de ces longs vers qui finissent par ronger une poutre.

— Voilà ce que c'est, jeune homme, dit le quadragénaire en peignant ses favoris.

> Et rose, elle a vécu ce que vivent les roses,
> L'espace d'un matin.[1]

— Ah ! ah ! voici une fameuse *soupeaurama*, dit Poiret en voyant Christophe qui entrait en tenant respectueusement le potage.

— Pardonnez-moi, monsieur, dit madame Vauquer, c'est une soupe aux choux.

Tous les jeunes gens éclatèrent de rire.

— Enfoncé, Poiret !

— Poirrrrrette enfoncé !

— Marquez deux points à maman Vauquer, dit Vautrin.

— Quelqu'un a-t-il fait attention au brouillard de ce matin ? dit l'employé.

— C'était, dit Bianchon, un brouillard frénétique[2] et sans exemple, un brouillard lugubre, mélancolique, vert, poussif, un brouillard Goriot.

— Goriorama, dit le peintre, parce qu'on n'y voyait goutte[3].

— Hé, milord Gâôriotte, il être questiônne dé véaus.

Assis au bas bout de la table, près de la porte par laquelle on servait, le père Goriot leva la tête en flairant un morceau de pain qu'il avait sous sa serviette, par une vieille habitude commerciale qui reparaissait quelquefois.

— Hé ! bien, lui cria aigrement madame Vauquer d'une voix qui domina le bruit des cuillers, des assiet-

---

1. Vautrin connaît quelques auteurs classiques : ces vers sont de la *Consolation à M. du Périer* par Malherbe (1555-1628). — **2.** Terme à la mode désignant plutôt la « douloureuse littérature » (fantastique et romantique) que Balzac dénonçait dans l'ouverture du roman (p. 47). — **3.** On a vu que Goriot souffre des yeux.

tes et des voix, est-ce que vous ne trouvez pas le pain bon ?

— Au contraire, madame, répondit-il, il est fait avec de la farine d'Étampes, première qualité.

— A quoi voyez-vous cela ? lui dit Eugène.

— A la blancheur, au goût.

— Au goût du nez, puisque vous le sentez, dit madame Vauquer. Vous devenez si économe que vous finirez par trouver le moyen de vous nourrir en humant l'air de la cuisine.

— Prenez alors un brevet d'invention, cria l'employé au Muséum, vous ferez une belle fortune.

— Laissez donc, il fait ça pour nous persuader qu'il a été vermicellier, dit le peintre.

— Votre nez est donc une cornue, demanda encore l'employé au Muséum.

— Cor quoi ? fit Bianchon.

— Cor-nouille.

— Cor-nemuse.

— Cor-naline.

— Cor-niche.

— Cor-nichon.

— Cor-beau.

— Cor-nac.

— Cor-norama.

Ces huit réponses partirent de tous les côtés de la salle avec la rapidité d'un feu de file[1], et prêtèrent d'autant plus à rire, que le pauvre père Goriot regardait les convives d'un air niais, comme un homme qui tâche de comprendre une langue étrangère.

— Cor ? dit-il à Vautrin qui se trouvait près de lui.

— Cor aux pieds, mon vieux ! dit Vautrin en enfonçant le chapeau du père Goriot par une tape qu'il lui appliqua sur la tête et qui le lui fit descendre jusque sur les yeux.

Le pauvre vieillard, stupéfait de cette brusque attaque, resta pendant un moment immobile. Christo-

---

1. « Feu de deux rangs, ou de file, feu d'une troupe qui tire par file et sans interruption » (Littré).

phe emporta l'assiette du bonhomme, croyant qu'il avait fini sa soupe ; en sorte que quand Goriot, après avoir relevé son chapeau, prit sa cuiller, il frappa sur la table. Tous les convives éclatèrent de rire.

— Monsieur, dit le vieillard, vous êtes un mauvais plaisant, et si vous vous permettez encore de me donner de pareils renfoncements...

— Eh ! bien, quoi, papa ? dit Vautrin en l'interrompant.

— Eh ! bien ! vous payerez cela bien cher quelque jour...

— En enfer, pas vrai ? dit le peintre, dans ce petit coin noir où l'on met les enfants méchants !

— Eh ! bien, mademoiselle, dit Vautrin à Victorine, vous ne mangez pas. Le papa s'est donc montré récalcitrant ?

— Une horreur, dit madame Couture.

— Il faut le mettre à la raison, dit Vautrin[1].

— Mais, dit Rastignac, qui se trouvait assez près de Bianchon, mademoiselle pourrait intenter un procès sur la question des aliments[2], puisqu'elle ne mange pas. Eh ! eh ! voyez donc comme le père Goriot examine mademoiselle Victorine.

Le vieillard oubliait de manger pour contempler la pauvre jeune fille dans les traits de laquelle éclatait une douleur vraie, la douleur de l'enfant méconnu qui aime son père.

— Mon cher, dit Eugène à voix basse, nous nous sommes trompés sur le père Goriot. Ce n'est ni un imbécile ni un homme sans nerfs. Applique-lui ton système de Gall, et dis-moi ce que tu en penseras. Je lui ai vu cette nuit tordre un plat de vermeil, comme si c'eût été de la cire, et dans ce moment l'air de son visage trahit des sentiments extraordinaires. Sa vie me paraît être trop mystérieuse pour ne pas valoir la peine d'être étudiée. Oui, Bianchon, tu as beau rire, je ne plaisante pas.

---

1. On aura l'occasion de voir que cette parole n'est pas inoffensive. — **2.** Entendu comme « terme de jurisprudence. Les frais de nourriture et d'entretien » (Littré).

— Cet homme est un fait médical, dit Bianchon, d'accord ; s'il veut, je le dissèque.

— Non, tâte-lui la tête[1].

— Ah ! bien, sa bêtise est peut-être contagieuse[2].

Le lendemain Rastignac s'habilla fort élégamment, et alla, vers trois heures de l'après-midi, chez madame de Restaud en se livrant pendant la route à ces espérances étourdiment folles qui rendent la vie des jeunes gens si belle d'émotions : ils ne calculent alors ni les obstacles ni les dangers, ils voient en tout le succès, poétisent leur existence par le seul jeu de leur imagination, et se font malheureux ou tristes par le renversement de projets qui ne vivaient encore que dans leurs désirs effrénés ; s'ils n'étaient pas ignorants et timides, le monde social serait impossible. Eugène marchait avec mille précautions pour ne se point crotter, mais il marchait en pensant à ce qu'il dirait à madame de Restaud, il s'approvisionnait d'esprit, il inventait les reparties d'une conversation imaginaire, il préparait ses mots fins, ses phrases à la Talleyrand[3], en supposant de petites circonstances favorables à la déclaration sur laquelle il fondait son avenir. Il se crotta, l'étudiant, il fut forcé de faire cirer ses bottes et brosser son pantalon au Palais-Royal. « Si j'étais riche, se dit-il en changeant une pièce de trente sous[4] qu'il avait prise *en cas de malheur*, je serais allé en voiture, j'aurais pu penser à mon aise. » Enfin il arriva rue du Helder et demanda la comtesse de Restaud. Avec la rage froide d'un homme sûr de triompher un jour, il reçut le coup d'œil méprisant des gens qui l'avaient vu traversant la cour à pied, sans avoir entendu le bruit d'une voiture à la porte. Ce coup d'œil lui fut d'autant plus

---

1. La palpation du crâne, dans le système de Gall, permet de reconnaître les aptitudes et les sentiments d'un individu d'après les bosses correspondantes. — 2. Dans la *Revue de Paris*, fin du chapitre 1 (« Une pension bourgeoise ») de la première partie (même titre). Dans l'édition originale (mars 1835), fin du premier chapitre (même titre). — 3. Sur le prince de Talleyrand, voir p. 173 note 3. — 4. Créées par décret en 1791, ces pièces de 1,50 F n'avaient pas encore été retirées de la circulation.

sensible qu'il avait déjà compris son infériorité en
entrant dans cette cour, où piaffait un beau cheval
richement attelé à l'un de ces cabriolets pimpants qui
affichent le luxe d'une existence dissipatrice, et sous-
entendent l'habitude de toutes les félicités parisiennes. Il se mit, à lui tout seul, de mauvaise humeur.
Les tiroirs ouverts dans son cerveau et qu'il comptait
trouver pleins d'esprit se fermèrent, il devint stupide.
En attendant la réponse de la comtesse, à laquelle
un valet de chambre allait dire les noms du visiteur,
Eugène se posa sur un seul pied devant une croisée
de l'antichambre, s'appuya le coude sur une espagno-
lette, et regarda machinalement dans la cour. Il trouvait le temps long, il s'en serait allé s'il n'avait pas été
doué de cette ténacité méridionale qui enfante des
prodiges quand elle va en ligne droite.

— Monsieur, dit le valet de chambre, madame est
dans son boudoir et fort occupée, elle ne m'a pas
répondu ; mais, si monsieur veut passer au salon, il
y a déjà quelqu'un.

Tout en admirant l'épouvantable pouvoir de ces
gens qui, d'un seul mot, accusent ou jugent leurs
maîtres, Rastignac ouvrit délibérément la porte par
laquelle était sorti le valet de chambre, afin sans
doute de faire croire à ces insolents valets qu'il
connaissait les êtres de la maison ; mais il déboucha
fort étourdiment dans une pièce où se trouvaient des
lampes, des buffets, un appareil à chauffer des serviettes pour le bain, et qui menait à la fois dans un
corridor obscur et dans un escalier dérobé. Les rires
étouffés qu'il entendit dans l'antichambre mirent le
comble à sa confusion.

— Monsieur, le salon est par ici, lui dit le valet de
chambre avec ce faux respect qui semble être une
raillerie de plus.

Eugène revint sur ses pas avec une telle précipitation qu'il se heurta contre une baignoire, mais il
retint assez heureusement son chapeau pour l'empêcher de tomber dans le bain. En ce moment, une
porte s'ouvrit au fond du long corridor éclairé par
une petite lampe, Rastignac y entendit à la fois la

voix de madame de Restaud, celle du père Goriot et le bruit d'un baiser. Il rentra dans la salle à manger, la traversa, suivi le valet de chambre, et rentra dans un premier salon où il resta posé devant la fenêtre, en s'apercevant qu'elle avait vue sur la cour. Il voulait voir si ce père Goriot était bien réellement son père Goriot. Le cœur lui battait étrangement, il se souvenait des épouvantables réflexions de Vautrin. Le valet de chambre attendait Eugène à la porte du salon, mais il en sortit tout à coup un élégant jeune homme, qui dit impatiemment : « Je m'en vais, Maurice. Vous direz à madame la comtesse que je l'ai attendue plus d'une demi-heure. » Cet impertinent, qui sans doute avait le droit de l'être, chantonna quelque roulade italienne en se dirigeant vers la fenêtre où stationnait Eugène, autant pour voir la figure de l'étudiant que pour regarder dans la cour.

— Mais monsieur le comte ferait mieux d'attendre encore un instant, Madame a fini, dit Maurice en retournant à l'antichambre.

En ce moment, le père Goriot débouchait près de la porte cochère par la sortie du petit escalier. Le bonhomme tirait son parapluie et se disposait à le déployer, sans faire attention que la grande porte était ouverte pour donner passage à un jeune homme décoré qui conduisait un tilbury. Le père Goriot n'eut que le temps de se jeter en arrière pour n'être pas écrasé. Le taffetas du parapluie avait effrayé le cheval, qui fit un léger écart en se précipitant vers le perron. Ce jeune homme détourna la tête d'un air de colère, regarda le père Goriot, et lui fit, avant qu'il ne sortît, un salut qui peignait la considération forcée que l'on accorde aux usuriers dont on a besoin, ou ce respect nécessaire exigé par un homme taré, mais dont on rougit plus tard. Le père Goriot répondit par un petit salut amical, plein de bonhomie. Ces événements se passèrent avec la rapidité de l'éclair. Trop attentif pour s'apercevoir qu'il n'était pas seul, Eugène entendit tout à coup la voix de la comtesse.

— Ah ! Maxime, vous vous en alliez, dit-elle avec un ton de reproche où se mêlait un peu de dépit.

La comtesse n'avait pas fait attention à l'entrée du tilbury. Rastignac se retourna brusquement et vit la comtesse coquettement vêtue d'un peignoir en cachemire blanc, à nœuds roses, coiffée négligemment, comme le sont les femmes de Paris au matin ; elle embaumait, elle avait sans doute pris un bain, et sa beauté, pour ainsi dire assoupie, semblait plus voluptueuse ; ses yeux étaient humides. L'œil des jeunes gens sait tout voir : leurs esprits s'unissent aux rayonnements de la femme comme une plante aspire dans l'air des substances qui lui sont propres, Eugène sentit donc la fraîcheur épanouie des mains de cette femme sans avoir besoin d'y toucher. Il voyait, à travers le cachemire, les teintes rosées du corsage que le peignoir, légèrement entr'ouvert, laissait parfois à nu, et sur lequel son regard s'étalait. Les ressources du busc[1] étaient inutiles à la comtesse, la ceinture marquait seule sa taille flexible, son cou invitait à l'amour, ses pieds étaient jolis dans les pantoufles. Quand Maxime prit cette main pour la baiser, Eugène aperçut alors Maxime, et la comtesse aperçut Eugène.

— Ah ! c'est vous, monsieur de Rastignac, je suis bien aise de vous voir, dit-elle d'un air auquel savent obéir les gens d'esprit.

Maxime regardait alternativement Eugène et la comtesse d'une manière assez significative pour faire décamper l'intrus. — Ah çà ! ma chère, j'espère que tu vas me mettre ce petit drôle à la porte ! Cette phrase était une traduction claire et intelligible des regards du jeune homme impertinemment fier que la comtesse Anastasie avait nommé Maxime, et dont elle consultait le visage de cette intention soumise qui dit tous les secrets d'une femme sans qu'elle s'en doute. Rastignac se sentit une haine violente pour ce jeune homme. D'abord les beaux cheveux blonds et

---

1. Le busc est une « lame de baleine, d'acier, etc. qui sert à faire tenir droit le devant d'un corset, d'un corsage de robe » (Littré) ; ses « ressources » permettent de faire illusion sur la fermeté de la poitrine.

bien frisés de Maxime lui apprirent combien les siens
étaient horribles. Puis Maxime avait des bottes fines et
propres, tandis que les siennes, malgré le soin qu'il
avait pris en marchant, s'étaient empreintes d'une
légère teinte de boue. Enfin Maxime portait une redingote qui lui serrait élégamment la taille et le faisait ressembler à une jolie femme, tandis qu'Eugène avait
à deux heures et demie[1] un habit noir. Le spirituel
enfant de la Charente sentit la supériorité que la mise
donnait à ce dandy, mince et grand, à l'œil clair,
au teint pâle, un de ces hommes capables de ruiner
des orphelins. Sans attendre la réponse d'Eugène,
madame de Restaud se sauva comme à tire-d'aile dans
l'autre salon en laissant flotter les pans de son peignoir
qui se roulaient et se déroulaient de manière à lui donner l'apparence d'un papillon ; et Maxime la suivit.
Eugène furieux suivit Maxime et la comtesse. Ces
trois personnages se trouvèrent donc en présence, à la
hauteur de la cheminée, au milieu du grand salon.
L'étudiant savait bien qu'il allait gêner cet odieux
Maxime ; mais, au risque de déplaire à madame de
Restaud, il voulut gêner le dandy. Tout à coup, en se
souvenant d'avoir vu ce jeune homme au bal de madame de Beauséant, il devina ce qu'était Maxime pour
madame de Restaud ; et avec cette audace juvénile qui
fait commettre de grandes sottises ou obtenir de
grands succès, il se dit : Voilà mon rival, je veux triompher de lui. L'imprudent ! il ignorait que le comte
Maxime de Trailles se laissait insulter, tirait le premier
et tuait son homme. Eugène était un adroit chasseur,
mais il n'avait pas encore abattu vingt poupées sur
vingt-deux dans un tir. Le jeune comte se jeta dans une
bergère au coin du feu, prit les pincettes, et fouilla le
foyer par un mouvement si violent, si grimaud[2], que le
beau visage d'Anastasie se chagrina soudain. La jeune

---

1. Rastignac a quitté la pension « vers trois heures de l'après-
midi » (p. 108) ; il a donc fait le chemin très vite — ou très lentement. — **2.** Attesté dès 1480, au sens de mauvais écolier, puis de
mauvais écrivain, puis d'homme désagréable (aujourd'hui sorti
d'usage).

femme se tourna vers Eugène, et lui lança un de ces
regards froidement interrogatifs qui disent si bien :
Pourquoi ne vous en allez-vous pas ? que les gens
bien élevés savent aussitôt faire de ces phrases qu'il
faudrait appeler des phrases de sortie.

Eugène prit un air agréable et dit : — Madame,
j'avais hâte de vous voir pour...

Il s'arrêta tout court. Une porte s'ouvrit. Le monsieur qui conduisait le tilbury se montra soudain,
sans chapeau, ne salua pas la comtesse, regarda sou-
cieusement Eugène, et tendit la main à Maxime, en
lui disant : « Bonjour », avec une expression fraternelle qui surprit singulièrement Eugène. Les jeunes
gens de province ignorent combien est douce la vie
à trois.

— Monsieur de Restaud, dit la comtesse à l'étudiant en lui montrant son mari.

Eugène s'inclina profondément.

— Monsieur, dit-elle en continuant et en présentant Eugène au comte de Restaud, est monsieur de
Rastignac, parent de madame la vicomtesse de Beauséant par les Marcillac, et que j'ai eu le plaisir de
rencontrer à son dernier bal.

*Parent de madame la vicomtesse de Beauséant par
les Marcillac !* ces mots, que la comtesse prononça
presque emphatiquement, par suite de l'espèce
d'orgueil qu'éprouve une maîtresse de maison à
prouver qu'elle n'a chez elle que des gens de distinction, furent d'un effet magique, le comte quitta son
air froidement cérémonieux et salua l'étudiant.

— Enchanté, dit-il, monsieur, de pouvoir faire
votre connaissance.

Le comte Maxime de Trailles lui-même jeta sur
Eugène un regard inquiet et quitta tout à coup son
air impertinent. Ce coup de baguette, dû à la puis-
sante intervention d'un nom, ouvrit trente cases dans
le cerveau[1] du Méridional, et lui rendit l'esprit qu'il
avait préparé. Une soudaine lumière lui fit voir clair

---

1. Deuxième occurrence de cette surprenante métaphore phré-
nologique (p. 109 : « Les tiroirs ouverts dans son cerveau »).

dans l'atmosphère de la haute société parisienne, encore ténébreuse pour lui. La Maison-Vauquer, le père Goriot étaient alors bien loin de sa pensée.

— Je croyais les Marcillac éteints ? dit le comte de Restaud à Eugène.

— Oui, monsieur, répondit-il. Mon grand-oncle, le chevalier de Rastignac, a épousé l'héritière de la famille de Marcillac. Il n'a eu qu'une fille, qui a épousé le maréchal de Clarimbault, aïeul maternel de madame de Beauséant. Nous sommes la branche cadette, branche d'autant plus pauvre que mon grand-oncle, vice-amiral, a tout perdu au service du roi. Le gouvernement révolutionnaire n'a pas voulu admettre nos créances dans la liquidation qu'il a faite de la compagnie des Indes[1].

— Monsieur votre grand-oncle ne commandait-il pas le *Vengeur*[2] avant 1789 ?

— Précisément.

— Alors, il a connu mon grand-père, qui commandait le *Warwick*[3].

Maxime haussa légèrement les épaules en regardant madame de Restaud, et eut l'air de lui dire : S'il se met à causer marine avec celui-là, nous sommes perdus. Anastasie comprit le regard de monsieur de Trailles. Avec cette admirable puissance que possèdent les femmes, elle se mit à sourire en disant :

---

1. Compagnie commerciale fondée par Louis XIV et Colbert en 1664, très prospère au XVIIIᵉ siècle, à l'apogée de la puissance française en Inde. Nous ne savons si Eugène songe à la première suppression de la Compagnie par la Constituante (le 14 août 1790), ou à sa suppression définitive prononcée par la Convention, le 24 août 1793, qui l'accusait « d'avoir volé 50 millions [de francs] à la France » (Larousse). Plusieurs actionnaires (mais pas tous) purent se faire rembourser. — 2. Célèbre navigue de guerre construit à Brest en 1680, il participa à toutes les guerres contre l'Angleterre, y compris la guerre d'Indépendance américaine. Renommé *Le Vengeur du peuple*, il mourut héroïquement au service de la Révolution, le 1ᵉʳ juin 1794, coulé par la flotte anglaise au cours d'un ultime combat qui le fit entrer dans la mémoire républicaine. — 3. Ce nom anglais invite à penser que le grand-père du comte de Restaud servit l'Angleterre sous l'Ancien régime — à moins qu'il ne s'agisse d'un navire saisi et remis en activité.

« Venez, Maxime ; j'ai quelque chose à vous demander. Messieurs, nous vous laisserons naviguer de
conserve sur le *Warwick* et sur le *Vengeur*. » Elle se
leva et fit un signe plein de traîtrise railleuse à
Maxime, qui prit avec elle la route du boudoir. A
peine ce couple *morganatique*, jolie expression allemande[1] qui n'a pas son équivalent en français, avait-
il atteint la porte, que le comte interrompit sa
conversation avec Eugène.

— Anastasie ! restez donc, ma chère, s'écria-t-il
avec humeur, vous savez bien que...

— Je reviens, je reviens, dit-elle en l'interrompant,
il ne me faut qu'un moment pour dire à Maxime ce
dont je veux le charger.

Elle revint promptement. Comme toutes les femmes qui, forcées d'observer le caractère de leurs
maris pour pouvoir se conduire à leur fantaisie,
savent reconnaître jusqu'où elles peuvent aller afin
de ne pas perdre une confiance précieuse, et qui
alors ne les choquent jamais dans les petites choses
de la vie, la comtesse avait vu d'après les inflexions
de la voix du comte qu'il n'y aurait aucune sécurité
à rester dans le boudoir. Ces contretemps étaient dus
à Eugène. Aussi la comtesse montra-t-elle l'étudiant
d'un air et par un geste pleins de dépit à Maxime,
qui dit fort épigrammatiquement au comte, à sa
femme et à Eugène : — Écoutez, vous êtes en affaires, je ne veux pas vous gêner ; adieu. Il se sauva.

— Restez donc, Maxime ! cria le comte.

— Venez dîner, dit la comtesse qui laissant encore
une fois Eugène et le comte suivit Maxime dans le
premier salon où ils restèrent assez de temps ensemble pour croire que monsieur de Restaud congédie-
rait Eugène.

---

1. Allemande, en effet. Noté par Littré comme un « terme de
droit germanique », se dit « d'un mariage dans lequel un homme
épousant une femme d'un rang inférieur lui donne la main gauche
dans la cérémonie nuptiale » ; d'où « mariage de la main gauche ».
Balzac s'écarte toutefois de l'usage pour évoquer l'illégitimité de
la liaison d'Anastasie car il n'y a aucune mésalliance dans son
adultère.

Rastignac les entendait tour à tour éclatant de rire, causant, se taisant ; mais le malicieux étudiant faisait de l'esprit avec monsieur de Restaud, le flattait ou l'embarquait dans des discussions, afin de revoir la comtesse et de savoir quelles étaient ses relations avec le père Goriot. Cette femme, évidemment amoureuse de Maxime ; cette femme, maîtresse de son mari, liée secrètement au vieux vermicellier, lui semblait tout un mystère. Il voulait pénétrer ce mystère, espérant ainsi pouvoir régner en souverain sur cette femme si éminemment Parisienne.

— Anastasie, dit le comte appelant de nouveau sa femme.

— Allons, mon pauvre Maxime, dit-elle au jeune homme, il faut se résigner. A ce soir...

— J'espère, *Nasie*, lui dit-il à l'oreille, que vous consignerez ce petit jeune homme dont les yeux s'allumaient comme des charbons quand votre peignoir s'entr'ouvrait. Il vous ferait des déclarations, vous compromettrait, et vous me forceriez à le tuer.

— Êtes-vous fou, Maxime ? dit-elle. Ces petits étudiants ne sont-ils pas, au contraire, d'excellents paratonnerres ? Je le ferai, certes, prendre en grippe à Restaud.

Maxime éclata de rire et sortit suivi de la comtesse, qui se mit à la fenêtre pour le voir montant en voiture, faire piaffer son cheval, et agitant son fouet. Elle ne revint que quand la grande porte fut fermée.

— Dites donc, lui cria le comte quand elle rentra, ma chère, la terre où demeure la famille de monsieur n'est pas loin de Verteuil[1], sur la Charente. Le grand-oncle de monsieur et mon grand-père se connaissaient.

— Enchantée d'être en pays de connaissance, dit la comtesse distraite.

— Plus que vous ne le croyez, dit à voix basse Eugène.

— Comment ? dit-elle vivement.

— Mais, reprit l'étudiant, je viens de voir sortir de

---

1. A six kilomètres de Ruffec.

chez vous un monsieur avec lequel je suis porte à porte dans la même pension, le père Goriot.

A ce nom enjolivé du mot *père*, le comte, qui tisonnait, jeta les pincettes dans le feu, comme si elles lui eussent brûlé les mains, et se leva.

— Monsieur, vous auriez pu dire monsieur Goriot ! s'écria-t-il.

La comtesse pâlit d'abord en voyant l'impatience de son mari, puis elle rougit, et fut évidemment embarrassée ; elle répondit d'une voix qu'elle voulut rendre naturelle, et d'un air faussement dégagé : « Il est impossible de connaître quelqu'un que nous aimions mieux... » Elle s'interrompit, regarda son piano, comme s'il se réveillait en elle quelque fantaisie, et dit : — Aimez-vous la musique, monsieur ?

— Beaucoup, répondit Eugène devenu rouge et bêtifié par l'idée confuse qu'il eut d'avoir commis quelque lourde sottise.

— Chantez-vous ? s'écria-t-elle en s'en allant à son piano dont elle attaqua vivement toutes les touches en les remuant depuis l'ut d'en bas jusqu'au fa d'en haut. Rrrrah !

— Non, madame.

Le comte de Restaud se promenait de long en large.

— C'est dommage, vous vous êtes privé d'un grand moyen de succès. — *Ca-a-ro, ca-a-ro, ca-a-a-a-ro, non du-bita-re*[1], chanta la comtesse.

En prononçant le nom du père Goriot, Eugène avait donné un coup de baguette magique, mais dont l'effet était l'inverse de celui qu'avaient frappé ces mots : parent de madame de Beauséant. Il se trouvait dans la situation d'un homme introduit par faveur chez un amateur de curiosités, et qui, touchant par mégarde une armoire pleine de figures sculptées, fait

---

1. Paroles (inexactement citées) du célèbre opéra-bouffe en deux actes de Domenico Cimarosa (1749-1801), livret de Bertatti, *Il Matrimonio segreto* [*Le Mariage secret*], créé à Vienne en 1792, représenté à Paris en 1801 ; repris au théâtre Italien au cours de l'hiver 1819-1820.

tomber trois ou quatre têtes mal collées. Il aurait
voulu se jeter dans un gouffre. Le visage de madame de Restaud était sec, froid, et ses yeux devenus
indifférents fuyaient ceux du malencontreux étudiant.

— Madame, dit-il, vous avez à causer avec monsieur de Restaud, veuillez agréer mes hommages, et
me permettre...

— Toutes les fois que vous viendrez, dit précipitamment la comtesse en arrêtant Eugène par un
geste, vous êtes sûr de nous faire, à monsieur de Restaud comme à moi, le plus vif plaisir.

Eugène salua profondément le couple et sortit
suivi de monsieur de Restaud, qui, malgré ses instances, l'accompagna jusque dans l'antichambre.

— Toutes les fois que monsieur se présentera, dit
le comte à Maurice, ni madame ni moi nous n'y
serons.

Quand Eugène mit le pied sur le perron, il s'aperçut qu'il pleuvait. — Allons, se dit-il, je suis venu faire
une gaucherie dont j'ignore la cause et la portée, je
gâterai par-dessus le marché mon habit et mon chapeau. Je devrais rester dans un coin à piocher le
droit, ne penser qu'à devenir un rude magistrat. Puis-
je aller dans le monde quand, pour y manœuvrer
convenablement, il faut un tas de cabriolets, de bottes cirées, d'agrès indispensables, des chaînes d'or,
dès le matin des gants de daim blancs qui coûtent
six francs, et toujours des gants jaunes le soir ? Vieux
drôle de père Goriot, va !

Quand il se trouva sous la porte de la rue, le cocher
d'une voiture de louage, qui venait sans doute de
remiser[1] de nouveaux mariés et qui ne demandait
pas mieux que de voler à son maître quelques cour-
ses de contrebande, fit à Eugène un signe en le
voyant sans parapluie, en habit noir, gilet blanc,
gants jaunes et bottes cirées. Eugène était sous
l'empire d'une de ces rages sourdes qui poussent un
jeune homme à s'enfoncer de plus en plus dans

---

1. Déposer.

l'abîme où il est rentré, comme s'il espérait y trouver une heureuse issue. Il consentit par un mouvement de tête à la demande du cocher. Sans avoir plus de vingt-deux sous dans sa poche, il monta dans la voiture où quelques grains de fleurs d'oranger et des brins de cannetille[1] attestaient le passage des mariés.

— Où monsieur va-t-il ? demanda le cocher, qui n'avait déjà plus ses gants blancs.

— Parbleu ! se dit Eugène, puisque je m'enfonce, il faut au moins que cela me serve à quelque chose ! Allez à l'hôtel de Beauséant, ajouta-t-il à haute voix.

— Lequel ? dit le cocher.

Mot sublime qui confondit Eugène. Cet élégant inédit ne savait pas qu'il y avait deux hôtels de Beauséant, il ne connaissait pas combien il était riche en parents qui ne se souciaient pas de lui.

— Le vicomte de Beauséant, rue...

— De Grenelle, dit le cocher en hochant la tête et l'interrompant. Voyez-vous, il y a encore l'hôtel du comte et du marquis de Beauséant, rue Saint-Dominique, ajouta-t-il en relevant le marchepied.

— Je le sais bien, répondit Eugène d'un air sec. Tout le monde aujourd'hui se moque donc de moi ! dit-il en jetant son chapeau sur les coussins de devant. Voilà une escapade qui va me coûter la rançon d'un roi. Mais au moins je vais faire ma visite à ma soi-disant cousine d'une manière solidement aristocratique. Le père Goriot me coûte déjà au moins dix francs, le vieux scélérat ! Ma foi, je vais raconter mon aventure à madame de Beauséant, peut-être la ferai-je rire. Elle saura sans doute le mystère des liaisons criminelles de ce vieux rat sans queue et de cette belle femme. Il vaut mieux plaire à ma cousine que de me cogner contre cette femme immorale, qui me fait l'effet d'être bien coûteuse. Si le nom de la belle vicomtesse est si puissant, de quel poids doit donc être sa personne ? Adressons-nous

---

1. « Petite lame très fine d'or ou d'argent tortillé. [...] Tissu de laiton étroit dont se servent les modistes pour soutenir les ornements de chapeaux » (Littré).

en haut. Quand on s'attaque à quelque chose dans le ciel, il faut viser Dieu !

Ces paroles sont la formule brève des mille et une pensées entre lesquelles il flottait. Il reprit un peu de calme et d'assurance en voyant tomber la pluie. Il se dit que s'il allait dissiper deux des précieuses pièces de cent sous qui lui restaient, elles seraient heureusement employées à la conservation de son habit, de ses bottes et de son chapeau. Il n'entendit pas sans un mouvement d'hilarité son cocher criant : *La porte, s'il vous plaît !* Un suisse rouge et doré fit grogner sur ses gonds la porte de l'hôtel, et Rastignac vit avec une douce satisfaction sa voiture passant sous le porche, tournant dans la cour, et s'arrêtant sous la marquise du perron. Le cocher à grosse houppelande bleue bordée de rouge vint déplier le marchepied. En descendant de sa voiture, Eugène entendit des rires étouffés qui partaient sous le péristyle. Trois ou quatre valets avaient déjà plaisanté sur cet équipage de mariée vulgaire. Leur rire éclaira l'étudiant au moment où il compara cette voiture à l'un des plus élégants coupés de Paris, attelé de deux chevaux fringants qui avaient des roses à l'oreille, qui mordaient leur frein, et qu'un cocher poudré, bien cravaté, tenait en bride comme s'ils eussent voulu s'échapper. A la Chaussée-d'Antin, madame de Restaud avait dans sa cour le fin cabriolet de l'homme de vingt-six ans. Au faubourg Saint-Germain, attendait le luxe d'un grand seigneur, un équipage que trente mille francs n'auraient pas payé.

— Qui donc est là ? se dit Eugène en comprenant un peu tardivement qu'il devait se rencontrer à Paris bien peu de femmes qui ne fussent occupées, et que la conquête d'une de ces reines coûtait plus que du sang. Diantre ! ma cousine aura sans doute aussi son Maxime.

Il monta le perron la mort dans l'âme. A son aspect la porte vitrée s'ouvrit ; il trouva les valets sérieux comme des ânes qu'on étrille. La fête à laquelle il avait assisté s'était donnée dans les grands appartements de réception, situés au rez-de-chaussée de l'hôtel de Beauséant. N'ayant pas eu le temps, entre l'invitation et le bal, de faire une visite à sa cousine, il n'avait donc pas encore pénétré dans les appartements de madame de Beauséant ; il allait donc voir pour la première fois les merveilles de cette élégance personnelle qui trahit l'âme et les mœurs d'une femme de distinction. Étude d'autant plus curieuse que le salon de madame de Restaud lui fournissait un terme de comparaison. A quatre heures et demie la vicomtesse était visible. Cinq minutes plus tôt, elle n'eût pas reçu son cousin. Eugène, qui ne savait rien des diverses étiquettes parisiennes, fut conduit par un grand escalier plein de fleurs, blanc de ton, à rampe dorée, à tapis rouge, chez madame de Beauséant, dont il ignorait la biographie verbale, une de ces changeantes histoires qui se content tous les soirs d'oreille à oreille dans les salons de Paris.

La vicomtesse était liée depuis trois ans avec un des plus célèbres et des plus riches seigneurs portugais, le marquis d'Ajuda-Pinto. C'était une de ces liaisons innocentes qui ont tant d'attraits pour les personnes ainsi liées, qu'elles ne peuvent supporter personne en tiers. Aussi le vicomte de Beauséant avait-il donné lui-même l'exemple au public en respectant, bon gré, mal gré, cette union morganatique[1]. Les personnes qui, dans les premiers jours de cette amitié, vinrent voir la vicomtesse à deux heures, y trouvaient le marquis d'Ajuda-Pinto. Madame de Beauséant, incapable de fermer sa porte, ce qui eût été fort inconvenant, recevait si froidement les gens et contemplait si studieusement sa corniche, que chacun comprenait combien il la gênait. Quand on sut dans Paris qu'on gênait madame de Beauséant en venant la voir entre deux et quatre heures, elle se trouva dans la solitude la plus complète. Elle allait aux Bouffons ou à l'Opéra en compagnie de monsieur de Beauséant et de monsieur d'Ajuda-Pinto ; mais, en homme qui sait vivre, monsieur de Beauséant quittait toujours sa femme et le Portugais

----

1. Sur l'emploi de ce mot, voir p. 115 note 1.

après les y avoir installés. Monsieur d'Ajuda devait se marier. Il épousait une demoiselle de Rochefide. Dans toute la haute société une seule personne ignorait encore ce mariage, cette personne était madame de Beauséant. Quelques-unes de ses amies lui en avaient bien parlé vaguement ; elle en avait ri, croyant que ses amies voulaient troubler un bonheur jalousé. Cependant les bans allaient se publier. Quoiqu'il fût venu pour notifier ce mariage à la vicomtesse, le beau Portugais n'avait pas encore osé dire un traître mot. Pourquoi ? rien sans doute n'est plus difficile que de notifier à une femme un semblable *ultimatum*. Certains hommes se trouvent plus à l'aise, sur le terrain, devant un homme qui leur menace le cœur avec une épée, que devant une femme qui, après avoir débité ses élégies pendant deux heures, fait la morte et demande des sels. En ce moment donc monsieur d'Ajuda-Pinto était sur les épines, et voulait sortir, en se disant que madame de Beauséant apprendrait cette nouvelle, il lui écrirait, il serait plus commode de traiter ce galant assassinat par correspondance que de vive voix. Quand le valet de chambre de la vicomtesse annonça monsieur Eugène de Rastignac, il fit tressaillir de joie le marquis d'Ajuda-Pinto. Sachez-le bien, une femme aimante est encore plus ingénieuse à se créer des doutes qu'elle n'est habile à varier le plaisir. Quand elle est sur le point d'être quittée, elle devine plus rapidement le sens d'un geste que le coursier de Virgile ne flaire les lointains corpuscules qui lui annoncent l'amour[1]. Aussi comptez que madame de Beauséant surprit ce tressaillement involontaire, léger, mais naïvement épouvantable. Eugène ignorait qu'on ne doit jamais se présenter chez qui que ce soit à Paris sans s'être fait conter par les amis de la maison l'histoire du mari, celle de la femme ou des enfants, afin de n'y commettre aucune de ces balourdises dont on

---

1. Paraphrase des *Géorgiques* de Virgile : « Ne vois-tu pas à quel point tout le corps des chevaux tressaille, pour peu qu'une odeur leur ait apporté des effluves familiers ? » (Livre III, vers 250-251).

dit pittoresquement en Pologne : *Attelez cinq bœufs à votre char !* sans doute pour vous tirer du mauvais pas où vous vous embourbez[1]. Si ces malheurs de la conversation n'ont encore aucun nom en France, on les y suppose sans doute impossibles, par suite de l'énorme publicité qu'y obtiennent les médisances. Après s'être embourbé chez madame de Restaud, qui ne lui avait pas même laissé le temps d'atteler les cinq bœufs à son char, Eugène seul était capable de recommencer son métier de bouvier, en se présentant chez madame de Beauséant. Mais s'il avait horriblement gêné madame de Restaud et monsieur de Trailles, il tirait d'embarras monsieur d'Ajuda.

— Adieu, dit le Portugais en s'empressant de gagner la porte quand Eugène entra dans un petit salon coquet, gris et rose, où le luxe semblait n'être que de l'élégance.

— Mais à ce soir, dit madame de Beauséant en retournant la tête et jetant un regard au marquis. N'allons-nous pas aux Bouffons ?

— Je ne le puis, dit-il en prenant le bouton de la porte.

Madame de Beauséant se leva, le rappela près d'elle, sans faire la moindre attention à Eugène, qui, debout, étourdi par les scintillements d'une richesse merveilleuse, croyait à la réalité des contes arabes, et ne savait où se fourrer en se trouvant en présence de cette femme sans être remarqué par elle. La vicomtesse avait levé l'index de sa main droite, et par un joli mouvement désignait au marquis une place devant elle. Il y eut dans ce geste un si violent despotisme de passion que le marquis laissa le bouton de la porte et vint. Eugène le regarda non sans envie.

— Voilà, se dit-il, l'homme au coupé ! Mais il faut donc avoir des chevaux fringants, des livrées et de l'or à flots pour obtenir le regard d'une femme de Paris ? Le démon du luxe le mordit au cœur, la fièvre du gain le prit, la soif de l'or lui sécha la gorge. Il

---

1. Nouveau clin d'œil à Mme Hanska, d'origine polonaise dont Balzac tient sans doute cette expression (voir p. 51).

avait cent trente francs pour son trimestre[1]. Son
père, sa mère, ses frères, ses sœurs, sa tante, ne
dépensaient pas deux cents francs par mois, à eux
tous. Cette rapide comparaison entre sa situation
présente et le but auquel il fallait parvenir contribuè-
rent[2] à le stupéfier.

— Pourquoi, dit la vicomtesse en riant, ne *pouvez-
vous pas* venir aux Italiens ?

— Des affaires ! Je dîne chez l'ambassadeur
d'Angleterre.

— Vous les quitterez.

Quand un homme trompe, il est invinciblement
forcé d'entasser mensonges sur mensonges. Monsieur d'Ajuda dit alors en riant : Vous l'exigez ?

— Oui, certes.

— Voilà ce que je voulais me faire dire, répondit-
il en jetant un de ces fins regards qui auraient ras-
suré toute autre femme. Il prit la main de la
vicomtesse, la baisa et partit.

Eugène passa la main dans ses cheveux, et se tor-
tilla pour saluer en croyant que madame de Beauséant allait penser à lui ; tout à coup elle s'élance, se
précipite dans la galerie, accourt à la fenêtre et
regarde monsieur d'Ajuda pendant qu'il montait en
voiture ; elle prête l'oreille à l'ordre, et entend le
chasseur répétant au cocher : Chez monsieur de
Rochefide. Ces mots, et la manière dont d'Ajuda se
plongea dans sa voiture, furent l'éclair et la foudre
pour cette femme, qui revint en proie à de mortelles
appréhensions. Les plus horribles catastrophes ne
sont que cela dans le grand monde. La vicomtesse
rentra dans sa chambre à coucher, se mit à sa[3] table,
et prit un joli papier.

Du moment, écrivait-elle, *où vous dînez chez les*

---

1. Entendons qu'il lui reste cent trente francs (on a vu, p. 57,
qu'il recevait de sa famille douze cents francs par an, soit trois
cents francs par trimestre) ; et sa chambre (cent trente-cinq francs
par trimestre) n'est pas encore payée (voir p. 157). — 2. Ce lapsus
du manuscrit n'a jamais été corrigé par Balzac. — 3. Par erreur,
l'édition « Furne » omet le possessif ; nous revenons au texte des
éditions antérieures.

Rochefide, et non à l'ambassade anglaise, vous me devez une explication, je vous attends.

Après avoir redressé quelques lettres défigurées par le tremblement convulsif de sa main, elle mit un C qui voulait dire Claire de Bourgogne[1], et sonna.

— Jacques, dit-elle à son valet de chambre qui vint aussitôt, vous irez à sept heures et demie chez monsieur de Rochefide, vous y demanderez le marquis d'Ajuda. Si monsieur le marquis y est, vous lui ferez parvenir ce billet sans demander de réponse ; s'il n'y est pas, vous reviendrez et me rapporterez ma lettre.

— Madame la vicomtesse a quelqu'un dans son salon.

— Ah ! c'est vrai, dit-elle en poussant la porte.

Eugène commençait à se trouver très mal à l'aise, il aperçut enfin la vicomtesse qui lui dit d'un ton dont l'émotion lui remua les fibres du cœur : Pardon, monsieur, j'avais un mot à écrire, je suis maintenant tout à vous. Elle ne savait ce qu'elle disait, car voici ce qu'elle pensait : Ah ! il veut épouser mademoiselle de Rochefide. Mais est-il donc libre ? Ce soir ce mariage sera brisé, ou je... Mais il n'en sera plus question demain.

— Ma cousine... répondit Eugène.

— Hein ? fit la vicomtesse en lui jetant un regard dont l'impertinence glaça l'étudiant.

Eugène comprit ce hein. Depuis trois heures il avait appris tant de choses, qu'il s'était mis sur le qui-vive.

— Madame, reprit-il en rougissant. Il hésita, puis il dit en continuant : Pardonnez-moi ; j'ai besoin de tant de protection qu'un bout de parenté n'aurait rien gâté.

Madame de Beauséant sourit, mais tristement : elle sentait déjà le malheur qui grondait dans son atmosphère.

— Si vous connaissiez la situation dans laquelle se trouve ma famille, dit-il en continuant, vous aimeriez à jouer le rôle d'une de ces fées fabuleuses qui

---

1. Son nom de jeune fille.

se plaisaient à dissiper les obstacles autour de leurs filleuls.

— Eh ! bien, mon cousin, dit-elle en riant, à quoi puis-je vous être bonne ?

— Mais le sais-je ? Vous appartenir par un lien de parenté qui se perd dans l'ombre est déjà toute une fortune. Vous m'avez troublé, je ne sais plus ce que je venais vous dire. Vous êtes la seule personne que je connaisse à Paris. Ah ! je voulais vous consulter en vous demandant de m'accepter comme un pauvre enfant qui désire se coudre à votre jupe, et qui saurait mourir pour vous.

— Vous tueriez quelqu'un pour moi ?

— J'en tuerais deux, fit Eugène.

— Enfant ! Oui, vous êtes un enfant, dit-elle en réprimant quelques larmes ; vous aimeriez sincèrement, vous !

— Oh ! fit-il en hochant la tête.

La vicomtesse s'intéressa vivement à l'étudiant pour une réponse d'ambitieux. Le Méridional en était à son premier calcul. Entre le boudoir bleu de madame de Restaud et le salon rose de madame de Beauséant, il avait fait trois années de ce *Droit parisien* dont on ne parle pas, quoiqu'il constitue une haute jurisprudence sociale qui, bien apprise et bien pratiquée, mène à tout.

— Ah ! j'y suis, dit Eugène. J'avais remarqué madame de Restaud à votre bal, je suis allé ce matin chez elle.

— Vous avez dû bien la gêner, dit en souriant madame de Beauséant.

— Eh ! oui, je suis un ignorant qui mettra contre lui tout le monde, si vous me refusez votre secours. Je crois qu'il est fort difficile de rencontrer à Paris une femme jeune, belle, riche, élégante qui soit inoccupée, et il m'en faut une qui m'apprenne ce que, vous autres femmes, vous savez si bien expliquer : la vie. Je trouverai partout un monsieur de Trailles. Je venais donc à vous pour vous demander le mot d'une énigme, et vous prier de me dire de quelle nature est la sottise que j'y ai faite. J'ai parlé d'un père...

— Madame la duchesse de Langeais, dit Jacques en coupant la parole à l'étudiant qui fit le geste d'un homme violemment contrarié.

— Si vous voulez réussir, dit la vicomtesse à voix basse, d'abord ne soyez pas aussi démonstratif.

— Eh ! bonjour, ma chère, reprit-elle en se levant et allant au-devant de la duchesse dont elle pressa les mains avec l'effusion caressante qu'elle aurait pu montrer pour une sœur et à laquelle la duchesse répondit par les plus jolies câlineries.

— Voilà deux bonnes amies, se dit Rastignac[1]. J'aurai dès lors deux protectrices ; ces deux femmes doivent avoir les mêmes affections, et celle-ci s'intéressera sans doute à moi.

— A quelle heureuse pensée dois-je le bonheur de te voir, ma chère Antoinette ? dit madame de Beauséant.

— Mais j'ai vu monsieur d'Ajuda-Pinto entrant chez monsieur de Rochefide, et j'ai pensé qu'alors vous étiez seule.

Madame de Beauséant ne se pinça point les lèvres, elle ne rougit pas, son regard resta le même, son front parut s'éclaircir pendant que la duchesse prononçait ces fatales paroles.

— Si j'avais su que vous fussiez occupée... ajouta la duchesse en se tournant vers Eugène.

— Monsieur est monsieur Eugène de Rastignac, un de mes cousins, dit la vicomtesse. Avez-vous des nouvelles du général Montriveau ? dit-elle. Sérizy m'a dit hier qu'on ne le voyait plus, l'avez-vous eu chez vous aujourd'hui ?

La duchesse, qui passait pour être abandonnée par monsieur de Montriveau de qui elle était éperdument éprise[2], sentit au cœur la pointe de cette question, et rougit en répondant : — Il était hier à l'Élysée.

---

1. Ici, dans le manuscrit (f⁰ 43), Eugène est pour la première fois nommé Rastignac, auparavant Massiac. — **2.** C'est le sujet de *La Duchesse de Langeais* (1833-1834), second épisode de l'*Histoire des Treize*.

— De service, dit madame de Beauséant[1].

— Clara, vous savez sans doute, reprit la duchesse en jetant des flots de malignité par ses regards, que demain les bans de monsieur d'Ajuda-Pinto et de mademoiselle de Rochefide se publient ?

Ce coup était trop violent, la vicomtesse pâlit et répondit en riant : — Un de ces bruits dont s'amusent les sots. Pourquoi monsieur d'Ajuda porterait-il chez les Rochefide un des plus beaux noms du Portugal ? Les Rochefide sont des gens anoblis d'hier.

— Mais Berthe réunira, dit-on, deux cent mille livres de rente.

— Monsieur d'Ajuda est trop riche pour faire de ces calculs.

— Mais, ma chère, mademoiselle de Rochefide est charmante.

— Ah !

— Enfin il y dîne aujourd'hui, les conditions sont arrêtées. Vous m'étonnez étrangement d'être si peu instruite.

— Quelle sottise avez-vous donc faite, monsieur ? dit madame de Beauséant. Ce pauvre enfant est si nouvellement jeté dans le monde, qu'il ne comprend rien, ma chère Antoinette, à ce que nous disons. Soyez bonne pour lui, remettons à causer de cela demain. Demain, voyez-vous, tout sera sans doute officiel, et vous pourrez être officieuse à coup sûr.

La duchesse tourna sur Eugène un de ces regards impertinents qui enveloppent un homme des pieds à la tête, l'aplatissent, et le mettent à l'état de zéro.

— Madame, j'ai, sans le savoir, plongé un poignard dans le cœur de madame de Restaud. Sans le savoir, voilà ma faute, dit l'étudiant que son génie

---

1. Haut lieu de la mondanité et des fêtes ultras, le Palais de l'Élysée était la résidence de la duchesse et du duc de Berry, second fils du comte d'Artois, futur Charles X (la duchesse de Berry désertera l'Élysée après l'assassinat de son mari le 13 février 1820). La duchesse de Langeais voudrait faire croire que Montriveau fréquente l'Élysée comme familier ; son interlocutrice jette qu'il y est en service commandé : Montriveau appartient à la Garde Royale.

avait assez bien servi et qui avait découvert les mordantes épigrammes cachées sous les phrases affectueuses de ces deux femmes. Vous continuez à voir, et vous craignez peut-être les gens qui sont dans le secret du mal qu'ils vous font, tandis que celui qui blesse en ignorant la profondeur de sa blessure est regardé comme un sot ; un maladroit qui ne sait profiter de rien, et chacun le méprise.

Madame de Beauséant jeta sur l'étudiant un de ces regards fondants où les grandes âmes savent mettre tout à la fois de la reconnaissance et de la dignité. Ce regard fut comme un baume qui calma la plaie que venait de faire au cœur de l'étudiant le coup d'œil d'huissier-priseur par lequel la duchesse l'avait évalué.

— Figurez-vous que je venais, dit Eugène en continuant, de capter la bienveillance du comte de Restaud ; car, dit-il en se tournant vers la duchesse d'un air à la fois humble et malicieux, il faut vous dire, madame, que je ne suis encore qu'un pauvre diable d'étudiant, bien seul, bien pauvre...

— Ne dites pas cela, monsieur de Rastignac. Nous autres femmes, nous ne voulons jamais de ce dont personne ne veut.

— Bah ! fit Eugène, je n'ai que vingt-deux ans[1], il faut savoir supporter les malheurs de son âge. D'ailleurs, je suis à confesse ; et il est impossible de se mettre à genoux dans un plus joli confessionnal : on y fait les péchés dont on s'accuse dans l'autre.

La duchesse prit un air froid à ce discours antireligieux, dont elle proscrivit le mauvais goût en disant à la vicomtesse : — Monsieur arrive...

Madame de Beauséant se prit à rire franchement et de son cousin et de la duchesse.

— Il arrive, ma chère, et cherche une institutrice qui lui enseigne le bon goût.

— Madame la duchesse, reprit Eugène, n'est-il pas

---

1. Eugène se vieillit d'un an. A la roulette, il misera sur « le chiffre de son âge, vingt et un » (p. 206-207) ; voir aussi p. 161, dans la bouche de Vautrin, et p. 208, dans la bouche de Delphine.

naturel de vouloir s'initier aux secrets de ce qui nous
charme ? (Allons, se dit-il en lui-même, je suis sûr
que je leur fais des phrases de coiffeur.)

— Mais madame de Restaud est, je crois, l'écolière
de monsieur de Trailles, dit la duchesse.

— Je n'en savais rien, madame, reprit l'étudiant.
Aussi me suis-je étourdiment jeté entre eux. Enfin, je
m'étais assez bien entendu avec le mari, je me voyais
souffert pour un temps par la femme, lorsque je me
suis avisé de leur dire que je connaissais un homme
que je venais de voir sortant par un escalier dérobé,
et qui avait au fond d'un couloir embrassé la
comtesse.

— Qui est-ce ? dirent les deux femmes.

— Un vieillard qui vit à raison de deux louis par
mois, au fond du faubourg Saint-Marceau, comme
moi, pauvre étudiant ; un véritable malheureux dont
tout le monde se moque, et que nous appelons le
père Goriot.

— Mais, enfant que vous êtes, s'écria la
vicomtesse, madame de Restaud est une demoiselle
Goriot.

— La fille d'un vermicellier, reprit la duchesse,
une petite femme qui s'est fait présenter le même
jour qu'une fille de pâtissier. Ne vous en souvenez-
vous pas, Clara ? Le roi s'est mis à rire, et a dit en
latin un bon mot sur la farine. Des gens, comment
donc ? des gens...

— *Ejusdem farinae*[1], dit Eugène.

— C'est cela, dit la duchesse.

— Ah ! c'est son père, reprit l'étudiant en faisant
un geste d'horreur.

— Mais oui ; ce bonhomme avait deux filles dont
il est quasi fou, quoique l'une et l'autre l'aient à peu
près renié.

— La seconde n'est-elle pas, dit la vicomtesse en
regardant madame de Langeais, mariée à un banquier dont le nom est allemand, un baron de Nucingen ? Ne se nomme-t-elle pas Delphine ? N'est-ce pas

---

1. « De la même farine. » Louis XVIII est un homme d'esprit.

une blonde qui a une loge de côté à l'Opéra, qui vient aussi aux Bouffons, et rit très haut pour se faire remarquer ?

La duchesse sourit en disant : — Mais, ma chère, je vous admire. Pourquoi vous occupez-vous donc tant de ces gens-là ? Il a fallu être amoureux fou, comme l'était Restaud, pour s'être enfariné de mademoiselle Anastasie. Oh ! il n'en sera pas le bon marchand[1] ! Elle est entre les mains de monsieur de Trailles, qui la perdra.

— Elles ont renié leur père, répétait Eugène.

— Eh ! bien, oui, leur père, le père, un père, reprit la vicomtesse, un bon père qui leur a donné, dit-on, à chacune cinq ou six cent mille francs[2] pour faire leur bonheur en les mariant bien, et qui ne s'était réservé que huit à dix mille livres de rente pour lui, croyant que ses filles resteraient ses filles, qu'il s'était créé chez elles deux existences, deux maisons où il serait adoré, choyé. En deux ans, ses gendres l'ont banni de leur société comme le dernier des misérables...

Quelques larmes roulèrent dans les yeux d'Eugène, récemment rafraîchi par les pures et saintes émotions de la famille, encore sous le charme des croyances jeunes, et qui n'en était qu'à sa première journée sur le champ de bataille de la civilisation parisienne. Les émotions véritables sont si communicatives, que pendant un moment ces trois personnes se regardèrent en silence.

— Eh ! mon Dieu, dit madame de Langeais, oui, cela semble bien horrible, et nous voyons cependant cela tous les jours. N'y a-t-il pas une cause à cela ? Dites-moi, ma chère, avez-vous pensé jamais à ce qu'est un gendre ? Un gendre est un homme pour qui nous élèverons, vous ou moi, une chère petite créature à laquelle nous tiendrons par mille liens,

---

1. « N'être pas bon marchand d'une chose, s'en trouver mal » (Littré). — 2. Delphine se déclarera « riche de sept cent mille francs » (p. 208) ; Goriot parlera de « huit cent mille » (p. 239 et 335), et même d'un « bon petit million » (p. 296).

qui sera pendant dix-sept ans la joie de la famille,
qui en est l'âme blanche, dirait Lamartine[1], et qui
en deviendra la peste. Quand cet homme nous l'aura
prise, il commencera par saisir son amour comme
une hache[2], afin de couper dans le cœur et au vif de
cet ange tous les sentiments par lesquels elle s'attachait à sa famille. Hier, notre fille était tout pour
nous, nous étions tout pour elle ; le lendemain elle
se fait notre ennemie. Ne voyons-nous pas cette tragédie s'accomplissant tous les jours ? Ici, la belle-fille
est de la dernière impertinence avec le beau-père, qui
a tout sacrifié pour son fils. Plus loin, un gendre met
sa belle-mère à la porte. J'entends demander ce qu'il
y a de dramatique aujourd'hui dans la société ; mais
le drame du gendre est effrayant[3], sans compter nos
mariages qui sont devenus de fort sottes choses. Je
me rends parfaitement compte de ce qui est arrivé à
ce vieux vermicellier. Je crois me rappeler que ce
Foriot...

— Goriot, madame.

— Oui, ce Moriot a été président de sa section
pendant la Révolution[4] ; il a été dans le secret de la
fameuse disette[5], et a commencé sa fortune par vendre dans ce temps-là des farines dix fois plus qu'elles
ne lui coûtaient. Il en a eu tant qu'il en a voulu.
L'intendant de ma grand'mère lui en a vendu pour
des sommes immenses. Ce Goriot partageait sans
doute, comme tous ces gens-là, avec le Comité de

---

1. Nous n'avons pas rencontré cette expression dans les œuvres
de Lamartine que Balzac avait pu lire avant l'automne 1834. Nouvel anachronisme : les *Méditations poétiques* ne furent mises en
vente que le 11 mars 1820. — 2. Curieuse image : le premier titre
du roman dont la duchesse est l'héroïne est *Ne touchez pas la
hache* [titre définitif : *La Duchesse de Langeais* ; voir p. 127 note].
— 3. Ce thème tentera plusieurs fois Balzac. En 1839, il songera
à écrire *Un gendre*, qui fournira son intrigue à *Pierre Grassou* ; en
1843, *Gendres et belles-mères* demeurera à l'état de projet (n° 31
du « Catalogue des ouvrages que contiendra *La Comédie
humaine* »). — 4. L'administration révolutionnaire avait divisé
Paris en quarante-huit sections, substituées aux anciennes
« paroisses ». — 5. Celle de 1793.

Salut Public[1]. Je me souviens que l'intendant disait à ma grand'mère qu'elle pouvait rester en toute sûreté à Grandvilliers, parce que ses blés étaient une excellente carte civique. Eh ! bien, ce Loriot, qui vendait du blé aux coupeurs de têtes, n'a eu qu'une passion. Il adore, dit-on, ses filles. Il a juché l'aînée dans la maison de Restaud, et greffé l'autre sur le baron de Nucingen, un riche banquier qui fait le royaliste. Vous comprenez bien que, sous l'Empire, les deux gendres ne se sont pas trop formalisés d'avoir ce vieux Quatre-vingt-treize chez eux ; ça pouvait encore aller avec Buonaparte[2]. Mais quand les Bourbons sont revenus, le bonhomme a gêné monsieur de Restaud, et plus encore le banquier. Les filles, qui aimaient peut-être toujours leur père, ont voulu ménager la chèvre et le chou, le père et le mari ; elles ont reçu le Goriot quand elles n'avaient personne ; elles ont imaginé des prétextes de tendresse. « Papa, venez, nous serons mieux, parce que nous serons seuls ! » etc. Moi, ma chère, je crois que les sentiments vrais ont des yeux et une intelligence : le cœur de ce pauvre Quatre-vingt-treize a donc saigné. Il a vu que ses filles avaient honte de lui ; que, si elles aimaient leurs maris, il nuisait à ses gendres. Il fallait donc se sacrifier. Il s'est sacrifié, parce qu'il était père : il s'est banni de lui-même. En voyant ses filles, contentes, il comprit qu'il avait bien fait. Le père et les enfants ont été complices de ce petit crime. Nous voyons cela partout. Ce père Doriot n'aurait-il pas été une tache de cambouis dans le salon de ses filles ? il y aurait été gêné, il se serait ennuyé. Ce qui arrive à

---

1. Sûrement pas. Dès le 19 novembre 1792, la Convention avait reçu un long rapport sur les subsistances ; elle vota, en septembre 1793, le *Maximum national des grains* — loi instaurant un maximum (relatif et décroissant) sur le prix des grains —, puis un *Maximum général des denrées et des salaires*. Le dirigisme économique du Comité de Salut Public s'attaqua vigoureusement à la spéculation en combattant les accapareurs, quoi qu'en dise la duchesse légitimiste. — **2.** Bonaparte, ainsi désigné avec mépris par les ultra-royalistes (voir le titre significatif du pamphlet de Chateaubriand : *De Buonaparte et des Bourbons*, 1814).

ce père peut arriver à la plus jolie femme avec l'homme qu'elle aimera le mieux : si elle l'ennuie de son amour, il s'en va, il fait des lâchetés pour la fuir. Tous les sentiments en sont là. Notre cœur est un trésor, videz-le d'un coup, vous êtes ruinés. Nous ne pardonnons pas plus à un sentiment de s'être montré tout entier qu'à un homme de ne pas avoir un sou à lui. Ce père avait tout donné. Il avait donné, pendant vingt ans, ses entrailles, son amour ; il avait donné sa fortune en un jour. Le citron bien pressé, ses filles ont laissé le zeste au coin des rues.

— Le monde est infâme, dit la vicomtesse en effilant son châle et sans lever les yeux, car elle était atteinte au vif par les mots que madame de Langeais avait dits, pour elle, en racontant cette histoire.

— Infâme ! non, reprit la duchesse ; il va son train, voilà tout. Si je vous en parle ainsi, c'est pour montrer que je ne suis pas la dupe du monde. Je pense comme vous, dit-elle en pressant la main de la vicomtesse. Le monde est un bourbier, tâchons de rester sur les hauteurs. Elle se leva, embrassa madame de Beauséant au front en lui disant : Vous êtes bien belle en ce moment, ma chère. Vous avez les plus jolies couleurs que j'aie vues jamais. Puis elle sortit après avoir légèrement incliné la tête en regardant le cousin.

— Le père Goriot est sublime ! dit Eugène en se souvenant de l'avoir vu tordant son vermeil la nuit.

Madame de Beauséant n'entendit pas, elle était pensive. Quelques moments de silence s'écoulèrent, et le pauvre étudiant, par une sorte de stupeur honteuse, n'osait ni s'en aller, ni rester, ni parler.

— Le monde est infâme et méchant, dit enfin la vicomtesse. Aussitôt qu'un malheur nous arrive, il se rencontre toujours un ami prêt à venir nous le dire, et à nous fouiller le cœur avec un poignard en nous en faisant admirer le manche. Déjà le sarcasme, déjà les railleries ! Ah ! je me défendrai. Elle releva la tête comme une grande dame qu'elle était, et des éclairs sortirent de ses yeux fiers. — Ah ! fit-elle en voyant Eugène, vous êtes là !

— Encore, dit-il piteusement.

— Eh ! bien, monsieur de Rastignac, traitez ce monde comme il mérite de l'être. Vous voulez parvenir, je vous aiderai. Vous sonderez combien est profonde la corruption féminine, vous toiserez la largeur de la misérable vanité des hommes. Quoique j'aie bien lu dans ce livre du monde, il y avait des pages qui cependant m'étaient inconnues. Maintenant je sais tout. Plus froidement vous calculerez, plus avant vous irez. Frappez sans pitié, vous serez craint. N'acceptez les hommes et les femmes que comme des chevaux de poste que vous laisserez crever à chaque relais, vous arriverez ainsi au faîte de vos désirs. Voyez-vous, vous ne serez rien ici si vous n'avez pas une femme qui s'intéresse à vous. Il vous la faut jeune, riche, élégante. Mais si vous avez un sentiment vrai, cachez-le comme un trésor ; ne le laissez jamais soupçonner, vous seriez perdu. Vous ne seriez plus le bourreau, vous deviendriez la victime. Si jamais vous aimiez, gardez bien votre secret ! ne le livrez pas avant d'avoir bien su à qui vous ouvrirez votre cœur. Pour préserver par avance cet amour qui n'existe pas encore, apprenez à vous méfier de ce monde-ci. Écoutez-moi, Miguel... (Elle se trompait naïvement de nom sans s'en apercevoir.) Il existe quelque chose de plus épouvantable que ne l'est l'abandon du père par ses deux filles, qui le voudraient mort. C'est la rivalité des deux sœurs entre elles. Restaud a de la naissance, sa femme a été adoptée, elle a été présentée ; mais sa sœur, sa riche sœur, la belle madame Delphine de Nucingen, femme d'un homme d'argent, meurt de chagrin ; la jalousie la dévore, elle est à cent lieues de sa sœur ; sa sœur n'est plus sa sœur ; ces deux femmes se renient entre elles comme elles renient leur père. Aussi, madame de Nucingen laperait-elle toute la boue qu'il y a entre la rue Saint-Lazare et la rue de Grenelle pour entrer dans mon salon. Elle a cru que de Marsay la ferait arriver à son but, et elle s'est faite l'esclave de de Marsay, elle assomme de Marsay. De Marsay se soucie fort peu d'elle. Si vous me la pré-

sentez, vous serez son Benjamin[1], elle vous adorera.
Aimez-la si vous pouvez après, sinon servez-vous
d'elle. Je la verrai une ou deux fois, en grande soirée,
quand il y aura cohue ; mais je ne la recevrai jamais
le matin. Je la saluerai, cela suffira. Vous vous êtes
fermé la porte de la comtesse pour avoir prononcé le
nom du père Goriot. Oui, mon cher, vous iriez vingt
fois chez madame Restaud, vingt fois vous la trouveriez absente. Vous avez été consigné. Eh ! bien, que
le père Goriot vous introduise près de madame Delphine de Nucingen. La belle madame de Nucingen
sera pour vous une enseigne. Soyez l'homme qu'elle
distingue, les femmes raffoleront de vous. Ses riva-
les, ses amies, ses meilleures amies, voudront vous
enlever à elle. Il y a des femmes qui aiment l'homme
déjà choisi par une autre, comme il y a de pauvres
bourgeoises qui, en prenant nos chapeaux, espèrent
avoir nos manières. Vous aurez des succès. A Paris,
le succès est tout, c'est la clef du pouvoir. Si les femmes vous trouvent de l'esprit, du talent, les hommes
le croiront, si vous ne les détrompez pas. Vous pourrez alors tout vouloir, vous aurez le pied partout.
Vous saurez alors ce qu'est le monde, une réunion de
dupes et de fripons. Ne soyez ni parmi les uns ni
parmi les autres. Je vous donne mon nom comme
un fil d'Ariane[2] pour entrer dans ce labyrinthe. Ne le
compromettez pas, dit-elle en recourbant son cou et
jetant un regard de reine à l'étudiant, rendez-le-moi
blanc. Allez, laissez-moi. Nous autres femmes, nous
avons aussi nos batailles à livrer.

— S'il vous fallait un homme de bonne volonté
pour aller mettre le feu à une mine ? dit Eugène en
l'interrompant.

— Eh ! bien ? dit-elle.

Il se frappa le cœur, sourit au sourire de sa cou-

---

1. Son préféré (Benjamin est, dans la Bible, le fils préféré de
Jacob). — **2.** Ariane donna à Thésée le fil qui lui permit de sortir
du labyrinthe après sa victoire sur le Minotaure (mais il faut se
rappeler qu'Ariane fut abandonnée par Thésée : madame de Beauséant sera aussi abandonnée).

sine, et sortit. Il était cinq heures. Eugène avait faim, il craignit de ne pas arriver à temps pour l'heure du dîner. Cette crainte lui fit sentir le bonheur d'être rapidement emporté dans Paris. Ce plaisir purement machinal le laissa tout entier aux pensées qui l'assaillaient. Lorsqu'un jeune homme de son âge est atteint par le mépris, il s'emporte, il enrage, il menace du poing la société tout entière, il veut se venger et doute aussi de lui-même. Rastignac était en ce moment accablé par ces mots : *Vous vous êtes fermé la porte de la comtesse.* — J'irai ! se disait-il, et si madame de Beauséant a raison, si je suis consigné... je... Madame de Restaud me trouvera dans tous les salons où elle va. J'apprendrai à faire des armes, à tirer le pistolet, je lui tuerai son Maxime ! Et de l'argent ! lui criait sa conscience, où donc en prendras-tu ? Tout à coup la richesse étalée chez la comtesse de Restaud brilla devant ses yeux. Il avait vu là le luxe dont une demoiselle Goriot devait être amoureuse, des dorures, des objets de prix en évidence, le luxe inintelligent du parvenu, le gaspillage de la femme entretenue. Cette fascinante image fut soudainement écrasée par le grandiose hôtel de Beauséant. Son imagination, transportée dans les hautes régions de la société parisienne, lui inspira mille pensées mauvaises au cœur, en lui élargissant la tête et la conscience. Il vit le monde comme il est : les lois et la morale impuissantes chez les riches, et vit dans la fortune l'*ultima ratio mundi*[1]. « Vautrin a raison, la fortune est la vertu ! » se dit-il.

Arrivé rue Neuve-Sainte-Geneviève, il monta rapidement chez lui, descendit pour donner dix francs au cocher, et vint dans cette salle à manger nauséabonde où il aperçut, comme des animaux à un râtelier, les dix-huit convives en train de se repaître. Le spectacle de ces misères et l'aspect de cette salle lui furent horribles. La transition était trop brusque, le

---

1. « Le dernier [ou le suprême] argument du monde. » Détournement de la devise que Louis XIV avait fait graver sur ses canons : *Ultima ratio regum* (« Le dernier argument des rois »).

contraste trop complet, pour ne pas développer outre
mesure chez lui le sentiment de l'ambition. D'un
côté, les fraîches et charmantes images de la nature
sociale la plus élégante, des figures jeunes, vives,
encadrées par les merveilles de l'art et du luxe, des
têtes passionnées pleines de poésie ; de l'autre, de
sinistres tableaux bordés de fange, et des faces où
les passions n'avaient laissé que leur cordes et leur
mécanisme. Les enseignements que la colère d'une
femme abandonnée[1] avait arrachés à madame de
Beauséant, ses offres captieuses revinrent dans sa
mémoire, et la misère les commenta. Rastignac résolut d'ouvrir deux tranchées parallèles pour arriver à
la fortune, de s'appuyer sur la science et sur l'amour,
d'être un savant docteur et un homme à la mode. Il
était encore bien enfant ! Ces deux lignes sont des
asymptotes qui ne peuvent jamais se rejoindre[2].

— Vous êtes bien sombre, monsieur le marquis,
lui dit Vautrin, qui lui jeta un de ces regards par lesquels cet homme semblait s'initier aux secrets les
plus cachés du cœur.

— Je ne suis plus disposé à souffrir les plaisanteries de ceux qui m'appellent monsieur le marquis,
répondit-il. Ici, pour être vraiment marquis, il faut
avoir cent mille livres de rente, et quand on vit dans
la Maison Vauquer on n'est pas précisément le favori
de la Fortune.

Vautrin regarda Rastignac d'un air paternel et
méprisant, comme s'il eût dit : Marmot ! dont je ne
ferais qu'une bouchée ! Puis il répondit : — Vous êtes
de mauvaise humeur, parce que vous n'avez peut-
être pas réussi auprès de la belle comtesse de Restaud.

---

1. *La Femme abandonnée* est le titre de la nouvelle publiée en
1832 qui conte les aventures ultérieures de la vicomtesse. — 2. *Sic*.
Pléonasme, ou confusion entre asymptotes et parallèles comme le
pense P.-G. Castex (*op. cit.*, p. 96 note 1), qui invite à consulter
l'article de Étienne Cluzel : « Les démêlés d'Honoré de Balzac avec
la géométrie » (*Revue des sciences humaines*, juillet-septembre
1957).

— Elle m'a fermé sa porte pour lui avoir dit que son père mangeait à notre table, s'écria Rastignac.

Tous les convives s'entre-regardèrent. Le père Goriot baissa les yeux, et se retourna pour les essuyer.

— Vous m'avez jeté du tabac dans l'œil, dit-il à son voisin.

— Qui vexera le père Goriot s'attaquera désormais à moi, répondit Eugène en regardant le voisin de l'ancien vermicellier ; il vaut mieux que nous tous. Je ne parle pas des dames, dit-il en se retournant vers mademoiselle Taillefer.

Cette phrase fut un dénouement, Eugène l'avait prononcée d'un air qui imposa silence aux convives. Vautrin seul lui dit en goguenardant : — Pour prendre le père Goriot à votre compte, et vous établir son éditeur responsable, il faut savoir bien tenir une épée et bien tirer le pistolet.

— Ainsi ferai-je, dit Eugène.

— Vous êtes donc entré en campagne aujourd'hui ?

— Peut-être, répondit Rastignac. Mais je ne dois compte de mes affaires à personne, attendu que je ne cherche pas à deviner celles que les autres font la nuit.

Vautrin regarda Rastignac de travers.

— Mon petit, quand on ne veut pas être dupe des marionnettes, il faut entrer tout à fait dans la baraque, et ne pas se contenter de regarder par les trous de la tapisserie. Assez causé, ajouta-t-il en voyant Eugène près de se gendarmer. Nous aurons ensemble un petit bout de conversation quand vous le voudrez.

Le dîner devint sombre et froid. Le père Goriot, absorbé par la profonde douleur que lui avait causé la phrase de l'étudiant, ne comprit pas que les dispositions des esprits étaient changées à son égard, et qu'un jeune homme en état d'imposer silence à la persécution avait pris sa défense.

— Monsieur Goriot, dit madame Vauquer à voix basse, serait donc le père d'une comtesse à c't'heure ?

— Et d'une baronne, lui répliqua Rastignac.

— Il n'a que ça à faire, dit Bianchon à Rastignac, je lui ai pris la tête : il n'y a qu'une bosse, celle de la paternité[1], ce sera un Père *Éternel*.

Eugène était trop sérieux pour que la plaisanterie de Bianchon le fît rire. Il voulait profiter des conseils de madame de Beauséant, et se demandait où et comment il se procurerait de l'argent. Il devint soucieux en voyant les savanes du monde qui se déroulaient à ses yeux à la fois vides et pleines ; chacun le laissa seul dans la salle à manger quand le dîner fut fini.

— Vous avez donc vu ma fille ? lui dit Goriot d'une voix émue.

Réveillé de sa méditation par le bonhomme, Eugène lui prit la main, et le contemplant avec une sorte d'attendrissement : — Vous êtes un brave et digne homme, répondit-il. Nous causerons de vos filles plus tard. Il se leva sans vouloir écouter le père Goriot, et se retira dans sa chambre, où il écrivit à sa mère la lettre suivante :

« Ma chère mère, vois si tu n'as pas une troisième
» mamelle à t'ouvrir pour moi. Je suis dans une
» situation à faire promptement fortune. J'ai besoin
» de douze cents francs, et il me les faut à tout prix.
» Ne dis rien de ma demande à mon père, il s'y
» opposerait peut-être, et si je n'avais pas cet argent
» je serais en proie à un désespoir qui me conduirait
» à me brûler la cervelle. Je t'expliquerai mes motifs
» aussitôt que je te verrai, car il faudrait t'écrire des
» volumes pour te faire comprendre la situation dans
» laquelle je suis. Je n'ai pas joué, ma bonne mère, je
» ne dois rien ; mais si tu tiens à me conserver la vie
» que tu m'as donnée, il faut me trouver cette
» somme. Enfin, je vais chez la vicomtesse de Beau-
» séant, qui m'a pris sous sa protection. Je dois aller
» dans le monde, et n'ai pas un sou pour avoir des
» gants propres. Je saurai ne manger que du pain,

---

1. La « deuxième protubérance » identifiée par la phrénologie est celle de « l'amour de la progéniture » (voir p. 104 note 3).

» ne boire que de l'eau, je jeûnerai au besoin ; mais
» je ne puis me passer des outils avec lesquels on
» pioche la vigne dans ce pays-ci. Il s'agit pour moi
» de faire mon chemin ou de rester dans la boue. Je
» sais toutes les espérances que vous avez mises en
» moi, et veux les réaliser promptement. Ma bonne
» mère, vends quelques-uns de tes anciens bijoux, je
» te les remplacerai bientôt. Je connais assez la situa-
» tion de notre famille pour savoir apprécier de tels
» sacrifices, et tu dois croire que je ne te demande
» pas de les faire en vain, sinon je serais un monstre.
» Ne vois dans ma prière que le cri d'une impérieuse
» nécessité. Notre avenir est tout entier dans ce sub-
» side, avec lequel je dois ouvrir la campagne ; car
» cette vie de Paris est un combat perpétuel. Si, pour
» compléter la somme, il n'y a pas d'autres ressour-
» ces que de vendre les dentelles de ma tante, dis-lui
» que je lui en enverrai de plus belles. » Etc.

Il écrivit à chacune de ses sœurs en leur demandant leurs économies, et, pour les leur arracher sans
qu'elles parlassent en famille du sacrifice qu'elles ne
manqueraient pas de lui faire avec bonheur, il intéressa leur délicatesse en attaquant les cordes de
l'honneur qui sont si bien tendues et résonnent si
fort dans de jeunes cœurs. Quand il eut écrit ces lettres, il éprouva néanmoins une trépidation involontaire : il palpitait, il tressaillait. Ce jeune ambitieux
connaissait la noblesse immaculée de ces âmes ensevelies dans la solitude, il savait quelles peines il causerait à ses deux sœurs, et aussi quelles seraient leurs
joies ; avec quel plaisir elles s'entretiendraient en
secret de ce frère bien-aimé, au fond du clos. Sa
conscience se dressa lumineuse, et les lui montra
comptant en secret leur petit trésor : il les vit,
déployant le génie malicieux des jeunes filles pour lui
envoyer *incognito* cet argent, essayant une première
tromperie pour être sublimes. « Le cœur d'une sœur
est un diamant de pureté, un abîme de tendresse ! »
se dit-il. Il avait honte d'avoir écrit. Combien seraient
puissants leurs vœux, combien pur serait l'élan de
leurs âmes vers le ciel ! Avec quelles voluptés ne se

sacrifieraient-elles pas ? De quelle douleur serait atteinte sa mère, si elle ne pouvait envoyer toute la somme ! Ces beaux sentiments, ces effroyables sacrifices allaient lui servir d'échelon pour arriver à Delphine de Nucingen. Quelques larmes, derniers grains d'encens jetés sur l'autel sacré de la famille, lui sortirent des yeux. Il se promena dans une agitation pleine de désespoir. Le père Goriot, le voyant ainsi par sa porte qui était restée entrebâillée, entra et lui dit : — Qu'avez-vous, monsieur ?

— Ah ! mon bon voisin, je suis encore fils et frère comme vous êtes père. Vous avez raison de trembler pour la comtesse Anastasie, elle est à un monsieur Maxime de Trailles qui la perdra.

Le père Goriot se retira en balbutiant quelques paroles dont Eugène ne saisit pas le sens. Le lendemain, Rastignac alla jeter ses lettres à la poste. Il hésita jusqu'au dernier moment, mais il les lança dans la boîte en disant : Je réussirai ! Le mot du joueur, du grand capitaine, mot fataliste qui perd plus d'hommes qu'il n'en sauve. Quelques jours après, Eugène alla chez madame de Restaud et ne fut pas reçu. Trois fois il y retourna, trois fois encore il trouva la porte close, quoiqu'il se présentât à des heures où le comte Maxime de Trailles n'y était pas. La vicomtesse avait eu raison. L'étudiant n'étudia plus. Il allait aux cours pour y répondre à l'appel, et quand il avait attesté sa présence, il décampait. Il s'était fait le raisonnement que se font la plupart des étudiants. Il réservait ses études pour le moment où il s'agirait de passer ses examens ; il avait résolu d'entasser ses inscriptions de seconde et de troisième année, puis d'apprendre le Droit sérieusement et d'un seul coup au dernier moment. Il avait ainsi quinze mois de loisirs pour naviguer sur l'océan de Paris, pour s'y livrer à la traite des femmes, ou y pêcher la fortune. Pendant cette semaine, il vit deux fois madame de Beauséant, chez laquelle il n'allait qu'au moment où sortait la voiture du marquis d'Ajuda. Pour quelques jours encore cette illustre femme, la plus poétique figure du faubourg Saint-

Germain, resta victorieuse, et fit suspendre
mariage de mademoiselle de Rochefide avec le marquis d'Ajuda-Pinto. Mais ces derniers jours, que la
crainte de perdre son bonheur rendit les plus ardents
de tous, devaient précipiter la catastrophe. Le marquis d'Ajuda, de concert avec les Rochefide, avait
regardé cette brouille et ce raccommodement
comme une circonstance heureuse : ils espéraient
que madame de Beauséant s'accoutumerait à l'idée
de ce mariage et finirait par sacrifier ses matinées à
un avenir prévu dans la vie des hommes. Malgré les
plus saintes promesses renouvelées chaque jour,
monsieur d'Ajuda jouait donc la comédie, et la
vicomtesse aimait à être trompée. « Au lieu de sauter
noblement par la fenêtre, elle se laissait rouler dans
les escaliers », disait la duchesse de Langeais, sa
meilleure amie. Néanmoins, ces dernières lueurs
brillèrent assez longtemps pour que la vicomtesse
restât à Paris et y servît son jeune parent auquel elle
portait une sorte d'affection superstitieuse. Eugène
s'était montré pour elle plein de dévouement et de
sensibilité dans une circonstance où les femmes ne
voient de pitié, de consolation vraie dans aucun
regard. Si un homme leur dit alors de douces paroles, il les dit par spéculation.

Dans le désir de parfaitement bien connaître son
échiquier avant de tenter l'abordage de la maison
de Nucingen, Rastignac voulut se mettre au fait de
la vie antérieure du père Goriot, et recueillit des
renseignements certains, qui peuvent se réduire à
ceci.

Jean-Joachim Goriot était, avant la Révolution, un
simple ouvrier vermicellier, habile, économe, et
assez entreprenant pour avoir acheté le fonds de son
maître, que le hasard rendit victime du premier sou-
lèvement de 1789. Il s'était établi rue de la Jussienne,
près de la Halle-aux-Blés[1], et avait eu le gros bon
sens d'accepter la présidence de sa section[2], afin de
faire protéger son commerce par les personnages les

---

1. Aujourd'hui la Bourse du Commerce. — **2.** Voir p. 132 note 4.

plus influents de cette dangereuse époque. Cette sagesse avait été l'origine de sa fortune qui commença dans la disette, fausse ou vraie, par suite de laquelle les grains acquirent un prix énorme à Paris. Le peuple se tuait à la porte des boulangers, tandis que certaines personnes allaient chercher sans émeute des pâtes d'Italie chez les épiciers. Pendant cette année, le citoyen Goriot amassa les capitaux qui plus tard lui servirent à faire son commerce avec toute la supériorité que donne une grande masse d'argent à celui qui la possède. Il lui arriva ce qui arrive à tous les hommes qui n'ont qu'une capacité relative. Sa médiocrité le sauva. D'ailleurs, sa fortune n'étant connue qu'au moment où il n'y avait plus de danger à être riche, il n'excita l'envie de personne. Le commerce de grains semblait avoir absorbé toute son intelligence. S'agissait-il de blés, de farines, de grenailles[1], de reconnaître leurs qualités, les provenances, de veiller à leur conservation, de prévoir les cours, de prophétiser l'abondance ou la pénurie des récoltes, de se procurer les céréales à bon marché, de s'en approvisionner en Sicile, en Ukraine[2], Goriot n'avait pas son second. A lui voir conduire ses affaires, expliquer les lois sur l'exportation, sur l'importation des grains, étudier leur esprit, saisir leurs défauts, un homme l'eût jugé capable d'être ministre d'État. Patient, actif, énergique, constant, rapide dans ses expéditions, il avait un coup d'œil d'aigle, il devançait tout, prévoyait tout, savait tout, cachait tout ; diplomate pour concevoir, soldat pour marcher. Sorti de sa spécialité, de sa simple et obscure boutique sur le pas de laquelle il demeurait pendant ses heures d'oisiveté, l'épaule appuyée au montant de la porte, il redevenait l'ouvrier stupide et grossier, l'homme incapable de comprendre un raisonnement, insensible à tous les plaisirs de l'esprit, l'homme qui s'endormait au spec-

----

1. « Graine de rebut qui sert à nourrir la volaille » (Littré). —
2. Possible, mais c'est une nouvelle œillade à madame Hanska.

tacle, un de ces Dolibans[1] parisiens, forts seulement
en bêtise. Ces natures se ressemblent presque toutes.
A presque toutes, vous trouveriez un sentiment sublime au cœur. Deux sentiments exclusifs avaient
rempli le cœur du vermicellier, en avaient absorbé
l'humide, comme le commerce des grains employait
toute l'intelligence de sa cervelle. Sa femme, fille unique d'un riche fermier de la Brie, fut pour lui l'objet
d'une admiration religieuse, d'un amour sans bornes. Goriot avait admiré en elle une nature frêle et
forte, sensible et jolie, qui contrastait vigoureusement avec la sienne. S'il est un sentiment inné dans
le cœur de l'homme, n'est-ce pas l'orgueil de la protection exercée à tout moment en faveur d'un être
faible ? joignez-y l'amour, cette reconnaissance vive
de toutes les âmes franches pour le principe de leurs
plaisirs, et vous comprendrez une foule de bizarreries morales. Après sept ans de bonheur sans nuages,
Goriot, malheureusement pour lui, perdit sa femme :
elle commençait à prendre de l'empire sur lui, en
dehors de la sphère des sentiments. Peut-être eût-elle
cultivé cette nature inerte, peut-être y eût-elle jeté
l'intelligence des choses du monde et de la vie. Dans
cette situation, le sentiment de la paternité se développa chez Goriot jusqu'à la déraison. Il reporta ses
affections trompées par la mort sur ses deux filles,
qui, d'abord, satisfirent pleinement tous ses sentiments. Quelques brillantes que fussent les proposi-

---

1. Dans ses « Lettres russes » (*Revue parisienne*, 25 juillet 1840),
Balzac identifiera ce personnage, ici mentionné pour la première
fois sous sa plume : « J'ai souvent entendu parler d'un certain
Papa Doliban [...] et, quand j'essayais de savoir ce que signifiait ce
mythe, je trouvais tant de choses, que je ne puis vous dire ce dont
il s'agissait. [...] Le papa Doliban est le fantastique beau-père de
Dasnières, dans la petite pièce du *Sourd ou l'Auberge pleine* » (*O.D.*
III, 337). Dans cette comédie en trois actes créée en 1790, de
Pierre-Jean-Baptiste Choudard, dit Desforges (1746-1806), d'Oliban (que Balzac orthographie inexactement) se laisse berner par
son gendre. En 1844, sous le titre *Papa d'Oliban Ier*, Balzac esquis-
sera le plan d'un roman comique ainsi qu'une liste de personnages
(*AB 1964*, p. 272-275 ; ou tome XXV des *Œuvres complètes illustrées*, les Bibliophiles de l'Originale, 1973, p. 249-252).

tions qui lui furent faites par des négociants ou des fermiers jaloux de lui donner leurs filles, il voulut rester veuf. Son beau-père, le seul homme pour lequel il avait eu du penchant, prétendait savoir pertinemment que Goriot avait juré de ne pas faire d'infidélité à sa femme, quoique morte. Les gens de la Halle, incapables de comprendre cette sublime folie, en plaisantèrent, et donnèrent à Goriot quelque grotesque sobriquet. Le premier d'entre eux qui, en buvant le vin d'un marché, s'avisa de le prononcer, reçut du vermicellier un coup de poing sur l'épaule qui l'envoya, la tête la première, sur une borne de la rue Oblin[1]. Le dévouement irréfléchi, l'amour ombrageux et délicat que portait Goriot à ses filles était si connu, qu'un jour un de ses concurrents, voulant le faire partir du marché pour rester maître du cours, lui dit que Delphine venait d'être renversée par un cabriolet. Le vermicellier, pâle et blême, quitta aussitôt la Halle. Il fut malade pendant plusieurs jours par suite de la réaction des sentiments contraires auxquels le livra cette fausse alarme. S'il n'appliqua pas sa tape meurtrière sur l'épaule de cet homme, il le chassa de la Halle en le forçant, dans une circonstance critique, à faire faillite. L'éducation de ses deux filles fut naturellement déraisonnable. Riche de plus de soixante mille livres de rente, et ne dépensant pas douze cents francs pour lui, le bonheur de Goriot était de satisfaire les fantaisies de ses filles : les plus excellents maîtres furent chargés de les douer des talents qui signalent une bonne éducation ; elles eurent une demoiselle de compagnie ; heureusement pour elles, ce fut une femme d'esprit et de goût ; elles allaient à cheval, elles avaient voiture, elles vivaient comme auraient vécu les maîtresses d'un vieux seigneur riche ; il leur suffisait d'exprimer les plus coûteux désirs pour voir leur père s'empressant de les combler ; il ne demandait qu'une caresse en retour de ses offrandes. Goriot mettait ses

---

1. Partant de la rue Coquillière, cette rue joignait la Halle-aux-Blés dans le prolongement de la rue du Jour.

filles au rang des anges, et nécessairement au-dessus
de lui, le pauvre homme ! il aimait jusqu'au mal
qu'elles lui faisaient. Quand ses filles furent en âge
d'être mariées, elles purent choisir leurs maris suivant leurs goûts : chacune d'elles devait avoir en dot
la moitié de la fortune de son père. Courtisée pour
sa beauté par le comte de Restaud, Anastasie avait
des penchants aristocratiques qui la portèrent à quitter la maison paternelle pour s'élancer dans les hautes sphères sociales. Delphine aimait l'argent : elle
épousa Nucingen, banquier d'origine allemande qui
devint baron du Saint-Empire[1]. Goriot resta vermicellier. Ses filles et ses gendres se choquèrent bientôt de lui voir continuer ce commerce, quoique ce
fût toute sa vie. Après avoir subi pendant cinq ans
leurs instances, il consentit à se retirer avec le produit de son fonds, et les bénéfices de ces dernières
années ; capital que madame Vauquer, chez laquelle
il était venu s'établir, avait estimé rapporter de huit
à dix mille livres de rente. Il se jeta dans cette pension par suite du désespoir qui l'avait saisi en voyant
ses deux filles obligées par leurs maris de refuser non
seulement de le prendre chez elles, mais encore de
l'y recevoir ostensiblement.

Ces renseignements étaient tout ce que savait un
monsieur Muret sur le compte du père Goriot, dont
il avait acheté le fonds. Les suppositions que Rastignac avait entendu faire par la duchesse de Langeais
se trouvaient ainsi confirmées. Ici se termine l'exposition de cette obscure, mais effroyable tragédie parisienne[2].

Vers la fin de cette première semaine du mois de
décembre, Rastignac reçut deux lettres, l'une de sa

1. Le Saint-Empire romain germanique évidemment (fondé en
l'an 962 par Otton le Grand ; aboli par Napoléon en 1806). —
2. Dans la *Revue de Paris*, fin du chapitre 2 (« Les deux visites »)
de la première partie (« Une pension bourgeoise »), et fin de la
livraison du 14 décembre 1834. Dans l'édition originale (mars
1835), fin du deuxième chapitre (« Les deux visites »). Dans la
deuxième édition (mai 1835), fin de la première partie (« Une pension bourgeoise »).

mère, l'autre de sa sœur aînée. Ces écritures si
connues le firent à la fois palpiter d'aise et trembler
de terreur. Ces deux frêles papiers contenaient un
arrêt de vie ou de mort de ses espérances. S'il conce-
vait quelque terreur en se rappelant la détresse de
ses parents, il avait trop bien éprouvé leur prédilection pour ne pas craindre d'avoir aspiré leurs dernières gouttes de sang. La lettre de sa mère était ainsi
conçue :

« Mon cher enfant, je t'envoie ce que tu m'as
» demandé. Fais un bon emploi de cet argent, je ne
» pourrais, quand il s'agirait de te sauver la vie, trou-
» ver une seconde fois une somme si considérable
» sans que ton père en fût instruit, ce qui troublerait
» l'harmonie de notre ménage. Pour nous la procu-
» rer, nous serions obligés de donner des garanties
» sur notre terre. Il m'est impossible de juger le
» mérite de projets que je ne connais pas ; mais de
» quelle nature sont-ils donc pour te faire craindre
» de me les confier ? Cette explication ne demandait
» pas des volumes, il ne nous faut qu'un mot à nous
» autres mères, et ce mot m'aurait évité les angoisses
» de l'incertitude. Je ne saurais te cacher l'impression
» douloureuse que ta lettre m'a causée. Mon cher fils,
» quel est donc le sentiment qui t'a contraint à jeter
» un tel effroi dans mon cœur ? tu as dû bien souffrir
» en m'écrivant, car j'ai bien souffert en te lisant.
» Dans quelle carrière t'engages-tu donc ? Ta vie, ton
» bonheur seraient attachés à paraître ce que tu n'es
» pas, à voir un monde où tu ne saurais aller sans
» faire des dépenses d'argent que tu ne peux soutenir,
» sans perdre un temps précieux pour tes études ?
» Mon bon Eugène, crois-en le cœur de ta mère, les
» voies tortueuses ne mènent à rien de grand. La
» patience et la résignation doivent être les vertus
» des jeunes gens qui sont dans ta position. Je ne te
» gronde pas, je ne voudrais communiquer à notre
» offrande aucune amertume. Mes paroles sont celles
» d'une mère aussi confiante que prévoyante. Si tu
» sais quelles sont tes obligations, je sais, moi,
» combien ton cœur est pur, combien tes intentions

» sont excellentes. Aussi puis-je te dire sans crainte :
» Va, mon bien-aimé, marche ! Je tremble parce que
» je suis mère ; mais chacun de tes pas sera tendre-
» ment accompagné de nos vœux et de nos bénédic-
» tions. Sois prudent, cher enfant. Tu dois être sage
» comme un homme, les destinées de cinq person-
» nes[1] qui te sont chères reposent sur ta tête. Oui,
» toutes nos fortunes sont en toi, comme ton bon-
» heur est le nôtre. Nous prions tous Dieu de te
» seconder dans tes entreprises. Ta tante Marcillac a
» été, dans cette circonstance, d'une bonté inouïe :
» elle allait jusqu'à concevoir ce que tu me dis de tes
» gants. Mais elle a un faible pour l'aîné, disait-elle
» gaiement. Mon Eugène, aime bien ta tante, je ne
» te dirai ce qu'elle a fait pour toi que quand tu auras
» réussi ; autrement, son argent te brûlerait les
» doigts. Vous ne savez pas, enfants, ce que c'est que
» de sacrifier des souvenirs ! Mais que ne vous sacri-
» fierait-on pas ? Elle me charge de te dire qu'elle te
» baise au front, et voudrait te communiquer par ce
» baiser la force d'être souvent heureux. Cette bonne
» et excellente femme t'aurait écrit si elle n'avait pas
» la goutte aux doigts. Ton père va bien. La récolte
» de 1819 passe nos espérances. Adieu, cher enfant.
» Je ne dirai rien de tes sœurs : Laure t'écrit. Je lui
» laisse le plaisir de babiller sur les petits événements
» de la famille. Fasse le ciel que tu réussisses ! Oh !
» oui, réussis, mon Eugène, tu m'as fait connaître
» une douleur trop vive pour que je puisse la suppor-
» ter une seconde fois. J'ai su ce que c'était que d'être
» pauvre, en désirant la fortune pour la donner à
» mon enfant. Allons, adieu. Ne nous laisse pas sans
» nouvelles, et prends ici le baiser que ta mère
» t'envoie. »

Quand Eugène eut achevé cette lettre, il était en
pleurs, il pensait au père Goriot tordant son vermeil
et le vendant pour aller payer la lettre de change de

---

1. Curieux total : quatre frères et sœurs, un père, une mère et
une tante font sept (à moins que la mère ne compte ni Gabriel ni
Henri, les frères d'Eugène).

sa fille. « Ta mère a tordu ses bijoux ! se disait-il. Ta
tante a pleuré sans doute en vendant quelques-unes
de ses reliques ! De quel droit maudirais-tu Anastasie ? tu viens d'imiter pour l'égoïsme de ton avenir ce
qu'elle a fait pour son amant ! Qui, d'elle ou de toi,
vaut mieux ? » L'étudiant se sentit les entrailles ron-
gées par une sensation de chaleur intolérable. Il voulait renoncer au monde, il voulait ne pas prendre cet
argent. Il éprouva ces nobles et beaux remords
secrets dont le mérite est rarement apprécié par les
hommes quand ils jugent leurs semblables, et qui
font souvent absoudre par les anges du ciel le criminel condamné par les juristes de la terre. Rastignac
ouvrit la lettre de sa sœur, dont les expressions innocemment gracieuses lui rafraîchirent le cœur.

    « Ta lettre est venue bien à propos, cher frère. Aga-
» the et moi nous voulions employer notre argent de
» tant de manières différentes, que nous ne savions
» plus à quel achat nous résoudre. Tu as fait comme
» le domestique du roi d'Espagne quand il a renversé
» les montres de son maître[1], tu nous as mises
» d'accord. Vraiment, nous étions constamment en
» querelle pour celui de nos désirs auquel nous don-
» nerions la préférence, et nous n'avions pas deviné,
» mon bon Eugène, l'emploi qui comprenait tous nos
» désirs. Agathe a sauté de joie. Enfin, nous avons
» été comme deux folles pendant toute la journée, *à
» telles enseignes* (style de tante) que ma mère nous
» disait de son air sévère : Mais qu'avez-vous donc,
» mesdemoiselles ? Si nous avions été grondées un
» brin, nous en aurions été, je crois, encore plus
» contentes. Une femme doit trouver bien du plaisir
» à souffrir pour celui qu'elle aime ! Moi seule était
» rêveuse et chagrine au milieu de ma joie. Je ferai
» sans doute une mauvaise femme, je suis trop
» dépensière. Je m'étais acheté deux ceintures, un
» joli poinçon pour percer les œillets de mes corsets,
» des niaiseries, en sorte que j'avais moins d'argent

_____

1. Pas plus que nos prédécesseurs, nous ne connaissons l'origine
de cette anecdote.

» que cette grosse Agathe, qui est économe, et
» entasse ses écus comme une pie. Elle avait deux
» cents francs ! Moi, mon pauvre ami, je n'ai que
» cinquante écus. Je suis bien punie, je voudrais jeter
» ma ceinture dans le puits, il me sera toujours péni-
» ble de la porter. Je t'ai volé. Agathe a été char-
» mante. Elle m'a dit : Envoyons les trois cent cin-
» quante francs, à nous deux ! Mais je n'ai pas tenu[1]
» à te raconter les choses comme elles se sont pas-
» sées. Sais-tu comment nous avons fait pour obéir
» à tes commandements, nous avons pris notre glo-
» rieux argent, nous sommes allées nous promener
» toutes deux, et quand une fois nous avons eu gagné
» la grande route, nous avons couru à Ruffec, où
» nous avons tout bonnement donné la somme à
» monsieur Grimbert, qui tient le bureau des Messa-
» geries royales ! Nous étions légères comme des
» hirondelles en revenant. Est-ce que le bonheur
» nous allégirait[2] ? me dit Agathe. Nous nous som-
» mes dit mille choses que je ne vous répéterai pas,
» monsieur le Parisien, il était trop question de vous.
» Oh ! cher frère, nous t'aimons bien, voilà tout en
» deux mots. Quant au secret, selon ma tante, de
» petites masques[3] comme nous sont capables de
» tout, même de se taire. Ma mère est allée mysté-
» rieusement à Angoulême avec ma tante, et toutes
» deux ont gardé le silence sur la haute politique de
» leur voyage, qui n'a pas eu lieu sans de longues
» conférences d'où nous avons été bannies, ainsi que
» monsieur le baron. De grandes conjectures occu-
» pent les esprits dans l'État de Rastignac. La robe
» de mousseline semée de fleurs à jour que brodent
» les infantes pour sa majesté la reine avance dans

---

1. Résisté. — **2.** Au verbe allégir, Littré note trois registres : « 1.
Terme d'arts et métiers. Diminuer en tous sens le volume d'un
corps. [...] 2. Terme de manège. Rendre un cheval plus léger du
devant. 3. Terme de serrurerie. Rapetisser, aiguiser. » La variante
élégir s'est conservée avec le premier sens. — **3.** « Terme familier
d'injure dont on se sert quelquefois pour qualifier une jeune fille,
une femme, et lui reprocher [...] sa malice » (Littré). Ici, évidemment affectueux.

» le plus profond secret. Il n'y a plus que deux laizes[1]
» à faire. Il a été décidé qu'on ne ferait pas de mur
» du côté de Verteuil, il y aura une haie. Le menu
» peuple y perdra des fruits, des espaliers, mais on y
» gagnera une belle vue pour les étrangers. Si l'héri-
» tier présomptif avait besoin de mouchoirs, il est
» prévenu que la douairière de Marcillac, en fouillant
» dans ses trésors et ses malles, désignées sous le
» nom de Pompéia et d'Herculanum, a découvert
» une pièce de belle toile de Hollande, qu'elle ne se
» connaissait pas ; les princesses Agathe et Laure
» mettent à ses ordres leur fil, leur aiguille, et des
» mains toujours un peu trop rouges. Les deux jeu-
» nes princes don Henri et don Gabriel ont conservé
» la funeste habitude de se gorger de raisiné, de faire
» enrager leurs sœurs, de ne vouloir rien apprendre,
» de s'amuser à dénicher des oiseaux, de tapager, et
» de couper, malgré les lois de l'État, des osiers pour
» se faire des badines. Le nonce du pape, vulgaire-
» ment appelé monsieur le curé, menace de les
» excommunier s'ils continuent à laisser les saints
» canons de la grammaire pour les canons du sureau
» belliqueux[2]. Adieux, cher frère, jamais lettre n'a
» porté tant de vœux faits pour ton bonheur, ni tant
» d'amour satisfait. Tu auras donc bien des choses à
» nous dire quand tu viendras ! Tu me diras tout, à
» moi, je suis l'aînée. Ma tante nous a laissé soup-
» çonner que tu avais des succès dans le monde.

L'on parle d'une dame et l'on se tait du reste.[3]

» Avec nous s'entend ! Dis donc, Eugène, si tu vou-
» lais, nous pourrions nous passer de mouchoirs, et
» nous te ferions des chemises. Réponds-moi vite à
» ce sujet. S'il te fallait promptement de belles che-
» mises bien cousues, nous serions obligées de nous

---

1. Deux largeurs d'étoffe. — 2. Les tiges creuses du sureau permettent aux jeunes garçons la fabrication de sarbacanes. — 3. Pas-
tiche de Corneille : « On parle d'eaux, de Tibre, et l'on se tait du
reste » (*Cinna*, IV, IV, vers 1290).

» y mettre tout de suite ; et s'il y avait à Paris des
» façons que nous ne connussions pas, tu nous
» enverrais un modèle, surtout pour les poignets.
» Adieu, adieu ! je t'embrasse au front du côté gau-
» che, sur la tempe qui m'appartient exclusivement.
» Je laisse l'autre feuillet pour Agathe, qui m'a pro-
» mis de ne rien lire de ce que je te dis. Mais, pour
» en être plus sûre, je resterai près d'elle pendant
» qu'elle t'écrira. Ta sœur qui t'aime.
» LAURE DE RASTIGNAC. »

— Oh ! oui, se dit Eugène, oui, la fortune à tout
prix ! Des trésors ne payeraient pas ce dévouement.
Je voudrais leur apporter tous les bonheurs ensemble. Quinze cent cinquante francs ! se dit-il après une
pause. Il faut que chaque pièce porte coup ! Laure a
raison. Nom d'une femme ! Je n'ai que des chemises
de grosse toile. Pour le bonheur d'un autre, une
jeune fille devient rusée autant qu'un voleur. Innocente pour elle et prévoyante pour moi, elle est
comme l'ange du ciel qui pardonne les fautes de la
terre sans les comprendre.

Le monde était à lui ! Déjà son tailleur avait été
convoqué, sondé, conquis. En voyant monsieur de
Trailles, Rastignac avait compris l'influence qu'exer-
cent les tailleurs sur la vie des jeunes gens. Hélas ! il
n'existe pas de moyenne entre ces deux termes : un
tailleur est ou un ennemi mortel, ou un ami donné
par la facture[1]. Eugène rencontra dans le sien un
homme qui avait compris la paternité de son
commerce[2], et qui se considérait comme un trait
d'union entre le présent et l'avenir des jeunes gens.
Aussi Rastignac reconnaissant a-t-il fait la fortune de
cet homme par un de ces mots auxquels il excella
plus tard. — Je lui connais, disait-il, deux pantalons

---

1. Balzac affectionne ces jeux, et la déformation des maximes
et des proverbes dont *Un début dans la vie* (1842) témoigne tout
particulièrement, ainsi que plusieurs listes conservées dans *Pensées, sujets, fragmens* (*Lov.* A 182). Il joue ici sur « Un frère est un
ami donné par la nature ». — 2. Visage inattendu, dans ce roman,
d'une paternité secondaire.

qui ont fait faire des mariages de vingt mille livres de rente[1].

Quinze cents francs et des habits à discrétion ! En ce moment le pauvre Méridional ne douta plus de rien, et descendit au déjeuner avec cet air indéfinissable que donne à un jeune homme la possession d'une somme quelconque. A l'instant où l'argent se glisse dans la poche d'un étudiant, il se dresse en lui-même une colonne fantastique sur laquelle il s'appuie. Il marche mieux qu'auparavant, il se sent un point d'appui pour son levier, il a le regard plein, direct, il a les mouvements agiles ; la veille, humble et timide, il aurait reçu des coups ; le lendemain, il en donnerait à un premier ministre. Il se passe en lui des phénomènes inouïs : il veut tout et peut tout, il désire à tort et à travers, il est gai, généreux, expansif. Enfin, l'oiseau naguère sans ailes a retrouvé son envergure. L'étudiant sans argent happe un brin de plaisir comme un chien qui dérobe un os à travers mille périls, il le casse, en suce la moelle, et court encore ; mais le jeune homme qui fait mouvoir dans son gousset quelques fugitives pièces d'or déguste ses jouissances, il les détaille, il s'y complaît, il se balance dans le ciel, il ne sait plus ce que signifie le mot *misère*. Paris lui appartient tout entier. Âge où tout est luisant, où tout scintille et flambe ! âge de force joyeuse dont personne ne profite, ni l'homme, ni la femme ! âge des dettes et des vives craintes qui décuplent tous les plaisirs ! Qui n'a pas pratiqué la rive gauche de la Seine, entre la rue Saint-Jacques et la rue des Saint-Pères, ne connaît rien à la vie humaine ! — « Ah ! si les femmes de Paris savaient ! se disait Rastignac en dévorant les poires cuites, à un liard la pièce[2], servies par madame Vauquer, elles viendraient se faire aimer ici. » En ce moment un

---

1. Paragraphe tout entier dédié au tailleur Jean Buisson, fournisseur, ami et créancier, que Balzac flatte ainsi, et faisait patienter par des réclames gratuites, en le nommant parfois dans ses romans. A la fin de 1832, il lui devait 2 229,25 francs ; à la fin de 1846, il lui devra 14 373,75 francs. — 2. Ces mêmes poires cuites (ou d'autres) coûtaient, p. 91, « deux liards la pièce ».

facteur des Messageries royales se présenta dans la salle à manger, après avoir fait sonner la porte à claire-voie. Il demanda monsieur Eugène de Rastignac, auquel il tendit deux sacs à prendre, et un registre à émarger. Rastignac fut alors sanglé[1] comme d'un coup de fouet par le regard profond que lui lança Vautrin.

— Vous aurez de quoi payer des leçons d'armes et des séances au tir, lui dit cet homme.

— Les galions sont arrivés[2], lui dit madame Vauquer en regardant les sacs.

Mademoiselle Michonneau[3] craignait de jeter les yeux sur l'argent, de peur de montrer sa convoitise.

— Vous avez une bonne mère, dit madame Couture.

— Monsieur a une bonne mère, répéta Poiret.

— Oui, la maman s'est saignée, dit Vautrin. Vous pourrez maintenant faire vos farces, aller dans le monde, y pêcher des dots, et danser avec des comtesses qui ont des fleurs de pêcher sur la tête. Mais croyez-moi, jeune homme, fréquentez le tir.

Vautrin fit le geste d'un homme qui vise son adversaire. Rastignac voulut donner pour boire au facteur, et ne trouva rien dans sa poche. Vautrin fouilla dans la sienne, et jeta vingt sous à l'homme.

— Vous avez bon crédit, reprit-il en regardant l'étudiant.

Rastignac fut forcé de le remercier, quoique depuis les mots aigrement échangés, le jour où il était revenu de chez madame de Beauséant, cet homme lui fût insupportable. Pendant ces huit jours Eugène et Vautrin étaient restés silencieusement en présence, et s'observaient l'un l'autre. L'étudiant se demandait vainement pourquoi. Sans doute les idées se projettent en raison directe de la force avec laquelle elles se conçoivent, et vont frapper là où le

---

1. Cinglé, frappé. — 2. Expression familière et vieillie : « Locution qu'on employait pour dire qu'on avait reçu beaucoup d'argent » (Littré). — 3. Jusqu'à ce point du manuscrit (f° 61), Mlle Michonneau se nommait Mlle Vérolleau.

cerveau les envoie, par une loi mathématique comparable à celle qui dirige les bombes au sortir du mortier. Divers en sont les effets. S'il est des natures tendres où les idées se logent et qu'elles ravagent, il est aussi des natures vigoureusement munies, des crânes à remparts d'airain sur lesquels les volontés des autres s'aplatissent et tombent comme les balles devant une muraille ; puis il est encore des natures flasques et cotonneuses où les idées d'autrui viennent mourir comme des boulets s'amortissent dans la terre molle des redoutes. Rastignac avait une de ces têtes pleine de poudre qui sautent au moindre choc. Il était trop vivacement jeune pour ne pas être accessible à cette projection des idées, à cette contagion des sentiments dont tant de bizarres phénomènes nous frappent à notre insu. Sa vue morale avait la portée lucide de ses yeux de lynx. Chacun de ses doubles sens avait cette longueur mystérieuse, cette flexibilité d'aller et de retour qui nous émerveille chez les gens supérieurs, bretteurs habiles à saisir le défaut de toutes les cuirasses. Depuis un mois il s'était d'ailleurs développé chez Eugène autant de qualités que de défauts. Ses défauts, le monde et l'accomplissement de ses croissants désirs les lui avaient demandés. Parmi ses qualités se trouvait cette vivacité méridionale qui fait marcher droit à la difficulté pour la résoudre, et qui ne permet pas à un homme d'outre-Loire de rester dans une incertitude quelconque ; qualité que les gens du Nord nomment un défaut : pour eux, si ce fut l'origine de la fortune de Murat[1], ce fut aussi la cause de sa mort. Il fau-

---

1. Joachim Murat (1767-1815), né à La Bastide-sur-Lot, général de très haut courage, ami de Napoléon dont il épousa la sœur Caroline en 1800, maréchal en 1804, prince d'Empire en 1805, roi de Naples en 1808. Chassé de son trône par le congrès de Vienne en juin 1815, fait prisonnier en tentant de le reconquérir, fusillé le 13 octobre. Dans *La Maison Nucingen*, Balzac filera le type du méridional, résumant le caractère d'Eugène en le recomparant à Murat : « Rastignac se concentre, se ramasse, étudie le point où il faut charger, et il charge à fond de train. Avec la valeur de Murat, il enfonce les carrés, les actionnaires, les fondateurs et toute la boutique ; quand la charge a fait son trou, il rentre dans sa vie

drait conclure de là que quand un Méridional sait
unir la fourberie du Nord à l'audace d'outre-Loire, il
est complet et reste roi de Suède[1]. Rastignac ne pouvait donc pas demeurer longtemps sous le feu des
batteries de Vautrin sans savoir si cet homme était
son ami ou son ennemi. De moment en moment, il
lui semblait que ce singulier personnage pénétrait
ses passions et lisait dans son cœur, tandis que chez
lui tout était si bien clos qu'il semblait avoir la profondeur immobile d'un sphinx qui sait, voit tout, et
ne dit rien. En se sentant le gousset plein, Eugène
se mutina.

— Faites-moi le plaisir d'attendre, dit-il à Vautrin
qui se levait pour sortir après avoir savouré les dernières gorgées de son café.

— Pourquoi ? répondit le quadragénaire en mettant son chapeau à larges bords et prenant une canne
en fer avec laquelle il faisait souvent des moulinets
en homme qui n'aurait pas craint d'être assailli par
quatre voleurs.

— Je vais vous rendre, reprit Rastignac qui défit
promptement un sac et compta cent quarante francs
à madame Vauquer. Les bons comptes font les bons
amis, dit-il à la veuve. Nous sommes quittes jusqu'à
la Saint-Sylvestre. Changez-moi ces cent sous.

— Les bons amis font les bons comptes, répéta
Poiret en regardant Vautrin.

_____

molle et insouciante, il redevient l'homme du midi, le voluptueux,
le diseur de riens, l'inoccupé Rastignac, qui peut se lever à midi
par ce qu'il ne s'est pas couché au moment de la crise » (Pl. VI,
334). — 1. Charles Jean-Baptiste Bernadotte (1764-1844), né à
Pau, maréchal en 1804, élu par la Suède prince héritier en 1810.
Retourné contre Napoléon, il combattit la France avec les Alliés
en 1813-1814, roi de Suède en 1818 sous le nom de Charles XIV,
fondateur de l'actuelle dynastie. En 1825, étendant déjà la Gasco-
gne à toute la France du Sud-Ouest, Balzac écrivait dans le *Code
des gens honnêtes* : « Les Gascons, qui passent pour les moins
riches, sont néanmoins les seuls qui, depuis cent ans, aient eu part
au gouvernement en France. [...] La Convention, l'Empire et la
royauté n'ont vu que des Gascons au timon des affaires [...]. De
tous les rois de Bonaparte, enfin, un seul est resté ! Aussi Bernadotte est-il Gascon » (*O.D.* I*, 120).

— Voici vingt sous, dit Rastignac en tendant une pièce au sphinx en perruque.

— On dirait que vous avez peur de me devoir quelque chose ? s'écria Vautrin en plongeant un regard divinateur dans l'âme du jeune homme auquel il jeta un de ces sourires goguenards et diogéniques[1] desquels Eugène avait été sur le point de se fâcher cent fois.

— Mais... oui, répondit l'étudiant qui tenait ses deux sacs à la main et s'était levé pour monter chez lui.

Vautrin sortait par la porte qui donnait dans le salon, et l'étudiant se disposait à s'en aller par celle qui menait sur le carré de l'escalier.

— Savez-vous, monsieur le marquis de Rastignacorama, que ce que vous me dites n'est pas exactement poli, dit alors Vautrin en fouettant la porte du salon et venant à l'étudiant qui le regarda froidement.

Rastignac ferma la porte de la salle à manger, en emmenant avec lui Vautrin au bas de l'escalier, dans le carré qui séparait la salle à manger de la cuisine, où se trouvait une porte pleine donnant sur le jardin, et surmontée d'un long carreau garni de barreaux en fer. Là, l'étudiant dit devant Sylvie qui déboucha de sa cuisine : — *Monsieur* Vautrin, je ne suis pas marquis, et je ne m'appelle pas Rastignacorama.

— Ils vont se battre, dit mademoiselle Michonneau d'un air indifférent.

— Se battre ! répéta Poiret.

— Que non, répondit madame Vauquer en caressant sa pile d'écus.

— Mais les voilà qui vont sous les tilleuls, cria mademoiselle Victorine en se levant pour regarder dans le jardin. Ce pauvre jeune homme a pourtant raison.

— Remontons, ma chère petite, dit madame Couture, ces affaires-là ne nous regardent pas.

---

1. D'une insolence caustique digne du philosophe cynique Diogène (413-327 av. J.-C.). Peut-être un néologisme.

Quand madame Couture et Victorine se levèrent, elles rencontrèrent, à la porte, la grosse Sylvie qui leur barra le passage.

— Quoi qui n'y a donc ? dit-elle. Monsieur Vautrin a dit à monsieur Eugène : Expliquons-nous ! Puis il l'a pris par le bras, et les voilà qui marchent dans nos artichauts.

En ce moment Vautrin parut. — Maman Vauquer, dit-il en souriant, ne vous effrayez de rien, je vais essayer mes pistolets sous les tilleuls.

— Oh ! monsieur, dit Victorine en joignant les mains, pourquoi voulez-vous tuer monsieur Eugène ?

Vautrin fit deux pas en arrière et contempla Victorine. — Autre histoire, s'écria-t-il d'une voix railleuse qui fit rougir la pauvre fille. Il est bien gentil, n'est-ce pas, ce jeune homme-là ? reprit-il. Vous me donnez une idée. Je ferai votre bonheur à tous deux, ma belle enfant.

Madame Couture avait pris sa pupille par le bras et l'avait entraînée en lui disant à l'oreille : — Mais, Victorine, vous êtes inconcevable ce matin.

— Je ne veux pas qu'on tire des coups de pistolet chez moi, dit madame Vauquer. N'allez-vous pas effrayer tout le voisinage et amener la police, à c't'heure !

— Allons, du calme, maman Vauquer, répondit Vautrin. Là, là, tout beau, nous irons au tir. Il rejoignit Rastignac, qu'il prit familièrement par le bras : — Quand je vous aurais prouvé qu'à trente-cinq pas je mets cinq fois de suite ma balle dans un as de pique, lui dit-il, cela ne vous ôterait pas votre courage. Vous m'avez l'air d'être un peu rageur, et vous vous feriez tuer comme un imbécile.

— Vous reculez, dit Eugène.

— Ne m'échauffez pas la bile, répondit Vautrin. Il ne fait pas froid ce matin, venez nous[1] asseoir là-

---

1. Ce nous est évidemment incorrect, mais son expressivité est grande.

bas, dit-il en montrant les sièges peints en vert. Là, personne ne nous entendra. J'ai à causer avec vous. Vous êtes un bon petit jeune homme auquel je ne veux pas de mal. Je vous aime, foi de Tromp... (mille tonnerres !), foi de Vautrin. Pourquoi vous aimé-je, je vous le dirai. En attendant, je vous connais comme si je vous avais fait, et vais vous le prouver. Mettez vos sacs là, reprit-il en lui montrant la table ronde.

Rastignac posa son argent sur la table et s'assit en proie à une curiosité que développa chez lui au plus haut degré le changement soudain opéré dans les manières de cet homme, qui, après avoir parlé de le tuer, se posait comme son protecteur.

— Vous voudriez bien savoir qui je suis, ce que j'ai fait, ou ce que je fais, reprit Vautrin. Vous êtes trop curieux, mon petit. Allons, du calme. Vous allez en entendre bien d'autres ! J'ai eu des malheurs. Écoutez-moi d'abord, vous me répondrez après. Voilà ma vie antérieure en trois mots. Qui suis-je ? Vautrin. Que fais-je ? Ce qui me plaît. Passons. Voulez-vous connaître mon caractère ? Je suis bon avec ceux qui me font du bien ou dont le cœur parle au mien. A ceux-là tout est permis, ils peuvent me donner des coups de pied dans les os des jambes sans que je leur dise : *Prends garde !* Mais, nom d'une pipe ! je suis méchant comme le diable avec ceux qui me tracassent, ou qui ne me reviennent pas. Et il est bon de vous apprendre que je me soucie de tuer un homme comme de ça ! dit-il en lançant un jet de salive. Seulement je m'efforce de le tuer proprement, quand il le faut absolument. Je suis ce que vous appelez un artiste. J'ai lu les Mémoires de Benvenuto Cellini, tel que vous me voyez, et en italien encore[1] ! J'ai appris de cet homme-là, qui était un fier luron, à imiter la Providence qui nous tue à tort et à travers, et à aimer

---

1. Célèbre orfèvre et sculpteur florentin qui eut une vie mouvementée (1500-1571). Il faut bien que Vautrin lise l'italien : imprimés en 1728, les *Mémoires* de Benvenuto Cellini ne furent traduits en français qu'en 1822 (chez Lenormant, par M.-T. de Saint-Marcel).

le beau partout où il se trouve. N'est-ce pas d'ailleurs une belle partie à jouer que d'être seul contre tous les hommes et d'avoir la chance ? J'ai bien réfléchi à la constitution actuelle de votre désordre social. Mon petit, le duel est un jeu d'enfant, une sottise. Quand de deux hommes vivants l'un doit disparaître, il faut être imbécile pour s'en remettre au hasard. Le duel ? croix ou pile[1] ! voilà. Je mets cinq balles de suite dans un as de pique en renfonçant chaque nouvelle balle sur l'autre, et à trente-cinq pas encore ! quand on est doué de ce petit talent-là, l'on peut se croire sûr d'abattre son homme. Eh ! bien, j'ai tiré sur un homme à vingt pas, je l'ai manqué. Le drôle n'avait jamais manié de sa vie un pistolet. Tenez ! dit cet homme extraordinaire en défaisant son gilet et montrant sa poitrine velue comme le dos d'un ours, mais garnie d'un crin fauve qui causait une sorte de dégoût mêlé d'effroi, ce blanc-bec m'a roussi le poil[2], ajouta-t-il en mettant le doigt de Rastignac sur un trou qu'il avait au sein. Mais dans ce temps-là j'étais un enfant, j'avais votre âge, vingt et un ans. Je croyais encore à quelque chose, à l'amour d'une femme, un tas de bêtises dans lesquelles vous allez vous embarbouiller. Nous nous serions battus, pas vrai ? Vous auriez pu me tuer. Supposez que je sois en terre, où seriez-vous ? Il faudrait décamper, aller en Suisse, manger l'argent du papa, qui n'en a guère. Je vais vous éclairer, moi, la position dans laquelle vous êtes ; mais je vais le faire avec la supériorité d'un homme qui, après avoir examiné les choses d'ici-bas, a vu qu'il n'y avait que deux partis à prendre : ou une stupide obéissance ou la révolte. Je n'obéis à rien, est-ce clair ? Savez-vous ce qu'il vous faut, à vous, au train dont vous allez ? un million, et promptement ; sans quoi, avec notre petite tête, nous pourrions aller flâner dans les

---

1. Nous dirions aujourd'hui pile ou face. — **2.** On doit se souvenir que Vautrin est naturellement roux, mais qu'il porte une perruque et qu'il se teint les favoris.

filets de Saint-Cloud[1], pour voir s'il y a un Être-
Suprême ? Ce million, je vais vous le donner. Il fit
une pause en regardant Eugène. — Ah ! ah ! vous
faites meilleure mine à votre petit papa Vautrin. En
entendant ce mot-là, vous êtes comme une jeune fille
à qui l'on dit : A ce soir, et qui se toilette en se pourlé-
chant comme un chat qui boit du lait. A la
bonne heure. Allons donc ! A nous deux ! Voici votre
compte, jeune homme. Nous avons, là-bas, papa,
maman, grand'tante, deux sœurs (dix-huit et dix-sept
ans), deux petits frères (quinze et dix ans), voilà le
contrôle de l'équipage[2]. La tante élève vos sœurs. Le
curé vient apprendre le latin aux deux frères. La
famille mange plus de bouillie de marrons que de
pain blanc, le papa ménage ses culottes, maman se
donne à peine une robe d'hiver et une robe d'été, nos
sœurs font comme elles peuvent. Je sais tout, j'ai été
dans le Midi[3]. Les choses sont comme cela chez
vous, si l'on vous envoie douze cents francs par an,
et que votre terrine[4] ne rapporte que trois
mille francs. Nous avons une cuisinière et un domestique, il faut garder le décorum, papa est baron.
Quant à nous, nous avons de l'ambition, nous avons
les Beauséant pour alliés et nous allons à pied, nous
voulons la fortune et nous n'avons pas le sou, nous
mangeons les *ratatouilles* de maman Vauquer et nous
aimons les beaux dîners du faubourg Saint-Germain,
nous couchons sur un grabat et nous voulons un
hôtel ! Je ne blâme pas vos vouloirs. Avoir de l'ambition, mon petit cœur, ce n'est pas donné à tout le
monde. Demandez aux femmes quels hommes elles
recherchent, les ambitieux. Les ambitieux ont les

---

1. Nous jeter dans la Seine. A la hauteur de Saint-Cloud, des
filets tendus dans la Seine arrêtaient les corps des noyés qui descendaient le fleuve. — 2. A entendre dans son acception militaire
ou maritime (registre nominatif des personnes appartenant à un
corps particulier). Il a été dit, p. 64, que Vautrin connaît les vaisseaux, mais on verra, p. 229, pourquoi il use si bien de ce vocabulaire. — 3. On verra, p. 229, dans quelles circonstances. — 4. Petite
terre, petit domaine (sens inhabituel, non enregistré par les dictionnaires).

reins plus forts, le sang plus riche en fer, le cœur plus chaud que ceux des autres hommes. Et la femme se trouve si heureuse et si belle aux heures où elle est forte, qu'elle préfère à tous les hommes celui dont la force est énorme, fût-elle en danger d'être brisée par lui. Je fais l'inventaire de vos désirs afin de vous poser la question. Cette question, la voici. Nous avons une faim de loup, nos quenottes sont incisives, comment nous y prendrons-nous pour approvisionner la marmite ? Nous avons d'abord le Code à manger, ce n'est pas amusant, et ça n'apprend rien ; mais il le faut. Soit. Nous nous faisons avocat pour devenir président d'une cour d'assises, envoyer les pauvres diables qui valent mieux que nous avec T. F. sur l'épaule[1], afin de prouver aux riches qu'ils peuvent dormir tranquillement. Ce n'est pas drôle, et puis c'est long. D'abord, deux années à droguer[2] dans Paris, à regarder, sans y toucher, les *nanans* dont nous sommes friands. C'est fatigant de désirer toujours sans jamais se satisfaire. Si vous étiez pâle et de la nature des mollusques, vous n'auriez rien à craindre ; mais nous avons le sang fiévreux des lions et un appétit à faire vingt sottises par jour. Vous succomberez donc à ce supplice, le plus horrible que nous ayons aperçu dans l'enfer du bon Dieu. Admettons que vous soyez sage, que vous buviez du lait et que vous fassiez des élégies ; il faudra, généreux comme vous l'êtes, commencer, après bien des ennuis et des privations à rendre un chien enragé, par devenir le substitut de quelque drôle, dans un

---

1. Initiales de « travaux forcés », imprimées au fer rouge sur l'épaule des bagnards. La marque sera supprimée par la loi du 28 avril 1832. Dans *Splendeurs et misères des courtisanes*, Balzac écrira : « Encore un mot sur la constitution de ce monde [criminel], que l'abolition de la marque, l'adoucissement des pénalités, et la stupide indulgence du jury rendent si menaçant. En effet, dans vingt ans, Paris sera cerné par une armée de quarante mille libérés » (Pl. VI, 831). — **2.** « Fig[uré] et populairement, attendre en perdant son temps et s'ennuyant beaucoup », dérivé de la drogue : « Sorte de jeu usité parmi les soldats [et les marins], qui se joue avec des cartes, et dans lequel le perdant porte sur le nez un petit morceau de bois fendu pinçant le nez et dit drogue » (Littré).

trou de ville où le gouvernement vous jettera mille francs d'appointements, comme on jette une soupe à un dogue de boucher. Aboie après les voleurs, plaide pour le riche, fais guillotiner des gens de cœur. Bien obligé ! Si vous n'avez pas de protections, vous pourrirez dans votre tribunal de province. Vers trente ans, vous serez juge à douze cents francs par an, si vous n'avez pas encore jeté la robe aux orties. Quand vous aurez atteint la quarantaine, vous épouserez quelque fille de meunier, riche d'environ six mille livres de rente. Merci. Ayez des protections, vous serez procureur du roi à trente ans, avec mille écus d'appointements, et vous épouserez la fille du maire. Si vous faites quelques-unes de ces petites bassesses politiques, comme de lire sur un bulletin Villèle au lieu de Manuel[1] (ça rime, ça met la conscience en repos), vous serez, à quarante ans, procureur général, et pourrez devenir député. Remarquez, mon cher enfant, que nous aurons fait des accrocs à notre petite conscience, que nous aurons eu vingt ans d'ennuis, de misères secrètes, et que nos sœurs auront coiffé sainte Catherine[2]. J'ai l'honneur de vous faire observer de plus qu'il n'y a que vingt procureurs généraux en France, et que vous êtes vingt mille aspirants au grade, parmi lesquels il se rencontre des farceurs qui vendraient leur famille pour monter d'un cran. Si le métier vous dégoûte, voyons autre chose. Le baron de Rastignac veut-il être avocat ? Oh ! joli. Il faut pâtir pendant dix ans, dépenser mille francs par mois, avoir une

---

1. Lire le nom du candidat légitimiste ou du candidat libéral. Le comte de Villèle (1773-1854) fut président du Conseil pendant cinq années de réaction (1822-1827) ; Jacques-Antoine Manuel (1775-1827), député à gauche, fut l'un de ses adversaires libéraux. Fortement symbolique en 1824, leur face-à-face est anachronique en 1819-1820 : Villèle n'est encore que le chef de l'opposition ultra-royaliste ; Manuel acquerra sa notoriété en mars 1823 en s'opposant au gouvernement par ses discours contre l'expédition d'Espagne — décidée par Louis XVIII, Villèle, Chateaubriand et la Droite — envoyée au secours de Ferdinand VII, prisonnier des Cortes. — 2. Elles auront atteint l'âge de vingt-cinq ans sans s'être mariées (Catherine est la patronne des vierges ; locution populaire).

bibliothèque, un cabinet, aller dans le monde, baiser la robe d'un avoué pour avoir des causes, balayer le palais avec sa langue. Si ce métier vous menait à bien, je ne dirais pas non ; mais trouvez-moi dans Paris cinq avocats qui, à cinquante ans, gagnent plus de cinquante mille francs par an ? Bah ! plutôt que de m'amoindrir ainsi l'âme, j'aimerais mieux me faire corsaire. D'ailleurs, où prendre des écus ? Tout ça n'est pas gai. Nous avons une ressource dans la dot d'une femme. Voulez-vous vous marier ? ce sera vous mettre une pierre au cou ; puis, si vous vous mariez pour de l'argent, que deviennent nos sentiments d'honneur, notre noblesse ! Autant commencer aujourd'hui votre révolte contre les conventions humaines. Ce ne serait rien que se coucher comme un serpent devant une femme, lécher les pieds de la mère, faire des bassesses à dégoûter une truie, pouah ! si vous trouviez au moins le bonheur. Mais vous serez malheureux comme les pierres d'égout avec une femme que vous aurez épousée ainsi. Vaut encore mieux guerroyer avec les hommes que de lutter avec sa femme. Voilà le carrefour de la vie, jeune homme, choisissez. Vous avez déjà choisi : vous êtes allé chez notre cousine de Beauséant, et vous y avez flairé le luxe. Vous êtes allé chez madame de Restaud, la fille du père Goriot, et vous y avez flairé la Parisienne. Ce jour-là vous êtes revenu avec un mot écrit sur votre front, et que j'ai bien su lire : *Parvenir !* parvenir à tout prix. Bravo ! ai-je dit, voilà un gaillard qui me va. Il vous a fallu de l'argent. Où en prendre ? Vous avez saigné vos sœurs. Tous les frères *flouent* plus ou moins leurs sœurs. Vos quinze cents francs arrachés, Dieu sait comme ! dans un pays où l'on trouve plus de châtaignes que de pièces de cent sous, vont filer comme des soldats à la maraude. Après, que ferez-vous ? vous travaillerez ? Le travail, compris comme vous le comprenez en ce moment, donne, dans les vieux jours, un appartement chez maman Vauquer à des gars de la force de Poiret. Une rapide fortune est le problème que se proposent de résoudre en ce moment cinquante

mille jeunes gens qui se trouvent tous dans votre
position. Vous êtes une unité de ce nombre-là. Jugez
des efforts que vous avez à faire et de l'acharnement
du combat. Il faut vous manger les uns les autres
comme des araignées dans un pot, attendu qu'il n'y
a pas cinquante mille bonnes places. Savez-vous
comment on fait son chemin ici ? par l'éclat du génie
ou par l'adresse de la corruption. Il faut entrer dans
cette masse d'hommes comme un boulet de canon,
ou s'y glisser comme une peste. L'honnêteté ne sert
à rien. L'on plie sous le pouvoir du génie, on le hait,
on tâche de le calomnier, parce qu'il prend sans partager ; mais on plie s'il persiste ; en un mot, on
l'adore à genoux quand on n'a pas pu l'enterrer sous
la boue. La corruption est en force, le talent est rare.
Ainsi, la corruption est l'arme de la médiocrité qui
abonde, et vous en sentirez partout la pointe. Vous
verrez des femmes dont les maris ont six mille francs
d'appointements pour tout potage, et qui dépensent
plus de dix mille francs à leur toilette. Vous verrez
des employés à douze cents francs acheter des terres.
Vous verrez des femmes se prostituer pour aller dans
la voiture du fils d'un pair de France, qui peut courir
à Longchamp sur la chaussée du milieu. Vous avez
vu le pauvre bêta de père Goriot obligé de payer la
lettre de change endossée[1] par sa fille, dont le mari
a cinquante mille livres de rente. Je vous défie de
faire deux pas dans Paris sans rencontrer des mani-
gances infernales. Je parierais ma tête contre un pied
de cette salade que vous donnerez dans un guêpier
chez la première femme qui vous plaira, fût-elle
riche, belle et jeune. Toutes sont bricolées[2] par les
lois, en guerre avec leurs maris à propos de tout. Je
n'en finirais pas s'il fallait vous expliquer les trafics
qui se font pour des amants, pour des chiffons, pour

---

1. Mettre sa signature au dos d'une lettre de change (voir p. 100
note 2), pour en transmettre la propriété ; ce faisant l'endosseur
devient solidaire du tireur, et accepte d'en acquitter le montant.
— 2. Bridées, tenues en laisse (bricole : « Harnais d'un cheval qui
s'applique à son poitrail [ou] sangle qui sert à soulever les glaces
d'un carrosse [ou] ficelle [ou] rets », Littré).

des enfants, pour le ménage ou pour la vanité, rarement par vertu, soyez-en sûr. Aussi l'honnête homme est-il l'ennemi commun. Mais que croyez-vous que soit l'honnête homme ? A Paris, l'honnête homme est celui qui se tait, et refuse de partager. Je ne vous parle pas de ces pauvre ilotes[1] qui partout font la besogne sans être jamais récompensés de leurs travaux, et que je nomme la confrérie des savates du bon Dieu. Certes, là est la vertu dans toute la fleur de sa bêtise, mais là est la misère. Je vois d'ici la grimace de ces braves gens si Dieu nous faisait la mauvaise plaisanterie de s'absenter au jugement dernier. Si donc vous voulez promptement la fortune, il faut être déjà riche ou le paraître. Pour s'enrichir, il s'agit ici de jouer de grands coups ; autrement on carotte[2], et votre serviteur. Si dans les cent professions que vous pouvez embrasser, il se rencontre dix hommes qui réussissent vite, le public les appelle des voleurs. Tirez vos conclusions. Voilà la vie telle qu'elle est. Ça n'est pas plus beau que la cuisine, ça pue tout autant, et il faut se salir les mains si l'on veut fricoter ; sachez seulement vous bien débarbouiller : là est toute la morale de notre époque. Si je vous parle ainsi du monde, il m'en a donné le droit, je le connais. Croyez-vous que je le blâme ? du tout. Il a toujours été ainsi. Les moralistes ne le changeront jamais. L'homme est imparfait. Il est parfois plus ou moins hypocrite, et les niais disent alors qu'il a ou n'a pas de mœurs. Je n'accuse pas les riches en faveur du peuple : l'homme est le même en haut, en bas, au milieu. Il se rencontre par chaque million de ce haut bétail dix lurons qui se mettent au-dessus de tout, même des lois : j'en suis. Vous, si vous êtes un homme supérieur, allez en droite ligne et la tête haute. Mais il faudra lutter contre l'envie, la calomnie, la médiocrité, contre tout le monde. Napoléon a rencontré un ministre de la guerre qui s'appelait

---

1. Esclaves grecs. Littré note le sens figuré : « Celui qui est réduit, dans une société, au dernier état d'abjection ou d'ignorance. » — **2.** Voir p. 75 note 3.

Aubry[1], et qui a failli l'envoyer aux colonies. Tâtez-vous ! Voyez si vous pourrez vous lever tous les matins avec plus de volonté que vous n'en aviez la veille[2]. Dans ces conjonctures, je vais vous faire une proposition que personne ne refuserait. Écoutez bien. Moi, voyez-vous, j'ai une idée. Mon idée est d'aller vivre de la vie patriarcale au milieu d'un grand domaine, cent mille arpents, par exemple, aux États-Unis, dans le sud. Je veux m'y faire planteur, avoir des esclaves, gagner quelques bons petits millions à vendre mes bœufs, mon tabac, mes bois, en vivant comme un souverain, en faisant mes volontés, en menant une vie qu'on ne conçoit pas ici, où l'on se tapit dans un terrier de plâtre. Je suis un grand poète. Mes poésies, je ne les écris pas : elles consistent en actions[3] et en sentiments. Je possède en ce moment cinquante mille francs qui me donneraient à peine quarante nègres. J'ai besoin de deux cent mille francs, parce que je veux deux cents nègres, afin de satisfaire mon goût pour la vie patriarcale. Des nègres, voyez-vous ? c'est des enfants tout venus dont on fait ce qu'on veut, sans qu'un curieux de procureur du roi arrive vous en demander compte[4]. Avec ce capital noir, en dix ans j'aurai trois ou quatre mil-

---

1. François Aubry (1750-1802), conventionnel, membre du Comité de Salut Public après le Neuf Thermidor, successeur de Carnot à la Direction de la Guerre (et non pas ministre). En 1795, il retira à Bonaparte, qui ne le lui pardonna jamais, son commandement de l'artillerie dans l'armée d'Italie. Rangé aux côtés des royalistes du club de Clichy, déporté après le coup d'État du 18 Fructidor an V (4 septembre 1797), il mourut en exil en Angleterre. — 2. En rédigeant ces pages, Balzac écrivait à madame Hanska le 26 octobre 1834 : « Quand pour avoir la royauté littéraire, je me lève toutes les nuits avec une volonté plus aiguë que celle de la veille, je crois pouvoir me dire fort » (*L.H.*B. I, 201). — 3. Balzac avait écrit dans *Gobseck* : « Croyez-vous qu'il n'y ait de poètes que ceux qui impriment des vers » (Pl. II, 968), et noté dans *Pensées, sujets, fragmens* : « Un grand crime, c'est quelquefois un poème » (*Lov.* A 182, f⁰ 4). — 4. A diverses reprises, Balzac se prononça contre l'abolition de l'esclavage, qu'il définissait euphémiquement dans les notes de son *Catéchisme social* qu'il ne publia pas : « L'esclavage réduit à sa plus simple expression est le travail d'un homme dévolu tout entier à un autre » (*O.D.* III, 698).

lions. Si je réussis, personne ne me demandera : Qui es-tu ? Je serai monsieur Quatre-Millions, citoyen des États-Unis. J'aurai cinquante ans, je ne serai pas encore pourri, je m'amuserai à ma façon. En deux mots, si je vous procure une dot d'un million, me donnerez-vous deux cent mille francs ? Vingt pour cent de commission, hein ! est-ce trop cher ? Vous vous ferez aimer de votre petite femme. Une fois marié, vous manifesterez des inquiétudes, des remords, vous ferez le triste pendant quinze jours. Une nuit, après quelques singeries, vous déclarerez, entre deux baisers, deux cent mille francs de dettes à votre femme, en lui disant : Mon amour ! Ce vaude-ville est joué tous les jours par les jeunes gens les plus distingués. Une jeune femme ne refuse pas sa bourse à celui qui lui prend le cœur. Croyez-vous que vous y perdrez ? Non. Vous trouverez le moyen de regagner vos deux cent mille francs dans une affaire. Avec votre argent et votre esprit, vous amasserez une fortune aussi considérable que vous pourrez la sou-haiter. *Ergo* vous aurez fait, en six mois de temps, votre bonheur, celui d'une femme aimable et celui de votre papa Vautrin, sans compter celui de votre famille qui souffle dans ses doigts, l'hiver, faute de bois. Ne vous étonnez ni de ce que je vous propose, ni de ce que je vous demande ! Sur soixante beaux mariages qui ont lieu dans Paris, il y en a quarante-sept qui donnent lieu à des marchés semblables. La Chambre des Notaires a forcé monsieur...

— Que faut-il que je fasse ? dit avidement Rasti-gnac en interrompant Vautrin.

— Presque rien, répondit cet homme en laissant échapper un mouvement de joie semblable à la sourde expression d'un pêcheur qui sent un poisson au bout de sa ligne. Écoutez-moi bien ! Le cœur d'une pauvre fille malheureuse et misérable est l'éponge la plus avide à se remplir d'amour, une éponge sèche qui se dilate aussitôt qu'il y tombe une goutte de sentiment. Faire la cour à une jeune per-sonne qui se rencontre dans des conditions de soli-tude, de désespoir et de pauvreté sans qu'elle se

doute de sa fortune à venir ! dam ! c'est quinte et
quatorze en main[1], c'est connaître les numéros à la
loterie, c'est jouer sur les rentes en sachant les nouvelles. Vous construisez sur pilotis un mariage indes-
tructible. Viennent des millions à cette jeune fille,
elle vous les jettera aux pieds, comme si c'était des
cailloux. — Prends, mon bien-aimé ! Prends, Adolphe ! Alfred[2] ! Prends, Eugène ! dira-t-elle si Adolphe,
Alfred ou Eugène ont eu le bon esprit de se sacrifier
pour elle. Ce que j'entends par des sacrifices, c'est
vendre un vieil habit afin d'aller au Cadran-Bleu[3]
manger ensemble des croûtes aux champignons ; de
là, le soir, à l'Ambigu-Comique[4] ; c'est mettre sa
montre au Mont-de-Piété pour lui donner un châle.
Je ne vous parle pas du gribouillage de l'amour ni
des fariboles auxquelles tiennent tant les femmes,
comme, par exemple, de répandre des gouttes d'eau
sur le papier à lettre en manière de larmes quand on
est loin d'elles : vous m'avez l'air de connaître parfaitement l'argot du cœur. Paris, voyez-vous, est comme
une forêt du Nouveau-Monde, où s'agitent vingt
espèces de peuplades sauvages, les Illinois, les
Hurons[5], qui vivent du produit que donnent les diffé-

---

1. Expression du jeu de piquet désignant une main très forte : le
quatorze est un carré, quatre cartes égales dans toutes les couleurs
grâce auxquelles le joueur compte quatorze points ; la quinte est
une suite de cinq cartes de la même couleur. Littré note le sens
figuré et familier : « Avoir dans une affaire tous les avantages ». —
2. Prénoms à la mode (*Adolphe* de B. Constant, ou Alfred de Vigny
ou Alfred de Musset). — 3. Restaurant fort convenable qui doit
son nom à son enseigne, à l'angle du boulevard du Temple et de
la rue Charlot, dans le IIIe arrondissement. — 4. Le théâtre de
l'Ambigu-Comique, boulevard du Temple (en 1827, un incendie
le fit déménager boulevard Saint-Martin, dans une nouvelle salle
inaugurée le 7 juin 1828), donne surtout des mélodrames populaires. Ces plaisirs sont bourgeois. — 5. Cette comparaison atteste la
lecture attentive et enthousiaste des romans de Fenimore Cooper
(1789-1851 ; *L'Espion*, *Le Dernier des Mohicans*, *Le Lac Ontario*,
etc.) : « Cooper est dans cette époque le seul auteur digne d'être
mis à côté de Walter Scott ; [...] j'ai lu et relu les œuvres du romancier, disons le mot vrai, de l'historien américain » (« Lettres sur la
littérature, le théâtre et les arts », *Revue parisienne*, 25 juillet
1840 ; *O.D.* III, 282).

rentes chasses sociales ; vous êtes un chasseur de millions. Pour les prendre, vous usez de pièges, de pipeaux, d'appeaux[1]. Il y a plusieurs manières de chasser. Les uns chassent à la dot ; les autres chassent à la liquidation[2] ; ceux-ci pêchent des consciences[3], ceux-là vendent leurs abonnés pieds et poings liés[4]. Celui qui revient avec sa gibecière bien garnie est salué, fêté, reçu dans la bonne société. Rendons justice à ce sol hospitalier, vous avez affaire à la ville la plus complaisante qui soit dans le monde. Si les fières aristocraties de toutes les capitales de l'Europe refusent d'admettre dans leurs rangs un millionnaire infâme, Paris lui tend les bras, court à ses fêtes, mange ses dîners et trinque avec son infamie.

— Mais où trouver une fille ? dit Eugène.

— Elle est à vous, devant vous !

— Mademoiselle Victorine ?

— Juste !

— Eh ! comment ?

— Elle vous aime déjà, votre petite baronne de Rastignac !

— Elle n'a pas un sou, reprit Eugène étonné.

— Ah ! nous y voilà. Encore deux mots, dit Vautrin, et tout s'éclaircira. Le père Taillefer est un vieux coquin qui passe pour avoir assassiné l'un de ses amis pendant la Révolution[5]. C'est un de mes gaillards qui ont de l'indépendance dans les opinions. Il est banquier, principal associé de la maison Frédéric Taillefer et compagnie. Il a un fils unique, auquel il veut laisser son bien, au détriment de Victorine. Moi,

---

1. Balzac goûte ces assonances ; on aura remarqué que la salle à manger de Mme Vauquer « pue le service, l'office, l'hospice » (p. 53), et que la bourgeoisie fait des « parties le dimanche à Choisy, Soissy, Gentilly » (p. 70). — 2. Opération boursière qui consiste à attendre le moment propice pour vendre au meilleur taux, avec le meilleur profit. — 3. Ils achètent des électeurs. — 4. Les patrons de presse qui vendent leurs journaux, comme de simples entreprises, aux plus offrants. — 5. C'est le sujet de *L'Auberge rouge* publié en 1831, mais son héros se nommait Mauricey, et sa fille, Joséphine. Il ne se nommera Taillefer, et sa fille, Victorine, qu'à partir de la réédition de 1837, pour s'accorder au *Père Goriot*.

J'aime pas ces injustices-là. Je suis comme don
quichotte, j'aime à prendre la défense du faible
contre le fort. Si la volonté de Dieu était de lui retirer
son fils, Taillefer reprendrait sa fille ; il voudrait un
héritier quelconque, une bêtise qui est dans la
nature, et il ne peut plus avoir d'enfants, je le sais.
Victorine est douce et gentille, elle aura bientôt
entortillé son père, et le fera tourner comme une toupie d'Allemagne[1] avec le fouet du sentiment ! Elle
sera trop sensible à votre amour pour vous oublier,
vous l'épouserez. Moi, je me charge du rôle de la Providence, je ferai vouloir le bon Dieu. J'ai un ami pour
qui je me suis dévoué[2], un colonel de l'armée de la
Loire[3] qui vient d'être employé dans la garde royale.
Il écoute mes avis, et s'est fait ultra-royaliste : ce n'est
pas un de ces imbéciles qui tiennent à leurs opinions.
Si j'ai encore un conseil à vous donner, mon ange,
c'est de ne pas plus tenir à vos opinions qu'à vos
paroles[4]. Quand on vous les demandera, vendez-les.
Un homme qui se vante de ne jamais changer d'opinion est un homme qui se charge d'aller toujours en
ligne droite, un niais qui croit à l'infaillibilité. Il n'y
a pas de principes, il n'y a que des événements ; il n'y
a pas de lois, il n'y a que des circonstances[5] :
l'homme supérieur épouse les événements et les cir-

---

1. « Toupie creuse, percée d'un trou, et qui fait du bruit en tournant » (Littré). — **2.** Indication précisée p. 200 : Vautrin « a
consenti à prendre sur son compte le crime d'un autre ». —
3. Constituée en 1815 par les officiers demeurés fidèles à Napoléon
qui voulaient résister aux Alliés ayant envahi la France. Nommée
« les brigands de la Loire » par les royalistes, dissoute par la Restauration, ses soldats furent placés en demi-solde lorsqu'ils
n'étaient pas réintégrés dans les corps en activité. — **4.** Dans
Splendeurs et misères des courtisanes, l'intrigant Des Lupeaulx
dira : « Est-ce qu'il y a des opinions, aujourd'hui ? il n'y a plus que
des intérêts » (Pl. VI, 435). — **5.** Balzac avait noté dans *Pensées,
sujets, fragmens* : « On rougit de la vertu comme du vice, on
s'honore de l'un et de l'autre. La circonstance fait tout » (*Lov.* A
182, f° 41). Rastignac se souviendra de la leçon qu'il reçoit, car *La
Maison Nucingen*, qui dit de lui : « Il ne croyait à aucune vertu,
mais à des circonstances où l'homme est vertueux » (Pl. VI, 381),
lui prête ce mot : « Il n'y a pas de vertu absolue, mais des circonstances » (*ibid.*, 337).

constances pour les conduire. S'il y avait des principes et des lois fixes, les peuples n'en changeraient pas
comme nous changeons de chemises. L'homme n'est
pas tenu d'être plus sage que toute une nation.
L'homme qui a rendu le moins de services à la
France est un fétiche vénéré pour avoir toujours vu
en rouge, il est tout au plus bon à mettre au Conservatoire[1], parmi les machines, en l'étiquetant La
Fayette[2] ; tandis que le prince auquel chacun lance
sa pierre, et qui méprise assez l'humanité pour lui
cracher au visage autant de serments qu'elle en
demande, a empêché le partage de la France au
congrès de Vienne[3] : on lui doit des couronnes, on
lui jette de la boue. Oh ! je connais les affaires, moi !
J'ai les secrets de bien des hommes ! Suffit. J'aurai
une opinion inébranlable le jour où j'aurai rencontré
trois têtes d'accord sur l'emploi d'un principe, et
j'attendrai longtemps ! L'on ne trouve pas dans les
tribunaux trois juges qui aient le même avis sur un
article de loi. Je reviens à mon homme. Il remettrait
Jésus-Christ en croix si je le lui disais. Sur un seul
mot de son papa Vautrin, il cherchera querelle à ce
drôle qui n'envoie pas seulement cent sous à sa pauvre sœur, et... Ici Vautrin se leva, se mit en garde, et

---

1. Au Conservatoire national des Arts et Métiers, créé par la
Convention en 1794. — 2. Balzac déteste cet homme qu'il qualifie
une fois au moins de « débris » (*O.D.* II, 81). Le général La Fayette
(1757-1834) entra dans la vie politique à son retour des États-Unis
où il avait soutenu, au nom de la France, la guerre d'Indépendance
américaine ; lié à la Révolution, figure libérale de l'opposition à
Louis XVIII. Mort le 20 mai, six mois avant la publication de cette
phrase... — 3. Balzac admire le prince de Talleyrand (1754-1838),
qui survécut à tous les régimes par une longue carrière diplomati-
que : « L'homme qui se fout de tout, et qui est plus haut que les
hommes et les circonstances » (*Pensées, sujets, fragmens* ; *Lov.* A
182, f⁰ 25). Après avoir contribué au retour de Louis XVIII, Talleyrand représenta la France au congrès de Vienne (septembre 1814-
juin 1815), et divisa la coalition des Alliés en limitant leurs exigences dans le nouveau partage de l'Europe. Balzac gardera une profonde impression de sa rencontre avec cet homme, à Rochecotte,
le 26 novembre 1836 (voir *L.H.*B. I, 350, 355-356 ; et R. Butler :
« Balzac et Talleyrand », *AB 1985*, p. 119-136).

fit le mouvement d'un maître d'armes qui se fend.
— Et, à l'ombre ! ajouta-t-il.

— Quelle horreur ! dit Eugène. Vous voulez plaisanter, monsieur Vautrin ?

— Là, là, là, du calme, reprit cet homme. Ne faites
pas l'enfant : cependant, si cela peut vous amuser,
courroucez-vous, emportez-vous ! Dites que je suis
un infâme, un scélérat, un coquin, un bandit, mais
ne m'appelez ni escroc, ni espion ! Allez, dites, lâchez
votre bordée ! Je vous pardonne, c'est si naturel à
votre âge ! J'ai été comme ça, moi ! Seulement,
réfléchissez. Vous ferez pis quelque jour. Vous irez
coqueter[1] chez quelque jolie femme et vous recevrez
de l'argent. Vous y avez pensé ! dit Vautrin ; car
comment réussirez-vous, si vous n'escomptez pas
votre amour ? La vertu, mon cher étudiant, ne se
scinde pas : elle est ou n'est pas. On nous parle de
faire pénitence de nos fautes. Encore un joli système
que celui en vertu duquel on est quitte d'un crime
avec un acte de contrition ! Séduire une femme pour
arriver à vous poser sur tel bâton de l'échelle sociale,
jeter la zizanie entre les enfants d'une famille, enfin
toutes les infamies qui se pratiquent sous le manteau
d'une cheminée ou autrement dans un but de plaisir
ou d'intérêt personnel, croyez-vous que ce soient des
actes de foi, d'espérance et de charité ? Pourquoi
deux mois de prison au dandy qui, dans une nuit, ôte
à un enfant la moitié de sa fortune, et pourquoi le
bagne au pauvre diable qui vole un billet de mille
francs avec les circonstances aggravantes[2] ? Voilà vos
lois. Il n'y a pas un article qui n'arrive à l'absurde[3].
L'homme en gants et à paroles jaunes a commis des

---

1. « Faire des coquetteries » (Littré). — 2. Balzac avait noté dans
Pensées, sujets, fragmens : « Il y a bien plus de crimes dans la haute
société que dans la basse. Les gens sans éducation vont à l'écha-
faud pour avoir volé une pendule avec les cinq circonstances du
code, l'homme comme il faut brûle un testament » (*Lov.* A 182,
f⁰ 8). — 3. De même : « Il y a peu de principes sociaux qui n'arrivent à l'absurde. Un homme guillotiné pour avoir fabriqué deux
pièces de six liards avec des boutons, n'est-il pas une monstruosité ? » (*Lov.* A 182, f⁰ 26).

assassinats où l'on ne verse pas de sang, mais où l'on
en donne ; l'assassin a ouvert une porte avec un monseigneur[1] : deux choses nocturnes ! Entre ce que je
vous propose et ce que vous ferez un jour, il n'y a
que le sang de moins. Vous croyez à quelque chose
de fixe dans ce monde-là ! Méprisez donc les hommes, et voyez les mailles par où l'on peut passer à
travers le réseau du Code. Le secret des grandes fortunes sans cause apparente est un crime oublié,
parce qu'il a été proprement fait.

— Silence, monsieur, je ne veux pas en entendre
davantage, vous me feriez douter de moi-même. En
ce moment le sentiment est toute ma science.

— A votre aise, bel enfant. Je vous croyais plus
fort, dit Vautrin, je ne vous dirai plus rien. Un dernier mot, cependant. Il regarda fixement l'étudiant :
Vous avez mon secret, lui dit-il.

— Un jeune homme qui vous refuse saura bien
l'oublier.

— Vous avez bien dit cela, ça me fait plaisir. Un
autre, voyez-vous, sera moins scrupuleux[2]. Souvenez-vous de ce que je veux faire pour vous. Je vous
donne quinze jours. C'est à prendre ou à laisser.

— Quelle tête de fer a donc cet homme ! se dit
Rastignac en voyant Vautrin s'en aller tranquillement, sa canne sous le bras. Il m'a dit crûment ce
que madame de Beauséant me disait en y mettant
des formes. Il me déchirait le cœur avec des griffes
d'acier. Pourquoi veux-je aller chez madame de
Nucingen ? Il a deviné mes motifs aussitôt que je les
ai conçus. En deux mots, ce brigand m'a dit plus de
choses sur la vertu que ne m'en ont dit les hommes
et les livres. Si la vertu ne souffre pas de capitulation,
j'ai donc volé mes sœurs ? dit-il en jetant le sac sur
la table. Il s'assit, et resta là plongé dans une étour-
dissante méditation. — Être fidèle à la vertu, martyre sublime ! Bah ! tout le monde croit à la vertu ;

---

1. Une pince-monseigneur. — **2.** Lucien de Rubempré (*Illusions
perdues*, 1837-1843 ; *Splendeurs et misères des courtisanes*, 1838-
1847) auquel Balzac songe peut-être déjà.

mais qui est vertueux ? Les peuples ont la liberté pour idole ; mais où est sur la terre un peuple libre ? Ma jeunesse est encore bleue comme un ciel sans nuage : vouloir être grand ou riche, n'est-ce pas se résoudre à mentir, plier, ramper, se redresser, flatter, dissimuler ? n'est-ce pas consentir à se faire le valet de ceux qui ont menti, plié, rampé ? Avant d'être leur complice, il faut les servir. Eh bien, non. Je veux travailler noblement, saintement ; je veux travailler jour et nuit, ne devoir ma fortune qu'à mon labeur. Ce sera la plus lente des fortunes, mais chaque jour ma tête reposera sur mon oreiller sans une pensée mauvaise. Qu'y a-t-il de plus beau que de contempler sa vie et de la trouver pure comme un lis ? Moi et la vie, nous sommes comme un jeune homme et sa fiancée. Vautrin m'a fait voir ce qui arrive après dix ans de mariage. Diable ! ma tête se perd. Je ne veux penser à rien, le cœur est un bon guide.

Eugène fut tiré de sa rêverie par la voix de la grosse Sylvie, qui lui annonça son tailleur, devant lequel il se présenta, tenant à la main ses deux sacs d'argent, et il ne fut pas fâché de cette circonstance. Quand il eut essayé ses habits du soir, il remit sa nouvelle toilette du matin, qui le métamorphosait complètement. — Je vaux bien monsieur de Trailles, se dit-il. Enfin j'ai l'air d'un gentilhomme !

— Monsieur, dit le père Goriot en entrant chez Eugène, vous m'avez demandé si je connaissais les maisons où va madame de Nucingen ?

— Oui !

— Eh bien, elle va lundi prochain au bal du maréchal de Carigliano. Si vous pouvez y être, vous me direz si mes deux filles se sont bien amusées, comment elles seront mises, enfin tout.

— Comment avez-vous su cela, mon bon père Goriot ? dit Eugène en le faisant asseoir à son feu.

— Sa femme de chambre me l'a dit. Je sais tout ce qu'elles font par Thérèse et par Constance[1], reprit-il

---

1. La première est la femme de chambre de Delphine ; la seconde, d'Anastasie.

d'un air joyeux. Le vieillard ressemblait à un amant encore assez jeune pour être heureux d'un stratagème qui le met en communication avec sa maîtresse sans qu'elle puisse s'en douter. — Vous les verrez, vous ! dit-il en exprimant avec naïveté une douloureuse envie.

— Je ne sais pas, répondit Eugène. Je vais aller chez madame de Beauséant lui demander si elle peut me présenter à la maréchale.

Eugène pensait avec une sorte de joie intérieure à se montrer chez la vicomtesse mis comme il le serait désormais. Ce que les moralistes nomment les abîmes du cœur humain sont uniquement les décevantes pensées, les involontaires mouvements de l'intérêt personnel. Ces péripéties, le sujet de tant de déclamations, ces retours soudains sont des calculs faits au profit de nos jouissances. En se voyant bien mis, bien ganté, bien botté, Rastignac oublia sa vertueuse résolution. La jeunesse n'ose pas se regarder au miroir de la conscience quand elle verse du côté de l'injustice, tandis que l'âge mûr s'y est vu : là gît toute la différence entre ces deux phases de la vie. Depuis quelques jours les deux voisins, Eugène et le père Goriot, étaient devenus bons amis. Leur secrète amitié tenait aux raisons psychologiques qui avaient engendré des sentiments contraires entre Vautrin et l'étudiant. Le hardi philosophe qui voudra constater les effets de nos sentiments dans le monde physique trouvera sans doute plus d'une preuve de leur effective matérialité dans les rapports qu'ils créent entre nous et les animaux. Quel physiognomoniste[1] est plus prompt à deviner un caractère qu'un chien l'est à savoir si un inconnu l'aime ou ne l'aime pas ? Les *atomes crochus*, expression proverbiale dont chacun se sert, sont un de ces faits qui restent dans les langages pour démentir les niaiseries philosophiques dont s'occupent ceux qui aiment à vanner les épluchures des mots primitifs. On se sent aimé. Le sentiment s'empreint en toutes choses et traverse les espaces. Une lettre est une âme, elle

---

1. Voir p. 69 note 3.

est un si fidèle écho de la voix qui parle que les esprits délicats la comptent parmi les plus riches trésors de l'amour. Le père Goriot, que son sentiment irréfléchi élevait jusqu'au sublime de la nature canine, avait flairé la compassion, l'admirative bonté, les sympathies juvéniles qui s'étaient émues pour lui dans le cœur de l'étudiant. Cependant cette union naissante n'avait encore amené aucune confidence. Si Eugène avait manifesté le désir de voir madame de Nucingen, ce n'était pas qu'il comptât sur le vieillard pour être introduit par lui chez elle ; mais il espérait qu'une indiscrétion pourrait le bien servir. Le père Goriot ne lui avait parlé de ses filles qu'à propos de ce qu'il s'était permis d'en dire publiquement le jour de ses deux visites. — Mon cher monsieur, lui avait-il dit le lendemain, comment avez-vous pu croire que madame de Restaud vous en ait voulu d'avoir prononcé mon nom ? Mes deux filles m'aiment bien. Je suis un heureux père. Seulement, mes deux gendres se sont mal conduits envers moi. Je n'ai pas voulu faire souffrir ces chères créatures de mes dissensions avec leurs maris, et j'ai préféré les voir en secret. Ce mystère me donne mille jouissances que ne comprennent pas les autres pères qui peuvent voir leurs filles quand ils veulent. Moi, je ne le peux pas, comprenez-vous ? Alors je vais, quand il fait beau, dans les Champs-Élysées, après avoir demandé aux femmes de chambre si mes filles sortent. Je les attends au passage, le cœur me bat quand les voitures arrivent, je les admire dans leur toilette, elles me jettent en passant un petit rire qui me dore la nature comme s'il y tombait un rayon de quelque beau soleil. Et je reste, elles doivent revenir. Je les vois encore ! l'air leur a fait du bien, elles sont roses. J'entends dire autour de moi : Voilà une belle femme ! Ça me réjouit le cœur. N'est-ce pas mon sang ? J'aime les chevaux qui les traînent, et je voudrais être le petit chien qu'elles ont sur leurs genoux. Je vis de leurs plaisirs. Chacun a sa façon d'aimer, la mienne ne fait pourtant de mal à personne, pourquoi le monde s'occupe-t-il de moi ? Je suis heureux à ma manière. Est-ce contre les lois que j'aille voir mes filles, le soir, au moment où elles sortent de leurs maisons pour se rendre au bal ? Quel chagrin pour moi si j'arrive trop tard, et qu'on me dise : Madame est sortie. Un soir j'ai attendu jusqu'à trois heures du matin pour voir Nasie, que je n'avais pas vue depuis deux jours. J'ai manqué crever d'aise ! Je vous en prie, ne parlez de moi que pour dire combien mes filles sont bonnes. Elles veulent me combler de toutes sortes de cadeaux ; je les en empêche, je leur dis : Gardez donc votre argent ! Que voulez-vous que j'en fasse ? Il ne me faut rien. En effet, mon cher monsieur, que suis-je ? un méchant cadavre dont l'âme est partout où sont mes filles. Quand vous aurez vu madame de Nucingen, vous me direz celle des deux que vous préférez, dit le bonhomme après un moment de silence en voyant Eugène qui se disposait à partir pour aller se promener aux Tuileries en attendant l'heure de se présenter chez madame de Beau-séant.

Cette promenade fut fatale à l'étudiant. Quelques femmes le remarquèrent. Il était si beau, si jeune, et d'une élégance de si bon goût ! En se voyant l'objet d'une attention presque admirative, il ne pensa plus à ses sœurs ni à sa tante dépouillées, ni à ses vertueu-ses répugnances. Il avait vu passer au-dessus de sa tête ce démon qu'il est si facile de prendre pour un ange, ce Satan aux ailes diaprées, qui sème des rubis, qui jette ses flèches d'or au front des palais, empourpre les femmes, revêt d'un sot éclat les trô-nes, si simples dans leur origine ; il avait écouté le dieu de cette vanité crépitante dont le clinquant nous semble être un symbole de puissance. La parole de Vautrin, quelque cynique qu'elle fût, s'était logée dans son cœur comme dans le souvenir d'une vierge se grave le profil ignoble d'une vieille marchande à la toilette, qui lui a dit : « Or et amour[1] à flots ! »

---

1. Après ces mots, on lit, au feuillet 74 du manuscrit, cette digression, en marge de laquelle Balzac a ordonné « Ne composez pas cela ! » : « Ni la calomnie, ni la corruption ne s'effacent, ces deux filles de la parole humaine prouvent la puissance des idées, aussi fécondes en bien qu'en mal. Ce sont comme des vers qui déposent leurs œufs sur de belles étoffes. Le génie et la vertu ne

Après avoir indolemment flâné, vers cinq heures Eugène se présenta chez madame de Beauséant, et il y reçut un de ces coups terribles contre lesquels les cœurs jeunes sont sans armes. Il avait jusqu'alors trouvé la vicomtesse pleine de cette aménité polie, de cette grâce melliflue[1] donnée par l'éducation aristocratique, et qui n'est complète que si elle vient du cœur.

Quand il entra, madame de Beauséant fit un geste sec, et lui dit d'une voix brève : — Monsieur de Rastignac, il m'est impossible de vous voir, en ce moment du moins ! je suis en affaire...

Pour un observateur, et Rastignac l'était devenu promptement, cette phrase, le geste, le regard, l'inflexion de voix, étaient l'histoire du caractère et des habitudes de la caste. Il aperçut la main de fer sous le gant de velours ; la personnalité, l'égoïsme, sous les manières ; le bois, sous le vernis. Il entendit enfin le Moi Le Roi qui commence sous les panaches du trône et finit sous le cimier du dernier gentilhomme. Eugène s'était trop facilement abandonné sur sa parole à croire aux noblesses de la femme. Comme tous les malheureux, il avait signé de bonne foi le pacte délicieux qui doit lier le bienfaiteur à l'obligé, et dont le premier article consacre entre les grands cœurs une complète égalité. La bienfaisance, qui réunit deux êtres en un seul est une passion céleste aussi incomprise, aussi rare que l'est le véritable amour. L'un et l'autre sont la prodigalité des belles âmes. Rastignac voulait arriver au bal de la duchesse de Carigliano, il dévora cette bourrasque.

— Madame, dit-il d'une voix émue, s'il ne s'agissait pas d'une chose importante, je ne serais pas venu vous importuner ; soyez assez gracieuse pour me permettre de vous voir plus tard, j'attendrai.

---

sont les deux plus belles déités humaines que parce qu'elles sont deux formes incorruptibles du dévouement. La vertu est plus belle que le génie n'est beau, car la vertu marche à travers le monde sans se salir, et le génie a pour lui la solitude. » — **1.** Suave comme le miel.

— Eh bien ! venez dîner avec moi, dit-elle un peu confuse de la dureté qu'elle avait mise dans ses paroles ; car cette femme était vraiment aussi bonne que grande.

Quoique touché de ce retour soudain, Eugène se dit en s'en allant : « Rampe, supporte tout. Que doivent être les autres, si, dans un moment, la meilleure des femmes efface les promesses de son amitié, te laisse là comme un vieux soulier ? Chacun pour soi, donc ? Il est vrai que sa maison n'est pas une boutique, et que j'ai tort d'avoir besoin d'elle. Il faut, comme dit Vautrin, se faire boulet de canon. » Les amères réflexions de l'étudiant furent bientôt dissipées par le plaisir qu'il se promettait en dînant chez la vicomtesse. Ainsi, par une sorte de fatalité, les moindres événements de sa vie conspiraient à le pousser dans la carrière où, suivant les observations du terrible sphinx de la Maison Vauquer, il devait, comme sur un champ de bataille, tuer pour ne pas être tué, tromper pour ne pas être trompé ; où il devait déposer à la barrière sa conscience, son cœur, mettre un masque, se jouer sans pitié des hommes, et, comme à Lacédémone, saisir sa fortune sans être vu, pour mériter la couronne. Quand il revint chez la vicomtesse, il la trouva pleine de cette bonté gracieuse qu'elle lui avait toujours témoignée. Tous deux allèrent dans une salle à manger où le vicomte attendait sa femme, et où resplendissait ce luxe de table qui sous la Restauration fut poussé, comme chacun le sait, au plus haut degré. Monsieur de Beauséant, semblable à beaucoup de gens blasés, n'avait plus guère d'autres plaisirs que ceux de la bonne chère ; il était en fait de gourmandise de l'école de Louis XVIII et du duc d'Escars[1]. Sa table offrait donc

---

1. Le duc Descars (ou d'Escars ; 1747-1822), général, maréchal de France (1783), nommé premier maître d'hôtel du Roi par Louis XVIII qu'il avait suivi en exil. Larousse rapporte que « à partir de ce moment, le duc fut uniquement occupé à inventer tout ce qui pouvait flatter la sensualité gastronomique de son maître ». Victime de son devoir, il serait mort d'indigestion après un dîner composé de mets nouveaux pris avec Louis XVIII qui se serait

un double luxe, celui du contenant et celui du contenu. Jamais semblable spectacle n'avait frappé les yeux d'Eugène, qui dînait pour la première fois dans une de ces maisons où les grandeurs sociales sont héréditaires. La mode venait de supprimer les soupers qui terminaient autrefois les bals de l'Empire, où les militaires avaient besoin de prendre des forces pour se préparer à tous les combats qui les attendaient au dedans comme au dehors. Eugène n'avait encore assisté qu'à des bals. L'aplomb qui le distingua plus tard si éminemment, et qu'il commençait à prendre, l'empêcha de s'ébahir niaisement. Mais en voyant cette argenterie sculptée, et les mille recherches d'une table somptueuse, en admirant pour la première fois un service fait sans bruit, il était difficile à un homme d'ardente imagination de ne pas préférer cette vie constamment élégante à la vie de privations qu'il voulait embrasser le matin. Sa pensée le rejeta pendant un moment dans sa pension bourgeoise ; il en eut une si profonde horreur qu'il se jura de la quitter au mois de janvier, autant pour se mettre dans une maison propre que pour fuir Vautrin, dont il sentait la large main sur son épaule. Si l'on vient à songer aux mille formes que prend à Paris la corruption, parlante ou muette, un homme de bon sens se demande par quelle aberration l'État y met des écoles, y assemble des jeunes gens, comment les jolies femmes y sont respectées, comment l'or étalé par les changeurs ne s'envole pas magiquement de leurs sébiles. Mais si l'on vient à songer qu'il est peu d'exemples de crimes, voire même de délits commis par les jeunes gens, de quel respect ne doit-on pas être pris pour ces patients Tantales[1] qui se combattent eux-mêmes, et sont pres-

---

consolé en constatant : « Ce pauvre Descars ! J'ai pourtant l'estomac meilleur que lui. » — **1.** Fils de Zeus, Tantale offensa les Dieux (soit en leur dérobant le nectar et l'ambroisie, la nourriture des Dieux qui donnait l'immortalité ; soit en leur servant son propre fils Pélops au cours d'un festin en leur honneur ; soit en divulguant aux mortels les secrets de l'Olympe) et fut condamné aux Enfers à un châtiment exemplaire : placé sous un arbre, sur un lac, l'eau

que toujours victorieux ! S'il était bien peint dans sa lutte avec Paris, le pauvre étudiant fournirait un des sujets les plus dramatiques de notre civilisation moderne. Madame de Beauséant regardait vainement Eugène pour le convier à parler, il ne voulut rien dire en présence du vicomte.

— Me menez-vous ce soir aux Italiens ? demanda la vicomtesse à son mari.

— Vous ne pouvez douter du plaisir que j'aurais à vous obéir, répondit-il avec une galanterie moqueuse dont l'étudiant fut la dupe, mais je dois aller rejoindre quelqu'un aux Variétés.

— Sa maîtresse, se dit-elle.

— Vous n'avez donc pas d'Ajuda ce soir ? demanda le vicomte.

— Non, répondit-elle avec humeur.

— Eh bien ! s'il vous faut absolument un bras, prenez celui de monsieur de Rastignac.

La vicomtesse regarda Eugène en souriant.

— Ce sera bien compromettant pour vous, dit-elle.

— *Le Français aime le péril, parce qu'il y trouve la gloire*, a dit monsieur de Chateaubriand[1], répondit Rastignac en s'inclinant.

Quelques moments après il fut emporté près de madame de Beauséant, dans un coupé rapide, au théâtre à la mode, et crut à quelque féerie lorsqu'il entra dans une loge de face, et qu'il se vit le but de toutes les lorgnettes concurremment avec la vicomtesse dont la toilette était délicieuse. Il marchait d'enchantements en enchantements.

— Vous avez à me parler, lui dit madame de Beauséant. Ha ! tenez, voici madame de Nucingen à trois loges de la nôtre. Sa sœur et monsieur de Trailles sont de l'autre côté.

---

et les branches se dérobent à lui dès qu'il tente de boire ou de cueillir un fruit (autre version : un énorme rocher menace de l'écraser dès qu'il s'approche d'un festin déposé devant lui) ; d'où l'expression « supplice de Tantale ». — 1. Pas plus que nos prédécesseurs, nous n'avons retrouvé cette phrase dans les œuvres de Chateaubriand ; elle est pourtant bien dans le style de l'*Essai sur les révolutions* (1797) ou du *Génie du christianisme* (1802).

En disant ces mots, la vicomtesse regardait la loge où devait être mademoiselle de Rochefide, et, n'y voyant pas monsieur d'Ajuda, sa figure prit un éclat extraordinaire.

— Elle est charmante, dit Eugène après avoir regardé madame de Nucingen.

— Elle a les cils blancs.

— Oui, mais quelle jolie taille mince !

— Elle a de grosses mains.

— Les beaux yeux !

— Elle a le visage long.

— Mais la forme longue a de la distinction.

— Cela est heureux pour elle qu'il y en ait là. Voyez comment elle prend et quitte son lorgnon ! Le Goriot perce dans tous ses mouvements, dit la vicomtesse au grand étonnement d'Eugène.

En effet, madame de Beauséant lorgnait la salle et semblait ne pas faire attention à madame de Nucingen, dont elle ne perdait cependant pas un geste. L'assemblée était exquisément belle. Delphine de Nucingen n'était pas peu flattée d'occuper exclusivement le jeune, le beau, l'élégant cousin de madame de Beauséant, il ne regardait qu'elle.

— Si vous continuez à la couvrir de vos regards, vous allez faire scandale, monsieur de Rastignac. Vous ne réussirez à rien, si vous vous jetez ainsi à la tête des gens.

— Ma chère cousine, dit Eugène, vous m'avez déjà bien protégé ; si vous voulez achever votre ouvrage, je ne vous demande plus que de me rendre un service qui vous donnera peu de peine et me fera grand bien. Me voilà pris.

— Déjà ?

— Oui.

— Et de cette femme ?

— Mes prétentions seraient-elles donc écoutées ailleurs ? dit-il en lançant un regard pénétrant à sa cousine. Madame la duchesse de Carigliano est attachée à madame la duchesse de Berry, reprit-il après une pause, vous devez la voir, ayez la bonté de me présenter chez elle et de m'amener au bal qu'elle donne lundi. J'y rencontrerai madame de Nucingen, et je livrerai ma première escarmouche.

— Volontiers, dit-elle. Si vous vous sentez déjà du goût pour elle, vos affaires de cœur vont très bien. Voici de Marsay dans la loge de la princesse Galathionne[1]. Madame de Nucingen est au supplice, elle se dépite. Il n'y a pas de meilleur moment pour aborder une femme, surtout une femme de banquier. Ces dames de la Chaussée-d'Antin aiment toutes la vengeance.

— Que feriez-vous donc, vous, en pareil cas ?

— Moi, je souffrirais en silence.

En ce moment le marquis d'Ajuda se présenta dans la loge de madame de Beauséant.

— J'ai mal fait mes affaires afin de venir vous retrouver, dit-il, et je vous en instruis pour que ce ne soit pas un sacrifice.

Les rayonnements du visage de la vicomtesse apprirent à Eugène à reconnaître les expressions d'un véritable amour, et à ne pas les confondre avec les simagrées de la coquetterie parisienne. Il admira sa cousine, devint muet et céda sa place à monsieur d'Ajuda en soupirant. « Quelle noble, quelle sublime créature est une femme qui aime ainsi ! se dit-il. Et cet homme la trahirait pour une poupée ! comment peut-on la trahir ? » Il se sentit au cœur une rage d'enfant. Il aurait voulu se rouler aux pieds de madame de Beauséant, il souhaitait le pouvoir des démons afin de l'emporter dans son cœur, comme un aigle enlève de la plaine dans son aire une jeune chèvre blanche qui tette encore. Il était humilié d'être dans ce grand Musée de la beauté sans son tableau, sans une maîtresse à lui. « Avoir une maîtresse est une position quasi royale, se disait-il, c'est le signe de la puissance ! » Et il regarda madame de Nucingen comme un homme insulté regarde son adversaire. La vicomtesse se retourna vers lui pour lui adresser sur

---

1. On lit dans le manuscrit le nom de lady Brandon. Sur cette substitution, voir les « Commentaires. I. 2. Personnages disparaissants ».

sa discrétion mille remerciements dans un cligne-
ment d'yeux. Le premier acte était fini.

— Vous connaissez assez madame de Nucingen
pour lui présenter monsieur de Rastignac ? dit-elle
au marquis d'Ajuda.

— Mais elle sera charmée de voir monsieur, dit
le marquis.

Le beau Portugais se leva, prit le bras de l'étudiant,
qui en un clin d'œil se trouva auprès de madame de
Nucingen.

— Madame la baronne, dit le marquis, j'ai l'honneur de vous présenter le chevalier Eugène de Rastignac, un cousin de la vicomtesse de Beauséant. Vous
faites une si vive impression sur lui, que j'ai voulu
compléter son bonheur en le rapprochant de son
idole.

Ces mots furent dits avec un certain accent de raillerie qui en faisait passer la pensée un peu brutale,
mais qui, bien sauvée, ne déplaît jamais à une
femme. Madame de Nucingen sourit, et offrit à
Eugène la place de son mari, qui venait de sortir.

— Je n'ose pas vous proposer de rester près de
moi, monsieur, lui dit-elle. Quand on a le bonheur
d'être auprès de madame de Beauséant, on y reste.

— Mais, lui dit à voix basse Eugène, il me semble,
madame, que si je veux plaire à ma cousine, je
demeurerai près de vous. Avant l'arrivée de monsieur
le marquis, nous parlions de vous et de la distinction
de toute votre personne, dit-il à voix haute.

Monsieur d'Ajuda se retira.

— Vraiment, monsieur, dit la baronne, vous allez
me rester ? Nous ferons donc connaissance, madame
de Restaud m'avait déjà donné le plus vif désir de
vous voir.

— Elle est donc bien fausse, elle m'a fait consigner
à sa porte.

— Comment ?

— Madame, j'aurai la conscience de vous en dire
la raison ; mais je réclame toute votre indulgence en
vous confiant un pareil secret. Je suis le voisin de
monsieur votre père. J'ignorais que madame de Res-

taud fût sa fille. J'ai eu l'imprudence d'en parler fort innocemment, et j'ai fâché madame votre sœur et son mari. Vous ne sauriez croire combien madame la duchesse de Langeais et ma cousine ont trouvé cette apostasie filiale de mauvais goût. Je leur ai raconté la scène, elles en ont ri comme des folles. Ce fut alors qu'en faisant un parallèle entre vous et votre sœur, madame de Beauséant me parla de vous en fort bons termes, et me dit combien vous étiez excellente pour mon voisin, monsieur Goriot. Comment, en effet, ne l'aimeriez-vous pas ? il vous adore si passionnément que j'en suis déjà jaloux. Nous avons parlé de vous ce matin pendant deux heures. Puis, tout plein de ce que votre père m'a raconté, ce soir en dînant avec ma cousine, je lui disais que vous ne pouviez pas être aussi belle que vous étiez aimante. Voulant sans doute favoriser une si chaude admiration, madame de Beauséant m'a amené ici, en me disant avec sa grâce habituelle que je vous y verrais.

— Comment, monsieur, dit la femme du banquier, je vous dois déjà de la reconnaissance ? Encore un peu, nous allons être de vieux amis.

— Quoique l'amitié doive être près de vous un sentiment peu vulgaire, dit Rastignac, je ne veux jamais être votre ami.

Ces sottises stéréotypées à l'usage des débutants paraissent toujours charmantes aux femmes, et ne sont pauvres que lues à froid. Le geste, l'accent, le regard d'un jeune homme, leur donnent d'incalculables valeurs. Madame de Nucingen trouva Rastignac charmant. Puis, comme toutes les femmes, ne pouvant rien dire à des questions aussi drûment[1] posées que l'était celle de l'étudiant, elle répondit à autre chose.

— Oui, ma sœur se fait tort par la manière dont elle se conduit avec ce pauvre papa, qui vraiment a été pour nous un dieu. Il a fallu que monsieur de Nucingen m'ordonnât positivement de ne voir mon père que le matin, pour que je cédasse sur ce point.

---

1. Voir p. 86 note 2.

Mais j'en ai longtemps été bien malheureuse. Je pleurais. Ces violences, venues après les brutalités du
mariage, ont été l'une des raisons qui troublèrent le
plus mon ménage. Je suis certes la femme de Paris
la plus heureuse aux yeux du monde, la plus malheureuse en réalité. Vous allez me trouver folle de vous
parler ainsi. Mais vous connaissez mon père, et, à ce
titre, vous ne pouvez pas m'être étranger.

— Vous n'aurez jamais rencontré personne, lui dit
Eugène, qui soit animé d'un plus vif désir de vous
appartenir. Que cherchez-vous toutes ? le bonheur,
reprit-il d'une voix qui allait à l'âme. Eh ! bien, si,
pour une femme, le bonheur est d'être aimée, adorée,
d'avoir un ami à qui elle puisse confier ses désirs, ses
fantaisies, ses chagrins, ses joies ; se montrer dans la
nudité de son âme, avec ses jolis défauts et ses belles
qualités, sans craindre d'être trahie ; croyez-moi, ce
cœur dévoué, toujours ardent, ne peut se rencontrer
que chez un homme jeune, plein d'illusions, qui peut
mourir sur un seul de vos signes, qui ne sait rien
encore du monde et n'en veut rien savoir, parce que
vous devenez le monde pour lui. Moi, voyez-vous,
vous allez rire de ma naïveté, j'arrive du fond d'une
province, entièrement neuf, n'ayant connu que de
belles âmes, et je comptais rester sans amour. Il
m'est arrivé de voir ma cousine, qui m'a mis trop
près de son cœur ; elle m'a fait deviner les mille trésors de la passion ; je suis, comme Chérubin, l'amant
de toutes les femmes[1], en attendant que je puisse me
dévouer à quelqu'une d'entre elles. En vous voyant,
quand je suis entré, je me suis senti porté vers vous,
comme par un courant. J'avais déjà tant pensé à
vous ! Mais je ne vous avais pas rêvée aussi belle que
vous l'êtes en réalité. Madame de Beauséant m'a

---

1. Personnage du *Mariage de Figaro*, de Beaumarchais (1784),
qui confie à Suzanne : « Mon cœur palpite au seul aspect d'une
femme ; les mots amour et volupté le font tressaillir et le trou-
blent » (I, VII). L'expression qu'emploie Balzac — peut-être se sou-
vient-il de la comédie-vaudeville en un acte de L.-G. Montigny : *Le
Mari de toutes les femmes* (théâtre du Vaudeville, 4 juin 1827) —
conviendrait mieux au Dom Juan de Molière.

ordonné de ne pas vous tant regarder. Elle ne sait pas ce qu'il y a d'attrayant à voir vos jolies lèvres rouges, votre teint blanc, vos yeux si doux. Moi aussi, je vous dis des folies, mais laissez-les-moi dire.

Rien ne plaît plus aux femmes que de s'entendre débiter ces douces paroles. La plus sévère dévote les écoute, même quand elle ne doit pas y répondre. Après avoir ainsi commencé, Rastignac défila son chapelet d'une voix coquettement sourde ; et madame de Nucingen encourageait Eugène par des sourires en regardant de temps en temps de Marsay, qui ne quittait pas la loge de la princesse Gala-thionne. Rastignac resta près de madame de Nucin-gen jusqu'au moment où son mari vint la chercher pour l'emmener.

— Madame, lui dit Eugène, j'aurai le plaisir de vous aller voir avant le bal de la duchesse de Cari-gliano.

— *Puisqui matame fous encache*, dit le baron, épais Alsacien dont la figure ronde annonçait une dangereuse finesse, *fous êtes sir d'êdre pien ressi*.

— Mes affaires sont en bon train, car elle ne s'est pas bien effarouchée en m'entendant lui dire : M'aimerez-vous bien ? Le mors est mis à ma bête, sautons dessus et gouvernons-la, se dit Eugène en allant saluer madame de Beauséant qui se levait et se retirait avec d'Ajuda. Le pauvre étudiant ne savait pas que la baronne était distraite, et attendait de de Marsay une de ces lettres décisives qui déchirent l'âme. Tout heureux de son faux succès, Eugène accompagna la vicomtesse jusqu'au péristyle, où chacun attend sa voiture.

— Votre cousin ne se ressemble plus à lui-même, dit le Portugais en riant à la vicomtesse quand Eugène les eut quittés. Il va faire sauter la banque. Il est souple comme une anguille, et je crois qu'il ira loin. Vous seule avez pu lui trier sur le volet une femme au moment où il faut la consoler.

— Mais, dit madame de Beauséant, il faut savoir si elle aime encore celui qui l'abandonne.

L'étudiant revint à pied du Théâtre-Italien à la rue

Neuve-Sainte-Geneviève, en faisant les plus doux
projets. Il avait bien remarqué l'attention avec
laquelle madame de Restaud l'avait examiné, soit
dans la loge de la vicomtesse, soit dans celle de
madame de Nucingen, et il présuma que la porte de
la comtesse ne lui serait plus fermée. Ainsi déjà quatre relations majeures, car il comptait bien plaire à
la maréchale, allaient lui être acquises au cœur de
la haute société parisienne. Sans trop s'expliquer les
moyens, il devinait par avance que, dans le jeu
compliqué des intérêts de ce monde, il devait s'accro-
cher à un rouage pour se trouver en haut de la
machine, et il se sentait la force d'en enrayer la roue.
« Si madame de Nucingen s'intéresse à moi, je lui
apprendrai à gouverner son mari. Ce mari fait des
affaires d'or, il pourra m'aider à ramasser tout d'un
coup une fortune[1]. » Il ne se disait pas cela crûment,
il n'était pas encore assez politique pour chiffrer une
situation, l'apprécier et la calculer ; ces idées flot-
taient à l'horizon sous la forme de légers nuages, et,
quoiqu'elles n'eussent pas l'âpreté de celles de Vautrin, si elles avaient été soumises au creuset de la
conscience elles n'auraient rien donné de bien pur.
Les hommes arrivent, par une suite de transactions
de ce genre, à cette morale relâchée que professe
l'époque actuelle, où se rencontrent plus rarement
que dans aucun temps ces hommes rectangulaires,
ces belles volontés qui ne se plient jamais au mal, à
qui la moindre déviation de la ligne droite semble
être un crime : magnifiques images de la probité qui
nous ont valu deux chefs-d'œuvre, Alceste[2] de
Molière, puis récemment Jenny Deans et son père,
dans l'œuvre de Walter Scott[3]. Peut-être l'œuvre
opposée, la peinture des sinuosités dans lesquelles

---

1. Ce sera le sujet de *La Maison Nucingen* (1838). — **2.** On se
rappelle son intransigeance : « Trop de perversité règne au siècle
où nous sommes, / [...] / Tirons-nous de ce bois et de ce coupe-
gorge. / Puisque entre humains ainsi vous vivez en vrais loups /
Traîtres, vous ne m'aurez de ma vie avec vous » (V, I, vers 1485,
1522-1524). — **3.** Sévères puritains du roman *La Prison d'Édim-
bourg* de Walter Scott (1818).

un homme du monde, un ambitieux fait rouler sa conscience, en essayant de côtoyer le mal, afin d'arriver à son but en gardant les apparences, ne serait-elle ni moins belle, ni moins dramatique. En atteignant au seuil de sa pension, Rastignac s'était épris de madame de Nucingen, elle lui avait paru svelte, fine comme une hirondelle. L'enivrante douceur de ses yeux, le tissu délicat et soyeux de sa peau sous laquelle il avait cru voir couler le sang, le son enchanteur de sa voix, ses blonds cheveux, il se rappelait tout ; et peut-être la marche, en mettant son sang en mouvement, aidait-elle à cette fascination. L'étudiant frappa rudement à la porte du père Goriot.

— Mon voisin, dit-il, j'ai vu madame Delphine.

— Où ?

— Aux Italiens.

— S'amusait-elle bien ? Entrez donc. Et le bonhomme, qui s'était levé en chemise, ouvrit sa porte et se recoucha promptement. — Parlez-moi donc d'elle, demanda-t-il.

Eugène, qui se trouvait pour la première fois chez le père Goriot, ne fut pas maître d'un mouvement de stupéfaction en voyant le bouge où vivait le père, après avoir admiré la toilette de la fille. La fenêtre était sans rideaux ; le papier de tenture collé sur les murailles s'en détachait en plusieurs endroits par l'effet de l'humidité, et se recroquevillait en laissant apercevoir le plâtre jauni par la fumée. Le bonhomme gisait sur un mauvais lit, n'avait qu'une maigre couverture et un couvre-pied ouaté fait avec les bons morceaux des vieilles robes de madame Vauquer. Le carreau était humide et plein de poussière. En face de la croisée se voyait une de ces vieilles commodes en bois de rose à ventre renflé, qui ont des mains en cuivre tordu en façon de sarments décorés de feuilles ou de fleurs ; un vieux meuble à tablette de bois sur lequel était un pot à eau dans sa cuvette et tous les ustensiles nécessaires pour se faire la barbe. Dans un coin, les souliers ; à la tête du lit, une table de nuit sans porte ni marbre ; au coin de la cheminée, où il n'y avait pas trace de feu, se trouvait la table carrée, en bois de noyer, dont la barre avait servi au père Goriot à dénaturer son écuelle en vermeil. Un méchant secrétaire sur lequel était le chapeau du bonhomme, un fauteuil foncé de paille et deux chaises complétaient ce mobilier misérable. La flèche du lit, attachée au plancher[1] par une loque, soutenait une mauvaise bande d'étoffes à carreaux rouges et blancs. Le plus pauvre commissionnaire était certes moins mal meublé dans son grenier, que ne l'était le père Goriot chez madame Vauquer. L'aspect de cette chambre donnait froid et serrait le cœur, elle ressemblait au plus triste logement d'une prison. Heureusement Goriot ne vit pas l'expression qui se peignit sur la physionomie d'Eugène quand celui-ci posa sa chandelle sur la table de nuit. Le bonhomme se tourna de son côté en restant couvert jusqu'au menton.

— Eh ! bien, qui aimez-vous mieux de madame de Restaud ou de madame de Nucingen ?

— Je préfère madame Delphine, répondit l'étudiant, parce qu'elle vous aime mieux.

A cette parole chaudement dite, le bonhomme sortit son bras du lit et serra la main d'Eugène.

— Merci, merci, répondit le vieillard ému. Que vous a-t-elle donc dit de moi ?

L'étudiant répéta les paroles de la baronne en les embellissant, et le vieillard l'écouta comme s'il eût entendu la parole de Dieu.

— Chère enfant ! oui, oui, elle m'aime bien. Mais ne la croyez pas dans ce qu'elle vous a dit d'Anastasie. Les deux sœurs se jalousent, voyez-vous ? c'est encore une preuve de leur tendresse. Madame de Restaud m'aime bien aussi. Je le sais. Un père est avec ses enfants comme Dieu est avec nous, il va jusqu'au fond des cœurs, et juge les intentions. Elles sont toutes deux aussi aimantes. Oh ! si j'avais eu de bons gendres, j'aurais été trop heureux. Il n'est sans

---

1. Au sens de plafond ; la flèche est une tige de bois ou de métal soutenant le rideau au-dessus du lit.

doute pas de bonheur complet ici-bas. Si j'avais vécu chez elles ; mais rien que d'entendre leurs voix, de les savoir là, de les voir aller, sortir, comme quand je les avais chez moi, ça m'eût fait cabrioler le cœur. Étaient-elles bien mises ?

— Oui, dit Eugène. Mais, monsieur Goriot, comment, en ayant des filles aussi richement établies que sont les vôtres, pouvez-vous demeurer dans un taudis pareil ?

— Ma foi, dit-il, d'un air en apparence insouciant, à quoi cela me servirait-il d'être mieux ? Je ne puis guère vous expliquer ces choses-là ; je ne sais pas dire deux paroles de suite comme il faut. Tout est là, ajouta-t-il en se frappant le cœur. Ma vie, à moi, est dans mes deux filles. Si elles s'amusent, si elles sont heureuses, bravement[1] mises, si elles marchent sur des tapis, qu'importe de quel drap je sois vêtu, et comment est l'endroit où je me couche ? Je n'ai point froid si elles ont chaud, je ne m'ennuie jamais si elles rient. Je n'ai de chagrins que les leurs. Quand vous serez père, quand vous vous direz, en oyant[2] gazouiller vos enfants : C'est sorti de moi ! que vous sentirez ces petites créatures tenir à chaque goutte de votre sang, dont elles ont été la fine fleur, car c'est ça ! vous vous croirez attaché à leur peau, vous croirez être agité vous-même par leur marche. Leur voix me répond partout. Un regard d'elles, quand il est triste, me fige le sang. Un jour vous saurez que l'on est bien plus heureux de leur bonheur que du sien propre. Je ne peux pas vous expliquer ça : c'est des mouvements intérieurs qui répandent l'aise partout. Enfin, je vis trois fois. Voulez-vous que je vous dise une drôle de chose ? Eh bien ! quand j'ai été père, j'ai compris Dieu. Il est tout entier partout, puisque la création est sortie de lui. Monsieur, je suis ainsi avec mes filles. Seulement j'aime mieux mes filles que Dieu n'aime le monde, parce que le monde n'est pas si beau que Dieu, et que mes filles sont plus belles que

---

1. Avec élégance (emploi archaïque). — 2. Forme très peu usitée du verbe ouïr.

moi. Elles me tiennent si bien à l'âme, que j'avais idée que vous les verriez ce soir. Mon Dieu ! un homme qui rendrait ma petite Delphine aussi heureuse qu'une femme l'est quand elle est bien aimée ; mais je lui cirerais ses bottes, je lui ferais ses commissions. J'ai su par sa femme de chambre que ce petit monsieur de Marsay est un mauvais chien. Il m'a pris des envies de lui tordre le cou. Ne pas aimer un bijou de femme, une voix de rossignol, et faite comme un modèle ! Où a-t-elle eu les yeux d'épouser cette grosse souche d'Alsacien ? Il leur fallait à toutes deux de jolis jeunes gens bien aimables. Enfin, elles ont fait à leur fantaisie.

Le père Goriot était sublime. Jamais Eugène ne l'avait pu voir illuminé par les feux de sa passion paternelle. Une chose digne de remarque est la puissance d'infusion que possèdent les sentiments. Quelque grossière que soit une créature, dès qu'elle exprime une affection forte et vraie, elle exhale un fluide particulier qui modifie la physionomie, anime le geste, colore la voix. Souvent l'être le plus stupide arrive, sous l'effort de la passion, à la plus haute éloquence dans l'idée, si ce n'est dans le langage, et semble se mouvoir dans une sphère lumineuse. Il y avait en ce moment dans la voix, dans le geste de ce bonhomme, la puissance communicative qui signale le grand acteur. Mais nos beaux sentiments ne sont-ils pas les poésies de la volonté ?

— Eh ! bien, vous ne serez peut-être pas fâché d'apprendre, lui dit Eugène, qu'elle va rompre sans doute avec ce de Marsay. Ce beau-fils[1] l'a quittée pour s'attacher à la princesse Galathionne. Quant à moi, ce soir, je suis tombé amoureux de madame Delphine.

— Bah ! dit le père Goriot.

— Oui. Je ne lui ai pas déplu. Nous avons parlé amour pendant une heure, et je dois aller la voir après-demain samedi.

— Oh ! que je vous aimerais, mon cher monsieur,

---

1. Synonyme romantique de dandy, de lion, d'homme à la mode.

si vous lui plaisiez. Vous êtes bon, vous ne la tour-
menteriez point. Si vous la trahissiez, je vous coupe-
rais le cou, d'abord. Une femme n'a pas deux
amours, voyez-vous ? Mon Dieu ! mais je dis des bêtises, monsieur Eugène. Il fait froid ici pour vous. Mon
Dieu ! vous l'avez donc entendue, que vous a-t-elle
dit pour moi ?

— Rien, se dit en lui-même Eugène. Elle m'a dit,
répondit-il à haute voix, qu'elle vous envoyait un bon
baiser de fille.

— Adieu, mon voisin, dormez bien, faites de
beaux rêves ; les miens sont tout faits avec ce mot-
là. Que Dieu vous protège dans tous vos désirs ! Vous
avez été pour moi ce soir comme un bon ange, vous
me rapportez l'air de ma fille.

— Le pauvre homme, se dit Eugène en se couchant, il y a de quoi toucher des cœurs de marbre.
Sa fille n'a pas plus pensé à lui qu'au Grand-Turc.

Depuis cette conversation, le père Goriot vit dans
son voisin un confident inespéré, un ami. Il s'était
établi entre eux les seuls rapports par lesquels ce
vieillard pouvait s'attacher à un autre homme. Les
passions ne font jamais de faux calculs. Le père
Goriot se voyait un peu plus près de sa fille Delphine,
il s'en voyait mieux reçu, si Eugène devenait cher à
la baronne. D'ailleurs il lui avait confié l'une de ses
douleurs. Madame de Nucingen, à laquelle mille fois
par jour il souhaitait le bonheur, n'avait pas connu
les douceurs de l'amour. Certes, Eugène était, pour
se servir de son expression, un des jeunes gens les
plus gentils qu'il eût jamais vus, et il semblait pressentir qu'il lui donnerait tous les plaisirs dont elle
avait été privée. Le bonhomme se prit donc pour son
voisin d'une amitié qui alla croissant, et sans laquelle
il eût été sans doute impossible de connaître le
dénouement de cette histoire.

Le lendemain matin, au déjeuner, l'affectation
avec laquelle le père Goriot regardait Eugène, près
duquel il se plaça, les quelques paroles qu'il lui dit,
et le changement de sa physionomie, ordinairement
semblable à un masque de plâtre, surprirent les pen-

sionnaires. Vautrin, qui revoyait l'étudiant pour la première fois depuis leur conférence, semblait vouloir lire dans son âme. En se souvenant du projet de cet homme, Eugène, qui, avant de s'endormir, avait, pendant la nuit, mesuré le vaste champ qui s'ouvrait à ses regards, pensa nécessairement à la dot de mademoiselle Taillefer, et ne put s'empêcher de regarder Victorine comme le plus vertueux jeune homme regarde une riche héritière. Par hasard, leurs yeux se rencontrèrent. La pauvre fille ne manqua pas de trouver Eugène charmant dans sa nouvelle tenue. Le coup d'œil qu'ils échangèrent fut assez significatif pour que Rastignac ne doutât pas d'être pour elle l'objet de ces confus désirs qui atteignent toutes les jeunes filles et qu'elles rattachent au premier être séduisant. Une voix lui criait : Huit cent mille francs ! Mais tout à coup il se rejeta dans ses souvenirs de la veille, et pensa que sa passion de commande pour madame de Nucingen était l'antidote de ses mauvaises pensées involontaires.

— L'on donnait hier aux Italiens *Le Barbier de Séville* de Rossini[1]. Je n'avais jamais entendu de si délicieuse musique, dit-il. Mon Dieu ! est-on heureux d'avoir une loge aux Italiens.

Le père Goriot saisit cette parole au vol comme un chien saisit un mouvement de son maître.

— Vous êtes comme des coqs-en-pâte, dit madame Vauquer, vous autres hommes, vous faites tout ce qui vous plaît.

— Comment êtes-vous revenu ? demanda Vautrin.

— A pied, répondit Eugène.

— Moi, reprit le tentateur, je n'aimerais pas de demi-plaisirs ; je voudrais aller là dans ma voiture, dans ma loge, et revenir bien commodément. Tout ou rien ! voilà ma devise.

— Et qui est bonne, reprit madame Vauquer.

— Vous irez peut-être voir madame de Nucingen,

---

1. Opéra-bouffe en deux actes, paroles de Sterbini d'après Beaumarchais, créé au théâtre Argentina de Rome le 26 décembre 1816 ; à Paris, le 26 octobre 1819 au théâtre Italien.

dit Eugène à voix basse à Goriot. Elle vous recevra, certes, à bras ouverts ; elle voudra savoir de vous mille petits détails sur moi. J'ai appris qu'elle ferait tout au monde pour être reçue chez ma cousine, madame la vicomtesse de Beauséant. N'oubliez pas de lui dire que je l'aime trop pour ne pas penser à lui procurer cette satisfaction.

Rastignac s'en alla promptement à l'École de droit, il voulait rester le moins de temps possible dans cette odieuse maison. Il flâna pendant presque toute la journée, en proie à cette fièvre de tête qu'ont connue les jeunes gens affectés de trop vives espérances. Les raisonnements de Vautrin le faisaient réfléchir à la vie sociale, au moment où il rencontra son ami Bianchon[1] dans le jardin du Luxembourg.

— Où as-tu pris cet air grave ? lui dit l'étudiant en médecine en lui prenant le bras pour se promener devant le palais.

— Je suis tourmenté par de mauvaises idées.

— En quel genre ? Ça se guérit, les idées.

— Comment ?

— En y succombant.

— Tu ris sans savoir ce dont il s'agit. As-tu lu Rousseau ?

— Oui.

— Te souviens-tu de ce passage où il demande à son lecteur ce qu'il ferait au cas où il pourrait s'enrichir en tuant à la Chine par sa seule volonté un vieux mandarin, sans bouger de Paris[2].

1. Première apparition, dans le manuscrit (f⁰ 87), du nom de Bianchon, qui remplace un anonyme « étudiant en médecine ». — 2. Pas plus que nos prédécesseurs nous n'avons trouvé ce texte sur le mandarin chez Rousseau. Il faut se résigner à penser que Balzac confond le philosophe genevois avec Chateaubriand, dans l'œuvre duquel P. Ronaï (« Tuer le mandarin », *Revue de littérature comparée*, 10ᵉ année, juillet-septembre 1930, p. 520-523) voit la source de ce passage : « Si tu pouvais, par un seul désir, tuer un homme à la Chine, et hériter de sa fortune en Europe, avec la conviction surnaturelle qu'on n'en saurait jamais rien, consentirais-tu à former ce désir ? » (*Le Génie du christianisme*, Iʳᵉ partie, livre VI, chapitre II). Un roman de jeunesse, *Annette et le criminel*, contient une allusion semblable (Buissot, 1824, tome II, chapitre XII, p. 55).

— Oui.

— Eh ! bien ?

— Bah ! J'en suis à mon trente-troisième mandarin.

— Ne plaisante pas. Allons, s'il t'était prouvé que la chose est possible et qu'il te suffît d'un signe de tête, le ferais-tu ?

— Est-il bien vieux, le mandarin ? Mais, bah ! jeune ou vieux, paralytique ou bien portant, ma foi... Diantre ! Eh ! bien, non.

— Tu es un brave garçon, Bianchon. Mais si tu aimais une femme à te mettre pour elle l'âme à l'envers, et qu'il lui fallût de l'argent, beaucoup d'argent pour sa toilette, pour sa voiture, pour toutes ses fantaisies enfin ?

— Mais tu m'ôtes la raison, et tu veux que je raisonne.

— Eh ! bien, Bianchon, je suis fou, guéris-moi. J'ai deux sœurs qui sont des anges de beauté, de candeur, et je veux qu'elles soient heureuses. Où prendre deux cent mille francs pour leur dot d'ici à cinq ans ? Il est, vois-tu, des circonstances dans la vie où il faut jouer gros jeu et ne pas user son bonheur à gagner des sous.

— Mais tu poses la question qui se trouve à l'entrée de la vie pour tout le monde, et tu veux couper le nœud gordien avec l'épée. Pour agir ainsi, mon cher, il faut être Alexandre, sinon l'on va au bagne. Moi, je suis heureux de la petite existence que je me créerai en province, où je succéderai tout bêtement à mon père. Les affections de l'homme se satisfont dans le plus petit cercle aussi pleinement que dans une immense circonférence. Napoléon ne dînait pas deux fois, et ne pouvait pas avoir plus de maîtresses qu'en prend un étudiant en médecine quand il est interne aux Capucins[1]. Notre bonheur, mon cher, tiendra toujours entre la plante de nos pieds et notre occiput ; et, qu'il coûte un million par an ou cent

---

1. A l'hôpital des Capucins (voir p. 50 note 4).

louis, la perception intrinsèque en est la même au dedans de nous. Je conclus à la vie du Chinois.

— Merci, tu m'as fait du bien, Bianchon ! nous serons toujours amis.

— Dis donc, reprit l'étudiant en médecine, en sortant du cours de Cuvier[1] au Jardin des Plantes je viens d'apercevoir la Michonneau et le Poiret causant sur un banc avec un monsieur que j'ai vu dans les troubles de l'année dernière aux environs de la Chambre des Députés[2], et qui m'a fait l'effet d'être un homme de la police déguisé en honnête bourgeois vivant de ses rentes. Étudions ce couple-là : je te dirai pourquoi. Adieu, je vais répondre à mon appel de quatre heures.

Quand Eugène revint à la pension, il trouva le père Goriot qui l'attendait.

— Tenez, dit le bonhomme, voilà une lettre d'elle. Hein, la jolie écriture !

Eugène décacheta la lettre et lut.

« Monsieur, mon père m'a dit que vous aimiez la musique italienne. Je serai heureuse si vous vouliez me faire le plaisir d'accepter une place dans ma loge. Nous aurons samedi la Fodor et Pellegrini[3], je suis

---

1. Georges Cuvier (1769-1832), célèbre géologue, zoologiste et paléontologiste, professeur au Muséum depuis 1802, publia, en 1812, le « Discours préliminaire » à ses *Recherches sur les ossements fossiles de quadrupèdes* ; ses thèses fixistes s'opposaient à celles, évolutionnistes, de Geoffroy Saint-Hilaire. Balzac avait suivi ses cours d'anatomie comparée, et ne cessa de l'admirer : « Cuvier n'est-il pas le plus grand poète de notre siècle ? [...] Il est poète avec des chiffres » (*La Peau de chagrin*, Pl. X, 75) ; « Jamais cet homme ne s'est trompé » (*Théorie de la démarche*, Pl. XII, 237). — 2. Paris avait connu des troubles en octobre 1818. Pour satisfaire les libéraux qui avaient triomphé aux élections renouvelant la Chambre des députés pour un cinquième, Louis XVIII appela Decazes — homme d'ouverture — au gouvernement. Decazes en fut le chef jusqu'à l'assassinat du duc de Berry en février 1820, qui l'obligea à démissionner. — 3. Joséphine Mainvielle, dite la Fodor, soprano née en 1793, débuta en 1814 au théâtre de l'Opéra-Comique, engagée au théâtre Italien en 1816, interprète notamment de Rossini (*Le Barbier de Séville, Sémiramis*). Félix Pellegrini (1774-1832), basse italienne, débuta à Paris en 1819 au théâtre Italien, s'illustra dans les mêmes opéras que la Fodor.

sûre alors que vous ne me refuserez pas. Monsieur
de Nucingen se joint à moi pour vous prier de venir
dîner avec nous sans cérémonie. Si vous acceptez,
vous le rendrez bien content de n'avoir pas à s'acquitter de sa corvée conjugale en m'accompagnant. Ne
me répondez pas, venez, et agréez mes compliments.

                                        « D. DE N. »[1]

— Montrez-la-moi, dit le bonhomme à Eugène
quand il eut lu la lettre. Vous irez, n'est-ce pas ?
ajouta-t-il après avoir flairé le papier. Cela sent-il
bon ! Ses doigts ont touché ça, pourtant !

— Une femme ne se jette pas ainsi à la tête d'un
homme, se disait l'étudiant. Elle veut se servir de moi
pour ramener de Marsay. Il n'y a que le dépit qui
fasse faire de ces choses-là.

— Eh ! bien, dit le père Goriot, à quoi pensez-
vous donc ?

Eugène ne connaissait pas le délire de vanité dont
certaines femmes étaient saisies en ce moment, et
ne savait pas que, pour s'ouvrir une porte dans le
faubourg Saint-Germain, la femme d'un banquier
était capable de tous les sacrifices. A cette époque, la
mode commençait à mettre au-dessus de toutes les
femmes celles qui étaient admises dans la société du
faubourg Saint-Germain, dites les dames du Petit-
Château[2], parmi lesquelles madame de Beauséant,
son amie la duchesse de Langeais et la duchesse de
Maufrigneuse tenaient le premier rang. Rastignac
seul ignorait la fureur dont étaient saisies les femmes
de la Chaussée-d'Antin pour entrer dans le cercle
supérieur où brillaient les constellations de leur sexe.
Mais sa défaillance le servit bien, elle lui donna de la

1. Dans l'édition originale (mars 1835), fin du troisième chapitre
(« L'entrée dans le monde »). — 2. Le Petit-Château désignait, sous
Louis XVIII, le pavillon de Marsan, partie du Louvre affectée à la
résidence du comte d'Artois, frère du roi, futur Charles X. Comme
l'Élysée, salon royaliste (voir p. 128 note 1), mais, plus encore :
gouvernement occulte et cabinet fantôme des ultras.

froideur, et le triste pouvoir de poser des conditions au lieu d'en recevoir.

— Oui, j'irai, répondit-il.

Ainsi la curiosité le menait chez madame de Nucingen, tandis que, si cette femme l'eût dédaigné, peut-être y aurait-il été conduit par la passion. Néanmoins il n'attendit pas le lendemain et l'heure de partir sans une sorte d'impatience. Pour un jeune homme, il existe dans sa première intrigue autant de charmes peut-être qu'il s'en rencontre dans un premier amour. La certitude de réussir engendre mille félicités que les hommes n'avouent pas, et qui font tout le charme de certaines femmes. Le désir ne naît pas moins de la difficulté que de la facilité des triomphes. Toutes les passions des hommes sont bien certainement excitées ou entretenues par l'une ou l'autre de ces deux causes, qui divisent l'empire amoureux. Peut-être cette division est-elle une conséquence de la grande question des tempéraments, qui domine, quoi qu'on en dise, la société. Si les mélancoliques ont besoin du tonique des coquetteries, peut-être les gens nerveux ou sanguins décampent-ils si la résistance dure trop. En d'autres termes, l'élégie est aussi essentiellement lymphatique que le dithyrambe est bilieux[1]. En faisant sa toilette, Eugène savoura tous ces petits bonheurs dont n'osent parler les jeunes gens, de peur de se faire moquer d'eux, mais qui chatouillent l'amour-propre. Il arrangeait ses cheveux en pensant que le regard d'une jolie femme se coulerait sous leurs boucles noires. Il se permit des singeries enfantines autant qu'en aurait fait une jeune fille en s'habillant pour le bal. Il regarda complaisamment sa taille mince, en dépliassant son habit. — Il est certain, se dit-il, qu'on en peut trouver de plus mal tournés ! Puis il descendit

---

1. Balzac fait coïncider les genres poétiques et la théorie des humeurs (ou des tempéraments), et ses quatre liquides organiques : la bile (la colère), l'atrabile (l'hypocondrie ou la mélancolie), le flegme (ou la lymphe : la douceur ou la froideur), le sang (l'énergie, la violence).

au moment où tous les habitués de la pension étaient à table, et reçut gaiement le hourra de sottises que sa tenue élégante excita. Un trait des mœurs particulières aux pensions bourgeoises est l'ébahissement qu'y cause une toilette soignée. Personne n'y met un habit neuf sans que chacun dise son mot.

— Kt, kt, kt, kt, fit Bianchon en faisant claquer sa langue contre son palais, comme pour exciter un cheval.

— Tournure de duc et pair ! dit madame Vauquer.

— Monsieur va en conquête ! fit observer mademoiselle Michonneau.

— Kocquériko ! cria le peintre.

— Mes compliments à madame votre épouse, dit l'employé au Muséum.

— Monsieur a une épouse ? demanda Poiret.

— Une épouse à compartiments, qui va sur l'eau, garantie bon teint, dans les prix de vingt-cinq à quarante, dessins à carreaux du dernier goût, susceptible de se laver, d'un joli porter, moitié fil, moitié coton, moitié laine, guérissant le mal de dents, et autres maladies approuvées par l'Académie royale de Médecine ! excellente d'ailleurs pour les enfants ! meilleure encore contre les maux de tête, les plénitudes et autres maladies de l'œsophage, des yeux et des oreilles, cria Vautrin avec la volubilité comique et l'accentuation d'un opérateur[1]. Mais combien cette merveille, me direz-vous, messieurs ? deux sous ! Non. Rien du tout. C'est un reste des fournitures faites au grand-Mogol, et que tous les souverains de l'Europe, y compris le grrrrrrand-duc de Bade, ont voulu voir ! Entrez droit devant vous ! et passez au petit bureau. Allez, la musique ! Brooum, là, là, trinn ! là, là, boum, boum ! Monsieur de la clarinette, tu joues faux, reprit-il d'une voix enrouée, je te donnerai sur les doigts.

---

1. « Charlatan, vendeur d'orviétan, arracheur de dents, etc. » (Napoléon Landais, *Dictionnaire des dictionnaires*, 1834) ; « celui qui débite ses remèdes en public » (Bescherelle, *Dictionnaire national*, 1843).

— Mon dieu ! que cet homme-là est agréable, dit madame Vauquer à madame Couture, je ne m'ennuierais jamais avec lui.

Au milieu des rires et des plaisanteries, dont ce discours comiquement débité fut le signal, Eugène put saisir le regard furtif de mademoiselle Taillefer qui se pencha sur madame Couture, à l'oreille de laquelle elle dit quelques mots.

— Voilà le cabriolet, dit Sylvie.

— Où dîne-t-il donc ? demanda Bianchon.

— Chez madame la baronne de Nucingen.

— La fille de monsieur Goriot, répondit l'étudiant.

A ce nom, les regard se portèrent sur l'ancien ver-micellier, qui contemplait Eugène avec une sorte d'envie.

Rastignac arriva rue Saint-Lazare, dans une de ces maisons légères, à colonnes minces, à portiques mes-quins, qui constituent le *joli* à Paris, une véritable maison de banquier, pleine de recherches coûteuses, des stucs, des paliers d'escalier en mosaïque de marbre. Il trouva madame de Nucingen dans un petit salon à peintures italiennes, dont le décor ressem-blait à celui des cafés. La baronne était triste. Les efforts qu'elle fit pour cacher son chagrin intéressè-rent d'autant plus vivement Eugène qu'il n'y avait rien de joué. Il croyait rendre une femme joyeuse par sa présence, et la trouvait au désespoir. Ce désap-pointement piqua son amour-propre.

— J'ai bien peu de droits à votre confiance, madame, dit-il après l'avoir lutinée[1] sur sa préoccu-pation ; mais si je vous gênais, je compte sur votre bonne foi, vous me le diriez franchement.

— Restez, dit-elle, je serais seule si vous vous en alliez. Nucingen dîne en ville, et je ne voudrais pas être seule, j'ai besoin de distraction.

— Mais qu'avez-vous ?

— Vous seriez la dernière personne à qui je le dirais, s'écria-t-elle.

---

1. Tourmentée, « comme ferait un lutin » explique Littré.

— Je veux le savoir, je dois alors être pour quelque chose dans ce secret.

— Peut-être ! Mais non, reprit-elle, c'est des querelles de ménage qui doivent être ensevelies au fond du cœur. Ne vous le disais-je pas avant-hier ? je ne suis point heureuse. Les chaînes d'or sont les plus pesantes.

Quand une femme dit à un jeune homme qu'elle est malheureuse, si ce jeune homme est spirituel, bien mis, s'il a quinze cents francs d'oisiveté dans sa poche, il doit penser ce que se disait Eugène, et devient fat.

— Que pouvez-vous désirer ? répondit-il. Vous êtes belle, jeune, aimée, riche.

— Ne parlons pas de moi, dit-elle en faisant un sinistre mouvement de tête. Nous dînerons ensemble, tête à tête, nous irons entendre la plus délicieuse musique. Suis-je à votre goût ? reprit-elle en se levant et montrant sa robe en cachemire blanc[1] à dessins perses de la plus riche élégance.

— Je voudrais que vous fussiez toute à moi, dit Eugène. Vous êtes charmante.

— Vous auriez une triste propriété, dit-elle en souriant avec amertume. Rien ici ne vous annonce le malheur, et cependant, malgré ces apparences, je suis au désespoir. Mes chagrins m'ôtent le sommeil, je deviendrai laide.

— Oh ! cela est impossible, dit l'étudiant. Mais je suis curieux de connaître ces peines qu'un amour dévoué n'effacerait pas ?

— Ah ! si je vous les confiais, vous me fuiriez, dit-elle. Vous ne m'aimez encore que par une galanterie qui est de costume[2] chez les hommes ; mais si vous m'aimiez bien, vous tomberiez dans un désespoir affreux. Vous voyez que je dois me taire. De grâce,

---

1. C'est dans « un peignoir en cachemire blanc » (p. 111) qu'est apparue Anastasie à Eugène lors de sa visite rue du Helder. — 2. Archaïsme délibéré de Balzac, synonyme de coutume, attesté par N. Landais ; Littré, citant Rousseau, le donne comme un « italianisme inusité ». Balzac l'emploie dans *Le Colonel Chabert* (Pl. III, 334 ; ou notre édition, p. 87).

reprit-elle, parlons d'autre chose. Venez voir mes appartements.

— Non, restons ici, répondit Eugène en s'asseyant sur une causeuse devant le feu près de madame de Nucingen, dont il prit la main avec assurance.

Elle la laissa prendre et l'appuya même sur celle du jeune homme par un de ces mouvements de force concentrée qui trahissent de fortes émotions.

— Écoutez, lui dit Rastignac ; si vous avez des chagrins, vous devez me les confier. Je veux vous prouver que je vous aime pour vous. Ou vous parlerez et me direz vos peines afin que je puisse les dissiper, fallût-il tuer six hommes, ou je sortirai pour ne plus revenir.

— Eh ! bien, s'écria-t-elle saisie par une pensée de désespoir qui la fit se frapper le front, je vais vous mettre à l'instant même à l'épreuve. Oui, se dit-elle, il n'est plus que ce moyen. Elle sonna.

— La voiture de monsieur est-elle attelée ? dit-elle à son valet de chambre.

— Oui, madame.

— Je la prends. Vous lui donnerez la mienne et mes chevaux. Vous ne servirez le dîner qu'à sept heures.

— Allons, venez, dit-elle à Eugène, qui crut rêver en se trouvant dans le coupé de monsieur de Nucingen, à côté de cette femme.

— Au Palais-Royal, dit-elle au cocher, près du Théâtre-Français.

En route, elle parut agitée, et refusa de répondre aux mille interrogations d'Eugène, qui ne savait que penser de cette résistance muette, compacte, obtuse.

— En un moment elle m'échappe, se disait-il.

Quand la voiture s'arrêta, la baronne regarda l'étudiant d'un air qui imposa silence à ses folles paroles ; car il s'était emporté.

— Vous m'aimez bien ? dit-elle.

— Oui, répondit-il en cachant l'inquiétude qui le saisissait.

— Vous ne penserez rien de mal sur moi, quoi que je puisse vous demander ?

— Non.

— Êtes-vous disposé à m'obéir ?

— Aveuglément.

— Êtes-vous allé quelquefois au jeu ? dit-elle d'une voix tremblante.

— Jamais.

— Ah ! je respire. Vous aurez du bonheur. Voici ma bourse, dit-elle. Prenez donc ! il y a cent francs, c'est tout ce que possède cette femme si heureuse. Montez dans une maison de jeu, je ne sais où elles sont, mais je sais qu'il y en a au Palais-Royal. Risquez les cent francs à un jeu qu'on nomme la roulette, et perdez tout, ou rapportez-moi six mille francs. Je vous dirai mes chagrins à votre retour.

— Je veux bien que le diable m'emporte si je comprends quelque chose à ce que je vais faire, mais je vais vous obéir, dit-il avec une joie causée par cette pensée : « Elle se compromet avec moi, elle n'aura rien à me refuser. »

Eugène prend la jolie bourse, court au numéro NEUF[1], après s'être fait indiquer par un marchand d'habits la plus prochaine maison de jeu. Il y monte, se laisse prendre son chapeau[2] ; mais il entre et demande où est la roulette. A l'étonnement des habitués, le garçon de salle le mène devant une longue table. Eugène, suivi de tous les spectateurs, demande sans vergogne où il faut mettre l'enjeu.

— Si vous placez un louis sur un seul de ces trente-six numéros, et qu'il sorte, vous aurez trente-six louis, lui dit un vieillard respectable à cheveux blancs.

Eugène jette les cent francs sur le chiffre de son

---

1. A cette adresse du Palais-Royal, existait réellement une maison de jeu ; comme au nº 36 où se rendait Raphaël de Valentin (*La Peau de chagrin*, Pl. X, 57), au nº 113 fréquenté par l'agent Contenson (*Splendeurs et misères des courtisanes*, Pl. VI, 559), au nº 129 où allait Ferragus (Pl. V, 827), et au nº 154 (P.-G. Castex, *op. cit.*, p. 163 note 1). — 2. Il arrive la même chose à Raphaël de Valentin : « Quand vous entrez dans une maison de jeu, la loi commence par vous dépouiller de votre chapeau » (Pl. X, 57).

âge, vingt et un[1]. Un cri d'étonnement part sans qu'il ait eu le temps de se reconnaître. Il avait gagné sans le savoir.

— Retirez donc votre argent, lui dit le vieux monsieur, l'on ne gagne pas deux fois dans ce système-là.

Eugène prend un râteau que lui tend le vieux monsieur, il tire à lui les trois mille six cents francs et, toujours sans rien savoir du jeu, les place sur la rouge. La galerie le regarde avec envie, en voyant qu'il continue à jouer. La roue tourne, il gagne encore, et le banquier lui jette encore trois mille six cents francs.

— Vous avez sept mille deux cents francs à vous, lui dit à l'oreille le vieux monsieur. Si vous m'en croyez, vous vous en irez, la rouge a passé huit fois. Si vous êtes charitable, vous reconnaîtrez ce bon avis en soulageant la misère d'un ancien préfet de Napoléon qui se trouve dans le dernier besoin.

Rastignac étourdi se laisse prendre dix louis par l'homme à cheveux blancs, et descend avec les sept mille francs, ne comprenant encore rien au jeu, mais stupéfié de son bonheur.

— Ah çà ! où me mènerez-vous maintenant, dit-il en montrant les sept mille francs à madame de Nucingen quand la portière fut refermée.

Delphine le serra par une étreinte folle et l'embrassa vivement, mais sans passion. — Vous m'avez sauvée ! Des larmes de joie coulèrent en abondance sur ses joues. Je vais tout vous dire, mon ami. Vous serez mon ami, n'est-ce pas ? Vous me voyez riche, opulente, rien ne me manque[2] ou je parais ne manquer de rien ! Eh ! bien, sachez que monsieur de Nucingen ne me laisse pas disposer d'un sou : il paye toute la maison, mes voitures, mes loges ; il m'alloue pour ma toilette une somme insuffisante, il me réduit à une misère secrète par calcul. Je suis trop fière pour l'implorer. Ne serais-je pas la dernière des créatures si j'achetais son argent au prix

---

1. Voir p. 129. — 2. Nous corrigeons les éditions « Furne » et Charpentier (« rien ne manque ») en retournant au texte du manuscrit.

où il veut me le vendre ! Comment, moi riche de sept cent mille francs, me suis-je laissé dépouiller ? par fierté, par indignation. Nous sommes si jeunes, si naïves, quand nous commençons la vie conjugale ! La parole par laquelle il fallait demander de l'argent à mon mari me déchirait la bouche ; je n'osais jamais, je mangeais l'argent de mes économies et celui que me donnait mon pauvre père ; puis je me suis endettée. Le mariage est pour moi la plus horrible des déceptions, je ne puis vous en parler : qu'il vous suffise de savoir que je me jetterais par la fenêtre s'il fallait vivre avec Nucingen autrement qu'en ayant chacun notre appartement séparé. Quand il a fallu lui déclarer mes dettes de jeune femme, des bijoux, des fantaisies (mon pauvre père nous avait accoutumées à ne nous rien refuser), j'ai souffert le martyre ; mais enfin j'ai trouvé le courage de les dire. N'avais-je pas une fortune à moi ? Nucingen s'est emporté, il m'a dit que je le ruinerais, des horreurs ! J'aurais voulu être à cent pieds sous terre. Comme il avait pris ma dot, il a payé ; mais en stipulant désormais pour mes dépenses personnelles une pension à laquelle je me suis résignée, afin d'avoir la paix. Depuis, j'ai voulu répondre à l'amour-propre de quelqu'un que vous connaissez, dit-elle. Si j'ai été trompée par lui, je serais mal venue à ne pas rendre justice à la noblesse de son caractère. Mais enfin il m'a quittée indignement ! *On* ne devrait jamais abandonner une femme à laquelle on a jeté, dans un jour de détresse, un tas d'or ! *On* doit l'aimer toujours ! Vous, belle âme de vingt et un ans, vous jeune et pur, vous me demanderez comment une femme peut accepter de l'or d'un homme ? Mon Dieu ! n'est-il pas naturel de tout partager avec l'être auquel nous devons notre bonheur ? Quand on s'est tout donné, qui pourrait s'inquiéter d'une parcelle de ce tout ? L'argent ne devient quelque chose qu'au moment où le sentiment n'est plus. N'est-on pas lié pour la vie ? Qui de nous prévoit une séparation en se croyant bien aimée ? Vous nous jurez un amour éternel, comment avoir alors des intérêts distincts ? Vous ne savez pas ce que j'ai souffert aujourd'hui, lorsque Nucingen m'a positivement refusé de me donner six mille francs, lui qui les donne tous les mois à sa maîtresse, une fille de l'Opéra ! Je voulais me tuer. Les idées les plus folles me passaient par la tête. Il y a eu des moments où j'enviais le sort d'une servante, de ma femme de chambre. Aller trouver mon père, folie ! Anastasie et moi nous l'avons égorgé : mon pauvre père se serait vendu s'il pouvait valoir six mille francs. J'aurais été le désespérer en vain. Vous m'avez sauvée de la honte et de la mort, j'étais ivre de douleur. Ah ! monsieur, je vous devais cette explication : j'ai été bien déraisonnablement folle avec vous. Quand vous m'avez quittée, et que je vous ai eu perdu de vue, je voulais m'enfuir à pied... où ? je ne sais. Voilà la vie de la moitié des femmes de Paris : un luxe extérieur, des soucis cruels dans l'âme. Je connais de pauvres créatures encore plus malheureuses que je ne le suis. Il y a pourtant des femmes obligées de faire faire de faux mémoires par leurs fournisseurs. D'autres sont forcées de voler leurs maris : les uns croient que des cachemires de cent louis se donnent pour cinq cents francs, les autres qu'un cachemire de cinq cents francs vaut cent louis. Il se rencontre de pauvres femmes qui font jeûner leurs enfants, et grappillent pour avoir une robe. Moi, je suis pure de ces odieuses tromperies. Voici ma dernière angoisse. Si quelques femmes se vendent à leurs maris pour les gouverner, moi au moins je suis libre ! Je pourrais me faire couvrir d'or par Nucingen, et je préfère pleurer la tête appuyée sur le cœur d'un homme que je puisse estimer. Ah ! ce soir monsieur de Marsay n'aura pas le droit de me regarder comme une femme qu'il a payée. Elle se mit le visage dans ses mains, pour ne pas montrer ses pleurs à Eugène, qui lui dégagea la figure pour la contempler, elle était sublime ainsi. — Mêler l'argent aux sentiments, n'est-ce pas horrible ? Vous ne pourrez pas m'aimer, dit-elle.

Ce mélange de bons sentiments, qui rendent les femmes si grandes, et des fautes que la constitution

actuelle de la société les force à commettre, boule-
versait Eugène, qui disait des paroles douces et
consolantes en admirant cette belle femme, si naïvement imprudente dans son cri de douleur.

— Vous ne vous armerez pas de ceci contre moi,
dit-elle, promettez-le-moi.

— Ah, madame ! j'en suis incapable, dit-il.

Elle lui prit la main et la mit sur son cœur par un
mouvement plein de reconnaissance et de gentil-
lesse. — Grâce à vous me voilà redevenue libre et
joyeuse. Je vivais pressée par une main de fer. Je
veux maintenant vivre simplement, ne rien dépenser.
Vous me trouverez bien comme je serai, mon ami,
n'est-ce pas ? Gardez ceci, dit-elle en ne prenant que
six billets de banque. En conscience je vous dois
mille écus, car je me suis considérée comme étant
de moitié avec vous. Eugène se défendit comme une
vierge. Mais la baronne lui ayant dit : — Je vous
regarde comme mon ennemi si vous n'êtes pas mon
complice, il prit l'argent. — Ce sera une mise de
fonds en cas de malheur, dit-il.

— Voilà le mot que je redoutais, s'écria-t-elle en
pâlissant. Si vous voulez que je sois quelque chose
pour vous, jurez-moi, dit-elle, de ne jamais retourner
au jeu. Mon Dieu ! moi, vous corrompre ! j'en mour-
rais de douleur.

Ils étaient arrivés. Le contraste de cette misère et
de cette opulence étourdissait l'étudiant, dans les
oreilles duquel les sinistres paroles de Vautrin
vinrent retentir.

— Mettez-vous là, dit la baronne en entrant dans
sa chambre et montrant une causeuse auprès du feu,
je vais écrire une lettre bien difficile ! Conseillez-moi.

— N'écrivez pas, lui dit Eugène, enveloppez les
billets, mettez l'adresse, et envoyez-les par votre
femme de chambre.

— Mais vous êtes un amour d'homme, dit-elle.
Ah ! voilà, monsieur, ce que c'est que d'avoir été bien
élevé ! Ceci est du Beauséant tout pur, dit-elle en souriant.

— Elle est charmante, se dit Eugène qui s'éprenait

de plus en plus. Il regarda cette chambre où respirait la voluptueuse élégance d'une riche courtisane.

— Cela vous plaît-il ? dit-elle en sonnant sa femme de chambre.

— Thérèse, portez cela vous-même à monsieur de Marsay, et remettez-le à lui-même. Si vous ne le trouvez pas, vous me rapporterez la lettre.

Thérèse ne partit pas sans avoir jeté un malicieux coup d'œil sur Eugène. Le dîner était servi. Rastignac donna le bras à madame de Nucingen, qui le mena dans une salle à manger délicieuse, où il retrouva le luxe de table qu'il avait admiré chez sa cousine.

— Les jours d'Italiens[1], dit-elle, vous viendrez dîner avec moi, et vous m'accompagnerez.

— Je m'accoutumerais à cette douce vie si elle devait durer ; mais je suis un pauvre étudiant qui a sa fortune à faire[2].

— Elle se fera, dit-elle en riant. Vous voyez, tout s'arrange : je ne m'attendais pas à être si heureuse.

Il est dans la nature des femmes de prouver l'impossible par le possible et de détruire les faits par des pressentiments. Quand madame de Nucingen et Rastignac entrèrent dans leur loge aux Bouffons, elle eut un air de contentement qui la rendait si belle, que chacun se permit de ces petites calomnies contre lesquelles les femmes sont sans défense, et qui font souvent croire à des désordres inventés à plaisir. Quand on connaît Paris, on ne croit à rien de ce qui s'y dit, et l'on ne dit rien de ce qui s'y fait. Eugène prit la main de la baronne, et tous deux se parlèrent par des pressions plus ou moins vives, en se communiquant les sensations que leur donnait la musique. Pour eux, cette soirée fut enivrante. Ils sortirent ensemble, et madame de Nucingen voulut reconduire Eugène jusqu'au Pont-Neuf, en lui disputant, pendant toute la route, un des baisers qu'elle lui

---

1. Les jours de représentation au théâtre Italien : mardi, jeudi, samedi. — **2.** C'est le mot d'ordre de tous les jeunes hommes du XIXᵉ siècle, aussi prononcé par Derville dans *Le Colonel Chabert* (Pl. III, 329, ou notre édition, p. 81).

avait si chaleureusement prodigués au Palais-Royal. Eugène lui reprocha cette inconséquence.

— Tantôt, répondit-elle, c'était de la reconnaissance pour un dévouement inespéré ; maintenant ce serait une promesse.

— Et vous ne voulez m'en faire aucune, ingrate. Il se fâcha. En faisant un de ces gestes d'impatience qui ravissent un amant, elle lui donna sa main à baiser, qu'il prit avec une mauvaise grâce dont elle fut enchantée.

— A lundi, au bal, dit-elle.

En s'en allant à pied, par un beau clair de lune, Eugène tomba dans de sérieuses réflexions. Il était à la fois heureux et mécontent : heureux d'une aventure dont le dénouement probable lui donnait une des plus jolies et des plus élégantes femmes de Paris, objet de ses désirs ; mécontent de voir ses projets de fortune renversés, et ce fut alors qu'il éprouva la réalité des pensées indécises auxquelles il s'était livré l'avant-veille. L'insuccès nous accuse toujours la puissance de nos prétentions. Plus Eugène jouissait de la vie parisienne, moins il voulait demeurer obscur et pauvre. Il chiffonnait son billet de mille francs dans sa poche, en se faisant mille raisonnements captieux pour se l'approprier. Enfin il arriva rue Neuve-Sainte-Geneviève, et quand il fut en haut de l'escalier, il y vit de la lumière. Le père Goriot avait laissé sa porte ouverte et sa chandelle allumée, afin que l'étudiant n'oubliât pas de *lui raconter sa fille*, suivant son expression. Eugène ne lui cacha rien.

— Mais, s'écria le père Goriot dans un violent désespoir de jalousie, elles me croient ruiné : j'ai encore treize cents livres de rente ! Mon Dieu ! la pauvre petite, que ne venait-elle ici ! j'aurais vendu mes rentes, nous aurions pris sur le capital, et avec le reste je me serais fait du viager[1]. Pourquoi n'êtes-vous pas venu me confier son embarras, mon brave

---

1. Mettre une somme en viager, c'est en abandonner le capital, moyennant une rente versée pendant la durée de la vie.

voisin ? Comment avez-vous eu le cœur d'aller risquer au jeu ses pauvres petits cent francs ? c'est à
fendre l'âme. Voilà ce que c'est que des gendres ! Oh !
si je les tenais, je leur serrerais le cou. Mon Dieu !
pleurer, elle a pleuré ?

— La tête sur mon gilet, dit Eugène.

— Oh ! donnez-le-moi, dit le père Goriot.
Comment ! il y a eu là des larmes de ma fille, de ma
chère Delphine, qui ne pleurait jamais étant petite !
Oh ! je vous en achèterai un autre, ne le portez plus,
laissez-le-moi. Elle doit, d'après son contrat, jouir de
ses biens. Ah ! je vais aller trouver Derville, un avoué,
dès demain. Je vais faire exiger le placement de sa
fortune. Je connais les lois, je suis un vieux loup, je
vais retrouver mes dents.

— Tenez, père, voici mille francs qu'elle a voulu
me donner sur notre gain. Gardez-les-lui, dans le
gilet.

Goriot regarda Eugène, lui tendit la main pour
prendre la sienne, sur laquelle il laissa tomber une
larme.

— Vous réussirez dans la vie, lui dit le vieillard.
Dieu est juste, voyez-vous ? Je me connais en probité,
moi, et puis vous assurer qu'il y a bien peu d'hommes
qui vous ressemblent. Vous voulez donc être aussi
mon cher enfant ? Allez, dormez. Vous pouvez dormir,
vous n'êtes pas encore père. Elle a pleuré, j'apprends
ça, moi, qui étais là tranquillement à manger comme
un imbécile pendant qu'elle souffrait ; moi, moi qui
vendrais le Père, le Fils et le Saint-Esprit pour leur éviter une larme à toutes deux !

— Par ma foi, se dit Eugène en se couchant, je
crois que je serai honnête homme toute ma vie. Il y
a du plaisir à suivre les inspirations de sa conscience.

Il n'y a peut-être que ceux qui croient en Dieu qui
font le bien en secret, et Eugène croyait en Dieu[1].

---

1. Dans la *Revue de Paris*, fin de la deuxième partie (« L'entrée
dans le monde »), et fin de la livraison du 28 décembre 1834. Dans
l'édition originale (mars 1835), fin du quatrième chapitre
(« L'entrée dans le monde (suite) »).

Le lendemain, à l'heure du bal, Rastignac alla chez
madame de Beauséant, qui l'emmena pour le présenter à la duchesse de Carigliano. Il reçut le plus gracieux accueil de la maréchale, chez laquelle il
retrouva madame de Nucingen. Delphine s'était
parée avec l'intention de plaire à tous pour mieux
plaire à Eugène, de qui elle attendait impatiemment
un coup d'œil, en croyant cacher son impatience.
Pour qui sait deviner les émotions d'une femme, ce
moment est plein de délices. Qui ne s'est souvent plu
à faire attendre son opinion, à déguiser coquettement son plaisir, à chercher des aveux dans l'inquiétude que l'on cause, à jouir des craintes qu'on dissi-
pera par un sourire ? Pendant cette fête, l'étudiant
mesura tout à coup la portée de sa position, et
comprit qu'il avait un état dans le monde en étant
cousin avoué de madame de Beauséant. La conquête
de madame la baronne de Nucingen, qu'on lui donnait déjà, le mettait si bien en relief, que tous les
jeunes gens lui jetaient des regards d'envie ; en en
surprenant quelques-uns, il goûta les premiers plaisirs de la fatuité. En passant d'un salon dans un
autre, en traversant les groupes, il entendit vanter
son bonheur. Les femmes lui prédisaient toutes des
succès. Delphine, craignant de le perdre, lui promit
de ne pas lui refuser le soir le baiser qu'elle s'était
tant défendue d'accorder l'avant-veille. A ce bal, Rastignac reçut plusieurs engagements. Il fut présenté
par sa cousine à quelques femmes qui toutes avaient
des prétentions à l'élégance, et dont les maisons passaient pour être agréables ; il se vit lancé dans le plus
grand et le plus beau monde de Paris. Cette soirée
eut donc pour lui les charmes d'un brillant début, et
il devait s'en souvenir jusque dans ses vieux jours,
comme une jeune fille se souvient du bal où elle a eu
des triomphes. Le lendemain, quand, en déjeunant,
il raconta ses succès au père Goriot devant les pensionnaires, Vautrin se prit à sourire d'une façon diabolique.

— Et vous croyez, s'écria ce féroce logicien, qu'un
jeune homme à la mode peut demeurer rue Neuve-

Sainte-Geneviève, dans la maison Vauquer ? pension infiniment respectable sous tous les rapports, certainement, mais qui n'est rien moins que fashionable[1]. Elle est cossue, elle est belle de son abondance, elle est fière d'être le manoir momentané d'un Rastignac ; mais, enfin, elle est rue Neuve-Sainte-Geneviève, et ignore le luxe, parce qu'elle est purement *patriarchalorama*. Mon jeune ami, reprit Vautrin d'un air paternellement railleur, si vous voulez faire figure à Paris, il vous faut trois chevaux et un tilbury pour le matin, un coupé pour le soir[2], en tout neuf mille francs pour le véhicule. Vous seriez indigne de votre destinée si vous ne dépensiez trois mille francs chez votre tailleur, six cents francs chez le parfumeur, cent écus chez le bottier, cent écus chez le chapelier. Quant à votre blanchisseuse, elle vous coûtera mille francs. Les jeunes gens à la mode ne peuvent se dispenser d'être très forts sur l'article du linge : n'est-ce pas ce qu'on examine le plus souvent en eux ? L'amour et l'église veulent de belles nappes sur leurs autels. Nous sommes à quatorze mille. Je ne vous parle pas de ce que vous perdrez au jeu, en paris, en présents ; il est impossible de ne pas compter pour deux mille francs l'argent de poche. J'ai mené cette vie-là, j'en connais les débours[3]. Ajoutez à ces nécessités premières, trois cents louis pour la pâtée, mille francs pour la niche. Allez, mon enfant, nous en avons pour nos petits vingt-cinq mille par an dans les flancs, ou nous tombons dans la crotte, nous nous faisons moquer de nous, et nous sommes destitué de notre avenir, de nos succès, de nos maî-

---

1. « A la tête de la mode », selon Littré, qui donne *fashion* comme un « néologisme. Mot anglais qui s'emploie pour désigner la mode, le ton et les manières du grand monde et le beau monde lui-même ». — 2. Le tilbury est une voiture à cheval à deux places, légère et découverte (d'où son emploi le jour) ; le coupé, à quatre roues, à deux places, est une voiture fermée (d'où son emploi pour les sorties en soirée). — 3. Cet alexandrin de treize pieds parodie les paroles du grand vizir Acomat : « La sultane d'ailleurs se fie à mes discours : / Nourri dans le sérail, j'en connais les détours » (Racine, *Bajazet*, IV, VII, vers 1423-1424).

tresses ! J'oublie le valet de chambre et le groom !
Est-ce Christophe qui portera vos billets doux ? Les
écrirez-vous sur le papier dont vous vous servez ? Ce
serait vous suicider. Croyez-en un vieillard plein
d'expérience ! reprit-il en faisant un *rinforzando*[1]
dans sa voix de basse. Ou déportez-vous dans une
vertueuse mansarde, et mariez-vous-y avec le travail,
ou prenez une autre voie.

Et Vautrin cligna de l'œil en guignant mademoiselle Taillefer de manière à rappeler et résumer dans
ce regard les raisonnements séducteurs qu'il avait
semés au cœur de l'étudiant pour le corrompre. Plusieurs jours se passèrent pendant lesquels Rastignac
mena la vie la plus dissipée. Il dînait presque tous les
jours avec madame de Nucingen, qu'il accompagnait
dans le monde. Il rentrait à trois ou quatre heures
du matin, se levait à midi pour faire sa toilette, allait
se promener au bois avec Delphine, quand il faisait
beau, prodiguant ainsi son temps sans en savoir le
prix, et aspirant tous les enseignements, toutes les
séductions du luxe avec l'ardeur dont est saisi l'impa-
tient calice d'un dattier femelle pour les fécondantes
poussières de son hyménée[2]. Il jouait gros jeu, perdait ou gagnait beaucoup, et finit par s'habituer à
la vie exorbitante des jeunes gens de Paris. Sur ses
premiers gains, il avait renvoyé quinze cents francs
à sa mère et à ses sœurs[3], en accompagnant sa restitution de jolis présents. Quoiqu'il eût annoncé vouloir quitter la Maison Vauquer, il y était encore dans
les derniers jours du mois de janvier, et ne savait
comment en sortir. Les jeunes gens sont soumis
presque tous à une loi en apparence inexplicable,
mais dont la raison vient de leur jeunesse même, et
de l'espèce de furie avec laquelle ils se ruent au plaisir. Riches ou pauvres, ils n'ont jamais d'argent pour
les nécessités de la vie, tandis qu'ils en trouvent tou-

---

1. En augmentant progressivement l'intensité sonore, en passant du *piano* au *forte* (terme musical). — 2. On ne peut que noter
cette extravagante image. — 3. Il en avait reçu quinze cent cinquante (p. 153)...

jours pour leurs caprices. Prodigues de tout ce qui s'obtient à crédit, ils sont avares de tout ce qui se paye à l'instant même, et semblent se venger de ce qu'ils n'ont pas, en dissipant tout ce qu'ils peuvent avoir. Ainsi, pour nettement poser la question, un étudiant prend bien plus de soin de son chapeau que de son habit. L'énormité du gain rend le tailleur essentiellement créditeur, tandis que la modicité de la somme fait du chapelier un des êtres les plus intraitables parmi ceux avec lesquels il est forcé de parlementer. Si le jeune homme assis au balcon d'un théâtre offre à la lorgnette des jolies femmes d'étourdissants gilets, il est douteux qu'il ait des chaussettes ; le bonnetier est encore un des charançons de sa bourse. Rastignac en était là. Toujours vide pour madame Vauquer, toujours pleine pour les exigences de la vanité, sa bourse avait des revers et des succès lunatiques en désaccord avec les payements les plus naturels. Afin de quitter la pension puante, ignoble où s'humiliaient périodiquement ses prétentions, ne fallait-il pas payer un mois à son hôtesse, et acheter des meubles pour son appartement de dandy ? c'était toujours la chose impossible. Si, pour se procurer l'argent nécessaire à son jeu, Rastignac savait acheter chez son bijoutier des montres et des chaînes d'or chèrement payées sur ses gains, et qu'il portait au Mont-de-Piété[1], ce sombre et discret ami de la jeunesse, il se trouvait sans invention comme sans audace quand il s'agissait de payer sa nourriture, son logement, ou d'acheter les outils indispensables à l'exploitation de la vie élégante. Une nécessité vulgaire, des dettes contractées pour des besoins satisfaits, ne l'inspiraient plus. Comme la plupart de ceux qui ont connu cette vie de hasard, il attendait au dernier moment pour solder des créances sacrées aux yeux des bourgeois, comme faisait Mirabeau, qui ne payait son pain que quand il se présentait sous la forme dragonnante[2] d'une let-

---

1. Voir p. 100 note 1. — 2. Forgé sur *dragon* (les soldats de cavalerie de Louis XIV) et sur *dragonnade* (les persécutions exécu-

tre de change. Vers cette époque, Rastignac avait
perdu son argent, et s'était endetté. L'étudiant
commençait à comprendre qu'il lui serait impossible de continuer cette existence sans avoir des ressources fixes. Mais, tout en gémissant sous les
piquantes atteintes de sa situation précaire, il se
sentait incapable de renoncer aux jouissances
excessives de cette vie, et voulait la continuer à
tout prix. Les hasards sur lesquels il avait compté
pour sa fortune devenaient chimériques, et les
obstacles réels grandissaient. En s'initiant aux
secrets domestiques de monsieur et madame de
Nucingen, il s'était aperçu que, pour convertir
l'amour en instrument de fortune, il fallait avoir
bu toute honte, et renoncer aux nobles idées qui
sont l'absolution des fautes de la jeunesse. Cette
vie extérieurement splendide, mais rongée par tous
les *taenias* du remords, et dont les fugitifs plaisirs
étaient chèrement expiés par de persistantes
angoisses, il l'avait épousée, il s'y roulait en se faisant, comme le Distrait[1] de La Bruyère, un lit dans
la fange du fossé ; mais, comme le Distrait, il ne
souillait encore que son vêtement.

— Nous avons donc tué le mandarin ? lui dit un
jour Bianchon en sortant de table.

— Pas encore, répondit-il, mais il râle.

L'étudiant en médecine prit ce mot pour une plaisanterie, et ce n'en était pas une. Eugène, qui, pour

---

tées par ces soldats contre les protestants), le verbe dragonner est
sorti de l'usage en dehors de son contexte historique. Le mot désigne ici une violente menace ; Boiste note la forme pronominale :
« Se faire des tourments » (*Dictionnaire universel de la langue française*, 5ᵉ éd., 1834). — **1.** Ce trait ne figure pas dans le portrait de
Ménalque (*Les Caractères*, « De l'homme », VII, VI). Balzac songe
au comte Charles de Brancas, duc de Villars (1618-1681), chevalier d'honneur d'Anne d'Autriche, qui fournit à La Bruyère le
modèle de son personnage ; il le nomme en 1832 dans *Le Conseil*
(Pl. II, 1368), en 1836 dans *La Vieille Fille* (Pl. IV, 871), et dans ses
lettres à madame Hanska en août 1833 et mai 1843 (*L.H.B.* I, 53
et 692). J.-L. Busset (*French Studies Bulletin*, nᵒ 43, été 1992, p. 6)
a trouvé la source de l'anecdote dans une lettre du 10 avril 1671
de madame de Sévigné à sa fille.

la première fois depuis longtemps, avait dîné à la
pension, s'était montré pensif pendant le repas. Au
lieu de sortir au dessert, il resta dans la salle à
manger assis auprès de mademoiselle Taillefer, à
laquelle il jeta de temps en temps des regards
expressifs. Quelques pensionnaires étaient encore
attablés et mangeaient des noix, d'autres se prome-
naient en continuant des discussions commencées.
Comme presque tous les soirs, chacun s'en allait à
sa fantaisie, suivant le degré d'intérêt qu'il prenait
à la conversation, ou selon le plus ou le moins de
pesanteur que lui causait sa digestion. En hiver, il
était rare que la salle à manger fût entièrement
évacuée avant huit heures, moment où les quatre
femmes demeuraient seules et se vengeaient du
silence que leur sexe leur imposait au milieu de
cette réunion masculine. Frappé de la préoccupation à laquelle Eugène était en proie, Vautrin resta
dans la salle à manger, quoiqu'il eût paru d'abord
empressé de sortir, et se tint constamment de
manière à n'être pas vu d'Eugène, qui dut le croire
parti. Puis, au lieu d'accompagner ceux des pensionnaires qui s'en allèrent les derniers, il stationna
sournoisement dans le salon. Il avait lu dans l'âme
de l'étudiant et pressentait un symptôme décisif.
Rastignac se trouvait en effet dans une situation
perplexe que beaucoup de jeunes gens ont dû
connaître. Aimante ou coquette, madame de Nucingen avait fait passer Rastignac par toutes les
angoisses d'une passion véritable, en déployant
pour lui les ressources de la diplomatie féminine
en usage à Paris. Après s'être compromise aux yeux
du public pour fixer près d'elle le cousin de
madame de Beauséant, elle hésitait à lui donner
réellement les droits dont il paraissait jouir. Depuis
un mois elle irritait si bien les sens d'Eugène,
qu'elle avait fini par attaquer le cœur. Si, dans les
premiers moments de sa liaison, l'étudiant s'était
cru le maître, madame de Nucingen était devenue
la plus forte, à l'aide de ce manège qui mettait en
mouvement chez Eugène tous les sentiments, bons

ou mauvais, des deux ou trois hommes qui sont
dans un jeune homme de Paris. Était-ce en elle un
calcul ? Non ; les femmes sont toujours vraies,
même au milieu de leurs plus grandes faussetés,
parce qu'elles cèdent à quelque sentiment naturel.
Peut-être Delphine, après avoir laissé prendre tout
à coup tant d'empire sur elle par ce jeune homme
et lui avoir montré trop d'affection, obéissait-elle à
un sentiment de dignité, qui la faisait ou revenir
sur ses concessions, ou se plaire à les suspendre.
Il est si naturel à une Parisienne, au moment
même où la passion l'entraîne, d'hésiter dans sa
chute, d'éprouver le cœur de celui auquel elle va
livrer son avenir ! Toutes les espérances de madame
de Nucingen avaient été trahies une première fois,
et sa fidélité pour un jeune égoïste venait d'être
méconnue. Elle pouvait être défiante à bon droit.
Peut-être avait-elle aperçu dans les manières
d'Eugène, que son rapide succès avait rendu fat,
une sorte de mésestime causée par les bizarreries
de leur situation. Elle désirait sans doute paraître
imposante à un homme de cet âge, et se trouver
grande devant lui après avoir été si longtemps
petite devant celui par qui elle était abandonnée.
Elle ne voulait pas qu'Eugène la crût une facile
conquête, précisément parce qu'il savait qu'elle
avait appartenu à de Marsay. Enfin, après avoir
subi le dégradant plaisir d'un véritable monstre, un
libertin jeune, elle éprouvait tant de douceur à se
promener dans les régions fleuries de l'amour, que
c'était sans doute un charme pour elle d'en admirer
tous les aspects, d'en écouter longtemps les frémis-
sements, et de se laisser longtemps caresser par de
chastes brises. Le véritable amour payait pour le
mauvais. Ce contre-sens sera malheureusement fré-
quent tant que les hommes ne sauront pas combien
de fleurs fauchent dans l'âme d'une jeune femme
les premiers coups de la tromperie. Quelles que
fussent ses raisons, Delphine se jouait de Rastignac, et se plaisait à se jouer de lui, sans doute
parce qu'elle se savait aimée et sûre de faire cesser

les chagrins de son amant, suivant son royal bon plaisir de femme. Par respect de lui-même, Eugène ne voulait pas que son premier combat se terminât par une défaite, et persistait dans sa poursuite, comme un chasseur qui veut absolument tuer une perdrix à sa première fête de Saint-Hubert[1]. Ses anxiétés, son amour-propre offensé, ses désespoirs, faux ou véritables, l'attachaient de plus en plus à cette femme. Tout Paris lui donnait madame de Nucingen, auprès de laquelle il n'était pas plus avancé que le premier jour où il l'avait vue. Ignorant encore que la coquetterie d'une femme offre quelquefois plus de bénéfices que son amour ne donne de plaisir, il tombait dans de sottes rages. Si la saison pendant laquelle une femme se dispute à l'amour offrait à Rastignac le butin de ses primeurs, elles lui devenaient aussi coûteuses qu'elles étaient vertes, aigrelettes et délicieuses à savourer. Parfois, en se voyant sans un sou, sans avenir, il pensait, malgré la voix de sa conscience, aux chances de fortune dont Vautrin lui avait démontré la possibilité dans un mariage avec mademoiselle Taillefer. Or il se trouvait alors dans un moment où sa misère parlait si haut, qu'il céda presque involontairement aux artifices du terrible sphinx par les regards duquel il était souvent fasciné. Au moment où Poiret et mademoiselle Michonneau remontèrent chez eux, Rastignac se croyant seul entre madame Vauquer et madame Couture, qui se tricotait des manches de laine en sommeillant auprès du poêle, regarda mademoiselle Taillefer d'une manière assez tendre pour lui faire baisser les yeux.

— Auriez-vous des chagrins, monsieur Eugène ? lui dit Victorine après un moment de silence.

— Quel homme n'a pas ses chagrins ! répondit Rastignac. Si nous étions sûrs, nous autres jeunes gens, d'être bien aimés, avec un dévouement qui nous récompensât des sacrifices que nous sommes

---

1. Saint patron des chasseurs.

toujours disposés à faire, nous n'aurions peut-être
jamais de chagrins.

Mademoiselle Taillefer lui jeta, pour toute réponse,
un regard qui n'était pas équivoque.

— Vous, mademoiselle, vous vous croyez sûre de
votre cœur aujourd'hui ; mais répondriez-vous de ne
jamais changer ?

Un sourire vint errer sur les lèvres de la pauvre fille
comme un rayon jailli de son âme, et fit si bien
reluire sa figure qu'Eugène fut effrayé d'avoir provoqué une aussi vive explosion de sentiment.

— Quoi ! si demain vous étiez riche et heureuse,
si une immense fortune vous tombait des nues, vous
aimeriez encore le jeune homme pauvre qui vous
aurait plu durant vos jours de détresse ?

Elle fit un joli signe de tête.

— Un jeune homme bien malheureux ?

Nouveau signe.

— Quelles bêtises dites-vous donc là ? s'écria
madame Vauquer.

— Laissez-nous, répondit Eugène, nous nous
entendons.

— Il y aurait donc alors promesse de mariage
entre monsieur le chevalier Eugène de Rastignac et
mademoiselle Victorine Taillefer ? dit Vautrin de sa
grosse voix en se montrant tout à coup à la porte de
la salle à manger.

— Ah ! vous m'avez fait peur, dirent à la fois
madame Couture et madame Vauquer.

— Je pourrais plus mal choisir, répondit en riant
Eugène à qui la voix de Vautrin causa la plus cruelle
émotion qu'il eût jamais ressentie.

— Pas de mauvaises plaisanteries, messieurs ! dit
madame Couture. Ma fille, remontons chez nous.

Madame Vauquer suivit ses deux pensionnaires,
afin d'économiser sa chandelle et son feu en passant
la soirée chez elles. Eugène se trouva seul et face à
face avec Vautrin.

— Je savais bien que vous y arriveriez, lui dit cet
homme en gardant un imperturbable sang-froid.

Mais, écoutez ! j'ai de la délicatesse tout comme un autre, moi. Ne vous décidez pas dans ce moment, vous n'êtes pas dans votre assiette ordinaire. Vous avez des dettes. Je ne veux pas que ce soit la passion, le désespoir, mais la raison qui vous détermine à venir à moi. Peut-être vous faut-il quelque millier d'écus. Tenez, le voulez-vous ?

Ce démon prit dans sa poche un portefeuille, et en tira trois billets de banque qu'il fit papilloter aux yeux de l'étudiant. Eugène était dans la plus cruelle des situations. Il devait au marquis d'Ajuda et au comte de Trailles cent louis perdus sur parole. Il ne les avait pas, et n'osait aller passer la soirée chez madame de Restaud, où il était attendu[1]. C'était une de ces soirées sans cérémonie où l'on mange des petits gâteaux, où l'on boit du thé, mais où l'on peut perdre six mille francs au whist.

— Monsieur, lui dit Eugène en cachant avec peine un tremblement convulsif, après ce que vous m'avez confié, vous devez comprendre qu'il m'est impossible de vous avoir des obligations.

— Eh ! bien, vous m'auriez fait de la peine de parler autrement, reprit le tentateur. Vous êtes un beau jeune homme, délicat, fier comme un lion et doux comme une jeune fille. Vous seriez une belle proie pour le diable. J'aime cette qualité de jeunes gens. Encore deux ou trois réflexions de haute politique, et vous verrez le monde comme il est. En y jouant quelques petites scènes de vertu, l'homme supérieur y satisfait toutes ses fantaisies aux grands applaudissements des niais du parterre. Avant peu de jours vous serez à nous. Ah ! si vous vouliez devenir mon élève, je vous ferais arriver à tout. Vous ne formeriez pas un désir qu'il ne fût à l'instant comblé, quoi que vous puissiez souhaiter : honneur, fortune, femmes. On vous réduirait toute la civilisation en ambroisie[2]. Vous seriez notre enfant gâté, notre Ben-

---

1. On verra, p. 226-227, les raisons de ce retour en grâce. —
2. La nourriture des dieux qui donne l'immortalité.

jamin[1], nous nous exterminerions tous pour vous
avec plaisir. Tout ce qui vous ferait obstacle serait
aplati. Si vous conservez des scrupules, vous me prenez donc pour un scélérat ? Eh ! bien, un homme qui
avait autant de probité que vous croyez en avoir
encore, M. de Turenne[2], faisait, sans se croire
compromis, de petites affaires avec des brigands.
Vous ne voulez pas être mon obligé, hein ? Qu'à cela
ne tienne, reprit Vautrin en laissant échapper un sourire. Prenez ces chiffons, et mettez-moi là-dessus,
dit-il en tirant un timbre, là, en travers : *Accepté pour
la somme de trois mille cinq cents francs payable en
un an.* Et datez ! L'intérêt est assez fort pour vous
ôter tout scrupule ; vous pouvez m'appeler juif, et
vous regarder comme quitte de toute reconnaissance. Je vous permets de me mépriser encore
aujourd'hui, sûr que plus tard vous m'aimerez. Vous
trouverez en moi de ces immenses abîmes, de ces
vastes sentiments concentrés que les niais appellent
des vices ; mais vous ne me trouverez jamais ni lâche
ni ingrat. Enfin, je ne suis ni un pion ni un fou, mais
une tour, mon petit.

— Quel homme êtes-vous donc ? s'écria Eugène,
vous avez été créé pour me tourmenter.

— Mais non, je suis un bon homme qui veut se
crotter pour que vous soyez à l'abri de la boue pour
le reste de vos jours. Vous vous demandez pourquoi
ce dévouement ? Eh ! bien, je vous le dirai tout doucement quelque jour, dans le tuyau de l'oreille. Je
vous ai d'abord surpris en vous montrant le carillon
de l'ordre social et le jeu de la machine ; mais votre

---

1. Voir p. 136 (et note 1) où, comme ici adressé à Rastignac,
le mot est prononcé par madame de Beauséant. — 2. Protestant
converti, l'un des plus fidèles et des plus grands généraux de Louis
XIV, le maréchal Turenne (1611-1675) passait pour avoir promis
à des brigands qui l'avaient arrêté une récompense contre la
conservation d'une bague à laquelle il était attaché. Il tint parole,
les reçut chez lui le lendemain, leur fit servir la somme promise.
Balzac fait la même allusion dans *Splendeurs et misères des courtisanes* (Pl. VI, 903) et dans *Les Secrets de la princesse de Cadignan*
(*ibid.*, 987).

Balzac par la
duchesse de Dino.
Musée Balzac.

*« Le surplus des
parois est tendu
d'un papier verni
représentant les
principales scènes
de* Télémaque *»*
(p. 52).
Télémaque quitte
l'île de Calypso.
Détail du papier
peint dessiné par
Deltil.

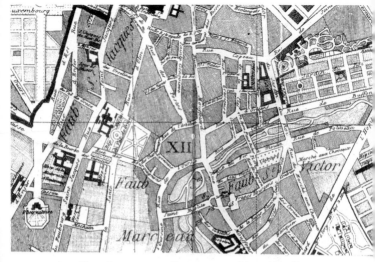

Plan du XIIᵉ arrondissement parisien (détail).

« Christophe et la grosse Sylvie, attardés aussi, prenaient tranquillement un café, préparé avec les couches supérieures du lait destiné aux pensionnaires » (p. 89).

« Si j'étais riche [...] je serais allé en voiture, j'aurais pu penser à mon aise » (p. 108).
Lithographie de Charles Motte d'après Victor Adam.

« Il faut donc avoir des chevaux fringants, des livrées et de l'or à flots pour obtenir le regard d'une femme de Paris ? » (p. 123).
Gravure d'après Eugène Lami.

*« Une des plus jolies
et des plus élégantes
femmes de Paris »* (p. 212).
Lithographie
de Devéria.

*« Un véritable malheureux
dont tout le monde se moque
et que nous appelons le père
Goriot »* (p. 130).
Gravure de Daumier.

Vidocq.
Gravure de
Devéria.

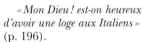

*« Mon Dieu ! est-on heureux
d'avoir une loge aux Italiens »*
(p. 196).
Gravure de Gavarni.

*« Sa figure, rayée par des rides
prématurées, offrait des signes de
dureté que démentaient ses manières
souples et liantes »* (p. 64).
Vautrin par Daumier.

« Mon petit, le duel est un jeu d'enfant, une sottise » (p. 161).
Lithographie de Charles Motte.

« Mon père est mort, cria la comtesse » (p. 349).
Dessin de Noguez.

« *Rastignac, resté seul, fit quelques pas vers le haut du cime-tière et vit Paris tortueusement couché le long des deux rives de la Seine [...]* » (p. 354).

Estampe du XIXᵉ siècle.

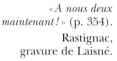
« *A nous deux maintenant !* » (p. 354).
Rastignac, gravure de Laisné.

Adaptation du *Père Goriot* au théâtre des Variétés en 1835.
Lithographie de Bouchot.

Balzac et ses personnages.
Dessin charge de Mérimée.

Le Père Goriot 225

premier effroi se passera comme celui du conscrit sur le champ de bataille, et vous vous accoutumerez à l'idée de considérer les hommes comme des soldats décidés à périr pour le service de ceux qui se sacrent rois eux-mêmes. Les temps sont bien changés. Autrefois on disait à un brave[1] : Voilà cent écus, tue-moi monsieur un tel, et l'on soupait tranquillement après avoir mis un homme à l'ombre pour un oui, pour un non. Aujourd'hui je vous propose de vous donner une belle fortune contre un signe de tête qui ne vous compromet en rien, et vous hésitez. Le siècle est mou.

Eugène signa la traite, et l'échangea contre les billets de banque.

— Eh ! bien, voyons, parlons raison, reprit Vautrin. Je veux partir d'ici à quelques mois pour l'Amérique, aller planter mon tabac. Je vous enverrai les cigares de l'amitié. Si je deviens riche, je vous aiderai. Si je n'ai pas d'enfants (cas probable, je ne suis pas curieux de me replanter ici par bouture), eh ! bien, je vous léguerai ma fortune. Est-ce être l'ami d'un homme ? Mais je vous aime, moi. J'ai la passion de me dévouer pour un autre. Je l'ai déjà fait. Voyez-vous, mon petit, je vis dans une sphère plus élevée que celles des autres hommes. Je considère les actions comme des moyens, et ne vois que le but. Qu'est-ce qu'un homme pour moi ? Ça ! fit-il en faisant claquer l'ongle de son pouce sous une de ses dents. Un homme est tout ou rien. Il est moins que rien quand il se nomme Poiret : on peut l'écraser comme une punaise, il est plat et il pue. Mais un homme est un dieu quand il vous ressemble : ce n'est plus une machine couverte en peau ; mais un théâtre où s'émeuvent les plus beaux sentiments, et je ne vis que par les sentiments. Un sentiment, n'est-ce pas le monde dans une pensée ? Voyez le père Goriot : ses deux filles sont pour lui tout l'univers, elles sont le fil

---

1. Emprunté (avant 1529) à l'italien *bravo*, au sens originel : spadassin italien, puis mercenaire, homme de main, « assassin à gages » (Littré). Nous dirions aujourd'hui un tueur.

avec lequel il se dirige dans la création. Eh ! bien,
pour moi qui ai bien creusé la vie, il n'existe qu'un
seul sentiment réel, une amitié d'homme à homme.
Pierre et Jaffier, voilà ma passion. Je sais V*enise sauvée*[1] par cœur. Avez-vous vu beaucoup de gens assez
poilus[2] pour, quand un camarade dit : « Allons enterrer un corps ! » y aller sans souffler mot ni l'embêter
de morale ? J'ai fait ça, moi. Je ne parlerais pas ainsi
à tout le monde. Mais vous, vous êtes un homme
supérieur, on peut tout vous dire, vous savez tout
comprendre. Vous ne patouillerez pas longtemps
dans les marécages où vivent les crapoussins[3] qui
nous entourent ici. Eh ! bien, voilà qui est dit. Vous
épouserez. Poussons chacun nos pointes ! La mienne
est en fer et ne mollit jamais, hé, hé !

Vautrin sortit sans vouloir entendre la réponse
négative de l'étudiant, afin de le mettre à son aise. Il
semblait connaître le secret de ces petites résistances, de ces combats dont les hommes se parent
devant eux-mêmes, et qui leur servent à se justifier
leurs actions blâmables.

— Qu'il fasse comme il voudra, je n'épouserai certes pas mademoiselle Taillefer ! se dit Eugène.

Après avoir subi le malaise d'une fièvre intérieure
que lui causa l'idée d'un pacte fait avec cet homme
dont il avait horreur, mais qui grandissait à ses yeux
par le cynisme même de ses idées et par l'audace
avec laquelle il étreignait la société, Rastignac
s'habilla, demanda une voiture, et vint chez madame
de Restaud. Depuis quelques jours, cette femme
avait redoublé de soins pour un jeune homme dont

---

1. Tragédie (1682) de l'anglais Thomas Otway, dont un des thèmes essentiels est l'amitié virile des personnages principaux,
Pierre et Jaffier. Rencontrant Rubempré, Vautrin renouvellera
l'allusion : « As-tu compris cette amitié profonde, d'homme à
homme, [...] qui fait pour eux d'une femme une bagatelle, et qui
change entre eux tous les termes sociaux ? » (*Illusions perdues*,
Pl. V, 707). — **2.** Courageux. D'Hautel note : « C'est un gaillard à
poil [...]. Se dit d'un homme fort, vigoureux, et bien taillé. » —
3. « Terme populaire. Personne courte, grosse et mal faite. [...]
Dérivé de *crapaud*, avec une signification diminutive » (Littré).

chaque pas était un progrès au cœur du grand monde, et dont l'influence paraissait devoir être un jour redoutable. Il paya messieurs de Trailles et d'Ajuda, joua au whist une partie de la nuit, et regagna ce qu'il avait perdu. Superstitieux comme la plupart des hommes dont le chemin est à faire et qui sont plus ou moins fatalistes, il voulut voir dans son bonheur une récompense du ciel pour sa persévérance à rester dans le bon chemin. Le lendemain matin, il s'empressa de demander à Vautrin s'il avait encore sa lettre de change. Sur une réponse affirmative, il lui rendit les trois mille francs en manifestant un plaisir assez naturel.

— Tout va bien, lui dit Vautrin.

— Mais je ne suis pas votre complice, dit Eugène.

— Je sais, je sais, répondit Vautrin en l'interrompant. Vous faites encore des enfantillages. Vous vous arrêtez aux bagatelles de la porte[1].

Deux jours après, Poiret et mademoiselle Michonneau se trouvaient assis sur un banc, au soleil, dans une allée solitaire du Jardin des Plantes, et causaient avec le monsieur qui paraissait à bon droit suspect à l'étudiant en médecine.

— Mademoiselle, disait monsieur Gondureau, je ne vois pas d'où naissent vos scrupules. Son Excellence monseigneur le ministre de la police générale du royaume[2]...

— Ah ! Son Excellence monseigneur le ministre de la police générale du royaume... répéta Poiret.

— Oui, Son Excellence s'occupe de cette affaire, dit Gondureau.

A qui ne paraîtra-t-il pas invraisemblable que Poiret, ancien employé, sans doute homme de vertus bourgeoises, quoique dénué d'idées, continuât d'écouter le prétendu rentier de la rue de Buffon, au

---

1. « Se dit de choses sans importance et auxquelles il ne faut pas s'arrêter » (Littré) ; nous dirions aujourd'hui, en affaires d'amour, les « plaisirs de la porte ». Dans la deuxième édition (mai 1835), fin de la deuxième partie (« L'entrée dans le monde »). —
2. Le ministère de la Police avait été aboli en 1818, et ses services rattachés au ministère de l'Intérieur.

moment où il prononçait le mot de police en laissant
ainsi voir la physionomie d'un agent de la rue de
Jérusalem[1] à travers son masque d'honnête homme ?
Cependant rien n'était plus naturel. Chacun
comprendra mieux l'espèce particulière à laquelle
appartenait Poiret, dans la grande famille des niais,
après une remarque déjà faite par certains observa-
teurs, mais qui jusqu'à présent n'a pas été publiée. Il
est une nation plumigère[2], serrée au budget entre le
premier degré de latitude qui comporte les traitements de douze cents francs, espèce de Groenland
administratif, et le troisième degré, où commencent
les traitements un peu plus chauds de trois à six
mille francs, région tempérée, où s'acclimate la gratification, où elle fleurit malgré les difficultés de la
culture. Un des traits caractéristiques qui trahit le
mieux l'infirme étroitesse de cette gent subalterne,
est une sorte de respect involontaire, machinal, ins-
tinctif, pour ce grand lama de tout ministère, connu
de l'employé par une signature illisible et sous le
nom de Son Excellence Monseigneur le Ministre,
cinq mots qui équivalent à l'*Il Bondo Cani*[3] du Calife
de Bagdad, et qui, aux yeux de ce peuple aplati,

---

1. Commençant au Quai des Orfèvres et finissant à la Préfecture
de police, la rue de Jérusalem « remonte aux premiers temps du
Moyen Age [...]. Une ordonnance de 1840 la supprima en prescri-
vant les agrandissements de la préfecture » (Larousse). S'y trouvait l'administration de la police de Paris. — 2. « Qui tient ou
porte une plume, mot forgé par Honoré de Balzac pour ridiculiser,
pris substantivement, les employés de bureau » ; Littré ajoute :
« Ce mot est mal fait, d'abord parce que *pluma* en latin ne signifie
pas une plume à écrire, ensuite parce que *gerere* veut dire porter
sur le corps, et non pas tenir entre les doigts. » Balzac, qui usera
encore du mot en août 1841, dans sa *Physiologie de l'employé*
(*O.D.* III, 495), écrira dans *Les Employés* : « A l'aspect de ces étranges physionomies, il est difficile de décider si ces mammifères à
plumes se crétinisent à ce métier, ou s'ils ne font pas ce métier
parce qu'ils sont un peu crétins de naissance » (Pl. VII, 989). —
3. Dans l'opéra-comique en un acte de Boïeldieu (1775-1834) sur
des paroles de Godard d'Aucour de Saint-Just (*Le Calife de Bagdad*,
créé au théâtre de l'Opéra-Comique le 16 septembre 1801), le
calife Isaoun utilise ce nom aux pouvoirs magiques pour voyager
la nuit dans les rues de la ville et se faire aimer de Zétulbi.

représente un pouvoir sacré, sans appel. Comme le
pape pour les chrétiens, monseigneur est administra-
tivement infaillible aux yeux de l'employé ; l'éclat
qu'il jette se communique à ses actes, à ses paroles,
à celles dites en son nom ; il couvre tout de sa brode-
rie, et légalise les actions qu'il ordonne ; son nom
d'Excellence, qui atteste la pureté de ses intentions
et la sainteté de ses vouloirs, sert de passeport aux
idées les moins admissibles. Ce que ces pauvres gens
ne feraient pas dans leur intérêt, ils s'empressent de
l'accomplir dès que le mot Son Excellence est prononcé. Les bureaux ont leur obéissance passive,
comme l'armée a la sienne : système qui étouffe la
conscience, annihile un homme, et finit, avec le
temps, par l'adapter comme une vis ou un écrou à la
machine gouvernementale. Aussi monsieur Gondureau, qui paraissait se connaître en hommes, distin-
gua-t-il promptement en Poiret un de ces niais
bureaucratiques, et fit-il sortir le *Deus ex machina*, le
mot talismanique de Son Excellence, au moment où
il fallait, en démasquant ses batteries, éblouir le Poiret, qui lui semblait le mâle de la Michonneau,
comme la Michonneau lui semblait la femelle du
Poiret.

— Du moment où Son Excellence elle-même, Son
Excellence monseigneur le ! Ah ! c'est très différent,
dit Poiret.

— Vous entendez monsieur, dans le jugement
duquel vous paraissez avoir confiance, reprit le faux
rentier en s'adressant à mademoiselle Michonneau.
Eh ! bien, Son Excellence a maintenant la certitude
la plus complète que le prétendu Vautrin, logé dans
la Maison Vauquer, est un forçat évadé du bagne de
Toulon, où il est connu sous le nom de *Trompe-la-
Mort*.

— Ah ! Trompe-la-Mort ! dit Poiret, il est bien heureux, s'il a mérité ce nom-là.

— Mais, oui, reprit l'agent. Ce sobriquet est dû au
bonheur qu'il a eu de ne jamais perdre la vie dans
les entreprises extrêmement audacieuses qu'il a exé-
cutées. Cet homme est dangereux, voyez-vous ! Il a

des qualités qui le rendent extraordinaire. Sa condamnation est même une chose qui lui a fait dans sa partie un honneur infini...

— C'est donc un homme d'honneur, demanda Poiret.

— A sa manière. Il a consenti à prendre sur son compte le crime d'un autre, un faux commis par un très beau jeune homme qu'il aimait beaucoup, un jeune Italien assez joueur, entré depuis au service militaire, où il s'est d'ailleurs parfaitement comporté.

— Mais si Son Excellence le Ministre de la police est sûr que monsieur Vautrin soit Trompe-la-Mort, pourquoi donc aurait-il besoin de moi ? dit mademoiselle Michonneau.

— Ah ! oui, dit Poiret, si en effet le Ministre, comme vous nous avez fait l'honneur de nous le dire, a une certitude quelconque...

— Certitude n'est pas le mot ; seulement on se doute. Vous allez comprendre la question. Jacques Collin, surnommé Trompe-la-Mort, a toute la confiance des trois bagnes qui l'ont choisi pour être leur agent et leur banquier. Il gagne beaucoup à s'occuper de ce genre d'affaires, qui nécessairement veut un homme de marque.

— Ah ! ah ! comprenez-vous le calembour, mademoiselle ? dit Poiret. Monsieur l'appelle un homme de *marque*, parce qu'il a été marqué.

— Le faux Vautrin, dit l'agent en continuant, reçoit les capitaux de messieurs les forçats, les place, les leur conserve, et les tient à la disposition de ceux qui s'évadent, ou de leurs familles, quand ils en disposent par testament, ou de leurs maîtresses, quand ils tirent sur lui pour elles.

— De leurs maîtresses ! Vous voulez dire de leurs femmes, fit observer Poiret.

— Non, monsieur. Le forçat n'a généralement que des épouses illégitimes, que nous nommons des concubines.

— Ils vivent donc tous en état de concubinage ?

— Conséquemment.

— Eh ! bien, dit Poiret, voilà des horreurs que Monseigneur ne devrait pas tolérer. Puisque vous avez l'honneur de voir Son Excellence, c'est à vous, qui me paraissez avoir des idées philanthropiques, à l'éclairer sur la conduite immorale de ces gens, qui donnent un très mauvais exemple au reste de la société.

— Mais, monsieur, le gouvernement ne les met pas là pour offrir le modèle de toutes les vertus.

— C'est juste. Cependant, monsieur, permettez...

— Mais, laissez donc dire monsieur, mon cher mignon, dit mademoiselle Michonneau.

— Vous comprenez, mademoiselle, reprit Gondureau. Le gouvernement peut avoir un grand intérêt à mettre la main sur une caisse illicite, que l'on dit monter à un total assez majeur[1]. Trompe-la-Mort encaisse des valeurs considérables en recélant non-seulement les sommes possédées par quelques-uns de ses camarades, mais encore celles qui proviennent de la société des Dix mille...

— Dix mille voleurs ! s'écria Poiret effrayé.

— Non, la société des Dix mille est une association de hauts voleurs, de gens qui travaillent en grand, et ne se mêlent pas d'une affaire où il n'y a pas dix mille francs à gagner. Cette société se compose de tout ce qu'il y a de plus distingué parmi ceux de nos hommes qui vont droit en cour d'assises. Ils connaissent le Code, et ne risquent jamais de se faire appliquer la peine de mort quand ils sont pincés. Collin est leur homme de confiance, leur conseil. A l'aide de ses immenses ressources, cet homme a su se créer une police à lui, des relations fort étendues qu'il enveloppe d'un mystère impénétrable. Quoique depuis un an nous l'ayons entouré d'espions, nous n'avons pas encore pu voir dans son jeu. Sa caisse et ses talents servent donc constamment à solder le vice, à faire les fonds au crime, et entretiennent sur pied une armée de mauvais sujets qui sont dans un perpétuel état de guerre avec la société. Saisir

---

1. Élevé.

Trompe-la-Mort et s'emparer de sa banque, ce sera
couper le mal dans sa racine. Aussi cette expédition
est-elle devenue une affaire d'État et de haute politique, susceptible d'honorer ceux qui coopéreront à sa
réussite. Vous-même, monsieur, pourriez être de
nouveau employé dans l'administration, devenir
secrétaire d'un commissaire de police, fonctions qui
ne vous empêcheraient point de toucher votre pension de retraite.

— Mais pourquoi, dit mademoiselle Michonneau,
Trompe-la-Mort ne s'en va-t-il pas avec la caisse ?

— Oh ! fit l'agent, partout où il irait, il serait suivi
d'un homme chargé de le tuer, s'il volait le bagne.
Puis une caisse ne s'enlève pas aussi facilement
qu'on enlève une demoiselle de bonne maison. D'ailleurs, Collin est un gaillard incapable de faire un
trait semblable, il se croirait déshonoré.

— Monsieur, dit Poiret, vous avez raison, il serait
tout à fait déshonoré.

— Tout cela ne nous dit pas pourquoi vous ne
venez pas tout bonnement vous emparer de lui,
demanda mademoiselle Michonneau.

— Eh ! bien, mademoiselle, je réponds... Mais, lui
dit-il à l'oreille, empêchez votre monsieur de m'inter-
rompre, ou nous n'en aurons jamais fini. Il doit avoir
beaucoup de fortune pour se faire écouter, ce vieux-
là. Trompe-la-Mort, en venant ici, a chaussé la peau
d'un honnête homme, il s'est fait bon bourgeois de
Paris, il s'est logé dans une pension sans apparence ;
il est fin, allez ! on ne le prendra jamais sans vert[1].
Donc monsieur Vautrin est un homme considéré, qui
fait des affaires considérables.

— Naturellement, se dit Poiret à lui-même.

— Le ministre, si l'on se trompait en arrêtant un
vrai Vautrin, ne veut pas se mettre à dos le commerce
de Paris, ni l'opinion publique. M. le préfet de police
branle dans le manche, il a des ennemis. S'il y avait
erreur, ceux qui veulent sa place profiteraient des
clabaudages et des criailleries libérales pour le faire

---

1. Au dépourvu.

sauter[1]. Il s'agit ici de procéder comme dans l'affaire de Cogniard, le faux comte de Sainte-Hélène[2] ; si ç'avait été un vrai comte de Sainte-Hélène, nous n'étions pas propres. Aussi faut-il vérifier !

— Oui, mais vous avez besoin d'une jolie femme, dit vivement mademoiselle Michonneau.

— Trompe-la-Mort ne se laisserait pas aborder par une femme, dit l'agent. Apprenez un secret, il n'aime pas les femmes.

— Mais je ne vois pas alors à quoi je suis bonne pour une semblable vérification, une supposition que je consentirais à la faire pour deux mille francs.

— Rien de plus facile, dit l'inconnu. Je vous remettrai un flacon contenant une dose de liqueur préparée pour donner un coup de sang qui n'a pas le moindre danger et simule une apoplexie. Cette drogue peut se mêler également au vin et au café. Sur-le-champ vous transportez votre homme sur un lit, et vous le déshabillez afin de savoir s'il ne se meurt pas. Au moment où vous serez seule, vous lui donnerez une claque sur l'épaule, paf ! et vous verrez reparaître les lettres.

— Mais c'est rien du tout, ça, dit Poiret.

— Eh ! bien, consentez-vous ? dit Gondureau à la vieille fille.

— Mais, mon cher monsieur, dit mademoiselle Michonneau, au cas où il n'y aurait point de lettres, aurais-je les deux mille francs ?

— Non.

— Quelle sera donc l'indemnité ?

— Cinq cents francs.

— Faire une chose pareille pour si peu. Le mal est le même dans la conscience, et j'ai ma conscience à calmer, monsieur.

— Je vous affirme, dit Poiret, que mademoiselle

---

1. Préfet de police en 1819-1820, le comte Anglès sera remplacé en 1821 par Delavau. — 2. Pierre Coignard (Balzac écrit Cogniard), célèbre bagnard évadé en 1805 ; un modèle possible de Vautrin (voir les « Commentaires. II. 2. La vie des autres »).

a beaucoup de conscience, outre que c'est une très
aimable personne et bien entendue.

— Eh ! bien, reprit mademoiselle Michonneau,
donnez-moi trois mille francs si c'est Trompe-la-
Mort, et rien si c'est un bourgeois.

— Ça va, dit Gondureau, mais à condition que
l'affaire sera faite demain.

— Pas encore, mon cher monsieur, j'ai besoin de
consulter mon confesseur.

— Finaude ! dit l'agent en se levant. A demain
alors. Et si vous étiez pressée de me parler, venez
petite rue Sainte-Anne[1], au bout de la cour de la
Sainte-Chapelle. Il n'y a qu'une porte sous la voûte.
Demandez monsieur Gondureau.

Bianchon, qui revenait du cours de Cuvier, eut
l'oreille frappée du mot assez original de Trompe-la-
Mort, et entendit le *ça va* du célèbre chef de la police
de sûreté.

— Pourquoi n'en finissez-vous pas, ce serait trois
cents francs de rente viagère, dit Poiret à mademoiselle Michonneau.

— Pourquoi ? dit-elle. Mais il faut y réfléchir. Si
monsieur Vautrin était ce Trompe-la-Mort, peut-être
y aurait-il plus d'avantage à s'arranger avec lui.
Cependant lui demander de l'argent, ce serait le prévenir, et il serait homme à décamper *gratis*. Ce serait
un *puff*[2] abominable.

— Quand il serait prévenu, reprit Poiret, ce monsieur ne nous a-t-il pas dit qu'il était surveillé ? Mais
vous, vous perdriez tout.

— D'ailleurs, pensa mademoiselle Michonneau, je
ne l'aime point, cet homme ! Il ne sait me dire que
des choses désagréables.

— Mais, reprit Poiret, vous feriez mieux. Ainsi que
l'a dit ce monsieur, qui me paraît fort bien, outre

---

1. Cette rue a connu le même sort que la rue de Jérusalem, dont
elle était voisine (voir p. 228 note 1). — 2. Mot anglais signifiant
« bouffée de vent », alors très en vogue au sens de réclame, puis
de « tromperie de charlatan, annonce pour leurrer » (Littré), « art
de duper les gens naïfs avec de grands mots » (Larousse). Ici,
mésaventure, échec, catastrophe.

qu'il est très proprement couvert, c'est un acte d'obéissance aux lois que de débarrasser la société d'un criminel, quelque vertueux qu'il puisse être. Qui a bu boira. S'il lui prenait fantaisie de nous assassiner tous ? Mais, que diable ! nous serions coupables de ces assassinats, sans compter que nous en serions les premières victimes.

La préoccupation de mademoiselle Michonneau ne lui permettait pas d'écouter les phrases tombant une à une de la bouche de Poiret, comme les gouttes d'eau qui suintent à travers le robinet d'une fontaine mal fermée. Quand une fois ce vieillard avait commencé la série de ses phrases, et que mademoiselle Michonneau ne l'arrêtait pas, il parlait toujours, à l'instar d'une mécanique montée[1]. Après avoir entamé un premier sujet, il était conduit par ses parenthèses à en traiter de tout opposés, sans avoir rien conclu. En arrivant à la maison Vauquer, il s'était faufilé dans une suite de passages et de citations transitoires qui l'avaient amené à raconter sa déposition dans l'affaire du sieur Ragoulleau et de la dame Morin[2], où il avait comparu en qualité de témoin à décharge. En entrant, sa compagne ne manqua pas d'apercevoir Eugène de Rastignac engagé avec mademoiselle Taillefer dans une intime causerie dont l'intérêt était si palpitant que le couple ne fit aucune attention au passage des deux vieux pensionnaires quand ils traversèrent la salle à manger.

— Ça devait finir par là, dit mademoiselle Michonneau à Poiret. Ils se faisaient des yeux à s'arracher l'âme depuis huit jours.

— Oui, répondit-il. Aussi fut-elle condamnée.

— Qui ?

— Madame Morin.

1. On se souviendra que Poiret a été présenté comme « une espèce de mécanique » (p. 60). — 2. Affaire criminelle qui fit grand bruit en 1812. Jeanne-Marie-Victoire Tarin, veuve Morin, fut condamnée à vingt ans de travaux forcés pour tentative d'extorsion et tentative d'assassinat sur la personne de Ragoulleau.

— Je vous parle de mademoiselle Victorine, dit la Michonneau en entrant, sans y faire attention, dans la chambre de Poiret, et vous me répondez par madame Morin. Qu'est-ce que c'est que cette femme-là ?

— De quoi serait donc coupable mademoiselle Victorine ? demanda Poiret.

— Elle est coupable d'aimer M. Eugène de Rastignac, et va de l'avant sans savoir où ça la mènera, pauvre innocente !

Eugène avait été, pendant la matinée, réduit au désespoir par madame de Nucingen. Dans son for intérieur, il s'était abandonné complètement à Vautrin, sans vouloir sonder ni les motifs de l'amitié que lui portait cet homme extraordinaire, ni l'avenir d'une semblable union. Il fallait un miracle pour le tirer de l'abîme où il avait déjà mis le pied depuis une heure, en échangeant avec mademoiselle Taillefer les plus douces promesses. Victorine croyait entendre la voix d'un ange, les cieux s'ouvraient pour elle, la maison Vauquer se parait des teintes fantastiques que les décorateurs donnent aux palais de théâtre : elle aimait, elle était aimée, elle le croyait du moins ! Et quelle femme ne l'aurait cru comme elle en voyant Rastignac, en l'écoutant durant cette heure dérobée à tous les argus[1] de la maison ? En se débattant contre sa conscience, en sachant qu'il faisait mal et voulant faire mal, en se disant qu'il rachèterait ce péché véniel par le bonheur d'une femme, il s'était embelli de son désespoir, et resplendissait de tous les feux de l'enfer qu'il avait au cœur. Heureusement pour lui, le miracle eut lieu : Vautrin entra joyeusement, et lut dans l'âme des deux jeunes gens qu'il avait mariés par les combinaisons de son infernal

---

1. Le berger Argus avait cent yeux. Héra lui confia la garde d'Io, la fille du roi Inachos transformée en génisse, pour la soustraire à Zeus qui en était épris. Argus fut tué par Hermès envoyé par Zeus ; Héra orna alors de ses yeux la queue du paon. Le substantif a le sens de surveillant, ou d'espion.

génie, mais dont il troubla soudain la joie en chantant de sa grosse voix railleuse :

> Ma Fanchette est charmante
> Dans sa simplicité[1]..

Victorine se sauva en emportant autant de bonheur qu'elle avait eu jusqu'alors de malheur dans sa
vie. Pauvre fille ! un serrement de mains, sa joue
effleurée par les cheveux de Rastignac, une parole
dite si près de son oreille qu'elle avait senti la chaleur
des lèvres de l'étudiant, la pression de sa taille par
un bras tremblant, un baiser pris sur son cou, furent
les accordailles de sa passion, que le voisinage de la
grosse Sylvie, menaçant d'entrer dans cette radieuse
salle à manger, rendit plus ardentes, plus vives, plus
engageantes que les plus beaux témoignages de
dévouement racontés dans les plus célèbres histoires
d'amour. Ces *menus suffrages*, suivant une jolie
expression de nos ancêtres[2], paraissaient être des crimes à une pieuse jeune fille confessée tous les quinze
jours ! En cette heure, elle avait prodigué plus de trésors d'âme que plus tard, riche et heureuse, elle n'en
aurait donné en se livrant tout entière.

— L'affaire est faite, dit Vautrin à Eugène. Nos deux
dandies se sont piochés[3]. Tout s'est passé convenablement. Affaire d'opinion. Notre pigeon a insulté mon
faucon. A demain, dans la redoute de Clignancourt[4].

---

1. « ... Et sa mise piquante / Vaut mieux que sa beauté. » Paroles
tirées de *Les Deux Jaloux*, comédie en un acte mêlé d'ariettes de
Jean-Baptiste Vial (1771-1837), d'après Dufresny (1648-1724),
musique de Mme Gail, créé au théâtre de l'Opéra-Comique le
27 mars 1813. — 2. Littré note le sens figuré : « petites choses, de
peu de conséquence » ; et cite La Fontaine, que nous donnons plus
longuement : « Le compagnon, vous la tenant seulette, / [...] / Prit
un baiser dont l'époux fut témoin. / Jusque-là passe : époux, quand
ils sont sages / Ne prennent garde à ces menus suffrages / Et d'en
tenir registre c'est abus » (La Fontaine : « Les Rémois », dans
Contes et nouvelles, 1671 ; *Œuvres complètes*, Seuil, « L'intégrale »,
1965, p. 229). — 3. Se sont battus (terme populaire selon Littré).
— 4. Élément des fortifications de Paris, qui servaient de lieu de
rendez-vous aux duellistes.

A huit heures et demie, mademoiselle Taillefer héri-
tera de l'amour et de la fortune de son père, pendant
qu'elle sera là tranquillement à tremper ses mouillet-
tes de pain beurré dans son café. N'est-ce pas drôle
à se dire ? Ce petit Taillefer est très fort à l'épée, il
est confiant comme un brelan carré[1] ; mais il sera
saigné par un coup que j'ai inventé, une manière de
relever l'épée et de vous piquer le front. Je vous mon-
trerai cette botte-là, car elle est furieusement utile.

Rastignac écoutait d'un air stupide, et ne pouvait
rien répondre. En ce moment le père Goriot, Bianchon et quelques autres pensionnaires arrivèrent.

— Voilà comme je vous voulais, lui dit Vautrin.
Vous savez ce que vous faites. Bien, mon petit
aiglon ! vous gouvernerez les hommes ; vous êtes
fort, carré, poilu[2] ; vous avez mon estime.

Il voulut lui prendre la main. Rastignac retira vivement la sienne, et tomba sur une chaise en pâlissant ;
il croyait voir une mare de sang devant lui.

— Ah ! nous avons encore quelques petits langes
tachés de vertu, dit Vautrin à voix basse. Papa d'Oliban[3] a trois millions, je sais sa fortune. La dot vous
rendra blanc comme une robe de mariée, et à vos
propres yeux.

Rastignac n'hésita plus. Il résolut d'aller prévenir
pendant la soirée messieurs Taillefer père et fils. En
ce moment, Vautrin l'ayant quitté, le père Goriot lui
dit à l'oreille : — Vous êtes triste, mon enfant ! je vais
vous égayer, moi. Venez ! Et le vieux vermicellier
allumait son rat-de-cave à une des lampes. Eugène
le suivit tout ému de curiosité.

— Entrons chez vous, dit le bonhomme, qui avait
demandé la clef de l'étudiant à Sylvie. Vous avez cru
ce matin qu'elle ne vous aimait pas, hein ! reprit-il.
Elle vous a renvoyé de force, et vous vous en êtes
allé fâché, désespéré. Nigaudinos ! elle m'attendait.

---

1. Un brelan réunit trois cartes de même niveau ; un brelan
carré, trois cartes du niveau de celle qui est retournée sur la table.
Ces quatre cartes de même niveau (un « carré ») constituent une
très forte main. — 2. Voir p. 226 note 2. —3. Voir p. 145 note 1.

Comprenez-vous ? Nous devions aller achever d'arranger un bijou d'appartement dans lequel vous irez demeurer d'ici à trois jours. Ne me vendez pas. Elle veut vous faire une surprise ; mais je ne tiens pas à vous cacher plus longtemps le secret. Vous serez rue d'Artois[1], à deux pas de la rue Saint-Lazare. Vous y serez comme un prince. Nous vous avons eu des meubles comme pour une épousée. Nous avons fait bien des choses depuis un mois, en ne vous disant rien. Mon avoué s'est mis en campagne, ma fille aura ses trente-six mille francs par an, l'intérêt de sa dot, et je vais faire exiger le placement de ses huit cent mille francs en bons biens au soleil.

Eugène était muet et se promenait, les bras croisés, de long en large, dans sa pauvre chambre en désordre. Le père Goriot saisit un moment où l'étudiant lui tournait le dos, et mit sur la cheminée une boîte en maroquin rouge, sur laquelle étaient imprimées en or les armes de Rastignac.

— Mon cher enfant, disait le pauvre bonhomme, je me suis mis dans tout cela jusqu'au cou. Mais, voyez-vous, il y avait à moi bien de l'égoïsme, je suis intéressé dans votre changement de quartier. Vous ne me refuserez pas, hein ! si je vous demande quelque chose ?

— Que voulez-vous ?

— Au-dessus de votre appartement, au cinquième, il y a une chambre qui en dépend, j'y demeurerai, pas vrai ? Je me fais vieux, je suis trop loin de mes filles. Je ne vous gênerai pas. Seulement je serai là. Vous me parlerez d'elle tous les soirs. Ça ne vous contrariera pas, dites ? Quand vous rentrerez, que je serai dans mon lit, je vous entendrai, je me dirai : Il vient de voir ma petite Delphine. Il l'a menée au bal, elle est heureuse par lui. Si j'étais malade, ça me mettrait du baume dans le cœur de vous écouter revenir, vous remuer, aller. Il y aura tant de ma fille en vous ! Je n'aurai qu'un pas à faire pour être aux Champs-Élysées, où elles passent tous les jours, je les verrai

---

1. Aujourd'hui rue Laffitte.

toujours, tandis que quelquefois j'arrive trop tard. Et
puis elle viendra chez vous peut-être ! je l'entendrai,
je la verrai dans sa douillette[1] du matin, trottant,
allant gentiment comme une petite chatte. Elle est
redevenue, depuis un mois, ce qu'elle était, jeune
fille, gaie, pimpante. Son âme est en convalescence,
elle vous doit le bonheur. Oh ! je ferais pour vous
l'impossible. Elle me disait tout à l'heure en revenant : « Papa, je suis bien heureuse ! » Quand elles
me disent cérémonieusement : *Mon père*, elles me
glacent ; mais quand elles m'appellent *papa*, il me
semble encore les voir petites, elles me rendent tous
mes souvenirs. Je suis mieux leur père. Je crois
qu'elles ne sont encore à personne ! Le bonhomme
s'essuya les yeux, il pleurait. Il y a longtemps que
je n'avais entendu cette phrase, longtemps qu'elle ne
m'avait donné le bras. Oh ! oui, voilà bien dix ans
que je n'ai marché côte à côte avec une de mes filles.
Est-ce bon de se frotter à sa robe, de se mettre à son
pas, de partager sa chaleur ! Enfin, j'ai mené Delphine, ce matin, partout. J'entrais avec elle dans les
boutiques. Et je l'ai reconduite chez elle. Oh ! gardez-
moi près de vous. Quelquefois vous aurez besoin de
quelqu'un pour vous rendre service, je serai là. Oh !
si cette grosse souche d'Alsacien mourait, si sa goutte
avait l'esprit de remonter dans l'estomac, ma pauvre
fille serait-elle heureuse ! Vous seriez mon gendre,
vous seriez ostensiblement son mari. Bah ! elle est si
malheureuse, de ne rien connaître aux plaisirs de ce
monde que je l'absous de tout. Le bon Dieu doit être
du côté des pères qui aiment bien. Elle vous aime
trop ! dit-il en hochant la tête après une pause. En
allant, elle causait de vous avec moi : « N'est-ce pas,
mon père, il est bien ! il a bon cœur ! Parle-t-il de
moi ? » Bah, elle m'en a dit, depuis la rue d'Artois
jusqu'au passage des Panoramas, des volumes ! Elle
m'a enfin versé son cœur dans le mien. Pendant toute
cette bonne matinée, je n'étais plus vieux, je ne
pesais pas une once. Je lui ai dit que vous m'aviez

---

1. Robe de chambre ouatée, en soie.

remis le billet de mille francs. Oh ! la chérie, elle en a été émue aux larmes. Qu'avez-vous donc là sur votre cheminée ? dit enfin le père Goriot qui se mourait d'impatience en voyant Rastignac immobile.

Eugène tout abasourdi regardait son voisin d'un air hébété. Ce duel, annoncé par Vautrin pour le lendemain, contrastait si violemment avec la réalisation de ses plus chères espérances, qu'il éprouvait toutes les sensations du cauchemar. Il se tourna vers la cheminée, y aperçut la petite boîte carrée, l'ouvrit, et trouva dedans un papier qui couvrait une montre de Breguet[1]. Sur ce papier étaient écrits ces mots : « Je veux que vous pensiez à moi à toute heure, *parce que...*

DELPHINE. »

Ce dernier mot faisait sans doute allusion à quelque scène qui avait eu lieu entre eux, Eugène en fut attendri. Ses armes étaient intérieurement émaillées dans l'or de la boîte. Ce bijou si longtemps envié, la chaîne, la clef, la façon, les dessins répondaient à tous ses vœux. Le père Goriot était radieux. Il avait sans doute promis à sa fille de lui rapporter les moindres effets de la surprise que causerait son présent à Eugène, car il était en tiers dans ces jeunes émotions et ne paraissait pas le moins heureux. Il aimait déjà Rastignac et pour sa fille et pour lui-même.

— Vous irez la voir ce soir, elle vous attend. La grosse souche d'Alsacien soupe chez sa danseuse. Ah ! ah ! il a été bien sot quand mon avoué lui a dit son fait. Ne prétend-il pas aimer ma fille à l'adoration ? qu'il y touche et je le tue. L'idée de savoir ma Delphine à... (il soupira) me ferait commettre un crime ; mais ce ne serait pas un homicide, c'est une tête de veau sur un corps de porc. Vous me prenez avec vous, n'est-ce pas ?

---

1. Abraham-Louis Bréguet (1747-1823), célèbre horloger mécanicien suisse, inventeur des montres extra-plates, très recherchées et très coûteuses, installé à Paris, quai des Morfondus (actuel quai de l'Horloge).

— Oui, mon bon père Goriot, vous savez bien que je vous aime...

— Je le vois, vous n'avez pas honte de moi, vous ! Laissez-moi vous embrasser. Et il serra l'étudiant dans ses bras. Vous la rendrez bien heureuse, promettez-le-moi ! Vous irez ce soir, n'est-ce pas ?

— Oh, oui ! Je dois sortir pour des affaires qu'il est impossible de remettre.

— Puis-je vous être bon à quelque chose ?

— Ma foi, oui ! Pendant que j'irai chez madame de Nucingen, allez chez M. Taillefer le père, lui dire de me donner une heure dans la soirée pour lui parler d'une affaire de la dernière importance.

— Serait-ce donc vrai, jeune homme, dit le père Goriot en changeant de visage ; feriez-vous la cour à sa fille, comme le disent ces imbéciles d'en bas ? Tonnerre de Dieu ! vous ne savez pas ce que c'est qu'une tape à la Goriot[1]. Et si vous nous trompiez, ce serait l'affaire d'un coup de poing. Oh ! ce n'est pas possible.

— Je vous jure que je n'aime qu'une femme au monde, dit l'étudiant, je ne le sais que depuis un moment.

— Ah, quel bonheur ! fit le père Goriot.

— Mais, reprit l'étudiant, le fils de Taillefer se bat demain, et j'ai entendu dire qu'il serait tué.

— Qu'est-ce que cela vous fait ? dit Goriot.

— Mais il faut lui dire d'empêcher son fils de se rendre... s'écria Eugène.

En ce moment, il fut interrompu par la voix de Vautrin, qui se fit entendre sur le pas de sa porte, où il chantait :

> Ô Richard, ô mon roi !
> L'univers t'abandonne...[2]

---

1. Cette tape est « meurtrière », a-t-il été dit p. 146. — **2** Air célèbre de l'opéra-comique de Grétry (1741-1813), *Richard Cœur de Lion*, sur un livret de Sedaine (1719-1797), créé le 21 octobre 1784 par les comédiens ordinaires du Roi. Air « devenu populaire », selon Larousse, il avait d'abord été adopté par les royalistes sous la Révolution.

Broum ! broum ! broum ! broum ! broum !

> J'ai longtemps parcouru le monde,
> Et l'on m'a vu...

Tra la, la, la, la...

— Messieurs, cria Christophe, la soupe vous attend, et tout le monde est à table.

— Tiens, dit Vautrin, viens prendre une bouteille de mon vin de Bordeaux.

— La trouvez-vous jolie, la montre ? dit le père Goriot. Elle a bon goût, hein !

Vautrin, le père Goriot et Rastignac descendirent ensemble et se trouvèrent, par suite de leur retard, placés à côté les uns des autres à table. Eugène marqua la plus grande froideur à Vautrin pendant le dîner, quoique jamais cet homme, si aimable aux yeux de madame Vauquer, n'eût déployé autant d'esprit. Il fut pétillant de saillies, et sut mettre en train tous les convives. Cette assurance, ce sang-froid consternaient Eugène.

— Sur quelle herbe avez-vous donc marché aujourd'hui ? dit madame Vauquer. Vous êtes gai comme un pinson.

— Je suis toujours gai quand j'ai fait de bonnes affaires.

— Des affaires ? dit Eugène.

— Eh ! bien, oui. J'ai livré une partie de marchandises qui me vaudra de bons droits de commission. Mademoiselle Michonneau, dit-il en s'apercevant que la vieille fille l'examinait, ai-je dans la figure un trait qui vous déplaise, que vous me faites l'*œil américain*[1] ? Faut le dire ! je le changerai pour vous être agréable.

— Poiret, nous ne nous fâcherons pas pour ça, hein ? dit-il en guignant le vieil employé.

---

1. « Pop[ulairement]. Avoir l'œil américain. Avoir le coup d'œil perçant, scrutateur ou fascinateur, par allusion, sans doute, à différents personnages de [Fenimore] Cooper, Œil-de-Faucon, etc., auxquels l'auteur prête des sens très développés sous le rapport de l'ouïe et principalement de la vue » (Larousse).

— Sac à papier ! vous devriez poser pour un Hercule-Farceur, dit le jeune peintre à Vautrin.

— Ma foi, ça va ! si mademoiselle Michonneau veut poser en Vénus du Père-Lachaise, répondit Vautrin.

— Et Poiret ? dit Bianchon.

— Oh ! Poiret posera en Poiret. Ce sera le dieu des jardins ! s'écria Vautrin. Il dérive de poire...

— Molle ! reprit Bianchon. Vous seriez alors entre la poire et le fromage.

— Tout ça, c'est des bêtises, dit madame Vauquer, et vous feriez mieux de nous donner de votre vin de Bordeaux dont j'aperçois une bouteille qui montre son nez ! Ça nous entretiendra en joie, outre que c'est bon à l'*estomaque*.

— Messieurs, dit Vautrin, madame la présidente nous rappelle à l'ordre. Madame Couture et mademoiselle Victorine ne se formaliseront pas de vos discours badins ; mais respectez l'innocence du père Goriot. Je vous propose une petite bouteillorama de vin de Bordeaux, que le nom de Laffitte[1] rend doublement illustre, soit dit sans allusion politique. Allons, Chinois ! dit-il en regardant Christophe qui ne bougea pas. Ici, Christophe ! Comment, tu n'entends pas ton nom ? Chinois, amène les liquides !

— Voilà, monsieur, dit Christophe en lui présentant la bouteille.

Après avoir rempli le verre d'Eugène et celui du père Goriot, il s'en versa lentement quelques gouttes qu'il dégusta, pendant que ses deux boisins buvaient, et tout à coup il fit une grimace.

— Diable ! diable ! il sent le bouchon. Prends cela pour toi, Christophe, et va nous en chercher ; à

---

1. Jeu de mot confondant le cru renommé Château-Lafite et le nom de Jacques Laffite (1767-1844), grand financier et homme politique libéral, gouverneur de la Banque de France en 1814, qui joua un rôle déterminant dans la mise sur le trône de Louis-Philippe. Ministre des Finances et président du Conseil le 3 novembre 1830, démissionnaire le 13 mars 1831, il siégea ensuite comme député d'opposition jusque à sa mort.

droite, tu sais ? Nous sommes seize, descends huit bouteilles.

— Puisque vous vous fendez, dit le peintre, je paye un cent de marrons.

— Oh ! oh !

— Booououh !

— Prrrr !

Chacun poussa des exclamations qui partirent comme les fusées d'une girandole.

— Allons, maman Vauquer, deux de champagne, lui cria Vautrin.

— Quien, c'est cela ! Pourquoi pas demander la maison ? Deux de champagne ! mais ça coûte douze francs ! Je ne les gagne pas, non ! Mais si monsieur Eugène veut les payer, j'offre du cassis.

— V'là son cassis qui purge comme de la manne[1], dit l'étudiant en médecine à voix basse.

— Veux-tu te taire, Bianchon, s'écria Rastignac, je ne peux pas entendre parler de manne sans que le cœur... Oui, va pour le vin de Champagne, je le paye, ajouta l'étudiant.

— Sylvie, dit madame Vauquer, donnez les biscuits et les petits gâteaux.

— Vos petits gâteaux sont trop grands, dit Vautrin, ils ont de la barbe. Mais quant aux biscuits, aboulez.

En un moment le vin de Bordeaux circula, les convives s'animèrent, la gaieté redoubla. Ce fut des rires féroces, au milieu desquels éclatèrent quelques imitations des diverses voix d'animaux. L'employé au Muséum s'étant avisé de reproduire un cri de Paris qui avait de l'analogie avec le miaulement du chat amoureux, aussitôt huit voix beuglèrent simultanément les phrases suivantes : — A repasser les couteaux ! — Mo-ron pour les p'tits oiseaulx ! — Voilà le plaisir, mesdames, voilà le plaisir ! — A raccommoder la faïence ! — A la barque, à la barque ! — Battez vos femmes, vos habits ! — Vieux habits, vieux galons, vieux chapeaux à vendre ! — A la

---

1. Non pas céleste, mais une substance « purgative, qui exsude spontanément du mélèze » (Littré).

cerise, à la douce !!¹ La palme fut à Bianchon pour l'accent nasillard avec lequel il cria : — Marchand de parapluies ! En quelques instants ce fut un tapage à casser la tête, une conversation pleine de coq-à-l'âne, un véritable opéra que Vautrin conduisait comme un chef d'orchestre, en surveillant Eugène et le père Goriot, qui semblaient ivres déjà. Le dos appuyé sur leur chaise, tous deux contemplaient ce désordre inaccoutumé d'un air grave, en buvant peu ; tous deux étaient préoccupés de ce qu'ils avaient à faire pendant la soirée, et néanmoins ils se sentaient incapables de se lever. Vautrin, qui suivait les changements de leur physionomie en leur lançant des regards de côté, saisit le moment où leurs yeux vacillèrent et parurent vouloir se fermer, pour se pencher à l'oreille de Rastignac et lui dire : « Mon petit gars, nous ne sommes pas assez rusé pour lutter avec notre papa Vautrin, et il vous aime trop pour vous laisser faire des sottises. Quand j'ai résolu quelque chose, le bon Dieu seul est assez fort pour me barrer le passage. Ah ! nous voulions aller prévenir le père Taillefer, commettre des fautes d'écolier ! Le four est chaud, la farine est pétrie, le pain est sur la pelle ; demain nous en ferons sauter les miettes par-dessus notre tête en y mordant ; et nous empêcherions d'enfourner ?... non, non, tout cuira ! Si nous avons quelques petits remords, la digestion les emportera. Pendant que nous dormirons notre petit somme, le colonel comte Franchessini vous ouvrira la succession de Michel Taillefer avec la pointe de son épée. En héritant de son frère, Victorine aura quinze petits mille francs de rente. J'ai déjà pris des renseignements, et sais que la succession de la mère monte à plus de trois cent mille...

---

1. Petite anthologie des appels, parfois fantaisistes, que les marchands ambulants lançaient dans les rues de Paris (« cris de Paris ») : on reconnaît ceux du repasseur (aiguiseur) de couteaux, de la marchande d'oiseaux, de la marchande de plaisirs (ou d'oublies, petites gaufres), du raccommodeur de faïences, de l'écaillère (marchande d'huîtres), du marchand d'habits, de la marchande de cerises.

Eugène entendait ces paroles sans pouvoir y répondre : il sentait sa langue collée à son palais, et se trouvait en proie à une somnolence invincible ; il ne voyait déjà plus la table et les figures des convives qu'à travers un brouillard lumineux. Bientôt le bruit s'apaisa, les pensionnaires s'en allèrent un à un. Puis, quand il ne resta plus que madame Vauquer, madame Couture, mademoiselle Victorine, Vautrin et le père Goriot, Rastignac aperçut, comme s'il eût rêvé, madame Vauquer occupée à prendre les bouteilles pour en vider les restes de manière à en faire des bouteilles pleines.

— Ah ! sont-ils fous, sont-ils jeunes ! disait la veuve.

Ce fut la dernière phrase que put comprendre Eugène.

— Il n'y a que monsieur Vautrin pour faire de ces farces-là, dit Sylvie. Allons, voilà Christophe qui ronfle comme une toupie.

— Adieu, maman, dit Vautrin. Je vais au boulevard admirer M. Marty[1] dans *Le Mont sauvage*, une grande pièce tirée du *Solitaire*[2]. Si vous voulez, je vous y mène ainsi que ces dames[3].

----

1. De Jean-Baptiste Marty (1779-1863), grand acteur de mélodrames populaires, Larousse écrit : « Au lieu de se vouer à la haute comédie et d'aborder les scènes de premier ordre, il se contenta de personnifier [au théâtre de] la Gaîté la victime honnête qui apparaît calme et résignée avec une physionomie vénérable et des façons patriarcales dans les drames et mélodrames de l'endroit ; de 1812 à 1845, sa vertu fut invariablement récompensée, chaque soir, entre onze heures et minuit ; et cette récompense inévitable lui était bien due, si l'on s'en rapporte à une statistique spéciale qui constatait, dès 1823, 11 000 empoisonnements, avec variantes, subis à la scène par cet acteur héroïque. » — 2. *Le Mont sauvage* est un mélodrame de Guilbert de Pixérécourt (1773-1844) tiré du roman *Le Solitaire* de Charles-Victor Prévot, vicomte d'Arlincourt (1789-1856), qui connut un succès foudroyant : onze éditions l'année de sa parution (1821), trente avant 1830, traductions dans toutes les langues européennes. Balzac commet un anachronisme : *Le Mont sauvage* a été créé, avec succès, au théâtre de la Gaîté le 12 juillet 1821. Page 248, l'attribution, par madame Vauquer de cet ouvrage à Chateaubriand mêle la « haute » et la « basse » littérature, et souligne l'ignorance du personnage. — 3. Nous sommes le 14 février 1820 ; le duc de Berry

— Je vous remercie, dit madame Couture.

— Comment, ma voisine ! s'écria madame Vauquer, vous refusez de voir une pièce prise dans *Le Solitaire*, un ouvrage fait par Atala de Chateaubriand, et que nous aimions tant à lire, qui est si joli que nous pleurions comme des Madeleines d'Élodie[1] sous les *tyeuilles*[2] cet été dernier, enfin un ouvrage moral qui peut être susceptible d'instruire votre demoiselle ?

— Il nous est défendu d'aller à la comédie, répondit Victorine.

— Allons, les voilà partis, ceux-là, dit Vautrin en remuant d'une manière comique la tête du père Goriot et celle d'Eugène.

En plaçant la tête de l'étudiant sur la chaise, pour qu'il pût dormir commodément, il le baisa chaleureusement au front, en chantant :

> Dormez, mes chères amours !
> Pour vous je veillerai toujours.[3]

— J'ai peur qu'il ne soit malade, dit Victorine.

— Restez à le soigner alors, reprit Vautrin. C'est, lui souffla-t-il à l'oreille, votre devoir de femme soumise. Il vous adore, ce jeune homme, et vous serez sa petite femme, je vous le prédis. Enfin, dit-il à haute voix, *ils furent considérés dans tout le pays, vécurent heureux, et eurent beaucoup d'enfants*. Voilà comment finissent tous les romans d'amour. Allons,

---

(voir aussi p. 128 note 1) venait d'être assassiné la veille à la porte de l'Opéra sous les yeux de sa femme. S'il est curieux que Balzac ne mentionne pas cet événement politique capital (pour séparer absolument sa chronologie romanesque et celle de l'Histoire qui n'importe pas ?), il est impossible, toutefois, que Vautrin amène Mme Vauquer au spectacle : les théâtres avaient été fermés dix jours en signe de deuil. — **1.** Nous pleurions sur Élodie comme des Madeleines. — **2.** Voir p. 51 (où la graphie est *tieuilles*) et note 1. — **3.** Refrain (inexactement cité : le titre et le premier vers sont « Dormez *donc*, mes chères amours ») d'une romance de Amédée de Beauplan (1790-1853), insérée dans *La Somnambule*, vaudeville en deux actes de Scribe et Germain Delavigne, créé au théâtre du Vaudeville le 6 décembre 1819.

maman, dit-il en se tournant vers madame Vauquer, qu'il étreignit, mettez le chapeau, la belle robe à fleurs, l'écharpe de la comtesse. Je vais vous aller chercher un fiacre, soi-même. Et il partit en chantant :

> Soleil, soleil, divin soleil,
> Toi qui fais mûrir les citrouilles...[1]

— Mon Dieu ! dites donc, madame Couture, cet homme-là me ferait vivre heureuse sur les toits. Allons, dit-elle en se tournant vers le vermicellier, voilà le père Goriot parti. Ce vieux cancre-là[2] n'a jamais eu l'idée de me mener *nune* part, lui. Mais il va tomber par terre, mon Dieu ! C'est-y indécent à un homme d'âge de perdre la raison ! Vous me direz qu'on ne perd point ce qu'on n'a pas. Sylvie, montez-le donc chez lui.

Sylvie prit le bonhomme par-dessous le bras, le fit marcher, et le jeta tout habillé comme un paquet au travers de son lit.

— Pauvre jeune homme, disait madame Couture en écartant les cheveux d'Eugène qui lui tombaient dans les yeux, il est comme une jeune fille, il ne sait pas ce que c'est qu'un excès.

— Ah ! je peux bien dire que depuis trente et un ans[3] que je tiens ma pension, dit madame Vauquer, il m'est passé bien des jeunes gens par les mains, comme on dit ; mais je n'en ai jamais vu d'aussi gentil, d'aussi distingué que monsieur Eugène. Est-il

---

1. Non pas un couplet de vaudeville, mais une plaisanterie à la mode dans les ateliers d'artistes. — **2.** D'Hautel note ce « terme injurieux et de mépris. Ignorant crasse ; homme d'une avarice sordide ; égoïste » (sens sorti d'usage) ; et jeu de mots (involontaire ?) sur cancrelat. — **3.** La deuxième ligne du roman indique que madame Vauquer tient sa pension « depuis quarante ans », ce qui en situe, par rapport au narrateur (1834), la fondation en 1794. L'action se déroulant en 1819-1820, la fondation aurait eu lieu, d'après ce passage, en 1789. Ce décalage s'explique si l'on se souvient que Balzac a reculé l'action de son roman de cinq années (de 1824 à 1819 ; voir p. 47 note 4 et l'« Histoire du texte. IV. Le manuscrit »).

beau quand il dort ? Prenez-lui donc la tête sur votre
épaule, madame Couture. Bah ! il tombe sur celle de
mademoiselle Victorine : il y a un dieu pour les
enfants. Encore un peu, il se fendait la tête sur la
pomme de la chaise. A eux deux, ils feraient un bien
joli couple.

— Ma voisine, taisez-vous donc, s'écria madame
Couture, vous dites des choses...

— Bah ! fit madame Vauquer, il n'entend pas.
Allons, Sylvie, viens m'habiller. Je vais mettre mon
grand corset.

— Ah bien ! votre grand corset, après avoir dîné,
madame, dit Sylvie. Non, cherchez quelqu'un pour
vous serrer, ce ne sera pas moi qui serai votre assassin. Vous commettriez là une imprudence à vous
coûter la vie.

— Ça m'est égal, il faut faire honneur à monsieur
Vautrin.

— Vous aimez donc bien vos héritiers ?

— Allons, Sylvie, pas de raisons, dit la veuve en
s'en allant.

— A son âge, dit la cuisinière en montrant sa maîtresse à Victorine.

Madame Couture et sa pupille, sur l'épaule de
laquelle dormait Eugène, restèrent seules dans la
salle à manger. Les ronflements de Christophe retentissaient dans la maison silencieuse, et faisaient res-
sortir le paisible sommeil d'Eugène, qui dormait
aussi gracieusement qu'un enfant. Heureuse de pouvoir se permettre un de ces actes de charité par lesquels s'épanchent tous les sentiments de la femme,
et qui lui faisait sans crime sentir le cœur du jeune
homme battant sur le sien, Victorine avait dans la
physionomie quelque chose de maternellement protecteur qui la rendait fière. A travers les mille pensées
qui s'élevaient dans son cœur, perçait un tumultueux
mouvement de volupté qu'excitait l'échange d'une
jeune et pure chaleur.

— Pauvre chère fille ! dit madame Couture en lui
pressant la main.

La vieille dame admirait cette candide et souffrante figure, sur laquelle était descendue l'auréole du bonheur. Victorine ressemblait à l'une de ces naïves peintures du Moyen Age[1] dans lesquelles tous les accessoires sont négligés par l'artiste, qui a réservé la magie d'un pinceau calme et fier pour la figure jaune de ton, mais où le ciel semble se refléter avec ses teintes d'or.

— Il n'a pourtant pas bu plus de deux verres, maman, dit Victorine en passant ses doigts dans la chevelure d'Eugène.

— Mais si c'était un débauché, ma fille, il aurait porté le vin comme tous ces autres. Son ivresse fait son éloge.

Le bruit d'une voiture retentit dans la rue.

— Maman, dit la jeune fille, voici monsieur Vautrin. Prenez donc monsieur Eugène. Je ne voudrais pas être vue ainsi par cet homme, il a des expressions qui salissent l'âme, et des regards qui gênent une femme comme si on lui enlevait sa robe.

— Non, dit madame Couture, tu te trompes ! Monsieur Vautrin est un brave homme, un peu dans le genre de défunt monsieur Couture, brusque, mais bon, un bourru bienfaisant.

En ce moment Vautrin entra tout doucement, et regarda le tableau formé par ces deux enfants que la lueur de la lampe semblait caresser.

— Eh ! bien, dit-il en se croisant les bras, voilà de ces scènes qui auraient inspiré de belles pages à ce bon Bernardin de Saint-Pierre, l'auteur de *Paul et Virginie*[2]. La jeunesse est bien belle, madame Couture. Pauvre enfant, dors, dit-il en contemplant Eugène, le bien vient quelquefois en dormant. Madame, reprit-il en s'adressant à la veuve, ce qui m'attache à ce jeune homme, ce qui m'émeut, c'est de savoir la beauté de son âme en harmonie avec celle de sa figure. Voyez, n'est-ce pas un chérubin posé sur l'épaule d'un ange ? il est digne d'être aimé,

---

1. Victorine a déjà été comparée « aux statuettes du Moyen Age » (p. 62). — **2.** Roman paru en 1787, l'un des modèles de la littérature romantique.

celui-là ! Si j'étais femme, je voudrais mourir (non,
pas si bête !) vivre pour lui. En les admirant ainsi,
madame, dit-il à voix basse et se penchant à l'oreille
de la veuve, je ne puis m'empêcher de penser que
Dieu les a créés pour être l'un à l'autre. La Providence a des voies bien cachées, elle sonde les reins
et les cœurs, s'écria-t-il à haute voix. En vous voyant
unis, mes enfants, unis par une même pureté, par
tous les sentiments humains, je me dis qu'il est
impossible que vous soyez jamais séparés dans l'avenir. Dieu est juste. Mais, dit-il à la jeune fille, il me
semble avoir vu chez vous des lignes de prospérité.
Donnez-moi votre main, mademoiselle Victorine ? je
me connais en chiromancie, j'ai dit souvent la bonne
aventure. Allons, n'ayez pas peur. Oh ! qu'aperçois-
je ? Foi d'honnête homme, vous serez avant peu l'une
des plus riches héritières de Paris. Vous comblerez
de bonheur celui qui vous aime. Votre père vous
appelle auprès de lui. Vous vous mariez avec un
homme titré, jeune, beau, qui vous adore.

En ce moment, les pas lourds de la coquette veuve
qui descendait interrompirent les prophéties de Vautrin.

— Voilà mamman Vauquerre belle comme un
astrrre, ficelée comme une carotte. N'étouffons-nous
pas un petit brin ? lui dit-il en mettant sa main sur
le haut du busc ; les avant-cœurs[1] sont bien pressés,
maman. Si nous pleurons, il y aura explosion ; mais
je ramasserai les débris avec un soin d'antiquaire[2].

— Il connaît le langage de la galanterie française,

---

1. Terme de boucherie : l'avant-cœur est « placé dans un endroit
très rapproché de celui qu'on connaît sous le nom de poitrine »,
c'est un « dépôt de graisse chez l'animal en voie d'engraissement
[il] s'explore avec la main, qui en constate la situation, le développement, la résistance » (Littré). Madame Vauquer a été, p. 71-72,
comparée au *Bœuf à la mode*. — **2.** Archéologue ou paléographe.
L'antiquaire est, au XIXe siècle, « celui qui s'applique à l'étude de
l'antiquité, en expliquant les anciennes médailles, les inscriptions,
l'usage et la forme des vases et des instruments antiques, en resti-
tuant les vieux manuscrits, et cherchant d'autres lumières qui
puissent jeter du jour sur l'histoire et les usages des temps
anciens » (Littré).

celui-là ! dit la veuve en se penchant à l'oreille de madame Couture.

— Adieu, enfants, reprit Vautrin en se tournant vers Eugène et Victorine. Je vous bénis, leur dit-il en leur imposant ses mains au-dessus de leurs têtes. Croyez-moi, mademoiselle, c'est quelque chose que les vœux d'un honnête homme, ils doivent porter bonheur, Dieu les écoute.

— Adieu, ma chère amie, dit madame Vauquer à sa pensionnaire. Croyez-vous, ajouta-t-elle à voix basse, que monsieur Vautrin ait des intentions relatives à ma personne ?

— Heu ! heu !

— Ah ! ma chère mère, dit Victorine en soupirant et en regardant ses mains, quand les deux femmes furent seules, si ce bon monsieur Vautrin disait vrai !

— Mais il ne faut qu'une chose pour cela, répondit la vieille dame, seulement que ton monstre de frère tombe de cheval.

— Ah ! maman.

— Mon Dieu, peut-être est-ce un péché que de souhaiter du mal à son ennemi, reprit la veuve. Eh ! bien, j'en ferai pénitence. En vérité, je porterai de bon cœur des fleurs sur sa tombe. Mauvais cœur ! il n'a pas le courage de parler pour sa mère, dont il garde à ton détriment l'héritage par des micmacs. Ma cousine avait une belle fortune. Pour ton malheur, il n'a jamais été question de son apport dans le contrat.

— Mon bonheur me serait souvent pénible à porter s'il coûtait la vie à quelqu'un, dit Victorine. Et s'il fallait, pour être heureuse, que mon frère disparût, j'aimerais mieux toujours être ici.

— Mon Dieu, comme dit ce bon monsieur Vautrin, qui, tu le vois, est plein de religion, reprit madame Couture, j'ai eu du plaisir à savoir qu'il n'est pas incrédule comme les autres, qui parlent de Dieu avec moins de respect que n'en a le diable. Eh ! bien, qui peut savoir par quelles voies il plaît à la Providence de nous conduire ?

Aidées par Sylvie, les deux femmes finirent par

transporter Eugène dans sa chambre, le couchèrent sur son lit, et la cuisinière lui défit ses habits pour le mettre à l'aise. Avant de partir, quand sa protectrice eut le dos tourné, Victorine mit un baiser sur le front d'Eugène avec tout le bonheur que devait lui causer ce criminel larcin. Elle regarda sa chambre, ramassa pour ainsi dire dans une seule pensée les mille félicités de cette journée, en fit un tableau qu'elle contempla longtemps, et s'endormit la plus heureuse créature de Paris. Le festoiement à la faveur duquel Vautrin avait fait boire à Eugène et au père Goriot du vin narcotisé[1] décida la perte de cet homme. Bianchon, à moitié gris, oublia de questionner mademoiselle Michonneau sur Trompe-la-Mort. S'il avait prononcé ce nom, il aurait certes éveillé la prudence de Vautrin, ou, pour lui rendre son vrai nom, de Jacques Collin, l'une des célébrités du bagne. Puis le sobriquet de Vénus du Père-Lachaise décida mademoiselle Michonneau à livrer le forçat au moment où, confiante en la générosité de Collin, elle calculait s'il ne valait pas mieux le prévenir et le faire évader pendant la nuit. Elle venait de sortir, accompagnée de Poiret, pour aller trouver le fameux chef de la police de sûreté[2], petite rue Sainte-Anne, croyant encore avoir affaire à un employé supérieur nommé Gondureau. Le directeur de la police judiciaire la reçut avec grâce. Puis, après une conversation où tout fut précisé, mademoiselle Michonneau demanda la potion à l'aide de laquelle elle devait opérer la vérification de la marque. Au geste de contentement que fit le grand homme de la petite rue Sainte-Anne, en cherchant une fiole dans un tiroir de son bureau, mademoiselle Michonneau devina qu'il y avait dans cette capture quelque chose de plus important que l'arrestation d'un simple forçat. A force de se creuser la cervelle, elle soupçonna que la

---

1. Préparé avec une drogue, « à l'opium » avait écrit Balzac dans son manuscrit (f° 113). Sans doute un néologisme. — 2. A cet endroit, sur le manuscrit, Balzac avait d'abord écrit « Vidocq » (voir l'« Histoire du texte. IV. Le manuscrit »).

police espérait, d'après quelques révélations faites
par les traîtres du bagne, arriver à temps pour mettre
la main sur des valeurs considérables. Quand elle eut
exprimé ses conjectures à ce renard, il se mit à sourire, et voulu détourner les soupçons de la vieille fille.

— Vous vous trompez, répondit-il. Collin est la
sorbonne la plus dangereuse qui jamais se soit trouvée du côté des voleurs. Voilà tout. Les coquins le
savent bien ; il est leur drapeau, leur soutien, leur
Bonaparte enfin ; ils l'aiment tous. Ce drôle ne nous
laissera jamais sa *tronche* en place de Grève.

Mademoiselle Michonneau ne comprenant pas,
Gondureau lui expliqua les deux mots d'argot dont il
s'était servi. *Sorbonne* et *tronche* sont deux énergi-
ques expressions du langage des voleurs, qui, les premiers, ont senti la nécessité de considérer la tête
humaine sous deux aspects. La *sorbonne* est la tête
de l'homme vivant, son conseil, sa pensée. La *tronche*
est un mot de mépris destiné à exprimer combien la
tête devient peu de chose quand elle est coupée.

— Collin nous joue, reprit-il. Quand nous ren-
controns de ces hommes en façon de barres d'acier
trempées à l'anglaise, nous avons la ressource de les
tuer si, pendant leur arrestation, ils s'avisent de faire
la moindre résistance. Nous comptons sur quelques
voies de fait pour tuer Collin demain matin. On évite
ainsi le procès, les frais de garde, la nourriture, et ça
débarrasse la société. Les procédures, les assigna-
tions aux témoins, leurs indemnités, l'exécution, tout
ce qui doit légalement nous défaire de ces garne-
ments-là coûte au-delà des mille écus que vous
aurez. Il y a économie de temps. En donnant un bon
coup de baïonnette dans la panse de Trompe-la-
Mort, nous empêcherons une centaine de crimes, et
nous éviterons la corruption de cinquante mauvais
sujets qui se tiendront bien sagement aux environs
de la correctionnelle. Voilà de la police bien faite.
Selon les vrais philanthropes, se conduire ainsi, c'est
prévenir les crimes.

— Mais c'est servir son pays, dit Poiret.

— Eh ! bien, répliqua le chef, vous dites des cho-

ses sensées ce soir, vous. Oui, certes, nous servons le
pays. Aussi le monde est-il bien injuste à notre égard.
Nous rendons à la société de bien grands services
ignorés. Enfin, il est d'un homme supérieur de se
mettre au-dessus des préjugés, et d'un chrétien
d'adopter les malheurs que le bien entraîne après soi
quand il n'est pas fait selon les idées reçues. Paris
est Paris, voyez-vous ? Ce mot explique ma vie. J'ai
l'honneur de vous saluer, mademoiselle. Je serai avec
mes gens au Jardin-du-Roi[1] demain. Envoyez Christophe rue de Buffon, chez monsieur Gondureau,
dans la maison où j'étais. Monsieur, je suis votre serviteur. S'il vous était jamais volé quelque chose, usez
de moi pour vous le faire retrouver, je suis à votre
service.

— Eh ! bien, dit Poiret à mademoiselle Michonneau, il se rencontre des imbéciles que ce mot de
police met sens dessus dessous. Ce monsieur est très
aimable, et ce qu'il vous demande est simple
comme bonjour.

Le lendemain devait prendre place parmi les jours
les plus extraordinaires de l'histoire de la maison
Vauquer. Jusqu'alors l'événement le plus saillant de
cette vie paisible avait été l'apparition météorique de
la fausse comtesse de l'Ambermesnil. Mais tout allait
pâlir devant les péripéties de cette grande journée,
de laquelle il serait éternellement question dans les
conversations de madame Vauquer. D'abord Goriot
et Eugène de Rastignac dormirent jusqu'à onze heures. Madame Vauquer, rentrée à minuit de la Gaîté[2],
resta jusqu'à dix heures et demie au lit. Le long sommeil de Christophe, qui avait achevé le vin offert par
Vautrin, causa des retards dans le service de la maison. Poiret et mademoiselle Michonneau ne se plai-
gnirent pas de ce que le déjeuner se reculait. Quant
à Victorine et à madame Couture, elles dormirent la
grasse matinée. Vautrin sortit avant huit heures, et

---

1. Au Jardin des Plantes. — 2. Du théâtre de la Gaîté, situé boulevard du Temple (on y donnait des vaudevilles ou des mélodrames). Madame Vauquer vient d'y voir *Le Mont sauvage* (p. 247).

revint au moment même où le déjeuner fut servi.
Personne ne réclama donc, lorsque, vers onze heures
un quart, Sylvie et Christophe allèrent frapper à
toutes les portes, en disant que le déjeuner attendait.
Pendant que Sylvie et le domestique s'absentèrent,
mademoiselle Michonneau, descendant la première,
versa la liqueur dans le gobelet d'argent appartenant
à Vautrin, et dans lequel la crème pour son café
chauffait au bain-marie, parmi tous les autres. La
vieille fille avait compté sur cette particularité de la
pension pour faire son coup. Ce ne fut pas sans quelques difficultés que les sept pensionnaires se trouvèrent réunis. Au moment où Eugène, qui se détirait
les bras, descendait le dernier de tous, un commissionnaire lui remit une lettre de madame de Nucingen. Cette lettre était ainsi conçue :

« Je n'ai ni fausse vanité ni colère avec vous, mon
ami. Je vous ai attendu jusqu'à deux heures après
minuit. Attendre un être que l'on aime ! Qui a connu
ce supplice ne l'impose à personne. Je vois bien que
vous aimez pour la première fois. Qu'est-il donc
arrivé ? L'inquiétude m'a prise. Si je n'avais craint de
livrer les secrets de mon cœur, je serais allée savoir
ce qui vous advenait d'heureux ou de malheureux.
Mais sortir à cette heure, soit à pied, soit en voiture,
n'était-ce pas se perdre ? J'ai senti le malheur d'être
femme. Rassurez-moi, expliquez-moi pourquoi vous
n'êtes pas venu, après ce que vous a dit mon père.
Je me fâcherai, mais je vous pardonnerai. Êtes-vous
malade ? pourquoi se loger si loin ? Un mot, de
grâce. A bientôt, n'est-ce pas ? Un mot me suffira si
vous êtes occupé. Dites : J'accours, ou je souffre.
Mais si vous étiez mal portant, mon père serait venu
me le dire ! Qu'est-il donc arrivé ?... »

— Oui, qu'est-il arrivé ? s'écria Eugène qui se précipita dans la salle à manger en froissant la lettre
sans l'achever. Quelle heure est-il ?

— Onze heures et demie, dit Vautrin en sucrant
son café.

Le forçat évadé jeta sur Eugène le regard froidement fascinateur que certains hommes éminemment

magnétiques ont le don de lancer, et qui, dit-on, calme les fous furieux dans les maisons d'aliénés. Eugène trembla de tous ses membres. Le bruit d'un fiacre se fit entendre dans la rue, et un domestique à la livrée de monsieur Taillefer, et que reconnut sur-le-champ madame Couture, entra précipitamment d'un air effaré.

— Mademoiselle, s'écria-t-il, monsieur votre père vous demande. Un grand malheur est arrivé. Monsieur Frédéric s'est battu en duel, il a reçu un coup d'épée dans le front, les médecins désespèrent de le sauver ; vous aurez à peine le temps de lui dire adieu, il n'a plus sa connaissance.

— Pauvre jeune homme ! s'écria Vautrin. Comment se querelle-t-on quand on a trente bonnes mille livres de rente ? Décidément la jeunesse ne sait pas se conduire.

— Monsieur ! lui cria Eugène.

— Eh ! bien, quoi, grand enfant ? dit Vautrin en achevant de boire son café tranquillement, opération que mademoiselle Michonneau suivait de l'œil avec trop d'attention pour s'émouvoir de l'événement extraordinaire qui stupéfiait tout le monde. N'y a-t-il pas des duels tous les matins à Paris ?

— Je vais avec vous, Victorine, disait madame Couture.

Et ces deux femmes s'envolèrent sans châle ni chapeau. Avant de s'en aller, Victorine, les yeux en pleurs, jeta sur Eugène un regard qui lui disait : Je ne croyais pas que notre bonheur dût me causer des larmes !

— Bah ! vous êtes donc prophète, monsieur Vautrin ? dit madame Vauquer.

— Je suis tout, dit Jacques Collin.

— C'est-y singulier ! reprit madame Vauquer en enfilant une suite de phrases insignifiantes sur cet événement. La mort nous prend sans nous consulter. Les jeunes gens s'en vont souvent avant les vieux. Nous sommes heureuses, nous autres femmes, de n'être pas sujettes au duel ; mais nous avons d'autres maladies que n'ont pas les hommes. Nous faisons les enfants, et le mal de mère dure longtemps ! Quel quine[1] pour Victorine ! Son père est forcé de l'adopter.

— Voilà ! dit Vautrin en regardant Eugène, hier elle était sans un sou, ce matin elle est riche de plusieurs millions.

— Dites donc, monsieur Eugène, s'écria madame Vauquer, vous avez mis la main au bon endroit.

A cette interpellation, le père Goriot regarda l'étudiant et lui vit à la main la lettre chiffonnée.

— Vous ne l'avez pas achevée ! qu'est-ce que cela veut dire ? seriez-vous comme les autres ? lui demanda-t-il.

— Madame, je n'épouserai jamais mademoiselle Victorine, dit Eugène en s'adressant à madame Vauquer avec un sentiment d'horreur et de dégoût qui surprit les assistants.

Le père Goriot saisit la main de l'étudiant et la lui serra. Il aurait voulu la baiser.

— Oh, oh ! fit Vautrin. Les Italiens ont un bon mot : *col tempo*[2] !

— J'attends la réponse, dit à Rastignac le commissionnaire de madame de Nucingen.

— Dites que j'irai.

L'homme s'en alla. Eugène était dans un violent état d'irritation qui ne lui permettait pas d'être prudent. — Que faire ? disait-il à haute voix, en se parlant à lui-même. Point de preuves !

Vautrin se mit à sourire. En ce moment la potion absorbée par l'estomac commençait à opérer. Néanmoins le forçat était si robuste qu'il se leva, regarda Rastignac, lui dit d'une voix creuse : — Jeune homme, le bien nous vient en dormant.

Et il tomba roide mort.

— Il y a donc une justice divine, dit Eugène.

---

1. Cinq numéros pris et sortis ensemble à la loterie, ou formant une rangée au loto. Littré note le sens figuré : « C'est un quine à la loterie, c'est un avantage, un bonheur inespéré. » — **2.** Avec le temps.

— Eh ! bien, qu'est-ce qui lui prend donc, à ce pauvre cher monsieur Vautrin ?

— Une apoplexie, cria mademoiselle Michonneau.

— Sylvie, allons, ma fille, va chercher le médecin, dit la veuve. Ah ! monsieur Rastignac, courez donc vite chez monsieur Bianchon ; Sylvie peut ne pas rencontrer notre médecin, monsieur Grimprel.

Rastignac, heureux d'avoir un prétexte de quitter cette épouvantable caverne, s'enfuit en courant.

— Christophe, allons, trotte chez l'apothicaire demander quelque chose contre l'apoplexie.

Christophe sortit.

— Mais, père Goriot, aidez-nous à le transporter là-haut, chez lui.

Vautrin fut saisi, manœuvré à travers l'escalier et mis sur son lit.

— Je ne vous suis bon à rien, je vais voir ma fille, dit monsieur Goriot.

— Vieil égoïste ! s'écria madame Vauquer, va, je te souhaite de mourir comme un chien.

— Allez donc voir si vous avez de l'éther, dit à madame Vauquer mademoiselle Michonneau qui aidée par Poiret avait défait les habits de Vautrin.

Madame Vauquer descendit chez elle et laissa mademoiselle Michonneau maîtresse du champ de bataille.

— Allons, ôtez-lui donc sa chemise et retournez-le vite ! Soyez donc bon à quelque chose en m'évitant de voir des nudités, dit-elle à Poiret. Vous restez là comme Baba[1].

Vautrin retourné, mademoiselle Michonneau appliqua sur l'épaule du malade une forte claque, et les deux fatales lettres reparurent en blanc au milieu de la place rouge[2].

— Tiens, vous avez bien lestement gagné votre

---

1. Non attestée avant 1790, cette onomatopée marquant la stupéfaction est demeurée dans la locution moderne « en rester baba ». — 2. P.-G. Castex (*op. cit.*, p. XXVII) rapporte qu'un épisode semblable se trouve dans les *Mémoires de Vidocq* (1828-1829), tome I, chapitre 5). On le retrouvera encore dans *Splendeurs et misères des courtisanes* (Pl. VI, 751).

gratification de trois mille francs, s'écria Poiret en
tenant Vautrin debout, pendant que mademoiselle
Michonneau lui remettait sa chemise. — Ouf ! il est
lourd, reprit-il en le couchant.

— Taisez-vous. S'il y avait une caisse ? dit vivement la vieille fille dont les yeux semblaient percer
les murs, tant elle examinait avec avidité les moindres meubles de la chambre. — Si l'on pouvait
ouvrir ce secrétaire, sous un prétexte quelconque ?
reprit-elle.

— Ce serait peut-être mal, répondit Poiret.

— Non. L'argent volé, ayant été celui de tout le
monde, n'est plus à personne. Mais le temps nous
manque, répondit-elle. J'entends la Vauquer.

— Voilà de l'éther, dit madame Vauquer. Par
exemple, c'est aujourd'hui la journée aux aventures.
Dieu ! cet homme-là ne peut pas être malade, il est
blanc comme un poulet.

— Comme un poulet ? répéta Poiret.

— Son cœur bat régulièrement, dit la veuve en lui
posant la main sur le cœur.

— Régulièrement ? dit Poiret étonné.

— Il est très bien.

— Vous trouvez ? demanda Poiret.

— Dame ! il a l'air de dormir. Sylvie est allée chercher un médecin. Dites donc, mademoiselle Michonneau, il renifle à l'éther. Bah ! c'est un *se-passe* (un
spasme). Son pouls est bon. Il est fort comme un
Turc. Voyez donc, mademoiselle, quelle palatine[1] il a
sur l'estomac ; il vivra cent ans, cet homme-là ! Sa
perruque tient bien tout de même. Tiens, elle est collée, il a de faux cheveux, rapport à ce qu'il est rouge.
On dit qu'ils sont tout bons ou tout mauvais, les rouges ! Il serait donc bon, lui ?

— Bon à pendre, dit Poiret.

— Vous voulez dire au cou d'une jolie femme,
s'écria vivement mademoiselle Michonneau. Allez-
vous-en donc, monsieur Poiret. Ça nous regarde,

---

1. « Fourrure que portent les femmes autour du cou et sur les
épaules en hiver » (Littré). Ici, poil.

nous autres, de vous soigner quand vous êtes mala-
des. D'ailleurs, pour ce à quoi vous êtes bon, vous
pouvez bien vous promener, ajouta-t-elle. Madame
Vauquer et moi, nous garderons bien ce cher monsieur Vautrin.

Poiret s'en alla doucement et sans murmurer,
comme un chien à qui son maître donne un coup de
pied. Rastignac était sorti pour marcher, pour prendre l'air, il étouffait. Ce crime commis à heure fixe,
il avait voulu l'empêcher la veille. Qu'était-il arrivé ?
Que devait-il faire ? Il tremblait d'en être le complice.
Le sang-froid de Vautrin l'épouvantait encore.

— Si cependant Vautrin mourait sans parler ? se
disait Rastignac.

Il allait à travers les allées du Luxembourg, comme
s'il eût été traqué par une meute de chiens, et il lui
semblait en entendre les aboiements.

— Eh ! bien, lui cria Bianchon, as-tu lu *Le Pilote* ?
Le Pilote était une feuille radicale dirigée par monsieur Tissot, et qui donnait pour la province, quelques heures après les journaux du matin, une édition
où se trouvaient les nouvelles du jour, qui alors
avaient, dans les départements, vingt-quatre heures
d'avance sur les autres feuilles[1].

— Il s'y trouve une fameuse histoire, dit l'interne
de l'hôpital Cochin. Le fils Taillefer s'est battu en duel
avec le comte Franchessini, de la vieille garde, qui

---

1. Anachronisme : l'action se situe au début de 1820, or *Le Pilote*
parut de 1821 (*B.F.* du 24 novembre) à 1827. Journal d'opposition
libérale dirigé par Pierre-François Tissot (1768-1854), ancien professeur au Collège de France révoqué sous la Restauration ;
Horace Raisson et Lepoitevin de L'Égreville (dit Viellerglé), deux
amis de Balzac, y collaboraient. A diverses reprises, ce journal
rendit compte des premières publications du jeune Honoré, le
12 septembre 1822 (*Clotilde de Lusignan*), le 12 juillet 1823 (*La
Dernière Fée*), au cours du premier semestre 1824 (*Du droit
d'aînesse*). Le dossier *Lov.* A 251, qui porte un titre de la main de
Balzac : « Renseignements pris aux journaux, soit : 1° relativement à des articles sur, pour ou contre moi ; 2° sur des professions
de foi de personne ; 3° sur des faits curieux, etc. », conserve sept
articles réunis par l'écrivain concernant quelques-uns de ses
romans de jeunesse : l'article du 12 septembre 1822 s'y trouve.

lui a mis deux pouces de fer dans le front. Voilà la petite Victorine un des plus riches partis de Paris. Hein ! si l'on avait su cela ? Quel trente-et-quarante[1] que la mort ! Est-il vrai que Victorine te regardait d'un bon œil, toi ?

— Tais-toi, Bianchon, je ne l'épouserai jamais. J'aime une délicieuse femme, j'en suis aimé, je...

— Tu dis cela comme si tu te battais les flancs pour ne pas être infidèle. Montre-moi donc une femme qui vaille le sacrifice de la fortune du sieur Taillefer.

— Tous les démons sont donc après moi ? s'écria Rastignac.

— Après qui donc en as-tu ? es-tu fou ? Donne-moi donc la main, dit Bianchon, que je te tâte le pouls. Tu as la fièvre.

— Va donc chez la mère Vauquer, lui dit Eugène, ce scélérat de Vautrin vient de tomber comme mort.

— Ah ! dit Bianchon, qui laissa Rastignac seul, tu me confirmes des soupçons que je veux aller vérifier.

La longue promenade de l'étudiant en droit fut solennelle. Il fit en quelque sorte le tour de sa conscience. S'il frotta, s'il s'examina, s'il hésita, du moins sa probité sortit de cette âpre et terrible discussion éprouvée comme une barre de fer qui résiste à tous les essais. Il se souvint des confidences que le père Goriot lui avait faites la veille, il se rappela l'appartement choisi pour lui près de Delphine, rue d'Artois ; il reprit sa lettre, la relut, la baisa. — Un tel amour est mon ancre de salut, se dit-il. Ce pauvre vieillard a bien souffert par le cœur. Il ne dit rien de ses chagrins, mais qui ne les devinerait pas ! Eh ! bien, j'aurai soin de lui comme d'un père, je lui donnerai mille jouissances. Si elle m'aime, elle viendra souvent chez moi passer la journée près de lui. Cette

---

1. Dans ce jeu de hasard que *L'Avare* de Molière connaissait déjà (II, v), la chance tourne brutalement. Il « se joue avec des cartes ; c'est un jeu de banque ; celui qui amène le plus près de trente gagne ; à trente et un il gagne double ; et à quarante il perd double » (Littré).

grande comtesse de Restaud est une infâme, elle ferait un portier de son père. Chère Delphine ! elle est meilleure pour le bonhomme, elle est digne d'être aimée. Ah ! ce soir je serai donc heureux ! Il tira la montre, l'admira. — Tout m'a réussi ! Quand on s'aime bien pour toujours, l'on peut s'aider, je puis recevoir cela. D'ailleurs je parviendrai, certes, et pourrai tout rendre au centuple. Il n'y a dans cette liaison ni crime, ni rien qui puisse faire froncer le sourcil à la vertu la plus sévère. Combien d'honnêtes gens contractent des unions semblables ! Nous ne trompons personne ; et ce qui nous avilit, c'est le mensonge. Mentir, n'est-ce pas abdiquer ? Elle s'est depuis longtemps séparée de son mari. D'ailleurs, je lui dirai, moi, à cet Alsacien, de me céder une femme qu'il lui est impossible de rendre heureuse.

Le combat de Rastignac dura longtemps. Quoique la victoire dût rester aux vertus de la jeunesse, il fut néanmoins ramené par une invincible curiosité sur les quatre heures et demie, à la nuit tombante, vers la maison Vauquer, qu'il se jurait à lui-même de quitter pour toujours. Il voulait savoir si Vautrin était mort. Après avoir eu l'idée de lui administrer un vomitif, Bianchon avait fait porter à son hôpital les matières rendues par Vautrin, afin de les analyser chimiquement. En voyant l'insistance que mit mademoiselle Michonneau à vouloir les faire jeter, ses doutes se fortifièrent. Vautrin fut d'ailleurs trop promptement rétabli pour que Bianchon ne soupçonnât pas quelque complot contre le joyeux boute-en-train de la pension. A l'heure où rentra Rastignac, Vautrin se trouvait donc debout près du poêle dans la salle à manger. Attirés plus tôt que de coutume par la nouvelle du duel de Taillefer le fils, les pensionnaires, curieux de connaître les détails de l'affaire et l'influence qu'elle avait eue sur la destinée de Victorinen, étaient réunis, moins le père Goriot, et devisaient de cette aventure. Quand Eugène entra, ses yeux rencontrèrent ceux de l'imperturbable Vautrin, dont le regard pénétra si avant dans son cœur et y remua si fortement quelques cordes mauvaises, qu'il en frissonna.

— Eh ! bien, cher enfant, lui dit le forçat évadé, la Camuse[1] aura longtemps tort avec moi. J'ai, selon ces dames, soutenu victorieusement un coup de sang qui aurait dû tuer un bœuf.

— Ah ! vous pouvez bien dire un taureau, s'écria la veuve Vauquer.

— Seriez-vous donc fâché de me voir en vie ? dit Vautrin à l'oreille de Rastignac dont il crut deviner les pensées. Ce serait d'un homme diantrement fort !

— Ah, ma foi ! dit Bianchon, mademoiselle Michonneau parlait avant-hier d'un monsieur surnommé *Trompe-la-Mort* ; ce nom-là vous irait bien.

Ce mot produisit sur Vautrin l'effet de la foudre : il pâlit et chancela, son regard magnétique tomba comme un rayon de soleil sur mademoiselle Michonneau, à laquelle ce jet de volonté cassa les jarrets. La vieille fille se laissa couler sur une chaise. Poiret s'avança vivement entre elle et Vautrin, comprenant qu'elle était en danger, tant la figure du forçat devint férocement significative en déposant le masque bénin sous lequel se cachait sa vraie nature. Sans rien comprendre encore à ce drame, tous les pensionnaires restèrent ébahis. En ce moment, l'on entendit le pas de plusieurs hommes, et le bruit de quelques fusils que des soldats firent sonner sur le pavé de la rue. Au moment où Collin cherchait machinalement une issue en regardant les fenêtres et les murs, quatre hommes se montrèrent à la porte du salon. Le premier était le chef de la police de sûreté, les trois autres étaient des officiers de paix[2].

— Au nom de la loi et du roi, dit un des officiers dont le discours fut couvert par un murmure d'étonnement.

Bientôt le silence régna dans la salle à manger, les pensionnaires se séparèrent pour livrer passage à

---

1. La Mort (souvent représentée par un squelette camus, sans nez). — **2.** Magistrats chargés de veiller à la tranquillité publique (fonction disparue en 1921).

trois de ces hommes, qui tous avaient la main dans leur poche de côté et y tenaient un pistolet armé. Deux gendarmes qui suivaient les agents occupèrent la porte du salon, et deux autres se montrèrent à celle qui sortait par l'escalier. Le pas et les fusils de plusieurs soldats retentirent sur le pavé caillouteux qui longeait la façade. Tout espoir de fuite fut donc interdit à Trompe-la-Mort, sur qui tous les regards s'arrêtèrent irrésistiblement. Le chef alla droit à lui, commença par lui donner sur la tête une tape si violemment appliquée qu'il fit sauter la perruque et rendit à la tête de Collin toute son horreur[1]. Accompagnées de cheveux rouge-brique et courts qui leur donnaient un épouvantable caractère de force mêlée de ruse, cette tête et cette face, en harmonie avec le buste, furent intelligemment illuminées comme si les feux de l'enfer les eussent éclairées. Chacun comprit tout Vautrin, son passé, son présent, son avenir, ses doctrines implacables, la religion de son bon plaisir, la royauté que lui donnaient le cynisme de ses pensées, de ses actes, et la force d'une organisation faite à tout. Le sang lui monta au visage, et ses yeux brillèrent comme ceux d'un chat sauvage. Il bondit sur lui-même par un mouvement empreint d'une si féroce énergie, il rugit si bien qu'il arracha des cris de terreur à tous les pensionnaires. A ce geste de lion, et s'appuyant de la clameur générale, les agents tirèrent leurs pistolets. Collin comprit son danger en voyant briller le chien de chaque arme, et donna tout à coup la preuve de la plus haute puissance humaine. Horrible et majestueux spectacle ! sa physionomie présenta un phénomène qui ne peut être comparé qu'à celui de la chaudière pleine de cette vapeur fumeuse qui soulèverait des montagnes, et que dissout en un clin d'œil une goutte d'eau froide. La goutte d'eau qui

---

1. Épisode semblable dans *Splendeurs et misères des courtisanes* : la tête de Vautrin, dépouillée de sa perruque, apparaîtra « épouvantable à voir », elle aura « son caractère réel » (Pl. VI, 749).

froidit sa rage fut une réflexion rapide comme un éclair. Il se mit à sourire et regarda sa perruque.

— Tu n'es pas dans tes jours de politesse, dit-il au chef de la police de sûreté. Et il tendit ses mains aux gendarmes en les appelant par un signe de tête. Messieurs les gendarmes, mettez-moi les menottes ou les poucettes[1]. Je prends à témoin les personnes présentes que je ne résiste pas. Un murmure admiratif, arraché par la promptitude avec laquelle la lave et le feu sortirent et rentrèrent dans ce volcan humain, retentit dans la salle. — Ça te la coupe, monsieur l'enfonceur[2], reprit le forçat en regardant le célèbre directeur de la police judiciaire.

— Allons, qu'on se déshabille, lui dit l'homme de la petite rue Sainte-Anne d'un air plein de mépris.

— Pourquoi ? dit Collin, il y a des dames. Je ne nie rien, et je me rends.

Il fit une pause, et regarda l'assemblée comme un orateur qui va dire des choses surprenantes.

— Écrivez, papa Lachapelle, dit-il en s'adressant à un petit vieillard en cheveux blancs qui s'était assis au bout de la table après avoir tiré d'un portefeuille le procès-verbal de l'arrestation. Je reconnais être Jacques Collin, dit Trompe-la-Mort, condamné à vingt ans de fers ; et je viens de prouver que je n'ai pas volé mon surnom. Si j'avais seulement levé la main, dit-il aux pensionnaires, ces trois mouchards-là répandaient tout mon *raisiné* sur le *trimar*[3] domestique de maman Vauquer. Ces drôles se mêlent de combiner des guets-apens !

Madame Vauquer se trouva mal en entendant ces mots. — Mon Dieu ! c'est à en faire une maladie ; moi qui étais hier à la Gaîté avec lui, dit-elle à Sylvie.

— De la philosophie, maman, reprit Collin. Est-ce un malheur d'être allée dans ma loge hier, à la Gaîté ? s'écria-t-il. Êtes-vous meilleure que nous ?

---

1. Chaînes qui attachent les pouces d'un prisonnier. — **2.** L'enfoncé est le condamné (dans *Les Voleurs* de Vidocq) ; l'enfonceur est celui qui condamne, qui livre à la justice. — **3.** Argot pour « mon sang sur le sol ».

Nous avons moins d'infamie sur l'épaule que vous
n'en avez dans le cœur, membres flasques d'une
société gangrenée : le meilleur d'entre vous ne me
résistait pas. Ses yeux s'arrêtèrent sur Rastignac,
auquel il adressa un sourire gracieux qui contrastait
singulièrement avec la rude expression de sa figure.
— Notre petit marché va toujours, mon ange, en cas
d'acceptation, toutefois ! Vous savez ? Il chanta :

> Ma Fanchette est charmante
> Dans sa simplicité.

— Ne soyez pas embarrassé, reprit-il, je sais faire
mes recouvrements. L'on me craint trop pour me
flouer, moi !
Le bagne avec ses mœurs et son langage, avec ses
brusques transitions du plaisant à l'horrible, son
épouvantable grandeur, sa familiarité, sa bassesse,
fut tout à coup représenté dans cette interpellation
et par cet homme, qui ne fut plus un homme, mais
le type de toute une nation dégénérée, d'un peuple
sauvage et logique, brutal et souple. En un moment
Collin devint un poème infernal où se peignirent tous
les sentiments humains, moins un seul, celui du
repentir. Son regard était celui de l'archange déchu
qui veut toujours la guerre. Rastignac baissa les yeux
en acceptant ce cousinage criminel comme une
expiation de ses mauvaises pensées.
— Qui m'a trahi ? dit Collin en promenant son terrible regard sur l'assemblée. Et l'arrêtant sur mademoiselle Michonneau : C'est toi, lui dit-il, vieille
cagnotte[1], tu m'as donné un faux coup de sang,
curieuse ! En disant deux mots, je pourrais te faire
scier le cou dans huit jours. Je te pardonne, je suis
chrétien. D'ailleurs ce n'est pas toi qui m'as vendu.
Mais qui ? — Ah ! ah ! vous fouillez là-haut, s'écria-
t-il en entendant les officiers de la police judiciaire

---

1. D'Hautel note ce mot comme « synonyme de cagnard, dont il
semble être une apocope » ; cagnard : « homme avare et pares-
seux ; très attaché à ses foyers ».

qui ouvraient ses armoires et s'emparaient de ses effets. Dénichés les oiseaux, envolés d'hier. Et vous ne saurez rien. Mes livres de commerce sont là, dit-il en se frappant le front. Je sais qui m'a vendu maintenant. Ce ne peut être que ce gredin de Fil-de-Soie. Pas vrai, père l'empoigneur ? dit-il au chef de police. Ça s'accorde trop bien avec le séjour de nos billets de banque là-haut. Plus rien, mes petits mouchards. Quant à Fil-de-Soie, il sera *terré*[1] sous quinze jours[2], lors même que vous le feriez garder par toute votre gendarmerie. — Que lui avez-vous donné, à cette Michonnette ? dit-il aux gens de la police, quelque millier d'écus ? Je valais mieux que ça, Ninon cariée, Pompadour en loques[3], Vénus du Père-Lachaise. Si tu m'avais prévenu, tu aurais eu six mille francs. Ah ! tu ne t'en doutais pas, vieille vendeuse de chair, sans quoi j'aurais eu la préférence. Oui, je les aurais donnés pour éviter un voyage qui me contrarie et qui me fait perdre de l'argent, disait-il pendant qu'on lui mettait les menottes. Ces gens-là vont se faire un plaisir de me traîner un temps infini pour m'*otolondrer*[4]. S'ils m'envoyaient tout de suite au bagne, je serais bientôt rendu à mes occupations, malgré nos petits badauds du quai des Orfèvres. Là-bas, ils vont tous se mettre l'âme à l'envers pour faire évader leur général, ce bon Trompe-la-Mort ! Y a-t-il un de vous qui soit, comme moi, riche de plus de dix mille frères prêts à tout faire pour vous ? demanda-t-il avec fierté. Il y a du bon là, dit-il en se frappant le cœur ; je n'ai jamais trahi personne ! Tiens, cagnotte, vois-les, dit-il en s'adressant à la vieille fille. Ils me regardent avec terreur, mais toi tu leur soulèves le cœur de dégoût. Ramasse ton lot. Il fit une pause en contemplant les pensionnaires. — Êtes-vous bêtes,

---

1. Néologisme argotique pour « tué » (mis en terre). — 2. Non, on retrouvera Fil-de-Soie dans *Splendeurs et misères des courtisanes*, en prison, avec Vautrin. — 3. Ninon de Lenclos (1616-1706), courtisane et femme galante ; Mme de Pompadour, née Jeanne Poisson (1721-1764), maîtresse de Louis XV. — 4. Néologisme argotique pour « ennuyer » ou « abrutir » (peut-être d'après l'espagnol *atalondrar*, étourdir, assourdir).

vous autres ! n'avez-vous jamais vu de forçat ? Un forçat de la trempe de Collin, ici présent, est un homme moins lâche que les autres, et qui proteste contre les profondes déceptions du contrat social, comme dit Jean-Jacques[1], dont je me glorifie d'être l'élève. Enfin, je suis seul contre le gouvernement avec son tas de tribunaux, de gendarmes, de budgets, et je les roule.

— Diantre ! dit le peintre, il est fameusement beau à dessiner.

— Dis-moi, menin[2] de monseigneur le bourreau, gouverneur de la Veuve (nom plein de terrible poésie que les forçats donnent à la guillotine), ajouta-t-il en se tournant vers le chef de la police de sûreté, sois bon enfant, dis-moi si c'est Fil-de-Soie qui m'a vendu ! Je ne voudrais pas qu'il payât pour un autre, ce ne serait pas juste.

En ce moment les agents qui avaient tout ouvert et tout inventorié chez lui rentrèrent et parlèrent à voix basse au chef de l'expédition. Le procès-verbal était fini.

— Messieurs, dit Collin en s'adressant aux pensionnaires, ils vont m'emmener. Vous avez été tous très aimables pour moi pendant mon séjour ici, j'en aurai de la reconnaissance. Recevez mes adieux. Vous me permettrez de vous envoyer des figues de Provence[3]. Il fit quelques pas, et se retourna pour regarder Rastignac. Adieu, Eugène, dit-il d'une voix douce et triste qui contrastait singulièrement avec le ton brusque de ses discours. Si tu étais gêné, je t'ai laissé un ami dévoué. Malgré ses menottes, il put se mettre en garde, fit un appel de maître d'armes, cria :

---

1. La référence au *Contrat social* de Rousseau (1762) n'est pas inattendue ; nous avons vu Vautrin dire à Eugène : « J'ai bien réfléchi à la constitution actuelle de votre désordre social » (p. 161). — 2. Le menin était, en France, un gentilhomme attaché à la personne du Dauphin (on songera au grand tableau *Les Ménines* de Vélasquez, 1656). — 3. Vautrin pense sans doute qu'il sera reconduit au bagne de Toulon, dont il s'était évadé (p. 229) ; mais c'est à Rochefort qu'il sera mené (*Splendeurs et misères des courtisanes*, Pl. VI, 502-503).

Une, deux ! et se fendit. En cas de malheur, adresse-toi là. Homme et argent, tu peux disposer de tout.

Ce singulier personnage mit assez de bouffonnerie dans ces dernières paroles pour qu'elles ne pussent être comprises que de Rastignac et de lui. Quand la maison fut évacuée par les gendarmes, par les soldats et par les agents de la police, Sylvie, qui frottait de vinaigre les tempes de sa maîtresse, regarda les pensionnaires étonnés.

— Eh ! bien, dit-elle, c'était un bon homme tout de même.

Cette phrase rompit le charme que produisaient sur chacun l'affluence et la diversité des sentiments excités par cette scène. En ce moment, les pensionnaires, après s'être examinés entre eux, virent tous à la fois mademoiselle Michonneau grêle, sèche et froide autant qu'une momie, tapie près du poêle, les yeux baissés, comme si elle eût craint que l'ombre de son abat-jour ne fût pas assez forte pour cacher l'expression de ses regards. Cette figure, qui leur était antipathique depuis si longtemps, fut tout à coup expliquée. Un murmure, qui, par sa parfaite unité de son, trahissait un dégoût unanime, retentit sourdement. Mademoiselle Michonneau l'entendit et resta. Bianchon, le premier, se pencha vers son voisin.

— Je décampe si cette fille doit continuer à dîner avec nous, dit-il à demi-voix.

En un clin d'œil chacun, moins Poiret, approuva la proposition de l'étudiant en médecine, qui, fort de l'adhésion générale, s'avança vers le vieux pensionnaire.

— Vous qui êtes lié particulièrement avec mademoiselle Michonneau, lui dit-il, parlez-lui, faites-lui comprendre qu'elle doit s'en aller à l'instant même.

— A l'instant même ? répéta Poiret étonné.

Puis il vint auprès de la vieille, et lui dit quelques mots à l'oreille.

— Mais mon terme est payé, je suis ici pour mon argent comme tout le monde, dit-elle en lançant un regard de vipère sur les pensionnaires.

— Qu'à cela ne tienne, nous nous cotiserons pour vous le rendre, dit Rastignac.

— Monsieur soutient Collin, répondit-elle en jetant sur l'étudiant un regard venimeux et interrogateur, il n'est pas difficile de savoir pourquoi.

A ce mot, Eugène bondit comme pour se ruer sur la vieille fille et l'étrangler. Ce regard, dont il comprit les perfidies, venait de jeter une horrible lumière dans son âme.

— Laissez-la donc, s'écrièrent les pensionnaires.

Rastignac se croisa les bras et resta muet.

— Finissons-en avec mademoiselle Judas, dit le peintre en s'adressant à madame Vauquer. Madame, si vous ne mettez pas à la porte la Michonneau, nous quittons tous votre baraque, et nous dirons partout qu'il ne s'y trouve que des espions et des forçats. Dans le cas contraire, nous nous tairons tous sur cet événement, qui, au bout du compte, pourrait arriver dans les meilleures sociétés, jusqu'à ce qu'on marque les galériens au front, et qu'on leur défende de se déguiser en bourgeois de Paris et de se faire aussi bêtement farceurs qu'ils le sont tous.

A ce discours, madame Vauquer retrouva miraculeusement la santé, se redressa, se croisa les bras, ouvrit ses yeux clairs et sans apparence de larmes.

— Mais, mon cher monsieur, vous voulez donc la ruine de ma maison ? Voilà monsieur Vautrin... Oh ! mon Dieu, se dit-elle en s'interrompant elle-même, je ne puis pas m'empêcher de l'appeler par son nom d'honnête homme ! Voilà, reprit-elle, un appartement vide, et vous voulez que j'en aie deux de plus à louer dans une saison où tout le monde est casé.

— Messieurs, prenons nos chapeaux, et allons dîner place Sorbonne, chez Flicoteaux[1], dit Bianchon.

---

1. L'un des restaurants les plus célèbres de *La Comédie humaine*. Situé place de la Sorbonne, il était fréquenté par une clientèle d'étudiants désargentés. Dans ce « temple de la faim et de la misère » longuement évoqué dans *Illusions perdues*, Lucien de Rubempré rencontrera le journaliste Étienne Lousteau (Pl. V, 294-296).

Madame Vauquer calcula d'un seul coup d'œil le parti le plus avantageux, et roula jusqu'à mademoiselle Michonneau.

— Allons, ma chère petite belle, vous ne voulez pas la mort de mon établissement, hein ? Vous voyez à quelle extrémité me réduisent ces messieurs ; remontez dans votre chambre pour ce soir.

— Du tout, du tout, crièrent les pensionnaires, nous voulons qu'elle sorte à l'instant.

— Mais elle n'a pas dîné, cette pauvre demoiselle, dit Poiret d'un ton piteux.

— Elle ira dîner où elle voudra, crièrent plusieurs voix.

— A la porte, la moucharde !

— A la porte, les mouchards !

— Messieurs, s'écria Poiret, qui s'éleva tout à coup à la hauteur du courage que l'amour prête aux béliers, respectez une personne du sexe.

— Les mouchards ne sont d'aucun sexe, dit le peintre.

— Fameux sexorama !

— A la portorama !

— Messieurs, ceci est indécent. Quand on renvoie les gens, on doit y mettre des formes. Nous avons payé, nous restons, dit Poiret en se couvrant de sa casquette et se plaçant sur une chaise à côté de mademoiselle Michonneau, que prêchait madame Vauquer.

— Méchant, lui dit le peintre d'un air comique, petit méchant, va !

— Allons, si vous ne vous en allez pas, nous nous en allons, nous autres, dit Bianchon.

Et les pensionnaires firent en masse un mouvement vers le salon.

— Mademoiselle, que voulez-vous donc ? s'écria madame Vauquer, je suis ruinée. Vous ne pouvez pas rester, ils vont en venir à des actes de violence.

Mademoiselle Michonneau se leva.

— Elle s'en ira ! — Elle ne s'en ira pas ! — Elle s'en ira ! — Elle ne s'en ira pas ! Ces mots dits alternativement, et l'hostilité des propos qui commençaient à se tenir sur elle, contraignirent mademoiselle Michonneau à partir, après quelques stipulations faites à voix basse avec l'hôtesse.

— Je vais chez madame Buneaud, dit-elle d'un air menaçant.

— Allez où vous voudrez, mademoiselle, dit madame Vauquer, qui vit une cruelle injure dans le choix qu'elle faisait d'une maison avec laquelle elle rivalisait, et qui lui était conséquemment odieuse. Allez chez la Buneaud, vous aurez du vin à faire danser les chèvres, et des plats achetés chez les regrattiers[1].

Les pensionnaires se mirent sur deux files dans le plus grand silence. Poiret regarda si tendrement mademoiselle Michonneau, il se montra si naïvement indécis, sans savoir s'il devait la suivre ou rester, que les pensionnaires, heureux du départ de mademoiselle Michonneau, se mirent à rire en se regardant.

— Xi, xi, xi, Poiret, lui cria le peintre. Allons, houpe là, haoup !

L'employé au Muséum se mit à chanter comiquement ce début d'une romance connue :

> Partant pour la Syrie,
> Le jeune et beau Dunois[2]...

— Allez donc, vous en mourez d'envie, *trahit sua quemque voluptas*, dit Bianchon.

— Chacun suit sa particulière, traduction libre de Virgile, dit le répétiteur[3].

Mademoiselle Michonneau ayant fait le geste de prendre le bras de Poiret en le regardant, il ne put

---

1. « Celui, celle qui vend en détail, et de seconde main, des marchandises de médiocre valeur » (Littré). — 2. Romance de la fin du XVIIIe siècle devenue chant bonapartiste. La musique en avait été composée, sur des paroles du comte de Laborde, par Hortense de Beauharnais (1783-1837), reine de Hollande et mère du futur Napoléon III. — 3. Moins librement : « Chacun se laisse entraîner par son plaisir » (*Les Bucoliques*, II, vers 65). Deuxième citation de Virgile (après celle de la p. 122).

résister à cet appel, et vint donner son appui à la vieille. Des applaudissements éclatèrent, et il y eut une explosion de rires. — Bravo, Poiret ! — Ce vieux Poiret ! — Apollon-Poiret. — Mars-Poiret. — Courageux Poiret !

En ce moment, un commissionnaire entra, remit une lettre à madame Vauquer qui se laissa couler sur sa chaise, après l'avoir lue.

— Mais il n'y a plus qu'à brûler ma maison, le tonnerre y tombe. Le fils Taillefer est mort à trois heures. Je suis bien punie d'avoir souhaité du bien à ces dames au détriment de ce pauvre jeune homme. Madame Couture et Victorine me redemandent leurs effets, et vont demeurer chez son père. Monsieur Taillefer permet à sa fille de garder la veuve Couture comme demoiselle de compagnie. Quatre appartements vacants, cinq pensionnaires de moins ! Elle s'assit et parut près de pleurer. Le malheur est entré chez moi, s'écria-t-elle.

Le roulement d'une voiture qui s'arrêtait retentit tout à coup dans la rue.

— Encore quelque chape-chute[1], dit Sylvie.

Goriot montra soudain une physionomie brillante et colorée de bonheur, qui pouvait faire croire à sa régénération.

— Goriot en fiacre, dirent les pensionnaires, la fin du monde arrive.

Le bonhomme alla droit à Eugène, qui restait pensif dans un coin, et le prit par le bras : — Venez, lui dit-il d'un air joyeux.

— Vous ne savez donc pas ce qui se passe ? lui dit Eugène. Vautrin était un forçat que l'on vient d'arrêter, et le fils Taillefer est mort.

— Eh ! bien, qu'est-ce que ça nous fait ? répondit le père Goriot. Je dîne avec ma fille, chez vous, entendez-vous ? Elle vous attend, venez !

Il tira si violemment Rastignac par le bras, qu'il le

---

1. Mésaventure, malheur, accident (sens déjà archaïque d'après le *Dictionnaire de l'Académie*, 6e éd., 1835).

fit marcher de force, et parut l'enlever comme si c'eût été sa maîtresse.

— Dînons, cria le peintre.

En ce moment chacun prit sa chaise et s'attabla.

— Par exemple, dit la grosse Sylvie, tout est malheur aujourd'hui, mon haricot de mouton s'est attaché. Bah ! vous le mangerez brûlé, tant pire !

Madame Vauquer n'eut pas le courage de dire un mot en ne voyant que dix personnes au lieu de dix-huit autour de sa table ; mais chacun tenta de la consoler et de l'égayer. Si d'abord les externes s'entretinrent de Vautrin et des événements de la journée, ils obéirent bientôt à l'allure serpentine de leur conversation, et se mirent à parler des duels, du bagne, de la justice, des lois à refaire, des prisons. Puis ils se trouvèrent à mille lieues de Jacques Collin, de Victorine et de son frère. Quoiqu'ils ne fussent que dix, ils crièrent comme vingt, et semblaient être plus nombreux qu'à l'ordinaire ; ce fut toute la différence qu'il y eut entre ce dîner et celui de la veille. L'insouciance habituelle de ce monde égoïste qui, le lendemain, devait avoir dans les événements quotidiens de Paris une autre proie à dévorer, reprit le dessus, et madame Vauquer elle-même se laissa calmer par l'espérance, qui emprunta la voix de la grosse Sylvie.

Cette journée devait être jusqu'au soir une fantasmagorie pour Eugène, qui, malgré la force de son caractère et la bonté de sa tête, ne savait comment classer ses idées, quand il se trouva dans le fiacre à côté du père Goriot dont les discours trahissaient une joie inaccoutumée, et retentissaient à son oreille, après tant d'émotions, comme les paroles que nous entendons en rêve.

— C'est fini de ce matin. Nous dînons tous les trois ensemble, ensemble ! comprenez-vous ? Voici quatre ans que je n'ai dîné avec ma Delphine, ma petite Delphine. Je vais l'avoir à moi pendant toute une soirée. Nous sommes chez vous depuis ce matin. J'ai travaillé comme un manœuvre, habit bas. J'aidais à porter les meubles. Ah ! ah ! vous ne savez pas comme elle est gentille à table, elle s'occupera de moi :

« Tenez, papa, mangez donc de cela, c'est bon. » Et alors je ne peux pas manger. Oh ! y a-t-il longtemps que je n'ai été tranquille avec elle comme nous allons l'être !

— Mais, lui dit Eugène, aujourd'hui le monde est donc renversé ?

— Renversé ? dit le père Goriot. Mais à aucune époque le monde n'a si bien été. Je ne vois que des figures gaies dans les rues, des gens qui se donnent des poignées de main, et qui s'embrassent ; des gens heureux comme s'ils allaient tous dîner chez leurs filles, y *gobichonner*[1] un bon petit dîner qu'elle a commandé devant moi au chef du café des Anglais[2]. Mais, bah ! près d'elle le chicotin[3] serait doux comme miel.

— Je crois revenir à la vie, dit Eugène.

— Mais marchez donc, cocher, cria le père Goriot en ouvrant la glace de devant. Allez donc plus vite, je vous donnerai cent sous pour boire si vous me menez en dix minutes là où vous savez. En entendant cette promesse, le cocher traversa Paris avec la rapidité de l'éclair.

— Il ne va pas, ce cocher, disait le père Goriot.

— Mais où me conduisez-vous donc ? lui demanda Rastignac.

— Chez vous, dit le père Goriot.

La voiture s'arrêta rue d'Artois[4]. Le bonhomme descendit le premier et jeta dix francs au cocher, avec la prodigalité d'un homme veuf qui, dans le paroxysme de son plaisir, ne prend garde à rien[5].

---

1. Bien manger (terme populaire ignoré par les dictionnaires ; peut-être formé par fusion de gober et bichonner). — **2.** Situé boulevard des Italiens à l'angle de la rue de Marivaux ; cher, réputé pour sa cuisine, fréquenté par l'élite et la haute société parisienne. — **3.** Suc très amer extrait de l'aloès, ou poudre extraite de la coloquinte ; Littré ajoute : « dont les nourrices se frottent le mamelon quand elles veulent sevrer les enfants ». — **4.** Rue Laffitte. — **5.** Forte prodigalité, et dépense excessive (de sentiment ; c'est elle qui entraîne la ruine financière) : Goriot avait promis un pourboire de 5 francs (« cent sous », onze lignes ci-dessus) ; et Eugène, « sans avoir plus de vingt-deux sous en poche », avait pu prendre une voiture (p. 119).

— Allons, montons, dit-il à Rastignac en lui faisant traverser une cour et le conduisant à la porte d'un appartement situé au troisième étage, sur le derrière d'une maison neuve et de belle apparence. Le père Goriot n'eut pas besoin de sonner. Thérèse, la femme de chambre de madame de Nucingen, leur ouvrit la porte. Eugène se vit dans un délicieux appartement de garçon, composé d'une antichambre, d'un petit salon, d'une chambre à coucher et d'un cabinet ayant vue sur un jardin. Dans le petit salon, dont l'ameublement et le décor pouvaient soutenir la comparaison avec ce qu'il y avait de plus joli, de plus gracieux, il aperçut, à la lumière des bougies, Delphine, qui se leva d'une causeuse, au coin du feu, mit son écran sur la cheminée, et lui dit avec une intonation de voix chargée de tendresse : — Il a donc fallu vous aller chercher, monsieur qui ne comprenez rien.

Thérèse sortit. L'étudiant prit Delphine dans ses bras, la serra vivement et pleura de joie. Ce dernier contraste entre ce qu'il voyait et ce qu'il venait de voir, dans un jour où tant d'irritations avaient fatigué son cœur et sa tête, détermina chez Rastignac un accès de sensibilité nerveuse.

— Je savais bien, moi, qu'il t'aimait, dit tout bas le père Goriot à sa fille pendant qu'Eugène abattu gisait sur la causeuse sans pouvoir prononcer une parole ni se rendre compte encore de la manière dont ce dernier coup de baguette avait été frappé.

— Mais venez donc voir, lui dit madame de Nucingen en le prenant par la main et l'emmenant dans une chambre dont les tapis, les meubles et les moindres détails lui rappelèrent, en de plus petites proportions, celle de Delphine.

— Il y manque un lit, dit Rastignac.

— Oui, monsieur, dit-elle en rougissant et lui serrant la main.

Eugène la regarda, et comprit, jeune encore, tout ce qu'il y avait de pudeur vraie dans un cœur de femme aimante.

— Vous êtes une de ces créatures que l'on doit

adorer toujours, lui dit-il à l'oreille. Oui, j'ose vous le dire, puisque nous nous comprenons si bien : plus vif et sincère est l'amour, plus il doit être voilé, mystérieux. Ne donnons notre secret à personne.

— Oh ! je ne serai pas quelqu'un, moi, dit le père Goriot en grognant.

— Vous savez bien que vous êtes *nous*, vous...

— Ah ! voilà ce que je voulais. Vous ne ferez pas attention à moi, n'est-ce pas ? J'irai, je viendrai comme un bon esprit qui est partout, et qu'on sait être là sans le voir ! Eh ! bien, Delphinette, Ninette, Dedel ! n'ai-je pas eu raison de te dire : « Il y a un joli appartement rue d'Artois, meublons-le pour lui ! » Tu ne voulais pas. Ah ! c'est moi qui suis l'auteur de ta joie, comme je suis l'auteur de tes jours. Les pères doivent toujours donner pour être heureux. Donner toujours, c'est ce qui fait qu'on est père.

— Comment ? dit Eugène.

— Oui, elle ne voulait pas, elle avait peur qu'on ne dît des bêtises, comme si le monde valait le bonheur ! Mais toutes les femmes rêvent de faire ce qu'elle fait...

Le père Goriot parlait tout seul, madame de Nucingen avait emmené Rastignac dans le cabinet où le bruit d'un baiser retentit, quelque légèrement qu'il fût pris. Cette pièce était en rapport avec l'élégance de l'appartement, dans lequel d'ailleurs rien ne manquait.

— A-t-on bien deviné vos vœux ? dit-elle en revenant dans le salon pour se mettre à table.

— Oui, dit-il, trop bien. Hélas ! ce luxe si complet, ces beaux rêves réalisés, toutes les poésies d'une vie jeune, élégante, je les sens trop pour ne pas les mériter ; mais je ne puis les accepter de vous, et je suis trop pauvre encore pour...

— Ah ! ah ! vous me résistez déjà, dit-elle d'un petit air d'autorité railleuse en faisant une de ces jolies moues que font les femmes quand elles veulent se moquer de quelque scrupule pour le mieux dissiper.

Eugène s'était trop solennellement interrogé pen-

dant cette journée, et l'arrestation de Vautrin, en lui
montrant la profondeur de l'abîme dans lequel il
avait failli rouler, venait de trop bien corroborer ses
sentiments nobles et sa délicatesse pour qu'il cédât à
cette caressante réfutation de ses idées généreuses.
Une profonde tristesse s'empara de lui.

— Comment ! dit madame de Nucingen, vous
refuseriez ? Savez-vous ce que signifie un refus semblable ? Vous doutez de l'avenir, vous n'osez pas vous
lier à moi. Vous avez donc peur de trahir mon affection ? Si vous m'aimez, si je... vous aime, pourquoi
reculez-vous devant d'aussi minces obligations ? Si
vous connaissiez le plaisir que j'ai eu à m'occuper de
tout ce ménage de garçon, vous n'hésiteriez pas, et
vous me demanderiez pardon. J'avais de l'argent à
vous, je l'ai bien employé, voilà tout. Vous croyez être
grand, et vous êtes petit. Vous demandez bien plus...
(Ah ! dit-elle en saisissant un regard de passion chez
Eugène) et vous faites des façons pour des niaiseries.
Si vous ne m'aimez point, oh ! oui, n'acceptez pas.
Mon sort est dans un mot. Parlez ? Mais, mon père,
dites-lui donc quelques bonnes raisons, ajouta-t-elle
en se tournant vers son père après une pause. Croit-
il que je ne sois pas moins chatouilleuse que lui sur
notre honneur ?

Le père Goriot avait le sourire fixe d'un thériaki[1]
en voyant, en écoutant cette jolie querelle.

— Enfant ! vous êtes à l'entrée de la vie, reprit-elle
en saisissant la main d'Eugène, vous trouvez une
barrière insurmontable pour beaucoup de gens, une
main de femme vous l'ouvre, et vous reculez ! Mais
vous réussirez, vous ferez une brillante fortune, le
succès est écrit sur votre beau front. Ne pourrez-vous
pas alors me rendre ce que je vous prête aujour-
d'hui ? Autrefois les dames ne donnaient-elles pas à
leurs chevaliers des armures, des épées, des casques,
des cottes de mailles, des chevaux, afin qu'ils pussent
aller combattre en leur nom dans les tournois ? Eh !
bien, Eugène, les choses que je vous offre sont les

---

1. D'un fumeur d'opium.

armes de l'époque, des outils nécessaires à qui veut être quelque chose. Il est joli, le grenier où vous êtes, s'il ressemble à la chambre de papa. Voyons, nous ne dînerons donc pas ? Voulez-vous m'attrister ? Répondez donc ? dit-elle en lui secouant la main. Mon Dieu, papa, décide-le donc, ou je sors et ne le revois jamais.

— Je vais vous décider, dit le père Goriot en sortant de son extase. Mon cher monsieur Eugène, vous allez emprunter de l'argent à des juifs, n'est-ce pas ?

— Il le faut bien, dit-il.

— Bon, je vous tiens, reprit le bonhomme en tirant un mauvais portefeuille en cuir tout usé. Je me suis fait juif, j'ai payé toutes les factures, les voici. Vous ne devez pas un centime pour tout ce qui se trouve ici. Ça ne fait pas une grosse somme, tout au plus cinq mille francs. Je vous les prête, moi ! Vous ne me refuserez pas, je ne suis pas une femme. Vous m'en ferez une reconnaissance sur un chiffon de papier, et vous me les rendrez plus tard.

Quelques pleurs roulèrent à la fois dans les yeux d'Eugène et de Delphine, qui se regardèrent avec surprise. Rastignac tendit la main au bonhomme et la lui serra.

— Eh ! bien, quoi ! n'êtes-vous pas mes enfants ? dit Goriot.

— Mais, mon pauvre père, dit madame de Nucingen, comment avez-vous donc fait ?

— Ah ! nous y voilà, répondit-il. Quand je t'ai eu décidée à le mettre près de toi, que je t'ai vue achetant des choses comme pour une mariée, je me suis dit : « Elle va se trouver dans l'embarras ! » L'avoué prétend que le procès à intenter à ton mari, pour lui faire rendre ta fortune, durera plus de six mois. Bon. J'ai vendu mes treize cent cinquante livres de rente perpétuelle[1] ; je me suis fait, avec quinze mille francs, douze cents francs de rentes viagères bien hypothéquées, et j'ai payé vos marchands avec

---

1. C'est dire que Goriot disposait d'un capital nominal de 27 000 francs. Les rentes perpétuelles sont des rentes sur l'État.

le reste du capital, mes enfants. Moi, j'ai là-haut une chambre de cinquante écus par an, je peux vivre comme un prince avec quarante sous par jour, et j'aurai encore du reste. Je n'use rien, il ne me faut presque pas d'habits. Voilà quinze jours que je ris dans ma barbe en me disant : « Vont-ils être heureux ! » Eh ! bien, n'êtes-vous pas heureux ?

— Oh ! papa, papa ! dit madame de Nucingen en sautant sur son père qui la reçut sur ses genoux. Elle le couvrit de baisers, lui caressa les joues avec ses cheveux blonds, et versa des pleurs sur ce vieux visage épanoui, brillant. — Cher père, vous êtes un père ! Non, il n'existe pas deux pères comme vous sous le ciel. Eugène vous aimait bien déjà, que sera-ce maintenant !

— Mais, mes enfants, dit le père Goriot qui depuis dix ans n'avait pas senti le cœur de sa fille battre sur le sien, mais, Delphinette, tu veux donc me faire mourir de joie ! Mon pauvre cœur se brise. Allez, monsieur Eugène, nous sommes déjà quittes ! Et le vieillard serrait sa fille par une étreinte si sauvage, si délirante qu'elle dit : — Ah ! tu me fais mal. — Je t'ai fait mal ! dit-il en pâlissant. Il la regarda d'un air surhumain de douleur. Pour bien peindre la physionomie de ce Christ de la Paternité, il faudrait aller chercher des comparaisons dans les images que les princes de la palette ont inventées pour peindre la passion soufferte au bénéfice des mondes par le Sauveur des hommes. Le père Goriot baisa bien doucement la ceinture que ses doigts avaient trop pressée. — Non, non, je ne t'ai pas fait mal ; reprit-il en la questionnant par un sourire ; c'est toi qui m'as fait mal avec ton cri. Ça coûte plus cher, dit-il à l'oreille de sa fille en la lui baisant avec précaution, mais faut l'attraper, sans quoi il se fâcherait.

Eugène était pétrifié par l'inépuisable dévouement de cet homme, et le contemplait en exprimant cette naïve admiration qui, au jeune âge, est de la foi.

— Je serai digne de tout cela, s'écria-t-il.

— Ô mon Eugène, c'est beau ce que vous venez

de dire là. Et madame de Nucingen baisa l'étudiant au front.

— Il a refusé pour toi mademoiselle Taillefer et ses millions, dit le père Goriot. Oui, elle vous aimait, la petite ; et, son frère mort, la voilà riche comme Crésus.

— Oh ! pourquoi le dire ? s'écria Rastignac.

— Eugène, lui dit Delphine à l'oreille, maintenant j'ai un regret pour ce soir. Ah ! je vous aimerai bien, moi ! et toujours.

— Voilà la plus belle journée que j'aie eue depuis vos mariages, s'écria le père Goriot. Le bon Dieu peut me faire souffrir tant qu'il lui plaira, pourvu que ce ne soit pas par vous, je me dirai : En février de cette année, j'ai été pendant un moment plus heureux que les hommes ne peuvent l'être pendant toute leur vie. Regarde-moi, Fifine ! dit-il à sa fille. Elle est bien belle, n'est-ce pas ? Dites-moi donc, avez-vous rencontré beaucoup de femmes qui aient ses jolies couleurs et sa petite fossette ? Non, pas vrai ? Eh ! bien, c'est moi qui ai fait cet amour de femme. Désormais, en se trouvant heureuse par vous, elle deviendra mille fois mieux. Je puis aller en enfer, mon voisin, dit-il, s'il vous faut ma part de paradis, je vous la donne. Mangeons, mangeons, reprit-il en ne sachant plus ce qu'il disait, tout est à nous.

— Ce pauvre père !

— Si tu savais, mon enfant, dit-il en se levant et allant à elle, lui prenant la tête et la baisant au milieu de ses nattes de cheveux, combien tu peux me rendre heureux à bon marché ! viens me voir quelquefois, je serai là-haut, tu n'auras qu'un pas à faire. Promets-le-moi, dis !

— Oui, cher père.

— Dis encore.

— Oui, mon bon père.

— Tais-toi, je te le ferais dire cent fois si je m'écoutais. Dînons.

La soirée tout entière fut employée en enfantillages, et le père Goriot ne se montra pas le moins fou des trois. Il se couchait aux pieds de sa fille pour les baiser ; il la regardait longtemps dans les yeux ; il frottait sa tête contre sa robe ; enfin il faisait des folies comme en aurait fait l'amant le plus jeune et le plus tendre.

— Voyez-vous ? dit Delphine à Eugène, quand mon père est avec nous, il faut être tout à lui. Ce sera pourtant bien gênant quelquefois.

Eugène, qui s'était senti déjà plusieurs fois des mouvements de jalousie, ne pouvait pas blâmer ce mot, qui renfermait le principe de toutes les ingratitudes.

— Et quand l'appartement sera-t-il fini ? dit Eugène en regardant autour de la chambre. Il faudra donc nous quitter ce soir ?

— Oui, mais demain vous viendrez dîner avec moi, dit-elle d'un air fin. Demain est un jour d'Italiens.

— J'irai au parterre, moi, dit le père Goriot.

Il était minuit. La voiture de madame de Nucingen attendait. Le père Goriot et l'étudiant retournèrent à la Maison Vauquer en s'entretenant de Delphine avec un croissant enthousiasme qui produisit un curieux combat d'expressions entre ces deux violentes passions. Eugène ne pouvait pas se dissimuler que l'amour du père, qu'aucun intérêt personnel n'entachait, écrasait le sien par sa persistance et par son étendue. L'idole était toujours pure et belle pour le père, et son adoration s'accroissait de tout le passé comme de l'avenir. Ils trouvèrent madame Vauquer seule au coin de son poêle, entre Sylvie et Christophe. La vieille hôtesse était là comme Marius sur les ruines de Carthage[1]. Elle attendait les deux seuls

---

1. Vaincu par Sylla, proscrit, réfugié en Afrique, Marius (157-86 av. J.-C.) s'arrêta sur les ruines de Carthage pour méditer sur son sort. Balzac emploie plusieurs fois cette scène de l'histoire romaine devenue cliché romantique, lui donnant parfois une tournure politique — Sylla représentant l'aristocratie, Marius le peuple : « Espérons que [...] Dieu suscitera en France un homme providentiel [...], et que, soit Marius, soit Sylla, il s'élève d'en bas ou vienne d'en haut, il refera la Société » (*Le Curé de village*, Pl. IX, 820) ; « Il n'y a plus que deux partis : celui de Marius et celui de Sylla ; je suis pour Sylla contre Marius » (*Mémoires de deux jeunes mariées*, Pl. I, 242).

pensionnaires qui lui restassent, en se désolant avec Sylvie. Quoique lord Byron ait prêté d'assez belles lamentations au Tasse[1], elles sont bien loin de la profonde vérité de celles qui échappaient à madame Vauquer.

— Il n'y aura donc que trois tasses de café à faire demain matin, Sylvie. Hein ! ma maison déserte, n'est-ce pas à fendre le cœur ? Qu'est-ce que la vie sans mes pensionnaires ? Rien du tout. Voilà ma maison démeublée de ses hommes. La vie est dans les meubles. Qu'ai-je fait au ciel pour m'être attiré tous ces désastres ? Nos provisions de haricots et de pommes de terre sont faites pour vingt personnes. La police chez moi ! Nous allons donc ne manger que des pommes de terre ! Je renverrai donc Christophe !

Le Savoyard, qui dormait, se réveilla soudain et dit : — Madame ?

— Pauvre garçon ! c'est comme un dogue, dit Sylvie.

— Une saison morte, chacun s'est casé. D'où me tombera-t-il des pensionnaires ? J'en perdrai la tête. Et cette sibylle[2] de Michonneau qui m'enlève Poiret ! Qu'est-ce qu'elle lui faisait donc pour s'être attaché cet homme-là, qui la suit comme un toutou ?

— Ah ! dame ! fit Sylvie en hochant la tête, ces vieilles filles, ça connaît les rubriques[3].

— Ce pauvre monsieur Vautrin dont ils ont fait un forçat, reprit la veuve, eh ! bien, Sylvie, c'est plus fort

---

1. *Les Lamentations du Tasse*, pièce poétique de lord Byron, évoquent Torquato Tasso, dit Le Tasse (1544-1595), auteur de *La Jérusalem délivrée*, arbitrairement emprisonné de longues années par le prince de Ferrare. — 2. Femme inspirée prédisant l'avenir. Ici, « vieille femme qui affecte de l'érudition » (D'Hautel), « femme âgée qui a quelque prétention à l'esprit, ou qui est méchante », et « fille qui vieillit sans se marier » (Littré). Toutes ces significations ont ici une valeur concrète, mais dans *Splendeurs et misères des courtisanes*, on apprendra que Mlle Michonneau a épousé Poiret en 1830 (Pl. VI, 755). Veuve, elle tiendra un petit hôtel garni (*Les Petits Bourgeois*, Pl. VIII, 120-121). — 3. « Fig[uré] et familièrement. Ruses, finesses » (Littré) ; D'Hautel ajoute « indigne d'un honnête homme ».

que moi, je ne le crois pas encore. Un homme gai
comme ça, qui prenait du gloria[1] pour quinze francs
par mois, et qui payait rubis sur l'ongle !

— Et qui était généreux ! dit Christophe.

— Il y a erreur, dit Sylvie.

— Mais non, il a avoué lui-même, reprit madame
Vauquer. Et dire que toutes ces choses-là sont arri-
vées chez moi, dans un quartier où il ne passe pas
un chat ! Foi d'honnête femme, je rêve. Car, vois-
tu, nous avons vu Louis XVI avoir son accident,
nous avons vu tomber l'empereur, nous l'avons vu
revenir et retomber, tout cela c'était dans l'ordre
des choses possibles ; tandis qu'il n'y a point de
chances contre des pensions bourgeoises : on peut
se passer de roi, mais il faut toujours qu'on
mange ; et quand une honnête femme, née de
Conflans, donne à dîner avec toutes bonnes choses,
mais à moins que la fin du monde n'arrive... Mais,
c'est ça, c'est la fin du monde.

— Et penser que mademoiselle Michonneau, qui
vous fait tout ce tort, va recevoir, à ce qu'on dit, mille
écus de rente, s'écria Sylvie.

— Ne m'en parle pas, ce n'est qu'une scélérate ! dit
madame Vauquer. Et elle va chez la Buneaud, par-
dessus le marché ! Mais elle est capable de tout, elle
a dû faire des horreurs, elle a tué, volé dans son
temps. Elle devait aller au bagne à la place de ce pauvre cher homme...

En ce moment Eugène et le père Goriot sonnèrent.

— Ah ! voilà mes deux fidèles, dit la veuve en soupirant.

Les deux fidèles, qui n'avaient qu'un fort léger souvenir des désastres de la pension bourgeoise, annon-
cèrent sans cérémonie à leur hôtesse qu'ils allaient
demeurer à la Chaussée-d'Antin.

— Ah, Sylvie ! dit la veuve, voilà mon dernier
atout. Vous m'avez donné le coup de la mort, messieurs ! ça m'a frappée dans l'estomac. J'ai une barre
là. Voilà une journée qui me met dix ans de plus sur

---

1. Voir p. 64 note 2.

la tête. Je deviendrai folle, ma parole d'honneur !
Que faire des haricots ? Ah ! bien, si je suis seule ici,
tu t'en iras demain, Christophe. Adieu, messieurs,
bonne nuit.

— Qu'a-t-elle donc ? demanda Eugène à Sylvie.

— Dame ! voilà tout le monde parti par suite des
affaires. Ça lui a troublé la tête. Allons, je l'entends
qui pleure. Ça lui fera du bien de *chigner*[1]. Voilà la
première fois qu'elle se vide les yeux depuis que je
suis à son service.

Le lendemain, madame Vauquer s'était, suivant
son expression, *raisonnée*. Si elle parut affligée
comme une femme qui avait perdu tous ses pensionnaires, et dont la vie était bouleversée, elle avait toute
sa tête, et montra ce qu'était la vraie douleur, une
douleur profonde, la douleur causée par l'intérêt
froissé, par les habitudes rompues. Certes, le regard
qu'un amant jette sur les lieux habités par sa maîtresse, en les quittant, n'est pas plus triste que ne le
fut celui de madame Vauquer sur sa table vide.
Eugène la consola en lui disant que Bianchon, dont
l'internat finissait dans quelques jours, viendrait sans
doute le remplacer ; que l'employé du Muséum avait
souvent manifesté le désir d'avoir l'appartement de
madame Couture, et que dans peu de jours elle
aurait remonté son personnel.

— Dieu vous entende, mon cher monsieur ! mais
le malheur est ici. Avant dix jours, la mort y viendra,
vous verrez, lui dit-elle en jetant un regard lugubre
sur la salle à manger. Qui prendra-t-elle ?

— Il fait bon déménager, dit tout bas Eugène au
père Goriot.

— Madame, dit Sylvie en accourant effarée, voici
trois jours que je n'ai vu Mistigris.

— Ah ! bien, si mon chat est mort, s'il nous a quittés, je...

La pauvre veuve n'acheva pas, elle joignit les mains

---

1. Pleurnicher (terme populaire selon Littré).

et se renversa sur le dos de son fauteuil accablée par
ce terrible pronostic[1].

Vers midi, heure à laquelle les facteurs arrivaient
dans le quartier du Panthéon, Eugène reçut une lettre élégamment enveloppée, cachetée aux armes de
Beauséant. Elle contenait une invitation adressée à
monsieur et à madame de Nucingen pour le grand
bal annoncé depuis un mois, et qui devait avoir lieu
chez la vicomtesse. A cette invitation était joint un
petit mot pour Eugène :

« J'ai pensé, monsieur, que vous vous chargeriez
» avec plaisir d'être l'interprète de mes sentiments
» auprès de madame de Nucingen ; je vous envoie
» l'invitation que vous m'avez demandée, et serai
» charmée de faire la connaissance de la sœur de
» madame de Restaud. Amenez-moi donc cette jolie
» personne, et faites en sorte qu'elle ne prenne pas
» toute votre affection, vous m'en devez beaucoup en
» retour de celle que je vous porte.

                                    Vicomtesse DE BEAUSÉANT. »

— Mais, se dit Eugène en relisant ce billet,
madame de Beauséant me dit assez clairement
qu'elle ne veut pas du baron de Nucingen. Il alla
promptement chez Delphine, heureux d'avoir à lui
procurer une joie dont il recevrait sans doute le prix.
Madame de Nucingen était au bain. Rastignac attendit dans le boudoir, en butte aux impatiences naturelles à un jeune homme ardent et pressé de prendre
possession d'une maîtresse, l'objet de deux ans de
désirs[2]. C'est des émotions qui ne se rencontrent pas
deux fois dans la vie des jeunes gens. La première
femme réellement femme à laquelle s'attache un
homme, c'est-à-dire celle qui se présente à lui dans la
splendeur des accompagnements que veut la société
parisienne, celle-là n'a jamais de rivale. L'amour à

---

1. Dans la *Revue de Paris*, fin de la troisième partie (« Trompe-
la-Mort »), et fin de la livraison du 18 janvier 1835. Dans l'édition
originale (mars 1835), fin du cinquième chapitre (même titre). —
2. *Sic ?* Eugène ne connaît Delphine que depuis deux mois.

Paris ne ressemble en rien aux autres amours. Ni les hommes ni les femmes n'y sont dupes des montres[1] pavoisées de lieux communs que chacun étale par décence sur ses affections soi-disant désintéressées. En ce pays, une femme ne doit pas satisfaire seulement le cœur et les sens, elle sait parfaitement qu'elle a de plus grandes obligations à remplir envers les mille vanités dont se compose la vie. Là surtout l'amour est essentiellement vantard, effronté, gaspilleur, charlatan et fastueux. Si toutes les femmes de la cour de Louis XIV ont envié à mademoiselle de La Vallière l'entraînement de passion qui fit oublier à ce grand prince que ses manchettes coûtaient chacune mille écus quand il les déchira pour faciliter au duc de Vermandois son entrée sur la scène du monde[2], que peut-on demander au reste de l'humanité ? Soyez jeunes, riches et titrés, soyez mieux encore si vous pouvez ; plus vous apporterez de grains d'encens à brûler devant l'idole, plus elle vous sera favorable, si toutefois vous avez une idole. L'amour est une religion, et son culte doit coûter plus cher que celui de toutes les autres religions ; il passe promptement, et passe en gamin qui tient à marquer son passage par des dévastations. Le luxe du sentiment est la poésie des greniers ; sans cette richesse, qu'y deviendrait l'amour ? S'il est des exceptions à ces lois draconiennes du code parisien, elles se ren-

---

1. Apparences. — 2. Louis de Bourbon, duc de Vermandois (1667-1683), fils naturel de Louise de La Vallière et de Louis XIV. L'anecdote se trouve dans un libelle anonyme, *Le Palais-Royal ou les Amours de Mme de La Vallière* attribué à la collaboration de Bussy-Rabutin et de Gatien Courtilz de Sandras (1667) : « La pauvre créature [Mme de La Vallière] fut prise de ce mal qui fait tant crier, mais en fut prise avec tant de violence et des convulsions si terribles que jamais homme ne fut si embarrassé que notre monarque : il appela du monde par les fenêtres [...]. Les dames arrivant, trouvèrent le Roi suant comme un bœuf, d'avoir soutenu La Vallière dans des douleurs qui avaient été assez cruelles pour lui faire déchirer une dentelle de mille écus, en se suspendant au cou du Roi » (cité d'après les *Romans historico-satiriques du XVIIᵉ siècle*, à la suite de l'*Histoire amoureuse des Gaules* de Bussy-Rabutin, Paris, P. Jannet, 4 vol., tome II, 1857, p. 75-76).

contrent dans la solitude, chez les âmes qui ne se
sont point laissé entraîner par les doctrines sociales,
qui vivent près de quelque source aux eaux claires,
fugitives mais incessantes ; qui, fidèles à leurs
ombrages verts, heureuses d'écouter le langage de
l'infini, écrit pour elles en toute chose et qu'elles
retrouvent en elles-mêmes, attendent patiemment
leurs ailes en plaignant ceux de la terre. Mais Rastignac, semblable à la plupart des jeunes gens, qui, par
avance, ont goûté les grandeurs, voulait se présenter
tout armé dans la lice du monde ; il en avait épousé
la fièvre, et se sentait peut-être la force de le dominer,
mais sans connaître ni les moyens ni le but de cette
ambition. A défaut d'un amour pur et sacré, qui rem-
plit la vie, cette soif du pouvoir peut devenir une
belle chose ; il suffit de dépouiller tout intérêt personnel et de se proposer la grandeur d'un pays pour
objet. Mais l'étudiant n'était pas encore arrivé au
point d'où l'homme peut contempler le cours de la
vie et la juger. Jusqu'alors il n'avait même pas
complètement secoué le charme des fraîches et sua-
ves idées qui enveloppent comme d'un feuillage la
jeunesse des enfants élevés en province. Il avait
continuellement hésité à franchir le Rubicon[1] parisien. Malgré ses ardentes curiosités, il avait toujours
conservé quelques arrière-pensées de la vie heureuse
que mène le vrai gentilhomme dans[2] son château.
Néanmoins ses derniers scrupules avaient disparu la
veille, quand il s'était vu dans son appartement. En
jouissant des avantages matériels de la fortune,
comme il jouissait depuis longtemps des avantages
moraux que donne la naissance, il avait dépouillé sa
peau d'homme de province, et s'était doucement établi dans une position d'où il découvrait un bel avenir.
Aussi, en attendant Delphine, mollement assis dans

---

1. Le Sénat romain avait interdit à tout général romain de franchir cette rivière séparant la Gaule de l'Italie. César transgressa
l'interdiction en prononçant ces mots : « *Alea jacta est* » [« le sort
en est jeté »], et marcha sur Rome. — 2. L'édition « Furne » porte
« vrai gentilhomme *de* son château ». Nous suivons la leçon, plus
satisfaisante, adoptée par tous les éditeurs depuis P.-G. Castex.

ce joli boudoir qui devenait un peu le sien, se voyait-il si loin du Rastignac venu l'année dernière à Paris, qu'en le lorgnant par un effet d'optique morale, il se demandait s'il se ressemblait en ce moment à lui-même.

— Madame est dans sa chambre, vint lui dire Thérèse qui le fit tressaillir.

Il trouva Delphine étendue sur sa causeuse, au coin du feu, fraîche, reposée. A la voir ainsi étalée sur des flots de mousseline, il était impossible de ne pas la comparer à ces belles plantes de l'Inde dont le fruit vient dans la fleur.

— Eh ! bien, nous voilà, dit-elle avec émotion.

— Devinez ce que je vous apporte, dit Eugène en s'asseyant près d'elle et lui prenant le bras pour lui baiser la main.

Madame de Nucingen fit un mouvement de joie en lisant l'invitation. Elle tourna sur Eugène ses yeux mouillés, et lui jeta ses bras au cou pour l'attirer à elle dans un délire de satisfaction vaniteuse.

— Et c'est vous (toi, lui dit-elle à l'oreille ; mais Thérèse est dans mon cabinet de toilette, soyons prudents !), vous à qui je dois ce bonheur ? Oui, j'ose appeler cela un bonheur. Obtenu par vous, n'est-ce pas plus qu'un triomphe d'amour-propre ? Personne ne m'a voulu présenter dans ce monde. Vous me trouverez peut-être en ce moment petite, frivole, légère comme une Parisienne ; mais pensez, mon ami, que je suis prête à tout vous sacrifier, et que, si je souhaite plus ardemment que jamais d'aller dans le faubourg Saint-Germain, c'est que vous y êtes.

— Ne pensez-vous pas, dit Eugène, que madame de Beauséant a l'air de nous dire qu'elle ne compte pas voir le baron de Nucingen à son bal ?

— Mais oui, dit la baronne en rendant la lettre à Eugène. Ces femmes-là ont le génie de l'impertinence. Mais n'importe, j'irai. Ma sœur doit s'y trouver, je sais qu'elle prépare une toilette délicieuse. Eugène, reprit-elle à voix basse, elle y va pour dissiper d'affreux soupçons. Vous ne savez pas les bruits qui courent sur elle ? Nucingen est venu me dire ce

matin qu'on en parlait hier au Cercle sans se gêner.
A quoi tient, mon Dieu ! l'honneur des femmes et des
familles ! Je me suis sentie attaquée, blessée dans ma
pauvre sœur. Selon certaines personnes, monsieur
de Trailles aurait souscrit des lettres de change montant à cent mille francs, presque toutes échues, et
pour lesquelles il allait être poursuivi. Dans cette
extrémité, ma sœur aurait vendu ses diamants à un
juif, ces beaux diamants que vous avez pu lui voir, et
qui viennent de madame de Restaud la mère. Enfin,
depuis deux jours, il n'est question que de cela. Je
conçois alors qu'Anastasie se fasse faire une robe
lamée, et veuille attirer sur elle tous les regards chez
madame de Beauséant, en y paraissant dans tout son
éclat et avec ses diamants. Mais je ne veux pas être
au-dessous d'elle. Elle a toujours cherché à m'écraser, elle n'a jamais été bonne pour moi, qui lui ren-
dais tant de services, qui avais toujours de l'argent
pour elle quand elle n'en avait pas. Mais laissons le
monde, aujourd'hui je veux être tout heureuse.

Rastignac était encore à une heure du matin chez
madame de Nucingen, qui, en lui prodiguant l'adieu
des amants, cet adieu plein des joies à venir, lui dit
avec une expression de mélancolie : — Je suis si peu-
reuse, si superstitieuse, donnez à mes pressentiments le nom qu'il vous plaira, que je tremble de
payer mon bonheur par quelque affreuse catastrophe.

— Enfant, dit Eugène.

— Ah ! c'est moi qui suis l'enfant ce soir, dit-elle
en riant.

Eugène revint à la maison Vauquer avec la certitude de la quitter le lendemain, il s'abandonna donc
pendant la route à ces jolis rêves que font tous les
jeunes gens quand ils ont encore sur les lèvres le goût
du bonheur.

— Eh bien ? lui dit le père Goriot quand Rastignac
passa devant sa porte.

— Eh ! bien, répondit Eugène, je vous dirai tout
demain.

— Tout, n'est-ce pas ? cria le bonhomme. Couchez-vous. Nous allons commencer demain notre vie heureuse[1].

Le lendemain, Goriot et Rastignac n'attendaient plus que le bon vouloir d'un commissionnaire pour partir de la pension bourgeoise, quand vers midi le bruit d'un équipage qui s'arrêtait précisément à la porte de la maison Vauquer retentit dans la rue Neuve-Sainte-Geneviève. Madame de Nucingen descendit de sa voiture, demanda si son père était encore à la pension. Sur la réponse affirmative de Sylvie, elle monta lestement l'escalier. Eugène se trouvait chez lui sans que son voisin le sût. Il avait, en déjeunant, prié le père Goriot d'emporter ses effets, en lui disant qu'ils se retrouveraient à quatre heures rue d'Artois. Mais, pendant que le bonhomme avait été chercher des porteurs, Eugène, ayant promptement répondu à l'appel de l'école, était revenu sans que personne l'eût aperçu, pour compter[2] avec madame Vauquer, ne voulant pas laisser cette charge à Goriot, qui, dans son fanatisme, aurait sans doute payé pour lui. L'hôtesse était sortie. Eugène remonta chez lui pour voir s'il n'y oubliait rien, et s'applaudit d'avoir eu cette pensée en voyant dans le tiroir de sa table l'acceptation en blanc, souscrite à Vautrin, qu'il avait insouciamment jetée là le jour où il l'avait acquittée. N'ayant pas de feu, il allait la déchirer en petits morceaux quand, en reconnaissant la voix de Delphine, il ne voulut faire aucun bruit, et s'arrêta pour l'entendre, en pensant qu'elle ne devait avoir aucun secret pour lui. Puis, dès les premiers mots, il trouva la conversation entre le père et la fille trop intéressante pour ne pas l'écouter.

— Ah ! mon père, dit-elle, plaise au ciel que vous ayez eu l'idée de demander compte de ma fortune assez à temps pour que je ne sois pas ruinée ! Puis-je parler ?

---

1. Dans la deuxième édition (mai 1835), fin de la troisième partie (« Trompe-la-Mort ») ; ensuite, quatrième et dernière partie (« La mort du père »). — **2.** Régler ses comptes.

— Oui, la maison est vide, dit le père Goriot d'une voix altérée.

— Qu'avez-vous donc, mon père ? reprit madame de Nucingen.

— Tu viens, répondit le vieillard, de me donner un coup de hache sur la tête. Dieu te pardonne, mon enfant ! Tu ne sais pas combien je t'aime ; si tu l'avais su, tu ne m'aurais pas dit brusquement de semblables choses, surtout si rien n'est désespéré. Qu'est-il donc arrivé de si pressant pour que tu sois venue me chercher ici quand dans quelques instants nous allions être rue d'Artois ?

— Eh ! mon père, est-on maître de son premier mouvement dans une catastrophe ? Je suis folle ! Votre avoué nous a fait découvrir un peu plus tôt le malheur qui sans doute éclatera plus tard. Votre vieille expérience commerciale va nous devenir nécessaire, et je suis accourue vous chercher comme on s'accroche à une branche quand on se noie. Lorsque monsieur Derville a vu Nucingen lui opposer mille chicanes, il l'a menacé d'un procès en lui disant que l'autorisation du président du tribunal serait promptement obtenue. Nucingen est venu ce matin chez moi pour me demander si je voulais sa ruine et la mienne. Je lui ai répondu que je ne me connaissais à rien de tout cela, que j'avais une fortune, que je devais être en possession de ma fortune, et que tout ce qui avait rapport à ce démêlé regardait mon avoué, que j'étais de la dernière ignorance et dans l'impossibilité de rien entendre à ce sujet. N'était-ce pas ce que vous m'aviez recommandé de dire ?

— Bien, répondit le père Goriot.

— Eh ! bien, reprit Delphine, il m'a mise au fait de ses affaires. Il a jeté tous ses capitaux et les miens dans des entreprises à peine commencées, et pour lesquelles il a fallu mettre de grandes sommes en dehors. Si je le forçais à me représenter ma dot, il serait obligé de déposer son bilan ; tandis que, si je veux attendre un an, il s'engage sur l'honneur à me rendre une fortune double ou triple de la mienne en plaçant mes capitaux dans des opérations territoriales à la fin desquelles je serai maîtresse de tous les biens. Mon cher père, il était sincère, il m'a effrayée. Il m'a demandé pardon de sa conduite, il m'a rendu ma liberté, m'a permis de me conduire à ma guise, à la condition de le laisser entièrement maître de gérer les affaires sous mon nom. Il m'a promis, pour me prouver sa bonne foi, d'appeler monsieur Derville toutes les fois que je le voudrais pour juger si les actes en vertu desquels il m'instituerait propriétaire seraient convenablement rédigés. Enfin il s'est remis entre mes mains pieds et poings liés. Il demande encore pendant deux ans la conduite de la maison, et m'a suppliée de ne rien dépenser pour moi de plus qu'il ne m'accorde. Il m'a prouvé que tout ce qu'il pouvait faire était de conserver les apparences, qu'il avait renvoyé sa danseuse, et qu'il allait être contraint à la plus stricte mais à la plus sourde économie, afin d'atteindre au terme de ses spéculations sans altérer son crédit. Je l'ai malmené, j'ai tout mis en doute afin de le pousser à bout et d'en apprendre davantage : il m'a montré ses livres, enfin il a pleuré. Je n'ai jamais vu d'homme en pareil état. Il avait perdu la tête, il parlait de se tuer, il délirait. Il m'a fait pitié.

— Et tu crois à ces sornettes, s'écria le père Goriot. C'est un comédien ! J'ai rencontré des Allemands en affaires : ces gens-là sont presque tous de bonne foi, pleins de candeur ; mais, quand, sous leur air de franchise et de bonhomie, ils se mettent à être malins et charlatans, ils le sont alors plus que les autres. Ton mari t'abuse. Il se sent serré de près, il fait le mort, il veut rester plus maître sous ton nom qu'il ne l'est sous le sien. Il va profiter de cette circonstance pour se mettre à l'abri des chances de son commerce. Il est aussi fin que perfide ; c'est un mauvais gars. Non, non, je ne m'en irai pas au Père-Lachaise en laissant mes filles dénuées de tout. Je me connais encore un peu aux affaires. Il a, dit-il, engagé ses fonds dans les entreprises, eh ! bien, ses intérêts sont représentés par des valeurs, par des reconnaissances, par des traités ! qu'il les montre, et liquide

avec toi[1]. Nous choisirons les meilleures spéculations, nous en courrons les chances, et nous aurons
les titres recognitifs[2] en notre nom de *Delphine
Goriot, épouse séparée quant aux biens du baron de
Nucingen.* Mais il nous prend-il pour des imbéciles,
celui-là ? Croit-il que je puisse supporter pendant
deux jours l'idée de te laisser sans fortune, sans
pain ? Je ne la supporterais pas un jour, pas une nuit,
pas deux heures ! Si cette idée était vraie, je n'y survi-
vrais pas. Eh ! quoi, j'aurai travaillé pendant quarante ans de ma vie, j'aurai porté des sacs sur mon
dos, j'aurai sué des averses, je me serai privé pendant
toute ma vie pour vous, mes anges, qui me rendiez
tout travail, tout fardeau léger ; et aujourd'hui ma
fortune, ma vie s'en iraient en fumée ! Ceci me ferait
mourir enragé. Par tout ce qu'il y a de plus sacré sur
terre et au ciel, nous allons tirer ça au clair, vérifier
les livres, la caisse, les entreprises ! Je ne dors pas, je
ne me couche pas, je ne mange pas, qu'il ne me soit
prouvé que ta fortune est là tout entière. Dieu merci,
tu es séparée de biens ; tu auras maître Derville pour
avoué, un honnête homme heureusement. Jour de
Dieu ! tu garderas ton bon petit million, tes cinquante mille livres de rente, jusqu'à la fin de tes
jours, ou je fais un tapage dans Paris, ah ! ah ! Mais
je m'adresserais aux chambres si les tribunaux nous
victimaient[3]. Te savoir tranquille et heureuse du côté
de l'argent, mais cette pensée allégeait tous mes
maux et calmait mes chagrins. L'argent, c'est la vie.
Monnaie fait tout. Que nous chante-t-il donc, cette
grosse souche d'Alsacien ? Delphine, ne fais pas une
concession d'un quart de liard à cette grosse bête,
qui t'a mise à la chaîne et t'a rendue malheureuse.

---

1. Valeurs : titres négociables ; reconnaissances — de dettes ;
traités : conventions entre particuliers ; liquider : déterminer les
droits de chaque époux sur les biens de la communauté conjugale
après calcul de l'actif et du passif. — **2.** « Terme de jurisprudence.
[...] Acte par lequel on reconnaît une obligation, en rappelant le
titre qui l'a créée » (Littré). — **3.** Littré et Larousse donnent ce
verbe (rendre victime) comme un néologisme.

S'il a besoin de toi, nous le tricoterons[1] ferme, et nous le ferons marcher droit. Mon Dieu, j'ai la tête en feu, j'ai dans le crâne quelque chose qui me brûle. Ma Delphine sur la paille ! Oh ! ma Fifine ! toi ! Sapristi ! où sont mes gants ? Allons ! partons, je veux aller tout voir, les livres, les affaires, la caisse, la correspondance, à l'instant. Je ne serai calme que quand il me sera prouvé que ta fortune ne court plus de risques, et que je la verrai de mes yeux.

— Mon cher père ! allez-y prudemment. Si vous mettiez la moindre velléité de vengeance en cette affaire, et si vous montriez des intentions trop hostiles, je serais perdue. Il vous connaît, il a trouvé tout naturel que, sous votre inspiration, je m'inquiétasse de ma fortune ; mais, je vous le jure, il la tient en ses mains, et a voulu la tenir. Il est homme à s'enfuir avec tous les capitaux, et à nous laisser là, le scélérat ! Il sait bien que je ne déshonorerai pas moi-même le nom que je porte en le poursuivant. Il est à la fois fort et faible. J'ai bien tout examiné. Si nous le poussons à bout, je suis ruinée.

— Mais c'est donc un fripon ?

— Eh ! bien, oui, mon père, dit-elle en se jetant sur une chaise en pleurant. Je ne voulais pas vous l'avouer pour vous épargner le chagrin de m'avoir mariée à un homme de cette espèce-là ! Mœurs secrètes et conscience, l'âme et le corps, tout en lui s'accorde ! c'est effroyable : je le hais et le méprise. Oui, je ne puis plus estimer ce vil Nucingen après tout ce qu'il m'a dit. Un homme capable de se jeter dans les combinaisons commerciales dont il m'a parlé n'a pas la moindre délicatesse, et mes craintes viennent de ce que j'ai lu parfaitement dans son âme. Il m'a nettement proposé, lui, mon mari, la liberté, vous savez ce que cela signifie ? si je voulais être, en cas de malheur, un instrument entre ses mains, enfin si je voulais lui servir de prête-nom.

— Mais les lois sont là ! Mais il y a une place de

---

1. Tricoter : « Populairement, battre » ; tricot : « Bâton gros et court » (Littré). Ici, au figuré, diriger sous la menace d'un bâton.

Grève[1] pour les gendres de cette espèce-là, s'écria le
père Goriot ; mais je le guillotinerais moi-même s'il
n'y avait pas de bourreau.

— Non, mon père, il n'y a pas de lois contre lui.
Écoutez en deux mots son langage, dégagé des cir-
conlocutions dont il l'enveloppait : « Ou tout est
perdu, vous n'avez pas un liard, vous êtes ruinée ; car
je ne saurais choisir pour complice une autre personne que vous ; ou vous me laisserez conduire à
bien mes entreprises. » Est-ce clair ? Il tient encore
à moi. Ma probité de femme le rassure ; il sait que je
lui laisserai sa fortune, et me contenterai de la
mienne. C'est une association improbe et voleuse à
laquelle je dois consentir sous peine d'être ruinée. Il
m'achète ma conscience et la paye en me laissant
être à mon aise la femme d'Eugène. « Je te permets
de commettre des fautes, laisse-moi faire des crimes
en ruinant de pauvres gens ! » Ce langage est-il
encore assez clair ? Savez-vous ce qu'il nomme faire
des opérations ? Il achète des terrains nus sous son
nom, puis il y fait bâtir des maisons par des hommes
de paille. Ces hommes concluent les marchés pour
les bâtisses avec tous les entrepreneurs, qu'ils payent
en effets à longs termes, et consentent, moyennant
une légère somme, à donner quittance à mon mari,
qui est alors possesseur des maisons, tandis que ces
hommes s'acquittent avec les entrepreneurs dupés en
faisant faillite. Le nom de la maison de Nucingen a
servi à éblouir les pauvres constructeurs. J'ai
compris cela. J'ai compris aussi que, pour prouver,
en cas de besoin, le payement de sommes énormes,
Nucingen a envoyé des valeurs considérables à
Amsterdam, à Londres, à Naples, à Vienne.
Comment les saisirions-nous ?

Eugène entendit le son lourd des genoux du père
Goriot, qui tomba sans doute sur le carreau de sa
chambre.

— Mon Dieu, que t'ai-je fait ? Ma fille livrée à ce

_____

1. Rebaptisée place de l'Hôtel-de-Ville en 1830. S'y déroulaient
les exécutions capitales.

misérable, il exigera tout d'elle s'il le veut. Pardon,
ma fille ! cria le vieillard.

— Oui, si je suis dans un abîme, il y a peut-être de
votre faute, dit Delphine. Nous avons si peu de raison quand nous nous marions ! Connaissons-nous le
monde, les affaires, les hommes, les mœurs ? Les
pères devraient penser pour nous. Cher père, je ne
vous reproche rien, pardonnez-moi ce mot. En ceci
la faute est toute à moi. Non, ne pleurez point, papa,
dit-elle en baisant le front de son père.

— Ne pleure pas non plus, ma petite Delphine.
Donne tes yeux, que je les essuie en les baisant. Va !
je vais retrouver ma caboche, et débrouiller l'éche-
veau d'affaires que ton mari a mêlé.

— Non, laissez-moi faire ; je saurai le manœuvrer.
Il m'aime, eh ! bien, je me servirai de mon empire sur
lui pour l'amener à me placer promptement quelques
capitaux en propriétés. Peut-être lui ferai-je racheter
sous mon nom Nucingen, en Alsace, il y tient. Seulement venez demain pour examiner ses livres, ses
affaires. Monsieur Derville ne sait rien de ce qui est
commercial. Non, ne venez pas demain. Je ne veux
pas me tourner le sang. Le bal de madame de Beauséant a lieu après-demain, je veux me soigner pour y
être belle, reposée, et faire honneur à mon cher
Eugène ! Allons donc voir sa chambre.

En ce moment une voiture s'arrêta dans la rue
Neuve-Sainte-Geneviève, et l'on entendit dans l'escalier la voix de madame de Restaud, qui disait à Sylvie : — Mon père y est-il ? Cette circonstance sauva
heureusement Eugène, qui méditait déjà de se jeter
sur son lit et de feindre d'y dormir.

— Ah ! mon père, vous a-t-on parlé d'Anastasie ?
dit Delphine en reconnaissant la voix de sa sœur. Il
paraîtrait qu'il lui arrive aussi de singulières choses
dans son ménage.

— Quoi donc ! dit le père Goriot : ce serait donc
ma fin. Ma pauvre tête ne tiendra pas à un double
malheur.

— Bonjour, mon père, dit la comtesse en entrant.
Ah ! te voilà, Delphine.

Madame de Restaud parut embarrassée de rencontrer sa sœur.

— Bonjour, Nasie, dit la baronne. Trouves-tu donc ma présence extraordinaire ? Je vois mon père tous les jours, moi.

— Depuis quand ?

— Si tu y venais, tu le saurais.

— Ne me taquine pas, Delphine, dit la comtesse d'une voix lamentable. Je suis bien malheureuse, je suis perdue, mon pauvre père ! oh ! bien perdue cette fois !

— Qu'as-tu, Nasie ? cria le père Goriot. Dis-nous tout, mon enfant. Elle pâlit. Delphine, allons, secours-la donc, sois bonne pour elle, je t'aimerai encore mieux, si je peux, toi !

— Ma pauvre Nasie, dit madame de Nucingen en asseyant sa sœur, parle. Tu vois en nous les deux seules personnes qui t'aimeront toujours assez pour te pardonner tout. Vois-tu, les affections de famille sont les plus sûres. Elle lui fit respirer des sels, et la comtesse revint à elle.

— J'en mourrai, dit le père Goriot. Voyons, reprit-il en remuant son feu de mottes, approchez-vous toutes les deux. J'ai froid. Qu'as-tu, Nasie ? dis vite, tu me tues...

— Eh bien, dit la pauvre femme, mon mari sait tout. Figurez-vous, mon père, il y a quelque temps, vous souvenez-vous de cette lettre de change de Maxime ? Eh ! bien, ce n'était pas la première. J'en avais déjà payé beaucoup. Vers le commencement de janvier, monsieur de Trailles me paraissait bien chagrin. Il ne me disait rien ; mais il est si facile de lire dans le cœur des gens qu'on aime, un rien suffit : puis il y a des pressentiments. Enfin il était plus aimant, plus tendre que je ne l'avais jamais vu, j'étais toujours plus heureuse. Pauvre Maxime ! dans sa pensée, il me faisait ses adieux, m'a-t-il dit ; il voulait se brûler la cervelle. Enfin je l'ai tant tourmenté, tant supplié, je suis restée deux heures à ses genoux. Il m'a dit qu'il devait cent mille francs ! Oh ! papa, cent mille francs ! Je suis devenue folle. Vous ne les aviez pas, j'avais tout dévoré...

— Non, dit le père Goriot, je n'aurais pas pu les faire, à moins d'aller les voler. Mais j'y aurais été, Nasie ! J'irai.

A ce mot lugubrement jeté, comme un son du râle d'un mourant, et qui accusait l'agonie du sentiment paternel réduit à l'impuissance, les deux sœurs firent une pause. Quel égoïsme serait resté froid à ce cri de désespoir qui, semblable à une pierre lancée dans un gouffre, en révélait la profondeur ?

— Je les ai trouvés en disposant de ce qui ne m'appartenait pas, mon père, dit la comtesse en fondant en larmes.

Delphine fut émue et pleura en mettant la tête sur le cou de sa sœur.

— Tout est donc vrai, lui dit-elle.

Anastasie baissa la tête, madame de Nucingen la saisit à plein corps, la baisa tendrement, et l'appuyant sur son cœur : — Ici, tu seras toujours aimée sans être jugée, lui dit-elle.

— Mes anges, dit Goriot d'une voix faible, pourquoi votre union est-elle due au malheur ?

— Pour sauver la vie de Maxime, enfin pour sauver tout mon bonheur, reprit la comtesse encouragée par ces témoignages d'une tendresse chaude et palpitante, j'ai porté chez cet usurier que vous connaissez, un homme fabriqué par l'enfer, que rien ne peut attendrir, ce monsieur Gobseck, les diamants de famille auxquels tient tant monsieur de Restaud, les siens, les miens, tout, je les ai vendus. Vendus ! comprenez-vous ? il a été sauvé ! Mais, moi, je suis morte. Restaud a tout su.

— Par qui ? comment ? Que je le tue ! cria le père Goriot.

— Hier, il m'a fait appeler dans sa chambre. J'y suis allée... « Anastasie, m'a-t-il dit d'une voix... (oh ! sa voix a suffi, j'ai tout deviné), où sont vos diamants ? » « Chez moi ». « Non, m'a-t-il dit en me regardant, ils sont là, sur ma commode. » Et il m'a

montré l'écrin qu'il avait couvert de son mouchoir.
« Vous savez d'où ils viennent ? » m'a-t-il dit. Je suis
tombée à ses genoux... j'ai pleuré, je lui ai demandé
de quelle mort il voulait me voir mourir.

— Tu as dit cela ! s'écria le père Goriot. Par le
sacré nom de Dieu, celui qui vous fera mal à l'une
ou à l'autre, tant que je serai vivant, peut être sûr que
je le brûlerai à petit feu ! Oui, je le déchiquèterai
comme...

Le père Goriot se tut, les mots expiraient dans sa
gorge.

— Enfin, ma chère, il m'a demandé quelque chose
de plus difficile à faire que de mourir. Le ciel pré-
serve toute femme d'entendre ce que j'ai entendu !

— J'assassinerai cet homme, dit le père Goriot
tranquillement. Mais il n'a qu'une vie, et il m'en doit
deux. Enfin, quoi ? reprit-il en regardant Anastasie.

— Eh bien, dit la comtesse en continuant, après
une pause il m'a regardée : « Anastasie, m'a-t-il dit,
j'ensevelis tout dans le silence, nous resterons
ensemble, nous avons des enfants. Je ne tuerai pas
monsieur de Trailles, je pourrais le manquer, et pour
m'en défaire autrement je pourrais me heurter
contre la justice humaine. Le tuer dans vos bras, ce
serait déshonorer *les* enfants. Mais pour ne voir périr
ni vos enfants, ni leur père, ni moi, je vous impose
deux conditions. Répondez : Ai-je un enfant à moi ? »
J'ai dit oui. « Lequel ? » a-t-il demandé. « Ernest,
notre aîné. » « Bien, a-t-il dit. Maintenant, jurez-moi
de m'obéir désormais sur un seul point. » J'ai juré.
« Vous signerez la vente de vos biens quand je vous
le demanderai. »

— Ne signe pas, cria le père Goriot. Ne signe
jamais cela. Ah ! ah ! monsieur de Restaud, vous ne
savez pas ce que c'est que de rendre une femme heureuse, elle va chercher le bonheur là où il est, et vous
la punissez de votre niaise impuissance ?... Je suis là,
moi, halte là ! il me trouvera dans sa route. Nasie,
sois en repos. Ah, il tient à son héritier ! bon, bon. Je
lui empoignerai son fils, qui, sacré tonnerre, est mon

petit-fils. Je puis bien le voir, ce marmot ? Je le mets dans mon village, j'en aurai soin, sois bien tranquille. Je le ferai capituler, ce monstre-là, en lui disant : A nous deux ! Si tu veux avoir ton fils, rends à ma fille son bien, et laisse-la se conduire à sa guise.

— Mon père !

— Oui, ton père ! Ah ! je suis un vrai père. Que ce drôle de grand seigneur ne maltraite pas mes filles. Tonnerre ! je ne sais pas ce que j'ai dans les veines. J'y ai le sang d'un tigre, je voudrais dévorer ces deux hommes. O mes enfants ! voilà donc votre vie ? Mais c'est ma mort. Que deviendrez-vous donc quand je ne serai plus là ? Les pères devraient vivre autant que leurs enfants. Mon Dieu, comme ton monde est mal arrangé ! Et tu as un fils cependant, à ce qu'on nous dit. Tu devrais nous empêcher de souffrir dans nos enfants. Mes chers anges, quoi ! ce n'est qu'à vos douleurs que je dois votre présence. Vous ne me faites connaître que vos larmes. Eh ! bien, oui, vous m'aimez, je le vois. Venez, venez vous plaindre ici ! mon cœur est grand, il peut tout recevoir. Oui, vous aurez beau le percer, les lambeaux feront encore des cœurs de père. Je voudrais prendre vos peines, souffrir pour vous. Ah ! quand vous étiez petites, vous étiez bien heureuses...

— Nous n'avons eu que ce temps-là de bon, dit Delphine. Où sont les moments où nous dégringolions du haut des sacs dans le grand grenier.

— Mon père ! ce n'est pas tout, dit Anastasie à l'oreille de Goriot qui fit un bond. Les diamants n'ont pas été vendus cent mille francs. Maxime est poursuivi. Nous n'avons plus que douze mille francs à payer. Il m'a promis d'être sage, de ne plus jouer. Il ne me reste plus au monde que son amour, et je l'ai payé trop cher pour ne pas mourir s'il m'échappait. Je lui ai sacrifié fortune, honneur, repos, enfants. Oh ! faites qu'au moins Maxime soit libre, honoré, qu'il puisse demeurer dans le monde où il saura se faire une position. Maintenant il ne me doit pas que le bonheur, nous avons des enfants qui seraient sans

fortune. Tout sera perdu s'il est mis à Sainte-Péla-
gie.[1]

— Je ne les ai pas, Nasie. Plus, plus rien, plus
rien ! C'est la fin du monde. Oh ! le monde va crouler,
c'est sûr. Allez-vous en, sauvez-vous avant ! Ah ! j'ai
encore mes boucles d'argent, six couverts, les premiers que j'aie eus dans ma vie. Enfin, je n'ai plus
que douze cents francs de rente viagère...

— Qu'avez-vous donc fait de vos rentes perpé
tuelles ?

— Je les ai vendues en me réservant ce petit bout
de revenu pour mes besoins. Il me fallait douze mille
francs pour arranger un appartement à Fifine.

— Chez toi, Delphine ? dit madame de Restaud à
sa sœur.

— Oh ! qu'est-ce que cela fait ! reprit le père Goriot, les douze mille francs sont employés.

— Je devine, dit la comtesse. Pour monsieur de
Rastignac. Ah ! ma pauvre Delphine, arrête-toi. Vois
où j'en suis.

— Ma chère, monsieur de Rastignac est un jeune
homme incapable de ruiner sa maîtresse.

— Merci, Delphine. Dans la crise où je me trouve,
j'attendais mieux de toi ; mais tu ne m'as jamais
aimée.

— Si, elle t'aime, Nasie, cria le père Goriot, elle me
le disait tout à l'heure. Nous parlions de toi, elle me
soutenait que tu étais belle et qu'elle n'était que
jolie, elle !

— Elle ! répéta la comtesse, elle est d'un beau
froid.

— Quand cela serait, dit Delphine en rougissant,
comment t'es-tu comportée envers moi ? Tu m'as
reniée, tu m'as fait fermer les portes de toutes les
maisons où je souhaitais aller, enfin tu n'as jamais

---

1. Prison pour dettes, au 14 rue de la Clef. « Les débiteurs
contraints par corps ont été [...] détenus dans cette maison jusqu'en 1835, époque à laquelle ils ont été transférés dans la prison
qui a été construite pour eux rue de Clichy » (Félix et Louis
Lazare : *Dictionnaire administratif et historique des rues et monuments de Paris*, 2ᵉ édition, 1855).

manqué la moindre occasion de me causer de la peine. Et moi, suis-je venue, comme toi, soutirer à ce pauvre père, mille francs à mille francs, sa fortune, et le réduire dans l'état où il est ? Voilà ton ouvrage, ma sœur. Moi, j'ai vu mon père tant que j'ai pu, je ne l'ai pas mis à la porte, et ne suis pas venue lui lécher les mains quand j'avais besoin de lui. Je ne savais seulement pas qu'il eût employé ces douze mille francs pour moi. J'ai de l'ordre, moi ! tu le sais. D'ailleurs, quand papa m'a fait des cadeaux, je ne les ai jamais quêtés.

— Tu étais plus heureuse que moi : monsieur de Marsay était riche, tu en sais quelque chose. Tu as toujours été vilaine[1] comme l'or. Adieu, je n'ai ni sœur, ni...

— Tais-toi, Nasie ! cria le père Goriot.

— Il n'y a qu'une sœur comme toi qui puisse répéter ce que le monde ne croit plus, tu es un monstre, lui dit Delphine.

— Mes enfants, mes enfants, taisez-vous, ou je me tue devant vous.

— Va, Nasie, je te pardonne, dit madame de Nucingen en continuant, tu es malheureuse. Mais je suis meilleure que tu ne l'es. Me dire cela au moment où je me sentais capable de tout pour te secourir, même d'entrer dans la chambre de mon mari, ce que je ne ferais ni pour moi ni pour... Ceci est digne de tout ce que tu as commis de mal contre moi depuis neuf ans.

— Mes enfants, mes enfants, embrassez-vous ! dit le père. Vous êtes deux anges.

— Non, laissez-moi, cria la comtesse que Goriot avait prise par le bras et qui secoua l'embrassement de son père. Elle a moins de pitié pour moi que n'en aurait mon mari. Ne dirait-on pas qu'elle est l'image de toutes les vertus !

— J'aime encore mieux passer pour devoir de

---

1. Avare, sens que l'on trouve déjà chez Molière (*Les Fourberies de Scapin*, III, III ; *L'Avare*, III, I) ; le vilain était aussi une pièce qui n'avait pas le poids fixé par l'ordonnance, mais qui était dans les limites tolérées.

l'argent à monsieur de Marsay que d'avouer que monsieur de Trailles me coûte plus de deux cent mille francs, répondit madame de Nucingen.

— Delphine ! cria la comtesse en faisant un pas vers elle.

— Je te dis la vérité quand tu me calomnies, répliqua froidement la baronne.

— Delphine ! tu es une...

Le père Goriot s'élança, retint la comtesse et l'empêcha de parler en lui couvrant la bouche avec sa main.

— Mon Dieu ? mon père, à quoi donc avez-vous touché ce matin ? lui dit Anastasie.

— Eh ! bien, oui, j'ai tort, dit le pauvre père en s'essuyant les mains à son pantalon. Mais je ne savais pas que vous viendriez, je déménage.

Il était heureux de s'être attiré un reproche qui détournait sur lui la colère de sa fille.

— Ah ! reprit-il en s'asseyant, vous m'avez fendu le cœur. Je me meurs, mes enfants ! Le crâne me cuit intérieurement comme s'il avait du feu. Soyez donc gentilles, aimez-vous bien ! Vous me feriez mourir. Delphine, Nasie, allons, vous aviez raison, vous aviez tort toutes les deux. Voyons, Dedel, reprit-il en tournant sur la baronne des yeux pleins de larmes, il lui faut douze mille francs, cherchons-les. Ne vous regardez pas comme ça. Il se mit à genoux devant Delphine. — Demande-lui pardon pour me faire plaisir, lui dit-il à l'oreille, elle est la plus malheureuse, voyons ?

— Ma pauvre Nasie, dit Delphine épouvantée de la sauvage et folle expression que la douleur imprimait sur le visage de son père, j'ai eu tort, embrasse-moi...

— Ah ! vous me mettez du baume sur le cœur, cria le père Goriot. Mais où trouver douze mille francs ? Si je me proposais comme remplaçant[1] ?

---

1. Moyennant une somme d'argent, le « remplaçant » accomplissait le service militaire d'un jeune homme que le sort avait désigné. Goriot est évidemment trop âgé pour être remplaçant.

— Ah ! mon père ! dirent les deux filles en l'entourant, non, non.

— Dieu vous récompensera de cette pensée, notre vie n'y suffirait point ! n'est-ce pas, Nasie ? reprit Delphine.

— Et puis, pauvre père, ce serait une goutte d'eau, fit observer la comtesse.

— Mais on ne peut donc rien faire de son sang ? cria le vieillard désespéré. Je me voue à celui qui te sauvera, Nasie ! je tuerai un homme pour lui. Je ferai comme Vautrin, j'irai au bagne ! je... Il s'arrêta comme s'il eût été foudroyé. Plus rien ! dit-il en s'arrachant les cheveux. Si je savais où aller pour voler, mais il est encore difficile de trouver un vol à faire. Et puis il faudrait du monde et du temps pour prendre la Banque. Allons, je dois mourir, je n'ai plus qu'à mourir. Oui, je ne suis plus bon à rien, je ne suis plus père ! non. Elle me demande, elle a besoin ! et moi, misérable, je n'ai rien. Ah ! tu t'es fait des rentes viagères, vieux scélérat, et tu avais des filles ! Mais tu ne les aimes donc pas ? Crève, crève comme un chien que tu es ! Oui, je suis au-dessous d'un chien, un chien ne se conduirait pas ainsi ! Oh ! ma tête ! elle bout !

— Mais, papa, crièrent les deux jeunes femmes qui l'entouraient pour l'empêcher de se frapper la tête contre les murs, soyez donc raisonnable.

Il sanglotait. Eugène, épouvanté, prit la lettre de change souscrite à Vautrin, et dont le timbre comportait une plus forte somme ; il en corrigea le chiffre, en fit une lettre de change régulière de douze mille francs à l'ordre de Goriot et entra.

— Voici tout votre argent, madame, dit-il en présentant le papier. Je dormais, votre conversation m'a réveillé, j'ai pu savoir ainsi ce que je devais à monsieur Goriot. En voici le titre que vous pouvez négocier, je l'acquitterai fidèlement.

La comtesse, immobile, tenait le papier.

— Delphine, dit-elle pâle et tremblante de colère, de fureur, de rage, je te pardonnais tout, Dieu m'en est témoin, mais ceci ! Comment, monsieur était là, tu le savais ! tu as eu la petitesse de te venger en me laissant lui livrer mes secrets, ma vie, celle de mes enfants, ma honte, mon honneur ! Va, tu ne m'es plus de rien, je te hais, je te ferai tout le mal possible, je... La colère lui coupa la parole, et son gosier se sécha.

— Mais, c'est mon fils, notre enfant, ton frère, ton sauveur, criait le père Goriot. Embrasse-le donc, Nasie ! Tiens, moi je l'embrasse, reprit-il en serrant Eugène avec une sorte de fureur. Oh ! mon enfant ! je serai plus qu'un père pour toi, je veux être une famille. Je voudrais être Dieu, je te jetterais l'univers aux pieds. Mais, baise-le donc, Nasie ? ce n'est pas un homme, mais un ange, un véritable ange.

— Laissez-la, mon père, elle est folle en ce moment, dit Delphine.

— Folle ! folle ! Et toi, qu'es-tu ? demanda madame de Restaud.

— Mes enfants, je meurs si vous continuez, cria le vieillard en tombant sur son lit comme frappé par une balle. — Elles me tuent ! se dit-il.

La comtesse regarda Eugène, qui restait immobile, abasourdi par la violence de cette scène : — Monsieur, lui dit-elle en l'interrogeant du geste, de la voix et du regard, sans faire attention à son père dont le gilet fut rapidement défait par Delphine.

— Madame, je payerai et je me tairai, répondit-il sans attendre la question.

— Tu as tué notre père, Nasie ! dit Delphine en montrant le vieillard évanoui à sa sœur, qui se sauva.

— Je lui pardonne bien, dit le bonhomme en ouvrant les yeux, sa situation est épouvantable et tournerait une meilleure tête. Console Nasie, sois douce pour elle, promets-le à ton pauvre père, qui se meurt, demanda-t-il à Delphine en lui pressant la main.

— Mais qu'avez-vous ? dit-elle tout effrayée.

— Rien, rien, répondit le père, ça se passera. J'ai quelque chose qui me presse le front, une migraine. Pauvre Nasie, quel avenir !

En ce moment la comtesse rentra, se jeta aux genoux de son père : — Pardon ! cria-t-elle.

— Allons, dit le père Goriot, tu me fais encore plus de mal maintenant.

— Monsieur, dit la comtesse à Rastignac, les yeux baignés de larmes, la douleur m'a rendue injuste. Vous serez un frère pour moi ? reprit-elle en lui tendant la main.

— Nasie, lui dit Delphine en la serrant, ma petite Nasie, oublions tout.

— Non, dit-elle, je m'en souviendrai, moi !

— Les anges, s'écria le père Goriot, vous m'enlevez le rideau que j'avais sur les yeux, votre voix me ranime. Embrassez-vous donc encore. Eh ! bien, Nasie, cette lettre de change te sauvera-t-elle ?

— Je l'espère. Dites donc, papa, voulez-vous y mettre votre signature ?

— Tiens, suis-je bête, moi, d'oublier ça ! Mais je me suis trouvé mal, Nasie, ne m'en veux pas. Envoie-moi dire que tu es hors de peine. Non, j'irai. Mais non, je n'irai pas, je ne puis plus voir ton mari, je le tuerais net. Quant à dénaturer tes biens, je serai là. Va vite, mon enfant, et fais que Maxime devienne sage.

Eugène était stupéfait.

— Cette pauvre Anastasie a toujours été violente, dit madame de Nucingen, mais elle a bon cœur.

— Elle est revenue pour l'endos[1], dit Eugène à l'oreille de Delphine.

— Vous croyez ?

— Je voudrais ne pas le croire. Méfiez-vous d'elle, répondit-il en levant les yeux comme pour confier à Dieu des pensées qu'il n'osait exprimer.

— Oui, elle a toujours été un peu comédienne, et mon pauvre père se laisse prendre à ses mines.

— Comment allez-vous, mon bon père Goriot ? demanda Rastignac au vieillard.

— J'ai envie de dormir, répondit-il.

Eugène aida Goriot à se coucher. Puis, quand le

---

1. Portée au dos d'une lettre de change, signature qui en transmet la propriété (voir aussi p. 100 note 2).

bonhomme se fut endormi en tenant la main de Delphine, sa fille se retira.

— Ce soir aux Italiens, dit-elle à Eugène, et tu me diras comment il va. Demain, vous déménagerez, monsieur. Voyons votre chambre. Oh ! quelle horreur ! dit-elle en y entrant. Mais vous étiez plus mal que n'est mon père. Eugène, tu t'es bien conduit. Je vous aimerais davantage si c'était possible ; mais, mon enfant, si vous voulez faire fortune, il ne faut pas jeter comme ça des douze mille francs par les fenêtres. Le comte de Trailles est joueur. Ma sœur ne veut pas voir ça. Il aurait été chercher ses douze mille francs là où il sait perdre ou gagner des monts d'or.

Un gémissement les fit revenir chez Goriot, qu'ils trouvèrent en apparence endormi ; mais quand les deux amants approchèrent, ils entendirent ces mots : — Elles ne sont pas heureuses ! Qu'il dormît ou qu'il veillât, l'accent de cette phrase frappa si vivement le cœur de sa fille, qu'elle s'approcha du grabat sur lequel gisait son père, et le baisa au front. Il ouvrit les yeux en disant : — C'est Delphine !

— Eh ! bien, comment vas-tu ? demanda-t-elle.

— Bien, dit-il. Ne sois pas inquiète, je vais sortir. Allez, allez, mes enfants, soyez heureux.

Eugène accompagna Delphine jusque chez elle ; mais, inquiet de l'état dans lequel il avait laissé Goriot, il refusa de dîner avec elle, et revint à la maison Vauquer. Il trouva le père Goriot debout et prêt à s'attabler. Bianchon s'était mis de manière à bien examiner la figure du vermicellier. Quand il lui vit prendre son pain et le sentir pour juger de la farine avec laquelle il était fait, l'étudiant, ayant observé dans ce mouvement une absence totale de ce que l'on pourrait nommer la conscience de l'acte, fit un geste sinistre.

— Viens donc près de moi, monsieur l'interne à Cochin, dit Eugène.

Bianchon s'y transporta d'autant plus volontiers qu'il allait être près du vieux pensionnaire.

— Qu'a-t-il ? demanda Rastignac.

— A moins que je ne me trompe, il est flambé ! Il a dû se passer quelque chose d'extraordinaire en lui, il me semble être sous le poids d'une apoplexie séreuse[1] imminente. Quoique le bas de la figure soit assez calme, les traits supérieurs du visage se tirent vers le front malgré lui, vois ! Puis les yeux sont dans l'état particulier qui dénote l'invasion du sérum dans le cerveau. Ne dirait-on pas qu'ils sont pleins d'une poussière fine ? Demain matin j'en saurai davantage.

— Y aurait-il quelque remède ?

— Aucun. Peut-être pourra-t-on retarder sa mort si l'on trouve les moyens de déterminer une réaction vers les extrémités, vers les jambes ; mais si demain soir les symptômes ne cessent pas, le pauvre bonhomme est perdu. Sais-tu par quel événement la maladie a été causée ? il a dû recevoir un coup violent sous lequel son moral aura succombé.

— Oui, dit Rastignac en se rappelant que les deux filles avaient battu sans relâche sur le cœur de leur père.

— Au moins, se disait Eugène, Delphine aime son père, elle !

Le soir, aux Italiens, Rastignac prit quelques précautions afin de ne pas trop alarmer madame de Nucingen.

— N'ayez pas d'inquiétude, répondit-elle aux premiers mots que lui dit Eugène, mon père est fort. Seulement, ce matin, nous l'avons un peu secoué. Nos fortunes sont en question, songez-vous à l'étendue de ce malheur ? Je ne vivrais pas si votre affection ne me rendait pas insensible à ce que j'aurais regardé naguère comme des angoisses mortelles. Il n'est plus aujourd'hui qu'une seule crainte, un seul malheur pour moi, c'est de perdre l'amour qui m'a fait sentir le plaisir de vivre. En dehors de ce sentiment tout m'est indifférent, je n'aime plus rien au monde. Vous êtes tout pour moi. Si je sens le bonheur d'être riche, c'est pour mieux vous plaire. Je

---

1. Congestion cérébrale, avec épanchement de sérum dans le cerveau.

suis, à ma honte, plus amante que je ne suis fille. Pourquoi ? je ne sais. Toute ma vie est en vous. Mon père m'a donné un cœur, mais vous l'avez fait battre. Le monde entier peut me blâmer, que m'importe ! si vous, qui n'avez pas le droit de m'en vouloir, m'acquittez des crimes auxquels me condamne un sentiment irrésistible ? Me croyez-vous une fille dénaturée ? oh, non, il est impossible de ne pas aimer un père aussi bon que l'est le nôtre. Pouvais-je empêcher qu'il ne vît enfin les suites naturelles de nos déplorables mariages ? Pourquoi ne les a-t-il pas empêchés ? N'était-ce pas à lui de réfléchir pour nous ? Aujourd'hui, je le sais, il souffre autant que nous ; mais que pouvions-nous y faire ? Le consoler ! nous ne le consolerions de rien. Notre résignation lui faisait plus de douleur que nos reproches et nos plaintes ne lui causeraient de mal. Il est des situations dans la vie où tout est amertume.

Eugène resta muet, saisi de tendresse par l'expression naïve d'un sentiment vrai. Si les Parisiennes sont souvent fausses, ivres de vanité, personnelles, coquettes, froides, il est sûr que quand elles aiment réellement, elles sacrifient plus de sentiments que les autres femmes à leurs passions ; elles se grandissent de toutes leurs petitesses, et deviennent sublimes. Puis Eugène était frappé de l'esprit profond et judicieux que la femme déploie pour juger les sentiments les plus naturels, quand une affection privilégiée l'en sépare et la met à distance. Madame de Nucingen se choqua du silence que gardait Eugène.

— A quoi pensez-vous donc ? lui demanda-t-elle.

— J'écoute encore ce que vous m'avez dit. J'ai cru jusqu'ici vous aimer plus que vous ne m'aimiez.

Elle sourit et s'arma contre le plaisir qu'elle éprouva, pour laisser la conversation dans les bornes imposées par les convenances. Elle n'avait jamais entendu les expressions vibrantes d'un amour jeune et sincère. Quelques mots de plus, elle ne se serait plus contenue.

— Eugène, dit-elle en changeant de conversation, vous ne savez donc pas ce qui se passe ? Tout Paris

sera demain chez madame de Beauséant. Les Rochefide et le marquis d'Ajuda se sont entendus pour ne
rien ébruiter ; mais le roi signe demain le contrat de
mariage, et votre pauvre cousine ne sait rien encore.
Elle ne pourra pas se dispenser de recevoir, et le marquis ne sera pas à son bal. On ne s'entretient que de
cette aventure.

— Et le monde se rit d'une infamie, et il y trempe !
Vous ne savez donc pas que madame de Beauséant
en mourra ?

— Non, dit Delphine en souriant, vous ne connaissez pas ces sortes de femmes-là. Mais tout Paris viendra chez elle, et j'y serai ! Je vous dois ce bonheur-
là pourtant.

— Mais, dit Rastignac, n'est-ce pas un de ces
bruits absurdes comme on en fait tant courir à
Paris ?

— Nous saurons la vérité demain.

Eugène ne rentra pas à la maison Vauquer. Il ne
put se résoudre à ne pas jouir de son nouvel appartement. Si, la veille, il avait été forcé de quitter Delphine, à une heure après minuit, ce fut Delphine qui
le quitta vers deux heures pour retourner chez elle.
Il dormit le lendemain assez tard, attendit vers midi
madame de Nucingen, qui vint déjeuner avec lui. Les
jeunes gens sont si avides de ces jolis bonheurs, qu'il
avait presque oublié le père Goriot. Ce fut une longue
fête pour lui que de s'habituer à chacune de ces élégantes choses qui lui appartenaient. Madame de
Nucingen était là, donnant à tout un nouveau prix.
Cependant, vers quatre heures, les deux amants pen-
sèrent au père Goriot en songeant au bonheur qu'il
se promettait à venir demeurer dans cette maison.
Eugène fit observer qu'il était nécessaire d'y transporter promptement le bonhomme, s'il devait être
malade, et quitta Delphine pour courir à la maison
Vauquer. Ni le père Goriot ni Bianchon n'étaient à
table.

— Eh ! bien, lui dit le peintre, le père Goriot est
éclopé. Bianchon est là-haut près de lui. Le
bonhomme a vu l'une de ses filles, la comtesse de

Restaurama. Puis il a voulu sortir et sa maladie a empiré. La société va être privée d'un de ses beaux ornements.

Rastignac s'élança vers l'escalier.

— Hé ! monsieur Eugène !

— Monsieur Eugène ! madame vous appelle, cria Sylvie.

— Monsieur, lui dit la veuve, monsieur Goriot et vous, vous deviez sortir le quinze de février. Voici trois jours que le quinze est passé, nous sommes au dix-huit ; il faudra me payer un mois pour vous et pour lui, mais, si vous voulez garantir le père Goriot, votre parole me suffira.

— Pourquoi ? n'avez-vous pas confiance ?

— Confiance ! si le bonhomme n'avait plus sa tête et mourait, ses filles ne me donneraient pas un liard, et toute sa défroque ne vaut pas dix francs. Il a emporté ce matin ses derniers couverts, je ne sais pourquoi. Il s'était mis en jeune homme. Dieu me pardonne, je crois qu'il avait du rouge, il m'a paru rajeuni.

— Je réponds de tout, dit Eugène en frissonnant d'horreur et appréhendant une catastrophe.

Il monta chez le père Goriot. Le vieillard gisait sur son lit, et Bianchon était auprès de lui.

— Bonjour, père, lui dit Eugène.

Le bonhomme lui sourit doucement, et répondit en tournant vers lui des yeux vitreux : — Comment va-t-elle ?

— Bien. Et vous ?

— Pas mal.

— Ne le fatigue pas, dit Bianchon en entraînant Eugène dans un coin de la chambre.

— Eh ! bien ? lui dit Rastignac.

— Il ne peut être sauvé que par un miracle. La congestion séreuse a eu lieu, il a les sinapismes[1] ; heureusement il les sent, ils agissent.

— Peut-on le transporter ?

---

1. Cataplasmes à base de farine de moutarde.

— Impossible. Il faut le laisser là, lui éviter tout mouvement physique et toute émotion...

— Mon bon Bianchon, dit Eugène, nous le soignerons à nous deux.

— J'ai déjà fait venir le médecin en chef de mon hôpital.

— Eh ! bien ?

— Il prononcera demain soir. Il m'a promis de venir après sa journée. Malheureusement ce fichu bonhomme a commis ce matin une imprudence sur laquelle il ne veut pas s'expliquer. Il est entêté comme une mule. Quand je lui parle, il fait semblant de ne pas entendre, et dort pour ne pas me répondre ; ou bien, s'il a les yeux ouverts, il se met à geindre. Il est sorti vers le matin, il a été à pied dans Paris, on ne sait où. Il a emporté tout ce qu'il possédait de vaillant, il a été faire quelque sacré trafic pour lequel il a outrepassé ses forces ! Une de ses filles est venue.

— La comtesse ? dit Eugène. Une grande brune, l'œil vif et bien coupé, joli pied, taille souple ?

— Oui.

— Laisse-moi seul un moment avec lui, dit Rastignac. Je vais le confesser, il me dira tout, à moi.

— Je vais aller dîner pendant ce temps-là. Seulement tâche de ne pas trop l'agiter ; nous avons encore quelque espoir.

— Sois tranquille.

— Elles s'amuseront bien demain, dit le père Goriot à Eugène quand ils furent seuls. Elles vont à un grand bal.

— Qu'avez-vous donc fait ce matin, papa, pour être si souffrant ce soir qu'il vous faille rester au lit ?

— Rien.

— Anastasie est venue ? demanda Rastignac.

— Oui, répondit le père Goriot.

— Eh ! bien, ne me cachez rien. Que vous a-t-elle encore demandé ?

— Ah ! reprit-il en rassemblant ses forces pour parler, elle était bien malheureuse, allez, mon enfant ! Nasie n'a pas un sou depuis l'affaire des dia-

mants. Elle avait commandé, pour ce bal, une robe
lamée qui doit lui aller comme un bijou. Sa coutu-
rière, une infâme, n'a pas voulu lui faire crédit, et sa
femme de chambre a payé mille francs en à-compte
sur la toilette. Pauvre Nasie, en être venue là ! Ça m'a
déchiré le cœur. Mais la femme de chambre, voyant
ce Restaud retirer toute sa confiance à Nasie, a eu
peur de perdre son argent, et s'entend avec la coutu-
rière pour ne livrer la robe que si les mille francs sont
rendus. Le bal est demain, la robe est prête. Nasie est
au désespoir. Elle a voulu m'emprunter mes couverts
pour les engager[1]. Son mari veut qu'elle aille à ce bal
pour montrer à tout Paris les diamants qu'on prétend vendus par elle. Peut-elle dire à ce monstre :
« Je dois mille francs, payez-les » ? Non. J'ai compris
ça, moi. Sa sœur Delphine ira là dans une toilette
superbe. Anastasie ne doit pas être au-dessous de sa
cadette. Et puis elle est si noyée de larmes, ma pauvre fille ! J'ai été si humilié de n'avoir pas eu douze
mille francs hier, que j'aurais donné le reste de ma
misérable vie pour racheter ce tort-là. Voyez-vous ?
j'avais eu la force de tout supporter, mais mon dernier manque d'argent m'a crevé le cœur. Oh ! oh ! je
n'en ai fait ni une ni deux, je me suis rafistolé,
requinqué ; j'ai vendu pour six cents francs de couverts et de boucles, puis j'ai engagé, pour un an, mon
titre de rente viagère contre quatre cents francs une
fois payés, au papa Gobseck. Bah ! je mangerai du
pain ! ça me suffisait quand j'étais jeune, ça peut
encore aller. Au moins elle aura une belle soirée, ma
Nasie. Elle sera pimpante. J'ai le billet de mille
francs là sous mon chevet. Ça me réchauffe d'avoir
là sous la tête ce qui va faire plaisir à la pauvre Nasie.
Elle pourra mettre sa mauvaise Victoire[2] à la porte.
A-t-on vu des domestiques ne pas avoir confiance
dans leurs maîtres ! Demain je serai bien, Nasie vient
à dix heures. Je ne veux pas qu'elles me croient
malade, elles n'iraient point au bal, elles me soigne-

---

1. Mettre en gages. — 2. Plus haut, la femme de chambre
d'Anastasie est nommée Constance (p. 176).

raient. Nasie m'embrassera demain comme son enfant, ses caresses me guériront. Enfin, n'aurais-je pas dépensé mille francs chez l'apothicaire ? J'aime mieux les donner à mon Guérit-Tout, à ma Nasie. Je la consolerai dans sa misère, au moins. Ça m'acquitte du tort de m'être fait du viager. Elle est au fond de l'abîme, et moi je ne suis plus assez fort pour l'en tirer. Oh ! je vais me remettre au commerce. J'irai à Odessa[1] pour y acheter du grain. Les blés valent là trois fois moins que les nôtres ne coûtent. Si l'introduction des céréales est défendue en nature, les braves gens qui font les lois n'ont pas songé à prohiber les fabrications dont les blés sont le principe. Hé, hé !... j'ai trouvé cela, moi, ce matin ! Il y a de beaux coups à faire dans les amidons.

— Il est fou, se dit Eugène en regardant le vieillard. Allons, restez en repos, ne parlez pas...

Eugène descendit pour dîner quand Bianchon remonta. Puis tous deux passèrent la nuit à garder le malade à tour de rôle, en s'occupant, l'un à lire ses livres de médecine, l'autre à écrire à sa mère et à ses sœurs. Le lendemain, les symptômes qui se déclarèrent chez le malade furent, suivant Bianchon, d'un favorable augure ; mais ils exigèrent des soins continuels dont les deux étudiants étaient seuls capables, et dans le récit desquels il est imposible de compromettre la pudibonde phraséologie de l'époque. Les sangsues mises sur le corps appauvri du bonhomme furent accompagnées de cataplasmes, de bains de pied, de manœuvres médicales pour lesquelles il fallait d'ailleurs la force et le dévouement des deux jeunes gens. Madame de Restaud ne vint pas ; elle envoya chercher sa somme par un commissionnaire.

— Je croyais qu'elle serait venue elle-même. Mais ce n'est pas un mal, elle se serait inquiétée, dit le père en paraissant heureux de cette circonstance.

---

1. Grande ville portuaire ukrainienne, centre d'exportation des blés russes. Nouveau clin d'œil à madame Hanska qui réside en Ukraine.

A sept heures du soir, Thérèse vint apporter une lettre de Delphine.

« Que faites-vous donc, mon ami ? A peine aimée, serais-je déjà négligée ? Vous m'avez montré, dans ces confidences versées de cœur à cœur, une trop belle âme pour n'être pas de ceux qui restent toujours fidèles en voyant combien les sentiments ont de nuances. Comme vous l'avez dit en écoutant la prière de Mosé[1] : « Pour les uns c'est une même note, » pour les autres c'est l'infini de la musique ! » Songez que je vous attends ce soir pour aller au bal de madame de Beauséant. Décidément le contrat de monsieur d'Ajuda a été signé ce matin à la cour, et la pauvre vicomtesse ne l'a su qu'à deux heures. Tout Paris va se porter chez elle, comme le peuple encombre la Grève quand il doit y avoir une exécution. N'est-ce pas horrible d'aller voir si cette femme cachera sa douleur, si elle saura bien mourir ? Je n'irais certes pas, mon ami, si j'avais été déjà chez elle ; mais elle ne recevra plus sans doute, et tous les efforts que j'ai faits seraient superflus. Ma situation est bien différente de celle des autres. D'ailleurs, j'y vais pour vous aussi. Je vous attends. Si vous n'étiez pas près de moi dans deux heures, je ne sais si je vous pardonnerai cette félonie. »

Rastignac prit une plume et répondit ainsi :

« J'attends un médecin pour savoir si votre père doit vivre encore. Il est mourant. J'irai vous porter l'arrêt, et j'ai peur que ce ne soit un arrêt de mort.

---

1. Anachronisme : représenté pour la première fois au théâtre San Carlo de Naples en 1818, l'opéra *Mosè in Egitto* [*Moïse en Égypte*], de Rossini, fut créé à Paris, au théâtre Louvois, le 20 octobre 1822. Sur des paroles de Balocchi et Jouy, l'Opéra en donna une adaptation française en quatre actes le 26 mars 1827 (*Moïse et Pharaon*). Le théâtre Italien reprit la version originale en 1832, puis en 1834. Balzac assista à plusieurs représentations alors qu'il rédigeait *Le Père Goriot* : « Chaque fois que l'on donne [*Mosè*] j'y vais » (*L.H.*B. I, 213-214 ; 15 déc. 1834). Il citera plusieurs fois dans *La Comédie humaine* cet opéra qu'il admirait, et l'analysera longuement dans *Massimilla Doni* en 1839.

Vous verrez si vous pouvez aller au bal. Mille tendresses. »

Le médecin vint à huit heures et demie, et, sans donner un avis favorable, il ne pensa pas que la mort dût être imminente. Il annonça des mieux et des rechutes alternatives d'où dépendraient la vie et la raison du bonhomme.

— Il vaudrait mieux qu'il mourût promptement, fut le dernier mot du docteur.

Eugène confia le père Goriot aux soins de Bianchon, et partit pour aller porter à madame de Nucingen les tristes nouvelles qui, dans son esprit encore imbu des devoirs de famille, devaient suspendre toute joie.

— Dites-lui qu'elle s'amuse tout de même, lui cria le père Goriot qui paraissait assoupi mais qui se dressa sur son séant au moment où Rastignac sortit.

Le jeune homme se présenta navré de douleur à Delphine, et la trouva coiffée, chaussée, n'ayant plus que sa robe de bal à mettre. Mais, semblables aux coups de pinceau par lesquels les peintres achèvent leurs tableaux, les derniers apprêts voulaient plus de temps que n'en demandait le fond même de la toile.

— Eh quoi, vous n'êtes pas habillé ? dit-elle.

— Mais, madame, votre père...

— Encore mon père, s'écria-t-elle en l'interrompant. Mais vous ne m'apprendrez pas ce que je dois à mon père. Je connais mon père depuis longtemps. Pas un mot, Eugène. Je ne vous écouterai que quand vous aurez fait votre toilette. Thérèse a tout préparé chez vous ; ma voiture est prête, prenez-la ; revenez. Nous causerons de mon père en allant au bal. Il faut partir de bonne heure, si nous sommes pris dans la file des voitures, nous serons bien heureux de faire notre entrée à onze heures.

— Madame !

— Allez ! pas un mot, dit-elle courant dans son boudoir pour y prendre un collier.

— Mais, allez donc, monsieur Eugène, vous fâcherez madame, dit Thérèse en poussant le jeune homme épouvanté de cet élégant parricide.

Il alla s'habiller en faisant les plus tristes, les plus
décourageantes réflexions. Il voyait le monde comme
un océan de boue dans lequel un homme se plon-
geait jusqu'au cou, s'il y trempait le pied. — Il ne s'y
commet que des crimes mesquins ! se dit-il. Vautrin
est plus grand. Il avait vu les trois grandes expressions de la société : l'Obéissance, la Lutte et la
Révolte ; la Famille, le Monde et Vautrin. Et il n'osait
prendre parti. L'Obéissance était ennuyeuse, la
Révolte impossible, et la Lutte incertaine. Sa pensée
le reporta au sein de sa famille. Il se souvint des
pures émotions de cette vie calme, il se rappela les
jours passés au milieu des êtres dont il était chéri.
En se conformant aux lois naturelles du foyer
domestique, ces chères créatures y trouvaient un
bonheur plein, continu, sans angoisses. Malgré ses
bonnes pensées, il ne se sentit pas le courage de venir
confesser la foi des âmes pures à Delphine, en lui
ordonnant la Vertu au nom de l'Amour. Déjà son
éducation commencée avait porté ses fruits. Il aimait
égoïstement déjà. Son tact lui avait permis de
reconnaître la nature du cœur de Delphine. Il pressentait qu'elle était capable de marcher sur le corps
de son père pour aller au bal, et il n'avait ni la force
de jouer le rôle d'un raisonneur, ni le courage de lui
déplaire, ni la vertu de la quitter. — Elle ne me pardonnerait jamais d'avoir eu raison contre elle dans
cette circonstance, se dit-il. Puis il commenta les
paroles des médecins, il se plut à penser que le père
Goriot n'était pas aussi dangereusement malade qu'il
le croyait ; enfin, il entassa des raisonnements assassins pour justifier Delphine. Elle ne connaissait pas
l'état dans lequel était son père. Le bonhomme lui-
même la renverrait au bal, si elle l'allait voir. Souvent
la loi sociale, implacable dans sa formule, condamne
là où le crime apparent est excusé par les innombra-
bles modifications qu'introduisent au sein des familles la différence des caractères, la diversité des intérêts et des situations. Eugène voulait se tromper lui-
même, il était prêt à faire à sa maîtresse le sacrifice
de sa conscience. Depuis deux jours, tout était

changé dans sa vie. La femme y avait jeté ses désordres, elle avait fait pâlir la famille, elle avait tout confisqué à son profit. Rastignac et Delphine s'étaient rencontrés dans les conditions voulues pour éprouver l'un par l'autre les plus vives jouissances. Leur passion bien préparée avait grandi par ce qui tue les passions, par la jouissance. En possédant cette femme, Eugène s'aperçut que jusqu'alors il ne l'avait que désirée, il ne l'aima qu'au lendemain du bonheur : l'amour n'est peut-être que la reconnaissance du plaisir. Infâme ou sublime, il adorait cette femme pour les voluptés qu'il lui avait apportées en dot, et pour toutes celles qu'il en avait reçues ; de même que Delphine aimait Rastignac autant que Tantale aurait aimé l'ange qui serait venu satisfaire sa faim, ou étancher la soif de son gosier desséché[1].

— Eh ! bien, comment va mon père ? lui dit madame de Nucingen quand il fut de retour et en costume de bal.

— Extrêmement mal, répondit-il, si vous voulez me donner une preuve de votre affection, nous courrons le voir.

— Eh ! bien, oui, dit-elle, mais après le bal. Mon bon Eugène, sois gentil, ne me fais pas de morale, viens.

Ils partirent. Eugène resta silencieux pendant une partie du chemin.

— Qu'avez-vous donc ? dit-elle.

— J'entends le râle de votre père, répondit-il avec l'accent de la fâcherie. Et il se mit à raconter avec la chaleureuse éloquence du jeune âge la féroce action à laquelle madame de Restaud avait été poussée par la vanité, la crise mortelle que le dernier dévouement du père avait déterminée, et ce que coûterait la robe lamée d'Anastasie. Delphine pleurait.

— Je vais être laide, pensa-t-elle. Ses larmes se séchèrent. J'irai garder mon père, je ne quitterai pas son chevet, reprit-elle.

---

1. Sur Tantale, voir p. 182 note 1.

— Ah ! te voilà comme je te voulais, s'écria Rastignac.

Les lanternes de cinq cents voitures éclairaient les abords de l'hôtel de Beauséant. De chaque côté de la porte illuminée piaffait un gendarme[1]. Le grand monde affluait si abondamment, et chacun mettait tant d'empressement à voir cette grande femme au moment de sa chute, que les appartements, situés au rez-de-chaussée de l'hôtel, étaient déjà pleins quand madame de Nucingen et Rastignac s'y présentèrent. Depuis le moment où toute la cour se rua chez la grande Mademoiselle[2] à qui Louis XIV arrachait son amant, nul désastre de cœur ne fut plus éclatant que ne l'était celui de madame de Beauséant. En cette circonstance, la dernière fille de la quasi royale maison de Bourgogne se montra supérieure à son mal, et domina jusqu'à son dernier moment le monde dont elle n'avait accepté les vanités que pour les faire servir au triomphe de sa passion. Les plus belles femmes de Paris animaient les salons de leurs toilettes et de leurs sourires. Les hommes les plus distingués de la cour, les ambassadeurs, les ministres, les gens illustrés en tout genre, chamarrés de croix, de plaques, de cordons multicolores, se pressaient autour de la vicomtesse. L'orchestre faisait résonner les motifs de sa musique sous les lambris dorés de ce

---

1. Il faut comprendre que c'est (plus précisément) le cheval du gendarme qui piaffe. — 2. Mlle de Montpensier (1627-1693), fille de Gaston d'Orléans, frère de Louis XIII. Louis XIV, de onze ans son cadet, accepta son mariage avec le duc de Lauzun (le 15 décembre 1670), se ravisa, et fit embastiller le soupirant. « Dix ans avaient bien changé les amoureux. Mademoiselle, à cinquante-deux ans, brûlait encore de tous les feux de l'amour ; Lauzun, vieilli, blasé, [...] brutalisait la vieille fille ; celle-ci regimbait et le battait à son tour. Un jour qu'il voulut se faire tirer ses bottes par elle, au retour de la chasse, elle le congédia et refusa de jamais le revoir, malgré ses instances pour rentrer en grâce » (Larousse). De cette anecdote, en novembre 1834, tout en rédigeant *Le Père Goriot*, Balzac rêve de tirer une « grande comédie » à écrire en collaboration avec Jules Sandeau pour le théâtre de la Porte Saint-Martin (*L.H.*B. I, 206). Il en rêvera encore en mars et en mai 1835 (*ibid.*, 237 et 247).

palais, désert pour sa reine. Madame de Beauséant se tenait debout devant son premier salon pour recevoir ses prétendus amis. Vêtue de blanc, sans aucun ornement dans ses cheveux simplement nattés, elle semblait calme, et n'affichait ni douleur, ni fierté, ni fausse joie. Personne ne pouvait lire dans son âme. Vous eussiez dit d'une Niobé[1] de marbre. Son sourire à ses intimes amis fut parfois railleur ; mais elle parut à tous semblable à elle-même, et se montra si bien ce qu'elle était quand le bonheur la parait de ses rayons, que les plus insensibles l'admirèrent, comme les jeunes Romaines applaudissaient le gladiateur qui savait sourire en expirant. Le monde semblait s'être paré pour faire ses adieux à l'une de ses souveraines.

— Je tremblais que vous ne vinssiez pas, dit-elle à Rastignac.

— Madame, répondit-il d'une voix émue en prenant ce mot pour un reproche, je suis venu pour rester le dernier.

— Bien, dit-elle en lui prenant la main. Vous êtes peut-être ici le seul auquel je puisse me fier. Mon ami, aimez une femme que vous puissiez aimer toujours. N'en abandonnez aucune.

Elle prit le bras de Rastignac et le mena sur un canapé, dans le salon où l'on jouait.

— Allez, lui dit-elle, chez le marquis. Jacques, mon valet de chambre, vous y conduira et vous remettra une lettre pour lui. Je lui demande ma correspondance. Il vous la remettra tout entière, j'aime à le croire. Si vous avez mes lettres, montez dans ma chambre. On me préviendra.

Elle se leva pour aller au-devant de la duchesse de Langeais, sa meilleure amie qui venait aussi. Rasti-

---

1. Fille de Tantale, épouse du roi de Thèbes Amphion, mère de sept fils et de sept filles. S'étant vantée d'être plus féconde que Léto, toute sa progéniture (hormis une fille, Chloris) fut tuée par Apollon et Artémis, les enfants de sa rivale. Niobé demeura inconsolable ; sa douleur et sa peine furent si grandes que Zeus la métamorphosa en une colonne de pierre, que l'on peut voir encore sur le mont Sipyle, en Lydie.

gnac partit, fit demander le marquis d'Ajuda à l'hôtel
de Rochefide, où il devait passer la soirée, et où il le
trouva. Le marquis l'emmena chez lui, remit une
boîte à l'étudiant, et lui dit : — Elles y sont toutes. Il
parut vouloir parler à Eugène, soit pour le questionner sur les événements du bal et sur la vicomtesse,
soit pour lui avouer que déjà peut-être il était au
désespoir de son mariage, comme il le fut plus tard[1] ;
mais un éclair d'orgueil brilla dans ses yeux, et il eut
le déplorable courage de garder le secret sur ses plus
nobles sentiments. — Ne lui dites rien de moi, mon
cher Eugène. Il pressa la main de Rastignac par un
mouvement affectueusement triste, et lui fit signe de
partir. Eugène revint à l'hôtel de Beauséant, et fut
introduit dans la chambre de la vicomtesse, où il vit
les apprêts d'un départ. Il s'assit auprès du feu,
regarda la cassette en cèdre, et tomba dans une profonde mélancolie. Pour lui, madame de Beauséant
avait les proportions des déesses de l'*Iliade*.

— Ah ! mon ami, dit la vicomtesse en entrant et
appuyant sa main sur l'épaule de Rastignac.

Il aperçut sa cousine en pleurs, les yeux levés, une
main tremblante, l'autre levée. Elle prit tout à coup
la boîte, la plaça dans le feu et la vit brûler.

— Ils dansent ! ils sont venus tous bien exactement, tandis que la mort viendra tard. Chut ! mon
ami, dit-elle en mettant un doigt sur la bouche de
Rastignac prêt à parler. Je ne verrai plus jamais ni
Paris ni le monde. A cinq heures du matin, je vais
partir pour aller m'ensevelir au fond de la Normandie[2]. Depuis trois heures après midi, j'ai été obligée
de faire mes préparatifs, signer des actes, voir à des
affaires ; je ne pouvais envoyer personne chez... Elle
s'arrêta. Il était sûr qu'on le trouverait chez... Elle
s'arrêta encore accablée de douleur. En ces moments
tout est souffrance, et certains mots sont impossibles

---

1. *La Comédie humaine* ne fait pas état de ce désespoir. Veuf en
1833, le marquis sera remarié, en 1841, avec Joséphine de
Grandlieu (Pl. II, 889). — 2. *La Femme abandonnée* nous montre
Mme de Beauséant fixée à Courcelles, en Normandie.

à prononcer. — Enfin, reprit-elle, je comptais sur vous ce soir pour ce dernier service. Je voudrais vous donner un gage de mon amitié. Je penserai souvent à vous, qui m'avez paru bon et noble, jeune et candide au milieu de ce monde où ces qualités sont si rares. Je souhaite que vous songiez quelquefois à moi. Tenez, dit-elle en jetant les yeux autour d'elle, voici le coffret où je mettais mes gants. Toutes les fois que j'en ai pris avant d'aller au bal ou au spectacle, je me sentais belle, parce que j'étais heureuse, et je n'y touchais que pour y laisser quelque pensée gracieuse : il y a beaucoup de moi là-dedans, il y a toute une madame de Beauséant qui n'est plus, acceptez-le, j'aurai soin qu'on le porte chez vous, rue d'Artois. Madame de Nucingen est fort bien ce soir, aimez-la bien. Si nous ne nous voyons plus, mon ami, soyez sûr que je ferai des vœux pour vous, qui avez été bon pour moi. Descendons, je ne veux pas leur laisser croire que je pleure. J'ai l'éternité devant moi, j'y serai seule, et personne ne m'y demandera compte de mes larmes. Encore un regard à cette chambre. Elle s'arrêta. Puis, après s'être un moment caché les yeux avec sa main, elle se les essuya, les baigna d'eau fraîche, et prit le bras de l'étudiant. Marchons ! dit-elle.

Rastignac n'avait pas encore senti d'émotion aussi violente que le fut le contact de cette douleur si noblement contenue. En rentrant dans le bal, Eugène en fit le tour avec madame de Beauséant, dernière et délicate attention de cette gracieuse femme[1].

Bientôt il aperçut les deux sœurs, madame de Restaud et madame de Nucingen. La comtesse était magnifique avec tous ses diamants étalés, qui, pour elle, étaient brûlants sans doute, elle les portait pour la dernière fois. Quelque puissants que fussent son

---

1. Ici, dans son exemplaire personnel de l'édition Furne de *La Comédie humaine*, Balzac a supprimé un assez long passage que nous reproduisons dans nos « Commentaires. I. 2. Personnages disparaissants ».

orgueil et son amour, elle ne soutenait pas bien les
regards de son mari. Ce spectacle n'était pas de
nature à rendre les pensées de Rastignac moins tristes. S'il avait revu Vautrin dans le colonel italien[1], il
revit alors, sous les diamants des deux sœurs, le grabat sur lequel gisait le père Goriot. Son attitude
mélancolique ayant trompé la vicomtesse, elle lui
retira son bras.

— Allez ! je ne veux pas vous coûter un plaisir,
dit-elle.

Eugène fut bientôt réclamé par Delphine, heureuse de l'effet qu'elle produisait, et jalouse de mettre
aux pieds de l'étudiant les hommages qu'elle recueillait dans ce monde, où elle espérait être adoptée.

— Comment trouvez-vous Nasie ? lui dit-elle.

— Elle a, dit Rastignac, escompté jusqu'à la mort
de son père.

Vers quatre heures du matin, la foule des salons
commençait à s'éclaircir. Bientôt la musique ne se fit
plus entendre. La duchesse de Langeais et Rastignac
se trouvèrent seuls dans le grand salon. La
vicomtesse, croyant n'y rencontrer que l'étudiant, y
vint après avoir dit adieu à monsieur de Beauséant,
qui s'alla coucher en lui répétant : — Vous avez tort,
ma chère, d'aller vous enfermer à votre âge ! Restez
donc avec nous.

En voyant la duchesse, madame de Beauséant ne
put retenir une exclamation.

— Je vous ai devinée, Clara, dit madame de Langeais. Vous partez pour ne plus revenir ; mais vous
ne partirez pas sans m'avoir entendue et sans que
nous nous soyons comprises. Elle prit son amie par
le bras, l'emmena dans le salon voisin, et là, la regardant avec des larmes dans les yeux, elle la serra dans
ses bras et la baisa sur les joues. — Je ne veux pas
vous quitter froidement, ma chère, ce serait un
remords trop lourd. Vous pouvez compter sur moi
comme sur vous-même. Vous avez été grande ce soir,

---

1. Franchessini. Ce membre de phrase, que Balzac a oublié de
rayer, ne s'explique que par le passage supprimé, p. 325.

je me suis sentie digne de vous, et veux vous le prouver. J'ai eu des torts envers vous, je n'ai pas toujours été bien, pardonnez-moi, ma chère : je désavoue tout ce qui a pu vous blesser, je voudrais reprendre mes paroles. Une même douleur a réuni nos âmes, et je ne sais qui de nous sera la plus malheureuse. Monsieur de Montriveau n'était pas ici ce soir, comprenez-vous ? Qui vous a vue pendant ce bal, Clara, ne vous oubliera jamais. Moi, je tente un dernier effort. Si j'échoue, j'irai dans un couvent[1] ! Où allez-vous, vous ?

— En Normandie, à Courcelles, aimer, prier, jusqu'au jour où Dieu me retirera de ce monde.

— Venez, monsieur de Rastignac, dit la vicomtesse d'une voix émue, en pensant que ce jeune homme attendait. L'étudiant plia le genou, prit la main de sa cousine et la baisa. — Antoinette, adieu ! reprit madame de Beauséant, soyez heureuse. Quant à vous, vous l'êtes, vous êtes jeune, vous pouvez croire à quelque chose, dit-elle à l'étudiant. A mon départ de ce monde, j'aurai eu, comme quelques mourants privilégiés, de religieuses, de sincères émotions autour de moi !

Rastignac s'en alla vers cinq heures, après avoir vu madame de Beauséant dans sa berline de voyage, après avoir reçu son dernier adieu mouillé de larmes qui prouvaient que les personnes les plus élevées ne sont pas mises hors de la loi du cœur et ne vivent pas sans chagrins, comme quelques courtisans du peuple voudraient le lui faire croire. Eugène revint à pied vers la maison Vauquer, par un temps humide et froid. Son éducation s'achevait[2].

— Nous ne sauverons pas le pauvre père Goriot, lui dit Bianchon quand Rastignac entra chez son voisin.

---

1. C'est dans un couvent espagnol que se termine *La Duchesse de Langeais* (publié en volume en avril 1834). — 2. Flaubert (*L'Éducation sentimentale*, 1869) et Zola (à propos d'Étienne Lantier : « Son éducation était finie », *Germinal*, 1885, dans *Œuvres complètes*, Cercle du livre précieux, tome V, 1967, p. 403) se souviendront de ce mot.

— Mon ami, lui dit Eugène après avoir regardé le vieillard endormi, va, poursuis la destinée modeste à laquelle tu bornes tes désirs. Moi, je suis en enfer, et il faut que j'y reste. Quelque mal que l'on te dise du monde, crois-le ! il n'y a pas de Juvénal[1] qui puisse en peindre l'horreur couverte d'or et de pierreries[2].

Le lendemain, Rastignac fut éveillé sur les deux heures après midi par Bianchon, qui, forcé de sortir, le pria de garder le père Goriot, dont l'état avait fort empiré pendant la matinée.

— Le bonhomme n'a pas deux jours, n'a peut-être pas six heures à vivre, dit l'élève en médecine, et cependant nous ne pouvons pas cesser de combattre le mal. Il va falloir lui donner des soins coûteux. Nous serons bien ses garde-malades ; mais je n'ai pas le sou, moi. J'ai retourné ses poches, fouillé ses armoires : zéro au quotient. Je l'ai questionné dans un moment où il avait sa tête, il m'a dit ne pas avoir un liard à lui. Qu'as-tu, toi ?

— Il me reste vingt francs, répondit Rastignac ; mais j'irai les jouer, je gagnerai.

— Si tu perds ?

— Je demanderai de l'argent à ses gendres et à ses filles.

— Et s'ils ne t'en donnent pas ? reprit Bianchon. Le plus pressé dans ce moment n'est pas de trouver de l'argent, il faut envelopper le bonhomme d'un sinapisme bouillant depuis les pieds jusqu'à la moitié des cuisses. S'il crie, il y aura de la ressource. Tu sais comment cela s'arrange. D'ailleurs, Christophe t'aidera. Moi, je passerai chez l'apothicaire répondre de tous les médicaments que nous y prendrons. Il est malheureux que le pauvre homme n'ait pas été transportable à notre hospice, il y aurait été mieux.

---

1. Deuxième allusion à ce poète (voir p. 65 et note 1). 2. Dans la *Revue de Paris*, fin du chapitre 1 (« Les deux filles ») de la quatrième partie (même titre) ; ensuite chapitre 2 (« La mort du père ») de cette dernière partie. Dans l'édition originale (mars 1835), fin du sixième chapitre (« Les deux filles ») ; ensuite, septième et dernier chapitre (« La mort du père »).

Allons, viens que je t'installe, et ne le quitte pas que
je ne sois revenu.

Les deux jeunes gens entrèrent dans la chambre
où gisait le vieillard. Eugène fut effrayé du changement de cette face convulsée, blanche et profondément débile.

— Eh ! bien, papa ? lui dit-il en se penchant sur
le grabat.

Goriot leva sur Eugène des yeux ternes et le
regarda fort attentivement sans le reconnaître. L'étudiant ne soutint pas ce spectacle, des larmes humec-
tèrent ses yeux.

— Bianchon, ne faudrait-il pas des rideaux aux
fenêtres ?

— Non. Les circonstances atmosphériques ne
l'affectent plus. Ce serait trop heureux s'il avait
chaud ou froid. Néanmoins il nous faut du feu pour
faire les tisanes et préparer bien des choses. Je
t'enverrai des falourdes[1] qui nous serviront jusqu'à
ce que nous ayons du bois. Hier et cette nuit, j'ai
brûlé le tien et toutes les mottes du pauvre homme.
Il faisait humide, l'eau dégouttait des murs. A peine
ai-je pu sécher la chambre. Christophe l'a balayée,
c'est vraiment une écurie. J'y ai brûlé du genièvre, ça
puait trop.

— Mon Dieu ! dit Rastignac, mais ses filles !

— Tiens, s'il demande à boire, tu lui donneras de
ceci, dit l'interne en montrant à Rastignac un grand
pot blanc. Si tu l'entends se plaindre et que le ventre
soit chaud et dur, tu te feras aider par Christophe
pour lui administrer... tu sais. S'il avait, par hasard,
une grande exaltation, s'il parlait beaucoup, s'il avait
enfin un petit brin de démence, laisse-le aller. Ce ne
sera pas un mauvais signe. Mais envoie Christophe
à l'hospice Cochin. Notre médecin, mon camarade
ou moi, nous viendrions lui appliquer des moxas[2].
Nous avons fait ce matin, pendant que tu dormais,
une grande consultation avec un élève du docteur

---

1. Des gros fagots. — 2. Cautères, bâtonnets de coton brûlés au
contact de la peau du malade.

Gall[1], avec un médecin en chef de l'Hôtel-Dieu et le nôtre. Ces messieurs ont cru reconnaître de curieux symptômes, et nous allons suivre les progrès de la maladie, afin de nous éclairer sur plusieurs points scientifiques assez importants. Un de ces messieurs prétend que la pression du sérum, si elle portait plus sur un organe que sur un autre, pourrait développer des faits particuliers. Écoute-le donc bien, au cas où il parlerait, afin de constater à quel genre d'idées appartiendraient ses discours : si c'est des effets de mémoire, de pénétration, de jugement ; s'il s'occupe de matérialités, ou de sentiments ; s'il calcule, s'il revient sur le passé ; enfin sois en état de nous faire un rapport exact. Il est possible que l'invasion ait lieu en bloc, il mourra imbécile comme il l'est en ce moment. Tout est bien bizarre dans ces sortes de maladies ! Si la bombe crevait par ici, dit Bianchon en montrant l'occiput du malade, il y a des exemples de phénomènes singuliers : le cerveau recouvre quelques-unes de ses facultés, et la mort est plus lente à se déclarer. Les sérosités peuvent se détourner du cerveau, prendre des routes dont on ne connaît le cours que par l'autopsie. Il y a aux Incurables[2] un vieillard hébété chez qui l'épanchement a suivi la colonne vertébrale ; il souffre horriblement, mais il vit.

— Se sont-elles bien amusées ? dit le père Goriot, qui reconnut Eugène.

— Oh ! il ne pense qu'à ses filles, dit Bianchon. Il m'a dit plus de cent fois cette nuit : « Elles dansent ! Elle a sa robe. » Il les appelait par leurs noms. Il me faisait pleurer, diable m'emporte ! avec ses intonations : « Delphine ! ma petite Delphine ! Nasie ! » Ma parole d'honneur, dit l'élève en médecine, c'était à fondre en larmes.

— Delphine, dit le vieillard, elle est là, n'est-ce pas ? Je le savais bien. Et ses yeux recouvrèrent une activité folle pour regarder les murs et la porte.

---

1. Voir p. 104, et note 3. — 2. Voir p. 54 note 1.

— Je descends dire à Sylvie de préparer les sinapismes, cria Bianchon, le moment est favorable.

Rastignac resta seul près du vieillard, assis au pied
du lit, les yeux fixés sur cette tête effrayante et douloureuse à voir.

— Madame de Beauséant s'enfuit, celui-ci se
meurt, dit-il. Les belles âmes ne peuvent pas rester
longtemps en ce monde. Comment les grands sentiments s'allieraient-ils, en effet, à une société mes-
quine, petite, superficielle ?

Les images de la fête à laquelle il avait assisté se
représentèrent à son souvenir et contrastèrent avec
le spectacle de ce lit de mort. Bianchon reparut soudain.

— Dis donc, Eugène, je viens de voir notre médecin en chef, et je suis revenu toujours courant. S'il se
manifeste des symptômes de raison, s'il parle,
couche-le sur un long sinapisme, de manière à
l'envelopper de moutarde depuis la nuque jusqu'à la
chute des reins, et fais-nous appeler.

— Cher Bianchon, dit Eugène.

— Oh ! il s'agit d'un fait scientifique, reprit l'élève
en médecine avec toute l'ardeur d'un néophyte.

— Allons, dit Eugène, je serai donc le seul à soigner ce pauvre vieillard par affection.

— Si tu m'avais vu ce matin, tu ne dirais pas cela,
reprit Bianchon sans s'offenser du propos. Les médecins qui ont exercé ne voient que la maladie ; moi, je
vois encore le malade, mon cher garçon.

Il s'en alla, laissant Eugène seul avec le vieillard,
et dans l'appréhension d'une crise qui ne tarda pas à
se déclarer.

— Ah ! c'est vous, mon cher enfant, dit le père Goriot en reconnaissant Eugène.

— Allez-vous mieux ? demanda l'étudiant en lui
prenant la main.

— Oui, j'avais la tête serrée comme dans un étau,
mais elle se dégage. Avez-vous vu mes filles ? Elles
vont venir bientôt, elles accourront aussitôt qu'elles
me sauront malade, elles m'ont tant soigné rue de la
Jussienne ! Mon Dieu ! je voudrais que ma chambre

fût propre pour les recevoir. Il y a un jeune homme
qui m'a brûlé toutes mes mottes.

— J'entends Christophe, lui dit Eugène, il vous
monte du bois que ce jeune homme vous envoie.

— Bon ! mais comment payer le bois ? je n'ai pas
un sou, mon enfant. J'ai tout donné, tout. Je suis à
la charité. La robe lamée était-elle belle au moins ?
(Ah ! je souffre !) Merci, Christophe. Dieu vous
récompensera, mon garçon ; moi, je n'ai plus rien.

— Je te payerai bien, toi et Sylvie, dit Eugène à
l'oreille du garçon.

— Mes filles vous ont dit qu'elles allaient venir,
n'est-ce pas, Christophe ? Vas-y encore, je te donnerai cent sous. Dis-leur que je ne me sens pas bien,
que je voudrais les embrasser, les voir encore une
fois avant de mourir. Dis-leur cela, mais sans trop
les effrayer.

Christophe partit sur un signe de Rastignac.

— Elles vont venir, reprit le vieillard. Je les
connais. Cette bonne Delphine, si je meurs, quel chagrin je lui causerai ! Nasie aussi. Je ne voudrais pas
mourir, pour ne pas les faire pleurer. Mourir, mon
bon Eugène, c'est ne plus les voir. Là où l'on s'en va,
je m'ennuierai bien. Pour un père, l'enfer, c'est d'être
sans enfants, et j'ai déjà fait mon apprentissage
depuis qu'elles sont mariées. Mon paradis était rue
de la Jussienne. Dites donc, si je vais en paradis, je
pourrai revenir sur terre en esprit autour d'elles. J'ai
entendu dire de ces choses-là. Sont-elles vraies ? Je
crois les voir en ce moment telles qu'elles étaient rue
de la Jussienne. Elles descendaient le matin. Bonjour, papa, disaient-elles. Je les prenais sur mes
genoux, je leur faisais mille agaceries, des niches.
Elles me caressaient gentiment. Nous déjeunions
tous les matins ensemble, nous dînions, enfin j'étais
père, je jouissais de mes enfants. Quand elles étaient
rue de la Jussienne, elles ne raisonnaient pas, elles ne
savaient rien du monde, elles m'aimaient bien. Mon
Dieu ! pourquoi ne sont-elles pas toujours restées
petites ? (Oh ! je souffre, la tête me tire.) Ah ! ah !
pardon, mes enfants ! je souffre horriblement, et il

faut que ce soit de la vraie douleur, vous m'avez rendu bien dur au mal. Mon Dieu ! si j'avais seulement leurs mains dans les miennes, je ne sentirais point mon mal. Croyez-vous qu'elles viennent ? Christophe est si bête ! J'aurais dû y aller moi-même. Il va les voir, lui. Mais vous avez été hier au bal. Dites-moi donc comment elles étaient ? Elles ne savaient rien de ma maladie, n'est-ce pas ? Elles n'auraient pas dansé, pauvres petites ! Oh ! je ne veux plus être malade. Elles ont encore trop besoin de moi. Leurs fortunes sont compromises. Et à quels maris sont-elles livrées ! Guérissez-moi, guérissez-moi ! (Oh ! que je souffre ! Ah ! ah ! ah !) Voyez-vous, il faut me guérir, parce qu'il leur faut de l'argent, et je sais où aller en gagner. J'irai faire de l'amidon en aiguilles à Odessa[1]. Je suis un malin, je gagnerai des millions. (Oh ! je souffre trop !)

Goriot garda le silence pendant un moment, en paraissant faire tous ses efforts pour rassembler ses forces afin de supporter la douleur.

— Si elles étaient là, je ne me plaindrais pas, dit-il. Pourquoi donc me plaindre ?

Un léger assoupissement survint et dura longtemps. Christophe revint. Rastignac, qui croyait le père Goriot endormi, laissa le garçon lui rendre compte à haute voix de sa mission.

— Monsieur, dit-il, je suis d'abord allé chez madame la comtesse, à laquelle il m'a été impossible de parler, elle était dans de grandes affaires avec son mari. Comme j'insistais, monsieur de Restaud est venu lui-même, et m'a dit comme ça : Monsieur Goriot se meurt, eh ! bien, c'est ce qu'il a de mieux à faire. J'ai besoin de madame de Restaud pour terminer des affaires importantes, elle ira quand tout sera fini. Il avait l'air en colère, ce monsieur-là. J'allais sortir, lorsque madame est entrée dans l'antichambre par une porte que je ne voyais pas, et m'a dit : Christophe, dis à mon père que je suis en discussion

---

1. De l'amidon sous forme de prisme. Pour Odessa, clin d'œil renouvelé à madame Hanska, voir p. 317 note 1.

avec mon mari, je ne puis pas le quitter ; il s'agit de
la vie ou de la mort de mes enfants ; mais aussitôt
que tout sera fini, j'irai. Quant à madame la baronne,
autre histoire ! je ne l'ai point vue, et je n'ai pas pu
lui parler. Ah ! me dit la femme de chambre,
madame est rentrée du bal à cinq heures un quart,
elle dort ; si je l'éveille avant midi, elle me grondera.
Je lui dirai que son père va plus mal quand elle me
sonnera. Pour une mauvaise nouvelle, il est toujours
temps de la lui dire. J'ai eu beau prier ! Ah ouin ! J'ai
demandé à parler à monsieur le baron, il était sorti.

— Aucune de ses filles ne viendrait ! s'écria Rastignac. Je vais écrire à toutes deux.

— Aucune, répondit le vieillard en se dressant sur
son séant. Elles ont des affaires, elles dorment, elles
ne viendront pas. Je le savais. Il faut mourir pour
savoir ce que c'est que des enfants. Ah ! mon ami,
ne vous mariez pas, n'ayez pas d'enfants ! Vous leur
donnez la vie, ils vous donnent la mort. Vous les faites entrer dans le monde, ils vous en chassent. Non,
elles ne viendront pas ! Je sais cela depuis dix ans. Je
me le disais quelquefois, mais je n'osais pas y croire.

Une larme roula dans chacun de ses yeux, sur la
bordure rouge, sans en tomber.

— Ah ! si j'étais riche, si j'avais gardé ma fortune,
si je ne la leur avais pas donnée, elles seraient là,
elles me lècheraient les joues de leurs baisers ! je
demeurerais dans un hôtel, j'aurais de belles chambres, des domestiques, du feu à moi ; et elles seraient
tout en larmes, avec leurs maris, leurs enfants.
J'aurais tout cela. Mais rien. L'argent donne tout,
même des filles. Oh ! mon argent, où est-il ? Si j'avais
des trésors à laisser, elles me panseraient, elles me
soigneraient ; je les entendrais, je les verrais. Ah !
mon cher enfant, mon seul enfant, j'aime mieux mon
abandon et ma misère ! Au moins quand un malheureux est aimé, il est bien sûr qu'on l'aime. Non, je
voudrais être riche, je les verrais. Ma foi, qui sait ?
Elles ont toutes les deux des cœurs de roche. J'avais
trop d'amour pour elles pour qu'elles en eussent pour
moi. Un père doit être toujours riche, il doit tenir ses

enfants en bride comme des chevaux sournois. Et j'étais à genoux devant elles. Les misérables ! elles couronnent dignement leur conduite envers moi depuis dix ans. Si vous saviez comme elles étaient aux petits soins pour moi dans les premiers temps de leur mariage ! (Oh ! je souffre un cruel martyre !) Je venais de leur donner à chacune près de huit cent mille francs, elles ne pouvaient pas, ni leurs maris non plus, être rudes avec moi. L'on me recevait : « Mon bon père, par-ci ; mon cher père, par-là. » Mon couvert était toujours mis chez elles. Enfin je dînais avec leurs maris, qui me traitaient avec considération. J'avais l'air d'avoir encore quelque chose. Pourquoi çà ? Je n'avais rien dit de mes affaires. Un homme qui donne huit cent mille francs à ses filles était un homme à soigner. Et l'on était aux petits soins, mais c'était pour mon argent. Le monde n'est pas beau. J'ai vu cela, moi ! L'on me menait en voiture au spectacle, et je restais comme je voulais aux soirées. Enfin elles se disaient mes filles, et elles m'avouaient pour leur père. J'ai encore ma finesse, allez, et rien ne m'est échappé. Tout a été à son adresse et m'a percé le cœur. Je voyais bien que c'était des frimes ; mais le mal était sans remède. Je n'étais pas chez elles aussi à l'aise qu'à la table d'en bas. Je ne savais rien dire. Aussi quand quelques-uns de ces gens du monde demandaient à l'oreille de mes gendres : — Qui est-ce que ce monsieur-là ? — C'est le père aux écus, il est riche. — Ah, diable ! disait-on, et l'on me regardait avec le respect dû aux écus. Mais si je les gênais quelquefois un peu, je rachetais bien mes défauts ! D'ailleurs, qui donc est parfait ? (Ma tête est une plaie !) Je souffre en ce moment ce qu'il faut souffrir pour mourir, mon cher monsieur Eugène, eh ! bien, ce n'est rien en comparaison de la douleur que m'a causée le premier regard par lequel Anastasie m'a fait comprendre que je venais de dire une bêtise qui l'humiliait ; son regard m'a ouvert toutes les veines. J'aurais voulu tout savoir, mais ce que j'ai bien su, c'est que j'étais de trop sur terre. Le lendemain je suis allé chez Delphine pour me conso-

ler, et voilà que j'y fais une bêtise qui me l'a mise en
colère. J'en suis devenu comme fou. J'ai été huit
jours ne sachant plus ce que je devais faire. Je n'ai
pas osé les aller voir, de peur de leurs reproches. Et
me voilà à la porte de mes filles. Ô mon Dieu ! puisque tu connais les misères, les souffrances que j'ai
endurées ; puisque tu as compté les coups de poignard que j'ai reçus, dans ce temps qui m'a vieilli,
changé, tué, blanchi, pourquoi me fais-tu donc
souffrir aujourd'hui ? J'ai bien expié le péché de les
trop aimer. Elles se sont bien vengées de mon affection, elles m'ont tenaillé comme des bourreaux. Eh !
bien, les pères sont si bêtes ! je les aimais tant que
j'y suis retourné comme un joueur au jeu. Mes filles,
c'était mon vice à moi ; elles étaient mes maîtresses,
enfin tout ! Elles avaient toutes les deux besoin de
quelque chose, de parures ; les femmes de chambre
me le disaient, et je les donnais pour être bien reçu !
Mais elles m'ont fait tout de même quelques petites
leçons sur ma manière d'être dans le monde. Oh !
elles n'ont pas attendu le lendemain. Elles commençaient à rougir de moi. Voilà ce que c'est que de bien
élever ses enfants. A mon âge je ne pouvais pourtant
pas aller à l'école. (Je souffre horriblement, mon
Dieu ! les médecins ! les médecins ! Si l'on m'ouvrait
la tête, je souffrirais moins.) Mes filles, mes filles,
Anastasie, Delphine ! je veux les voir. Envoyez-les
chercher par la gendarmerie, de force ! la justice est
pour moi, tout est pour moi, la nature, le code civil.
Je proteste. La patrie périra si les pères sont foulés
aux pieds. Cela est clair. La société, le monde roulent
sur la paternité, tout croule si les enfants n'aiment
pas leurs pères. Oh ! les voir, les entendre, n'importe
ce qu'elles me diront, pourvu que j'entende leur voix,
ça calmera mes douleurs, Delphine surtout. Mais
dites-leur, quand elles seront là, de ne pas me regarder froidement comme elles font. Ah ! mon bon ami,
monsieur Eugène, vous ne savez pas ce que c'est que
de trouver l'or du regard changé tout à coup en

plomb gris[1]. Depuis le jour où leurs yeux n'ont plus rayonné sur moi, j'ai toujours été en hiver ici ; je n'ai plus eu que des chagrins à dévorer, et je les ai dévorés ! J'ai vécu pour être humilié, insulté. Je les aime tant, que j'avalais tous les affronts par lesquels elles me vendaient une pauvre petite jouissance honteuse. Un père se cacher pour voir ses filles ! Je leur ai donné ma vie, elles ne me donneront pas une heure aujourd'hui ! J'ai soif, j'ai faim, le cœur me brûle, elles ne viendront pas rafraîchir mon agonie, car je meurs, je le sens. Mais elles ne savent donc pas ce que c'est que de marcher sur le cadavre de son père ! Il y a un Dieu dans les cieux, il nous venge malgré nous, nous autres pères. Oh ! elles viendront ! Venez, mes chéries, venez encore me baiser, un dernier baiser, le viatique de votre père, qui priera Dieu pour vous, qui lui dira que vous avez été de bonnes filles, qui plaidera pour vous ! Après tout, vous êtes innocentes. Elles sont innocentes, mon ami ! Dites-le bien à tout le monde, qu'on ne les inquiète pas à mon sujet. Tout est de ma faute, je les ai habituées à me fouler aux pieds. J'aimais cela, moi. Ça ne regarde personne, ni la justice humaine, ni la justice divine. Dieu serait injuste s'il les condamnait à cause de moi. Je n'ai pas su me conduire, j'ai fait la bêtise d'abdiquer mes droits. Je me serais avili pour elles ! Que voulez-vous ! le plus beau naturel, les meilleures âmes auraient succombé à la corruption de cette facilité paternelle. Je suis un misérable, je suis justement puni. Moi seul ai causé les désordres de mes filles, je les ai gâtées. Elles veulent aujourd'hui le plaisir, comme elles voulaient autrefois du bonbon. Je leur ai toujours permis de satisfaire leurs fantaisies de jeunes filles. A quinze ans, elles avaient voiture ! Rien ne leur a résisté. Moi seul suis coupable, mais coupable par amour. Leur voix m'ouvrait le cœur. Je les entends, elles viennent. Oh ! oui, elles viendront. La loi veut qu'on vienne voir mourir son

---

1. Souvenir de Racine : « Comment en un plomb vil l'or pur s'est-il changé ? » (*Athalie*, III, VII).

père, la loi est pour moi. Puis ça ne coûtera qu'une course. Je la payerai. Écrivez-leur que j'ai des millions à leur laisser ! Parole d'honneur. J'irai faire des pâtes d'Italie à Odessa. Je connais la manière. Il y a, dans mon projet, des millions à gagner. Personne n'y a pensé. Ça ne se gâtera point dans le transport comme le blé ou comme la farine. Eh, eh, l'amidon ? il y aura là des millions ! Vous ne mentirez pas, dites-leur des millions, et quand même elles viendraient par avarice, j'aime mieux être trompé, je les verrai. Je veux mes filles ! je les ai faites ! elles sont à moi ! dit-il en se dressant sur son séant, en montrant à Eugène une tête dont les cheveux blancs étaient épars et qui menaçait par tout ce qui pouvait exprimer la menace.

— Allons, lui dit Eugène, recouchez-vous, mon bon père Goriot, je vais leur écrire. Aussitôt que Bianchon sera de retour, j'irai si elles ne viennent pas.

— Si elles ne viennent pas ? répéta le vieillard en sanglotant. Mais je serai mort, mort dans un accès de rage, de rage ! La rage me gagne ! En ce moment, je vois ma vie entière. Je suis dupe ! elles ne m'aiment pas, elles ne m'ont jamais aimé ! cela est clair. Si elles ne sont pas venues, elles ne viendront pas. Plus elles auront tardé, moins elles se décideront à me faire cette joie. Je les connais. Elles n'ont jamais su rien deviner de mes chagrins, de mes douleurs, de mes besoins, elles ne devineront pas plus ma mort ; elles ne sont seulement pas dans le secret de ma tendresse. Oui, je le vois, pour elles, l'habitude de m'ouvrir les entrailles a ôté du prix à tout ce que je faisais. Elles auraient demandé à me crever les yeux, je leur aurais dit : « Crevez-les ! » Je suis trop bête. Elles croient que tous les pères sont comme le leur. Il faut toujours se faire valoir. Leurs enfants me vengeront. Mais c'est dans leur intérêt de venir ici. Prévenez-les donc qu'elles compromettent leur agonie. Elles commettent tous les crimes en un seul. Mais allez donc, dites-leur donc que, ne pas venir, c'est un parricide ! Elles en ont assez commis sans ajouter

celui-là. Criez donc comme moi : « Hé, Nasie ! hé,
Delphine ! venez à votre père qui a été si bon pour
vous et qui souffre ! » Rien, personne. Mourrai-je
donc comme un chien ? Voilà ma récompense,
l'abandon. Ce sont des infâmes, des scélérates ; je les
abomine, je les maudis ; je me relèverai, la nuit, de
mon cercueil pour les remaudire, car, enfin, mes
amis, ai-je tort ? elles se conduisent bien mal ! hein ?
Qu'est-ce que je dis ? Ne m'avez-vous pas averti que
Delphine est là ? C'est la meilleure des deux. Vous
êtes mon fils, Eugène, vous ! aimez-la, soyez un père
pour elle. L'autre est bien malheureuse. Et leurs fortunes ! Ah, mon Dieu ! J'expire, je souffre un peu
trop ! Coupez-moi la tête, laissez-moi seulement le
cœur.

— Christophe, allez chercher Bianchon, s'écria
Eugène épouvanté du caractère que prenaient les
plaintes et les cris du vieillard, et ramenez-moi un
cabriolet.

— Je vais aller chercher vos filles, mon bon père
Goriot, je vous les ramènerai.

— De force, de force ! Demandez la garde, la
ligne[1], tout ! tout, dit-il en jetant à Eugène un dernier
regard où brilla la raison. Dites au gouvernement, au
procureur du roi, qu'on me les amène, je le veux !

— Mais vous les avez maudites.

— Qui est-ce qui a dit cela ? répondit le vieillard
stupéfait. Vous savez bien que je les aime, je les
adore ! Je suis guéri si je les vois... Allez, mon bon
voisin, mon cher enfant, allez, vous êtes bon, vous ;
je voudrais vous remercier, mais je n'ai rien à vous
donner que les bénédictions d'un mourant. Ah ! je
voudrais au moins voir Delphine pour lui dire de
m'acquitter envers vous. Si l'autre ne peut pas, amenez-moi celle-là. Dites-lui que vous ne l'aimerez plus
si elle ne veut pas venir. Elle vous aime tant qu'elle
viendra. A boire, les entrailles me brûlent ! Mettez-
moi quelque chose sur la tête. La main de mes filles,
ça me sauverait, je le sens... Mon Dieu ! qui refera

---

1. Régiments d'infanterie appelés à combattre en ligne.

leurs fortunes si je m'en vais ? Je veux aller à Odessa pour elles, à Odessa, y faire des pâtes.

— Buvez ceci, dit Eugène en soulevant le moribond et le prenant dans son bras gauche tandis que de l'autre il tenait une tasse pleine de tisane.

— Vous devez aimer votre père et votre mère, vous ! dit le vieillard en serrant de ses mains défaillantes la main d'Eugène. Comprenez-vous que je vais mourir sans les voir, mes filles ? Avoir soif toujours, et ne jamais boire, voilà comment j'ai vécu depuis dix ans... Mes deux gendres ont tué mes filles. Oui, je n'ai plus eu de filles après qu'elles ont été mariées. Pères, dites aux chambres de faire une loi sur le mariage ! Enfin, ne mariez pas vos filles si vous les aimez. Le gendre est un scélérat qui gâte tout chez une fille, il souille tout. Plus de mariages ! C'est ce qui nous enlève nos filles, et nous ne les avons plus quand nous mourons. Faites une loi sur la mort des pères. C'est épouvantable, ceci ! Vengeance ! Ce sont mes gendres qui les empêchent de venir. Tuez-les ! A mort le Restaud, à mort l'Alsacien, ils sont mes assassins ! La mort ou mes filles ! Ah ! c'est fini, je meurs sans elles ! Elles ! Nasie, Fifine, allons, venez donc ! Votre papa sort...

— Mon bon père Goriot, calmez-vous, voyons, restez tranquille, ne vous agitez pas, ne pensez pas.

— Ne pas les voir, voilà l'agonie !

— Vous allez les voir.

— Vrai ! cria le vieillard égaré. Oh ! les voir ! je vais les voir, entendre leur voix. Je mourrai heureux. Eh bien ! oui, je ne demande plus à vivre, je n'y tenais plus, mes peines allaient croissant. Mais les voir, toucher leurs robes, ah ! rien que leurs robes, c'est bien peu ; mais que je sente quelque chose d'elles ! Faites-moi prendre les cheveux... veux...

Il tomba la tête sur l'oreiller comme s'il recevait un coup de massue. Ses mains s'agitèrent sur la couverture comme pour prendre les cheveux de ses filles.

— Je les bénis, dit-il en faisant un effort, bénis.

Il s'affaissa tout à coup. En ce moment Bianchon entra. — J'ai rencontré Christophe, dit-il, il va t'amener une voiture. Puis il regarda le malade, lui souleva de force les paupières, et les deux étudiants lui virent un œil sans chaleur et terne. — Il n'en reviendra pas, dit Bianchon, je ne crois pas. Il prit le pouls, le tâta, mit la main sur le cœur du bonhomme.

— La machine va toujours ; mais, dans sa position, c'est un malheur, il vaudrait mieux qu'il mourût !

— Ma foi, oui, dit Rastignac.

— Qu'as-tu donc ? tu es pâle comme la mort.

— Mon ami, je viens d'entendre des cris et des plaintes. Il y a un Dieu ! Oh ! oui ! il y a un Dieu, et il nous a fait un monde meilleur, ou notre terre est un non-sens. Si ce n'avait pas été si tragique, je fondrais en larmes, mais j'ai le cœur et l'estomac horriblement serrés.

— Dis donc, il va falloir bien des choses ; où prendre de l'argent ?

Rastignac tira sa montre.

— Tiens, mets-la vite en gage. Je ne veux pas m'arrêter en route, car j'ai peur de perdre une minute, et j'attends Christophe. Je n'ai pas un liard, il faudra payer mon cocher au retour.

Rastignac se précipita dans l'escalier, et partit pour aller rue du Helder chez madame de Restaud. Pendant le chemin, son imagination, frappée de l'horrible spectacle dont il avait été témoin, échauffa son indignation. Quand il arriva dans l'antichambre et qu'il demanda madame de Restaud, on lui répondit qu'elle n'était pas visible.

— Mais, dit-il au valet de chambre, je viens de la part de son père qui se meurt.

— Monsieur, nous avons de monsieur le comte les ordres les plus sévères...

— Si monsieur de Restaud y est, dites-lui dans quelle circonstance se trouve son beau-père et prévenez-le qu'il faut que je lui parle à l'instant même.

Eugène attendit pendant longtemps.

— Il se meurt peut-être en ce moment, pensait-il.

Le valet de chambre l'introduisit dans le premier salon, où monsieur de Restaud reçut l'étudiant

debout, sans le faire asseoir, devant une cheminée
où il n'y avait pas de feu.

— Monsieur le comte, lui dit Rastignac, monsieur
votre beau-père expire en ce moment dans un bouge
infâme, sans un liard pour avoir du bois ; il est exactement à la mort et demande à voir sa fille...

— Monsieur, lui répondit avec froideur le comte
de Restaud, vous avez pu vous apercevoir que j'ai
fort peu de tendresse pour monsieur Goriot. Il a
compromis son caractère avec madame de Restaud,
il a fait le malheur de ma vie, je vois en lui l'ennemi
de mon repos. Qu'il meure, qu'il vive, tout m'est parfaitement indifférent. Voilà quels sont mes sentiments à son égard. Le monde pourra me blâmer, je
méprise l'opinion. J'ai maintenant des choses plus
importantes à accomplir qu'à m'occuper de ce que
penseront de moi des sots ou des indifférents. Quant
à madame de Restaud, elle est hors d'état de sortir.
D'ailleurs, je ne veux pas qu'elle quitte sa maison.
Dites à son père qu'aussitôt qu'elle aura rempli ses
devoirs envers moi, envers mon enfant, elle ira le
voir. Si elle aime son père, elle peut être libre dans
quelques instants...

— Monsieur le comte, il ne m'appartient pas de
juger de votre conduite, vous êtes le maître de votre
femme ; mais je puis compter sur votre loyauté ? eh
bien ! promettez-moi seulement de lui dire que son
père n'a pas un jour à vivre, et l'a déjà maudite en ne
la voyant pas à son chevet !

— Dites-le-lui vous-même, répondit monsieur de
Restaud frappé des sentiments d'indignation que trahissait l'accent d'Eugène.

Rastignac entra, conduit par le comte, dans le
salon où se tenait habituellement la comtesse : il la
trouva noyée de larmes, et plongée dans une bergère
comme une femme qui voulait mourir. Elle lui fit
pitié. Avant de regarder Rastignac, elle jeta sur son
mari de craintifs regards qui annonçaient une pros-
tration complète de ses forces écrasées par une
tyrannie morale et physique. Le comte hocha la tête,
elle se crut encouragée à parler.

— Monsieur, j'ai tout entendu. Dites à mon père que s'il connaissait la situation dans laquelle je suis, il me pardonnerait. Je ne comptais pas sur ce supplice, il est au-dessus de mes forces, monsieur, mais je résisterai jusqu'au bout, dit-elle à son mari. Je suis mère. Dites à mon père que je suis irréprochable envers lui, malgré les apparences, cria-t-elle avec désespoir à l'étudiant.

Eugène salua les deux époux, en devinant l'horrible crise dans laquelle était la femme, et se retira stupéfait. Le ton de monsieur de Restaud lui avait démontré l'inutilité de sa démarche, et il comprit qu'Anastasie n'était plus libre. Il courut chez madame de Nucingen, et la trouva dans son lit.

— Je suis souffrante, mon pauvre ami, lui dit-elle. J'ai pris froid en sortant du bal, j'ai peur d'avoir une fluxion de poitrine, j'attends le médecin...

— Eussiez-vous la mort sur les lèvres, lui dit Eugène en l'interrompant, il faut vous traîner auprès de votre père. Il vous appelle ! si vous pouviez entendre le plus léger de ses cris, vous ne vous sentiriez point malade.

— Eugène, mon père n'est peut-être pas aussi malade que vous le dites ; mais je serais au désespoir d'avoir le moindre tort à vos yeux, et je me conduirai comme vous le voudrez. Lui, je le sais, il mourrait de chagrin si ma maladie devenait mortelle par suite de cette sortie. Eh ! bien, j'irai dès que mon médecin sera venu. Ah ! pourquoi n'avez-vous plus votre montre ? dit-elle en ne voyant plus la chaîne. Eugène rougit. Eugène ! Eugène, si vous l'aviez déjà vendue, perdue... oh ! cela serait bien mal.

L'étudiant se pencha sur le lit de Delphine, et lui dit à l'oreille : — Vous voulez le savoir ? eh ! bien, sachez-le ! Votre père n'a pas de quoi s'acheter le linceul dans lequel on le mettra ce soir. Votre montre est en gage, je n'avais plus rien.

Delphine sauta tout à coup hors de son lit, courut à son secrétaire, y prit sa bourse, la tendit à Rastignac. Elle sonna et s'écria : J'y vais, j'y vais, Eugène. Laissez-moi m'habiller ; mais je serais un monstre !

Allez, j'arriverai avant vous ! Thérèse, cria-t-elle à sa femme de chambre, dites à monsieur de Nucingen de monter me parler à l'instant même.

Eugène, heureux de pouvoir annoncer au moribond la présence d'une de ses filles, arriva presque joyeux rue Neuve-Sainte-Geneviève. Il fouilla dans la bourse pour pouvoir payer immédiatement son cocher. La bourse de cette jeune femme, si riche, si élégante, contenait soixante-dix francs. Parvenu en haut de l'escalier, il trouva le père Goriot maintenu par Bianchon, et opéré par le chirurgien de l'hôpital, sous les yeux du médecin. On lui brûlait le dos avec des moxas[1], dernier remède de la science, remède inutile.

— Les sentez-vous ? demandait le médecin.

Le père Goriot, ayant entrevu l'étudiant, répondit :

— Elles viennent, n'est-ce pas ?

— Il peut s'en tirer, dit le chirurgien, il parle.

— Oui, répondit Eugène, Delphine me suit.

— Allons ! dit Bianchon, il parlait de ses filles, après lesquelles il crie comme un homme sur le pal crie, dit-on, après l'eau...

— Cessez, dit le médecin au chirurgien, il n'y a plus rien à faire, on ne le sauvera pas.

Bianchon et le chirurgien replacèrent le mourant à plat sur son grabat infect.

— Il faudrait cependant le changer de linge, dit le médecin. Quoiqu'il n'y ait aucun espoir, il faut respecter en lui la nature humaine. Je reviendrai, Bianchon, dit-il à l'étudiant. S'il se plaignait encore, mettez-lui de l'opium sur le diaphragme.

Le chirurgien et le médecin sortirent.

— Allons, Eugène, du courage, mon fils ! dit Bianchon à Rastignac quand ils furent seuls, il s'agit de lui mettre une chemise blanche et de changer son lit. Va dire à Sylvie de monter des draps et de venir nous aider.

Eugène descendit, et trouva madame Vauquer occupée à mettre le couvert avec Sylvie. Aux pre-

---

1. Voir p. 329 note 2.

miers mots que lui dit Rastignac, la veuve vint à lui, en prenant l'air aigrement doucereux d'une marchande soupçonneuse qui ne voudrait ni perdre son argent, ni fâcher le consommateur.

— Mon cher monsieur Eugène, répondit-elle, vous savez tout comme moi que le père Goriot n'a plus le sou. Donner des draps à un homme en train de tortiller de l'œil, c'est les perdre, d'autant qu'il faudra bien en sacrifier un pour le linceul. Ainsi, vous me devez déjà cent quarante-quatre francs, mettez quarante francs de draps, et quelques autres petites choses, la chandelle que Sylvie vous donnera, tout cela fait au moins deux cents francs, qu'une pauvre veuve comme moi n'est pas en état de perdre. Dame ! soyez juste, monsieur Eugène, j'ai bien assez perdu depuis cinq jours que le guignon s'est logé chez moi. J'aurais donné dix écus pour que ce bonhomme-là fût parti ces jours-ci, comme vous le disiez. Ça frappe mes pensionnaires. Pour un rien, je le ferais porter à l'hôpital. Enfin, mettez-vous à ma place. Mon établissement avant tout, c'est ma vie, à moi.

Eugène remonta rapidement chez le père Goriot.

— Bianchon, l'argent de la montre ?

— Il est là sur la table, il en reste trois cent soixante et quelques francs. J'ai payé sur ce qu'on m'a donné tout ce que nous devions. La reconnaissance du Mont-de-Piété est sous l'argent.

— Tenez, madame, dit Rastignac après avoir dégringolé l'escalier avec horreur, soldez nos comptes. Monsieur Goriot n'a pas longtemps à rester chez vous, et moi...

— Oui, il en sortira les pieds en avant, pauvre bonhomme, dit-elle en comptant deux cents francs, d'un air moitié gai, moitié mélancolique.

— Finissons, dit Rastignac.

— Sylvie, donnez les draps, et allez aider ces messieurs, là-haut.

— Vous n'oublierez pas Sylvie, dit madame Vauquer à l'oreille d'Eugène, voilà deux nuits qu'elle veille.

Dès qu'Eugène eut le dos tourné, la vieille courut

à sa cuisinière : — Prends les draps retournés, numéro sept. Par Dieu, c'est toujours assez bon pour un mort, lui dit-elle à l'oreille.

Eugène, qui avait déjà monté quelques marches de l'escalier, n'entendit pas les paroles de la vieille hôtesse.

— Allons, lui dit Bianchon, passons-lui sa chemise. Tiens-le droit.

Eugène se mit à la tête du lit, et soutint le moribond auquel Bianchon enleva sa chemise, et le bonhomme fit un geste comme pour garder quelque chose sur sa poitrine, et poussa des cris plaintifs et inarticulés, à la manière des animaux qui ont une grande douleur à exprimer.

— Oh ! oh ! dit Bianchon, il veut une petite chaîne de cheveux et un médaillon que nous lui avons ôté tout à l'heure pour lui poser ses moxas. Pauvre homme ! il faut la lui remettre. Elle est sur la cheminée.

Eugène alla prendre une chaîne tressée avec des cheveux blond-cendré, sans doute ceux de madame Goriot. Il lut d'un côté du médaillon : Anastasie ; et de l'autre : Delphine. Image de son cœur qui reposait toujours sur son cœur. Les boucles contenues étaient d'une telle finesse qu'elles devaient avoir été prises pendant la première enfance des deux filles. Lorsque le médaillon toucha sa poitrine, le vieillard fit un *han* prolongé qui annonçait une satisfaction effrayante à voir. C'était un des derniers retentissements de sa sensibilité, qui semblait se retirer au centre inconnu d'où partent et où s'adressent nos sympathies. Son visage convulsé prit une expression de joie maladive. Les deux étudiants, frappés de ce terrible éclat d'une force de sentiment qui survivait à la pensée, laissèrent tomber chacun des larmes chaudes sur le moribond qui jeta un cri de plaisir aigu.

— Nasie ! Fifine ! dit-il.

— Il vit encore, dit Bianchon.

— A quoi ça lui sert-il ? dit Sylvie.

— A souffrir, répondit Rastignac.

Après avoir fait à son camarade un signe pour lui

dire de l'imiter, Bianchon s'agenouilla pour passer ses bras sous les jarrets du malade, pendant que Rastignac en faisait autant de l'autre côté du lit afin de passer les mains sous le dos. Sylvie était là, prête à retirer les draps quand le moribond serait soulevé, afin de les remplacer par ceux qu'elle apportait. Trompé sans doute par les larmes, Goriot usa ses dernières forces pour étendre les mains, rencontra de chaque côté de son lit les têtes des étudiants, les saisit violemment par les cheveux, et l'on entendit faiblement : « Ah ! mes anges ! » Deux mots, deux murmures accentués par l'âme qui s'envola sur cette parole.

— Pauvre cher homme, dit Sylvie attendrie de cette exclamation où se peignit un sentiment suprême que le plus horrible, le plus involontaire des mensonges exaltait une dernière fois.

Le dernier soupir de ce père devait être un soupir de joie. Ce soupir fut l'expression de toute sa vie, il se trompait encore. Le père Goriot fut pieusement replacé sur son grabat. A compter de ce moment, sa physionomie garda la douloureuse empreinte du combat qui se livrait entre la mort et la vie dans une machine qui n'avait plus cette espèce de conscience cérébrale d'où résulte le sentiment du plaisir et de la douleur pour l'être humain. Ce n'était plus qu'une question de temps pour la destruction.

— Il va rester ainsi quelques heures, et mourra sans que l'on s'en aperçoive, il ne râlera même pas. Le cerveau doit être complètement envahi.

En ce moment on entendit dans l'escalier un pas de jeune femme haletante.

— Elle arrive trop tard, dit Rastignac.

Ce n'était pas Delphine, mais Thérèse, sa femme de chambre.

— Monsieur Eugène, dit-elle, il s'est élevé une scène violente entre monsieur et madame, à propos de l'argent que cette pauvre madame demandait pour son père. Elle s'est évanouie, le médecin est venu, il a fallu la saigner, elle criait : — Mon père se

meurt, je veux voir papa ! Enfin, des cris à fendre
l'âme.

— Assez, Thérèse. Elle viendrait que maintenant
ce serait superflu, monsieur Goriot n'a plus de
connaissance.

— Pauvre cher monsieur, est-il mal comme ça !
dit Thérèse.

— Vous n'avez plus besoin de moi, faut que j'aille
à mon dîner, il est quatre heures et demie, dit Sylvie
qui faillit se heurter sur le haut de l'escalier avec
madame de Restaud.

Ce fut une apparition grave et terrible que celle de
la comtesse. Elle regarda le lit de mort, mal éclairé
par une seule chandelle, et versa des pleurs en apercevant le masque de son père où palpitaient encore
les derniers tressaillements de la vie. Bianchon se
retira par discrétion.

— Je ne me suis pas échappée assez tôt, dit la
comtesse à Rastignac.

L'étudiant fit un signe de tête affirmatif plein de
tristesse. Madame de Restaud prit la main de son
père, la baisa.

— Pardonnez-moi, mon père ! Vous disiez que ma
voix vous rappellerait de la tombe ; eh ! bien, revenez
un moment à la vie pour bénir votre fille repentante.
Entendez-moi. Ceci est affreux ! votre bénédiction est
la seule que je puisse recevoir ici-bas désormais. Tout
le monde me hait, vous seul m'aimez. Mes enfants
eux-mêmes me haïront. Emmenez-moi avec vous, je
vous aimerai, je vous soignerai. Il n'entend plus, je
suis folle. Elle tomba sur ses genoux, et contempla
ce débris avec une expression de délire. Rien ne manque à mon malheur, dit-elle en regardant Eugène.
Monsieur de Trailles est parti, laissant ici des dettes
énormes, et j'ai su qu'il me trompait. Mon mari ne
me pardonnera jamais, et je l'ai laissé le maître de
ma fortune. J'ai perdu toutes mes illusions. Hélas !
pour qui ai-je trahi le seul cœur (elle montra son
père) où j'étais adorée ! Je l'ai méconnu, je l'ai
repoussé, je lui ai fait mille maux, infâme que je suis !

— Il le savait, dit Rastignac.

En ce moment le père Goriot ouvrit les yeux, mais par l'effet d'une convulsion. Le geste qui révélait l'espoir de la comtesse ne fut pas moins horrible à voir que l'œil du mourant.

— M'entendrait-il ? cria la comtesse. Non, se dit-elle en s'asseyant auprès de lui.

Madame de Restaud ayant manifesté le désir de garder son père, Eugène descendit pour prendre un peu de nourriture. Les pensionnaires étaient déjà réunis.

— Eh ! bien, lui dit le peintre, il paraît que nous allons avoir un petit mortorama là-haut ?

— Charles, lui dit Eugène, il me semble que vous devriez plaisanter sur quelque sujet moins lugubre.

— Nous ne pourrons donc plus rire ici ? reprit le peintre. Qu'est-ce que cela fait, puisque Bianchon dit que le bonhomme n'a plus sa connaissance ?

— Eh ! bien, reprit l'employé au Muséum, il sera mort comme il a vécu.

— Mon père est mort, cria la comtesse.

A ce cri terrible, Sylvie, Rastignac et Bianchon montèrent, et trouvèrent madame de Restaud évanouie. Après l'avoir fait revenir à elle, ils la transportèrent dans le fiacre qui l'attendait. Eugène la confia aux soins de Thérèse, lui ordonnant de la conduire chez madame de Nucingen.

— Oh ! il est bien mort, dit Bianchon en descendant.

— Allons, messieurs, à table, dit madame Vauquer, la soupe va se refroidir.

Les deux étudiants se mirent à côté l'un de l'autre.

— Que faut-il faire maintenant ? dit Eugène à Bianchon.

— Mais je lui ai fermé les yeux, et je l'ai convenablement disposé. Quand le médecin de la mairie aura constaté le décès que nous irons déclarer, on le coudra dans un linceul, et on l'enterrera. Que veux-tu qu'il devienne ?

— Il ne flairera plus son pain comme ça, dit un pensionnaire en imitant la grimace du bonhomme.

— Sacrebleu, messieurs, dit le répétiteur, laissez

donc le père Goriot, et ne nous en faites plus manger,
car on l'a mis à toute sauce depuis une heure. Un des
privilèges de la bonne ville de Paris, c'est qu'on peut
y naître, y vivre, y mourir sans que personne fasse
attention à vous. Profitons donc des avantages de la
civilisation. Il y a soixante morts aujourd'hui, voulez-
vous nous[1] apitoyer sur les hécatombes parisiennes ?
Que le père Goriot soit crevé, tant mieux pour lui ! Si
vous l'adorez, allez le garder, et laissez-nous manger
tranquillement, nous autres.

— Oh ! oui, dit la veuve, tant mieux pour lui qu'il
soit mort ! Il paraît que le pauvre homme avait bien
du désagrément, sa vie durant.

Ce fut la seule oraison funèbre d'un être qui, pour
Eugène, représentait la Paternité. Les quinze pensionnaires se mirent à causer comme à l'ordinaire.
Lorsque Eugène et Bianchon eurent mangé, le bruit
des fourchettes et des cuillers, les rires de la conversation, les diverses expressions de ces figures glou-
tonnes et indifférentes, leur insouciance, tout les
glaça d'horreur. Ils sortirent pour aller chercher un
prêtre qui veillât et priât pendant la nuit près du
mort. Il leur fallut mesurer les derniers devoirs à rendre au bonhomme sur le peu d'argent dont ils pour-
raient disposer. Vers neuf heures du soir, le corps fut
placé sur un fond sanglé, entre deux chandelles, dans
cette chambre nue, et un prêtre vint s'asseoir auprès
de lui. Avant de se coucher, Rastignac, ayant
demandé des renseignements à l'ecclésiastique sur le
prix du service à faire et sur celui des convois, écrivit
un mot au baron de Nucingen et au comte de Restaud en les priant d'envoyer leurs gens d'affaires afin
de pourvoir à tous les frais de l'enterrement. Il leur
dépêcha Christophe, puis il se coucha et s'endormit
accablé de fatigue. Le lendemain matin Bianchon et

---

1. Balzac n'a pas vu le bourdon « voulez-vous apitoyer ». Nous
adoptons la correction apportée par P.-G. Castex, que nous préfé-
rons au rétablissement proposé par Jean A. Ducourneau (« voulez-
vous *vous* apitoyer », les Bibliophiles de l'Originale, tome IX), et
Rose Fortassier à sa suite (Pl. III, 287).

Rastignac furent obligés d'aller déclarer eux-mêmes le décès, qui vers midi fut constaté. Deux heures après aucun des deux gendres n'avait envoyé d'argent, personne ne s'était présenté en leur nom, et Rastignac avait été forcé déjà de payer les frais du prêtre. Sylvie ayant demandé dix francs pour ensevelir le bonhomme et le coudre dans un linceul, Eugène et Bianchon calculèrent que si les parents du mort ne voulaient se mêler de rien, ils auraient à peine de quoi pourvoir aux frais. L'étudiant en médecine se chargea donc de mettre lui-même le cadavre dans une bière de pauvre qu'il fit apporter de son hôpital, où il l'eut à meilleur marché.

— Fais une farce à ces drôles-là, dit-il à Eugène. Va acheter un terrain, pour cinq ans, au Père-Lachaise, et commande un service de troisième classe à l'église et aux Pompes-Funèbres. Si les gendres et les filles se refusent à te rembourser, tu feras graver sur la tombe : « Ci-gît monsieur Goriot, père de la comtesse de Restaud et de la baronne de Nucingen, enterré aux frais de deux étudiants. »

Eugène ne suivit le conseil de son ami qu'après avoir été infructueusement chez monsieur et madame de Nucingen et chez monsieur et madame de Restaud. Il n'alla pas plus loin que la porte. Chacun des concierges avait des ordres sévères.

— Monsieur et madame, dirent-ils, ne reçoivent personne ; leur père est mort, et ils sont plongés dans la plus vive douleur.

Eugène avait assez l'expérience du monde parisien pour savoir qu'il ne devait pas insister. Son cœur se serra étrangement quand il se vit dans l'impossibilité de parvenir jusqu'à Delphine.

« *Vendez une parure*, lui écrivit-il chez le concierge, *et que votre père soit décemment conduit à sa dernière demeure.* »

Il cacheta ce mot, et pria le concierge du baron de le remettre à Thérèse pour sa maîtresse ; mais le concierge le remit au baron de Nucingen qui le jeta dans le feu. Après avoir fait toutes ses dispositions, Eugène revint vers trois heures à la pension bour-

geoise, et ne put retenir une larme quand il aperçut
à cette porte bâtarde la bière à peine couverte d'un
drap noir, posée sur deux chaises dans cette rue
déserte. Un mauvais goupillon, auquel personne
n'avait encore touché, trempait dans un plat de cuivre argenté plein d'eau bénite. La porte n'était pas
même tendue de noir. C'était la mort des pauvres,
qui n'a ni faste, ni suivants, ni amis, ni parents. Bianchon, obligé d'être à son hôpital, avait écrit un mot
à Rastignac pour lui rendre compte de ce qu'il avait
fait avec l'église. L'interne lui mandait qu'une messe
était hors de prix, qu'il fallait se contenter du service
moins coûteux des vêpres, et qu'il avait envoyé Christophe avec un mot aux Pompes-Funèbres. Au
moment où Eugène achevait de lire le griffonnage de
Bianchon, il vit entre les mains de madame Vauquer
le médaillon à cercle d'or où étaient les cheveux des
deux filles.

— Comment avez-vous osé prendre ça ? lui dit-il.

— Pardi ! fallait-il l'enterrer avec ? répondit Sylvie, c'est en or.

— Certes ! reprit Eugène avec indignation, qu'il
emporte au moins avec lui la seule chose qui puisse
représenter ses deux filles.

Quand le corbillard vint, Eugène fit remonter la
bière, la décloua, et plaça religieusement sur la poitrine du bonhomme une image qui se rapportait à
un temps où Delphine et Anastasie étaient jeunes,
vierges et pures, et *ne raisonnaient pas*, comme il
l'avait dit dans ses cris d'agonisant. Rastignac et
Christophe accompagnèrent seuls, avec deux croque-
morts, le char qui menait le pauvre homme à Saint-
Étienne-du-Mont, église peu distante de la rue
Neuve-Sainte-Geneviève. Arrivé là, le corps fut présenté à une petite chapelle basse et sombre, autour
de laquelle l'étudiant chercha vainement les deux filles du père Goriot ou leurs maris. Il fut seul avec
Christophe, qui se croyait obligé de rendre les derniers devoirs à un homme qui lui avait fait gagner
quelques bons pourboires. En attendant les deux
prêtres, l'enfant de chœur et le bedeau, Rastignac

serra la main de Christophe, sans pouvoir prononcer une parole.

— Oui, monsieur Eugène, dit Christophe, c'était un brave et honnête homme, qui n'a jamais dit une parole plus haut que l'autre, qui ne nuisait à personne et n'a jamais fait de mal.

Les deux prêtres, l'enfant de chœur et le bedeau vinrent et donnèrent tout ce qu'on peut avoir pour soixante-dix francs dans une époque où la religion n'est pas assez riche pour prier gratis. Les gens du clergé chantèrent un psaume, le *Libera*, le *De profundis*. Le service dura vingt minutes. Il n'y avait qu'une seule voiture de deuil pour un prêtre et un enfant de chœur, qui consentirent à recevoir avec eux Eugène et Christophe.

— Il n'y a point de suite, dit le prêtre, nous pourrons aller vite, afin de ne pas nous attarder, il est cinq heures et demie[1].

Cependant, au moment où le corps fut placé dans le corbillard, deux voitures armoriées, mais vides, celle du comte de Restaud et celle du baron de Nucingen, se présentèrent et suivirent le convoi jusqu'au Père-Lachaise. A six heures, le corps du père Goriot fut descendu dans sa fosse, autour de laquelle étaient les gens de ses filles, qui disparurent avec le clergé aussitôt que fut dite la courte prière due au bonhomme pour l'argent de l'étudiant. Quand les deux fossoyeurs eurent jeté quelques pelletées de terre sur la bière pour la cacher, ils se relevèrent, et l'un d'eux, s'adressant à Rastignac, lui demanda leur pourboire. Eugène fouilla dans sa poche et n'y trouva rien, il fut forcé d'emprunter vingt sous à Christophe. Ce fait, si léger en lui-même, détermina chez Rastignac un accès d'horrible tristesse. Le jour tombait, un humide crépuscule agaçait les nerfs, il regarda la

---

1. Ils vont « aller vite », en courant peut-être. Goriot sera dans sa fosse « à six heures » (5 lignes, ci-dessous) alors qu'il y a quatre bons kilomètres entre l'église Saint-Étienne-du-Mont et le cimetière du Père-Lachaise. Emporté par sa scène, Balzac ne s'aperçoit pas de l'invraisemblance.

tombe et y ensevelit sa dernière larme de jeune homme, cette larme arrachée par les saintes émotions d'un cœur pur, une de ces larmes qui, de la terre où elles tombent, rejaillissent jusque dans les cieux. Il se croisa les bras, contempla les nuages, et le voyant ainsi, Christophe le quitta.

Rastignac, resté seul, fit quelques pas vers le haut du cimetière et vit Paris tortueusement couché le long des deux rives de la Seine, où commençaient à briller les lumières. Ses yeux s'attachèrent presque avidement entre la colonne de la place Vendôme et le dôme des Invalides, là où vivait ce beau monde dans lequel il avait voulu pénétrer. Il lança sur cette ruche bourdonnant[1] un regard qui semblait par avance en pomper le miel, et dit ces mots grandioses : — A nous deux maintenant !

Et pour premier acte du défi qu'il portait à la Société, Rastignac alla dîner chez madame de Nucingen.

Saché, septembre 1834[2].

---

1. Usage inhabituel et surprenant du participe présent invariable, clairement choisi par Balzac sur son exemplaire personnel de *La Comédie humaine*. — **2.** Sur ces indications, voir l' « Histoire du texte. II. La rédaction ».

DOSSIER
par
Stéphane Vachon

COMMENTAIRES

Nous nous sommes efforcé d'indiquer la ligne d'ensemble du *Père Goriot* en respectant ses particularités. Le lecteur trouvera, dans nos commentaires et notre dossier, quelques services annexes et des compléments indispensables à son étude de ce roman de Balzac, qui suscite plus que beaucoup d'autres, une sensation rare, mais trompeuse, de déjà vu ou de déjà écrit, de déjà lu ou de déjà compris, le sentiment que rien n'est à y changer, l'impression pensive qu'il dérobera toujours une part de lui-même.

Nous ne pouvons entreprendre, ici, une histoire des articulations successives du *Père Goriot* et de ses lectures. Celles-ci y ont depuis longtemps, quel que soit leur point de vue, reconnu l'un des massifs culminants de l'œuvre balzacienne. En 1940, dans un ouvrage au titre significatif[1], s'intéressant d'abord à la genèse de l'œuvre par et pour elle-même, Maurice Bardèche écrivait : « En 1835, Balzac est en possession de tous ses moyens, sa formation de romancier est terminée ; *Le Père Goriot* est le résultat de tous ses efforts précédents et l'assise de son œuvre future[2] ». En 1947, Bernard Guyon arrêtait son histoire de *La Pensée politique et sociale de Balzac* en 1834 : « L'homme ayant atteint sa parfaite maturité, dominant de haut sa pensée, en prend une conscience claire et définitive et l'organise solidement en un

---

1. Maurice Bardèche : *Balzac romancier. La formation de l'art du roman chez Balzac jusqu'à la publication du "Père Goriot"*, Plon, 1940. Autre titre, parmi beaucoup d'autres, symptomatique du même phénomène : Olivier Bonard : *La Peinture dans la création balzacienne. Invention et visions picturales de "La Maison du chat-qui-pelote"* [1re *Scène de la vie privée*, 1830] *au "Père Goriot"*, Genève, Droz, 1969, 190 p. — **2.** Maurice Bardèche : *ibid.*, p. 332.

véritable système. [...] Ce moment privilégié, cette espèce d'"acmé" dans la carrière balzacienne nous paraît se placer aux environs de 1834[1]. » En 1970, Pierre Barbéris situait légèrement plus tôt, autour de l'année 1833, le moment où Balzac devient « un romancier proprement "balzacien"[2] ». Réunie en 1985 à l'occasion du cent-cinquantenaire de la publication du *Père Goriot*, une quarantaine de spécialistes a revisité cette ligne de crête de la géographie romanesque de *La Comédie humaine*. Leurs travaux, qui ont paru de 1985 à 1987 dans *L'Année balzacienne* sous le titre « Des œuvres de jeunesse au *Père Goriot* », ont réaffirmé ce moment dans la carrière de Balzac. Son esthétique décidée, son style établi, ses références déterminées, maître de son art, de ses moyens et de ses fins, l'auteur du *Père Goriot* peut s'élancer vers de nouvelles hauteurs pour accomplir son œuvre immense. Dans le dédale des interprétations, des interrogations, des découvertes, des itinéraires, des explorations de la critique balzacienne, nous suivrons quelques pistes déjà frayées, en proposant parfois un détour pour tenter d'observer d'une manière moins habituelle cette « effroyable tragédie parisienne », ce « drame » aux multiples facettes et aux foisonnants prolongements, que le lecteur occasionnel de Balzac peut lire, il est vrai, comme un roman isolé — son unité est entièrement préservée —, en ignorant le reste de *La Comédie humaine*.

I. LA MACHINE ROMANESQUE

1. *Personnages reparaissants*

« Il pensa à relier tous ses personnages pour en former une société complète. Le jour où il fut illuminé de cette idée fut un beau jour pour lui ! Il part de la rue Cassini [...], et accourt au faubourg Poissonnière que j'habitais alors. — Saluez-moi, nous dit-il joyeusement, car je suis tout

---

1. Bernard Guyon : *La Pensée politique et sociale de Balzac*, A. Colin, 1947, p. XII. — **2.** Pierre Barbéris : *Balzac et le mal du siècle. Contribution à une physiologie du monde moderne*, Gallimard, 1970, p. 11.

bonnement en train de devenir un génie ! Il nous déroule alors son plan [...]. — Que ce sera beau si je réussis ! disait-il en se promenant par le salon ; il ne pouvait tenir en place, la joie resplendissait sur tous ses traits[1]. » L'idée du retour des personnages dans *La Comédie humaine* est le résultat d'une trouvaille — il ne peut en être autrement —, mais cette illumination que rapporte Laure Surville est suspecte. D'abord parce qu'on imagine mal l'écrivain traversant Paris (à pied ? en voiture de louage ?) sous le coup de la révélation subite de son génie pour « dérouler » son triomphe dans le modeste salon de sa petite sœur ; et parce qu'on ne le voit pas bien réclamer en premier son hommage. Ensuite parce que Laure Surville, qui écrit un quart de siècle après l'événement, ne situe pas la « découverte » en 1834, au moment de la conception du *Père Goriot*, mais en 1833, lors de la publication du *Médecin de campagne*. Comment l'écrivain débordant d'enthousiasme put-il attendre secrètement plus d'une année avant de mettre en œuvre la clé de son succès et le moyen de sa gloire ? L'anecdote est de toute évidence controuvée.

Le principe qui fournit à La *Comédie humaine* son infrastructure possède une origine plus réfléchie que l'imitation de modèles antérieurs, romanesque (Fenimore Cooper et ses récits formant le *Roman de Bas de Cuir*) ou théâtral (dans sa trilogie — *Le Barbier de Séville*, *Le Mariage de Figaro*, *La Mère coupable* —, Beaumarchais faisait déjà revenir ses personnages), plus riche que l'analyse critique de l'œuvre de Walter Scott qui « n'avait pas songé à relier ses compositions l'une à l'autre de manière à coordonner une histoire complète, dont chaque chapitre eût été un roman » (Pl. I, 11). L'idée-charpente de l'édifice balzacien qui consiste à faire circuler les personnages d'un roman à l'autre de manière que la juxtaposition des récits constitue l'histoire d'une société entière, s'est élaborée progressivement, par approximations successives, par des tentatives partielles, locales et isolées, des tâtonnements ponctuels qui ne semblent pas tous prémédités. Anthony R. Pugh en a dressé l'inventaire[2]. C'est véritablement dans *Le Père*

1. Laure Surville : *Balzac. Sa vie et ses œuvres d'après sa correspondance*, Librarie nouvelle, 1858, p. 95-96. — **2.** Anthony R. Pugh : « Personnages reparaissants avant *Le Père Goriot* », *L'Année balzacienne 1964*, p. 215-237.

Goriot, que Balzac commence à appliquer systématiquement le procédé qui fait reparaître des personnages présentés dans des romans antérieurs. Cette « invention » est bien plus qu'une simple « trouvaille », elle accompagne — il ne faut pas manquer cette simultanéité ni ses effets —, une conception méthodique, ambitieuse et nette, de l'œuvre à bâtir en même temps qu'une vision globale, logique et précise, de la société. Moment décisif, en effet, dans l'histoire et la genèse de la grande entreprise balzacienne, et dans l'histoire tout entière du genre romanesque, *Le Père Goriot* soude avec puissance et autorité une expérience (du monde), une technique (romanesque) et une pensée (sur la littérature et ses pouvoirs).

Dans la première édition en librairie du *Père Goriot* (mars 1835), on compte vingt-trois personnages reparaissants. Balzac enrichit si bien sa technique au fil de la publication de ses œuvres nouvelles et des rééditions de ses œuvres anciennes que, au total, quarante-huit acteurs de *La Comédie humaine* reparaissent dans *Le Père Goriot*[1]. Ce nombre extrêmement élevé en fait, pour le philosophe Alain, un de ces « carrefours où les personnages de *La Comédie humaine* se rencontrent, se saluent, et passent. De là vient qu'au lieu d'être dans un roman, on est dans dix ;

---

1. En voici la liste, établie par Pierre-Georges Castex dans sa remarquable édition (Classiques Garnier, 1960) à laquelle nous devons beaucoup. Chacun de ces noms propres était accompagné d'une courte notice biographique (p. 461-473) : marquise Julie d'Aiglemont, marquis Miguel d'Ajuda-Pinto, vicomtesse de Beauséant, vicomte de Beauséant, Horace Bianchon, Lady Brandon, duchesse de Carigliano, Derville, marquise d'Espard, comtesse Ferraud, Fil-de-Soie, madame Firmiani, colonel Franchessini, princesse Galathionne, Gobseck, Gondureau, Goriot, famille Grandlieu, Jacques (valet de chambre), comtesse de Kergarouët, duchesse de Langeais, madame de Lanty, marquise de Listomère, Henri de Marsay, duchesse Diane de Maufrigneuse, baron Auguste de Maulincour, Maurice (serviteur), mademoiselle Michonneau, marquis de Montriveau, baron de Nucingen, Delphine de Nucingen, Poiret, baron et baronne de Rastignac (parents d'Eugène), Eugène de Rastignac, Laure de Rastignac (sœur d'Eugène), monseigneur Gabriel de Rastignac (frère d'Eugène), comte de Restaud, Anastasie de Restaud, Berthe de Rochefide, marquis de Ronquerolles, comtesse de Sérisy, comte de Sérisy, Jean-Frédéric Taillefer, Victorine Taillefer, Thérèse (femme de chambre), comte Maxime de Trailles, famille Vandenesse, Vautrin.

[...] tout est pris dans la masse[1] » ; ou pour le romancier
François Mauriac, qui s'en délecte, « un rond-point. De là
partent les grandes avenues qu'il [Balzac] a tracées dans
sa forêt d'hommes[2] ». Ni l'un ni l'autre, fort bons lecteurs
de Balzac pourtant, ne furent entièrement séduits par cette
interconnexion romanesque : « L'idée de *La Comédie
humaine* est par elle-même stérile ; faire revenir les personnages, montrer les changements d'âge et de puissance,
retrouver les mêmes visages ; cela est trop facile à concevoir et à entreprendre » (Alain[3]), ni convaincus par les
effets de cohérence imposée après-coup : « [Balzac] a jux-
taposé, avec une admirable puissance, des échantillons
nombreux de toutes les classes sociales sous la Restauration et sous la monarchie de Juillet, mais chacun de ses
types est aussi autonome qu'une étoile l'est de l'autre. Ils
ne sont reliés que par le fil ténu de l'intrigue ou que par le
lien d'une passion misérablement simplifiée » (Mauriac[4]).
D'autres, cependant, appréhenderont *La Comédie humaine*
comme « un mobile romanesque, un ensemble formé d'un
certain nombre de parties que nous pouvons aborder presque dans l'ordre que nous désirons ; [...] c'est comme une
sphère ou une enceinte avec de multiples portes » (Michel
Butor[5]). Multiples, oui, mais *Le Père Goriot* est le plus
majestueux portail.

D'où vient cette extraordinaire densité, cette forte
concentration de l'œuvre balzacienne sur elle-même ?
D'abord de ce que les principaux protagonistes du *Père
Goriot* sont les personnages qui, dans *La Comédie
humaine*, reviennent le plus souvent : le baron Nucingen,
l'homme qui remue des millions, ce qui lui vaudra la pairie
(trente-deux romans) ; Horace Bianchon, le médecin des
grands personnages de *La Comédie humaine*, qu'une brillante carrière conduira à la Légion d'honneur et à l'Académie des Sciences (vingt-neuf romans) ; Henri de Marsay,
« le roi de[s] dandies » (Pl. V, 389), futur premier ministre

---

1. Alain, que nous citions dans notre édition du *Colonel Chabert*
(Livre de poche « classique », n° 3107, p. 144) : *Avec Balzac*, Gallimard, 1937 [1935], p. 191. — **2.** François Mauriac : « Préface » à
Aimer Balzac de Claude Mauriac, la Table ronde, 1945, p. 12. —
3. Alain : *op. cit.*, p. 61. — **4.** François Mauriac : *Le Romancier
et ses personnages*, Presses Pocket, « Agora », 1990, p. 50-51. —
5. Michel Butor : « Balzac et la réalité », *Répertoire I*, Minuit, 1976
[1re éd. : 1960], p. 83-84.

(vingt-neuf romans) ; Eugène de Rastignac (vingt-six romans)[1].

Le lecteur du *Père Goriot* fait par ailleurs la connaissance de Vautrin, héros dominant plusieurs romans de Balzac (ceci est une rareté), qui dira, en 1847, de ce personnage arrivé au bout de son parcours : « Jacques Collin, espèce de colonne vertébrale qui, par son horrible influence, relie pour ainsi dire *Le Père Goriot* à *Illusions perdues*, et *Illusions perdues* à cette Étude [*Splendeurs et misères des courtisanes*] » (Pl. VI, 851). Ces trois romans constituent, en effet, la trilogie centrale de l'œuvre balzacienne, initiée par *Le Père Goriot*, achevée treize années plus tard, en 1847, par la publication de *La Dernière Incarnation de Vautrin*, dernière partie de *Splendeurs et misères des courtisanes*.

Le lecteur croise ensuite le marquis de Ronquerolles et le comte Maxime de Trailles, lequel « se laissait insulter, tirait le premier et tuait son homme » (p. 112), deux intimes, et comme de Marsay, deux membres de l'énigmatique société des Treize, de dangereux roués, d'illustres corsaires, grands lions du faubourg Saint-Germain et de l'aristocratie parisienne qu'ils arpentent en tout sens. Ces personnages épisodiques appartiennent au personnel régulier de *La Comédie humaine*. Même milieu, même époque, même société, ils sont nombreux au bal de la vicomtesse de Beauséant à ouvrir dans *La Comédie humaine* de larges routes : la vicomtesse elle-même conduit à *La Femme abandonnée*, la marquise d'Espard mène à *L'Interdiction*, la marquise Julie d'Aiglemont à *La Femme de trente ans*, la marquise de Listomère à *Étude de femme*, la comtesse de Kergarouët au *Bal de Sceaux*, madame de Lanty à *Sarrasine*, lady Brandon à *La Grenadière*, la duchesse Diane de Maufrigneuse au *Cabinet des Antiques* et aux *Secrets de la princesse de Cadignan*, le comte et la comtesse de Restaud à *Gobseck* (c'est Derville qui raconte le dénouement de leur affaire),

---

1. Comptabilité établie à partir de l'« Index des personnages fictifs de *La Comédie humaine* ». Établi par Pierre Citron et Anne-Marie Meininger d'après celui de Fernand Lotte (*Dictionnaire des personnages fictifs de "La Comédie humaine"*, Corti, 1952), qui a été revu et augmenté, cet « Index » complète au tome XII l'édition de *La Comédie humaine* dans la « Bibliothèque de la Pléiade ».

Gobseck, la duchesse de Langeais et madame Firmiani aux romans qui portent leurs noms, les frères Vandenesse au *Lys dans la vallée* et à *Une fille d'Eve* (Félix) et à *La Femme de trente ans* (Charles), le banquier Taillefer à *L'Auberge rouge* et à *La Peau de chagrin*, Berthe de Rochefide et le marquis d'Ajuda-Pinto à *Béatrix*, la comtesse Ferraud et Derville au *Colonel Chabert*, le comte de Sérisy à *Un début dans la vie*, le baron Auguste de Maulincour à *Ferragus*, Gondureau, sous le nom de Bibi-Lupin, à *Splendeurs et misères des courtisanes*, la baronne Delphine de Nucingen à *La Maison Nucingen* et à seize autres débouchés.

L'administration qu'exerce savamment le romancier sur sa société confère une extraordinaire économie à chaque roman particulier, qui s'allège des développements donnés ailleurs (dans d'autres romans), au risque, parfois, de devenir elliptique. Comment, dans *Le Père Goriot*, comprendre l'âpreté au gain d'Anastasie de Restaud, et son incapacité à venir au chevet de son père ? *Gobseck* nous donne l'explication nécessaire. Comment entendre la perfidie des paroles de la duchesse de Langeais rendant visite à madame de Beauséant ? Son amertume nous est révélée par la menace qui pèse sur son amour : voir *La Duchesse de Langeais*. Comment connaître la trouble origine de la fortune de Taillefer ? *L'Auberge rouge* dévoile ce secret, et dit ce que devient Victorine reconnue par son père. Veut-on savoir comment s'occupe madame de Beauséant après avoir quitté Paris ? Il faut lire *La Femme abandonnée*. *Le Père Goriot* estompe ainsi ses frontières, reporte ses dénouements, sursoit à ses conclusions, ajourne l'accomplissement du destin de ses personnages (hormis Goriot), qui poursuivent de roman en roman leur chemin.

Le retour des personnages est, on le voit, une opération de toute première nécessité. Transformant une population romanesque nombreuse, mais disparate, en un microcosme unique, agrandi aux dimensions d'une société tout entière, cohérente, hiérarchisée, peuplée d'agneaux et de vautours, traversée de luttes et de conflits, Balzac noue les fils de ses romans séparés. Il unifie une œuvre hétérogène qui se développe et prolifère, depuis 1829, dans de multiples directions : essai sur le mariage, récits philosophiques, histoires frénétiques, aventures militaires, drames bourgeois, descriptions attentives et analyses scrupuleuses du réel. Comme des eaux qui finissent par mêler leur cours dans le même océan, les romans de Balzac se rejoignent dans le « drame à trois ou quatre mille personnages que présente une Société » (Pl. I, 10).

L'idée défiait la critique, qui fait feu sur le procédé dès la parution du roman. Le recenseur de *L'Impartial*, le 8 mars 1835, y voit « un caprice qui n'est pas exempt d'amour-propre », celui d'un « homme convaincu de la valeur de ses créations ». Dans *Le Courrier français*, le 13 avril suivant, Édouard Monnais oppose au romancier une fin de non recevoir : « M. de Balzac s'est donné le plaisir de remettre dans *Le Père Goriot* plusieurs individualités déjà placées dans ses autres ouvrages. Ainsi Eugène de Rastignac, Mme de Beauséant, Mme de Langeais, lady Brandon nous étaient déjà connus. Dans sa préface, l'auteur nous apprend pourquoi ils reparaissent. Ses arguments sont spirituels et spécieux, mais nous ne saurions les admettre. » Ce refus sera permanent. Le 21 octobre 1838, dans la *Revue de Paris*, Amédée Pichot (qui signe « Pickersghill ») claironnera : « Ah ! si M. de Balzac pouvait savoir quel est cet immense ennui de voir sans cesse revenir dans ses livres les mêmes figures avec les mêmes grimaces, les mêmes noms propres, suivis des mêmes sobriquets, comme il trancherait d'un seul coup la tête à tous ces personnages qui, depuis sept ans, s'agitent sans cesse sans arriver jamais, discutent sans fin, sans rien conclure » (tome LVIII, 3e livr., p. 229). Le 20 février 1843, Jules Janin, l'un des feuilletonistes les plus redoutés, dans le *Journal des débats*, manifestera le même aveuglement : « M. de Balzac ignore-t-il qu'à force de mettre en scène les mêmes noms, les mêmes femmes, les mêmes hommes, les mêmes lieux, il a fini par faire de ce rendez-vous de romans, qu'il appelle emphatiquement — *son œuvre !* un labyrinthe inextricable dans lequel, avec la plus vive intelligence et la plus ferme volonté, il est impossible de se retrouver et de se reconnaître. » Farouche ennemi de l'auteur de *La Comédie humaine*, Janin reprend mot pour mot un argument qu'avait déployé le très écouté Sainte-Beuve dans la *Revue des Deux Mondes* quelques années plus tôt, dans un compte rendu non signé, très défavorable, de *La Femme supérieure [Les Employés]* :

> Les acteurs qui reviennent dans ces nouvelles, ont déjà figuré, et trop d'une fois pour la plupart, dans des romans

précédents de M. de Balzac. Quand ce seraient des personnages intéressants et vrais, je crois que les reproduire ainsi est une idée fausse et contraire au *mystère* qui s'attache toujours au roman. [...] Grâce à cette multitude de biographies secondaires qui se prolongent, reviennent et s'entrecroisent sans cesse, la série des *Études de mœurs* de M. de Balzac finit par ressembler à l'inextricable lacis des corridors dans certaines mines ou catacombes. On s'y perd et l'on n'en revient plus, ou, si l'on en revient, on n'en rapporte rien de distinct[1].

Ce que Sainte-Beuve, tributaire d'une conception classique de l'œuvre d'art, désemparé par l'innovation du procédé balzacien qu'il refuse comme contraire aux lois du roman, nie absolument, ce qui le déroute, c'est l'emprise sur les romans et les fictions fragmentées de l'effort de totalité et de cohésion, c'est le geste qui rassemble et qui totalise, qui construit les romans en œuvre rivalisant avec l'univers réel. Balzac sera vengé par l'un des plus grands romanciers modernes. Marcel Proust reprochera au critique son incompréhension : « Sainte-Beuve n'a absolument rien compris à ce fait de laisser les noms aux personnages [...]. C'est l'idée de génie de Balzac que Sainte-Beuve méconnaît là[2]. » « Idée de génie » que le narrateur de *A la recherche du temps perdu* commente de manière enthousiaste dans une page célèbre : « Jetant sur ses ouvrages le regard à la fois d'un étranger et d'un père, trouvant à celui-ci la pureté de Raphaël, à cet autre la simplicité de l'Évangile, [Balzac] s'avisa brusquement en projetant sur eux une illumination rétrospective qu'ils seraient plus beaux réunis en un cycle où les mêmes personnages reviendraient et ajouta à son œuvre, en ce raccord, un coup de pinceau, le dernier et le plus sublime[3]. »

Prévoyant de grandes batailles, Balzac amassait des munitions et fabriquait des cartouches. Devant l'incompréhension des critiques, il dut, à plusieurs reprises, justifier son entreprise, répéter sa définition, expliciter son projet. Dans l'« Introduction » aux *Études de mœurs*

---

1. « Revue littéraire », *Revue des Deux Mondes*, 1er novembre 1838, 4e série, tome XVI, 3e livraison, p. 367-368 (repris dans *Premiers Lundis*, Michel Lévy, 1875, tome II, p. 360-367). — 2. Marcel Proust : *Contre Sainte-Beuve*, Gallimard, « Folio-Essais », 1987, p. 213. — 3. *A la recherche du temps perdu*, Gallimard, « Bibliothèque de la Pléiade », 1988, tome III, p. 666.

au XIXe siècle, future assise de *La Comédie humaine*, Félix
Davin, son porte-parole, commente les effets de la technique balzacienne liée à l'envergure de la fresque sociale
en cours d'élaboration. Cette préface, parue en mai 1835,
est strictement contemporaine du *Père Goriot* : « A travers toutes les fondations qui se croisent çà et là dans
un désordre apparent, les yeux intelligents sauront
comme nous reconnaître cette grande histoire de
l'homme et de la société que nous prépare M. de Balzac.
Un grand pas a été fait dernièrement. En voyant reparaître dans *Le Père Goriot* quelques-uns des personnages
déjà créés, le public a compris l'une des plus hardies
intentions de l'auteur, celle de donner la vie et le mouvement à tout un monde fictif dont les personnages subsis-
teront peut-être encore, alors que la plus grande partie
des modèles seront morts et oubliés » (Pl. I, 1160).
En février 1837, dans la « Préface » à la première partie
d'*Illusions perdues*, Balzac prendra l'exemple d'Eugène
de Rastignac :

> Chaque roman n'est qu'un chapitre du grand roman de
> la société. Les personnages de chaque histoire se meuvent
> dans une sphère qui n'a d'autre circonspection que celle
> même de la société. Quand un de ces personnages se
> trouve, comme M. de Rastignac dans *Le Père Goriot*, arrêté
> au milieu de sa carrière, c'est que vous devez le retrouver
> dans *Profil de marquise* [*Étude de femme*], dans *L'Interdic-
> tion*, dans *La Haute Banque* [*La Maison Nucingen*], et enfin
> dans *La Peau de chagrin*, agissant dans son époque suivant
> le rang qu'il y a pris et touchant à tous les événements
> auxquels les hommes qui ont une haute valeur participent
> en réalité. Cette observation s'applique à presque tous les
> personnages qui figurent dans cette longue histoire de la
> société (Pl. V, 110).

Admettant que le lecteur peut éprouver quelques difficultés à reconstituer les biographies qu'il découvre dans
le désordre : « Vous aurez le milieu d'une vie avant son
commencement, le commencement après sa fin, l'histoire
de la mort avant celle de la naissance » (Pl. II, 265),
pour illustrer son système, Balzac reprend le même
exemple, en 1839, dans la préface de *Une fille d'Ève*. Aux
futurs « commentateurs » de son œuvre qui rédigeront,
il n'en doute pas, « une table des matières biographiques » de ses personnages, il propose une notice conçue

sur le modèle de l'article de dictionnaire (*ibid.*, 265-266). Pour cet exercice prémonitoire, il choisit la vie d'Eugène de Rastignac[1].

2. Personnages disparaissants

Faire réapparaître des personnages, c'est, forcément, en faire disparaître. Il faut que les uns, bousculés vers la sortie, laissent la place à ceux qui reviennent. Balzac profitera des rééditions successives de ses œuvres pour les relier à ses nouvelles compositions, en y introduisant après coup, par modification des textes primitifs, des personnages nés ailleurs. Il lui suffit de rappeler un nom propre, de se référer à une histoire contée dans une autre œuvre, de changer les noms de quelques personnages secondaires, ou de débaptiser les héros des œuvres antérieures au *Père Goriot* pour les assimiler, par ce simple changement, à des personnages connus. Ainsi, ayant l'idée de faire de Eugène de Rastignac, personnage secondaire de *La Peau de chagrin*, le héros du *Père Goriot* qu'il est en train de rédiger, Balzac renvoie chez les morts « Eugène de Massiac » (au feuillet 43 de son manuscrit). Ainsi, en 1838, par un mouvement inverse, il exporte du *Père Goriot* vers *La Peau de chagrin*, Horace Bianchon, et condamne Prosper, un médecin sans nom de famille, aux limbes des éditions de *La Peau de chagrin* antérieures au *Père Goriot*[2]. Ainsi Frédéric Mauricey prend son chapeau et quitte *L'Auberge rouge* en 1837 pour faire place à Frédéric Taillefer, dans *Le Père Goriot* le père de Victorine. Ainsi, Rastignac, très reparaissant dans *La Comédie humaine*, nous l'avons dit, chasse un « M. de Saluces » du *Bal de Sceaux*, un « Ernest » de *L'Interdiction*, un « Ernest de M... » d'*Étude de femme*, etc.

---

1. Dans notre édition du *Colonel Chabert* nous avons reproduit cette notice rédigée par Balzac (Livre de poche « classique » n° 3107, 1994, p. 145) ; le lecteur pourra s'y reporter. Le premier dictionnaire des personnages de *La Comédie humaine* fut publié par Anatole Cerfberr et Jules Christophe en 1887 (*Répertoire de "La Comédie humaine"*, Calmann-Lévy) ; voir aussi p. 362 note 1. — 2. Bianchon fait sa première apparition dans *La Peau de chagrin* dans la réédition de ce roman en 1838. Sur le « retour » d'Eugène dans *Le Père Goriot*, voir notre « Histoire du texte. IV. Le manuscrit ».

Les modalités d'application du procédé des personnages reparaissants sont, dans leur principe, relativement simples, mais il arrive que soit prise en défaut la vigilance du romancier qui travaille de mémoire — il faut prendre au pied de la lettre l'exclamation de l'inventeur : « Moi, j'aurai porté une société tout entière dans ma tête » (*L.H.*B. I, 804). Rastignac, dans *Le Père Goriot*, est originaire d'Angoulême ; dans *La Peau de chagrin*, il est et demeurera gascon. Ceci est mineur. Le procédé peut toutefois entraîner des inconvénients plus graves, des fautes de chronologie (voir p. 86 note 1), des défauts de synchronisme dans les actions, des contradictions dans l'accord des caractères. Certains remaniements laissent à désirer, non en raison de la négligence du romancier, mais parce que, poussés à bout, ils entraîneraient la réécriture complète, voire l'implosion des œuvres sous la difficulté des anachronismes à éliminer, des raccords temporels à mettre au point, des types à harmoniser. Phénomène remarquable, les équivoques, ou les inconséquences, sont, quand on y regarde de près, dans *La Comédie humaine*, fort peu nombreuses.

L'unification psychologique des portraits, par exemple, exige des ajustements, et, parfois, des expulsions. C'est pourquoi, dans son exemplaire personnel de l'édition « Furne » de *La Comédie humaine*, Balzac a supprimé du *Père Goriot* un assez long passage (p. 325) qui faisait paraître au bal de la vicomtesse de Beauséant lady Brandon dansant au bras de son amant le colonel Franchessini, celui qui, sur l'ordre de Vautrin, aurait remis « Jésus-Christ en croix » (p. 173), et qui venait de tuer en duel le frère de Victorine en lui mettant, à la redoute de Clignancourt, « deux pouces de fer dans le front » (p. 263). L'expulsion tardive, en 1843, de lady Brandon qui n'est plus mentionnée que dans une liste vague de femmes du monde (p. 86), achève un remarquable mouvement d'unification psychologique, commencé dix années plus tôt. Dans son manuscrit, Balzac avait d'abord songé à faire de cette femme la maîtresse pour laquelle Henri de Marsay sacrifie Delphine. Sans doute s'aperçut-il que lady Brandon, l'héroïne de *La Grenadière* (paru dans la *Revue de Paris* le 28 octobre 1832), la mère sublime qui se réfugie loin du monde, à la campagne avec ses enfants pour expier une faute, gagnait en dignité de ne pas être comptée parmi les perles du chapelet des femmes séduites par Henri de Marsay. Il s'aperçut ensuite, en corrigeant le texte du *Père Goriot* dans son exemplaire personnel de *La Comédie humaine*, que lady Brandon conservait tout son mystère, à la hauteur de sa dignité, de ne pas être la maîtresse d'un meurtrier, si beau, si fringant soit-il. Sur ce point, Balzac suivit l'opinion d'un critique vigilant. Édouard Monnais, le 13 avril 1835 dans *Le Courrier français*, avait protesté contre cette faute de goût qui ne lui avait pas échappé : « De ce double emploi des mêmes noms [dans plusieurs romans], des mêmes personnages, il ne résulte pour le lecteur qu'embarras et fatigue ; l'ouvrage nouveau n'y gagne rien, et souvent l'ouvrage ancien y perd beaucoup, témoin *La Grenadière*, dont M. de Balzac a détruit le prestige en ramenant sur la scène lady Brandon, et en nous faisant connaître le colonel Franchessini. Qui voudra désormais s'attendrir sur les malheurs de la belle Anglaise, si son amant n'a été qu'un vil coupe-jarret, qu'un assassin à gages ? » Le passage que Balzac a supprimé dans l'édition « Furne » n'existe pas dans le manuscrit ; il avait été ajouté dans la *Revue de Paris* :

« En entrant dans la galerie où l'on dansait, Rastignac fut surpris de rencontrer un de ces couples que la réunion de toutes les beautés humaines rend sublimes à voir. Jamais il n'avait eu l'occasion d'admirer de telles perfections. Pour tout exprimer en un mot, l'homme était un Antinoüs vivant, et ses manières ne détruisaient pas le charme qu'on éprouvait à le regarder. La femme était une fée, elle enchantait le regard, elle fascinait l'âme, irritait les sens les plus froids. La toilette s'harmoniait chez l'un et chez l'autre avec la beauté. Tout le monde les contemplait avec plaisir et enviait le bonheur qui éclatait dans l'accord de leurs yeux et de leurs mouvements.

— Mon Dieu, quelle est cette femme ? dit Rastignac.

— Oh ! la plus incontestablement belle, répondit la vicomtesse. C'est lady Brandon, elle est aussi célèbre par son bonheur que par sa beauté. Elle a tout sacrifié à ce jeune homme. Ils ont, dit-on, des enfants. Mais le malheur plane toujours sur eux. On dit que lord Brandon a juré de tirer une effroyable vengeance de sa femme et de cet amant. Ils sont heureux, mais ils tremblent sans cesse.

— Et lui ?

— Comment ! vous ne connaissez pas le beau colonel Franchessini ?

— Celui qui s'est battu...

— Il y a trois jours, oui. Il avait été provoqué par le fils d'un banquier. Il ne voulait que le blesser, mais par malheur il l'a tué.

— Oh !

— Qu'avez-vous donc ? vous frissonnez, dit la vicomtesse.

— Je n'ai rien, répondit Rastignac.

Une sueur froide lui coulait dans le dos. Vautrin lui apparaissait avec sa figure de bronze. Le héros du bagne donnant la main au héros du bal changeait pour lui l'aspect de la société.

(*La Comédie humaine*, éd. « Furne », t. IX, p. 507-508.)

3. Composition du roman

L'ouverture du *Père Goriot* s'adresse à un lecteur à la « main blanche » (p. 48), confortablement installé dans « un moelleux fauteuil » (p. 48). Il est tentant de voir, comme on l'a vu souvent, dans ce lecteur interpellé par le romancier, une lectrice, une comtesse parisienne ou une jeune provinciale, une Delphine de Nucingen ou une Laure de Rastignac, mais Pierre Larousse, dans son *Grand Dictionnaire universel du XIXe siècle* (1865-1876), note l'expression métonymiquement voisine : « *Écrire une chose de sa main blanche*. Écrire soi-même, de sa *propre* main. Détestable équivoque sur les mots *blanche* et *propre*. » Ce lecteur, donc, quel qu'il soit, tient entre ses mains propres (et innocentes ?) un roman qui insiste sur le « discrédit » dans lequel est « tombé le mot *drame* par la manière abusive et tortionnaire dont il a été prodigué » (p. 47), mais qui le revendique néanmoins pour désigner l'histoire qui suit, en niant et la fiction et le genre romanesque : « Ce drame n'est ni une fiction, ni un roman » (p. 48).

Le Père Goriot, qui déroule son intrigue comme une tragédie se déploie dans la durée, exploite la forme romanesque en quatre temps mise au point l'année précédente dans *Eugénie Grandet*. Une longue exposition met en place les mécanismes et les éléments du « drame » (descriptions, portraits, retours en arrière), qui se prépare ensuite. L'accélération brutale des événements, et leur concentration dans le temps, entraîne la crise, suivie de son dénouement. Cette structure archétypale se caractérise par le déséquilibre entre la lenteur et la longueur des préparations de l'exposition et la densité de la crise, et la rapidité du dénouement.

Le prologue, descriptif et analytique, situe le lieu et le temps, décrit le quartier et la rue, donne la « situation générale de la pension bourgeoise à la fin du mois de novembre 1819 » (p. 83), et fait découvrir, en deux journées, les êtres qui y vivent. L'exactitude, l'exhaustivité et la minutie de l'observation déduisent de l'habitation les habitants et leurs habitudes. La composition de chacun des portraits et la forte spécification sociale des personnages révèlent les correspondances entre les êtres et le lieu, posent l'équivalence entre la pension et les pensionnaires ; ainsi l'évocation de madame Vauquer, l'hôtesse qui concentre et qui totalise sa demeure (« sa personne explique la pension, comme la pension implique sa personne », p. 55 ; « son jupon [...] résume le salon, la salle à manger, le jardinet, annonce la cuisine et fait pressentir les pensionnaires », p. 55), et celle de ses locataires, ses « enfants gâtés » (p. 58), mademoiselle Michonneau, Poiret, Victorine Taillefer, madame Couture, Eugène, Vautrin, Goriot, qui entrent successivement en scène à l'heure des repas (lesquels produisent une autre symétrie, entre le début et la fin du roman — le dernier dîner couvre les râles et la mort de Goriot). *Le Père Goriot* doit aussi se lire comme l'histoire d'une pension qui se « démeuble » (p. 285) de tous ses occupants, d'un coup, au cours de l'hiver 1819-1820. La description, qui s'attarde aux objets, aux appartements et aux êtres, retarde l'action, elle suspend le temps et divise les personnages en deux camps : ceux dont le passé, clair et limpide, nous est révélé (Victorine, madame Couture, Eugène, et Goriot dans une certaine mesure), ceux qui sont, au départ, les faibles ou les victimes ; et ceux dont l'histoire demeure pleine d'ombres et de trous (madame Vauquer, Poiret, mademoiselle Michonneau, Vautrin), les êtres forts, ou malfaisants.

L'action, qui s'accélère soudainement, commence « quelques jours plus tard » (p. 83), avec les premiers débuts d'Eugène dans le monde, sa « première journée sur le champ de bataille de la civilisation parisienne » (p. 131). Son premier assaut raté chez madame de Restaud et sa visite chez la vicomtesse de Beauséant, dont les déroulements sont analogues (mépris des domestiques, voiture dans la cour, attente, présence de l'amant, sa sortie, mention de Goriot, etc.), précèdent en séquences rapides le récit de l'histoire rétrospective de Goriot. « Ici se termine l'exposition de cette obscure, mais effroyable tragédie parisienne » (p. 147), nous sommes au tiers du roman.

La cristallisation de l'intrigue s'étale sur cinq journées. Le premier jeudi de décembre, Rastignac reçoit l'argent qu'il a demandé à sa famille, écoute la leçon de Vautrin, dîne chez sa cousine, est présenté à Delphine. Le surlendemain, avec elle, il joue au Palais-Royal et dîne rue Saint-Lazare. Le lundi suivant, il assiste au bal de la duchesse de Carigliano. Suit une durée, floue, de deux mois et demi, qui mène au début février 1820. Ayant décidé de sacrifier quelque peu ses études (« Plusieurs jours se passèrent pendant lesquels Rastignac mena la vie la plus dissipée », p. 216), Eugène piétine dans son ascension sociale et dans sa conquête de Delphine (il n'est « pas plus avancé que le premier jour où il l'avait vue », p. 221).

Après ce long entracte, en février, la crise, qui enchaîne les coups de théâtre, ne dure que quatre jours. La temporalité n'est plus celle, unifiée, intérieure, vécue par un seul personnage (Eugène), elle se divise et se morcelle dans les « emplois du temps » des divers protagonistes. Le 14 février, « la » Michonneau et Poiret rencontrent Gondureau au Jardin des Plantes, Rastignac apprend le piège qui s'est fermé sur le fils Taillefer. Le soir, à la pension, il dort, assommé par le somnifère que lui a administré Vautrin ; le forçat accompagne madame Vauquer au théâtre ; « la Michonnette et le Poireau » — ainsi nommés par Sylvie (p. 91) — vont, chez Bibi-Lupin, se procurer la fiole qui permettra l'arrestation de Trompe-la-Mort. Le lendemain, qui « devait prendre place parmi les jours les plus extraordinaires de l'histoire de la maison » (p. 256), Rastignac apprend le duel au cours duquel le fils Taillefer a été mortellement blessé, il assiste au piège tendu par Gondureau à Vautrin, puis à l'expulsion de la « cagnotte » et de « l'idémiste », il visite l'appartement que lui ont préparé Goriot et Delphine. Tout vient de basculer dans la vie des personnages (« Aujourd'hui le monde est donc renversé », p. 277) : Vautrin retourne au bagne, Victorine devient une riche héritière, « la » Michonneau et Poiret quittent leur domicile, madame Vauquer sent la ruine menacer son établissement. La journée du 16 marque une pause après la bousculade : Eugène, et Goriot « mis en jeune homme » (p. 314), s'apprêtent à quitter la pension pour leur élégante garçonnière, ils croient en leur vie nouvelle (« Nous allons commencer [...] notre vie heureuse », p. 293). Le 17, Eugène se présente rue Saint-Lazare et exhibe l'invitation au bal de la vicomtesse ; il demeure chez Delphine, qui se donne, jusque une heure du matin (p. 292). Le 18, double visite des filles à la pension, dispute, apoplexie de Goriot ; après les Italiens, Delphine est chez Eugène, rue d'Artois, jusque « deux heures du matin » (p. 313), une heure de plus que la veille. Le dénouement suit : l'agonie de Goriot — doublée par l'agonie sociale de madame de Beauséant (« Je vais partir pour aller *m'ensevelir* au fond de la Normandie », p. 324) dont le bal a eu lieu le 19 — se prolonge trois jours. Goriot meurt le 20, à l'heure du dîner. Il est enterré le 21 à six heures.

Les péripéties elles-mêmes se déroulent dans une « fantasmagorie » (p. 276) de changements à vue, dans une « féerie » (p. 183) de « coups de baguette » (p. 113, 117, 278), les événements obéissent aux lois du mélodrame, qu'il s'agisse de l'arrestation de Vautrin, de l'entrée en scène des pensionnaires pour les repas ou de l'introduction d'Eugène dans le monde des salons. Cette théâtralité, ou cette théâtralisation universelle au moyen de laquelle Balzac règle sa dramaturgie et découpe le réel comme un théâtre, lui permet de bloquer, par une extraordinaire concentration du temps romanesque, les scènes de haute tension sur lesquelles pèsent les préparatifs, les détails, les portraits, les descriptions. *Le Père Goriot* obéit à une composition dramatique claire : de violentes mais brèves accélérations concentrent les péripéties, consomment le drame en quelques journées séparées par des plages temporelles longues et imprécises qui distinguent des pauses, qui ménagent des haltes et qui suspendent l'action que Balzac nomme, on l'a vu, « scène », « drame », ou « tragédie ».

Employant volontiers le vocabulaire technique du théâtre, il révèle son insistance à marquer la structure du roman. Peut-être calque-t-il les procédés dramatiques, c'est parce qu'il cherche sa manière propre de s'exprimer, c'est parce qu'il expérimente une forme narrative neuve qui permet tous les développements psychologiques, toutes les analyses et tous les discours, c'est parce qu'il soumet le roman à une visée descriptive et scientifique, idéologique et morale, qui est tout à la fois observation, vision et analyse du monde, des rapports sociaux et des conflits humains ; c'est parce que le « plongeur littéraire » (p. 61), l'explorateur du réel et de l'imaginaire chasse les trésors, traverse les vies privées, affronte des tempêtes criminelles et des naufrages domestiques, contemple de grands scandales et de grandes vertus, découvre des passions cachées, localise et exhibe des secrets. Par là, par cette quête, par Balzac, le roman devient « la création moderne la plus immense » (*Illusions perdues*, Pl. V, 459).

II. AUX SOURCES DU *PÈRE GORIOT*

1. La vie

Reconnaître des sources, fussent-elles indirectes, biographiques ou littéraires, ne dit rien des métamorphoses du texte, ne dit pas comment il se fraie des voies ni par quelles opérations il développe son espace. Elles peuvent, toutefois, sur les mécanismes de l'écriture, lever un coin du voile, elles peuvent éclairer quelques phases de la conception et de l'élaboration, et saisir les processus de la création dans leur hésitation et leur précarité.

Sans affirmer que ne s'écrit que ce qui a été vécu, sans chercher à toute force ce qui, dans l'œuvre, manifeste la présence de l'homme, on ne saurait ignorer qu'une poignée d'événements biographiques ont partie liée avec la genèse du *Père Goriot*. Sans choisir entre deux partis extrêmes — identifier Balzac dans chacun de ses personnages ou le voir nulle part —, reconnaissons qu'il ne faut pas priver l'art de sa sève ou de sa substance, ni l'œuvre de l'intensité de la personnalité de son créateur. Si Balzac a introduit quelques éléments autobiographiques dans son œuvre, sa hantise de la ruine et de la faillite (dans Goriot), ses rêves d'argent (dans Nucingen), ses rêves de pouvoir (dans Vautrin), ses rêves de gloire, son ambition, et, peut-être, ses émotions de jeune homme découvrant le monde (dans

Rastignac), c'est que la vie affleure dans l'écriture, des souvenirs, des amertumes, des nostalgies, des appétits ou des répulsions remontent, et sont précipitamment reversés dans l'œuvre.

Roman de la paternité que *Le Père Goriot*, avons-nous dit en introduction. Ne passons donc pas sous silence que, pour la première et l'unique fois de sa vie, trois mois avant d'entreprendre la rédaction de ce roman, Balzac est devenu père, le 4 juin 1834, d'une fille, qui s'éteindra le 7 décembre 1930 à Nice. Marie-Caroline Du Fresnay est née à Sartrouville de la liaison du romancier avec Marie Daminois, la dédicataire d'*Eugénie Grandet*. Le 12 octobre 1833, il avait annoncé à sa sœur sa paternité (à venir) : « Je suis *père*, voilà un autre secret que j'avais à te dire, et à la tête d'une gentille personne [Marie Daminois], la plus naïve créature qui soit tombée comme une fleur du ciel, qui vient chez moi, en cachette, n'exige ni correspondance, ni soins, et qui dit : — Aime-moi un an ! Je t'aimerai toute ma vie » (*Corr.* II, 390). Le poids de cet événement sur l'œuvre demeure peut-être relatif, mais on pourra être tenté de lire *Le Père Goriot* comme une célébration de la paternité (la sienne, celle de Balzac) ou comme une appréhension à longue échéance de l'ingratitude filiale (chaque fille, un jour ou l'autre, abandonnerait son père), comme une apologie de la paternité souffrante.

Eugène, dont le premier nom — Massiac — est proche de celui du romancier par ses deux syllabes, par sa consonne sifflante et la rime, est bien un double de Balzac. Comme lui, il fait des études de droit, est reçu « bachelier ès Lettres et bachelier en Droit » (p. 82). Sa famille est la sienne. Comme lui, il est né en 1799, comme lui, il a deux sœurs : Laure, née en 1801 (Laure Balzac en 1800) ; « la grosse Agathe » (p. 151) née en 1802 (Laurence Balzac, que les lettres familiales nomment « la grosse Laurence » — *Corr.* I, 70 —, en 1802). Seul écart, il a deux frères : Gabriel, qui fera carrière dans l'Église, et Henri, né en 1806 (d'après le roman *Une fille d'Ève*) ; Henri de Balzac est né en 1807. Le ton des lettres qu'Eugène reçoit de sa mère et de sa sœur a une familiarité qui était celle que partageaient les enfants Balzac, et dont témoigne la correspondance du romancier (voir *Corr.* I, 34-39, 55-57). Eugène au cimetière, lançant son défi à la capitale, c'est le jeune Honoré en 1819, apprenti-littérateur qui aime « aller au Père-Lachaise faire des études de douleur » (*ibid.*, 61), s'y « promener », y « piffe[r] de bonnes grosses réflexions » (*ibid.*, 60 et 62) ; c'est le bachelier Horace de Saint-Aubin, son pseudonyme, l'auteur du *Vicaire des Ardennes* qui se met en scène dans la préface de son roman : il s'approprie, pour le publier, le manuscrit d'un jeune malheureux croisé au Père-Lachaise, conduit « au milieu de ces archives de la mort [...] par le dégoût de l'humanité[1] » ; c'est l'auteur du *Père Goriot* qui s'appuie, le 21 novembre 1835, à la fenêtre de son cabinet de travail, à « cette fenêtre qui domine tout Paris, que je veux dominer » (*L.H.*B. I, 276), et qui travaille, le 19 décembre suivant, « sans autre distraction que celle d'aller à ma fenêtre, contempler ce Paris que je veux me soumettre un jour » (*ibid.*, 282).

2. *La vie des autres*

La critique a tenté d'identifier les modèles des principaux personnages du roman. Cette enquête, qui ressemble toujours à une chasse à l'homme, fut (relativement) concluante. Elle a été menée par Lorin A. Uffenbeck dans les Archives de l'ancien département de la Seine[2], qui en a exhumé Jacques-Antoine Goriot, un marchand pâtissier de la rue Saint-Jacques, près de l'hôpital du Val-de-Grâce, que le romancier, qui habitait le quartier voisin de l'Observatoire, rue Cassini, pourrait avoir croisé. L. A. Uffenbeck a aussi ressuscité un François Goriot, marchand de farine à Pontoise, puis meunier à L'Isle-Adam — où Balzac jeune homme passa plusieurs étés ses vacances —, qui fit, de 1777 à la Révolution au moins, le commerce de sa farine à la Halle-aux-Blés de Paris, où notre Goriot fit sa fortune, où il régna au temps de sa splendeur. On retrouve François Goriot, « au moment de la disette de 1798, [...] livrant son blé au gouvernement révolutionnaire, aux mêmes "coupeurs de têtes", à qui "ce vieux Quatre-vingt-treize", le père Goriot [celui

---

1. *Le Vicaire des Ardennes* (novembre 1822), Pollet, tome I, p. IX et VI. — **2.** « Balzac a-t-il connu Goriot ? », *L'Année balzacienne 1970*, p. 175-181.

de Balzac], est censé avoir vendu son blé[1] ». Ajoutons que le propriétaire de Balzac en 1834, rue Cassini, est, d'après le romancier lui-même, un « vieux marchand de blé de la Halle » (*L.H.B.* I, 81), domicilié rue Montorgueil près de la Halle-aux-Blés, nommé Marest. Il pourrait avoir informé Balzac sur le compte de François Goriot, comme, dans le roman, un certain Muret renseigne Rastignac sur notre personnage (p. 147).

Dans une note postérieure[2] à son édition du *Père Goriot*, Pierre-Georges Castex a établi le répertoire des Rastignac réels qui ont pu s'imposer à l'attention du romancier. Il écarte un pseudo-voisin versaillais de la famille Balzac, qui aurait porté ce nom vers 1827, mais retient un Pierre-Jean-Julie de Rastignac, pair de France domicilié à Paris rue de Varenne, retourné mourir en Dordogne en 1833 ; un Raymond de Chapt de Rastignac, lieutenant-général de la Haute-Auvergne à la fin du XVIIe siècle, un Louis-Jacques de Chapt de Rastignac, archevêque de Tours (ville natale de Balzac), mort en 1750, un Armand de Rastignac, neveu du précédent, représentant du clergé à l'Assemblée Constituante en 1789. D'autres ont signalé ce que Rastignac doit aux dandies de la monarchie de Juillet que Balzac a pu fréquenter, d'Étienne Arago (1802-1892), littérateur d'origine méridionale (comme Rastignac) avec lequel Balzac publia son tout premier roman pseudonyme en janvier 1822, à Adolphe Thiers (1797-1877), journaliste, historien, homme politique, qui épousa (comme Rastignac plus tard dans *La Comédie humaine*) la fille de sa maîtresse, Mlle Dosne, qui lui apporta une aisance qu'il sut apprécier. D'autres, enfin, qui ont mené les mêmes enquêtes anthroponymiques pour le personnage de Jacques Collin dit Vautrin, ont rappelé l'existence d'un Jacques Vautrin, beau-frère d'une voisine de Balzac aux Jardies, en 1837, ou retracé la carrière d'un Vautrin[3], acteur de théâtre sous la Restauration, qui s'illustra brièvement dans le rôle de Robert Macaire dont nous aurons à reparler.

Deux bagnards notoires, deux évadés célèbres, deux

---

1. *Ibid.*, p. 179. — 2. Pierre-Georges Castex : « Rastignac », *L'Année balzacienne 1964*, p. 344-347. — 3. Jean-A. Ducourneau, dans *Le Courrier balzacien*, n° 2, janvier 1949 ; Wayne Conner : « Vautrin et ses noms », *Revue des sciences humaines*, juillet-septembre 1959.

aventuriers illustres, deux vies agitées, celle de Pierre Coignard et celle de François Vidocq, furent des prototypes de Trompe-la-Mort. Le premier (1779-1831), que Balzac nomme dans *Le Père Goriot* (p. 233), condamné en 1801 à quatorze ans de galères, évadé du bagne de Toulon en 1805, réussit à s'enfuir en Espagne, à revenir en France sous l'identité du comte Pontis de Sainte-Hélène dont il avait épousé la maîtresse, à accompagner Louis XVIII dans son exil à Gand, à être récompensé de cette fidélité par le grade de lieutenant-colonel et la croix de Saint-Louis. Il profita de ses honneurs et de sa haute position pour diriger en secret une bande de voleurs qui commit les plus hauts méfaits jusqu'à son arrestation. Dénoncé par un ancien compagnon de chaîne, il fut condamné aux travaux forcés à perpétuité en 1819, et mourut au bagne de Brest en 1831, après avoir exercé une grande influence sur ses codétenus.

Eugène-François Vidocq (1775-1857), ancien bagnard évadé, créa en 1812 une brigade de Sûreté recrutée parmi les anciens forçats, officialisée sous la Restauration, dont il fut chef jusqu'en 1827. Destitué par le préfet Delavau, il dirigea ensuite une agence de police privée. Pierre-Georges Castex a bien montré que, dans *Le Père Goriot*, ce personnage réel a servi de modèle à Gondureau, le chef de police qui réussit l'arrestation de Vautrin, bien davantage qu'à Vautrin lui-même, qui ne peut en être rapproché sans de fortes réserves. Dans le manuscrit du roman, en effet, le nom de Vidocq apparaît sous une rature : c'est par celui de Gondureau qu'il est remplacé, et non par celui de Vautrin (voir notre « Histoire du texte. IV. Le manuscrit ») ; ceci vaut preuve. Balzac a lui-même implicitement procédé à l'assimilation de Vautrin et de Vidocq, il est vrai, mais beaucoup plus tard, bien après *Le Père Goriot*, en 1846, à propos d'« un autre » Vautrin, celui qui revient dans *Illusions perdues* et dans *Splendeurs et misères des courtisanes* : « Ce personnage, qui représente la corruption, le bagne, le mal social dans toute son horreur, n'a rien de gigantesque. Je puis vous assurer que le modèle existe, qu'il est d'une épouvantable grandeur et qu'il a trouvé sa place dans le monde de notre temps. Cet homme était tout ce qu'est Vautrin, moins la passion que je lui ai prêtée. Il était le génie du mal, utilisé ailleurs » (« Lettre à Hippolyte Castille », *La Semaine*, 11 octobre 1846 ; *O.D.* III,

648). L'identification repose sur la fin de carrière de ces ex-bagnards, qui ont tous deux « trouvé leur place » au sein de la société. « Traîtres » à leur milieu, l'un et l'autre enterrent leur vie de criminel en se vendant à la police, en mettant leur savoir au service de l'ordre et de la répression.

Le futur auteur de *La Comédie humaine* avait rédigé, en 1829-1830, en collaboration avec Louis-François L'Héritier de l'Ain, d'apocryphes *Mémoires pour servir à l'histoire de la Révolution française, par Sanson, exécuteur des arrêts criminels pendant la Révolution*. Il savait sûrement que deux de ses amis, le même L'Héritier de l'Ain et Charles Morice, avaient fait paraître les *Mémoires* de Vidocq (Tenon ; 4 vol. in-8, *B.F.* 4 octobre 1828, 28 février et 11 juillet 1829)[1], qui contiennent un épisode analogue à celui de la claque appliquée sur l'épaule de Vautrin pour faire apparaître les lettres « TF ». Dans ce petit milieu d'écrivains fantômes (« ghost writers » dirait-on aujourd'hui dans le monde de l'édition) et d'individus qui avaient acquis, par leur fonction ou par leurs exploits, une popularité et une stature légendaires, Balzac avait sans doute fait la rencontre de Vidocq. Le 26 avril 1834, peu de temps avant d'entreprendre *Le Père Goriot*, il dînait en sa compagnie, avec Lord Durham, l'homme d'État anglais, avec Alexandre Dumas et les bourreaux Sanson père (l'exécuteur de Marie-Antoinette) et fils, chez Benjamin Appert, philanthrope et réformateur social, membre de la Société royale des prisons de France qui se consacrait à l'amélioration du sort des détenus et des forçats, secrétaire des aumônes et des commandements de la reine après 1830, auteur d'un *Traité d'éducation élémentaire pour les prisonniers*, et, en 1836, de *Bagnes, prisons et criminels* (Guilbert-Roux, 4 vol. in-8) — le 11 avril 1836, il en offrait un exemplaire à Balzac (*Corr.* III, 64). Dans ses *Souvenirs du temps de l'Empire et de la Restauration* parus en 1846, Appert raconte sur deux chapitres les circonstances de ce dîner auquel Balzac fait lui-même publiquement allusion en 1840 dans la *Revue parisienne* (*O.D.* III, 361). Et, par une chaude soirée de l'été 1844, Balzac reçut Vidocq chez lui, rue Basse, à Passy. Dans un livre de souvenirs tardif, un intime, Léon Gozlan,

---

1. Une facture présentée à Balzac par le libraire Alphonse Levavasseur le 10 février 1830 atteste l'achat des *Mémoires* de Vidocq (*Lov.* A. 268, f° 27).

a rapporté cette soirée, et l'aventure d'une certaine comtesse de B... que Vidocq aurait confiée au romancier[1].

Chasse aux modèles, quête des lieux aussi. Madeleine Fargeaud a montré qu'il n'existait, rue Neuve-Sainte-Geneviève, aucune « pension bourgeoise » dirigée par une madame Vauquer[2]. Dans cette rue, Balzac situe une pension voisine qu'il connaissait, qu'il avait peut-être fréquentée, et qui fut son modèle. Au 21 rue de la Clef, en effet, se trouvait une autre pension, tenue de 1807 à 1831 par une dame Vimont lointainement apparentée avec la famille du romancier, et où avait habité une dame Vigier, née Vauquer, dont la famille tourangelle entretint quelques rapports avec Bernard-François Balzac.

L'essentiel, sans doute, est ailleurs. Retenons toutefois de cette longue tradition de recherches — dont on trouvera les principaux titres en bibliographie — et de ses résultats divers que, loin de se comporter, ainsi qu'il le déclare ici ou là, comme un « greffier[3] », comme « le plus humble des copistes[4] », « un copiste plus ou moins heureux[5] », comme « le secrétaire de son époque[6] » ou le « secrétaire [de ses] contemporains[7] », Balzac opère sur le réel par distorsions et par falsifications ; il s'en inspire, il l'explore, mais il ne le copie pas. Le fait observé, l'anecdote « vraie » est, sous sa plume, toujours profondément transformée, transposée, transférée, transmuée, condensée, dédoublée, dépaysée. S'il emprunte à la vie, Balzac crée toujours en synthétisant ses matériaux (auto)biographiques, en amalgamant les données fournies par la réalité : « Ainsi le commencement d'un fait et la fin d'un autre ont composé ce tout. Cette manière de procéder doit être celle d'un historien des mœurs : sa tâche consiste à fondre les faits analogues dans un seul tableau, n'est-il pas tenu de donner plutôt l'esprit que la lettre des événements, il les synthétise. Souvent, il est nécessaire de prendre plusieurs caractères semblables

1. Léon Gozlan : *Balzac en pantoufles*, Delmas, 1949 [1856], p. 259-312. — **2.** « Les Balzac et les Vauquer », *L'Année balzacienne 1960*, p. 125-133. — **3.** « Prologue » du *Second Dixain* des *Contes drolatiques*, juillet 1833 (*Œuvres diverses*, Gallimard, « Bibliothèque de la Pléiade », tome I, 1990, p. 159). — **4.** « Préambule » d'*Eugénie Grandet*, septembre 1833 (Pl. III, 1026). — **5.** « Postface » de *La Fille aux yeux d'or*, mai 1835 (Pl. V, 1112). — **6.** *Théorie de la démarche*, août-septembre 1833 (Pl. XII, 278). — **7.** « Préface » au *Cabinet des Antiques*, mars 1839 (Pl. IV, 963).

pour arriver à en composer un seul, de même qu'il se rencontre des originaux où le ridicule abonde si bien, qu'en les dédoublant, ils fournissent deux personnages[1]. »

3. *La littérature*

Dans le creuset de sa création, Balzac mêle étroitement les œuvres classiques et contemporaines, théâtrales et romanesques, aux faits réels dont il a gardé le souvenir, aux anecdotes et aux situations vraies dont son imagination s'est emparée. Un chapitre de *L'Hermite de la Guyane*, par Étienne de Jouy, s'intitule « Une pension bourgeoise » (Pillet, 3 vol. in-12, 1816-1817) ; le chapitre X du tome III de *Un provincial à Paris. Esquisses des mœurs parisiennes* (Ladvocat, 3 vol. in-12, 1825)[2], par Louis-Gabriel Montigny, est consacré à la description d'une pension bourgeoise ; et *La Pension bourgeoise* est un vaudeville en un acte de Scribe, Dupin et Dumersan, créé au théâtre du Gymnase-Dramatique le 27 mai 1823. En 1832, au tome VI du *Livre des Cent et un*, Louis Desnoyers s'amuse à distinguer « la pension bourgeoise » de « la gargote » et de « la table d'hôte » ; la même année, l'auteur anonyme de *L'Espion de la rue Vivienne* esquisse le portrait-type du « Farceur de la table d'hôte », rôle que tient Vautrin chez madame Vauquer. On le voit, tout un pêle-mêle de littérature contemporaine, combine des sources imaginatives et livresques, et fabrique sa matière par une série de confluences à partir de l'observation de réalités sociales nouvelles (la pension, le retraité, la vieille fille, etc.).

Dans la tradition du *Jean Sbogar* de Charles Nodier (1818), l'insurgé Vautrin, héros de seconde zone, hors-la-loi romantique tout droit sorti d'un « roman noir », doit beaucoup à la littérature, autant qu'à ses prototypes réels. Il y a des brigands vertueux chez Schiller (*Les Brigands*, 1782), des corsaires chez Byron (*Le Corsaire*, 1814), des

---

1. *Ibid.*, p. 962. Cette définition est proche de celle du « type » que Balzac donna dans la « Préface » de *Une ténébreuse affaire* (Pl. VIII, 492-493 ; ou notre édition du *Colonel Chabert*, Livre de poche « classique », 1994, p. 134). — **2.** Titre dont Balzac se souviendra : en 1847, il intitulera *Le Provincial à Paris* l'édition séparée en librairie de *Les Comédiens sans le savoir*.

pirates chez Walter Scott (*Le Pirate*, 1822). Du côté du théâtre, c'est Robert Macaire que Vautrin rappelle. Les comédies de Benjamin Antier et Frédérick Lemaître (*L'Auberge des Adrets*, 1823 ; *Robert Macaire*, 1834) connurent un succès triomphal en raison des audacieuses critiques de l'ordre social qu'y déploie le malfaiteur Robert Macaire. Ce rôle fit la gloire de l'acteur Frédérick Lemaître, au point que Balzac lui confiera l'interprétation du rôle-titre du drame qu'il fera représenter au théâtre de la Porte-Saint-Martin en mars 1840 : *Vautrin* est une étape de la genèse du grand cycle romanesque que nous avons déjà évoqué, qui mène du *Père Goriot* à *Illusions perdues* et à *Splendeurs et misères des courtisanes*.

Mentionnons encore — nous croyons ce rapprochement inédit — un drame en cinq actions et un prologue de Félix Pyat et Auguste Luchet intitulé *Le Brigand et le philosophe*, créé au théâtre de la Porte-Saint-Martin le 22 février 1834. Félix Pyat et Balzac se connaissaient, publiaient dans les mêmes *keepsakes* (dans le tome IV du *Nouveau Tableau de Paris au XIXe siècle*, par exemple, en septembre 1834), partageaient le même éditeur, la spirituelle et séduisante madame Béchet, comptaient parmi les habitués de sa table et de son salon, et leurs routes se croiseront dans le futur, notamment à la Société des gens de lettres, dont le premier sera, en 1839, vice-président sous la présidence du second. Nous pouvons difficilement imaginer que cette pièce, dans laquelle la phrénologie joue d'ailleurs un grand rôle, demeura inconnue de Balzac, d'abord parce que *Le Père Goriot* révèle la familiarité du romancier avec le répertoire théâtral de son temps — il en offre un large panorama —, ensuite parce qu'il conserve la mémoire d'événements théâtraux récents (*Bertrand et Raton ou l'Art de conspirer*, comédie de Scribe, novembre 1833 ; la reprise de *Moïse en Égypte* au théâtre Italien à l'automne 1834, etc.), enfin parce que Vautrin est *brigand* et *philosophe*, parce que le discours qu'il tient à Rastignac éveille de puissants échos avec le texte de cette pièce. On en jugera par ce seul exemple : « Dans un pays comme le nôtre, où l'argent est tout, où l'honneur et le mérite personnel ne sont rien, où le moindre droit civil et politique se paie, où la loi regarde le pauvre comme non avenu et demande à l'homme s'il est riche avant de le dire citoyen, il arrive que la société, fondée ainsi sur des intérêts seulement matériels, démoralise ses membres, les corrompt, les pousse forcément à acquérir par tous les moyens possibles, et tend à faire d'un peuple une bande de voleurs » (IIe action, 9).

Du côté du roman, Vautrin a quelques dettes. Il doit quelques-uns de ses traits à Gaudet d'Arras, le prêtre qui renonce à ses vœux, *Le Paysan perverti* de Restif de la Bretonne (1775), auquel Balzac emprunte le schéma du corrupteur qui tente de séduire un jeune homme par ses raisonnements cyniques pour le former à son image et pour jouir de ses succès dans le monde dont il a été rejeté. Au *Neveu de Rameau*, le forçat doit une bonne part de sa philosophie sociale, de son culte de la volonté et de l'énergie, de sa critique des institutions, de sa dénonciation des injustices. Balzac a commenté ce chef-d'œuvre, rédigé entre 1760 et 1762, dont la publication posthume, en 1805, est, pour lui, encore récente : « Ce pamphlet contre l'homme que Diderot n'osa pas publier, [...] ce livre débraillé tout exprès pour montrer des plaies » (*La Maison Nucingen*, Pl. VI, 331). On se rappellera qu'à un « Moi » interloqué, Jean-François Rameau jette : « Dans la nature, toutes les espèces se dévorent ; toutes les conditions se dévorent dans la société. Nous faisons justice les uns des autres sans que la loi s'en mêle[1] » ; Vautrin dit à Rastignac : « Il faut vous manger les uns les autres comme des araignées dans un pot » (p. 166). « S'il importe d'être sublime en quelque genre, c'est surtout en mal. On crache sur un petit filou, mais on ne peut refuser une sorte de considération à un grand criminel[2] », ajoute le bohème du Palais-Royal, tandis que Vautrin proteste : « Pourquoi deux mois de prison au dandy qui, dans une nuit, ôte à un enfant la moitié de sa fortune, et pourquoi le bagne au pauvre diable qui vole un billet de mille francs » (p. 174). Et cette leçon sociale : « De l'or, de l'or. L'or est tout ; et le reste, sans or, n'est rien[3] », et cette leçon morale : « On est dédommagé de la perte de son innocence par celle de ses préjugés[4] », ne sont-elles pas celles qu'Eugène tire lorsqu'il se considère arrivé au terme de son éducation ?

Le « All is true » du *Père Goriot* que Balzac attribue à Shakespeare répond à la formule de Danton que Stendhal

---

1. Diderot : *Le Neveu de Rameau*, dans *Œuvres*, Gallimard, « Bibliothèque de la Pléiade », 1951, p. 421. — **2.** *Ibid.*, p. 446. — **3.** *Ibid.*, p. 461. — **4.** *Ibid.*, p. 437.

avait retenue en épigraphe pour *Le Rouge et le Noir* : « La vérité, l'âpre vérité. » Balzac avait lu dès sa parution le roman de son confrère dont il rend compte, le 10 janvier 1831, dans la chronique des « Lettres de Paris » qu'il tient dans le journal *Le Voleur*. « Conception d'une sinistre et froide philosophie », *Le Rouge et le Noir* illustre ce que Balzac nomme « l'École du désenchantement » — l'expression fit fortune —, l'après Juillet 1830, et incarne « le génie de l'époque, la senteur cadavéreuse d'une société qui s'éteint » (*O.D.* II, 114). L'admiration de Balzac pour Stendhal grandit encore, en 1839, lorsque parut *La Chartreuse de Parme*, auquel il consacra l'année suivante une grande et célèbre étude dans la *Revue parisienne* (3e livraison, 25 septembre 1840). Eugène de Rastignac a été plusieurs fois rapproché de Julien Sorel. La comparaison de ces deux types « du jeune homme du XIXe siècle » s'impose à l'esprit, qui doit souligner leurs ressemblances et leurs différences. Jeunes, naïfs, mal assurés mais conscients de leur valeur, de leur intelligence et de leur force, inexpérimentés, gauches mais ambitieux, Eugène et Julien subissent les mêmes vexations et les mêmes humiliations, ils commettent les mêmes faux pas, ils sont emportés par les mêmes colères. Ils observent, réfléchissent, caculent, surveillent et se surveillent. Eugène n'est cependant pas Julien quittant la scierie paternelle pour l'habit du séminariste. Leur milieu social et leur milieu familial ne sont pas les mêmes (l'un est noble, l'autre est fils de charpentier), et la nature de leur ambition est radicalement différente. Julien, qui trouve la passion amoureuse et qui sombre avec sa conscience, interprète à sa façon le mythe de Napoléon, n'hésite pas devant la compromission et l'hypocrisie, se lance un défi à lui-même, cherche à se réaliser et à s'affirmer ; Eugène affirme son droit, ne regarde que l'avenir, valorise son dynamisme, lance un défi à la société, accomplit son destin.

4. Shakespeare

Jusque sous l'ombre portée de Shakespeare, la littérature romantique a étendu son territoire, de 1823 à 1864, de Stendhal à Victor Hugo, du *Racine et Shakespeare* du diplomate au *William Shakespeare* du poète, qui avait, dans la « Préface » de son drame *Cromwell* (1827), théoriquement formulé le culte rendu à la « sommité poétique des temps modernes[1] ». Chez Balzac, comme souvent, les modèles littéraires sont théâtraux. Le patronage de Shakespeare est clairement revendiqué par le romancier qui pose le nom du dramaturge sur la page de titre de son œuvre, et qui répète la formule qu'il lui attribue en épigraphe à la fin du premier paragraphe de son roman (p. 48).

Sur *Le Père Goriot*, l'influence shakespearienne la plus évidente est celle qu'exerce *Le Roi Lear* (1606). Lear, comme Goriot deux siècles plus tard, dote généreusement ses filles — en partageant son royaume proportionnellement à l'amour qu'elles lui témoigneront. Goneril et Régane, qui rivalisent d'ingratitude et de violence, se disputent et se jalousent. Flatteuses, hypocrites, poussées par leur mari, elles exploitent autant qu'elles le peuvent leur père en l'accusant de stupidité et de sénilité. Lear sombre progressivement dans la maladie et la folie, et meurt peu après le décès de Cordélia, sa fille cadette qu'il avait déshéritée par méprise, croyant qu'elle ne l'aimait pas alors qu'elle était la seule à nourrir des sentiments sincères à son endroit. Entre la pièce de Shakespeare et son roman, Balzac introduit toutefois un décalage structurel essentiel, en ne dotant Goriot d'aucune Cordélia. Cordélia, la bonne fille, la fille qui aime son père, existe pourtant, c'est Victorine, détestée par un père qu'elle aime, tandis que Goriot, le bon père, n'a pas les filles qu'il mérite ; et Taillefer, le mauvais père, a une fille aimante. Balzac se révèle plus impitoyable que Shakespeare, et son œuvre plus radicale, plus noire, plus désespérée, plus pessimiste que celle de l'Anglais. Nulle méprise, nulle incompréhension, nulle réconciliation, nulle échappatoire, dans *Le Père Goriot*, qui puisse expliquer, excuser ou faire accepter la violence et le cours du drame. On verra, dans notre étude de la « Fortune de l'œuvre », que les adaptateurs du roman au théâtre choisirent, pour « moraliser » l'œuvre de Balzac en la dotant d'une fin heureuse, de faire de « Victorine-Cordélia » la troisième fille de Goriot : il n'y a, de leur part, aucune naïveté dans cette mutation.

Frappé par les lumières de la raison, Lear s'interroge :

---

1. Victor Hugo : « Préface » à *Cromwell*, dans *Œuvres complètes* publiées sous la direction de Jean Massin, Le club français du livre, tome III, 1967, p. 57.

« C'est donc la coutume aujourd'hui que les pères, dépouil-
lés de tout, ne trouvent plus de pitié dans leur propre
sang ? » (acte III, scène IV). Balzac prêtera à Goriot ce
même éclair de lucidité zébrant les ténèbres de l'agonie
dans laquelle il s'enfonce : « La patrie périra si les pères
sont foulés aux pieds. Cela est clair. La société, le monde
roulent sur la paternité, tout croule si les enfants n'aiment
pas leur père » (p. 336). C'est bien le romancier qui
s'exprime ici à travers son personnage, l'auteur qui considère, dans l'« Avant-propos » de *La Comédie humaine*, « la
Famille et non l'Individu comme le véritable élément
social » (Pl. I, 13). Dans les époques transitoires, incertai-
nes et hésitantes, le dérèglement de la société et l'effondre-
ment du pouvoir politique entraîneraient inexorablement
la dégradation du sentiment filial : « Nous sommes entre
deux systèmes [...]. Tout pays qui ne prend pas sa base
dans le pouvoir paternel est sans existence assurée »
(*Mémoires de deux jeunes mariées*, Pl. I, 243).

L'évidence de ces rapports entre Balzac et Shakespeare a
été diversement jugée par les contemporains du romancier.
Si l'auteur anonyme du compte rendu de *L'Impartial*
conçoit, le 8 mars 1835, que Balzac « se plaise maintenant à
engager une lutte audacieuse avec de hauts et puissants
génies », Philarète Chasles, dans la *Chronique de Paris* le
19 avril suivant, abaisse *Le Père Goriot* au rang d'une vulgaire « contrefaçon bourgeoise de Lear ». Dès la parution du
roman, la critique a, dans une quasi-unanimité, reproché à
Balzac, comme un défaut d'imagination, ce rapprochement
non dissimulé, sans voir que la puissance du roman consistait précisément à transposer un sujet classique, à transférer
dans un cadre moderne un mythe consacré. Le parallèle fut
autrement traité par Barbey d'Aurevilly, le 10 mai 1864,
dans un article intitulé « Shakespeare et... Balzac », publié
par le journal *Le Pays*[1]. Barbey répond évidemment, à quarante années de distance, au *Racine et Shakespeare* de Stendhal, et au *William Shakespeare* que Victor Hugo venait de
faire paraître (le 14 avril) : « Chez nous, dans notre langue
à nous, [...] nous avons aussi notre Shakespeare. [...] Nous
l'appellerons hardiment Balzac. » Partant de ce que « Sha-

---

1. Réédité dans *Le XIXᵉ siècle. Des œuvres et des hommes*, choix
de textes établi par Jacques Petit, t. I, Mercure de France, 1964,
p. 97-103 [puis dans *Le Courrier balzacien*, nᵒ 35, 1989-2, p. 32-38].

kespeare et Balzac sont deux imaginations du même ordre qui ont fait la même chose sans se ressembler, qui ont étreint jusqu'aux larmes et jusqu'au sang la nature humaine et lui ont fait sortir du cœur tout ce qu'elle a dans le cœur », Barbey examine successivement les caractéristiques de leur génie (semblable), les types qu'ils ont créés (avantage aux femmes balzaciennes), leur fin (préférence au romancier mort d'avoir trop travaillé plutôt qu'au dramaturge retiré « comme un bourgeois enrichi »). Bilan de cette comparaison ? Balzac l'emporte en raison de la puissance de sa conception, il avait un plan, il « pouvait s'abandonner au mouvement général de [sa] pensée » ; Shakespeare « ne décuplait pas son énergie en la concentrant dans une unité de composition, mais il l'éparpillait en œuvres isolées ». Que veut démontrer Barbey ? Que le roman l'emporte sur le drame, car « deux hommes dont l'un fera du drame et l'autre du roman seront forcément inégaux, puisque l'un de ces hommes (le romancier) sera tenu, pour être dans son ordre ce que le dramaturge est dans le sien, à avoir des facultés en plus ».

Entre Balzac et Shakespeare, deux œuvres ont indiscutablement servi de relais. Au Théâtre-Français, le 11 août 1810, Charles-Guillaume Étienne avait fait représenter une comédie néo-classique, en cinq actes, *Les Deux Gendres*, dont l'immense succès ouvrit les portes de l'Académie à ce jeune auteur de trente-deux ans. Cette pièce fut très appréciée de Stendhal qui avait assisté à la première représentation, et qui note de manière alambiquée, dans son *Journal*, le soir même, au sortir du théâtre : « Je suis allé à la première représentation des *Deux Gendres*, de M. Étienne ; je suis extrêmement content du style, plein de substantifs et presque sans épithètes, de ces vers auxquels on ne peut rien ôter. La pièce ne tombe ni dans le genre du drame, ni dans le genre niais. Elle attaque les ridicules ; c'est une satire en dialogue. Je ne m'y suis pas ennuyé. [...] Cependant, ce n'est pas une bonne comédie[1]. » Balzac connaissait les œuvres de cet auteur prolifique : Vautrin fredonne

---

1. Stendhal : *Journal*, dans *Œuvres intimes*, Gallimard, « Bibliothèque de la Pléiade », 1955, tome I, p. 963. Stendhal écrit simultanément à Pauline Périer-Lagrange : « Je sors d'une pièce nouvelle. [...] On y attaque franchement la philanthropie » (*Correspondance*, Gallimard, « Bibliothèque de la Pléiade », 1962, tome I, p. 586).

quelques paroles de l'opéra-comique d'Étienne, *Joconde ou les coureurs d'aventures* (voir p. 93 et note 1).

S'inspirant du thème shakespearien du *Roi Lear*, Étienne met en scène les mésaventures de Dupré, un ancien négociant, qui a marié ses filles à deux aventuriers lancés dans la politique et les affaires, et qui abuseront de sa naïve confiance ; mais ce bon père réussira à obtenir la restitution de ses biens et à reprendre le gouvernement de sa famille. Triomphe bourgeois de la sagesse et de la raison que *Les Deux Gendres* : tout rentre dans l'ordre et finit bien, rien n'est mis en cause, ni les passions, ni l'argent. Lear et Goriot meurent, au moins, dans une longue agonie, abandonnés, délirants, fous de douleur. Étienne fut accusé — et ces accusations sont reprises contre Balzac — d'avoir plagié l'*Histoire de Jean Conaxa*, œuvre d'un jésuite anonyme du XVIIIᵉ siècle, elle-même inspirée par un récit publié par Gayot de Pitaval en 1731 au tome III de *L'Esprit des conversations agréables ou Nouveaux Mélanges de pensées choisies en vers et en prose*. Riche marchand d'Anvers, Jean Conaxa se dépouille pour marier ses filles à des ducs, dont il garde l'affection, le respect et la tendresse en les assurant qu'il conserve dans son coffre-fort un trésor qu'il transmettra par testament à celui qui l'aura le mieux aimé de son vivant. Quarante jours après ses obsèques magnifiques, le coffre est ouvert, que l'on découvre vide. Cette intrigue fort mince, dont s'est inspiré Étienne, fournit sans doute à Balzac sa situation de départ (trop semblable pour que le romancier ait ignoré ce petit conte), mais Jean Conaxa sut faire ce que Goriot ne put faire.

5. *Le rayonnement dans l'œuvre*

Il n'y a donc pas, chez Balzac, de création absolue. Il n'y a pas non plus de pur commencement. Les choses viennent de loin sous sa plume, et sa continuité d'inspiration est remarquable, que l'on pourrait suivre jusqu'à son dernier roman, *L'Initié* (IIᵉ épisode de *L'Envers de l'histoire contemporaine*, 1848), qui prolonge, ironise, renverse le thème de la paternité et la figure de Goriot. On retrouverait aisément dans tel ou tel de ses premiers *Essais romanesques*, ou dans l'un ou l'autre de ses romans de jeunesse, des couples père-fille (dans *Falthurne*, Borgino et Cymbeline —

Shakespeare toujours), des pères aimants, faibles ou abusifs, des personnages de criminels — dans *Falthurne*, le comte Scelerone (quel nom !), et dans *Annette et le criminel*, le pirate Argow sont des préfigurations de Vautrin —, voire une esquisse physionomique des voleurs et de leur milieu, de leur vocabulaire, de leurs lois et de leurs mœurs, dans le *Code des gens honnêtes, ou l'Art de ne pas être dupe des fripons* qu'il publie anonymement en mars 1825. Sous sa signature, en janvier 1831, dans *Les Deux Rencontres*, fragment de la future *Femme de trente ans*, le Capitaine parisien est un autre pirate qui appartient encore à cet arrière-fond culturel, à cette lignée de héros mélodramatiques issus d'une littérature populaire que Balzac a pratiquée en premier, au temps de son entrée en littérature.

Le quatrième de nos « Documents » reproduit la liste, rédigée par Balzac, des pères de *La Comédie humaine*. Deux des absences que nous constatons sont surprenantes : celle de Ferragus (dans le roman éponyme), et celle de Pierre Cambremer (*Un drame au bord de la mer*). L'un et l'autre sont presque nés en même temps que Goriot, et entretiennent avec lui de profonds rapports. Tout près, chronologiquement, du *Père Goriot*, au cours des années 1833-1834, se concentrent en effet, avec une extraordinaire densité, plusieurs romans de la paternité qui entraînent Balzac dans un formidable mouvement de création : en 1833, Félix Grandet, le père d'Eugénie (comme Goriot, un homme enrichi par 1793), et Ferragus, qui se retrouve, dans *Le Père Goriot*, divisé en deux — le père veuf passionné de sa fille passe dans Goriot ; le chef des Dévorants, le surhomme révolté contre une société injuste et oppressive, devient Vautrin. En 1834 : Balthazar Claës (*La Recherche de l'Absolu*, septembre) et Pierre Cambremer (*Un drame au bord de la mer*, décembre).

Victime de ses filles, père crucifié par ses enfants, Goriot inverse la figure de Félix Grandet et celle de Balthazar Claës, qui sacrifient l'un et l'autre leur fille à leur passion (l'argent pour le premier, l'unité primordiale de la matière pour le second). A côté de ces paternités défaillantes — elles sont nombreuses dans *La Comédie humaine* —, Balzac développe quelques figures paternelles toutes-puissantes ; entre Balthazar Claës et Jean-Joachim Goriot, il intercale celle du père qui jette à la mer son fils avec une pierre au cou. *Un drame au bord de la mer*, qui raconte un infanticide, illustre la paternité trahie, et montre le sentiment paternel disparaissant devant la loi morale. Tandis que « le sentiment du Père Goriot implique la maternité » (p. 401), chez Pierre Cambremer, « la paternité, à son tour, est devenue *tueuse*[1] », et divine, puisqu'elle s'arroge droit de vie ou de mort sur sa progéniture, rejoignant — mais de quelle manière... — celle de Goriot s'écriant : « Quand j'ai été père, j'ai compris Dieu » (p. 193).

De 1834 à la fin de sa vie, Balzac eut le projet de rédiger une *Anatomie des corps enseignants*, à laquelle le « Catalogue des ouvrages que contiendra *La Comédie humaine* », réserve, en 1845, la première place dans la section des *Études analytiques* (n° 133). C'est dire l'importance de cette œuvre au titre énigmatique, dont le sujet aurait été « l'examen philosophique de tout ce qui influe sur l'homme avant sa conception, pendant sa gestation, après sa naissance, et depuis sa naissance jusqu'à vingt-cinq ans, époque à laquelle un homme est *fait* » (Pl. XII, 303). Quelques-uns des fragments conservés précisent allusivement la matière et la démarche de cette entreprise : « Avant le mariage, l'enfance ; pendant l'enfance, l'éducation ; avant l'éducation, l'expérience. Peu de pères se sont tirés de là » (*ibid.*, 843). Que voulait donc illustrer le romancier par cet ambitieux traité qui aurait constitué le portail de l'étage le plus élevé de son œuvre, en explicitant les « principes » ? Ceci : « Je déclare que l'idée fondamentale de ce livre est que le père et la mère tuent presque toujours moralement parlant leurs enfants. [...] Ici tout est à faire, car ce n'est pas tant de l'enfant qu'il s'agit que du père et de la mère, de la nation, des mœurs » (*ibid.*, 844), et ceci encore, qu'il déclare à madame Hanska, lui parlant de son « grand ouvrage sur l'éducation prise dans un sens large, et que je fais remonter avant la génération » (*L.H.*B. I, 309), ceci, donc, qu'illustre peut-être *Le Père Goriot* : « L'enfant est dans le père » (*ibid.*).

---

1. L'expression est de Félix Davin, dans l'« Introduction » aux *Études philosophiques*, datée « 6 décembre » 1834 (Pl. X, 1214). On remarquera la contemporanéité de toutes ces dates.

DOCUMENTS

1. *Préface de la première édition (mars 1835)*

La première préface du *Père Goriot* a paru dans la *Revue de Paris* le 8 mars 1835, plus d'un mois après le roman. Un vernis plaisant, des métaphores bien frappées, de l'ironie, Balzac s'amusa à cette rédaction qu'il qualifie privément de « railleuse » (*L.H.*B. I, 237). S'employant à répondre aux violentes critiques d'immoralité qui suivirent la publication en revue, il s'autorise une déroutante statistique littéraire qui établit le compte des « femmes vertueuses » et des « femmes criminelles » de son œuvre, un catalogue qu'il jette désinvoltement « sur la place littéraire ». Signe que cette stratégie n'est pas totalement gratuite, en 1842, dans l'« Avant-propos » de *La Comédie humaine*, il reprendra brièvement cette défense. Pour l'heure, il promet de ne pas introduire dans son œuvre de nouvelles pêcheresses. S'il a « quelques fautes en projet », il a « aussi beaucoup de vertu sous presse », et choisira bientôt une femme « vertueuse par goût » :

> L'auteur de cette esquisse n'a jamais abusé du droit de parler de soi que possède tout écrivain, et dont autrefois chacun usait si librement, qu'aucun ouvrage des deux siècles précédents n'a paru sans un peu de préface. La seule préface que l'auteur ait faite, a été supprimée[1] ; celle-ci le sera-

---

1. La préface de *La Peau de chagrin*, qui parut le 1er août 1831, fut supprimée un mois plus tard, en septembre, lors de la réédi-

vraisemblablement encore[1] ; pourquoi l'écrire ? voici la réponse.

L'ouvrage auquel travaille l'auteur doit un jour se recommander beaucoup plus sans doute par son étendue, que par la valeur des détails. Il ressemblera, pour accepter le triste arrêt d'une récente critique, à l'œuvre politique de ces puissances barbares qui ne triomphaient que par le nombre des soldats. Chacun triomphe comme il peut, les impuissants seuls ne triomphent jamais[2]. Ainsi donc, il ne saurait exiger que le public embrasse tout d'abord et devine un plan que lui-même n'entrevoit qu'à certaines heures, quand le jour tombe, quand il songe à bâtir ses châteaux en Espagne, enfin dans ces moments où l'on vous dit : — A quoi pensez-vous ? et que l'on répond : — A rien ! Aussi ne s'est-il jamais plaint ni de l'injustice de la critique, ni du peu d'attention que le public apportait dans le jugement des diverses parties de cette œuvre encore mal étayée, incomplètement dessinée, et dont le plan d'alignement n'est exposé dans aucune des mairies de Paris[3]. Souvent donc il aurait dû peut-être, avec la simplicité des vieux auteurs, avertir les personnes abonnées aux cabinets de lecture que tel ou tel ouvrage était publié dans telle ou telle intention. L'auteur des *Études de mœurs* et des *Études philosophiques* ne l'a pas fait par plusieurs raisons. D'abord,

---

tion de ce roman dans la série des *Romans et contes philosophiques*. Balzac omet les préfaces, préambules, notes ou introductions, le plus souvent non signés, qu'il donna à la *Physiologie du mariage* et aux *Chouans* (1829), aux *Scènes de la vie privée* (avril 1830), aux *Contes philosophiques* (1832), à *Eugénie Grandet* et aux *Scènes de la vie de province* (1833), à l'*Histoire des Treize*, à *La Duchesse de Langeais* et à *Même histoire* [*La Femme de trente ans*] (1834). — **1.** Dans l'édition « Charpentier » en mars 1839 (voir « Histoire du texte. VI. Les publications »). — **2.** Pointe agressive dirigée, avec une extrême précision, contre Sainte-Beuve, qui venait d'écrire dans le premier grand article qu'il consacra au romancier : « Il ne faut pas lui [Balzac] conseiller de se choisir, de se réprimer, mais d'aller et de poursuivre toujours : on se rachète avec lui sur la quantité. Il est un peu comme ces généraux qui n'emportent la moindre position qu'en prodiguant le sang des troupes (c'est l'encre seulement qu'il prodigue) et qu'en perdant énormément de monde » (« M. de Balzac. *La Recherche de l'Absolu* », *Revue des Deux Mondes*, tome IV, 4e livraison, 15 novembre 1834, p. 449-450). — **3.** Évidemment non, dans aucune, mais Balzac l'a bien en tête, puisqu'il l'a longuement exposé à madame Hanska le 26 octobre 1834 (voir notre troisième document), et Félix Davin, qui l'avait dévoilé au public en décembre 1834 dans son « Introduction » aux *Études philosophiques(Pl. X, 1200-1218)*, s'apprêtait à récidiver, *deux mois après la parution de cette préface, en mai 1835, dans son « Introduction » aux Études de mœurs au XIXe siècle* (Pl. I, 1145-1172).

les habitués des cabinets littéraires s'intéressent-ils à la littérature ? Ne l'acceptent-ils pas comme l'étudiant accepte le cigare ? Est-il nécessaire de leur dire que les révolutions humanitaires sont ou ne sont pas circonscrites dans une œuvre, que l'on est un grand homme inédit, un Homère toujours inachevé, que l'on partage avec Dieu la fatigue ou le plaisir de coordonner les mondes ? Ajouteraient-ils foi à ces bourdes littéraires ? Ne les a-t-on pas fatigués de systèmes boiteux, de promesses inexécutées ? D'ailleurs, l'auteur ne croit ni à la générosité, ni à l'attention d'une époque lâche et voleuse qui va chercher pour deux sous de littérature au coin d'une rue, comme elle y prend un briquet phosphorique, qui bientôt voudra du Benvenuto Cellini[1] à bon marché, du talent à prix fixe, et qui fait aux poètes la même guerre qu'elle a faite à Dieu, en les rayant du Code, en les dépouillant pendant qu'ils vivent, et en déshéritant leurs familles quand ils sont morts[2]. Puis, pendant longtemps, sa seule intention en publiant des livres fut d'obéir à cette seconde destinée, souvent contraire à celle que le ciel nous a faite, qui nous est forgée par les événements sociaux, que nous appelons vulgairement *la nécessité*, et qui a pour exécuteurs des hommes nommés *créanciers*, gens précieux, car ce nom veut dire qu'ils ont foi en nous. Enfin, ces avertissements à propos d'un détail lui semblaient mesquins et inutiles ; mesquins parce qu'ils ne portaient que sur de petites choses qu'il fallait laisser à la critique, inutiles, parce qu'ils devaient disparaître quand le tout serait accompli.

Si l'auteur parle ici de ses entreprises, il a donc fallu quelque accusation étrange, imméritée. Cette accusation passera nécessairement dans un pays où tout passe. La préface qui déjà ne signifie pas grand'chose, ne signifiera donc plus rien. Néanmoins il faut répondre. Aussi répond-il.

Depuis quelque temps donc, l'auteur a été effrayé de rencontrer dans le monde un nombre surhumain, inespéré de femmes sincèrement vertueuses, heureuses d'être vertueuses, vertueuses parce qu'elles sont heureuses, et sans doute heureuses parce qu'elles sont vertueuses. Pendant quelques jours de distraction, il n'a vu de toutes parts que des craquements d'ailes blanches qui se déployaient, de véritables anges qui faisaient mine de s'envoler dans leur robe d'innocence, toutes personnes mariées d'ailleurs, qui lui faisaient des reproches sur le goût immodéré dont il gratifiait les femmes pour les félicités illicites d'une crise conjugale, qu'il a scientifiquement

---

1. Sur Benvenuto Cellini, voir p. 160 note 1. — **2.** La reconnaissance des droits de propriété littéraire est un des combats perpétuels de Balzac, qui venait de publier, dans la *Revue de Paris*, le 2 novembre 1834, sa « Lettre adressée aux écrivains français du XIXᵉ siècle ».

nommée ailleurs le *Minotaurisme*[1]. Ces reproches n'allaient pas sans quelque flatterie, car ces femmes prédestinées aux plaisirs du ciel avouaient connaître par ouï-dire le plus détestable de tous les libelles, la Très Horrible *Physiologie du mariage*, et se servaient de cette expression pour éviter de prononcer un mot banni du beau langage, l'adultère. L'une lui disait que, dans ses livres, la femme n'était vertueuse que par force ou par hasard, et jamais ni par goût, ni par plaisir. D'autres lui disaient que les femmes adonnées au Minotaure, mises en scène dans ses œuvres, étaient ravissantes, et faisaient venir l'eau à la bouche de ces fautes qui ne devaient être représentées que comme tout ce qu'il y avait de plus désagréable dans le monde, et qu'il y avait péril pour la chose publique à faire envier la destinée de ces femmes, quelque malheureuses qu'elles fussent. Au contraire, celles qui étaient atteintes de vertu, leur paraissaient devoir être des personnes extrêmement disgracieuses et disgraciées. Enfin les reproches furent si nombreux que l'auteur ne saurait les consigner tous. Figurez-vous un peintre qui croit avoir fait une jeune femme ressemblante, et à qui la jeune femme renvoie le portrait, sous prétexte qu'il est horrible. N'y a-t-il pas de quoi devenir fou ? Ainsi a fait le monde. Le monde a dit : — Mais nous sommes blanc et rose, et vous nous avez prêté des tons fort vilains. J'ai le teint uni pour les gens qui m'aiment, et vous m'avez mis cette petite verrue dont mon mari seul s'aperçoit.

L'auteur fut épouvanté de ces reproches. Il ne sut que devenir en voyant ce nombre prodigieux de rosières qui méritaient le prix Monthyon[2] et qu'il avait envoyées par mégarde à la police correctionnelle de l'opinion[3]. Dans les premiers moments d'une déroute, on ne pense qu'à se sauver ; les plus braves sont entraînés. L'auteur oublia qu'il s'était permis de faire quelquefois, à l'instar de la capricieuse nature, des femmes vertueuses aussi attrayantes que le sont les femmes criminelles. On ne s'était pas aperçu de sa politesse, et l'on criait

---

1. Dans la *Physiologie du mariage* (décembre 1829) nommée ci-dessous ; la « Méditation XXVII », notamment, contient une série d'« Observations minotauriques » (Pl. XI, 1174-1179). — **2.** Le baron de Montyon (1733-1820) — que Balzac orthographie incorrectement — avait créé par testament plusieurs prix annuels de vertu. L'un, de 10 000 francs, était décerné par l'Académie française à l'auteur de l'ouvrage le plus utile aux mœurs. Plusieurs fois, Balzac rêva de ce prix, qu'il n'obtint jamais. — **3.** Puissance grandissante au XIXᵉ siècle. Dès 1824, dans *Annette et le criminel*, Balzac écrivait : « Partout enfin où se trouvent agglomérés sept animaux qu'on décore du nom générique d'hommes, [...] la reine du monde, *l'Opinion*, y vient sur le champ dresser ses tréteaux, et comme un charlatan, parle sans cesse à la foule » (Buissot, tome III, p. 6-7).

à propos de la vérité. *Le Père Goriot* fut commencé dans le premier quart d'heure de ce désespoir. Pour éviter de jeter dans son monde fictif des adultères de plus, il eut la pensée d'aller rechercher quelques-uns de ses plus méchants personnages féminins, afin de rester dans une sorte de *statu quo* relativement à cette grave question. Puis, quand cet acte respectueux fut accompli, la peur de recevoir quelques coups de griffe l'a pris, et il sent la nécessité de justifier ici, par l'aveu de sa panique, la réapparition de madame de Beauséant, celle de lady Brandon[1], de mesdames de Restaud et de Langeais, qui figurent déjà dans *La Femme abandonnée*, dans *La Grenadière*, dans *Le Papa Gobseck*[2], et dans *Ne touchez pas à la hache*[3]. Mais, si le monde lui tient compte de sa parcimonie à l'égard des femmes reprochables, il aura le courage de supporter les coups de la Critique. Cette vieille parasite des festins littéraires qui est descendue du salon pour aller s'asseoir à la cuisine, où elle fait tourner les sauces avant qu'elles ne soient prêtes, ne manquera pas de dire au nom du public qu'on en avait déjà bien assez de ces personnages ; que si l'auteur avait eu la puissance d'en créer de nouveaux, il aurait pu se dispenser de faire revenir ceux-là ; car, de tous les Revenants, le pire est le Revenant littéraire. Quant à la faute d'avoir donné les commencements du *Rastignac* de *La Peau de chagrin*, l'auteur est sans excuse. Mais si dans ce désastre il a tout le monde contre lui, peut-être aura-t-il de son côté ce personnage grave et positif qui, pour beaucoup d'auteurs, est le monde entier, à savoir le *libraire*. Ce protecteur des lettres paraît compter sur le grand nombre de personnes aux oreilles desquelles ne sont point parvenus les titres des livres d'où sont tirés ces personnages, pour les leur vendre. Opinion tout à la fois amère et douce que l'auteur est forcé de prendre en gré. Certaines personnes voudront voir dans ces phrases purement naïves une espèce de prospectus, mais tout le monde sait qu'on ne peut rien dire, en France, sans encourir des reproches. Quelques amis blâment déjà, dans l'intérêt de l'auteur, la légèreté de cette préface, où il paraît ne pas prendre son œuvre au sérieux, comme si l'on pouvait répondre gravement à des observations bouffonnes, et s'armer d'une hache pour tuer des mouches.

Maintenant, si quelques-unes des personnes qui reprochent à l'auteur son goût littéraire pour les pécheresses lui faisaient un crime d'avoir lancé dans la circulation *livresque* une mauvaise femme de plus en la personne de madame de Nucingen, il supplie ses jolis censeurs en jupons de lui passer

---

1. Sur ce personnage, dont Balzac a considérablement réduit les apparitions dans le roman, voir les « Commentaires. I. 2. Personnages disparaissants ». — 2. Titre provisoire de *Gobseck*. — 3. Plus exactement *Ne touchez pas la hache*, premier titre de *La Duchesse de Langeais*.

encore cette pauvre petite faute. En retour de leur indulgence, il s'engage formellement à leur faire, après quelque temps employé à chercher son modèle, une femme vertueuse par goût. Il la représentera mariée à un homme peu aimable ; car si elle était mariée à un homme adoré ne serait-elle pas vertueuse par plaisir ? Il ne la fera pas mère de famille[1], car, comme Juana de Mancini[2], cette héroïne que certains critiques ont trouvée trop vertueuse, elle pourrait être vertueuse par attachement à ses chers anges. Il a bien compris sa mission, et voit qu'il s'agit, dans l'œuvre promise, de peindre quelque vertu en lingot, une vertu poinçonnée à la Monnaie du rigorisme. Aussi sera-ce quelque belle femme gracieuse, ayant des sens impérieux et un mauvais mari, poussant la charité jusqu'à se dire heureuse, et tourmentée comme l'était cette excellente madame Guyon[3] que son époux prenait plaisir à troubler dans ses prières de la façon la plus inconvenante. Mais, hélas ! en cette affaire, il se rencontre de graves questions à résoudre. L'auteur les propose, dans l'espérance de recevoir plusieurs mémoires académiques faits de mains de maîtresse, afin de composer un portrait dont le public féminin soit satisfait.

D'abord si ce phénix femelle croit au paradis, ne sera-t-elle pas vertueuse par calcul ? car, comme l'a dit un des esprits les plus extraordinaires de cette grande époque, si l'homme voit avec certitude l'enfer, comment peut-il succomber ? « Où est le sujet qui, jouissant de sa raison, ne sera « pas dans l'impuissance de contrevenir à l'ordre de son « prince, s'il lui dit : "Vous voilà dans mon sérail, au milieu « de toutes mes femmes. Pendant cinq minutes, n'en appro- « chez aucune ; j'ai l'œil sur vous ; si vous êtes fidèle pendant « ce peu de temps, tous ces plaisirs et d'autres vous seront « permis pendant trente années d'une prospérité constante." « Qui ne voit que cet homme, quelque ardent qu'on le sup- « pose, n'a pas même besoin de force pour résister pendant « un temps si court ; il n'a besoin que de croire à la parole « de son prince. Assurément les tentations du chrétien ne « sont pas plus fortes, et la vie de l'homme est bien moins « devant l'éternité que cinq minutes comparées à trente « années. Il y a l'infini de distance entre le bonheur promis

---

1. Balzac fera cette héroïne vertueuse mère de famille : il songe à Henriette de Mortsauf et au *Lys dans la vallée* ; vers le 10 mars, il écrit à la marquise de Castries : « La grande figure de femme promise par la préface, que vous trouvez piquante, est faite à moitié : c'est intitulé *Le Lys dans la vallée* » (*Corr.* II, 655). — 2. L'héroïne des *Marana*, devenue madame Diard, se voue en effet à l'amour maternel. — 3. Née Jeanne-Marie Bouvier de la Motte (1648-1717), célèbre auteur de traités mystiques, amie de Fénelon. D'une ferveur religieuse exaltée, elle fut victime de nombreuses persécutions, et de railleries.

« au chrétien et les plaisirs offerts au sujet, et si la parole du
« prince peut laisser de l'incertitude, celle de Dieu n'en laisse
aucune » (*Obermann*[1]). Être vertueuse ainsi, n'est-ce pas faire
l'usure ? Donc, pour savoir si elle est vertueuse, il faut la faire
tentée. Si elle est tentée et qu'elle soit vertueuse, il faudrait
logiquement la représenter n'ayant pas même l'idée de la
faute. Mais si elle n'a pas l'idée de la faute, elle n'en saura
pas les plaisirs. Si elle n'en sait pas les plaisirs, sa tentation
sera très incomplète, elle n'aura pas le mérite de la résistance.
Comment désirerait-on une chose inconnue ? Or la peindre
vertueuse sans être tentée est un non-sens. Supposez une
femme bien constituée, mal mariée, tentée, comprenant les
bonheurs de la passion : l'œuvre est difficile, mais elle peut
encore être inventée. Là n'est pas la difficulté. Croyez-vous
qu'en cette situation elle ne rêvera pas souvent cette faute
que doivent pardonner les anges ? Alors, si elle y pense une
ou deux fois, sera-t-elle vertueuse en commettant de petits
crimes dans sa pensée ou au fond de son cœur ? Voyez-vous ?
tout le monde s'accorde sur la faute ; mais dès qu'il s'agit de
vertu, je crois qu'il est presque impossible de s'entendre.

L'auteur ne terminera pas sans publier ici le résultat de
l'examen de conscience que ses critiques l'ont forcé de faire
relativement au nombre de femmes vertueuses et de femmes
criminelles qu'il a émises sur la place littéraire. Dès que son
effroi lui a laissé le temps de réfléchir, son premier soin fut
de rassembler ses corps d'armée, afin de voir si le rapport qui
devait se trouver entre ces deux éléments de son monde écrit,
était exact relativement à la mesure de vice et de vertu qui
entre dans la composition des mœurs actuelles. Il s'est trouvé
riche de plus de trente-huit femmes vertueuses, et pauvre de
vingt femmes criminelles tout au plus[2], qu'il prend la liberté
de ranger toutes en bataille de la manière suivante, afin qu'on
ne lui conteste pas les résultats immenses que donnent déjà
ses peintures commencées. Puis, afin qu'on ne le chicane en
aucune manière, il a négligé de compter beaucoup de femmes vertueuses qu'il a mises dans l'ombre, comme elles y sont
quelquefois en réalité.

---

1. Roman de Senancour (1804), que Balzac orthographie incorrectement (*Oberman*). Ce roman avait reparu chez Ledoux en
1833 escorté d'une préface de Sainte-Beuve. Balzac le relisait au
cours du premier semestre 1835 en préparant *Le Lys dans la vallée*.
— 2. En fait, la liste qui suit compte vingt-deux numéros et
nomme vingt et une femmes.

FEMMES VERTUEUSES	FEMMES CRIMINELLES
Études de mœurs	*Études de mœurs*

1-2. Madame DE FONTAINE et madame DE KERGAROUËT, *Le Bal de Sceaux*, tome I.

3-4-5. Madame GUILLAUME, madame DE SOMMERVIEUX et madame LEBAS, *Gloire et Malheur* [*La Maison du chat-qui-pelote*], tome I.

6. GINEVRA DI PIOMBO, *La Vendetta*, tome I.

7. Madame DE SPONDE, *La Fleur des pois*[2], tome II (sous presse).

8. Madame DE SOULANGES, *La Paix du ménage*, tome II.

9-10. Madame CLAËS et madame DE SOLIS, *La Recherche de l'absolu*, tome III.

11-12-13-14. Madame GRANDET et EUGÉNIE GRANDET, NANON et madame DES GRASSINS, *Eugénie Grandet*, tome V.

15-16. SOPHIE GAMARD, la baronne DE LISTOMÈRE, *Les Célibataires* [*Le Curé de Tours*], tome VI.

17-18-19. Madame DE GRANVILLE, *La Femme vertueuse* [*Une double famille*] ; ADÉLAÏDE DE ROUVILLE et madame DE ROUVILLE, *La Bourse*, tome IX.

20-21. JUANA (madame Diard), *Les Marana* ; madame JULES, *Ferragus, chef des dévorants (Histoire des Treize)*, tome X.

1. La duchesse DE CARIGLIANO, *Gloire et Malheur* [*La Maison du-chat-qui pelote*][1], tome I.

2-3. Madame D'AIGLEMONT, *Même Histoire* [*La Femme de trente ans*], tome IV.

4-5-6. Madame DE BEAUSÉANT, *La Femme abandonnée* ; lady BRANDON, *La Grenadière* ; et JULIETTE, *Le Message*, tome VI.

7. Madame DE MÉRÉ[3], *La Grande Bretèche* [fin de *Autre étude de femme*], tome VIII (sous presse).

8-9-10. Mademoiselle DE BELLEFEUILLE, *La Femme vertueuse* [*Une double famille*] ; madame DE RESTAUD, *Le Papa Gobseck* ; FANNY VERMEIL[4], *La Torpille* [*Esther heureuse*, première partie de *Splendeurs et Misères des courtisanes*], tome IX (sous presse).

11. LA MARANA, *Les Marana*, tome X.

12. IDA GRUGET, *Ferragus, chef des dévorants (Histoire des Treize)*, tome X.

13. Madame DE LANGEAIS, *Histoire des Treize, Ne touchez pas à la hache* [*La Duchesse de Langeais*], tome XI.

---

1. Nous intercalons entre crochets droits les titres définitifs après les titres provisoires donnés par Balzac. La tomaison est celle de l'édition des *Études de mœurs au xixe siècle* (1833-1837, 12 vol.) ou de l'édition des *Études philosophiques* (1834-1840, 20 vol.). — **2.** Il ne s'agit pas du titre primitif du *Contrat de mariage*, mais d'une première ébauche (abandonnée) de *La Vieille Fille* (parution en 1836). — **3.** Orthographe finale « de Merret ». — **4.** Ce nom n'a pas été conservé par Balzac.

22-23-24. Madame FIRMIA-NI, la marquise DE LISTOMÈ-RE, *Profil de marquise* [*Étude de femme*]; madame CHA-BERT, *La Comtesse à deux maris* [*Le Colonel Chabert*], tome XII.
25-26. Mademoiselle TAILLE-FER, madame VAUQUER*, *Le Père Goriot*.
27-28. EVELINA et LA FOSSEU-SE, *Le Médecin de campagne*.

14-15. EUPHÉMIE, marquise DE SAN-RÉAL et PAQUITA VAL-DÈS, *La Fille aux yeux d'or*, tome XII.
16-17. Madame DE NUCIN-GEN, mademoiselle MICHON-NEAU, *Le Père Goriot*.

Études philosophiques

29. FŒDORA, *La Peau de chagrin*, tome IV.
30. La comtesse DE VANDIÈ-RE, *Adieu*, tome IV.
31. Madame DE DEY, *Le Réquisitionnaire*, tome IV.
32-33. Madame BIROTTEAU et CÉSARINE BIROTTEAU (sous presse), *Histoire de la grandeur et de la décadence de César Birotteau*, tomes VI-X.
34-35. JEANNE D'HÉROUVILLE et SŒUR MARIE, *L'Enfant maudit, Sœur Marie-des-Anges*[1], tomes V, XVII, XVIII et XIX.
36-37. PAULINE DE VILLENOIX, *Louis Lambert* ; et madame DE ROCHECAVE, *Ecce Homo*[2], tomes XXIII et XXIV.
38. FRANCINE, *Les Chouans***.

Études philosophiques

18-19. PAULINE DE WITCH-NAU, AQUILINA, *La Peau de chagrin* et *Melmoth réconcilié*, tomes I-IV et XXI.
20. Madame DE SAINT-VAL-LIER, *Maître Cornélius*, tome V.
21-22. Mademoiselle DE VERNEUIL et madame DU GUA, *Les Chouans*.

---

1. Projet que Balzac définit comme « un Louis Lambert femelle » (*L.H.B.* I, 224 ; 16 janvier 1835), puis comme « l'amour *humain* conduisant à l'amour *divin* » (*ibid.*, 494 ; 2 novembre 1839) ; fondu en 1840 avec les *Mémoires de deux jeunes mariées*. — **2.** Cette œuvre paraîtra le 9 juin 1836 dans la *Chronique de Paris* ; intégrée aux *Martyrs ignorés* l'année suivante.

* Elle est douteuse. (*Note de Balzac.*)

** L'auteur omet à dessein plus de dix femmes vertueuses, pour ne pas ennuyer le lecteur ; mais il les nommerait s'il y avait contestation sur le résultat de cette statistique littéraire. (*Note de Balzac.*)

Quoique l'auteur ait encore quelques fautes en projet, il a aussi beaucoup de vertu sous presse, en sorte qu'il est certain de corroborer ce résultat flatteur pour la société, la balance étant de trente-huit sur soixante en faveur de la vertu, dans l'état actuel où en est la peinture qu'il a entreprise du monde. S'il s'arrêtait là, le monde ne serait-il pas flatté ? Si quelques personnes se sont trompées, en croyant à un résultat contraire, peut-être leur erreur doit-elle être attribuée à ce que le vice a plus d'apparence, il foisonne ; et, comme disent les marchands en parlant d'un châle, il est *très avantageux*. Au contraire, la vertu n'offre au pinceau que des lignes d'une excessive ténuité. La vertu est absolue, elle est une et indivisible, comme était la république ; tandis que le vice est multiforme, multicolore, ondoyant, capricieux. D'ailleurs, quand l'auteur aura peint la femme vertueuse fantastique, à la recherche de laquelle il va se mettre dans tous les boudoirs de l'Europe, on lui rendra justice, et les reproches tomberont d'eux-mêmes.

Quelques raffinées ayant fait observer que l'auteur avait peint les pécheresses beaucoup plus aimables que ne l'étaient les femmes irréprochables, ce fait a semblé si naturel à l'auteur, qu'il ne parle de la critique que pour en constater l'absurdité. Chacun sait trop bien qu'il est malheureusement dans la nature masculine de ne pas aimer le vice quand il est hideux, et de fuir la vertu quand elle est épouvantable.

Paris, 6 mars 1835.

2. *Préface ajoutée dans la seconde édition (mai 1835)*

Dans la seconde édition en librairie, qui paraît le 25 mai, un peu plus de deux mois après la première, Balzac ajoute une seconde préface. Imposée par l'urgence et dictée par la prudence, la première détournait par le rire les foudres de la critique s'abattant sur le romancier. L'accalmie venue, Balzac prend un peu de hauteur. Il clame son droit de représenter toute la réalité sans complaisance ni affectation, et affirme sa mission littéraire, son devoir de peindre « les sentiments humains, les crises sociales, tout le pêle-mêle de la civilisation » :

Depuis sa réimpression sous forme de livre, ce qui dans la logique du libraire a constitué une seconde édition[1], *Le Père*

---

1. Si le libraire le veut ; mais il s'agit néanmoins de l'édition originale en librairie, qui a suivi de peu la publication dans la *Revue de Paris* (voir l'« Histoire du texte. VI. Les publications »).

Goriot est l'objet de la censure impériale de Sa Majesté le Journal, cet autocrate du dix-neuvième siècle, qui trône au-dessus des rois, leur donne des avis, les fait, les défait ; et qui, de temps en temps, est tenu de surveiller la morale depuis qu'il a supprimé la religion de l'État. L'auteur savait bien qu'il était dans la destinée du Père[1] Goriot de souffrir pendant sa vie littéraire, comme il avait souffert durant sa vie réelle. Pauvre homme ! Ses filles ne voulaient pas le reconnaître parce qu'il était sans fortune ; et les feuilles[2] publiques aussi l'ont renié, sous prétexte qu'il était immoral[2]. Comment un auteur ne tâcherait-il pas de se débarrasser du *San-Benito*[3] dont la sainte ou la maudite inquisition du journalisme le coiffe en lui jetant à la tête le mot *immoralité* ? Si les tableaux dessinés par l'auteur étaient faux, la critique les lui aurait reprochés en lui disant qu'il calomniait la société moderne ; si la critique les tient pour vrais, ce n'est pas son œuvre qui est immorale. Le Père Goriot n'a pas été suffisamment compris, quoique l'auteur ait eu le soin d'expliquer comment le bonhomme était en révolte contre les lois sociales, par ignorance et par sentiment, comme Vautrin l'est par sa puissance méconnue et par l'instinct de son caractère. L'auteur a bien ri de voir quelques personnes, obligées de comprendre ce qu'elles critiquaient, vouloir que le Père Goriot eût le sentiment des convenances, lui, cet Illinois de la farine, ce Huron de la halle aux blés[4]. Pourquoi ne lui a-t-on pas reproché de ne connaître ni Voltaire ni Rousseau, d'ignorer le code des salons et la langue française ? Le Père Goriot est comme le chien du meurtrier qui lèche la main de son maître quand elle est teinte de sang ; il ne discute pas, il ne juge pas, il aime. Le Père Goriot cirerait, comme il le dit, les bottes de Rastignac, pour se rapprocher de sa fille. Il veut aller prendre la Banque d'assaut quand elles manquent d'argent, et il ne serait pas furieux contre ses gendres qui ne les rendent pas heureuses ? Il aime Rastignac, parce que sa fille l'aime. Que chacun regarde autour de soi, et veuille être franc, combien de pères Goriot en jupon ne verrait-on pas ? Or, le sentiment du Père Goriot implique la maternité. Mais ces explications sont presque inutiles. Ceux qui crient contre cette œuvre la justifieraient admirablement bien, s'ils l'avaient faite ! D'ailleurs, l'auteur n'est pas de propos délibéré moral ou immoral, pour employer les termes faux dont on se sert. Le plan général qui lie ses œuvres les unes aux autres, et qu'un de ses amis, M. Félix Davin, a récemment ex-

---

1. Dans cette préface, parlant de Goriot, Balzac met une majuscule à Père ; ce qu'il ne faisait pas dans le roman. — 2. Voir la « Fortune de l'œuvre ». — 3. « Sorte de casaque de couleur jaune dont on revêtait ceux que l'inquisition faisait conduire au supplice » (Larousse). — 4. On reconnaît dans ces métaphores l'influence de Fenimore Cooper (voir p. 170 note 5).

posé[1], l'oblige à tout peindre : le Père Goriot comme la Marana, Bartholoméo di Piombo comme la veuve Crochard, le marquis de Léganès comme Cambremer, Ferragus comme M. de Fontaine[2], enfin de saisir la paternité dans tous les plis de son cœur, de la peindre tout entière[3] comme il essaie de représenter les sentiments humains, les crises sociales, le mal et le bien, tout le pêle-mêle de la civilisation.

Si quelques journaux ont accablé l'auteur, il en est d'autres qui l'ont défendu. Vivant solitaire, préoccupé par ses travaux, il n'a pu remercier les personnes auxquelles il est d'autant plus redevable que ce sont des camarades qui avaient, pour le gourmander, les droits du talent et d'une ancienne amitié, mais il les remercie collectivement de leurs utiles secours.

Les personnes amoureuses de morale, qui ont pris au sérieux la promesse que, dans la précédente préface, l'auteur a faite de pourtraire[4] une femme complètement vertueuse, apprendront peut-être avec satisfaction que le tableau se vernit en ce moment, que le cadre se bronze, enfin que sans métaphore cette œuvre difficultueuse intitulée *Le Lys dans la vallée* va paraître dans l'une de nos revues[5].

Meudon, 1er mai 1835

3. *Plan général des* Études sociales *(octobre 1834)*

Balzac ne trouvera le titre « *La Comédie humaine* » qu'en janvier 1840 (*Corr.* IV, 35), et ne signera les traités pour sa publication qu'en avril et octobre 1841 (*ibid.*, 271-275 et 313-319), mais, en 1834, il a déjà mis au point le plan général de son œuvre, qu'il nomme encore « *Études sociales* ». Il en a saisi l'unité et la signification profonde, il en a conceptualisé la forme et l'étendue, érigées en un système cohérent. En témoignent, au cours de cette année, trois

---

1. Sous les yeux et sous la dictée de Balzac, Félix Davin avait signé l' « Introduction » aux *Études de mœurs au XIXe siècle*, qui venait de paraître, le 2 mai (voir p. 392 note 3). — 2. Respectivement : *Les Marana*, *La Vendetta* (Bartholoméo di Piombo), *Une double famille* (la veuve Crochard), *El Verdugo* (le marquis de Léganès), *Un drame au bord de la mer* (Pierre Cambremer), *Ferragus*, *Le Bal de Sceaux* (M. de Fontaine). — 3. Ce qu'il fit sur un feuillet de son album *Notes sur le classement et l'achèvement des œuvres* (c'est notre quatrième document). — 4. Portraiturer. — 5. Dans la *Revue de Paris* les 22, 29 novembre et 27 décembre 1835 (voir aussi p. 396 note 1). La publication sera interrompue par un long et retentissant procès qui opposera Balzac au directeur. Le roman paraîtra en librairie en juin 1836.

lettres importantes. La première est adressée à Charles Cabanellas le 17 avril (*Corr.* II, 490-491), la seconde, au docteur Nacquart, le 1er juillet[1] ; la troisième est envoyée le 26 octobre à madame Hanska enveloppée dans un brouillon abandonné du début du *Père Goriot*. Balzac est en pleine rédaction du roman :

« [...] Je crois qu'en 1838[2] les trois parties de cette œuvre gigantesque [les *Études sociales*] seront, sinon parachevées du moins superposées et qu'on pourra juger de la masse.

Les *Études de mœurs* représenteront tous les effets sociaux sans que ni une situation de la vie, ni une physionomie, ni un caractère d'homme ou de femme, ni une manière de vivre, ni une profession, ni une zone sociale, ni un pays français, ni quoi que ce soit de l'enfance, de la vieillesse, de l'âge mûr, de la politique, de la justice, de la guerre, ait été oublié.

Cela posé, l'histoire du cœur humain tracée fil à fil, l'histoire sociale faite dans toutes ses parties, voilà la base. Ce ne seront pas des faits imaginaires ; ce sera ce qui se passe partout.

Alors la seconde assise sont les *Études philosophiques*, car après les *effets*, viendront les *causes*. Je vous aurai peint dans les *Ét[udes] de mœurs* les sentiments et leur jeu, la vie et son allure. Dans les *Ét[udes] philosoph[iques]*, je dirai pourquoi les sentiments, sur quoi la vie ; quelle est la partie, quelles sont les conditions au delà desquelles ni la société, ni l'homme n'existent ; et après l'avoir parcourue (la société), pour la décrire, je la parcourrai pour la juger. Aussi, dans les *Études de mœurs* sont les *individualités* typisées[3] ; dans les *Ét[udes] philosoph[iques]* sont les *types* individualisés. Ainsi, partout j'aurai donné la vie — au type, en l'individualisant, à l'individu en le typisant. J'aurai donné de la pensée au fragment, j'aurai donné à la pensée la vie de l'individu.

Puis, après les *effets* et les *causes*, viendront les *Études analytiques* dont fait partie la *Physiologie du mariage*, car après les *effets* et les *causes* doivent se rechercher les *principes*. Les *mœurs* sont le *spectacle*, les *causes* sont les *coulisses et les machines*. Les principes, c'est l'*auteur* ; mais, à mesure que l'œuvre gagne en spirale les hauteurs de la pensée, elle se resserre et se condense. S'il faut 24 volumes pour les *Études de mœurs*, il n'en faudra que 15 pour les *Ét[udes] philoso-*

---

1. Publiée dans le troisième supplément de la correspondance : « Sept lettres de Balzac », *L'Année balzacienne 1984*, p. 11-12. — **2.** Fausse prévision : le premier volume de *La Comédie humaine* ne paraîtra qu'en juin 1842. — **3.** Probablement un néologisme de Balzac.

ph[*iques*] ; il n'en faut que 9 pour les *Études analytiques*[1]. Ainsi, l'homme, la société, l'humanité seront décrites, jugées, analysées sans répétitions, et dans une œuvre qui sera comme les *Mille et une Nuits* de l'Occident. Quand tout sera fini, ma *Madeleine* grattée, mon fronton sculpté, mes planches débarrassées, mes derniers coups de peigne donnés, j'aurai eu raison ou j'aurai eu tort[2]. [...] »

Lettre à madame Hanska, 26 octobre 1834.
(*L.H.*B. I, 204-205)

4. *Les paternités peintes dans* La Comédie humaine

Au début des années 1840, engagé dans l'entreprise de *La Comédie humaine*, Balzac ouvre un petit album d'un format oblong, relié et recouvert en pleine toile de couleur rose (*Lov.* A 159). Une étiquette imprimée collée sur le plat de couverture porte le titre : *Notes sur le classement et l'achèvement des œuvres. Personnages, armoiries, noms, changements à faire et oublis.* Parmi divers classements qui mettent au clair la masse imposante des romans publiés en vue de leur insertion dans *La Comédie humaine*, entre deux cataloguages de ses œuvres, Balzac dresse l'inventaire des paternités qu'il a peintes. Cette préoccupation du romancier plongé dans la préparation active — et dans la réalisation — de l'édition de ses œuvres complètes signale l'importance structurante qu'il accorde à ce thème :

« Il y a la paternité [terri][3] jalouse et terrible de Bartholo-

---

1. Ces proportions ne furent jamais atteintes : *La Comédie humaine* parue du vivant de Balzac compta 16 volumes. Un premier volume complémentaire parut en 1848 ; un second, après la mort du romancier, en 1855. — **2.** En 1842, avec la même modestie, qui n'est pas feinte, Balzac conclura en deux phrases le long « Avant-propos » de *La Comédie humaine*, qui explique la genèse et le sens de l'œuvre : « L'immensité d'un plan qui embrasse à la fois l'histoire et la critique de la Société, l'analyse de ses maux et la discussion de ses principes, m'autorise, je crois, à donner à mon ouvrage le titre sous lequel il paraît aujourd'hui : *La Comédie humaine*. Est-ce ambitieux ? N'est-ce que juste ? C'est ce que, l'ouvrage terminé, le public décidera » (Pl. I, 20). — **3.** Entre crochets droits, sont les éléments barrés ou raturés ; entre soufflets, les éléments ajoutés en marge par Balzac ; entre parenthèses, nos restitutions et les titres des œuvres auxquelles appartiennent les personnnages nommés.

méo di Piombo (*La Vendetta*), la paternité faible et indulgente du comte de Fontaine (*Le Bal de Sceaux*), la paternité partagée du comte de Granville (*Une double famille*) — la paternité tout aristocratique du duc de Chaulieu (*Mémoires de deux jeunes mariées*), l'imposante paternité du baron du Guénic (*Béatrix*) — la paternité douce, conseilleuse et bourgeoise de M. Mignon (*Modeste Mignon*), la paternité dure de Grandet (*Eugénie Grandet*), la paternité nominale de M. de la Baudraye (*La Muse du département*), la paternité noble et abusée du M(arqu)is d'Esgrignon (*Le Cabinet des Antiques*), [celle] la paternité cruelle de M. de Mortsauf (*Le Lys dans la vallée*), [celle] la paternité d'instinct, de passion et à l'état de vice du père Goriot (*Le Père Goriot*), la paternité partiale du vieux juge Blondet (*Le Cabinet des Antiques*), la paternité bourgeoise de César Birotteau (*César Birotteau*), < celle de Balthazar Claës (*La Recherche de l'Absolu*), Sauviat (*Le Curé de village*), marquis d'Espard (*L'Interdiction*) > certes pour les lecteurs intelligen(t)s de la Comédie humaine, il [peut] est (verso —>) patent qu'il n'y a pas une nuance de ce sentiment depuis le sublime jusqu'à l'horrible qui n'ait été saisie, qui n'ait été représentée »

(*Notes sur le classement et l'achèvement des œuvres* ;
Lov. A 159, fol. 24 recto/verso)

Cette liste est incomplète. Manquent, oubliées ou créées postérieurement, les paternités du maréchal duc d'Hérouville (*L'Enfant maudit*), du docteur Benassis et du commandant Genestas (*Le Médecin de campagne*), de Taillefer (*Le Père Goriot* ; *L'Auberge rouge*), de Jérôme Séchard (*Illusions perdues*), du baron de Watteville (*Albert Savarus*), de Peyrade (*Splendeurs et misères des courtisanes* ; *Valentine et Valentin*), du baron Hulot (*La Cousine Bette*), du baron Bourlac (*L'Envers de l'histoire contemporaine*), celles, surtout, de Ferragus (dans le roman éponyme) et de Pierre Cambremer (*Un drame au bord de la mer*)[1].

5. Vautrin (mars 1840)

Le 14 mars 1840, Balzac fait représenter au théâtre de la Porte-Saint-Martin un drame en cinq actes, en prose, intitulé *Vautrin*. Le rôle titre est confié à Frédérick Lemaître, qui s'était illustré dans le personnage de Robert Macai-

---

1. Sur leurs rapports avec Goriot, voir les « Commentaires. II. 5. Le rayonnement dans l'œuvre ».

re (voir les « Commentaires. II. 3. La littérature »). Après les deux premières parties d'*Illusions perdues* publiées en 1837 et 1839, et le début de *Splendeurs et misères des courtisanes* en 1838 (sous le titre provisoire *La Torpille*), Balzac fait revenir, au théâtre, Jacques Collin qu'il avait créé dans *Le Père Goriot*. Au quatrième acte, pour empêcher la chute prévisible de la pièce, Frédérick Lemaître entra en scène sous le déguisement d'un général mexicain dont la perruque imitait la coiffure du roi Louis-Philippe. Dès le lendemain, par un arrêté ministériel, la pièce fut interdite. Balzac, de toute façon, n'en était pas satisfait : « J'ai cédé au désir de jeter sur la scène un personnage romanesque et j'ai eu tort » (début février 1840 ; *L.H.*B. I, 504).

L'intrigue est mince : Vautrin a recueilli, élevé, aimé, le jeune Raoul de Frescas (un double de Eugène de Rastignac ou de Lucien de Rubempré). Entouré d'une bande de brigands (Lafouraille et Philosophe), il évolue dans le monde des salons et des marquises avec le jeune homme auquel il tente de tailler une situation. Raoul aime et souhaite épouser Inès de Christoval, princesse d'Arjos.

VAUTRIN, seul

« Il suffit, pour les mener, de leur faire croire qu'ils ont de l'honneur et un avenir. Ils n'ont pas d'avenir ! que deviendront-ils ? Bah ! si les généraux prenaient leurs soldats au sérieux, on ne tirerait plus un coup de canon !

Après douze ans de travaux souterrains, dans quelques jours j'aurai conquis à Raoul une position souveraine : il faudra la lui assurer. Lafouraille et Philosophe me seront nécessaires dans le pays où je vais lui donner une famille. Ah ! cet amour a détruit la vie que je lui arrangeais. Je le voulais glorieux par lui-même, domptant, pour mon compte et par mes conseils, ce monde où il m'est interdit de rentrer. Raoul n'est pas seulement le fils de mon esprit et de mon fiel, il est ma vengeance. Mes drôles ne peuvent pas comprendre ces sentiments ; ils sont heureux ; ils ne sont pas tombés, eux ! ils sont nés de plain-pied avec le crime ; mais moi, j'avais tenté de m'élever, et si l'homme peut se relever aux yeux de Dieu, jamais il ne se relève aux yeux du monde. On nous demande de nous repentir, et l'on nous refuse le pardon. Les hommes ont entre eux l'instinct des bêtes sauvages : une fois blessés, ils ne reviennent plus, et ils ont raison. D'ailleurs, réclamer la protection du monde quand on en a foulé toutes les lois aux pieds, c'est vouloir revenir sous un toit qu'on a ébranlé et qui vous écraserait.

Avais-je assez poli, caressé le magnifique instrument de ma

domination ! Raoul était courageux, il se serait fait tuer comme un sot ; il a fallu le rendre froid, positif, lui enlever une à une ses belles illusions et lui passer le suaire de l'expérience ! le rendre défiant et rusé comme... un vieil escompteur, tout en l'empêchant de savoir qui j'étais. Et l'amour brise aujourd'hui cet immense échafaudage. Il devait être grand, il ne sera plus qu'heureux. J'irai donc vivre dans un coin, au soleil de sa prospérité : son bonheur sera mon ouvrage. Voilà deux jours que je me demande s'il ne vaudrait pas mieux que la princesse d'Arjos mourût d'une petite fièvre... cérébrale. C'est inconcevable, tout ce que les femmes détruisent ! »

(Acte III, scène IV, Delloye et Tresse, 1840, p. 120-121.)

HISTOIRE DU TEXTE

1. *Balzac au moment du* Père Goriot *(1834)*

Au début de l'année 1834, qui s'achèvera par la rédaction du *Père Goriot*, Honoré de Balzac est un homme éperdument amoureux, et un amant triomphant. Arrivé à Genève en décembre 1833 avec, dans ses bagages, le manuscrit d'*Eugénie Grandet* portant cette dédicace : « Offert par l'auteur à Madame de Hanska comme un témoignage de son respectueux attachement. Genève, 24 décembre 1833 », il vient retrouver la comtesse polonaise avec laquelle il correspond depuis dix-huit mois, et qu'il n'a encore rencontrée qu'une seule fois, au cours d'un bref séjour effectué à Neuchâtel à la fin du mois de septembre. Auprès de madame Hanska, Balzac passe à Genève quarante-cinq jours. Terme heureux d'une cour assidue, le 26 janvier 1834 est, pour lui, un « jour inoubliable ». Cette liaison nouvelle, avidement souhaitée, habilement préparée, lucidement calculée, lui fait écrire à Zulma Carraud, sa fidèle amie : « Je crois que mon avenir est à peu près fixé » (*Corr.* II, 455). C'est exact, mais il lui faudra être patient : son mariage aura lieu le 14 mars 1850.

Balzac rentre à Paris le 11 février. Pour accompagner sa réputation et son succès grandissant dans le monde, pour soutenir sa célébrité littéraire en hausse depuis août 1831 et *La Peau de chagrin*, il augmente son train de vie et accroît ses dépenses somptuaires. S'il ne possède plus ses deux chevaux — Smogler a été vendu en août 1832, et Briton est mort en juillet 1833 —, s'il n'entretient donc plus de cocher, il a toujours deux domestiques à son service :

Rose, la cuisinière, et Auguste, le valet de chambre. Une frénésie de luxe, une exubérance toute différente s'est emparée de lui. A compter de juin, il partage avec quelques fameux dandys — Charles de Boigne, Charles Lautour-Mézeray, Armand Malitourne — une loge à l'Opéra, où il se rend trois fois par semaine. Dans cette « loge des Tigres » qui fait jaser, « le lundi, le mercredi, le vendredi, de 7 heures 1/2 à 10 heures », il écoute de la musique (*L.H.*B. I, 171). Avec ses compagnons, avec Rossini, Charles Nodier, Jules Sandeau, Victor Bohain et d'autres bons vivants, il dîne dans les restaurants les plus réputés, fréquente les grands cafés, se montre dans les salons à la mode, qui lui sont ouverts depuis sa conversion au royalisme en 1832.

Inexorablement, l'envers de cette vie brillante tisse sa trame de comptes et de dettes à payer, de billets à court terme, d'effets à escompter. Le romancier en vogue hypothèque son avenir. Les journaux, les revues et les éditeurs se le disputent pourtant. Il va au plus offrant. Sa puissance de travail décuplée s'accélère avec son rythme de vie. Secrètement, la nuit, « forçat littéraire » condamné à son bagne (*ibid.*, 882), il s'enchaîne à sa table, s'attache à l'élaboration perpétuelle de ses chantiers d'écriture : « Mes travaux faits ne sont rien en comparaison de mes travaux à faire » (*Corr.* II, 456). Au printemps, apparaissent les premiers symptômes de surmenage ; son médecin le prévient : « Vous mourrez [...] comme tous ceux qui ont abusé par le cerveau des forces humaines » (*L.H.*B. I, 154-155). Balzac, qui vient d'avoir trente-cinq ans au mois de mai, en a le pressentiment : « Ce sera curieux de voir mourir jeune l'auteur de *La Peau de chagrin* » (*Corr.* II, 500).

2. *La rédaction du* Père Goriot

Vers le 25 septembre, pour se remettre de *La Recherche de l'Absolu* — achevé le 26 août, ce roman vient de paraître le 20 septembre —, Balzac quitte Paris pour la Touraine. Il séjourne au château de Saché (en Indre-et-Loire), chez Jean de Margonne, et se repose en commençant la rédaction d'un sujet noté dans son album : « Sujet du *Père Goriot*. — Un brave homme — pension bourgeoise — 600 fr. de rente — S'étant dépouillé pour ses filles qui toutes deux ont 50 000 fr. de rente, mourant comme un chien » (*Pensées, sujets, fragmens* ; *Lov.* A 182, f°. 35). Cette note a été raturée après coup par le romancier s'indiquant à lui-même de cette manière que le sujet a été traité.

En mars 1839, lorsqu'il reviendra sur cette anecdote, Balzac affirmera qu'elle n'a pas été inventée par lui, mais empruntée à la vie réelle : « Quelques lecteurs ont traité *Le Père Goriot* comme une calomnie envers les enfants ; mais l'événement qui a servi de modèle offrait des circonstances affreuses, et comme il ne s'en présente pas chez les Cannibales ; le pauvre père a crié pendant vingt heures d'agonie pour avoir à boire, sans que personne arrivât à son secours, et ses deux filles étaient, l'une au bal, l'autre au spectacle, quoiqu'elles n'ignorassent pas l'état de leur père » (« Préface » au *Cabinet des Antiques* ; Pl. IV, 962). Peut-être bien. On peut penser que ce drame privé passa sous les yeux du petit clerc que fut Honoré dans l'étude de l'avoué Jean-Baptiste Guillonnet-Merville à compter de septembre 1816, ou dans le bureau de Mᵉ Édouard-Victor Passez, notaire chez lequel il travailla comme clerc d'avril 1818 à l'été 1819. On ne possède aucune documentation directe sur les dossiers qu'il eut à traiter, mais il arrive parfois que, de lui-même, le réel se dispose comme une œuvre.

Les indications, « Saché, septembre 1834 », qui apparaissent, dans toutes les éditions, à la fin du récit, désignent le lieu et le moment de l'amorce du travail dont on peut suivre les progrès grâce à la correspondance de l'écrivain, particulièrement prolixe sur cette œuvre qu'il définit d'abord comme « la peinture d'un sentiment si grand que rien ne l'épuise, ni les froissements, ni les blessures, ni l'injustice ; un homme qui est *père* comme *un saint, un martyr* est chrétien » (*L.H.*B. I, 195)[1] ; puis, plus tard, avec plus d'ampleur : « *Le Père Goriot* est une belle œuvre, mais monstrueusement triste. Il fallait bien pour être complet montrer un *égout moral* de Paris et cela fait l'effet d'une plaie dégoûtante » (*ibid.*, 208). Cette définition complé-

---

1. Cette lettre à madame Hanska est datée du 18 octobre 1834 ; on notera la même formule, le même jour, dans une lettre adressée à la marquise de Castries : « la peinture d'un sentiment si grand par lui-même qu'il résiste à de continuels froissements » (*Corr.* II, 559).

mentaire enregistre les nouvelles dimensions de l'œuvre, histoire sociale et drame parisien, absentes, comme Rastignac et Vautrin, de la brève notation qui fixait, dans l'album, le programme narratif de l'œuvre, étude psychologique de la faiblesse paternelle et de l'ingratitude filiale.

A peine installé en Touraine, Balzac annonce à sa mère le 28 septembre : « J'estime qu'il me faut 10 jours pleins à compter d'aujourd'hui dimanche pour achever *Le Père Goriot* » (*Corr.* II, 553). Le lendemain, à sa sœur, il promet le roman pour le 4 octobre : « Vous aurez un manuscrit, une *fière œuvre*, bien plus émouvante que ne l'est *E[ugénie] Grandet* et [*La Recherche de*] *l'Absolu* » (*ibid.*, 554). La proximité de ce délai de livraison ne relève pas d'un excès d'optimisme, ni d'une inconscience. *Le Père Goriot* est d'abord conçu aux dimensions d'une nouvelle, comme un récit assez court. Dans son édition (*op. cit.*), Pierre-Georges Castex a montré que la plus grande partie en sera rédigée après le retour à Paris, le 18 octobre. Dès le 22, Balzac écrit à Adolphe Éverat, imprimeur de la *Revue de Paris* : « J'ai considérablement travaillé » (*Corr.* II, 561) — et à madame Hanska, le 26 : « J'ai beaucoup travaillé au *Père Goriot* » (*L.H.*B. I, 200) ; mais il est obligé de reconnaître : « Mon cher Maître Éverat, *Le Père Goriot* est devenu sous mes doigts un livre aussi considérable que l'est *Eugénie Grandet*, ou *Ferragus* » (*Corr.* II, 560). Même constat auprès de madame Hanska : « J'ai fait *Le Père Goriot* en 25 jours. Mais il s'est étendu » (*L.H.*B. I, 220). C'est que, typiquement chez Balzac, à l'étape de la réalisation tout change, les perspectives s'étalent et s'agrandissent. L'exécution déborde la conception, la mise en écriture dépasse les devis originaux, révise à la hausse les prévisions et les proportions initiales. L'œuvre profilère sous les yeux du romancier, qui découvre la puissance de ce qu'il est en train d'écrire : « [J'] ai commencé une grande œuvre, *Le Père Goriot* » (*ibid.*, 193) ; qui en pressent l'importance : « Ce à quoi vous ne vous attendez point est *Le Père Goriot*, une maîtresse œuvre » (*ibid.*, 195 ; 18 octobre), dans un redoublement de vertige : « Vous serez bien fière du *Père Goriot*, mes amis prétendent que ce n'est comparable à rien, que c'est au-dessus de toutes mes précédentes compositions » (*ibid.*, 211 ; 1er décembre), dans une jubilation heureuse : « *Le Père Goriot* est encore une surprise que je vous ménage » (*ibid.*, 220 ; 22 décembre).

Ayant, en octobre, l'espoir de voir son roman paraître dès novembre (*ibid.*, 200), Balzac annonce à l'imprimeur Éverat : « Je suis en mesure de donner samedi [25 octobre] à l'impr[imer]ie 30 feuillets d'écriture extrêmement serrée, car pour la première fois depuis longtemps je me suis recopié » (*Corr.* II, 562). A cette date, il possède « en copie *le tiers* environ de l'œuvre » qui pourra « se diviser en trois ou 4 numéros » (*ibid.*, 561). Ces trente feuillets correspondent au cinquième de l'œuvre actuelle, qui a été beaucoup augmentée sur épreuves. En novembre, la composition typographique est mise en train (*ibid.*, 582) ; le 14 décembre, avant que le roman soit achevé, la publication débute dans la *Revue de Paris* (elle s'y poursuivra les 28 décembre, 18 janvier et 1er février 1835). Simultanément, le romancier doit progresser dans sa rédaction. Ainsi, le 22 décembre : « J'ai 111 pages [...] à faire » (*L.H.B.* I, 220) ou le 16 janvier : « Aujourd'hui j'ai encore [...] 80 pages à faire » (*ibid.*, 224).

Au cours de ces semaines, Balzac est emporté par sa création comme par une drogue. En octobre, il rédige « depuis 6 h. du matin jusqu'à 6 heures du soir » (*ibid.*, 202) ; en novembre, il travaille 20 heures par jour (*ibid.*, 206) ; le 1er décembre, sur intervention des médecins, il réduit sa cadence « depuis 6 h du matin jusqu'à 3 h après midi » (*ibid.*, 211-212). Cette modération ne dure que huit jours. N'ayant « pas pris en tout dix heures de sommeil » au cours de la semaine précédant la publication de la première livraison dans la *Revue de Paris*, Balzac se décrit, le 15, « comme un pauvre cheval fourbu, sur le flanc, dans mon lit, ne pouvant rien faire, rien entendre » (*ibid.*, 212). Cette dépression ne dure pas. Le 25, il écrit à Zulma Carraud : « Jamais une œuvre plus majestueusement terrible n'a commandé le cerveau humain. Je vais, je vais au travail comme le joueur au jeu ; je ne dors plus que cinq heures ; j'en travaille 18, j'arriverai tué » (*Corr.* II, 591). Le 16 janvier, le vertige, l'émoi, la fièvre créatrice tombée, bientôt au terme de ses efforts, l'auteur retrouve quelque modestie : « Tout le monde, amis et ennemis, s'accorde à dire que cette composition est supérieure à tout ce que j'ai fait. Moi, je n'en sais rien. Il m'est impossible de la juger. Je suis toujours resté dans l'envers de la tapisserie » (*L.H.*B. I, 224).

3. *Le don du manuscrit et de l'œuvre enrobée*

Cri de triomphe, le 26 janvier, à madame Hanska :
« *Aujourd'hui* a été fini *Le Père Goriot*. Spachmann en relie
pour vous le manuscrit » (*L.H.*B. I, 227). L'italique est de
Balzac : ce jour n'est pas un jour comme les autres. Il n'y
a pas, ici, de coïncidence, mais un soulignement volon-
taire, une intention motivée, une déclaration solennelle
que répète la dédicace du manuscrit, offert à madame
Hanska, comme celui d'*Eugénie Grandet* treize mois plus
tôt :

> « A Madame E. de H.
> Tout ce que font les mougicks appartient à leurs maîtres,
> de Balzac
> mais je vous supplie de croire que je ne vous devrais pas
> ceci en vertu des lois qui régissent vos pauvres esclaves que
> je l'apporterais encore à vos pieds, amené là par la plus sin-
> cère des affections.
> [le jour inoubliable]
> 26 j(anvi)er 1835, l'habitant de l'hôtel de l'arc à Genève »

Le vicomte de Lovenjoul, et Pierre-Georges Castex à sa
suite, qui a levé le secret de cette dédicace[1], ont déchiffré
les trois mots « le jour inoubliable » sous une vigoureuse
rature, elle-même surchargée par la signature « l'habitant
de l'hôtel de l'arc ».

A sa maîtresse qu'il ne peut rejoindre à Vienne où elle
séjourne : « J'aurais eu bien du bonheur à venir vous dire
le 26 janvier que je vous aime encore mieux le 26 janvier
1835 que le 26 janvier 1834, mais de loin quelque ardent
que soit le cœur, rien ne vaut les délices de la présence »
(*L.H.*B. I, 223), l'écrivain rappelle un tendre souvenir sentimental, il célèbre à distance un épisode amoureux. L'achèvement du *Père Goriot* commémore le premier anniversaire de leur union charnelle ; et le manuscrit porteur de
cette inscription en témoignera pour l'éternité. Ce tissage
de l'intimité amoureuse et de l'intimité créatrice sera
accompli, l'année suivante, par le don à madame Hanska
d'un troisième manuscrit, après ceux d'*Eugénie Grandet* et
du *Père Goriot*. *Séraphîta*, roman mystique rédigé à la

---

1. Pierre-Georges Castex : « "Le jour inoubliable" », *L'Année
balzacienne 1960*, p. 189-190.

demande de madame Hanska, entrepris à ses côtés, à Genève, en janvier 1834, coexiste tout au long de l'année, dans l'esprit du romancier, avec *Le Père Goriot*. L'un succède d'ailleurs à l'autre dans la *Revue de Paris*. *Le Père Goriot* est une « espèce d'indemnité » offerte par la revue à ses lecteurs privés de la fin de *Séraphîta* par l'interruption de sa publication après quatre chapitres (parus les 1er juin et 20 juillet)[1]. *Séraphîta* ne sera achevé qu'en décembre 1835. Le 23 mars 1836, Balzac pourra écrire à madame Hanska qu'il vient de recevoir de son relieur ce nouveau manuscrit qu'il lui destine : « Hier on m'a apporté tous les travaux de *Séraphîta* reliés. Le m[anu]s[crit] en drap gris et les intérieurs en satin noir avec le dos en cuir de Russie » (*ibid.*, 302). Le manuscrit de ce « livre d'amour céleste » (*ibid.*, 136), de cette « œuvre tant chérie, tant caressée » (*ibid*, 573), est, l'amant-écrivain l'avait promis, « relié avec tes présents d'amour » (*ibid.*, 148), « avec le drap gris qui glissait si bien sur les planchers » (*ibid.*, 136) ; il faut comprendre dans le tissu de la robe que portait madame Hanska à Genève en 1834. L'image du drap furtif et la précision du vêtement silencieux font penser que cette robe fut celle que portait la comtesse, le 26 janvier, le « jour inoubliable ». Après avoir enveloppé le corps de la femme aimée, les plis de la robe devenus plats de couverture protègent désormais le corps-manuscrit de l'œuvre

---

1. Le 14 décembre, la première livraison du *Père Goriot* est précédée de cette note du directeur : « Si la *Revue de Paris* a souvent annoncé la fin d'une Étude philosophique commencée dans ce recueil par M. de Balzac en juillet dernier, la *Revue*, comme l'auteur, espéraient de jour en jour pouvoir la donner. La majorité du public français s'étonnera peut-être de cette observation ; mais le petit nombre de personnes auxquelles cette œuvre a pu plaire comprendront les travaux matériels qu'elle a nécessités, et qui se sont multipliés par eux-mêmes. Les *traités mystiques* (rares pour la plupart) qu'il est nécessaire de lire, ont exigé des recherches, et se sont fait attendre. Malgré le peu d'importance que les lecteurs attachent à ces explications, il était indispensable de les donner, pour l'auteur et pour la *Revue*, du moment où M. de Balzac publiait, avant de terminer *Séraphîta*, un ouvrage aussi considérable que l'est *Le Père Goriot*, espèce d'indemnité offerte aux lecteurs et à la *Revue*. La fin de *Séraphîta* paraîtra d'ailleurs dans le prochain volume (*Note du D.*). » Promesse non tenue : la fin de *Séraphîta* parut en librairie.

parfaitement érotisé, fétichisé dans la laine, le cuir et le satin.

Les manuscrits d'apparat que fabrique Balzac, et qu'il offre à madame Hanska, disposent poétiquement son imaginaire amoureux et sa création littéraire. Ils organisent l'économie de son désir et sa puissance créatrice, ils unissent l'expérience de son amour à sa gloire d'écrivain. Entre *Eugénie Grandet* et *Séraphîta*, *Le Père Goriot* est au centre du processus d'enrobement des œuvres qui consacre leur valeur affective, et les magnifie en contre-don d'amour.

4. *Le manuscrit*

Autre geste témoignant de la solidarité matérielle de ses entreprises amoureuse et créatrice, Balzac a utilisé le feuillet sur lequel il a rédigé un premier début du *Père Goriot* comme enveloppe d'une lettre adressée à madame Hanska le 26 octobre 1834 (*L.H.B.* I, 200-205), lettre importante dont nous donnons un long extrait dans nos « Documents ». L'usage a nommé ce feuillet conservé dans les dossiers manuscrits des lettres à madame Hanska appartenant au fonds Lovenjoul déposé à la Bibliothèque de l'Institut de France (*Lov.* A 301, f⁰. 221), « feuillet Sina », du nom du baron qui servait, à Vienne où se trouvait madame Hanska, d'intermédiaire pour la remise des lettres de Balzac à sa correspondante. Isolé du manuscrit, ce feuillet porte la première version connue de la description de la pension Vauquer, et cette phrase, que le romancier songeait à mettre en épigraphe à son roman : « Ainsi le monde honore-t-il le malheur : il le tue ou le chasse ; l'avilit ou le châtie. »

Le manuscrit proprement dit du *Père Goriot* est aussi conservé au fonds Lovenjoul. Il constitue le dossier numéroté A 183, comptant 173 feuillets bleutés d'un format 220 x 280 mm. Le premier de ces feuillets, numéroté A, est occupé, au recto, par des comptes divers qui permettent de le dater du tout début du mois de janvier 1835. La frise de ces calculs et ces additions refaites, constellation de dépenses (200 francs pour le vin, 685 francs pour la loge à l'Opéra, 1 000 francs de voiture, 1 000 francs de bijoutier, 2 200 francs pour assurer la fin du mois, etc.), de ressources (prévision de 18 500 francs) et de dettes (295 francs de loyers, 100 francs à l'éditeur Werdet, 1 500 au libraire Vimont, 550 au docteur Nacquart, 3 000 à l'ami Dablin, etc.), encadre le titre calligraphié en grandes minuscules, sous lequel figurent les six têtes de chapitre conformes au découpage du texte dans la *Revue de Paris* et dans l'édition originale en librairie (mars 1835) : « 1. Une pension bourgeoise. 2. Les deux visites. 3. L'entrée dans le monde. 4. Trompe-la-Mort. 5. Les deux filles [*en surcharge sur* La mort du père]. 6. La mort du père. »

L'envoi à madame Hanska se trouve au verso de ce feuillet initial. Suivent 172 feuillets numérotés dans le coin supérieur gauche de 1 à 173 (le feuillet 28 manque). D'une manière générale, les versos sont demeurés blancs ; Balzac respecte l'espace homogène de la page. Sur de rares versos (f° 56, 121, 124, 152), il est amené à poursuivre un développement ajouté en marge, ou bien à clore en quelques lignes un chapitre. Ce manuscrit a servi à la composition du texte pour la publication dans la *Revue de Paris* — l'édition en librairie sera composée à partir des livraisons de la revue, dont le texte imprimé servira de copie (*L.H.*B. I, 224). Nous avons vu, par la lettre qu'il avait adressée à l'imprimeur Éverat, que Balzac s'était recopié — « pour la première fois depuis longtemps », ajoutait-il. C'est dire l'importance qu'il attachait à une bonne fabrication du roman. Lisible, en effet, plus lisible que bien d'autres, le manuscrit du *Père Goriot* comporte assez peu de ratures, qui se répartissent sur l'ensemble de ses pages. Plusieurs sont intéressantes par ce qu'elles nous apprennent. Nous en mentionnons quelques-unes à titre d'exemples :

1. Jusqu'au feuillet 43 (p. 127), Eugène de Rastignac s'appelle Eugène de Massiac. Balzac n'a pas songé immédiatement à réemployer le personnage secondaire de *La Peau de chagrin*, l'ami de Raphaël de Valentin et l'un des bons compagnons de l'orgie du banquier Taillefer ;

2. Ce n'est qu'à partir du feuillet 58 (p. 149) que Balzac recule l'action, initialement située en 1824, en 1820, puis en 1819 ; sans doute pour creuser l'écart avec la date de l'intrigue de *La Peau de chagrin* (automne 1830), écart qui permet au jeune étudiant en droit (du *Père Goriot*) de devenir avec quelque vraisemblance un homme d'âge mûr (dans *La Peau de chagrin*). Ce décalage (de 1824 à 1819) entraîne plusieurs anachronismes. Nous avons signalé les plus importants dans les notes ;

3. Le nom de Horace Bianchon n'apparaît qu'au feuillet 87 (p. 197) ; il remplace un anonyme « étudiant en médecine » ;

4. Au feuillet 113 (p. 254), le nom de Vidocq a été rayé, remplacé par la périphrase « le fameux chef de la police de la sûreté », puis par le nom de Gondureau (au f° 114), auquel le personnage réel, ex-forçat devenu chef de police, a servi de modèle bien davantage qu'à Vautrin (voir nos « Commentaires. II. 2. La vie des autres ») ;

5. Balzac a beaucoup hésité dans ses choix onomastiques, passant de noms réels, historiques, à des noms inédits : Maxime de Trailles s'appelle d'abord Maxime de la Bourdaisière[1], puis de la Fraisière (f° 32) ; Mlle de Rochefide, Mlle de Béthune-Charost, puis Mlle de Rochegude ; et de noms réels à des noms fictifs : c'est ainsi que Gondureau devient Vidocq, nous venons de le voir. Ces substitutions conviennent au projet de Balzac, elles le font s'éloigner de l'illusion réaliste. Son magasin d'acteurs crée sa « société fictive », anime son univers propre, le doue d'une existence autonome. D'autres variations semblent obéir à des considérations phonétiques : Vautrin (f° 5) s'appelle deux fois Gautherein (f° 12) ; ou refuser des concordances physiologiques : Mlle Michonneau était (trop ?) bien nommée Mlle Vérolleau (jusqu'au f° 61, p. 199).

A partir du feuillet 71, Balzac adresse au chef d'atelier chargé de la composition du roman ses indications concernant la progression du travail. Rédigées au verso des feuillets, elles accompagnaient chacune des remises de copie à l'imprimerie par le romancier. *Le Père Goriot* fut donc typographiquement composé par morceaux, au fur et à mesure de la réception du manuscrit, livré par petits paquets. Ces indications nous apprennent qu'entre novembre 1834 et janvier 1835, Balzac menait de front la correction des premières épreuves et la rédaction et l'invention de la fin du roman. Elles dévoilent la cadence de l'entreprise, le rythme de l'écriture et le régime imposé,

---

1. Peut-être Balzac renonce-t-il à ce nom porté par une grande famille tourangelle — qui est aussi le nom d'une terre — pour l'avoir déjà employé. L'héroïne d'un roman de jeunesse entrepris en 1823-1824 (qui ne paraîtra qu'en juin 1837), *L'Excommunié*, se nomme Catherine de La Bourdaisière.

et donnent l'idée des échéances temporelles sur lesquelles l'auteur de *La Comédie humaine* a battu la mesure de toute son existence[1] :

> feuillet 71 : « Foucault, je vous apporterai à une heure quinze autres feuillets de copie. Et demain le reste en deux fois — l'une à 8 heures, l'autre à 3 heures[2]. »

> feuillet 79 : « Nous allons pour cet article[3] jusqu'au feuillet 112. Ainsi encore 32. Vous en aurez 16 à 15 heures. Le reste demain matin. Il y aura un 3e article[4], mais je n'arrêterai pas la production de la copie. »

> feuillet 82 : « A 6 heures neuf feuillets si je puis. Le reste sans faute demain à 7 h 1/4 du matin. »

> feuillet 97 : « Il y a encore 10 ou 12 feuillets que vous aurez sur les midi. Donnez-moi épreuve de ce qui est composé en sus des épreuves d'hier. »

> feuillet 101 : « Il y encore 5 feuillets que j'enverrai aussitôt finis. »

> feuillet 110 : « A onze heures vous aurez 10 autres feuillets. »

> feuillet 114 : « Vous aurez encore un envoi à 2 heures. »

> feuillet 120 : « Vous aurez encore dix feuillets pour ce soir. Si je les envoie avant 6 heures, aurai-je tout en épreuves pour 10 h 1/2 ? Vous aurez le reste de l'article demain à 7 h 1/2 du matin. »

> feuillet 127 : « Foucault, il y a encore 8 feuillets pour terminer l'article[5]. Vous ne pouvez les avoir qu'à midi, mais vous les aurez à midi précis. Ce soir à 7 h j'apporterai corrigé tout ce que j'aurai eu en épreuves. »

> feuillet 132 : « Encore 4 feuillets, aussitôt qu'ils seront finis, vous les aurez, avant deux heures. »

---

1. Nous avons revu sur le manuscrit et complété la transcription de ces indications au prote Foucault qu'avait publiée Pierre-Georges Castex (*op. cit.*, p. 335 n. 2), et Jeannine Guichardet à sa suite (*Le Père Goriot*, Gallimard, « Foliothèque », p. 144). — 2. Au folio 71 du manuscrit, nous sommes dans la deuxième partie du roman (« L'entrée dans le monde »), à paraître dans la livraison de la *Revue de Paris* du 28 décembre 1834. — 3. La deuxième partie. — 4. Le 22 novembre, Balzac croyait que le roman tiendrait, dans la *Revue de Paris*, en deux livraisons (*L.H.B.* I, 207). Ici, il annonce un débordement sur une troisième livraison. Il y aura quatre livraisons en tout (sans compter celle de la préface). — 5. Nous sommes maintenant dans la troisième partie du roman (« Trompe-la-Mort »), qui constituera la troisième livraison de la *Revue de Paris*, le 18 janvier 1835.

feuillet 147 : « Il y a encore 4 feuillets pour finir les 2 filles[1] — puis nous exterminerons le dernier paragraphe[2]. »

feuillet 161 : « Foucault, vous aurez tout[3] d'ici à ce soir. »

feuillet 164 : « Foucault, je vais jusqu'à 172. Le 165 est fait, reste 7 feuillets. J'espère vous les faire tenir à 7 h du soir. Demain de bonne heure, les corrections de tout ce que j'ai en composition. »

Le 10 février, après cette dure campagne de rédaction, la bataille terminée — à cette date, le roman a entièrement paru dans la *Revue de Paris*, il ne reste qu'à publier la préface et à préparer l'édition en librairie —, Balzac affirme à sa correspondante : « Je puis vous le dire — cette œuvre a été faite en quarante jours, je n'ai pas dormi dans ces 40 jours 80 heures » (*L.H.B.* I, 230). Le calcul des heures de sommeil est peut-être exact, mais depuis sa mise en train (fin septembre 1834) jusqu'à sa première publication en librairie (début mars 1835), *Le Père Goriot* a occupé Balzac cinq mois, et non pas quarante jours, au cours desquels il ne délaissa pas ses autres travaux.

« Je vais jusqu'à 172 » prévenait-il. Le manuscrit du *Père Goriot* s'achève en effet au feuillet 172. Le 173e feuillet renoue, par-dessus l'aventure et l'écriture de l'œuvre, avec les prévisions de revenus et l'état des comptes à régler que le romancier jetait dans le désordre sur la première page de son manuscrit. Il contient en outre un « Bulletin de travail », daté « 23 janvier [1835] », constitué de 13 numéros qui inventorient autant de romans à « finir » ou à « faire ». Aucun arrêt. Aucun congé.

5. *Une œuvre payée 10 000 francs*

Une entente conclue le 6 décembre 1834 avec François Buloz, le propriétaire-directeur de la *Revue de Paris*, fixe à 200 francs par feuille d'impression (soit seize pages de texte) le prix de la collaboration de Balzac à cette revue

---

1. Le premier chapitre (« Les deux filles ») de la quatrième et dernière partie, à paraître le 1er février. Balzac calcule à peu près bien : dans le manuscrit, ce chapitre s'achève au feuillet 152. — **2.** Le deuxième chapitre (« La mort du père ») de la quatrième et dernière partie. — **3.** C'est-à-dire la fin du manuscrit.

(*Corr.* II, 587-588). Pour les 274 pages qu'y occupe *Le Père Goriot*, Balzac a reçu 3 500 francs en trois versements rapprochés : 2 250 francs le 31 décembre 1834, puis 350 francs et 900 francs les 15 et 19 janvier suivants (reçus autographes de Balzac ; *Lov.* A 263 bis, f° 30-32. Ce tarif révise à la baisse (de 250 à 200 francs pour seize pages) la rémunération du romancier établie par un contrat antérieur, daté du 26 mai 1834 (*Corr.* II, 503-505). En contrepartie, le romancier rentre dans la propriété littéraire de ses œuvres, pour en disposer librement, deux mois après leur publication au lieu de cinq. Dans le cas du *Père Goriot*, ce délai ne fut pas exactement respecté : un petit mois sépare l'achèvement de la publication du roman dans la *Revue de Paris*, le 1er février, et sa parution en librairie, le 2 mars.

Pour cette édition en librairie publiée par Werdet, associé pour l'occasion au relieur Jacques-Frédéric Spachmann, Balzac avait signé, le 9 janvier, un traité avec Werdet (et Vimont, envers lequel Balzac était obligé, mais ce libraire sera désintéressé ; *ibid.*, 618-619). La « vente est faite moyennant la somme de trois mille cinq cents francs » pour un tirage de 1 200 exemplaires (*ibid.*, 614-616). Cette somme est importante, en forte hausse par rapport aux revenus antérieurs du romancier, qui avait touché 1 000 francs pour *Les Chouans* (traité en date du 15 janvier 1829), 1 500 francs pour la *Physiologie du mariage* (traité du 1er janvier 1830), 1 125 francs pour *La Peau de chagrin* (traité du 17 janvier 1831). *Le Père Goriot* marque bien, dans l'itinéraire balzacien, le moment d'une augmentation des revenus et de la notabilité du romancier.

Balzac ne ment pas, lorsqu'il écrit à madame Hanska, le 4 janvier 1835, anticipant de quelques jours la signature du contrat avec Edmond Werdet : « Voici mes travaux qui commencent à être un peu mieux payés. *Le Père Goriot* me vaut 7 000 francs, et comme il rentrera dans les *Études de mœurs* avant q[ue]lq[ues] mois, on peut dire qu'il me vaudra mille ducats » (*L.H.B.* I, 220). Il peut le dire, en effet. Si *Le Père Goriot* n'entra dans les *Études de mœurs* qu'en 1843, à l'occasion de la publication de *La Comédie humaine*, il rapporta bel et bien « mille ducats » — 10 000 francs — à son auteur. Soucieux d'exploiter sans tarder le succès de la première édition rapidement épuisée du roman (voir la rubrique « Fortune de l'œuvre »), le romancier et l'éditeur signent un nouveau traité, le 9 mars, pour une deuxième édition en librairie, tirée à 1 000 exemplaires payés 3 000 francs (*Corr.* II, 653-654). Le surlendemain, 11 mars, Balzac, heureux, constate : « Me voilà maintenant avec des monceaux d'or comparativement à mon ancienne situation, [...] en trois mois, *Goriot* a donné mille mille ducats » (*L.H.*B. I, 235). Le compte est bon : 3 500 francs payés par la *Revue de Paris*, 3 500 francs versés par Werdet pour l'édition originale en librairie et 3 000 francs pour la seconde édition font bien dix mille francs. Cinq mois plus tard, jour pour jour, le 11 août, la vie et ses dépenses, les traites et les échéances ayant couru, le romancier avouera à madame Hanska : « Quoique surpayé, je ne m'en tire pas » (*ibid.*, 264).

6. *Les publications*

1. *Revue de Paris*, en quatre livraisons, les dimanches 14, 28 décembre 1834 (nouvelle série, tome XII, 2e et 4e livraisons, p. 73-155[1] et p. 237-292), 18 janvier (tome XIII, 3e livr., p. 133-196) et 1er février 1835 (tome XIV, 1re livr., p. 5-67). La préface, datée « Paris, mars 1835 », paraît dans la livraison du dimanche 8 mars (t. XV, 2e livr., p. 128-135).

Le texte est divisé en quatre parties[2] : I. « Une pension bourgeoise » (divisée en deux chapitres : « Une pension bourgeoise », « Les deux visites ») ; II. « L'entrée dans le monde » ; III. « - Trompe-la-Mort » ; IV. « Les deux filles » (divisée en deux chapitres : « Les deux filles », « La mort du père »). Chacune de ces parties correspond à une livraison de la *Revue de Paris*.

Dans la première livraison, le titre est immédiatement suivi de cette épigraphe : « All is true (Shakespeare). » Balzac emprunte cette phrase, qu'il attribue à Shakespeare, à Philarète Chasles qui avait, le 10 août 1831, dans la *Revue de Paris*, donné ce sous-titre à son étude de la tragédie *Henri VIII* du dramaturge anglais.

---

1. A sa correspondante, Balzac ne se vante pas lorsqu'il écrit : « Le 1er article du *Père Goriot* a fait 83 pages de la *Revue de Paris*, ce qui équivaut à un demi-volume in-8. Il a fallu corriger à 3 reprises différentes ces 83 pages en 6 jours. Si c'est une gloire, moi seul puis faire ce tour de force » (*L.H.*B. I, 212). — 2. Indiquées dans les notes (p. 108, p. 147, p. 213, p. 288, p. 328).

2. *Le Père Goriot. Histoire parisienne*, Werdet et Spachmann, 2 vol. in-8 de 354 et 376 pages (*B.F.* 14 mars 1835).

Balzac a conservé le découpage du texte de la *Revue de Paris*, en l'harmonisant. La table des matières compte sept chapitres[1] : I. « Une pension bourgeoise » ; II. « Les deux visites » ; III. « L'entrée dans le monde » ; IV. « L'entrée dans le monde (suite) » ; V. « Trompe-la-Mort » ; VI. « Les deux filles » ; VII. « La mort du père ». Le dédoublement du chapitre intitulé « L'entrée dans le monde » est techniquement imposé par son débordement du premier volume sur le second. L'épigraphe apparaît sur la page de titre.

La mise en vente a eu lieu le lundi 2 mars. Cette première édition en volume a peut-être connu deux tirages, car une partie seulement des exemplaires contient la préface, légèrement corrigée et redatée « Paris, 6 mars 1835 », qu'avait publiée la *Revue de Paris*. Ou bien alors, fournie avec retard aux acheteurs des volumes (elle n'est pas paginée en chiffres arabes), plusieurs d'entre eux négligèrent de l'encarter avant de faire relier leurs exemplaires.

3. *Le Père Goriot. Histoire parisienne*, Werdet et Spachmann, 2 vol. in-8 de 384 et 396 pages (*B.F.* 30 mai 1835).

Le texte ne compte plus que quatre parties réaménagées[2] : I. « Une pension bourgeoise » ; II. « L'entrée dans le monde » ; III. « Trompe-la-Mort » ; IV. « La mort du père ». Il est enrichi d'une seconde préface, datée « Meudon, 1er mai 1835 ».

L'éditeur Werdet s'était réservé la possibilité de diviser le tirage de cette édition en deux, « moitié [...] dans le format in-8 et moitié dans le format in-12 » (*Corr.* II, 653-654). Ce qu'il fit. Il ne met en vente, le lundi 25 mai, que les exemplaires in-8 accompagnés de la mention « troisième édition », qui est inexacte. Il s'agit en réalité de la deuxième (voir p. 400 et la note 1).

4. *Étude philosophique. Le Père Goriot*, Au bureau du *Figaro*, 4 vol. in-12 (non enregistrés à la *B.F.*).

Les volumes in-12 fabriqués par Werdet en même temps que les exemplaires in-8 constituant la deuxième édition, ne furent pas mis en vente. Ils furent soldés par lui après le dépôt de son bilan le 17 mai 1837. Jean-Théodore Boulé, imprimeur, directeur d'une « Association de la librairie et de la presse quotidienne », propriétaire de plusieurs journaux, s'en porta acquéreur. Il les écoula, avec les exemplaires in-12 du *Médecin de campagne* qu'il avait acquis par la même voie, en offrant l'ensemble sous le titre emprunté de « *Études philosophiques* »,

---

1. Indiqués dans les notes (p. 108, p 147, p. 200, p. 213, p. 288, p. 328). — 2. Indiquées dans les notes (p. 147, p. 227, p. 293).

en prime aux lecteurs de son journal *Figaro* pour le renouvelle-
ment de l'abonnement trimestriel du 15 octobre 1837.

Cette opération au rabais semble avoir été un succès. Dès le
24 novembre un « Avis » de la rédaction de *Figaro* annonce que
l'« édition » est « sur le point d'être épuisée par suite des nombreuses souscriptions [...] reçues ». Ce journal enregistre toutefois plusieurs réclamations : déçus d'un service de rééditions
d'ouvrages connus, les nouveaux abonnés protestèrent en outre
contre le petit format in-12.

Datés « 1835 », ces exemplaires portent l'adresse de Werdet
et la mention « quatrième édition revue et corrigée », qui est
frauduleuse. Il s'agit de la troisième édition ; et le texte n'a été
ni revu ni corrigé. Il est en tous points identique à celui des
volumes in-8 de la seconde édition, puisque l'un et l'autre sont
simultanément issus de la même composition typographique ;
les volumes in-12 ne se distinguent des volumes in-8 que par
des marges plus restreintes.

5. *Le Père Goriot*, Charpentier, 1 vol. in-18 de 390 pages
(*B.F.* 16 mars 1839).

Réédition dans la « Collection des meilleurs ouvrages français
et étrangers, anciens et modernes », collection à bon marché,
dans le petit « format anglais » in-18 à typographie compacte.
Toute division en chapitres ou en parties a disparu, de même
que les deux préfaces de 1835. Cette quatrième édition connaî-
tra un second tirage en 1840.

Par une erreur de l'éditeur, cette réédition ne porte pas la
dédicace à George Sand que Balzac avait songé à y mettre. Le
1er février 1839, il proteste auprès de Gervais Charpentier (*Corr.*
III, 552) ; en juillet, il révèle son intention passée à la roman-
cière : « Mon éditeur a oublié, le misérable, une dédicace que
je vous ai faite du *Père Goriot*, mais à la 1re réimpression, elle
s'y trouvera et je vous l'enverrai. Il n'y a qu'*à George Sand, son
ami*. Et il la mettra par un carton dès que ses brochés seront
épuisés. Ce petit présent est la preuve d'une grande amitié »
(*ibid.*, 655). Il n'en sera jamais rien fait. En 1842, ce sont les
Mémoires de deux jeunes mariées que Balzac dédicacera à
George Sand.

6. *La Comédie humaine*, 9e volume, tome I des *Scènes de
la vie parisienne*, Furne, Dubochet et Cie, Hetzel, 1 vol.
in-8 (*B.F.* 28 septembre 1844).

Précédé de la dédicace à Geoffroy Saint-Hilaire, illustré de
trois gravures (Mme Vauquer en frontispice, par Bertall ; Vautrin et le père Goriot par Daumier), *Le Père Goriot* occupe les
pages 303-531 de ce volume, qui a paru en novembre 1843. Le
25 juin, Balzac en réclamait à son éditeur les feuilles 19 et 20
(p. 289-320), et consentait « à ce qu'on imprime la fin de ce
volume [c'est-à-dire tout le texte du *Père Goriot*] *sans m'envoyer
d'épreuves* » (*Corr.* IV, 607). Le 7 novembre, selon son témoi-

gnage, le volume « est complet. Il a fini de paraître en livraisons » pour les souscripteurs (*L.H.B.* I, 725).

Dans le « Catalogue des ouvrages que contiendra *La Comédie humaine*. Ordre adopté en 1845 pour une édition complète en 26 tomes », *Le Père Goriot*, qui porte le numéro 26, est rangé dans les *Scènes de la vie privée*.

Le classement indiqué par ce catalogue rédigé au cours des années 1844-1845 et publié par le journal *L'Époque* le 22 mai 1846, sera confirmé par les indications manuscrites de l'édition « Furne » de *La Comédie humaine* corrigée par Balzac (« Furne corrigé »). Au revers de la seconde couverture du tome I de cette édition, Balzac a collé un fragment d'épreuve de ce « catalogue de 1845 », lui donnant comme titre « Composition des *Scènes de la vie privée* et ordre dans lequel elles doivent être placées » et la date de 1847. Il reclasse et renumérote les scènes. Entre *La Femme de trente ans* et *Le Colonel Chabert*, *Le Père Goriot* porte le numéro 22. C'est aujourd'hui, dans *La Comédie humaine*, la place qu'il occupe.

Sur son exemplaire corrigé de *La Comédie humaine*, Balzac a porté une quinzaine d'interventions légères (menues corrections syntaxiques et typographiques). Il supprime toutefois une trentaine de lignes qui révélaient la présence, au bal de madame de Beauséant, de lady Bradon et du colonel Franchessini (voir nos « Commentaires. I. 2. Personnages disparaissants »).

Il refait surtout la dernière phrase du roman, qui a considérablement évolué depuis le manuscrit. *Le Père Goriot* illustre exemplairement le processus par lequel Balzac retouche les fins de ses romans et n'ajuste leur portée qu'après plusieurs réécritures. Le processus est remarquable, qui conduit Rastignac, venant de lancer son défi à la société, directement chez lui (manuscrit), puis chez lui et allant ensuite chez Delphine (*Revue de Paris*), puis enfin *directement chez Delphine* sans passer par la rue d'Artois (ni par son appartement, ni par son intérieur, ni par sa conscience ?). N'est-ce pas ce geste résolu qui donne sens et puissance au roman ? Nous soulignons les modifications et les ajouts d'un état du texte à l'autre :

Manuscrit
« [...] dit ce mot suprême : "A nous deux maintenant !"
et revint à pied rue d'Artois ».

Revue de Paris (1835)
« [...] dit ce mot suprême : "A nous deux maintenant !" *Puis il* revint à pied rue d'Artois, *et alla dîner chez Mme de Nucingen.* »

Charpentier (1839)
« [...] dit ce mot *grandiose* : "A nous deux maintenant !"

Puis il revint à pied rue d'Artois, et alla dîner chez Mme de Nucingen. »

Furne (1843)
« [...] dit ces mots grandioses : "A nous deux maintenant !"
Il revint à pied rue d'Artois, et alla dîner chez Mme de Nucingen. »

Furne corrigé
« [...] dit ces mots grandioses : "A nous deux maintenant !"
Et pour premier acte du défi qu'il portait à la Société, Rastignac alla dîner chez Mme de Nucingen. »

[7]. Signalons, après Véra Miltchina[1], que *Le Père Goriot* fut, dès l'année de sa parution en France, traduit en russe et publié dans deux revues différentes (dans *Télescope*, 1835, vol. XV, n° 2-4 ; et dans *Bibliothèque pour la lecture* [*Bibliotiéka dlia tchténiia*], vol. VIII-IX), avant de connaître une édition séparée en librairie en 1840 (*Starik Gorio*, 3 vol., Moscou, 1840).

Dans la *Bibliothèque pour la lecture*, la traduction d'Amply Otchkine revue par le rédacteur Ossip Senkovski, suscita une vive controverse : le roman perd ses descriptions (dès sa troisième phrase, le texte russe précise : « Il va de soi que les longueurs et les répétitions dont M. de Balzac augmente le volume de ses ouvrages ont été supprimées dans la traduction »), mais gagne les commentaires du traducteur sur les personnages et sur l'action, sur les dialogues et sur les descriptions supprimées ! Il connaît un dénouement heureux : après avoir défié la société, Rastignac se rend chez Taillefer, épouse Victorine et devient millionnaire...

Balzac connut l'existence d'au moins une de ces traductions — et crut à son interdiction —, averti par madame Hanska, à laquelle il explique le 11 mars : « L'Emp[ereur] de Russie a défendu *Goriot* à cause du personnage de Vautrin probablement » (*L.H.*B. I, 236).

---

1. « Balzac dans la presse russe des années 1830. Traductions et réception », *Balzac dans l'Empire russe. De la Russie à l'Ukraine*, Paris-Musée / éd. des Cendres, 1993, p. 73-88. Voir aussi Andrei D. Mikhaïlov : « Les premières traductions russes du *Père Goriot* », *L'Année balzazacienne 1986*, p. 349-364.

FORTUNE DE L'ŒUVRE

1. Succès populaire

Balzac a désiré de toutes ses forces, et anticipé le succès du *Père Goriot*. Rongé d'impatience, il l'appelle, le caresse, s'en persuade, l'exige, semaine après semaine. Ainsi, le 15 décembre, au lendemain de la parution de la première tranche de l'œuvre dans la *Revue de Paris*, sans attendre, il crie victoire : « *Le Père Goriot* est un de ces succès inouïs, il n'y a qu'une voix, *Eugénie Grandet*, [*La Recherche de*] *l'Absolu*, tout est surpassé » (*L.H.*B. I, 213). Une semaine plus tard (il n'y a toujours qu'une seule livraison parue) : « *Le Père Goriot*, dont ces stupides parisiens raffolent. Voici *Le Père Goriot* mis au-dessus de tout » (*ibid.*, 219 ; 22 décembre) ; le 26 janvier, après la publication de la troisième livraison : « *Le Père Goriot* est un étourdissant succès ; les plus acharnés ennemis ont plié le genou. J'ai triomphé de tout, des amis comme des envieux » (*ibid.*, 227) ; le 10 février, après que l'œuvre a entièrement paru : « *Le Père Goriot* fait fureur, il n'y a jamais eu tant d'empressement à vouloir lire un livre » (*ibid.*, 231). Le 11 mars, l'œuvre ayant paru en librairie, le romancier réalise ses espérances : « Il n'y a pas de succès comparable à celui de *Goriot*. Ce stupide Paris, qui a négligé [*La Recherche de*] *l'Absolu*, vient d'acheter la 1re éd[ition] de *Goriot* à 1 200 ex[emplaires] avant les annonces » (*ibid.*, 234). Il écrit, simultanément et dans les mêmes termes, à la marquise de Castries : « Toute la première édition du *P[ère] G[oriot]* est vendue avant les annonces » (*Corr.* II, 654).

Nulle vantardise, nulle vanité d'auteur. Effectivement tirée à 1 200 exemplaires, publiée le 2 mars, la première

édition en librairie fut rapidement enlevée. En témoigne,
une toute petite semaine après cette mise en vente, la
signature, le 9 mars, d'un contrat pour une nouvelle édition (à paraître en mai). En témoignent aussi, malgré leurs
réticences, les critiques et les feuilletonistes, qui ne peuvent nier le succès du *Père Goriot*, immédiat, complet, ful-
gurant, qu'ils comparent parfois à celui de *La Peau de chagrin* ou d'*Eugénie Grandet*. Édouard Monnais, dans *Le
Courrier français*, constate le 13 avril : « Quel homme que
ce père Goriot ! A peine éclos de la féconde imagination de
M. de Balzac, il s'élance dans la *Revue de Paris*, et la foule
des lecteurs se dispute les lambeaux de son histoire ! A
peine publié dans ce recueil, en sept ou huit livraisons
[*sic*], un libraire le reproduit, en deux volumes, et en quelques jours, une première édition est enlevée ; déjà l'on fait
queue pour la seconde ! » Un mois plus tôt, le 8 mars, le
rédacteur anonyme de *L'Impartial* avait reconnu la victoire
du romancier : « Le nouveau roman [de M. de Balzac] ne
pouvait manquer de faire fureur. A peine avons-nous
besoin de dire que la première édition est à peu près épuisée, quoiqu'elle ne fasse que succéder aux livraisons de la
Revue de Paris, que tout le monde se disputait dans les
cabinets de lecture. Un plus sûr thermomètre du succès
remporté par M. de Balzac, c'est la violence des irritabilités
envieuses qui se déchaînent contre lui. Il doit être fier de
ce redoublement d'attaques : c'est le complément d'un
triomphe. »

2. Réception critique

> « *Le Père Goriot* de M. de Balzac est une œuvre
> forte, sévère, dénonciation cruelle et puissam-
> ment exprimée contre la nature humaine ; je la
> compare à du punch de garnison fort en goût et
> en liqueur, qui gratte le gosier au passage et vous
> chauffe rudement l'estomac. »
> Charles Rabou, *Journal de Paris*, 9 avril 1835.

Soit, mais *Le Père Goriot* provoqua bien des haut-le-cœur
et des vomissements, car la critique, qui ne suivit pas le
goût du public, refuse de se rendre. Au romancier dont elle
ne peut contester ni le pouvoir ni le haut rang littéraire,
elle reproche les aspérités de son style et la rugosité de ses

images — quelques-uns l'accusant de trop délier sa plume que d'autres jugent empruntée —, elle se plaint de défauts dans la composition et du dénouement hâtivement expédié, elle blâme sa complaisance dans la peinture des vices, l'exagération grotesque de sa peinture des caractères, le traitement indigne d'un sentiment sublime, l'invraisemblance et l'énormité de son sujet. Sur ce point, Balzac a pour lui l'autorité d'Aristote : « Les cas où l'événement pathétique survient au sein d'une alliance, par exemple l'assassinat, l'intention d'assassiner ou toute autre action de ce genre entreprise par un frère contre son frère, par un fils contre son père, par une mère contre son fils ou par un fils contre sa mère, ce sont ces cas qu'il faut rechercher[1]. » Manque à l'énumération aristotélicienne le cas du père contre le fils, que Balzac traite dans *Un drame au bord de la mer* ; Shakespeare s'autorisa le cas de la fille contre le père dans *Le Roi Lear*[2].

Les deux reproches encourus en permanence par l'auteur du *Père Goriot* sont celui de plagiat, d'absence d'imagination, de manque d'originalité, et celui d'immoralité. Toute sa carrière d'écrivain durant, il est vrai, depuis la *Physiologie du mariage* en décembre 1829 jusqu'aux *Paysans* (décembre 1844) et aux *Parents pauvres* (octobre 1846-mai 1847), en passant par *La Vieille Fille* (octobre-novembre 1836), Balzac fit face à de violentes accusations d'immoralité. On avouera qu'il sut fournir de flèches ses ennemis.

Sans vouloir, ni pouvoir, reposer la question de la moralité dans la réception du roman réaliste, rappelons que la question morale (ou celle de la « moralité ») est consubstantielle au genre romanesque, à son histoire au XIXᵉ siècle, à son autonomisation, à la reconnaissance de sa noblesse et de son sérieux, à sa promotion au premier rang de la hiérarchie littéraire. La France post-révolutionnaire, en plein désarroi idéologique, stratifiée par les castes, bloquée par la gérontocratie (le mot est inventé en 1825 par le chansonnier populaire Béranger), mais en pleine mutation, occupée à reconstruire des valeurs et à

---

1. *Poétique* 1453b, p.p. Michel Magnien, Le Livre de Poche « classique » nᵒ 6734, 1990, p. 125. — **2.** Voir nos « Commentaires. II. Aux sources du *Père Goriot*. 4. Shakespeare et 5. Le rayonnement dans l'œuvre ».

rebâtir une morale nouvelle, sans absolu et sans transcendance — ni Dieu ni le Roi, quoique Balzac proclame dans l'« Avant-propos » de *La Comédie humaine* : « J'écris à la lueur de deux Vérités éternelles : la Religion, la Monarchie » (Pl. I, 13) —, ne peut que s'irriter de la représentation que lui renvoie d'elle le romancier, dans laquelle elle refuse de se reconnaître. Le dessein constamment proclamé de Balzac est bien d'être un romancier des mœurs. Le disent très tôt, dès l'année 1830, malgré l'éparpillement que lui impose son activité journalistique, quelques titres significatifs : « Complaintes satiriques sur les mœurs du temps présent » (*La Mode*, 20 février), *Mœurs parisiennes* (surtitre de *L'Usurier* [*Gobseck*] et de *Étude de femme* dans *La Mode*, 6 et 20 mars). Le dit encore, en 1833, le lancement de la publication des *Études de mœurs au XIXᵉ siècle*, future assise de *La Comédie humaine*. Le répètent, enfin, les nombreuses déclarations de Balzac fixant sa mission de peindre « le drame national appelé les mœurs » (*La Duchesse de Langeais*, 1833-1834 ; Pl. V, 934), ou « d'écrire l'histoire des mœurs en action » (*Introduction* de *Sur Catherine de Médicis*, 1842 ; Pl. XI, 176), mission réaffirmée dans l'« Avant-propos » de *La Comédie humaine* : « Peut-être pouvais-je arriver à écrire l'histoire oubliée par tant d'historiens, celle des mœurs » (Pl. I, 11).

« Roman de mœurs », tel est, en effet, le roman moderne, le roman dont le sujet est, comme le disait le XIXᵉ siècle, « contemporain ». Le romancier des mœurs ne peut être qu'un philosophe de la morale, puisque les mœurs ont partie liée avec la morale, si l'on accepte la définition de Richelet : « Morale. — La partie de la philosophie où l'on parle des vertus, des vices. Moral, morale [adjectif] — qui regarde les mœurs, qui est instructif sur le chapitre des mœurs » (*Dictionnaire françois*, 1680), ou celle de Furetière : « Morale. — La doctrine des mœurs, science qui enseigne à conduire sa vie, ses actions. Moral, morale [Adjectif] — qui concerne les mœurs, la conduite de la vie » (*Dictionnaire universel*, 1690), définitions relayées par le chevalier de Jaucourt, qui signe « D. J. » dans l'*Encyclopédie* de d'Alembert et de Diderot : « C'est la science qui nous prescrit une sage conduite, et les moyens d'y conformer nos actions » (tome X, 1765), définitions qui ne varient guère jusqu'au XIXᵉ siècle, jusqu'à Bescherelle, par exemple : « Science des mœurs » (*Dictionnaire natio-*

nal, 1843), ou jusqu'à Poitevin : « Doctrine relative aux mœurs » (*Dictionnaire de la langue française*, 1851). Philosophe de la morale, de cette « science » ou de cette « doctrine » qui enseigne à conduire ses actions, ou donneur de morale, ou, selon une formule proposée par Balzac, « enregistreur du bien et du mal » (Pl. I, 11), le romancier ouvre des voies, conteste ou restaure des modèles, invente des modes, dicte des comportements, prononce des interdits. Tel est le terrain de la lutte, l'arène du combat, l'espace conflictuel que le romancier ne choisit pas — il s'impose à lui : « Cette opposition salutaire du bien et du mal est mon incessant labeur dans *La Comédie humaine* », c'est ainsi que Balzac définissait son œuvre complète, entièrement publiée, dans une « Lettre à Hippolyte Castille » publiée par le journal *La Semaine* le 11 octobre 1846 (*O.D.* III, 651).

A cette aune, en effet, les critiques jugent les créateurs. A cet étalon s'évaluent les œuvres nouvelles. Cette réception fondée sur la moralité fait systématiquement barrage. On ne peut ignorer la violence des charges, ni les lazzis, ni le pilonnage auquel Balzac fut soumis à la parution du *Père Goriot*. Quelques exemples donneront une idée de la couleur et de l'odeur du marécage dans lequel il eut à se débattre. Théodore Muret, dans la très royaliste *Quotidienne*, se félicite de ce que, traitant de la paternité, Balzac ait choisi de « trait[er] un sujet qui présente, par lui-même, une haute moralité, en même temps qu'un vif intérêt : car ce sont là des sujets que tout le monde comprend, et qui ne ressemblent en rien à des abstractions métaphysiques », mais il constate aussitôt que « le roman sort complètement de toutes les idées de raison, de pudeur et de vérité ». Affirmant que « la vérité *écrite*, la vérité *littéraire* doit être choisie », Muret achève son examen du roman sur un avertissement : il n'en « conseill[e] la lecture à aucune femme ». Le journaliste de *La France littéraire*, lui, s'indigne : « M. de Balzac est enthousiaste du vice et de la honte. Avec lui vous êtes sûr de les rencontrer partout », et s'emporte : « Certainement M. de Balzac ne s'est pas proposé de donner des enseignements à la société, bien qu'ils prennent parfois la forme du conseil et du précepte : on ne pourrait les regarder que comme une plaisanterie amère. » Même jugement dans *Le Constitutionnel*, l'organe de la bourgeoisie libérale : « L'abus de tout, du bien comme du mal, voilà ce qui caractérise M. de Balzac. »

La finalité de l'œuvre demeure incompréhensible à Édouard Monnais, dans *Le Courrier français* : « Il est donc tout simple qu'on [...] demande à M. de Balzac pourquoi il a fait *Le Père Goriot*. Où est le but d'une telle conception ? où est la moralité d'une telle peinture ? », à Jacques-Germain Chaudes-Aigues : « Quelle a été l'intention de M. de Balzac en écrivant ce livre ? » (*Revue du XIXᵉ siècle*), ainsi qu'au *Constitutionnel* : « Ce ne serait rien [...], si les livres de M. de Balzac ne péchaient point presque toujours par la pensée générale. Que si après les avoir lus, on se posait la question : "Qu'est-ce que cela prouve ?" [...], on aboutirait presque toujours à la conclusion que rien n'est prouvé, si tant est que l'auteur ait voulu prouver quelque chose. »

Tout, heureusement, n'est pas de la même eau. Plusieurs comptes rendus globalement favorables (ceux de *L'Impartial*, de *Figaro*, du *Constitutionnel*, du *Journal général de la littérature de France*, par exemple) équilibrent les comptes, nuancent les regards négatifs que nous suivons ici, et participent au succès du roman. Mais les attaques peuvent être extrêmement grossières, dans *Le Voleur* : « De longtemps nous n'avions lu de pages aussi pauvres, aussi fausses, aussi mal conçues que la nouvelle du *Père Goriot* ; c'est un véritable casse-tête. Style de mélodrame, peintures repoussantes, sentiments paternel et filial dénaturés, mœurs du monde badigeonnées d'idées, de langage qui n'a jamais existé, duplicité d'action partagée par l'oubli des premières règles de l'art entre un vieillard idiot et un héros du bagne, faible contrepartie de Vidocq ; enfin, caractères, localités, discours, sentiment, tout concourt à faire du *Père Goriot* un véritable tableau d'enseigne, une croûte littéraire » ; ou dans *Le Courrier français* : « Pourquoi montrer la paternité dégradée, avilie, au point que son sacré caractère disparaisse sous la fange dont elle se souille comme à plaisir ? M. de Balzac appelle quelque part son père Goriot le *Christ* de la paternité : quelle erreur ! quel blasphème ! Qu'on nous passe l'inconvenance du mot en faveur de sa justesse : c'est le *pourceau* qu'il fallait dire. »

Pour le romancier, une réponse consiste à rire philosophiquement de telles diatribes, une autre consiste à faire de la statistique — à quoi Balzac s'adonne en rédigeant sa première préface. La bonne riposte réside cependant dans le double pavillon, double patronage et double protection, sous lequel il place son roman : l'épigraphe de Shakespeare et la dédicace à Geoffroy Saint-Hilaire. Shakespeare, parce qu'il est suffisant d'affirmer « All is true », et de s'excuser — l'argument est défensif, mais il est efficace — que l'on enseigne jamais mieux le bien qu'en dénonçant le mal, et que l'on peint toujours le vice pour le condamner. En plaçant en tête du *Père Goriot* le nom de Geoffroy Saint-Hilaire, Balzac a une nette conscience de la valeur et de l'importance de son roman, puisqu'il le dédicace, dans *La Comédie humaine*, à celui auquel il emprunte sa méthode pour analyser l'homme et la société — l'« Avant-propos » s'explique longuement sur cette revendication scientifique. Le dégagement radical consiste à traiter l'homme comme une espèce, en appliquant aux « espèces sociales » les lois empruntées aux sciences naturelles : « La Société ne fait-elle pas de l'homme, suivant les milieux où son action se déploie, autant d'hommes différents qu'il y a de variétés en zoologie ? » (Pl. I, 8). Dès lors, plus de morale mais des mœurs (au sens balzacien : les mœurs sont ce qui donne au siècle sa physionomie) ; plus d'éthique, mais action, influence (adaptation ou déformation) du milieu sur l'espèce ; plus de valeurs à illustrer, mais des mécanismes sociaux à comprendre et des fonctionnements artificiels substitués aux lois naturelles. Étudier « l'homme social », c'est étudier l'habitant de la ville, et c'est étudier l'homme privé (le social s'observe aussi dans le privé) : une *Scène de la vie parisienne* et une *Scène de la vie privée*. Tel était *Le Père Goriot* dans l'esprit du romancier car telles furent les séries dans lesquelles, successivement, il le rangea.

3. Adaptations théâtrales (1835)

Le dimanche 5 avril 1835, le « Bulletin des théâtres » de *Figaro* annonce : « Lundi deux *Père Goriot* naîtront, à la même heure, au monde dramatique sur deux théâtres différents. » Le lendemain, son « Programme des spectacles » donne la distribution des rôles de chacune de ces pièces, et nomme les « arrangeurs ».

Pour montrer son *Père Goriot*, le théâtre du Vaudeville

avait retiré de l'affiche une comédie en trois actes de MM. Ancelot et Decomberousse, intitulée *L'Ami Grandet* (Volnys dans le rôle titre), tirée, quoi que le titre laisse penser, de *La Duchesse de Langeais* ! Cette pièce, créée le 23 octobre 1834, disputait les faveurs du public au théâtre du Gymnase qui avait créé, le 7 janvier 1835, un vaudeville en deux actes de MM. Bayard et Duport intitulé *La Fille de l'Avare* (Marie Bouffé dans le rôle titre), bien tiré de *Eugénie Grandet*. Cela se passait le 5 avril.

Le lundi 6, à six heures et demie, rue de Chartres, le théâtre du Vaudeville donne la première représentation d'une comédie en deux actes mêlés de couplets chantés, par MM. Ancelot et Paulin (pseudonyme de Paul Duport), intitulée *Le Père Goriot* ; au boulevard Montmartre, près du passage des Panoramas, le théâtre des Variétés donne la première représentation d'une comédie-vaudeville en trois actes mêlés de chants, intitulée *Le Père Goriot*, par MM. Jaime, Théaulon et Decomberousse. Au théâtre du Gymnase, *La Fille de l'Avare* poursuit sa carrière. Un jour, une Eugénie et une duchesse de Langeais, le lendemain, deux Goriot et une Eugénie. Ces adaptations sont produites par des professionnels de la scène sans l'aveu de l'auteur, écrites au débotté par des vaudevillistes qui n'en sont pas à leur coup d'essai, composées à la diable par des faiseurs réunis en équipages à géométrie variable. Ainsi, *Le Réformateur*, seul journal à protester contre ces mœurs littéraires, juge qu'Ancelot, le plus célèbre d'entre tous — il avait été décoré et pensionné par Louis XVIII —, « semble remplir dans la production littéraire la place que tiennent les mécaniques dans la production industrielle ». Ces vols signalent — il faut y insister — le réel succès, populaire et instantané, du romancier et de son œuvre devant un vaste et nouveau public, d'une éducation littéraire un peu fruste sans doute, friand de péripéties et de psychologie rudimentaire, sensible aux bons sentiments, mais exigeant un théâtre vif, et vivant.

Créées le même jour, portant le même titre, les deux adaptations du *Père Goriot* fournissent aux chroniqueurs une trop belle occasion pour qu'ils n'en fassent pas des gorges chaudes, comme Charles Rabou, moqueur, intitulant son feuilleton : « Les Pères Goriot » (*Journal de Paris*, 9 avril), pour qu'ils ne se gaussent pas, comme le rédacteur anonyme du *Voleur*, le 10 avril, d'un « vaudeville bicéphale ». Avec une extrême liberté, ces adaptations théâtrales font subir au roman de Balzac d'importants aménagements et de considérables modifications acceptées par les mœurs littéraires de l'époque, et même reconnues, par les habitués des salles de spectacle, « conformes aux exigences de la scène » *(Le Constitutionnel*, lundi 13 avril). Au théâtre du Vaudeville, les noms ont été changés, l'intrigue reconstituée avec introduction de nouveaux personnages : Martel (Vautrin réincarné en commis-voyageur), ami de la famille d'Eugène, tue en duel, en Angleterre, le banquier alsacien dépositaire de la fortune du jeune homme. Ayant récupéré ce magot dont il ignorait l'existence, Eugène peut épouser sa maîtresse, Delphine, veuve du banquier véreux qui s'était enfui outre-Manche, et fille unique de Goriot, qui faisait des dettes par étourderie, ruinant son père en l'aimant — tout est dans l'ordre —, espiègle et gentille, bonne fille au fond. Ils vivront tous trois dans un bonheur aisé et sans nuages.

Au Vaudeville, Goriot voit sa paternité réduite à un seul enfant. Qu'à Dieu ne plaise. Au théâtre des Variétés, il en aura trois. Deux filles, comme dans le roman, légitimes, dures, fières, ingrates, et une enfant naturelle qu'il a abandonnée, qu'il ne connaît pas, mais pour laquelle il a déposé chez un notaire de Grenoble la somme de 500 000 francs ; ce qui est mieux que les 200 000 francs dont Eugène hérite d'une manière inattendue au théâtre rival. Secondaire dans le roman, le rôle de Victorine devient ici primordial. Orpheline recueillie par Goriot, logeant avec lui à la pension, l'entourant de ses soins dévoués, elle aime le jeune Lucien, un garçon tendre, honnête, pur et droit, mièvre, sentimental, transi, qui avait refusé le pacte (l'indication d'un mariage rapportant une belle dot moyennant une remise pour les frais de courtage) que lui proposait un ex-clerc de notaire devenu excellent joueur de billard, Vautrin. Scandalisé par l'attitude des deux filles de Goriot et des gendres qui menacent leur beau-père d'enfermement, subitement transformé en honnête homme, Vautrin apprend à Victorine le secret de sa naissance qu'il détenait : elle est la fille naturelle que l'ancien marchand avait délaissée. « Réminiscence de Cendrillon », ironise *Figaro* (mardi 7 avril), Victorine partage avec son père sa fortune et épouse Lucien. Ils vivront, comme ceux de la rue de Chartres, dans un bonheur aisé et sans nuages.

La pièce des Variétés, qui sera représentée cinquante-trois fois, connaît un succès, « bruyant et complet » selon *Le Corsaire* (mercredi 8 avril), « très éclatant » selon Charles Rabou (dans le *Journal de Paris*, le 9), « brillant » selon *La France* (même jour), « l'un des plus beaux succès de toute l'année » (*L'Écho français*, mardi 14 avril). Le feuilletoniste de la *Chronique de Paris*, qui débute son compte rendu enthousiaste par « grand, grand, grand succès », l'achève sur ces mots : « Long succès d'argent » (dimanche 12 avril). De quoi faire enrager le romancier qui rêvait pour lui-même des succès dramatiques qu'il ne connut pas. Vernet, dans le rôle de Goriot, est unanimement louangé pour son jeu « chaleureux », « admirable », « déchirant », « touchant et dramatique », « plein de charme, d'aménité et de comique », « vrai, comique, exalté, et presque sublime à la fin ». Dès l'année suivante, en février, au théâtre Fiorentini de Naples, cette pièce est jouée avec succès ; au théâtre Carcano de Milan, à partir du 28 mars 1838, elle est montée par la Compagnie dramatique au service du Roi de Sardaigne. A la fin décembre, au théâtre Gallo San Benedetto de Venise, en janvier 1839 au Teatro Grande de Trieste, en juillet à Gênes, elle est reprise par la compagnie du grand acteur dramatique Luigi Taddei (dans le rôle titre) ; à Rome, Naples et Milan en 1841, puis à Trieste encore, à Faenza et à Padoue en avril, juillet et décembre 1846[1].

La pièce du Vaudeville, elle, fut « sifflé[e] cruellement », indique un Charles Rabou indigné par ce « coco insipide » (*Journal de Paris*). La *Chronique de Paris* rapporte « le cri que lundi dernier le public du Vaudeville a poussé d'une voix unanime : "Nous sommes volés !" », en ajoutant : « Il avait parfaitement raison ». Le 13, dans *La Quotidienne*, Jean-Toussaint Merle précise que « le public [...] s'est fâché si sérieusement que force a été à la pièce de reculer devant les répugnances bien prononcées du parterre : auteurs,

---

1. **Raffaele de Cesare** : *La Prima Fortuna di Balzac in Italia* (*Aevum, Rassegna di scienze storiche, linguistiche e filologiche*, Facoltà di lettere e filosofia dell'Università Cattolica del Sacro Cuore, Milano, 1986-1991) publie les nombreux comptes rendus de ces représentations et ceux de la traduction italienne du roman. (Roland Chollet a rendu compte des travaux de R. de Cesare dans *L'Année balzacienne 1992*, p. 452-459.)

acteurs et directeurs ont pris leur parti en gens d'esprit, et la pièce a disparu de l'affiche après trois tentatives malheureuses ». Le 14, *L'Écho français* en règle le sort : « Franchement elle est bonne à mettre au cabinet. »

Le Voleur conseillait à tous ces pilleurs, à ces pirates spécialisés dans l'adaptation théâtrale d'œuvres romanesques, « de laisser les romans de M. de Balzac mourir tout doucement dans la *Revue de Paris*, qui peut suffire à leur oraison funèbre, et de puiser leurs pièces dans leur imaginati[on], s'ils en ont ». Le 12 avril, la *Revue de Paris*, qui défend son auteur, conclut : « Des deux *Pères Goriot*, un seul a survécu, celui des Variétés. Le Vaudeville a égorgé le sien d'assez bonne grâce [...]. Il était impossible de faire une bonne pièce de théâtre avec le roman si vrai de M. de Balzac. »

Ces dérivés théâtraux ne conservent que bien peu de choses de la pensée de Balzac. Aux Variétés, toutefois, les auteurs Jaime, Théaulon et Decomberousse ont suivi le roman de plus près que l'ont fait Ancelot et Paulin au Vaudeville — tous les commentateurs le notent. Ils ont fourni « ce qui manque au *Père Goriot* [de Balzac], un but moral » (*Le Constitutionnel*, lundi 13 avril). Prophylaxie et retour au schéma idéologiquement acceptable de la famille bourgeoise (légèrement brouillé, toutefois, par la promotion du personnage de Victorine et par une morale implicite inattendue : les enfants naturels seraient meilleurs que les enfants légitimes), leur adaptation est en effet mieux reçue que le roman, qu'elle moralise. Dans le *Journal des débats*, Jules Janin jugeait que « Balzac était allé trop loin dans son intrigue du *Père Goriot* » (13 avril). Le feuilletoniste anonyme de *La France, journal des intérêts monarchiques de l'Europe*, termine ainsi son analyse, en se faisant l'écho des sentiments de ses collègues : « Si le vaudeville diffère du roman, c'est en ce sens surtout qu'il n'est ni impie, ni immoral » (9 avril).

C'est contre de telles pratiques que Balzac avait publiquement protesté, dès le 2 novembre 1834, dans les pages de la *Revue de Paris* qui allait faire paraître *Le Père Goriot* quelques semaines plus tard. La « Lettre adressée aux écrivains français du XIXe siècle » qu'il y publie illustre la mission des écrivains, défend leur spécificité et leur dignité professionnelles, sensibilise les lecteurs au respect des droits de propriété littéraire, appelle à la création d'une société de gens de lettres qui verra le jour en 1837-1838.

En avril 1835, curieusement, Balzac ne semble pas s'être offusqué de la précipitation avec laquelle deux théâtres concurrents dépecèrent son œuvre. Si l'on en croit le témoignage (tardif) de Charles Monselet, Balzac, ignorant superbement les auteurs et les directeurs (question de principe ?), aurait, le soir des premières, après les représentations, invité tous les acteurs des deux troupes à dîner au château de Madrid. Il aurait même déclaré : « Patience, mes chers amis, patience ! Le jour n'est pas loin où je pourrai aborder ces planches dont on voudrait m'écarter, ces planches pour lesquelles je suis né[1]. »

Balzac ne réussit pourtant jamais à adapter aucun de ses romans pour le théâtre, pas même après la révolution de Février 1848, lorsque la furie dramatique s'empare de lui, lorsqu'il croit devoir faire « *à la scène* les mêmes efforts que j'ai faits en *livres*, en 1830 » (*L.H.*B. II, 734), lorsque il songe à transposer au théâtre *La Comédie humaine*, en masse, en faisant représenter un roman dans chacune des salles de la capitale. Il caresse pourtant, le 8 mars, le projet d'adapter *Le Père Goriot* pour le théâtre des Variétés et pour l'acteur Bouffé, qui s'était illustré en janvier 1835 dans *La Fille de l'Avare*, la libre adaptation de *Eugénie Grandet* (*ibid.*, 735). Il croit compter, le 10, sur l'intérêt de Morin, le directeur, « qui jouerait immédiatement un *Père Goriot* pour Bouffé » (*ibid.*, 740) ; accord conclu le 14 : « Le directeur des Variétés est venu, n[ous] n[ous] sommes entendus, je lui lis un *Père Goriot* pour Bouffé le 23 de ce mois-ci » (*ibid.*, 750). Le 23 mars, Balzac ne lit pas sa pièce ; le 6 avril, « les Variétés attendent » (*ibid.*, 790). Le 16, puis le 28 avril, il parle pourtant de s'y mettre, ce qu'il ne fait pas (*ibid.*, 805, 816). Le 2 mai, il reporte la représentation au mois de septembre (*ibid.*, 823) ; le 31, il substitue au *Père Goriot* « *Richard Cœur-d'Éponge*, pour Bouffé » (*ibid.*, 852). C'en est fini de cette chimère.

4. Comptes rendus du Père Goriot

Voici la liste des comptes rendus que suscita *Le Père Goriot* à sa parution :

---

1. Charles Monselet : *Mes souvenirs littéraires*, Librairie illustrée, 1888, p. 1-12.

1. *La France littéraire*, janvier 1835, 4ᵉ année, tome XVII, 1ʳᵉ livraison, p. 153-154 ; signé F. Lecler[1].

2. *Le Voleur*, dimanche 15 février 1835 (2ᵉ série, 8ᵉ année, nᵒ 9), p. 140 ; non signé[2].

3. *L'Impartial*, dimanche 8 mars 1835, p. 4 ; non signé.

4. *Figaro*, mardi 10 mars 1835, p. 3 ; non signé.

5. *Le Constitutionnel*, lundi 23 mars 1835, p. 1-2 (au feuilleton ; colonnes 1-5) ; signé « I. C. T. ».

6. *Le Bulletin littéraire. Revue critique de tous les livres nouveaux*, avril 1835, 3ᵉ année, nᵒ 4, p. 80-81 ; Joël Cherbuliez.

7. *La Quotidienne*, samedi 11 avril 1835, p. 1-2 (au feuilleton ; col. 1-6) ; signé « Th[éodore] M[uret] ».

8. *Le Courrier français*, lundi 13 avril 1835, p. 1-2 (au feuilleton ; col. 1-5) ; signé « Éd[ouard] M[onnais] »[3].

9. *Journal général de la littérature de France*[4], mai 1835, nᵒ 5, cinquième cahier, p. 84 (col. 2) ; non signé.

10. *Le Journal des femmes*, 1ᵉʳ juillet 1835, tome XII, p. 17-19 ; Clémence Robert.

11. *Revue britannique*, avril 1836, quatrième série, 1ʳᵉ année, tome II, nᵒ 4, p. 252-253 ; signé « *Quaterly Review* »[5].

---

1. Pages tirées d'un article intitulé « Revues. *Revue des Deux Mondes, Revue de Paris, Revue britannique* » (p. 150-163), qui résume le mois littéraire de ces périodiques. — **2.** Dans sa rubrique « Histoire littéraire », *Le Voleur* reproduit un article du journal satirique *Le Vert-Vert* paru dans la quinzaine précédente. Quatre paragraphes sont réservés au *Père Goriot*. — **3.** La seconde partie de cet article rend compte des adaptations théâtrales du roman. — **4.** Le sous-titre est « Indicateur bibliographique et raisonné des Livres nouveaux en tout genre, qui paraissent en France, classés par ordre de matières ; avec une notice des séances académiques et des prix qui y ont été proposés ; les nouvelles découvertes et inventions ; des nouvelles littéraires et bibliographiques, etc. Suivis d'un Bulletin de la littérature étrangère ». Cette publication se vend à Paris et à Strasbourg, chez Treuttel et Würtz, ainsi qu'à Londres. — **5.** Le sous-titre de cette revue publiée par les libraires Jules Renouard et Mme Veuve Dondey-Dupré est : « Choix d'articles traduits des meilleurs écrits périodiques de la Grande-Bretagne ». Les deux pages consacrées au *Père Goriot* sont tirées d'un long article intitulé « Littérature. Les romanciers français du XIXᵉ siècle » (p. 231-268 ; sur Balzac, p. 247-254). L'article est emprunté à la *Quaterly Review*.

12. *Revue du* xixe *siècle*, 29 octobre 1836, tome VI, p. 413-414 ; Jacques-Germain Chaudes-Aigues[1].

Il faut ajouter à ce premier ensemble deux articles tardifs :

13. *Bulletin de censure*, 31 juillet 1846, tome IV, p. 216-220[2].
14. *Revue analytique et critique des romans contemporains*, par Alphonse du Valconseil, Gaume frères, libraires-éditeurs, 1846, tome II, p. 44-67 [republiées par Thierry Bodin dans *Le Courrier balzacien*, n° 51, 1993-2, p. 24-47].

Les adaptations théâtrales du mois d'avril 1835 fournissent aux courriéristes l'occasion de revenir plus ou moins longuement (ainsi, Jules Janin, dans le *Journal des débats*, trois pleines colonnes) sur le roman de Balzac. Leurs comptes rendus complètent le dossier de la réception du roman à sa parution[3] :

15. *Figaro*, mardi 7 avril 1835, p. 2 ; non signé.
16. *Le Corsaire*, mercredi 8 avril 1835, p. 2-3 ; non signé.
17. *Journal de Paris*, jeudi 9 avril 1835, p. 1-2 (au feuilleton ; col. 1-4) ; signé « Ch[arles] R[abou] ».
18. *Le Charivari*, jeudi 9 avril 1835, p. 1-2 (au feuilleton ; col. 1-4) ; signé « Alt[aroche] ».

---

1. Article général intitulé « M. de Balzac » (p. 411-415), qui consacre deux pages au *Père Goriot*. — **2.** Article qui paraît dans la rubrique « Index français » (parfois « Index français. Ouvrages contraires à la religion et aux mœurs »). Il s'intitule « Critique rétrospective. *Œuvres complètes de M. de Balzac* » et traite successivement de plusieurs romans. Reproduit par René Guise : « Balzac et le *Bulletin de censure* », *L'Année balzacienne 1983*, p. 269-301 ; p. 295-296 pour *Le Père Goriot*. — **3.** On en trouvera une solide analyse — qui ne porte cependant pas sur la totalité du corpus que nous répertorions ici — dans Nicole Billot : « *Le Père Goriot* devant la critique (1835) », *L'Année balzacienne 1987*, p. 101-129 ; que l'on complètera par Michel Lichtlé : « La vie posthume du *Père Goriot* en France » (*ibid.*, p. 131-165). La réception du *Père Goriot* à l'étranger (Allemagne, Angleterre, Belgique, Canada, Espagne, États-Unis, Hongrie, Italie, Japon, Roumanie, Russie, Suède) a été étudiée dans une série d'articles parus dans cette revue en 1986 et 1987.

19. *La France*, jeudi 9 avril 1835, p. 2 (au feuilleton) ; non signé.
20. *Le Voleur*, vendredi 10 avril 1835 (2e série, 8e année, no 20), p. 318-319 ; signé « J. ».
21. *Le Réformateur*, samedi 11 avril 1835, p. 4 (col. 2-3) ; signé « F. L. ».
22. *Chronique de Paris*, dimanche 12 avril 1835 (tome II, no 37, p. 169-170) ; non signé[1].
23. *Revue de Paris*, dimanche 12 avril 1835 (tome XVI, 2e livraison, p. 145-146) ; non signé.
24. *Le Constitutionnel*, lundi 13 avril 1835, p. 2-3 (au feuilleton ; col. 5-9) ; signé « Y ».
25. *Journal des débats*, lundi 13 avril 1835, p. 2-3 (au feuilleton ; col. 6-9) ; signé « J[ules] J[anin] ».
26. *La Quotidienne*, lundi 13 avril 1835, p. 2 (au feuilleton ; col. 4-5) ; signé « J[ean] T[oussaint Merle] ».
27. *L'Écho français*, mardi 14 avril 1835, p. 2 (au feuilleton ; col. 5-6) ; signé « A. E. ».
28. *Le Journal des femmes*, 15 avril 1835, tome XI, p. 191-192 ; non signé.
29. *Revue du théâtre*, avril 1835, tome III, 79e livraison, p. 394-396 ; non signé.

5. Le Père Goriot *à la scène*

1835 (Paris). *Le Père Goriot. Comédie en deux actes*, par MM. Ancelot et Paulin. Théâre du Vaudeville, 6 avril 1835. Distribution : MM. Lepeintre aîné (Goriot), Fontenay (Martel), Mathieu, Brindeau, Ballard, E. Taigny, Boileau, Cassel ; Mmes Thénard (Delphine), Guillemin (madame Vauquer), E. Stéphane, Fortune.

1835 (Paris). *Le Père Goriot. Comédie-vaudeville en trois actes*, par MM. Jaime, Théaulon et de Comberousse. Théâre des Variétés, 6 avril 1835. Distribution : MM. Vernet (Goriot), Bressant (Eugène), Alexis, Lamarre, Dumoulin, Vézian, George ; Mmes Jolivet, Pougaud,

---

1. Le dimanche suivant, dans sa « Chronique littéraire », Philarète Chasles, qui signe « Al. de C. », consacre un bref paragraphe au *Père Goriot* (tome II, no 38, p. 183).

Louisa (madame Vauquer), Vautrin[1], Atala Beauchêne[2] (Victorine), Moutin.

1849 (Paris). *Vautrin et Frise-Poulet*, par Mélesville [baron Duveyrier] et Théodore Nezel. Folie-dramatique en un acte.

1891 (Paris). *Le Père Goriot. Drame en cinq actes*, par Adolphe Tabarant. Théâtre Libre d'Antoine, 24 et 25 octobre 1891 (la pièce ne connut que deux représentations, et n'a jamais été reprise). Distribution : M. Antoine (Goriot), Georges Grand (Rastignac), Christian (Bianchon), Arquillière (Vautrin), Mmes Louise France (madame Vauquer), Henriot (Delphine), Sylviac (Anastasie).

[Sur l'histoire et la réception de ces représentations, et pour une analyse de cette adaptation, voir Francis Pruner : « *Le Père Goriot* au Théâtre Libre », *Revue des sciences humaines*, nouvelle série, fascicule 104, octobre-décembre 1961, p. 517-523 ; suivi du texte inédit de la pièce, d'après une copie du manuscrit communiquée par Adolphe Tabarant (le 5e acte est perdu), p. 525-583. On peut voir aussi Jules Lemaître : « Balzac. Théâtre Libre », *Impressions de théâtre*, VIe série, Lecène, Oudin et Cie, 1892, p. 143-153.]

1893 (États-Unis). *A Shattered Idol*, par Clyde Fitch ; produit par Jacob Litt. Grand Opera House, Saint-Paul (Minnesota), 30 juillet 1893. Distribution : MM. George Fawcett (Goriot), J. H. Gilmour, Mmes W. G. Jones, Carrie Turner, Ruth Carpenter.

6. Le Père Goriot *à l'écran*

1919 (Italie). *Le Père Goriot*. Réal. : Mario Corsi ; interprétation : Sandro Salvani (Goriot).

---

1. En l'absence de preuves ou de témoignages, nous ne croyons pas davantage que Wayne Conner (« Vautrin et ses noms », *Revue des sciences humaines*, juillet-septembre 1959), à un quelconque rapport entre le personnage de Balzac et cette madame Vautrin, membre régulier de la troupe des Variétés, décédée en 1840. — **2.** De son vrai nom, Louise Beaudouin (1817-1894 ?), Atala Beauchêne fit une carrière poussée par le grand acteur Frédérick Lemaître. Elle créa notamment le rôle de la reine d'Espagne Marie de Neubourg dans *Ruy Blas* de Victor Hugo le 8 novembre 1838. L'année suivante, elle fut la Maddalena dans *L'Alchimiste* de Dumas et Nerval.

1921 (France). *Le Père Goriot*. Réal. : Jacques de Baron-
celli ; interprétation : Gabriel Signoret (Goriot), Pauline
Carton (Mlle Michonneau), S. de Pedrelli, Claude
France, Monique Chrysès.

1944 (France). *Le Père Goriot*. Réal. : Robert Vernay ;
interprétation : Pierre Larquey (Goriot), Georges Rollin,
Pierre Renoir, Claude Génia, Suzet Maïs, Sylvie, Jean
Desailly.

1951 (Allemagne de l'est). *Karrierre in Paris*. Réal. : Georg
C. Klaren et Hans-Georg Rudolph, adaptation de Joachim Barckhausen et Alexandre Graf Sternbock-Fer-
mor ; interprétation : Ernst Legal (Goriot), J. Hilde-
brandt, Willy A. Klenau, Ursula Burg, Klamaria Skala.

1972 (France). *Le Père Goriot*. Réal. : Guy Jorré, adaptation
de Jean-Louis Bory ; interprétation : Charles Vanel
(Goriot), Bruno Garcin (Rastignac), Nadine Alari
(Mme de Beauséant), Monique Nevers, Élia Clermont,
Barbara Laage, Renée Gardes, Annie Savarin, Roger Jac-
quet, François-Louis Tilly [télévision].

Table

Introduction par Stéphane Vachon 5

Vie de Balzac 33

Bibliographie 39

Le Père Goriot 45

Dossier

Commentaires

I. La machine romanesque
   1. Personnages reparaissants 358
   2. Personnages disparaissants 367
   3. Composition du roman 370

II. Aux sources du *Père Goriot*
   1. La vie 374
   2. La vie des autres 376
   3. La littérature 381
   4. Shakespeare 384
   5. Le rayonnement dans l'œuvre 388

Documents

1. Préface de la première édition (mars 1835) .. 391
2. Préface ajoutée dans la seconde édition (mai 1835) 400
3. Plan général des *Études sociales* (octobre 1834) 402
4. Les paternités peintes dans *La Comédie humaine* 404
5. Vautrin 405

Histoire du texte

1. Balzac au moment du *Père Goriot* (1834) 409
2. La rédaction du *Père Goriot* 410
3. Le don du manuscrit et de l'œuvre enrobée .. 414
4. Le manuscrit 416
5. Une œuvre payée 10 000 francs 420
6. Les publications 422

Fortune de l'œuvre

1. Succès populaire 427
2. Réception critique 428
3. Adaptations théâtrales (1835) 433
4. Comptes rendus du *Père Goriot* 438
5. *Le Père Goriot* à la scène 441
6. *Le Père Goriot* à l'écran 442

Composition réalisée par S.C.C.M. – Paris XIVe

IMPRIMÉ EN FRANCE PAR BRODARD ET TAUPIN
Usine de La Flèche (Sarthe).
LIBRAIRIE GÉNÉRALE FRANÇAISE - 43, quai de Grenelle - 75015 Paris.
ISBN : 2 - 253 - 00427 - 8